한국 근대문학의 형성과 신경향파

박상준(朴商準)

1965년 서울 출생
서울대학교 국어국문학과, 동대학원 졸업
문학박사, 문학평론가
주요 논문으로 「한국근대소설 연구방법론고」, 「지속과 변화의 변증법－<만세전>론」, 「조선
자연주의 소설 시론」과 저서 『1920년대 문학과 염상섭』 등이 있다.

한국 근대문학의 형성과 신경향파

1판 1쇄 인쇄 2000년 5월 15일
1판 1쇄 발행 2000년 5월 20일

지은이 / 박상준
펴낸이 / 박성모
펴낸곳 / 소명출판
출판고문 / 김호영
등록 / 제13-522호
주소 / 137-070 서울시 서초구 서초동 1621-18 (란빌딩 1층)
대표전화 / (02) 585-7840
팩시밀리 / (02) 585-7848
천리안·하이텔 somyong

ⓒ 2000, 박상준

값 21,000원

ISBN 89-88375-38-6 93810

한국 근대문학의 형성과 신경향파

박상준

소명출판

머리말

　두 편의 논문으로 책을 묶는다. 앞의 글은 내가 학문의 길에 본격적으로 들어서게 되었음을 증명해 주는 것이고, 뒤의 것은, 어설프나마, 이제 한 사람의 학자로 홀로 서서 자신의 길을 가도 좋다는 표지에 해당한다. 간단히 말해 두 개의 학위논문이다. 앞의 것을 새로 조금 다듬기는 했지만, 문장을 약간 손보았을 뿐이다. 사고의 틀은 그대로인 것이다.

　해서 두 논문은 사실 불연속적으로 이어져 있다. 여기서, 검토 대상이 시기상으로 이어져 있음은 오히려 부차적이다. 두 글 사이에 놓인 7년 여의 시간이 마련한 바, 문제 의식이 다소 정교해지고 몇몇 개념들이 나름의 명칭을 얻게 되었다는 점이 내게는 중요하다. 문학을 연구한다는 것, 좁혀서는 소설을 분석, 검토한다는 것이 어떤 것이어야 하고, 또 어떤 것일 수 있는지에 대해서, 미약하나마 나름대로 조그마한 상을 갖췄다는 것이 내게는 소중하다.

　선학의 눈에야 훤히 비칠 이 점이야말로, 내게 있어서 첫 저작이 되는 이 책이 갖는 의미이지 싶다. 이제사 막 터를 찾았다고 여기는 초학자의 입장에서, 그에 대해 몇 마디 여기에 늘어놓는 것을, 너그럽게 봐 주시기 바란다.

대학원에 적을 둔 지난 시간 동안, 이론가이고 싶었고, 이론가이고자 했으며, 당돌하게도 그렇게 여겨 왔다. 이론으로 나아가기 위해서, 어줍잖게도 처음에는, 시적인 상상력을 의식적으로 죽여야 한다고도 생각했었다. 해서 군 복무를 마치고 복학한 후 친구와의 2인 시집을 자비로 몇 부 찍은 뒤, 10년 여에 걸친 시 쓰기를 마감했다. 지금은 아니지만, 그때는 아무런 아쉬움도 없었다. 우리 문학에 대한 학, 우리 문학이 말하는 것의 이론화라는 보다 값진 것이 앞에 있었기 때문이다. 이 고백이 받아들여진다면, 과거형으로 표현된 앞의 두 항목의 진정성이 인정되는 것이리라.

1부의 논문은 루카치에게 많은 것을 빚지고 있다. 학문의 영역에 발을 들여놓으면서, 해금된 지 얼마 안 되는 루카치로부터, 세상과 문학을 보는 매력적인 한 가지 방법을 배웠다고 솔직히 고백해야겠다. 그 당시 남들 다 하던 사회과학 공부의 출발점도 내게는 루카치였다. 한 이론가를 통해서 세상을 보고 종내는 그를 넘어섬으로써 자신의 틀을 찾는 것, 세상이 말하는 바에 귀기울임으로써 그 스승을 넘어설 수 있으리라는 것, 이 두 가지가 내 공부를 이끌어 준 빛에 해당된다. 루카치가 '죽은 개' 취급을 받던 상황에서, 스스로들 그런 상황을 만들기도 했었던 문학예술연구소 회원들과의 새로운 루카치 공부는, 또 다른 방향에서 큰 힘이 되었다. 시간을 의식하지 않는 토론은, 한 이론가에 대한 보다 정치한 이해뿐 아니라, 지식의 논리화나 상상력의 논리적 작동 방식에 대해 끊임없이 의식하게 했다. 석사 과정 시절, 어떤 하나의 이론이나 한 권의 연구서에 매달려 대상을 폭력적으로 재단해 내는 방법론주의를 혐오할 수 있었던 데는, 문학예술연구소가 가지고 있는 지적, 실천적 분위기가 자양분이 되었다고 할 수 있다.

스승을 조금이나마 알았다고도 할 수 없는 상황에서 나는 루카치를 벗어나게 되었다. 문학예술연구소에서 진행되었던 알뛰세르와 제임슨 공부가 주는 자극이 직접적인 원인이 되었지 싶다. 시대의 변화도 영향을 주었을 것이다. 작품을 다각도로 보고자 하는 우직한 시도가, 그런저런 공부에 의해 어설픈 대로 틀을 갖춰가게 된 것이 가장 큰 이유라고 할 수 있겠다. 2부의 논문은 이러한 자리에서 쓰여졌다. 어떠한 요소도 형식주의적으로 실정화하고자 하지 않는 것, 변화와 운동의 계기에 주목하면서 고정성을 파기하는 것, 대상과의 대화의 장을 마련하면서 연구자의 계기를 없는 듯이 가장하지 않는 것, 이 모두를 판단으로서가 아니라 논지의 전개 과정에 담아 내는 것, 이것이 이 논문의 이상이었다. 충분히 실현되지 못한 만큼 앞으로 나아가야 할 길이 먼 것임을 잘 알고 있다. 끝의 진술로서, 이제는 패기라고 하기도 약간은 주저되는, 다소간 도전적인 발상을 순화할 수 있지 않을까 싶다.

따라서 두 글에는 적지 않은 차이가 존재한다. 그럼에도 불구하고 둘을 하나의 책으로 묶는 것은, 이 책에 시간을 담기 위해서이다. 1990년대의 10년이, 아니 어쩌면 그보다 앞뒤로 조금 긴 세월이 두 논문 사이에 개재되어 있다고 생각해 본다. 앞의 논문은 1980년대에 카프 문학을 연구하던 젊은 연구진들의 틀을 어떤 면에서는 더욱 경직시켰다 싶을 정도로 따른 면이 있으며, 뒤의 글은 실상 아직까지 국문학 연구에 전면적으로 적용된 적이 없는 방식으로 쓰여졌다고 스스로는 감히 믿는 까닭이다. 매개를 어떻게 설정하건 토대와 상부구조를 위아래에 놓는 방식이 전자에 해당하며, 장르의 경계를 넘어 구조화된 전체로서 한 시기의 문학을 검토하는 문제틀이 후자에 해당된다.

이러한 변모를 보이는 두 편의 글이 생길 수 있었던 데는, 지도교수이신 김윤식 선생님의 은혜가 매우 크다. 미욱한 제자가 써내는 세련되지 못한 글들을, 관대하게 보아 주시고 격려해 주신 당신의 넉넉한 품이 아니었다면, 이 책은 물론, 내가 이렇게 서 있을 수도 없었을 것이다. 그 외에 고마운 분들이야 이루 헤아릴 수 없다. 두 편의 논문 심사에 귀중한 시간을 내 주셨던 여러 선생님들께도 감사의 말씀을 드린다. 논문의 준비

6   한국 근대문학의 형성과 신경향파

과정에서, 원고를 읽어 달라는 귀찮은 청을 마다하지 않았던 선배들과 동학 여러분, 특히 권보드래 선생에게 고마운 마음을 전하고 싶다. 함께 놀아 주지 못하고, 시간을 거꾸로 살던 아빠를 대견스럽게 인정해 준 정환이와, 한 걸음 뒤에서 계속 지켜봐 주신 어머님, 힘들어 할 때마다 용기를 불어넣어 준 아내 김은숙에게 미안하고도 고마운 마음을 적고 싶다. 정말 생각지도 못한 호의로 흔쾌히 출판을 결심해 주신 소명출판의 박성모 선생님과 간단하지 않은 원고를 꼼꼼히 정리해 주신 편집부 분들께도 진심으로 감사를 드린다.

오랜 병환 속에서도 학위논문이 끝나기를 기다려 주셨던
아버님의 영전에 이 책을 바치고자 한다.

2000년 봄 둔촌동에서, 박 상 준

한국 근대문학의 형성과 신경향파

차례

제1부   1920년대 초기 소설 연구

제1장 서론

1. 문제 제기

　본고의 목적은 흔히 동인지 문학이라고 불려 온 1920년대 초기(1919~1923년) 소설들[1]의 내외적 특성을 구명하고 그에 기초하여 문학사적 의미망을 조망하는 데에 놓여 있다.

　문학사적으로 볼 때 1920년대 초기의 소설들은 계몽주의 문학의 패배와 신경향파 문학의 발흥(1924년) 사이에 놓여 있으며, 작가적 관심사에 맞춰 달

---

1) 이상의 소설들이 1920년대 초기에 발표된 소설 일체를 포함하는 것은 물론 아니다. 예컨대 1919년에서 1922년에 출판된 고소설만 해도 근 이십여 종이나 되는 것이다(권순긍, 「1910년대 古小說의 부흥과 그 통속적 경향」, 『민족사의 전개와 그 문화─벽사 이우성 교수 정년퇴직 기념논총』, 창작과비평사, 1989, 하권 747~8면 참조). 본고에서 다루는 소설들은 기왕의 연구들을 통해 이후 우리 나라 근대소설사의 전개에 있어서 기본 가닥을 이루었다고 평가되는 소설들, 그 중에서도 당대의 전형적 상황을 십분 체현한 작품들만으로 한정된다. 이러한 판단에 대한 근거는 제2장에서의 논의를 통해 제공된다.

리 말한다면, 관념적이나마 사회에 대한 전체적 관심이 상존했던 경향을 앞에 두고 현실의 궁핍상에 대한 구체적인 천착을 뒤로하여 존재한다고 할 수있다. 이러한 구분에서도 알 수 있듯이 주로 『창조(創造)』에서 『백조(白潮)』에걸친 시기에 이들 동인지 및 기타 잡지 등에 발표된 이들 소설은, 사회에 대한 일반적인 기획이나 적극적인 관여가 부재한 상태에서, 미처 현실의 구체적인 모습에 가까이 가지도 못한 일종의 과도기를 이루고 있다. 이 시기의소설이 과도기적이라는 판단은, 소설이라는 장르가, 작가 의도의 측면에서나작품의 실제에 있어서나 당대 현실에 대한 긴밀한 관련을 기본으로 하고 있다는 본고의 전제[2]에 비추어 내려진 것이다.

이러한 자리에서 볼 때, 1920년대 초기의 소설들은 주제 면에 있어서당대 사회의 현실이 외면 내지는 배제되고 있으며 그 결과 형식적 측면에 있어 서사 구조가 현저히 약화된 점을 특징으로 하고 있다. 물론 이두 가지 특징은 동전의 양면과 같아서, 이들 작품이 당대 현실로부터 일정한 거리를 띄운 채 쓰여졌다는 공통 원인에 말미암는 것으로 보인다. 1920년대 초기 한국의 현실과 이들 작품이 보여 주는 고유한 세계 사이에 놓인 이 거리는, 당대 현실에 대해 작가들 스스로가 벌려 놓은 거리라고도 할 수 있다.

물론 현실과의 관련성이라는 전제로부터 자유로운 자리에서 볼 경우, 이들 작품들은 거꾸로 '개인'의 발견과 '예술의 특성'에 대한 주목이라는점에서 높이 평가될 수 있을 것이다. 1920년대 초기 동인지 등에 발표된소설들에 이르러서야 '개인'에 관한 일체의 근대적 특성들이 진지하게 고민되고 '예술'이 그 자체로 조명되기 시작한 것은 움직일 수 없는 사실이다. 따라서 기존의 연구들이 이 시기를 지칭하여, 처음으로 우리 나라에

---

2) 헤겔에서 루카치로 이어지는 소설관 즉 근대의 서사시로서 소설을 파악하는 흐름이
  그 대표적인 예일 것이며, 보다 유연하게 담론의 차원에서 소설에 접근하는 바흐찐의
  경우도 비슷한 결론에 이르고 있다. Bakhtin, 전승희 외역, 「서사시와 장편소설」, 『장편
  소설과 민중언어』, 창작과비평사, 1988, 27~9면 참조.

문단이라고 할 수 있는 것들이 생겨나고, 문학 고유의 특성에 대한 주목
이 비로소 이루어졌으며 조선 자연주의 혹은 더 나아가서 근대문학이 시
작된 기간이라고 평가해 온 것은 계속 견지되어야 할 것이다.3) 본고 역시
문학사적인 단절을 지칭하는 이러한 판단들 위에서 출발한다.

　그러나 기존의 연구들에서 주로 지적된 이러한 평가는, 다음 두 가지
점에서 다소 미흡하다고 하지 않을 수 없다. 먼저 그러한 특징들이 작품
의 미적 특성과 어떤 관계에 있으며 그 내용의 심도에 있어서 근대문학
적 성격을 어느 정도 구비하는가 하는 점 등에 관한 고찰은 취약한 채로,
연구 자체가 단순한 현상적 기술(記述)이나 직관적인 규정에 그쳐 온 것을
꼽을 수 있다. 다음으로는, 그러한 평가에 깔려 있는 파악 방식이, 앞 뒤

---

3) 이러한 파악의 대표적인 예로 다음과 같은 성과들을 들 수 있다. 괄호 안은, 1920년
　대 초기 문학[소설]에 대해 각 논저가 내린 규정이다.
　　임　화, 「朝鮮新文學史論序說」, 『조선중앙일보』, 1935.10.7~11.13. (朝鮮自然主義)
　　백　철, 『新文學思潮史』(개정증보판), 민중서관, 1955. (第2期의 新文學運動)
　　조연현, 『韓國現代文學史』, 현대문학사, 1956. (純文學 運動으로서의 後期 新文學 運動)
　　김윤식·김현, 『韓國文學史』, 민음사, 1973. (個人과 社會의 발견)
　　조동일, 『한국문학통사』(2판), 지식산업사, 1989. (근대문학 제1기)
　이 외에 소설사의 연구 업적들 역시 1920년대 초기의 소설들이 보인 새로운 면모에
　주목하고 있다.
　　구인환, 『韓國近代小說研究』, 삼영사, 1977. (藝術과 個人意識)
　　윤홍노, 『韓國現代小說研究』, 일조각, 1980. (現代小說史의 출발)
　　김우종, 『韓國現代小說史』, 성문각, 1982. (藝術至上派)
　　천이두, 『韓國現代小說論』, 형설출판사, 1983. (한국 현대소설의 형성기)
　이상을 통해서도 확인되듯이 1920년대 초기의 소설들이 전대의 그것과 일정한 단절
　을 보인다는 평가는 사실로 굳어졌다고 할 수 있다.
　본고 역시 이러한 평가 위에서 출발한다. 단 여기서는, 이러한 단절의 소설사적 양상
　을 1920년대 초기의 소설 작품들에 대한 구체적인 분석에 힘입어 기술함으로써, 1920
　년대 중반 이후의 소설들과도 구별되는 바 이 시기 작품들 나름의 특징을 구명하고자
　한다.
　기존의 연구 성과들이 1920년대 초기의 소설들이 갖는 특성을 단순히 습작기적인
　것으로 폄하하고 20년대 소설의 초기 양상 정도로만 다루어 왔으며, 1920년대 초기 소
　설들 고유의 특성은 개별 작품론이나 작가론을 통해서만 단편적으로 지적해 왔던 사
　실을 염두에 둘 때, 이 시기의 소설들이, 단순히 역량 부족을 원인으로 해서가 아니라
　소설사적 특수성을 띠고 후대와도 구별되는 독특한 양상을 보였다는 판단이 소설사적
　차원에서 본격적으로 문제시될 필요가 있는 것이다.

시기의 소설들까지 포괄하여 일관되게 소설사의 흐름을 정리할 수 있는 것은 못 된다는 한계를 지적할 수 있을 것이다. 소설사 역시 역사인 이상 여러 시기에 걸친 현상들을 지속과 변모의 측면에서 정합적으로 설명할 수 있어야 할텐데, 특징적인 현상들에 대한 지적과 강조가 주가 된 까닭에, 이론적인 통일성은 기대하기 어려운 것이 사실이다. 예컨대 대상의 특성에 구애받지 않고 일관되게 적용될 수 있을 발생론적인 측면에서의 해석 등과는 거리가 멀다고 하겠다.

위의 난점을 해결하기 위해서는 두 가지 정도의 방안이 고려될 수 있을 것이다. 소설, 좁게는 근대소설에 대해 보편타당한 이론을 구비하여 그것을 중심으로 각 시기의 작품들을 검토하는 것이 하나일 것이며, 현실 속에서 소설이 존재하는 방식을 고찰하는 것이 다른 하나일 것이다. 여기서 전자는 다음과 같은 문제들로 인해 제외된다. 이는, 주로 서구에서의 경험을 통해 '(근대)소설'이라는 보편을 상정한 뒤 그에 준해서 각 시기 소설의 특수성을 조망하는 방식이어서 작품을 재단하는 성격을 피할 수 없다는 결함 외에도, 우리 나라처럼 서구와는 이질적인 역사를 영위한 상황에서는 판단의 근거로서의 성격 자체가 심히 의심스러워진다는 문제가 있는 것이다. 이러한 문제가 '우리 나라 소설의 이론'을 구축한다고 해서 완전히 해결될 수 있는 것이라고는 생각할 수 없다는 데서 어려움은 더욱 커진다. 최소한 이 두 가지가 잘 조화되어 하나의 이론 체계를 이룰 수 있기까지는, 보편성으로서의 소설 개념을 부정하지는 않는다 해도 편안히 어떤 이론을 완결된 준거로 삼는 것은 위험한 일이라 하겠다.

이러한 상황에서 우리에게 남는 것은, 소설의 내적인 본질에 대한 선험적인 논의는 일단 유보해 둔 채, 외부적인 요소들과 소설 문학이 맺는 관련 양상에 주목함으로써 작품에 드러난 제반 특성의 필연성을 구명하고 그 변동의 원인을 찾아내려는 시도라고 할 수 있다. 작품의 형성에 관련된 요소들에 대한 구체적인 검토를 내용으로 하는 발생론적인 분석이 그것이다.

하나의 작품은 대체로 작가와 다른 작품(들), 현실, 독자의 네 측면과 관계를 맺고 있다. 정확히 말하자면 하나의 작품은 작가[창작의 측면]와 독자[수용의 측면]의 두 항에 직접적으로 연결되며, 작가를 매개로 해서 현실[반영의 측면] 및 다른 작품들[변형 혹은 모방의 측면]과 관련된다. 어떠한 소설이든 이러한 관계 속에 있는 것이 사실이라면 그 관계들을 살핌으로써 각 시기 소설의 특성을 지속과 변화의 측면에서 파악하는 것이 가능해질 것이다. 물론 이러한 측면들 모두를 고려하여 작품을 해명하고 그것들의 흐름을 파악하는 것은 결코 쉬운 일이 아니며, 하나의 짧은 논문에서는 가능하지 않을지도 모른다. 그러나, 소설사의 흐름을 파악하는 일환으로서 특정 시공간의 소설들이 '왜 그런 모습으로 존재하는가'라는 질문에 답할 수 있기 위해서는 최소한 창작·반영·변형의 세 측면을 고려할 수 있어야 할 것으로 여겨진다.[4] 이러한 발생론적인 분석 위에서 소설사적인 변화와 지속의 양상 역시 재구될 수 있을 것이다.

───────────

4) 변형의 측면이 일반적으로 전대의 작품들과 동시대의 작품들이라는 두 비교 항목을 갖는다고 할 때, 1920년대 초기 소설을 다루는 본고의 경우는 대정기 일본 문단이라는 또 하나의 흐름을 특별히 의식하지 않을 수 없다. 외국문학에 대한 변형의 측면이야 원리적으로 어느 문학 작품의 경우나 다 가지고 있는 것이지만, 이 시기의 소설들에 있어서는 두 나라 문학계가 맺고 있는 관계의 바탕에 깔린 특수성[식민지 관계]과 작가들의 일반적 상황[일본 유학을 통한 문학의 습득]에 의해 유별나게 이 부분의 비중이 크다고 할 수 있다. 흔히 '이식'이라고 불려 온 이 관련 양상의 구명은 별도의 논문이 필요할 정도로 세밀함을 요구하는 작업일 것이다.
  무엇보다 이러한 판단에 의해서, 그리고 본고를 통해 이 문제를 정합적으로 다루기에는 필자의 역량이 충분치 못하다는 점과, 1920년대 초기 소설에 있어서도 이식이라는 것이 다른 항들에 우선하는 직접적인 원인일 수는 없다는 판단(제2장 참조)에 의해서 본고는, 이 부분에 대한 천착을 차치하기로 한다.
  게다가 전대 작품들[1910년대 소설]과의 관련 양상에 대한 구명 역시 다음과 같은 이유들로 해서 일단 유보하고자 한다. 첫째로는 이에 대한 필자의 천학을 들 것이다. 다음으로 이 시기에 대한 연구 성과들이 어떤 뚜렷한 틀을 세우기보다는 아직도 실증적인 정리의 수준에 머물고 있는 연구 현황을 지적할 수 있겠다. 궁극적으로는, 1920년대 초기의 소설들이 명실공히 전대 소설들과의 차별성을 기치로 걸고 등장했으며 실제로도 그러한 면모를 보였다는 연구사의 판단에 본고가 동의하는 까닭이다.
  따라서 본고에서 행하는, 1920년대 초기 소설들에 대한 변형 측면에서의 고찰은, 한 작가의 일련의 작품들이 보이는 관련 양상이나 작가들 상호간의 대비 수준에 그친다.

2. 주요 연구 경향 검토 및 본 연구의 방향

앞에서 보았듯이 1920년대 초기 소설을 다룬 저술은 무수히 많다. 이 시기가 대체로 근대소설사나 문학사의 서두에 놓인다는 점을 생각하면 이러한 사정이 명확해진다. 본고를 통해 이 모두를 검토하는 것은 적합하지도 가능하지도 않을 것이다. 따라서, 기왕의 연구들에서 확인되는 바, 나름대로 정합적인 소설사적인 틀을 구비하고 방법론적인 측면에서 특기할 만한 주요 경향을 대략적으로 살피는 데 만족하고자 한다. 이러한 검토를 통해서 우리는, 비단 1920년대 초기 소설의 연구에만 한정되는 것은 아닐 테지만, 본 연구의 방향 설정에 관해서 중요한 참조 사항을 얻을 수 있을 것이다.

1920년대 초기 소설을 다룬 연구의 경향은 크게 볼 때, ① 토대・상부구조의 분석에 입각한 역사적 개괄, ② 당대 문단을 지배한 주요 사조의 특징에 준거를 둔 파악, ③ 제도적 장치로서의 근대소설이라는 분석틀을 중심으로 한 연구의 셋으로 나누어 볼 수 있다.

임화의 「조선신문학사론서설(朝鮮新文學史論序說)」(『조선중앙일보』, 1935.10.7 ~11.13)이 첫 번째 연구 경향의 대표적인 예이다.[5] 사적유물론에 입각하여 토대의 변화와 작품 경향의 변모를 고찰하고자 하는 이 글은 1920년대 초기의 문학을 자연주의와 낭만주의로 표현되는 소시민의 문학으로 규정하고 있다.

---

5) 이 글을 이해하는 데 있어서는, 일제의 탄압에 의해 KAPF가 해산되는 열악한 정세 속에서, 이 글이 신경향파 문학의 역사적 정당성을 구명하려는 실천적인 목적의식 위에서 쓰여지고 있음에 주목할 필요가 있다. 이러한 목적의식에 의해서, 1920년대 초기 소설에 대한 언급 역시 그 자체의 특성을 구명하는 데 목적을 둔 것이 아니라 신경향파 문학의 전단계로서 그것이 가지고 있는 사적 의의를 고찰하는 맥락에서 기술될 뿐이다. 따라서 이 글은 (특히 1920년대 초기 소설의 경우에 있어서) 작품 자체에 대한 구체적인 평가의 결여라는 한계를 출발부터 내포하고 있다.

춘원 시대와 1920년대 초기를 두고, 사회적 토양은 일치하는 위에 기미 독립운동을 분수령으로 하여 역사적 생활의 용모와 내용이 현저히 변화하였다는 분석 위에서 임화는, 춘원에게서 민족 자벌(民族資閥)의 약한 일면과 혼효되어 있던 소시민성이 기미년 이후 민족 자벌에 등을 돌리게 된 사회적 정신적 기초 위에서 현실 폭로의 자연주의 문학이 형성되었다고 파악한다. 이러한 자연주의 문학은 소시민 고유의 협애성과 전대로부터 유전된 일면성에 의하여 트리비알리즘으로 침전하지만, 현실 폭로의 속성상 성격 급(及) 심리 묘사의 높은 리얼리즘을 획득하여 예술적 달성의 수준에서도 일단의 고처를 차지하게 된 것으로 평가된다(10.23~26일 분 참조). 이는 한국의 자연주의가 일본 자연주의의 단순한 이식일 수 없음을 입증하는 것이어서 무척 소중한 성과라고 할 수 있다.[6]

반면에 「조선신문학사론서설(朝鮮新文學史論序說)」은 다음의 두 가지 문제를 보이고 있다. 첫째는 내용상 소설을 주로 다루면서도 소설의 장르적 특성을 충분히 고려하지 않음으로 해서, 소설사의 전개 과정을 사적으로 규명하는 데서는 무리가 적지 않다는 점이다. 이는 임화가 춘원 이후 신경향파 등장 이전의 문학을 자연주의와 낭만주의로 가르면서 각각 소설과 시를 대상으로 논의를 진행시키는 데서 뚜렷이 드러나고 있다. 임화의 구도가 춘원의 이상주의에서 3·1 운동 이후 소시민 문학으로서의 자연주의가 등장하고, 자연주의의 하향기에 낭만주의적인 경향이 번영하며 이들 전체의 전면적 종합적 계승자로서 신경향파가 성립되었다는 것임을 염두에 둘 때, 이러한 대상의 분리가 갖는 문제점이 분명해진다. 다시 말해서, 이 틀을 따를 경우, 자연주의에서 신경향파로의 '소설사적 발전'은 해명할 수 없는 것이다. 그의 논의가 '소설(춘원 문학)—소설(자연주의 문학)—시(낭만주의 문학)—소설(신경향파)'이라는 구도를 취하고 있는 한, 신경향파

---

6) 이후 1940년의 신문학사에서 보이는 평가와의 비교 문제는 본고의 관심을 넘는 것이므로 일단 차치하고, '이식'의 문제에 대해서는 본 논문과 관계되는 한에서 간단히 짚어 보기로 한다(본고 27~8면 참조).

가 작가 의식의 차원에서 역사적 정당성을 부여받을 수 있을지는 몰라도 신경향파 소설은 단절적으로 출현한 셈이 되는 까닭이다.[7]

두 번째는 위의 문제와 긴밀히 관련된 것으로서, 그의 분석에서는 작품의 구체적인 면모가 거의 고려되고 있지 못하다는 점을 들 수 있다. 앞서도 말했듯이 임화의 분석이 신경향파의 역사적 정당성을 구명하는 데 중점을 두고 있으며, 그가 말하는 '자연주의'라는 것이 "文學으로부터 全體的(歷史的 社會的) 關心이 收縮하고 個性의 自律이란 것이 當面의 課題가 된 時代의 樣式"[8]임을 십분 고려한다 해도, 이는 용납되기 어려운 문제이다. 1920년대 초기 동인지 등에 발표된 소설들과 이후 1923~4년경에 발표된 소설들의 현격한 차이점이 무화되기 때문이다. 이러한 문제는, 그가 작품들 나름의 속성을 제대로 간취하지 못한 까닭이라기보다는, 개별 문학 작품의 특성을 구명하기에는 지나치게 크고 또 충분하지 못한 방법론적인 틀을 사용한 데서 기인한 것으로 보인다. 연구 방법론의 부적절한 적용 결과 예컨대, 이후의 논의를 통해 밝혀지겠지만, 1920년대 초기 소설에서 큰 역할을 하고 있던 낭만적 속성이 이후의 작품들에 가서는 풍자의 대상으로 전락하고 곧 사라져 버리는 소설사적인 사건 등은 그의 논의에서 전혀 포착되지 못하게 된다.

백철의 『신문학사조사(新文學思潮史)』(민중서관, 1955년)로 대표되는 사조사적인 파악 방식은 아직도 국문학 연구에 있어서 중요한 흐름을 형성하고 있다. 그가 고려하는 사조가 "좁은 意味의 文藝思潮만을 中心한 것이 아니고 作家와 作品 뒤의 一般思潮"(2면)를 겨냥한 것임을 염두에 둘 때, 이러한 현상을 이해할 수 있다.

그러나 이러한 파악은, 대체적으로 보아 사조의 이식으로 문학 연구

---

7) 1920년대 전반기 문학에 대한 이러한 파악 방식은 최근의 연구에까지 이어지는 모습을 보이고 있다. 예컨대 조정환(「식민지 시대 프로레타리아 문학운동의 역사적 추진 과정」, 『민주주의 민족문학론과 자기 비판』, 연구사, 1989)은 '자연주의 소설', '낭만주의 시'를 프로문학 형성의 환경으로 규정하고 있다(243면 참조).
8) 임화, 「小說文學의 二十年」, 『동아일보』, 1940.4.12.

전반을 갈음함으로써 내재적 발전 논리의 구명에 실패함은 물론, 현실을 대하는 작가의 항을 누락시키고 개별 작품의 구성 원리를 간과하는 문제점을 출발부터 안고 있다. 이러한 점들은, "굳게 닫혔던 鎖國의 門이 열리는 때, 그 開放의 門戶를 通하여 近代의 文明 文化 思潮가 潮水와 같이 흘러들어오는 勢力을 타고 이 나라에서도 新文化運動이 出帆할 時代가 온 것"(10~1면)이라고 단정하는 데에서도 보이듯이, 사조에 의해 특정 시기의 문학 현상이 생겨난다는 근본 전제 자체에서 이미 문제되는 것이라 할 수 있다.

또한 실제적인 논의의 전개에 있어서는 사조의 적용 원리가 모호하다는 문제를 보인다. 구체적인 작품에 대한 세밀한 논의를 유보(할 수밖에 없게)하는 방편으로, 사조적인 규정이 내려지는 양상을 노정하기까지 하는 것이다. 자연주의에 대한 부분이 특히 그러하다. 백철에게 있어서 자연주의는 퇴폐주의와 별개의 것이 아니며, 자연 예찬과도 혼류되는 것이고, 동시에 프랑스 자연주의의 사실성, 현실 폭로와도 연계되는 것이다. 이러한 점은 1920년대 초기의 소설·수상들이 보이는 자연 사상을 다루면서 그가 고백한 다음과 같은 구절에서 확연히 드러난다.

> 自然에 대한 이와 같은 思想과 態度가 먼저 말한 바와 같이 近代 自然主義文學의 本格이 아니지만 自然思想에 關하여 屢屢히 言及한 것은 「創造」 等의 新文學運動의 創設期에 있어서 自然主義的인 傾向과 함께 이런 自然思想이 頻繁히 登場했다는 事實은 그때는 近代의 여러 가지 文學思潮가 流入된 初期인 때문에 思潮들이 洽足하게 消化되지 못했다는 것, 그 中에선 가장 重要한 思想이든 自然主義에 대해서도 作家에 따라서 그 理解 程度와 實踐이 區區했다는 것, 그만치 不純하고 初步的인 것이었다는 것을 말하는 데 있다. 朝鮮新文學에 있어서 그 自然主義가 眞實한 傳統을 남기게 된 것은 이보다 훨씬 뒤의 일이다. (111면)

이러한 의미에서 사조를 논의한다는 것은 실상 아무런 논의도 하지 않는 셈이며, 필요에 따라 편의적인 이름표를 붙이는 데 지나지 않는다고까

지 할 수 있다. 더욱이 백철에게서 문제되는 것은, 작가나 논자들의 맥락
과 연구자 자신의 맥락을 분별치 않고 혼용하여 쓰고 있는 점이다. 이 결
과 문예사조적인 연구는 물론, 그가 서론에서 밝힌 대로의 폭넓은 일반
사조적인 검토 역시 성공하지 못한 채 오해만이 무성한 사태가 초래되었
다고 보인다.9)

김윤식의 『한국근대소설사연구(韓國近代小說史研究)』(을유문화사, 1986년)는
작품 형성의 정황에 대한 구체적이고도 폭넓은 분석을 통해 1920년대 전
반기 소설들을 본격적으로 검토한 것으로서, '제도형 문학사'10)라는 특기
할 만한 시도를 보여 준다. 가치중립성을 속성으로 하는 데서 토대와 구
별되고, 사람의 의식을 지배하고 변화시키는 것으로서 근대 자체, 제반
국가장치 일체를 포함하는 것으로 규정되는 '제도적 장치'라는 것이 작품
의 진정한 주체라고 파악하는 그에 따를 때, 우리의 근대문학은, 일본으
로부터 들어온 제도적 장치로서의 언문일치나 풍경의 발견에 의해서 수
립된 것으로 파악된다. 이는 "근대적인 것이란 무엇보다도 먼저 그 내용
이나 사상에 관련되기 이전에 시각의 문제"(4면)라는 전제 위에서, 근대소
설의 성격을 내면 탐구에 놓은 까닭이다.11)

이러한 방법이 갖는 문제로는 무엇보다 작가의 주체적인 측면 및 내용

---

9) 문단사적인 접근을 통해서 규정적인 사조의 적용을 피한 채 각 동인지나 특정 시기
의 '경향'을 검토한 조연현(『韓國現代文學史』, 앞의 책) 이래로, 1970년대 들어 구체적
인 작품들에 대한 사조적인 재검토가 활발히 진행되었던 사정이 이를 입증하고 있다.
10) 다른 글(『한국문학의 근대성과 이데올로기 비판』, 서울대 출판부, 1987; 92~144면)에
서 그는 문학사의 유형을 의식형, 토대형, 제도형의 셋으로 구별한 바 있다. 그에 따를
때 이들은 각각, 근대적 성격의 주체적 측면, 유물변증법적인 측면, 제도적 측면을 대상
으로 하는 것으로서(108면), 연구자의 주체적 관점, 변증법적 관점, 제도적 관점에 입각
한 유기적 설명 모델, 변증법적 설명 모델, 제도 또는 제도적 장치로도 표현되고 있다(I
-6 참조). 국문학 연구에 있어서 조윤제와 임화가 앞의 두 가지 방식을 구사했다고 평
가하는 그는 자신의 『韓國近代小說史研究』에서 세 번째 설명 모델을 적용하고 있다.
11) 柄谷行人의 『일본 근대문학의 기원』을 인용하고 있는 이 부분은, 실상 그 자신의 입
장을 드러내고 있다고 할 수 있다. '<일본을 향한 언문일치의 극단적 형식>이라는 제
도적 장치에 의해서 사람의 내면(맨얼굴)을 드러낸 근대소설의 첫 시도인 염상섭의 초
기 삼부작이 쓰여질 수 있었다'는 파악(84면 참조)에서도 이 점이 확인된다.

의 문제가 적절한 근거 없이 폄하된다는 점을 들 수 있다. 이 자리에서 그가 원용하고 있는 베버나 푸코 등을 본격적으로 문제삼을 수는 없지만, 이러한 논의 자체가, 의식을 변화시키는 데 있어서 제도가 행하는 역할만을 강조(106~7면 참조)할 뿐, 그러한 제도 자체가 어떻게 생겨나고 조종되는지는 도외시하고 있는 점은 문제로 지적할 수 있겠다. 그 결과『한국근대소설사연구(韓國近代小說史硏究)』에서도 개별 작가의 주체적 측면은 완전히 사상되어 버리는 까닭이다.

내용에 대한 부적절한 폄하는 작품을 구체적으로 논하는 자리에서 뚜렷해진다. 예를 들어, "내용이란 본질적으로는 제도적 장치로서의 묘사법(고백의 형식)이 만들어 낸 것"(126면)이라고 보면서 그는 김동인 초기작의 경우 "이러한 내용상의 과제는 이 작품에서는 거의 미미한 것이다. 원체 이 작품은 '고백의 형식'이 압도하고 있기 때문에 K가 과오를 깨닫는 마지막 장면은 미미한 뜻밖에 없다. (…중략…) 이 '고백의 형식'에 눌리어, 작품의 내용은 매우 미미한 것으로 되어 있다"(129면, 강조는 인용자)라고 파악하고 있다. 제도적 장치로서의 고백체가 구사되고 있기 때문에 내용이 미미하다는 것은 제도적 장치가 가치중립적이라는 전제에서 귀결된 것으로 보인다. 그러나 이러한 식의 판단은 실상 연구자의 주목점을 나타낼 뿐이지, 작품 자체의 강조점 및 작가의 의도 부분을 지적하는 것은 아니라고 할 수 있다. 이 문제는 더 나아가서 논의의 대상 작품에 한계가 그어지는 것으로도 나타난다. 달리 말하자면, 이러한 방법론적인 접근 자체가 근대소설 일반을 분석의 대상으로 놓지는 못한 채 문학사의 특정 시기에만 적용 가능한 것으로 보인다는 점이다.

따라서 ① 제도적 장치가 진실로 '가치중립적'인 것이며, ② 소설의 창작 역시 제도적 장치에 의해서 이루어진다는 일반적인 원칙이 전제되지 못할 경우, 그가 말하는 제도형 문학사라는 것은 문학사 방법론으로서 존립하기 힘든 것이라고 할 수 있다.

첫 번째 전제에 대해서는 임진영이 비판을 가한 바 있고,[12] 두 번째 전제의 경우는 그 스스로 유보시키고 있는 것 같다. 이 점은 1920년대 초기 소설을 다루는 부분에서 "여기서 문제삼고 있는 것은 작가에 있어 글쓴 다는 것이 기실은 문장(體)을 찾는 길, 문장도의 일종이었던 사실인 것이 다"(128면, 강조는 인용자)라는 진술에서 추론된다. '이라는'이 아니라 '이었던' 이라는 표현은, 적어도 이 책에 있어서, 제도적 장치로서의 문학사 기술이 연구 대상 자체가 그러한 면모를 띠고 있을 경우에만 적용될 수 있음을 인정한 대목인 것이다. 이는 『한국근대소설사연구(韓國近代小說史研究)』가 1920년대 초기의 가장 중요한 작품이라 할 수 있을 『만세전(萬歲前)』을 전 혀 논의하지 않고 있는 데서도 확연히 드러나며, 김동인에게서 체현된 제 도적 장치로서의 고백체의 한계를 상해에 있는 이광수와 주요한의 활동에 비추어 암시(305면)하는 데서도 직접적으로 증명된다. 이들 두 작가의 성과 는 제도적 장치로서의 문학사 기술에서 적절히 검토될 수 없는 것임이 전 제되는 까닭이다.

본고는 이상의 세 경향이 지니고 있는 합리적인 핵심을 염두에 두고, 앞서 말한 문제 의식 위에서 다음과 같이 구성된다.

첫째, 무엇보다도 1920년대 초기의 소설이 어떠한 상황에서 쓰여졌는지 를 고려해야 할 것이다. 연구자의 현재 시점에서 당시의 작품을 재단할 경 우 적절한 평가를 내릴 수 없음은 물론이다. 따라서 1920년대 초기의 소설 들이 형성되는 원리를, 당대 사회의 역사적 조건 속에서[현실과의 관련성 : 반 영의 측면] 작가들이 처한 상황 및 그들의 의식 세계[작가와의 관련성 : 창작의 측면]에 대한 구명을 통해 대략적으로 파악하는 것이 필요하다(제2장).

물론 이와 같은 파악이 문학 연구 자체일 수는 없다. 당대 사회의 역사 적 조건이나 작가들의 의식 상태에 대한 고찰은 배경 연구 이상일 수 없 는 까닭이다. 중요한 것은 논의의 근거가 작품을 두고 수행되어야 한다는

---

12) 임진영, 「가치중립·유토피아·리얼리즘」, 『실천문학』, 1991 가을.

사실이다. 작품에 기반하여 이상의 모든 논의가 필요에 따라 구사되어야 하는 것이다. 본고는 1920년대 초기에 나온 소설들을 검토하는 데 있어서 작품의 미적 특성을 파악하는 데 중점을 두고자 한다. 이러한 특성을 앞서 살핀 당대의 창작 상황과 정합적으로 재구해 낼 수 있을 때, 이 시기 소설들이 왜 그런 모습으로 존재하는지를 구명할 수 있을 것이다(제3장).

지나간 시대의 문학 작품을 연구하는 것이 궁극적으로는 정신사적인 차원을 겨냥하는 것이라 할 때, 작품 창작의 상황과 작품의 구체적인 미적 특징을 밝힌 위에서, 작가의 창작 의도 및 그에 바탕하여 추론될 수 있는 세계관을 문제삼는 것은 당연히 요청되는 작업일 것이다. 물론 이 경우에 있어서도 장르의 특성에 입각한 평가 곧 소설사적인 의의의 구명이 전제되는 것이며, 작가 의식의 의의에 대한 판단은 시론적인 수준에서 이루어질 뿐임은 변형의 측면에서 연구 범위가 제한된 이상 불가피하다고 할 수 있다(제4장).

제2장 식민지 현실과 근대 지향의 변증법

　서론을 통해서 우리는 하나의 작품이 작가와 독자 양 축에 관련되어 파악될 수 있으며, 다시 작가를 매개로 하여 그것이 놓여진 현실 및 다른 작품(들)과 관계를 맺고 있다고 하였다. 이 장에서는, 1920년대 초기에 발표된 소설들의 특징을 본격적으로 검토하기 전에, 이들 작품이 작가와 당대 현실이라는 두 층과 맺는 관련성을 개략적으로 살피는 데 주안점이 놓여진다. 곧 개별 작품들의 공통 속성을 간단히 개괄한 뒤에, 이러한 특징과 당대 한국 사회의 정황 및 그 속에서 이들 작가들이 처한 상황 간의 커다란 연관성을 추론해 보는 것이 본 장의 목적이다.

　1920년대 초기에 발표된 소설들은 그 전후의 작품들과는 다른 나름의 특징을 보인다. 이 중에서 가장 두드러지는 것은, 주제 면에 있어서 당대 사회의 현실이 외면 내지는 배제되고 있다는 점이다. 신문학 초창기를 장식한 경험적 서사양식과 허구적 서사양식 모두가 애국계몽소설로서 당대 사회의 현실에 대하여 강한 관심을 보였음[1])에 비할 때, 1920년대 초기 작품의 이러한 면모는 자못 각별한 것이다. 이 점은 통속화한 신소설이나 이광수의 문학 세계와도 철저히 구별된다. 고전소설에로의 접근이라는 신소설의 변모 양상을 가장 잘 보여준다고 평가되는 이해조에게 있어서 조차, 소극적 계몽주의로서 사회적 공리성을 강조하는 것이 흥미의 진작과 더불어서 소설의 목적으로 상정되고 있었으며,[2] 춘원의 경우 문학이 계몽의 도구로 사용되었음은 익히 알려진 사실이다. 이러한 흐름에 비추어 볼 때, 1920년대 초기의 작품들이 보이는 현실 외면의 양상은 소설사적인 의미를 지니는 것이라 할 수 있다.

다음으로는, 위의 특징과 맞물린 것으로서, 작품의 형식에 있어서 서사 구조가 약화된 점을 지적할 수 있다. 1920년대 초기의 작품들은 대개가 막연한 정조나 내면의 심리로 채워져 있을 뿐 뚜렷한 서사의 진행을 보여 주지는 않고 있다. 줄거리의 진행이 가장 명료하고 구성이 잘 짜여졌다고 평가되는 김동인의 소설[3] 역시, 이 시기의 작품에 국한하여 볼 때, 서사의 인과성 등은 약화되어 있다고 할 수 있다. 이는 작품들의 세계가 당대 현실과는 거리를 띄운 채 설정되거나 작가 주변의 신변적 공간으로 축소된 사실과 관계된 것이다. 단순한 배경 정도로만 전락한 현실이 실제적인 힘을 발휘하지 못하는 상황에서, 인물의 내면만이 강조되거나 작가의 언어가 전면에 나서는 것은 당연한 결과로 보인다.

끝으로 이들 작품은 '참예술'이나 '참인생', '개성' 등에의 지향을 거의 공통적으로 보여 준다. 계몽과 근대화에의 지향으로서 이들 중 일부가 춘원의 『개척자(開拓者)』(1917~8년) 등에서도 강조되었던 것은 사실이지만, 1920년대 초기의 소설들은 작품 전편이 이들 지향에 근거하여 짜여진다는 특징을 보인다. 곧 사회 전체에 대한 관심이나 윤리적인 측면의 강조와는 동떨어진 채로 이러한 이념에의 지향만이 전면화되어 있는 것이다. 작품의 구조를 지배하는 이러한 지향성은 사회 현실과의 관련성을 거의

1) 권영민, 『한국 민족문학론 연구』, 민음사, 1988, 제1부 1~3 참조.
2) 권영민, 앞의 책, 101~4면 참조.
3) 윤명구, 『김동인 소설 연구』, 인하대학교 출판부, 1990, 113, 140면 등 참조.

지니지 않는다는 점에서 낭만적 동경(Sehnsucht)의 외양을 띠게 된다.4)

작품상의 이러한 지향성은 현실과 대면하는 작가의 태도에서 연유하며, '당대 현실의 외면'과 '서사 구조의 약화'라는 앞의 두 가지 특징과 맞물려 있다고 여겨진다. 즉 작가적 자세에 있어서 사회 현실에 대한 외면과 이러한 지향성이 상호 관련되면서 서로를 강화하고 있으며, 그 작품상의 결과가 서사 구조의 약화로 드러난다고 할 수 있다. 이상의 특징이 일종의 정립상(鼎立像)을 이루면서 그 전후의 시기와 구별되는 작품 양상을 보여 주고 있는 까닭에, 이 시기를 두고 초창기 문단을 형성한 문학청년들의 습작기적인 시대 혹은 단순히 1920년대 문학의 초기 양상 정도로 폄하하는 것은 적절하다고 하기 어렵다. 따라서 본고는 이러한 특징의 필연성을 구명하여, 1920년대 초기를 문학사, 좁게는 소설사의 한 시기로 구획하고자 한다.

현실과의 긴밀한 관련성을 기본 특징으로 하는 소설 장르의 작가들이 당대 현실에 대해 거의 무관심한 태도를 보이거나, 기껏해야 매우 피상적인 시각만을 드러내는 이 같은 현상은, 우리로 하여금, 작가이기 이전에 사회인으로서의 이들 작가들이 처한 상황을 고려하지 않을 수 없게 한다. 이러한 문제 설정은, 맑스주의 미학이나 골드만의 발생론적 구조주의 등을 본격적인 방법론적 틀로 삼지는 않는다 해도, 포괄적인 문학 연구의 필수적인 단계라 할 수 있다. 헤겔에 의해서 예술미가 자연미의 상위에 놓인 이래, 작가 및 세계 상황에 대한 분석이 예술작품의 미를 파악하기 위한 전제이자 토대를 이루고 있음은 주지의 사실이 된 것이다.5)

---

4) 장남준(『독일 낭만주의 연구』, 나남, 1989)에 따를 때, 낭만주의에서의 동경이란 "결핍이며 동시에 욕구이다. 그러면서도 그것은 결여되어 있는 것 또는 욕구되지 않았던 것을 획득하려는 의지나 수단을 갖추고 있지 않는 것이다"(114면).

1920년대 초기 작가들의 지향 역시 동질적이라고 할 수 있다. 뒤에서 살피겠지만, 사회 현실과 구체적으로 관계되지 않은 채 작가들의 주관적인 열망 속에서만 추상적으로 존재하는 '참예술', '참인생', '개성' 등이란 순수한 동경의 대상에 가까운 까닭이다.

5) 페터 스쫀디, 여균동·윤미애 옮김, 「헤겔의 문학 이론—헤겔 미학 서설」, 『헤겔 미학 입문』, 종로서적, 1983, 1~2장 참조.

덧붙여서, 1919년 2월 『창조(創造)』의 창간을 시작으로 전개된 이른바 동인지 문학이 춘원으로 대표되는 계몽주의 문학에 대한 반발을 기치로 걸었음은 새삼 주목을 요한다. 한 연구자에 의해 새로운 인식론으로서의 '근대적 개인주의'로 지칭된 문학관에서의 이러한 전환[6]은, 직접적으로는 대체로 일본에 유학하고 있던 이들 문학 청년에 영향을 준 '다이쇼 교양주의'[7]에, 근본적으로는 현실 상황의 변화에 기인한 것이라고 할 수 있다. 따라서 이후 우리의 고찰은 이 두 가지 측면에 맞춰져야 할 것이다. 현실 상황의 변화 측면에 대한 고찰로 우리의 논의가 시작된다.

1920년대 초기의 정치사회적 환경이란 토지조사사업(1910~1918년)과 기미독립운동(1919년)의 여파로 특징지어진다. 익히 지적되어 왔던 이러한 두 가지 역사적 사건의 의미를, 이들 작가들의 상황에 비추어 다시 살피는 것은, 형식적인 연구에 빠지지 않는 한 여전히 유효하다고 하겠다. 토지조사사업과 기미독립운동의 일차적인 의미는 계급 역관계의 근본적인 변화에서 찾을 수 있는 것으로 보인다. 이는, 당대 식민지 한국 사회의 계층 구성 관계의 변화를 말하는 것이기도 하지만, 보다 직접적으로는 계층·계급의식의 심화를 지적하는 것이다. 일제 지배 체제에 대한 실질적인 타협과 자주적 근대화라는 분기점에서 전자로 함몰되는 유산 계층과, 토지로부터 유리된 농민들에 의해 국내외적으로 광범위하게 형성되고 있었던 기층 민중, 이 양자의 분리는 발흥기 자본주의에 고유한 계급 분화와 유사한 양상을 보인다. 이러한 상태에서 발생한 기미독립운동의 경과는 이들 사이에서의 의식상의 분열을 충분히 예고하는 것이라고 할 수 있다. 물론 우리의 궁극적인 관심은 1920년대 초기 작가들의 상황과 의식 세계의 특징에 놓여 있다. 본고가 보기에 토지조사사업의 완수와 기미독립운동의 실패는, 작가들(넓게는 이들 작가들이 속한 사회 계층)에게 있어서 이

6) 정호웅, 「한국문학에서의 리얼리즘」, 김윤식·정호웅 엮음, 『한국문학의 리얼리즘과 모더니즘』, 한울, 1989, 17~21면 참조.
7) 김윤식, 『韓國近代小說史硏究』, 앞의 책, 251면 참조.

중의 의미를 지니고 궁극적으로는 그들을 사회적으로 부유(浮游)하는 계층
으로 몰아간 것이라 여겨진다. 이러한 현상은, 부르주아적 토지 소유권
의 확립 과정으로 수행된 토지조사사업이 유산 계층의 계급적 전망을 열
어 준 반면에, 기미독립운동의 실제 경과는 그들이 지녀 왔던 바 민족을
대표하는 상징적 존재로서의 위상을 실추시킨 데서 말미암은 것으로 보
인다.

　1910년에서 1918년에 걸쳐 일본 제국주의에 의한 한국 식민지화의 기
초적인 사업으로 수행된 토지조사사업은 두 가지 면에서 주목을 요한다.
그 첫째는 계급 관계의 변화 측면이다. 일본 제국주의의 요구에 합치되는
서민 지주층의 육성을 목적으로 한 이 사업의 결과, 농민의 계층 구성이
지주와 소작농의 증가, 자작농 및 자소작농의 감소 경향을 보이고, 고율
의 소작료로 인해서 빈농층의 생활이 열악해진 것[8]은, 그대로 계급 관계
의 첨예화 및 계급의식의 고조로 현상한다. 이러한 상황의 역사적 분출이
라 할 기미독립운동의 과정에 있어서, 지역적으로 두드러지게 편재된 농
촌의 운동 발생 지역이 중세(重稅) 지역과 완전히 일치하고 있음[9]은, 바로
이러한 계급 역학의 변화를 예견, 확인시켜 준 사실이라 할 것이다. 1920
년대 전체에 걸쳐서 한국 사회의 가장 핵심적인 문제가 ‘지주–소작농’
관계를 중심으로 설정될 수밖에 없었던 근본 원인 역시 이러한 상황에서
찾아볼 수 있을 것이다. 이렇게 볼 때, 계급 관계의 변화 측면에서 토지조
사사업이 갖는 의미는, 경제적 중산층이라 할 수 있는 중농의 몰락이라는
현상 밑에서 지소 문제로 드러나는 계급갈등의 첨예화에 놓여 있다고 할
수 있다.

　다른 한편으로 토지조사사업은 “점차적으로 진행되어 오던 토지 사유

---

8) 신용하, 「일제하 ‘조선토지조사사업’의 구조와 토지 소유권 조사」, 『조선 토지조사사
　업 연구』, 지식산업사, 1982 및 宮嶋博史, 「토지조사사업의 역사적 전제 조건의 형성」
　과 「조선 토지조사사업 연구 서설」, 梶村秀樹 외, 『한국 근대 경제사 연구』, 사계절,
　1983 참조.
9) 宮嶋博史, 「조선 토지조사사업 연구 서설」, 앞의 글, 311면.

화 과정을 확인하고 근대법적 토지 소유 제도를 확립하는 부르주아적 토
지 소유권의 확립 과정"10)으로서 자본주의 전일화 과정의 일환이라는 성
격을 지닌다. 곧 토지조사사업으로 인해 제한적이나마 유산 계층의 계급
적 전망이 열려지는 것이다. 여기서 제한적이라는 것은, 유산 계층의 계
급적 활로가 친일이라는 귀결점으로 이어지는 까닭에 그 전개에 있어서
사회적으로 일정한 제동이 걸린다는 의미이지만, 계급의 본성이 민족주
의라는 이념형과는 다른 차원에 놓인 것임을 염두에 둘 때, 토지조사사업
이 갖는 이러한 의미는 역사적 필연성의 맥락에서 인정되어야 한다. 물론
토착 유산 계층에게 있어, 친일이라는 민족적 배반과 자주적 근대화로 갈
라지는 분기점에 몰린 상황에서 일제에 대한 한 번의 충돌은 어차피 불
가피한 것이었다고 할 수 있다. 이러한 상황을 임화는 식민지치하 한국에
서의 '자본주의적 발전의 특이한 부자연성'으로 파악하고, "옹색한 자기
발전의 활로를 타자에게 예속되어 구할 것인가 혹은 모든 역사적 숙제를
해결할 행동 선상에 진출할 것이냐"의 딜레마로 표현한다. 이러한 상태에
서, 광범위하게 축적된 사회적 민족적인 하부 압력에 밀려 그들이 나서게
된 것이 바로 기미독립운동이라는 것이다.11)

　앞질러 말하자면, 이러한 역사적 진행을 통하여 경제적 상층부와 당대
의 작가들이 속해 있던 '소시민 계층'(임화)의 분리가 그 토대를 얻었다고
할 수 있다.12) 매판자본으로 나아가는 경제적 상층으로부터의 이러한 분

---

10) 서울사회과학연구소 경제분과, 『한국에서의 자본주의 발전』, 새길, 1991, 40면.
11) 임화, 「朝鮮新文學史論序說」, 앞의 글, 10.17일 분 참조
　　이 글에서 임화는 당대에 팽배한 '하부의 압력'으로, ① 토지 문제의 근대적 해결을
요구하는 농민의 팽창된 열망과, ② 자본주의적 발전 그것과 같이 급격히 성장하고 있
는 하층민중의 잠재된 세력, 그리고 ③ 낡은 봉건적 속박과 자본의 전진하에 고통을
감(感)하고 있는 지적 소시민 등의 급조된 정신을 꼽고 있다. 이러한 압력들이 근본적
으로는 계급갈등의 소지를 본질로 하고 있는 것이지만, 그에 따를 때, 아직은 "당시의
계급 문화가 그 대립을 정면에서 상극케 할 만치 성숙되지 않았고 또 토착 부르가 좌
우간의 연명을 위하여 일응(一應) 행동해 보지 않으면 아니될 절박한 정황 등이 통합"
되어 기미독립운동의 형태로 분출하게 되었음을 알 수 있다.
12) 임화, 앞의 글, 10.17 · 25일 분 참조.

리는, 각 계급의 각성을 가져온 기미독립운동의 경험 속에서 구체화된다. 이러한 판단은, 기미독립운동의 주도층이 대부분 근대적 지식인이며 상공업에 종사하던 양반·중산층 출신의 계층에서 최하층 일반 민중으로 변화되어 간 역사적 사실에 근거한다.[13] 운동 주도층의 이러한 변화는 1920년대 초기 작가들의 상황과 관련해서도 중요한 의미를 갖는다. 곧 이들 문학 청년들이 속한 계급의 역사적 주도권이 무력화되고 이와는 반대로, "인민의 민족적 의식과 계급적 각성이 현저히 높아졌으며 정치·사회 생활의 모든 부문에서 대중의 적극성"은 고양되어,[14] 대부분 일본 유학 출신의 관념적 지식인인 이들에게 있어서, 세계는 자신의 이상을 실현할 수 없게 하는 제한된 공간으로서만 인식되는 까닭이다.

이러한 자리에서 이 시기의 작가들은, 주어진 길을 거부한 문제적 개인들의 면모를 띤 채 당대 현실에 대한 낭만적 반발의 양상을 보인다. 1920년대 초기 소설 문학의 가장 진지한 작가라고 할 수 있는 염상섭의 다음과 같은 술회는 저간의 사정을 잘 드러내 주는 것이라고 할 수 있다.

> 그때에 나는 東亞日報가 創刊되여서 비로소 歸國하야 六個月間 記者 生活을 하다가 單調한 그 生活에도 不滿이 잇지만 예나 제나 가는 곳마다 잇는 所謂 社會人의 暗鬪를 보고 憤慨하고 社會가 나를 要求도 안켓지만 나도 발을 끗는다고 職業까지 내어던진 터이라, 一種의 反動的 感情이 沈敏한 同時에 벌서부터 生活에 疲勞를 늣긴 나는 沈鬱한 氣分에 잠기어 어리둥절한 가운데서 지내왓다.[15]

사회에 대한 이러한 '일종의 반동적 감정'은, 토지조사사업의 완료와 기미독립운동의 실패로 특징지어지는 1920년대 초기의 역사적 상황에 직면한 유학생 출신 작가들에게 있어서 어느 정도 보편성을 띠는 것이다. 근대 지향성과 정체성 회복 의지를 과제로 부여받고 출발한 1920년대의

---

13) 류청하, 「3·1운동의 역사적 성격」, 안병직 외, 『한국 근대 민족운동사』, 돌베개, 1980, 4절 참조.
14) 사회과학원 역사연구소 편, 『조선 근대 혁명 운동사』, 한마당, 1988, 168면.
15) 염상섭, 「處女作 回顧談을 다시 쓸 째까지」, 『朝鮮文壇』, 1925.3.

한국문학이, "근대화 지향 논리의 극지에는 친일 행위가 있었고 정체성 회복 의지의 끝 지점에는 사회주의가 있"[16]는 상황에 대한 자각으로 나아가는 과정에서, 이러한 반동적 감정이 형성되는 것은 일반적인 현상으로 이해할 수 있다. 이들 계층에게 있어서 1920년대 초기는 문자 그대로 '모색기'였던 까닭이다.

이와 같은 상태에서 문학을 택한다는 것은 어떤 의미를 띠는가. 식민 지배국인 명치 · 대정기 일본에 있어서 문인의 위상을 지적한 다음 대목은, 1920년대 초기 한국의 문단 및 문인들과 관련해서도 깊이 음미할 만하다.

> 유럽 근대 작가들과 견줄 때 일본의 근대 작가들 대부분은 사회적 인간으로서의 의식을 가지지 않았다. 명치 이래의 작가들 대부분은, 일반의 현실 사회가 진실을 생각하거나 진실을 말하는 것을 용납하지 않는 것 같은 비합리적인 조건 속에서 삶을 이루어 왔기 때문에 그러한 사회에서 도망쳐 온 도망자로서 살았다. (…중략…) 일본의 근대소설을 확립한 것으로 보이는 자연주의 이후의 작가들은 그 대부분이 국내에 있어서의 도망자(Exile)이다. 학교도 직장도 집안일 도 버리고 몸을 없애고자 하는 보헤미안 풍의 삶을 살았던 것이다. 그런데 그들은 사회에의 비판을 문학 속에서 하지 않았다는 점이 유럽 문사들과 다르다. 사회인으로서의 문사란, 일본에서는 예외적이다. 도망쳐 들어간 곳은 문단이라는 특수한, 세상을 등진 듯한 기풍이 있는 작은 사회였다. 이러한 의미의 문단이란 것이 확립된 것은 명치 40년 (1907년) 무렵이었다.[17]

문단 및 문인을 사회 현실로부터 동떨어진 자리에 설정하는 이상의 정신 구조가 앞서 살핀 역사적 전환기에 처한 한국 유학생들에게 깊숙이 침윤된 것은 크게 보아 별 무리 없이 이해될 수 있다.[18] 그 결과 그들에

---

16) 조남현, 『한국 현대소설 연구』, 민음사, 1987, 266면.
17) 이등정, 『문학입문』, 광문사, 1954, 95~6면; 김윤식, 『염상섭 연구』, 서울대학교 출판부, 1987, 336면에서 재인용.
18) 『廢墟』 창간호 서문이라 할 「廢墟에 서서」 전편이 바로 이러한 정조 위에서 쓰여지고 있으며, '인생 문제'를 탐구한다고 주장한 『創造』의 김동인 역시 전형적인 예를 보

게 있어서는 전체에 대한 관념의 존립 여지조차 부정됨으로써 춘원 식의 계몽주의도 성립할 수 없게 된다. '개인'에의 주목만이 그들의 유일한 통로였던 것이다. 또한 '예술'이라는 추상 자체가 횡행할 수 있었던 것 역시, 김동인의 경우에서 보았듯이, 그들이 예술에 대해 깊이 천착함으로써 가능했던 것이라기보다는, 1920년대 초기라는 역사적 전환기 속에서 자신들의 혼란을 피하는 방식으로 그들이 찾은 곳이 바로 예술이라는 '거룩한 聖殿'19)이었던 데 기인한다고 할 수 있다.

토지조사사업과 기미독립운동을 겪은 한국의 1920년대 초기 작가들의 경우, 그들은 외적 상황에 의해 '사회로부터의 도망자'로 규정되었다고 할 수 있다. 물론 식민지 자본주의화라는 강압적인 외적 요인으로 깔려 있는 이러한 규정성은 당대 문학 현상의 원인 중에서 가장 아래에 놓이는 것이며, 그 위로 여러 층의 매개들이 있을 것이다. 식민지 전기간을 통해 소설 문학이 보여 준 다기한 변화들을 생각할 때 이러한 매개들의 존재를 부정할 수는 없다. 그러나 삶의 모든 양태를 지배하는 식민지 체제의 힘을 인정한다면 식민지 체제 자체가 지니는 규정성의 위력은 결코 소홀히 넘길 수 없다. 한 연구자의 표현을 빌 때 "식민지 조선의 문인은 사회로부터의 도망자이자, 일제로부터의 도망자"였던 것이다.20)

여 준다. 소설에 대한 그의 생각이 기초적인 형태로 드러나 있는 다음 글이 그러하다. "그들은, 小說 가운데서 小說의 生命, 小說의 藝術的 價値, 小說의 內容의 美, 小說의 調和된 程度, 作者의 思想, 作者의 情神, 作者의 要求, 作者의 獨創, 作中人物의 各個性의 發揮에 對한 描寫, 心理와 動作과 言語에 對한 描寫, 作中人物의 社會에 對한 奮鬪와 活動 等을 求하지 아니하고 한 興味를 求하오."(김동인, 「소설에 대한 조선사람의 사상을……」, 『學之光』, 1919.8, 45면)
소설에 대한 일반인들의 생각에 빗대어 '참예술적 문학'에 대한 김동인 자신의 기준을 드러낸 이 글에서 무엇보다 먼저 지적할 것은, 그의 사고가 작가와 작품의 관계만을 고려할 뿐, 사회적 의미의 항은 간과하고 있는 점이다. 위에 명기된 작가의 항이 사회 현실로의 매개 역할을 하는 것이 아니라 순수한 주관에로 향해 있음은 소설에 대한 정의에서부터 확연히 드러난다. 곧 그에게 있어 소설이란, "사람이, 自己 기름자의게 生命을 부어너어서 活動케 하는 世界─다시 말하자면, 사람 自己가 지어노흔, 사랑의 世界, 그것을" 지칭하는 것이다(「자긔의 창조한 세계」, 『創造』 7호, 1920.7, 49면).
19) 염상섭, 「廢墟에 서서」, 『廢墟』 창간호, 1922, 1면.

　1920년대 초기 소설이 안고 있는 식민지 치하라는 근원적인 규정성 외에 다시 중요하게 고려해야 할 것으로, 이들 문학 청년들의 일본 유학 경험을 들 수 있다.[21] 범칭 유학생 계층이라는 말이 통용될 정도로 당시에 있어 일본 유학이 갖는 의미는 지대하다. 이 부분을 살피는 일은, 앞서 우리가 문제로 설정해 둔 바, 1920년대 초기 소설이 보이는 현실 외면 및 '개인'에의 주목으로 대표되는 새로운 인식론과 그에 따른 소설사적 전환의 구명에 있어서 주관적 측면을 점검하는 것이라고 할 수 있다. 여기서 우리의 논의는 이들의 일본문학 체험에로 이어진다.

---

20) 김윤식, 『염상섭 연구』, 앞의 책, 337면.
　김윤식에 따를 때, 일본의 문인들이 '대사회적인 도망자로서의 인식' 하나만을 자의식으로 가지면 족한 반면, 식민지 조선의 작가들은 거기에 덧붙여서 '일제로부터의 도망자'라는 또 하나의 자의식을 갖지 않을 수 없었다고 한다. 내면 심리를 중심으로 한 기술이지만 이러한 지적은 무척 소중한 것이다. 이상 두 개의 자의식이 서로 떨어질 수 없음은 당연하며 사실 앞의 논거를 돌아볼 때 우리는, '일제로부터의 도망'이라는 두 번째의 자의식이 앞의 것을 일층 강화시키는 메커니즘을 상정해 볼 수 있을 것이다. 예술지상주의적 속성 역시 이러한 맥락에서 그 원인을 구할 수 있을 것이다.
　"명치를 지나 대정의 교양주의에 오면, 문사들의 빛은 더욱 휘황해진다. 문학이라는 내면적인 세계가 현실의 정치나 경제나 사업보다 훨씬 이념적이고 값지다는 사상이야말로 교양주의의 핵을 이루었던 것이다. 문학예술이 그런 자리에 낄 수가 있었다. 종주국이자 문명국 일본의 형편이 그러하다면 고아나 다름없는 식민지 청년들이 문학에 몸을 맡기고자 한 것은 퍽 자연스러운 일이라 할 수 있다. 창조파, 폐허파, 그리고 백조파들에 의해 형성된 식민지 조선의 <문단>이란, 그 성격상에 있어 일본의 그것과 나란히 가는 것이다. 뿐만 아니라 그것에 비하여 오히려 일층 깊고 철저한 것이기도 하다."(336~7면)
　마지막 문장의 원인을 본고는 식민지적 규정성에서 찾는다. 앞서 살펴봤듯이, 토지조사사업과 기미독립운동을 통해 계급 관계가 새로이 의식, 변화되고, 그 결과 자계급의 정체성이 심각하게 훼손된 자리에서 '문학이라는 내면적인 세계'가 가일층 그 빛을 발하게 되는 것은 무척 자연스러운 현상이라고 할 수 있을 것이다.
21) 참고로 주요 문인들의 유학 경력을 보면 다음과 같다.
　김동인 : 1914(15세)~17, 1918~9 일본.
　염상섭 : 1912(16세)~20, 1926~8 일본.
　현진건 : 1912(13세)~17 일본, 1918~9 중국 상해.
　나도향 : 1919(18세), 1925~6 일본.
　전영택 : 1912(19세)~19, 1921~3 일본, 1930~2 미국.
　이익상 : 1918(24세)~22 일본.

1920년대 초기 작가들 대부분이 일본 유학을 통해서 대정기 일본문학의 영향을 받았음은 명확한 사실이며, 실상 이것이 단순한 영향이 아니라 한국 작가들의 적극적인 수용의 양상을 띠고 있었음도 역사적인 사실이다. 이른바 '이식문학론'과 관련되는, 이러한 실증 차원의 사실은 부정할 필요도 없고 또 그럴 수도 없는 것이다.22) 이러한 수용의 양상이 직접적인 텍스트 관계에서 이루어진 경우도 있지만,23) 본고의 관심은 거기에 있지 않다. 우리가 문제삼고자 하는 것은 이 시기의 작품 세계를 특징짓는 작가의 지향성 차원에서 이런 수용이 보여 주는 양상과 의미일 뿐이다.

---

22) 이러한 당연한 사실을 부기하는 것은, 신승엽(「이식과 창조의 변증법-임화의 '이식문학론'의 정당한 이해를 위하여」, 『창작과비평』, 1991 가을)도 지적하듯이, '이식문학론=타율사관에 입각한 친일의 논리라는 선입견'이 광범위하게 존재하며, 이러한 선입견으로 해서 '이식문학론의 객관적인 의미를 추구하는 데에서 작지 않은 오류를 범하고'(182면), 이식문학론에 대한 오해 위에서 그것을 극복해야 한다는 내재적 방법론에 입각한 문학사 방법론이 "역사(문학사) 발전의 내재적 동인의 규정에만 치중한 나머지 외래 문화의 이식적 요소와 내부의 문화 창조의 힘이 어떻게 상충하여 우리의 특수하면서도 합법칙적인 문학사 발전이 이루어져 갔는지에 대한 문제 의식은 결여되었고, 궁극적으로 '내재적 요인'을 다양한 힘들이 상충하는 역동적인 역사 과정 속에서가 아니라 단편적으로 특권화시켜 파악하려는 경향으로 나아가"(197면)는 양상이 벌어져 온 까닭이다.
   "利殖文化論과 전통단절론을 이론적으로 극복하겠다는 것은 그러므로 개화기 초의 사실을 사실로 보지 않겠다는 뜻이 아니라, 거기에 새로운 의미를 부여해야 한다는 뜻"(김윤식·김현, 『한국문학사』, 앞의 책, 17면)이라는 정당한 주장에서도 나타나듯이, 역사적 사실로서의 이식 혹은 수입 자체가 타율적 문학사라는 결론을 곧바로 이끌어 내는 것은 아니며, 따라서 '이식문학론'을 극복하는 것과 (특히 1920년대 초기에 있어서) 문학적 사실로서의 이식을 인정하는 것은 별개의 것이라는 상식적인 판단 위에서 본고는 출발한다. 본고의 관심은 사실로 존재하는 이러한 이식을 당대 한국 문단의 전개 양상에 비추어 구체적으로 고찰하는 데 놓여 있는데, 이러한 작업이 이식이라는 역사적 사실에 '새로운 의미부여'를 가능케 할 전제적인 의의를 지닐 수 있지 않을까 하는 것이 이와 관련한 바램이다.
23) 빙허의 「犧牲花」가 구성 방식에 있어서 쿠-르트 뮌첼의 「石竹花」에서 영향받고 있으며(김영민, 「어두운 시대상과 사회의식의 심화」, 김용성·우한용 공편, 『한국 근대작가연구』, 삼지원, 1985, 118면), 늘봄의 「天痴? 天才?」는 國木田獨步의 「春の鳥」를 거의 그대로 모방하였고(김송현, 「천치냐, 천재냐의 원천 탐색」, 『현대문학』, 1963.4), 염상섭의 「除夜」가 유도무랑의 「돌에 짓눌린 잡초」를 직접적인 창작 주체로 하고 있는 것(김윤식, 『염상섭 연구』, 앞의 책, 180~8면) 등이 그 대표적인 예이다.

먼저 1920년대 초기의 작가들이 대개 20세 이전의 어린 나이에 무방비 상태로 접하게 된 일본 문학의 특징을 간략히 살펴본다.

대정기의 일본문학은 그 전시대를 휩쓸었던 자연주의 문학[24]의 쇄말 성과 무이상성에 대한 반발로 특징지어진다. 곧 작가 의식의 차원에서 "자연주의가 인생의 암흑면을 비관하고 고민하는 데 대해 자극과 향락 속에 자아의 해방을 추구하려고" 하거나 "자아의 확대를 주장하고, 개성 을 존중하며, 인류의 의사를 설유"[25]하고자 하는 면모를 보이는 것이다. 근본적으로 이러한 전환은, 정당 정치로 특징지어지는 대정기 민주주의 의 발흥[26]에서 추동력을 얻었다고 할 수 있다. 물론 그럼에도 불구하고, 자아나 개성의 강조가 사회적인 맥락을 갖고 주창되지 못한 채 주로 개 인의 순수한 내면 세계에 침잠된 것은, 천황제로 상징되는 일본적 특수성 과 자연주의 이래의 문학적 관행에서 연원하는 것으로 보인다. 기본적으 로 "'사상의 해방'이 진행되는 자리 자체가, '국세(國勢)'의 전체 면에서 보

---

24) 일본의 자연주의 문학이라는 것이 졸라 등에 의해 대표되는 서구의 그것과는 현저 히 다른 양상을 띠고 있었음은 주지의 사실이다. 이러한 사정은, 현실의 암흑면을 묘 사함과 동시에 숨김없는 자아의 고백을 통해 개인의 해방을 지향하는 특색을 보이면 서도, "사회의 모순을 찔러 그것으로써 사회 개혁을 주장한다는 것보다 개인의 내면을 깊이 파고드는 방향을 걸어 사소설로 변모"해 간 경로를 통해 볼 때 분명해진다(신현 하, 『일본문학사』, 학문사, 1987, 168, 183~7면 참조).

  이렇게 볼 때, 유사성을 따질 경우 일본 자연주의 문학은 "모든 우리 내면의 사건들 도 당연하고 자명하게 포함하는 현실"로서의 '자연'을 상정하는 독일의 자연주의에 가 깝다고 할 수 있을 듯하다(스테판 코올, 여균동 편역, 『리얼리즘의 역사와 이론』, 한밭 출판사, 1982, 136면 참조).

25) 신현하, 앞의 책, 168~9면. 여기서 이러한 이념의 변모가 사소설이라는 특성을 그대 로 유지하면서 수행된 점에 유의할 필요가 있다(앞의 주 24 참조). 이러한 사정으로 해 서 작가들의 정신 세계 자체를 구명하는 것이 나름의 의의를 지닌 채 요구될 수 있는 것이다.

26) 1889년 입헌 정체 수립 이후의 서두를 장식한 번벌(藩閥)정치는, 1918년의 미소동(米 騷動)을 통해 확인된 바 민주적 개혁에 대한 국민들의 열망과, 제1차 세계대전의 승패 및 그 여파를 탄 경제 위기의 극복을 거쳐 본격적인 정당 정치로 변모, 발전하게 된다. 이후 1920년대를 통해 일본 사회는 민주주의 뿐 아니라 사회주의 등의 반체제 운동까 지도 활발히 전개되는 양상을 맞게 된다(피터 두으스, 김용덕 역, 『일본근대사』, 지식 산업사, 1983, 10장 참조).

아, 워낙 문제가 되지 않을이만큼 협소했"던 것이다.27)

이상의 짧은 정리를 통해서도 우리는 1920년대 초기의 한국과 일본 문단이 보이는 긴밀한 유사성을 확인할 수 있다. 이러한 유사성을 동경과 서울로 표상되는 '신민 지배국-피식민지' 사이의 문화 흐름으로 살피는 것은 기실 우리의 논의에 별반 도움이 되지 못한다. 넓게 볼 때 양 문화의 유사성은 식민지 전기간을 통해 지속된다고 할 수 있는 까닭이다. 따라서 우리의 관심은 1920년대 초기 한국의 상황과 관련해서, 대정기 일본 문화의 풍토가 수입되고 또 나름의 토양을 가진 채 갓 형성된 문단의 정조를 지배할 수 있었던 객관적인 요인에로 다시 돌아간다. 여기에는 물론 당대 작가 개개인의 구체적인 이력에 대한 전기적인 검토 역시 매우 중요하지만, 이러한 작업은 별도의 논문을 필요로 할 만큼 광범위해서 본고의 소설사적 논의 구조에는 그다지 적절하지 않다고 판단된다.

앞서 우리는, 토지조사사업의 완수와 기미독립운동의 실패로 인해 전개된 사회 상황 속에서 이들 작가들이 속한 계층의 위상이 심각한 위기 상황에 처했음을 보았다. 이러한 위기 상황이, 대정기 일본문화의 선진성에 깊이 도취되어 있는 상태에서 척박한 한국 사회의 현실과 대면하게 된 이들 작가들에게 있어서 가일층 심각했을 것임은 어렵지 않게 추론할 수 있다. 당대의 작가들이 문학과 접하게 된 애초의 동기가 어떤 것이었

---

27) 丸山眞男, 박준황 역, 『일본의 현대 사상』, 종로서적, 1981, 80면(강조는 원저자).
　　이어 그는 나츠메 소세키의 아래와 같은 말을 인용하면서 근대 일본의 경우 사상이 차지하는 자리의 협소성이 지속적이었음을 밝히고 있다.
　　"현대의 일본에서는, 정치는 어디까지나 정치다. 사상은 또한 어디까지나 사상이다. 이 둘은 같은 사회에 있으면서도 서로 떨어져서 고립되고 있다. 그리하여 둘 사이에는 어떠한 이해도 교섭도 없다. 때로 둘 사이의 연쇄를 찾았는가 싶더니, 그 발견은 발매 금지의 형식에로 일어나는 억압적인 것 뿐이다."(81면)
　　이러한 사정의 원인으로 마루야마 마사오는, 사상의 한 형태로서의 일본의 근대문학이라는 것이 메이지 초년이나 대정기나 마찬가지로 "오로지 외국문학의 수입에 지고 새고 있"(78면)음을 꼽는다. 그러나 본고가 보기에 이러한 지적은 현상적인 파악에 불과하다고 여겨진다. 앞서 말했듯이 나름의 특징을 갖는 일본 자연주의를 서구문학의 단순한 이식으로만 보기는 힘든 까닭이다.

든, 이제 상황은 아서구(亞西歐)로서의 일본을 통해 근대사상을 수용한 식
민지 지식인이, 반봉건성이 만연해 있고 실질적인 사회적 근대화에 봉사
할 통로가 막혀 버린 조국에 돌아와서 겪는 갈등으로 특징지어진다. 거의
막바로 이들의 작가 의식에 이어지는 이러한 갈등을 앞서의 논의를 수렴
해서 정리해 보자.

　1920년대 초기 작가들이 놓인 갈등 상황의 두 축은, 토지조사사업의 완
수와 기미독립운동의 실패에서 야기된 한국의 열악한 사회 상황과, 짧게
는 4년에서 근 10년 가까이 되는 유학 기간을 통해 습득한 바 '근대적 개
인' 등을 강조하는 서구문학 및 문화로 이루어져 있다. 물론 이들 작가들
이 습득한 근대적 특성이란 천황제로 특징지어지는 일본 사회의 특수성
에 깊이 뿌리 박힌 것으로서, 서구 역사에서 보였던 근대사상의 발아 형
태와는 일정한 거리를 갖는 것이었다. 어쨌거나 이 두 가지 축 사이에서
이 시기 작가들의 의식이 형성된다. 본고는, 식민지반봉건 사회로 규정되
는 열악한 현실적 토대와 외부로부터 이식된 박래품적인 근대문학사상
사이의 거리를, 이 시기의 작가 의식을 특징짓는 기본항으로 설정한다.
이러한 자리에 섰을 때, 염상섭을 통해 봤듯이 작가 곧 문제적 개인의 면
모를 띠게 된 상황은 둘 사이의 거리가 너무 먼 데서 말미암은 것이라고
할 수 있다.

　당대 작가들의 일반적인 정신적 특성부터 정리해 보자. 현실에 근거하
여 발생한 것이 아니라 외부로부터 이식되어, 당대 현실과 결코 정합적인
관계를 형성할 수는 없는 사상을 습득한 자가, 외관상 엄청난 자부심과
현실 초연의 태도를 띠는 것은 보편적인 현상이라고 할 만하다. 1920년대
초기 한국의 문단을 두고 보더라도, 개인의 심리 차원에서 그러한 자부심
이 뒷받침되지 않았다면 동인지 문학이라는 실재 자체가 가능할 수 없었
을 것이다.[28] 이러한 자부심은 전시대 문학을 지배했던 '문명 개화'의 전

---

28) 김윤식은 명치·대정기의 일본 문사를 예로 들어 이러한 사정을 설명한다.
　"이러한 저널리즘의 사회 속에서 능력 있는 자들이 明治末경(1910년대) 文士가 되어,

통을 이으면서, 그 폭을 좁혀 '예술'과 '개인'에 대한 열망으로 현상한다. 곧 그들에게 있어서는 참예술의 실천이나 개인·자기의 발견만이 유일하게 가치 있는 것이며 한국 청년의 나아갈 길이었던 것이다.[29]

───────────

그들이 쓴 많은 소설이 自傳的 要素를 머금게 되는데, 그것은 스스로에 정직할수록, 그들 社會의 견고한 관리자, 경영자, 교사로 되지 않았던 자기 자신, 가정인으로 원만히 살지 못했던 자신의 비판과 동시에 그러한 굴욕적인 제도나 인습의 노예가 되지 않고 극히 비참했지만 自由를 찾았던 자부심을 함께 드러낼 수 있었다."(「임화 연구」, 『韓國近代文藝批評史硏究』, 일지사, 1976, 548면).

그에 따를 때, 이러한 심리는 명치·대정기 일본의 문사에게서나 임화의 예에서 보이듯 1920년대 중기 다다이즘에의 경도나 『백조』파 등을 막론하고 동질적인 것이다.

[29] 예술과 근대적 개인에 대한 이들의 열망은 당시의 수상(隨想)이나 평문들에서 쉽게 발견된다. 대표적인 글들을 추려 본다면 다음과 같다.

　염상섭, 「自己虐待에서 自己解放에―生活의 省察」, 『동아일보』, 1920.4.6~9.
　김동인, 「自己의 創造한 世界―톨스토이와 쩌스터예프스키―를 比較하여」, 『創造』 7.
　이병도, 「朝鮮의 古代藝術과 吾人의 文化的 使命」, 『廢墟』 1.
　오상순, 「時代苦와 그 犧牲」, 『廢墟』 1.
　염상섭, 「廢墟에 서서」, 『廢墟』 1.
　변영로, 「主我的 生活」, 『學之光』 20.
　시어딤[김동인], 「사람의 사른 참 模樣」, 『創造』 8.
　염상섭, 「樗樹下에서」, 『廢墟』 2.
　염상섭, 「個性과 藝術」, 『開闢』 22.
　염상섭, 「至上善을 爲하여」, 『新生活』 7.

새로운 문화의 건설과 참된 이상을 실현한다는 주조를 띠는 이 글들은 모두 '개인'에 대한 주목을 공통으로 지니고 있다. 전시대의 문화 풍토가 계몽이라는 기치 아래 전체 사회에 대한 관심을 집중적으로 드러냈음에 비할 때, '개인'에의 주목은 분명 그 자체만으로도 일정한 의의를 지닌다. 그러나 이러한 피상적 강조들을 근거로 하여 이 시기에 근대적인 개인 의식이 수립되었다는 식의 단정을 내리기는 힘들다고 하겠다. 근대 시민사회에서의 개인의 발견이란, 정치 경제적으로 발흥하는 부르주아 계급의 역사적 전망을 근거로 한 전사회적인 의미망을 지니고 있는 까닭이다.

당대의 작가들이 '강한 자'로서의 개인을 적극적으로 수용하고 나아가 한국의 문화에 심고자 한 것은 근본적으로 당대 사회 속에서 그들이 처한 위기 상황에 말미암는다고 여겨진다. "사회 질서의 붕괴와 하부구조 및 그 결과로 나타나는 상부구조에서의 갈등의 발생 그리고 전통적으로 받아들여지던 가치 체계의 붕괴로 말미암아 개인은 자신의 독립된 주체 의식을 갖게 되고, 자신과 타인 및 사회와의 관계에 의문을 제기하게 된다"(아담 샤프, 김영숙 역, 『마르크스주의와 개인』, 중원문화, 1984, 16면)는 점을, 일본 유학생 출신의 이들 작가들이 처한 상황에 비춰 보는 것은 그다지 무리스럽지 않은 것이다. 이런 기제에서 수용·견지된 개인 의식이 진정으로 근대성의 중요한 몫을 담당하고 있었는가는 좀더 넓은 문학사적 조망이 필요한 문제라고 생각된다.

이것은 엄청난 자부심이며 긍지이지만, 현실 초연의 자세를 다른 한 축으로 하면서 그 폭이 좁혀진 데서도 알 수 있듯이, 실제적인 힘을 가진 것은 못 되었다. 오히려 이러한 자세에서 선택된 문학은, 앞서 말한 역사적 전환기에서 자계급의 정체성을 상실한 채 부유할 수밖에 없었던 이들이 그나마 부여잡은 마지막 고리에 불과한 것이었다. 궁극적으로 따지자면 사회의 자주적 근대화라는 이상적인 길이 봉쇄된 상황에서 도시 중산층 출신의 청년들이 자신들의 삶을 걸 마지막 성전, 도피처로 선택한 것이 예술이었다고 할 수 있다. 기미독립운동 이후 열려진 소위 문화정치라는 것이 일체 정책의 후퇴라기보다는 한층 더 치밀해진 지배 전략임을 염두에 둘 때,30) 이들이 펼친 문학 세계가 실은 사회로부터의 도피처에 불과함을 어렵지 않게 확인할 수 있다. 이러한 자리에서 볼 때, 일본 유학을 통해 습득된 근대적 특성이라는 것이 매우 취약한 수준을 벗지 못함은 오히려 당연하다고 하겠다. 여기서 말하는 취약성은, 이들 이념이 삶의 세계에 뿌리박지 못한 추상에 불과함을 의미한다. 이 부분을 좀더 살펴보자.

앞서 말했듯이 1920년대 초기 작품들은 '참예술'이나 '참인생', '개성' 등에로 정향되어 있다. '추상적 근대성'이라고 지칭할 수 있는 이들 이념은 모두 봉건사회의 질곡에서 억눌렸던 인간적인 것[개인적인 것]의 발양 곧 반봉건성을 목적으로 하고 있다. 이러한 반봉건적 의식은 당대 지식인들 사이에서, 자신들의 지향이 서구 근대사를 연 르네상스기의 찬란한 문화 운동에 상응하는 것으로 여겨지게도 했을 것이다. '거룩한 聖殿'이라는 시적 표현에서 잘 드러나듯이, 계급적 집단 무의식 상태에서 완전한 무력감을 지닐 수밖에 없는 대신, 그들이 자신을 추스르기 위해 선택한 '예술'의 자리에서 이룬 자화상들은 르네상스기의 찬란한 '인간'의 모습 바로 그것이었던 것이다. 다음의 글은 그러한 사정을 명시적으로 보여 준다.

---

30) 임헌영, 「일제하 식민문화 정책」, 한국독립운동사연구소 심포지움 「한국 근대사에서 일제의 침략 논리와 실상」의 발제문, 1992.8.12 참조.

지금 우리는(…중략…) 少하여도 中古暗黑時代를 버서나서 모든 束縛을 脫하고 學問과 生活의 自由를 求하려 하는 文藝復興期의 伊太利人일다, 右에 나는 우리 古代의 文化的 生活은 世界的 價値를 갓지 못하엿다 함은 全혀 그 文化의 價値를 否定함이 아니오 但只 世界的이란 形容詞를 둘 수 업다 함에 不外하다.31)

한국의 고대 문화가 세계적 가치를 갖지 못하였다는 판단은 무엇을 의미하는가. 이는 자신들의 문화 운동이 소위 근대화의 정통으로 여겨지는 서구를 기준으로 하고 있음을 드러내는 것이다. 윗글의 주제가 '신시대를 맞는 노정상에서 사상과 예술과 학문을 위하여 토사(討死할 것'으로 맺어지는 데서 이 점이 확인된다. 따라서 르네상스기와 당대를 비교하는 것은, 앞서 말한 이들의 자의식·자부심을 또 한 번 입증해 주는 것이라고 할 수 있다. 물론 이러한 자부심에 기초한 반봉건성은 나름의 의의를 갖는다. 예술에 대한 본격적인 관심으로 인해 도구적 예술관이 상당 부분 불식된 것이나, 그 실질적인 내용이야 어쨌건 개인으로 현상하는 인간에 대한 강조는 그 자체로서 발전의 측면을 갖는 것이다.

커다란 사명감과 자부심을 가지면서도 실제적으로는 사회로부터의 도망자에 불과했던 1920년대 초기 작가들의 처지는, 열악한 현실 상황과 그에 비해 훨씬 넓은 폭을 지닌 이상(理想)의 거리에서 유래된다. 이러한 거리는 반봉건적 현실에 대항한 이들의 행위에 커다란 자부심을 부어넣어 주는 것이면서 동시에 일본으로부터 수입한 그들의 이상 자체를 추상적인 것으로 강제하는 것이기도 하다. 이러한 양의성은 작품의 경우에도 똑같이 적용된다. 작품의 지향에서 보이는 근대적 속성들[추상적 근대성], 그리고 발전의 면모들 뿐만 아니라 소설 장르의 치명적 결함이라 할 수 있는 현실의 외면 및 배제32) 모두가 위에 말한 거리에서 유래하는 것이다.

31) 이병도, 앞의 글, 10면.
32) 김동인의 작품이 보이는 무국적성(김윤식, 「반역사주의 지향의 과오」, 『문학사상』, 1972.11)이나, 나도향의 작품 세계에서 전통적인 삶의 세계(the life-world)의 모습이 배제되어 있는 것(본고 제3장 1절 참조), 염상섭의 초기 삼부작을 꿰뚫는 다민다한(多悶多恨)의 정조(김동인, 「한국근대소설고」, 『김동인 문학전집』 12권, 대중서관, 1983) 등, 이

현실과 작가 정신의 부조화로 요약할 수 있는 이러한 상황을, 작품을 중
심으로 간략히 표현하자면 다음과 같다.

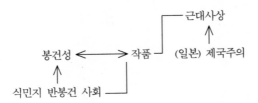

곧 아서구로서의 일본 제국주의에 근원을 둔 대정기의 근대사상과, 봉
건성이 만연한 식민지 한국의 토대가 어우러져 빚어낸 것이, 개성·예술
등으로 표상되는 추상적 근대성에 대한 지향을 품은 채 봉건성의 비판으
로 새로운 문화를 수립하려 한 1920년대 초기 작가들의 작품 세계인 것
이다. 상·하부구조의 분리라고도 할 수 있는 이러한 희유한 만남이 가능
할 수 있었던 사정에는 당시 한국이 식민지라는 사실이 가장 밑에 놓이
며, 그 위에는 이들 작가의 미숙성이 자리한다. 여기서 말하는 미숙성이
란 양의적인 것이다. 소설 장르에 대한 작가로서의 미숙함과 함께, 사회
적·계급적 존재로서의 자리를 제대로 찾을 수 없었던 미숙함이 섞여 있
는 까닭이다. 이러한 미숙함에 의해 소설 장르로서는 특이하다고 할 수
있는 현실 외면의 양상이 광범위하게 드러나게 되었다고 할 수 있다. 이
러한 작품 세계상의 특징을 보다 집중적으로 검토하는 것이 다음 장의
과제이다.

시기 작품들의 세계가 당대 한국의 구체적인 현실로부터 거리를 띄운 모습을 보이는
것은 익히 지적되어 왔다.

제3장 1920년대 초기 소설의 형성 원리 및 그 양상

앞서의 개괄적인 논의를 통해서 우리는, 1920년대 초기 소설문학에 있어서 현실과 작가 정신의 부조화, 곧 반봉건성이 만연한 채로 식민지자본주의화의 길을 걷는 폐색된 현실과 아서구로서의 대정기 일본 문단을 통해 르네상스기의 찬란한 이상을 품게 된 작가들의 마주침을, 당대 소설 작품과 관련한 반영 및 창작의 측면에서 고찰하였다. 이러한 두 항이 서로 정합적으로 맞물리지 못하고 심대한 거리를 띄우고 있는 사정에는 토지조사사업의 완수와 기미독립운동의 실패 속에서 자계급의 정체성을 상실한 작가층[소시민 계층]의 운명이 놓여 있음 역시 확인되었다. 하나의 작품을 형성하는 데 있어서 핵심적인 두 요소라고 할 수 있는 이들 측면이 상하부구조의 분리라고 할 수 있을 묘한 관계에 놓임으로써, 당대 작가들의 이상이 추상화되면서도 동시에 작가적 자부심에 의해 강력히 밑받침되어, 현실 외면 및 서사 구조의 약화라는 특이한 성질을 구비한 작품 세계들이 구축되었다는 것 역시 본고의 잠정적인 결론이다.[1]

작품이 창작되는 상황의 이러한 특성은 이 시기 소설문학을 좀더 구체

적으로 살피는 데 있어서 매우 중요한 의미를 지닌다. 작품의 구성을 지
배하는 직접적인 주체인 작가의 지향이 당대 현실과 거리를 두고 있는
사실은, 작품 내적 세계가 현실과는 다른 모습으로 존재하는 결과를 낳는
다. 다시 말해서, 당대 현실로부터 유리된 추상적인 공간 속에서 이들 작
품의 내적 세계가 펼쳐진다는 것이다. 따라서 이들 작품이 보이는 미적인
특성이나 내용적인 지향성의 차원에서, 이후의 논의 방식을 설정해 줄 어
떤 유형화를 기대하는 것은 별반 소득을 얻을 수 없다. 현실 외면과 서사
구조의 약화라는 기본 특징은, 당대의 소설들을 소설사의 한 시기로 묶을
수 있게 할 정도로 보편적인 것인 까닭이다.

  이러한 사정에서 본고는, 작품에 드러난 바 현실을 대하는 작가적 자
세의 차이에 주목하여 이후의 논의를 전개하고자 한다. 모든 작품들이
현실의 논리와는 동떨어져 형성되고 있음에도 불구하고, 이러한 차이는
충분히 간취된다. 곧 애초부터 현실 한편에 따로 작품 세계가 구축되어
현실성2)을 완전히 외면한 채 존재하는 일군의 소설이 있는가 하면, 1920

---

1) 실상 이상의 논의는 배경적인 고찰의 수준을 결코 넘을 수 없는 것이라 할 수 있고,
   관심의 선후를 따진다면 제일 나중에 놓여지는 것이다. 본고에서도 이러한 사정은 마
   찬가지인데, 단 본고의 효율적인 구성을 위해서는, 1920년대 초기의 전형적인 상황을
   살펴 두는 것이 개별 작품에 대한 구체적인 분석에 선행할 필요가 있다는 판단에서,
   전제적인 논의로 설정되었던 것이다. 따라서 본 장에서 행해지는 작품들에 대한 각론
   은 가급적 작품의 미적 특성에 중점을 두어 기술될 것이다.
2) 본고에서 '현실성(reality)'이라는 개념은 철학적인 용어로 사용되며, 정확히는 '사실
   들의 현실성(the reality of facts)'을 의미한다. 코지크에 따를 때, '사실성(the facticity of
   facts)'과 현실성의 관계는 다음과 같다.
     "The facticity of facts is not their reality but rather their fixed superficiality, one-sidedness and
   immobility. The *reality* of facts is opposed to their facticity not so much as a reality of a *different*
   order and independent of facts, but rather as an *internal* relation, as the dynamics and the
   contradictory character of the totality of facts."(K. Kosik, trans. by K. Kovanda / J. Schmidt,
   Dialetics of the Concrete; a Study on problems of Man and World, D. Reidel Publishing Company,
   1976, p.27).
     코지크가 말하듯이 사실성과 현실성은 질적으로 구별되는 개념이다. 따라서 어떤
   작품이 현실성을 성취 내지는 추구하고 있다는 것은 사실들의 내적인 연관이 작품 속
   에서 형상격으로 반영·고려되고 있음을 의미한다. 이러한 까닭에, 현실을 대하는 작
   가적 자세의 차이에 근거하여 1920년대 초기 작품들을 유형화하는 데 있어 현실성은

년대 초기에 소설을 쓰는 작가의 상황 자체를 문제삼음으로써, 작가 자신과 현실 사이에 놓인 거리를 형상화함으로써 현실성을 추구하는 다른 소설들이 있는 것이다. 이러한 차이는 궁극적으로 현실을 대하는 작가적 자세, 즉 작가 정신의 차원에서 이루어진 것으로 보인다. 이런 맥락에서, 당대의 소설들을 크게 현실성 부재와 현실성 추구라는 두 항으로 나누어 볼 수 있겠다. 이들은 각각 다시 추상적인 작가의 지향이 너무 강한 까닭에 현실성이 부재한 경우[나도향]와 의식적으로 현실성을 배제한 소설[김동인], 그리고 작가 자신의 신변을 형상화함으로써 시대적인 무게를 지워버린 채 현실을 수용하는 작품들[현진건]과 1920년대 초기의 전형적인 상황을 본격적으로 문제삼음으로써 현실의 힘을 인정하는 경우[염상섭]로 세분된다.3)

1. 주관의 절대화와 서정소설의 등장

1920년대 초기의 한국이 아니고서는 생겨나기가 힘들다고 할 수 있을 정도로 당대 작가들이 처한 상황의 특성을 십분 지니고 있는 소설들이 이 항에서 다루어진다. 문단의 총아로 추켜세워졌던 나도향의 소설들로 대표되는 이 유형의 작품들4)은, 작가의 지향이 매우 강해서 현실 자체가

───────────────

주요한 기준이 된다고 하겠다.
3) [ ] 속에 제시된 작가들의 모든 작품이 다 그러한 유형에 속하는 것은 물론 아니며, 이상 네 명 작가들 외의 다른 작가들의 작품이 모두 본고의 관심사에서 벗어나 있는 것 역시 아님을 명기해 둘 필요가 있겠다. 예컨대 전영택의 작품들은 이상의 분류 중 어느 하나에 온전히 포괄된다고 할 수 없고, 주요섭이나 이익상의 어느 작품들은 추가로 논의될 소지가 다분한 것이다. 따라서 이후의 논의는 각 유형의 대표작들을 중심으로 전개되며, 공통 속성을 보이는 여타의 작품들은 그때그때 함께 검토될 것이다.

완전히 무력화된 경우라고 할 수 있다. 물론 작가의 지향은 '예술'과 '사랑'으로 표상되는 추상적 근대성에로 향해 있다. 이러한 지향은 너무나 강렬해서, 반(反)봉건적인 특성까지도 부차적인 것으로 만들면서, '예술'과 '사랑'에 대한 낭만주의적 동경의 정점을 보여 준다. 현실에 대한 고려는 거의 부재한 채 낭만적 사랑의 형상화만이 도드라져 있는 것이다.

미적으로 볼 때, 이들 작품은 서사 구조 자체가 현격히 약화된 채 주인공의 감상적 심리만이 전면에 드러나는 모습을 띤다. 삶의 세계(the life-world)의 모습은 완전히 배제되어 있으며, 인물의 좌절이나 영탄만이 장황한 수식 어구에 힘입어 짙은 감상적 정조를 형성해 내고 있는 것이다. 시공간 자체는 단순히 서사(narrative)의 재료로서만 기능하고 있으며 현실 역시 단순한 배경으로 약화된다. 따라서 갈등이라고 할 수 있는 것 역시 실체를 부여받지 못하고 인물의 내면 심리로만 나타날 뿐이며, 그나마도 쉽게 무화되어 버린다. 심리소설5)이라고 불려진 이런 작품들은 작가의 현실 인식 층위에서 이미 현실성과는 거리를 둔 경우라고 할 수 있다.

한편 연구사를 돌아보면, 1920년대 초기에 발표된 나도향의 소설들에 대해서는 전반적으로 부정적인 평가가 내려져 왔다고 할 수 있다.6) 작품 세계에서 보이는 바, 사건 진행상의 필연성 부재와 우연성의 남발, 감정의 과장 등이 부정적인 특질로 지적되었으며, 그에 근거하여 감상적·주

---

4) 본고에서는, 나도향의 「젊은이의 時節」, 『幻戱』, 「별을 안거든 우지나 말 걸」, 「옛날 꿈은 蒼白하더이다」, 현진건의 「犧牲花」 등을 이런 유형으로 분류한다.
5) 임화, 『문학의 논리』, 학예사, 1940(서음사판, 1989, 221면).
6) 채훈(『1920년대 한국 작가 연구』, 일지사, 1976), 윤홍노(『한국 근대소설 연구』, 일조각, 1980), 김우종(『한국 현대소설사』, 성문각, 1982), 한점돌(「총체적 식민지 현실의 형상화」, 김용성·우한용 편, 『한국 근대 작가 연구』, 삼지원, 1985), 조남현(『한국 현대소설 연구』, 민음사, 1987) 등 대부분의 연구들 모두, 도향의 초기 작품에 대한 결론적인 평가에 있어서 부정적인 자세를 취하고 있다.
  이와는 달리 최원식(『민족문학의 논리』, 창작과비평사, 1982)은 소설사적인 맥락에서 『幻戱』가 갖는 진보성을 지적함으로써 상반된 평가를 보인다.

관적·현실 도피적이라는 폄하적인 부가어가 작가의 자세를 규정하는 데
즐겨 사용되었다. 제반 연구들이 보여 준 이러한 현상 파악은 물론 옳지
만, 그러한 현상이 빚어질 수 있었던 혹은 그럴 수밖에 없었던 배경을 구
명하는 데 있어서 소홀히 한 점은 문제시할 필요가 있다. 앞서 언급한 부
정적인 특징들이 작품 전체의 맥락에서 오히려 적극적으로 구사되고 있
는 사정을 고려할 때, 그의 작품 실제를 본격적으로 검토하는 연구가 요
청되는 것이다.

1) 「젊은이의 시절(時節)」－서정소설적 면모

도향의 초기 작품들에서 제일 먼저 우리의 주의를 끄는 것은 장황하고
도 감각적인 수식어의 사용이다.[7]

> 아참 이슬이 겨우 풀끚헤서 사라지랴 하는 봄날 아참이엿다. 부드러운 공기는 왼
> 宇宙의 향기를 다－모아다가 銀河 갓흔 맑은 물에 씻서 그윽하고도 달콤한 내음새
> 를 가는 바람에 실어다 주는 듯하엿다. 쏫다운 풀 내음새는 사면에서 난다.
> 적은 녀신의 젓가슴 갓흔 부드러운 풀포기 우에 다리를 썻고 사람의 혼을 催淫
> 劑의 魔藥으로 痲痺식히는 듯한 봄날의 보이지 안는 기운에 취하여 멀거니 안저
> 잇는 趙哲夏는 그의 픳기 잇고 타는 듯한 청년다운 얼골은 보이지 안코 어대인지

---

7) 한점돌의 경우는 1923년 이전의 도향 소설들을 '초월적 파멸 구조'로 이루어진 작품
이라고 정리하고 있다. 그에 따를 때 이들 작품은, "주인공(A)이 가치 있다고 생각하는
어떤 것(etwas)(B)을 추구하나 현실 속에서 장애(C)에 부딪쳐 좌절하고 다른 상황－신비화
된 죽음이나 눈물, 꿈－으로 도피하여 그 좌절감을 잊어 버림으로써 심리적 평형을 얻고
자 하는 결말(D)을 가지고 있다."(앞의 글, 145면)는 것이다. 이러한 파악은 서사의 순서
를 추론해 낸 것으로 보인다. 그러나 본고의 파악에 의할 때, 도향의 작품들은 '추구－
좌절－초월' 식의 순차적인 진행 과정으로 나뉠 수 있는 것이 아니라, (B)－(C)의 대립
에서 (C)가 불명료한 채, (B)와 (D)가 전편에 걸쳐 있는 구도를 이루고 있다고 보여진다.
따라서 도향의 작품에 대한 접근은 (B)와 (D)가 드러내는 양상의 구명으로부터 시작되
는 것이 적절할 것이다. 그의 작품에 드러난 수식어를 문제삼는 것으로 본 절이 시작
되는 것은 이러한 판단에 근거한다.

차저낼 수 업는 憂愁의 빗이 보인다.[8]

　도향의 초기 세 작품의 특징을 가장 잘 나타내고 있는 「젊은이의 시
절(時節)」의 서두 부분을 인용한 것이다. 여기서 주의할 것은, 장황하다
할 수 있는 이러한 수식어 구의 사용이 갖는 미적인 의미이다. 첫 문단
의 정서적 표현과 더불어서 이러한 수식어 구들은 서술자가 의도하는 작
품의 정조를 드러내는 기능을 한다. 장황한 수식어 구와 더불어 주목할
만한 것은 묘사 자체의 특성이다. 그는 즐겨 색채를 통한 이미지적인 묘
사를 행하고 있다.

　　그리고 그의 肉體의 美도 지난 번 볼 째에는 엇재 흙 내음새가 나는 듯이 누른 感
　情을 나에게 주더니 오늘에는 붉으레하게 黃金色이 나는 빗을 나에게 던저 주더이다.
　그리고 그 黃金色이 濃厚한 液體가 平平한 곳으로 퍼지는 듯이 점점점점 보이지 안케
　변하여 銅色의 붉은빗으로 변하고 나중에는 어엽분 處女의 粉紅 저고리빗으로 변하기
　까지 하엿나이다. (「별을 안거든 우지나 말 걸」, 『白鳥』 2호, 1922.5, 5면. 강조는 인
　용자)

　그의 이러한 색감적 묘사는 인물의 감정이나 작품의 분위기를 묘사하
는 데 흔히 사용되는데, "푸른 感傷과 서늘한 感情"이라든가 "粉紅빗 나
는 무슨 타는 듯한 빗", "푸른 悲哀와 灰色 失望의 빗" 등 도처에서 쉽게
눈에 띈다. 이러한 묘사법이 서정시에 가까운 것임을 염두에 둘 때, 이를
통해서도 우리는 이들 작품의 기본 원리가 근대소설 일반에서 벗어나
있음을 알게 된다. 도향 초기작의 이러한 특징은 인상적인 차원에서 매
우 부정적으로 평가되어 왔다.[9] 그러나 이러한 평가는, 1920년대 초기

────────────

8) 나도향, 「젊은이의 時節」, 『白鳥』 1호, 1922.1, 24면 : 작품의 인용은 띄어쓰기만을 고
　친 채 원문의 표기대로 옮기는 것을 원칙으로 한다. 이하에서는 본문에 출전 및 면 수
　를 명기하는 것으로 각주를 갈음한다.
9) 예컨대 김우종은, "그 華麗한 낭만성'에도 불구하고 그가 사용한 용어의 하나하나
　는 억지로 결합되어 조화를 잃고 있"다는 지적 아래 나도향이 '표현수단으로서의 소
　재' 곧 언어를 다루는 데 있어서 형편없었다는 평을 내리고 있다(앞의 책, 193면).

작의 지향을 별로 주의하지 않았다는 데서 다소 안이한 것이라고 할 수
있겠다.

먼저 우리는 이러한 수식어 구들이 행위를 대상으로 하고 있지 않음
에 주목할 필요가 있다. 주인공의 심리 상태나 환경에 대한 묘사, 갈등을
겪는 내면의 토로에 대한 서술 등에서만 '번거롭기 짝이 없는'(김우종) 수
식이 사용되는 것이다. 이와는 달리 사건의 전개와 관련되는 구체적인
행위의 서술 부분은, 작품의 주조와는 이질적이라고 할 수 있을 정도로
간명하다.

> 哲夏는 아츰을 먹고 大門을 나섯다. 정한 곳 업시 거러갓다. 그는 엇더한 네거리
> 에 왓다. 거기에는 電車를 기다리는 사람이 만히 잇섯다. 그 엇더한 女子 하나이 거
> 기 서서 電車를 기다리고 잇는 것을 보앗다. 그 녀자는 자기의 누의보다 더 엽브지
> 는 못하나 어대인지 자기 누의가 갓지 못한 美点 잇는 녀자라 하엿다. 그는 한참
> 보다가 다시 두어 거름 나아가 쏘다시 돌아다 보앗다. 그는 그 엽헤 英彬이가 서
> 잇는 것을 보앗다. (「젊은이의 時節」, 31면)

주인공 철하(哲夏)가 영빈(英彬)의 배신 현장을 우연히 발견하는 부분이
다. 뒤에 말하겠지만 서사의 뼈대만 따질 경우 이는 전체 갈등의 시발
점이 되는 사건이라고 할 수 있다. 그러나 작가는 별반 주의를 기울이
지 않고 서술해 버리는 태도를 보인다. 이것은 작가의 관심이 어디에
있는지를 뚜렷이 보여 주는 대목이다. 도향이 드러내고자 하는 것은 작
중 인물들이 세계 속에서 그와는 거리를 두며 느끼는 심리일 뿐이라고
할 수 있다.[10) 『환희(幻戲)』에 이르기까지 이러한 사정은 변함없이 지켜
진다. 그 결과 작품에서 읽어 낼 수 있는 행위의 흐름 역시 일반적인 소
설들의 그것과는 다른 양상을 보이게 된다. 많은 논자들이 지적한 바,

---

10) 이런 의미에서, 1930년대의 소설들이 보이는 '세태적 소설'과 '심리적 소설'의 양분
화 현상을 소설의 위기로 파악하는 임화가, "稻香을 조선 심리소설의 鼻祖"(221면)로
간주하는 통찰을 높이 사 줄 수 있다(임화, 「본격소설론」, 『문학의 논리』, 앞의 책).

서사 전개에 있어서의 우연성의 남발이 그것이다. 「젊은이의 시절(時節)」에서 이러한 점이 뚜렷이 드러나는데, 이는 작가의 미숙함을 나타내는 것이라기보다는 그와 반대로 작가의 의도를 확실히 드러내 주는 것이라고 할 수 있다.

이 주일이나 만나 보지 못한 영빈의 소식을 알아봐 달라는 누나[瓊愛]의 부탁을 거절하고 '정한 곳 없이 걸어'다니던 철하가, '어떠한 네거리'에서 '어떠한 여자 하나'와 함께 있는 영빈을 만나게 되는 위의 인용 부분이 그 뚜렷한 예이다. 이 우연은 사건의 전개에 있어서 중요한 역할을 담당한다. 그러한 만남으로 해서 철하가 영빈을 방문하게 되고, 집에 돌아와서는 경애의 거짓말을 알아차리게 되는 것이다. 이후 사건은 급속도로 진행되어 철하의 가출 기도가 행해지며, 곧이어 구체화되는 경애의 실연에 의해 벌어지는 철하와 경애의 심리적 갈등을 거쳐, 현실성을 완전히 몰각한 철하의 꿈의 나라 곧 시의 세계로 작품이 이어지는 것이다.

이처럼 서사의 진행에 있어서 가장 중요한 고리 역할을 하는 부분이 위와 같이 우연을 통해 처리되는 것은, 작품상의 심각한 결함을 증명하는 것이라기보다 작가의 의도가 서사 구조의 사실성[11]에 놓여 있지 않음을 나타내는 것이라고 할 수 있다. 그는 시종일관 주인공들의 내면 세계에만 주목하는 것이다. 이러한 판단은, 내면 세계의 갈등을 일으키는 세계의 힘이 애초부터 논외로 되어 있는 사실에 근거한다. 철하의 갈등을 유발하는 폐색된 현실의 핵심적 담지자인 아버지의 존재 및 이 양자 사이의 실제적인 갈등은, 독자들의 '서사적인 채워넣기'[12]에 위임되고 있을 뿐 거의 그려지지 않고 있다.

---

11) 일반적으로 '서사 구조의 사실성'이라는 표현은, 사건들이 인과성을 성취하고 있다는 의미로 쓰이고 있다. 포스터의 정의를 빈다면, 플롯을 이루고 있다는 것이다(이성호 역, 『소설의 이해』, 문예출판사, 1975, 107면).
12) 시모어 채트먼, 김경수 역, 『영화와 소설의 서사 구조』, 민음사, 1990, 34면 참조

이들 작품에서 보이는 현실성 부재의 성격은, 사건의 처리 방식과 인물들의 갈등에 따르는 고통의 양상을 살필 때 보다 잘 드러난다. 「젊은이의 시절(時節)」의 서사 구조에서 현실적으로 가장 중요한 사건은 영빈에 의한 경애의 정조 유린이라고 할 수 있다. 둘의 성합(性合)이 결혼으로 이어지지 못하는 상황에서 경애가 맞이하는 고통은 심대한 것임이 분명한데도 도향은 엉뚱한(!) 방향으로 작품을 진행시킨다. 영빈의 편지를 본 경애가 "무엇이 무엇이냐 나는 예술가에게 더러움을 당하엿다 속앗다. 다―그만두어라 예술가는 다―毒蛇다 惡魔이다 여호와를 속이인 배암과 갓다 다―고만두어"(39면)라고 말하게 함으로써, 실제적 사건에 의한 갈등을 전개하는 대신에, 예술을 논의의 중심으로 끌어들이는 것이다. 예술이라는 지상의 가치가 침해되는 상황을 창출하는 것이다. 물론 이 침해는 그 빛을 더욱 발하기 위한 예비 단계일 뿐이다. 이하는 당대의 창작 상황과 도향의 의도가 동시에 확인되는 장면이라고 할 수 있다.

'崇高하고도 純潔'(29면)한 예술을 욕한다는 것은, 철하에게 있어 '生의 모든 것'을 욕하고 '누님 自己'와 자신을 욕하는 것을 의미한다. 이에 따른 철하의 괴로움은 도향의 작품 세계에서 가장 가치 있는 괴로움이어서 그에 비할 때 경애의 현실적 고통 등은 기실 아무것도 아니게 된다. 현실적 갈등의 주체인 경애가 '지내간 일은 이저바리자'며 배면으로 후퇴해 버리는 것이다. 따라서 이후의 갈등이 예술이라는 추상에 의해 진행되는 것 역시 이 자리에서는 당연하다고 하겠다. 영빈을 찾아가겠다고 일어선 철하는 사실 '藝術을 위하여 일어섯'(41면)던 것이다.

이렇듯 작품의 진행이 현실적인 사건의 발전보다 감정의 선을 따라 지속되는 세계에서 비극적인 사건은 별반 '사건'으로서의 힘을 발휘하지 못하고 쉽게 의심되고 주관적으로 부정된다. 도향은 경애로 하여금 영빈의 편지조차 호의로 의심하게 만들면서 철하를 꿈의 나라로 보내는 것이다. 여기서 위대한 서정적 순간이 화려하게 등장한다. 그것은 '초자연의 순간'이고 '시'의 자리이다. 이렇게 볼 때, 「젊은이의 시절(時節)」 전편은 철하의 꿈에로 정향되어 있다고 할 수 있다.

이상 살펴보았듯이, 「젊은이의 시절(時節)」은 주인공 조철하의 주변에 대한 이미지를 따라 구축되고 있다. 그는 세계와 자연, 그리고 예술과 사랑으로 표상되는 이상이라는 세 항과 관계를 맺고 있다. 이러한 축에서 제일 중요한 것은 마지막의 것이다. 앞의 두 가지는 이상에의 지향을 특화하는 것으로 설정되어 있을 뿐이다. 이 점을 살피기 위해 다소 긴 구절을 인용해 본다.

그는 어렷을 째붓허 自然의 美妙한 소리에 한업는 感化를 밧엇다. 그는 홀노 저녁 종소래를 듯고 눈물을 씨섯스며 童謠를 부르며 지내가는 어린 계집 아해를 안어 주엇다.

그는 각금 音樂會에도 가고 音樂에 대한 書籍도 만히 보앗다. 더구나 藝術의 뭉치인 歌劇이나 樂劇을 求景할 째에 그 舞臺에 낫하나는 女優의 리씀(Rhythm) 맛친 輕快하고 사랑스럽고 쏘 말할 수 업는 情慾을 주는 擧動을 볼 째나 女神갓치 차리인 處女의 哀然한 소래나 皇子 갓흔 俳優의 魅力을 가진 목소래가 모든 것과 잘 調和되여 다만 그에게 주는 것은 말하기 어려운 幻想뿐이엿다. 넘칠 듯한 理想뿐이엿다. 人生의 悲哀뿐이엿다.

그는 只今 나무 밋헤 서서 주먹을 단단히 쥐고 공중을 치며

「音樂家가 되엇스면! 세상에 가장 크고 極致의 藝術은 音樂이다 나는 音樂家가 될 터이다」 그는 한참 잇다가 다시 「안이(音樂家가 될 터이다)가 안이다 내가 나를 音樂家라 일흠 짓는 것은 못난이 짓이다. 아직 세상을 超脫치 못한 까닭이다. 그러타 다만 내 속에 音樂을 놋코 내가 音樂 속에 들 뿐이다」

그의 表情에는 이 세상 모든 것을 嘲笑하는 우슴이 넘치는 듯하엿다. 그는 한참 감안히 잇섯다. 그러하다가 그는 갑작이 눈에 희미한 눈물 방울을 고엿다. 그리고 다시 주먹을 쥐고

「에-家庭이란 다-무엇이야 씻트러 바려야지 家庭이란 사랑의 形式이다. 사랑 업는 家庭은 生命 업는 屍體이다 아아 이 世上에는 목숨 업는 송장 갓흔 家庭이 얼마나 될가? 불상한 아버지와 애처러운 어머니는 왜 나를 나섯소 참진리와 人生의 極致를 바라보고 가랴는 나를 왜 못 가게 하서요 (…중략…) 나는 참아 못하는 눈(물 : 인용자)을 흘니고서라도 家庭을 뒤로 두고 나 갈 곳으로 갈가 합니다」 (「젊은

이의 時節」, 26~7면)

철하에게 있어 자연은, '가슴 속에 감초인 령혼'을 떨게 하여 '괴로움 만코 거짓 만코 부지럽는 것이 만흔 이 세상'을 떠나고 싶게 하는 '끗업는 저-天涯'(25면)로 표상된다.13) 이것은 1920년대 초기 소설 일반의 특성을 보여 주는 동시에 도향 나름의 '감상주의'의 근거가 되고 있다. 철하의 눈물은 인용의 마지막 문단에서 생성의 근거를 부여받는다. '人生의 極致'에로의 지향이 좌절되는 상황에서 눈물이 형성되는 것이다.14)

이러한 좌절은 물론 당대 사회의 후진성에 근거하지만, 앞서도 말했듯이 도향은 이 면에 대해 거의 지면을 할애하지 않는다. 극단적으로 말해서 자연과 세계는, 철하가 보이는 심리의 개연성을 의심하는 독자의 '서사적인 채워 넣기'를 고려하는 정도에서만 설정되어 있을 뿐이다. 이러한 자연과 세계가 자신들의 실체를 확보하지 못하고 있는 것은 당연하다. 「젊은이의 시절(時節)」의 경우, 이들은 철하의 심리에 들어올 때만 드러날 수 있을 뿐이다. 이는 「젊은이의 시절(時節)」이 근대소설 일반과는 다른 구성 원리에 의거해서 쓰여졌음을 의미한다. 이러한 특징은 서정소설에 가까운 것이라고 하겠다.

---

13) 이 점에서 도향과 상섭의 친연성이 확인된다. 상섭의 처녀작 「標本室의 靑개고리」의 주인공 X가 지향하는 것 역시 '世界의 끗'이나 '無限'으로 표상되는 것이다. 이는 두 작가가 구사하는 갈등의 축이 동일함을 의미한다. 근대 사상을 포지한 넓은 영혼과 그것을 용납하지 않는 폐색된 현실이 그것이다. 여기서 외부 세계의 막강한 힘이 인정되어 추상화에로 나가는 것이 상섭의 길이라 할 때, 도향은 외부 세계를 주관의 이미지로 변용시켜 다룸으로써 현실성을 외면하는 또 다른 소설의 장을 여는 것이다. 작가의 현실 인식 태도를 문제삼는 본고의 입장에서 상섭에게 가치를 부여하는 것은 당연하다 할 수 있지만, 소설사의 흐름으로 폭을 좁힐 경우 이러한 두 가지 양상이 갖는 나름대로의 의의를 충분히 인정할 필요가 있을 것이다.
14) 도향의 초기 삼부작 중에서 눈물의 근거를 명확히 추론할 수 있는 유일한 부분이 바로 여기이다. 이러한 사정으로 해서 도처에 산재한 '이유 없이 흐르는 영탄조의 눈물'을 예시하고 '정서의 과장 조장'을 지적(윤홍노, 『한국 근대소설 연구』, 앞의 책, 185~6면)하는 것이 가능하다. 그런데 작품의 구도를 파악할 경우 이러한 사실을 단순히 결점으로만 치부할 수는 없게 된다.

프리드만[15]은 "계기적이고 인과적인 서사의 흐름을 동시적인 이미지 속에 투영시키며, 또한 개성적 인물의 행위를 시적 퍼스나로 탈개성화하여 보여"(9면) 주는 소설들을 서정소설로 분류하여, 기존의 소설론들이 제대로 다룰 수 없었던 헤세나 울프, 지드의 작품 세계를 분석한다. 곧 소설 일반이 자아와 세계의 분리에서 출발하여 양자를 결합시키고자 하는 노력을 보이는 데 비해, 서정소설의 경우는 내면 세계에 비춰지는 외부 세계의 이미지를 대상으로 한다는 것이다(11~2면 참조). 이는 서정소설에 있어서 자아와 세계의 분리라는 것은 애초에 무화되어 있음을 의미한다. 따라서 이들 작품에서 "<세계>는 주인공의 내면 세계의 일부이며 차례로 주인공은 객관 세계와 그것의 다양한 현실을 반영한다. 그는 세계를 왜곡시키거나 환상과 <참된>(무한하고 구조적인) 자연이 감춰지는 꿈으로 그것을 용해시킨다"(31면)고 말해진다. 주관에 의해 세계가 왜곡 내지는 용해되는 자리에서 서사의 인과성이 제대로 지켜지지 않고 현실성이 배제되는 것은 당연한 귀결이라고 할 수 있다. "세계는 시인의 <나>, 즉 서정적 자아와 동등한 서정적 관점으로 축소"[16]되어 있는 것이다.

작품의 서사는 전적으로 심리의 변화와 그에 따른 갈등의 고조에 의해, 그리고 그것을 위해 기능하며, 인물들이 주변에 대해 갖는 이미지에 의해 작품 전체의 정조가 확보된다. 이러한 이미지 형성에 있어서 도향이 가장 애용한 것이 독백이나 꿈이다.

인용 부분의 철하의 독백을 보자. 실제 세계에서 혼자만의 생각을 음성으로 드러내는 일은 사실 없다고 할 수 있다. 근대소설 일반에서 옆의 사람이 들을 수 있는 독백이 사라진 것이 이를 증명한다. 사정이 이러한데도 도향은 과감히 위 인용의 독백을 기술하고 그것을 경애와 영빈이 듣고서는 대화가 진행되게 처리한다. 이는 도향이 그리고자 하는 바가 무

---

15) 프리드만, 신동욱 역, 『서정소설론』, 현대문학사, 1989.
16) 프리드만, 앞의 책, 18면. 강조는 원저자.

엇이며, 이 작품이 어떤 원리에 의해 짜여졌는지를 다시 한 번 증명하는
대목이라 할 것이다.

「젊은이의 시절(時節)」에서 꿈은 빈번히 사용되고 중요하게 구사된다.
철하는 매일 밤 꿈을 꾸며 그 속에서 천사의 "音樂 소래를 타고 限업는
곳으로 永遠히" 흐른다. 꿈속은 "조고마한 근심도 업고 다만 아름다움과
말하기 어려운 즐거움 뿐으로"(29면) 가득찬 세계이다. 폐색된 현실에 발
을 붙이지 못하는 작가의 지향이 추상화되는 공간이 바로 꿈인 것이다.
꿈과 현실 사이에 놓인 거리로 해서 잠이 깼을 때 "괴로움과 원망함이 다
시 생기"고 눈물이 나오는 것이다. 결말부의 꿈은 모든 실제적 갈등을 무
화하면서 작품 전체를 종결짓는 역할을 한다. '超自然의 瞬間'에서 '音樂
의 女神'·'感情的 女神'과의 합일을 통해 모든 갈등을 떠나 이미지상의
해결을 취하는 것이다. 현실적 갈등은 여기서 아무 문제도 될 수 없으며,
이미 해결된 것이나 다름없다.

> 哲夏가 눈을 쩟을 째에는 그 女神을 잡엇든 손에 自己 누의의 고흔 손이 잡혀 잇
> 섯다. 자기 누의는 자기 손을 잡고 그 우에 눈물을 쑤리고 잇엇다. (「젊은이의 時節」,
> 48면)

철하의 고민을 이해한 뒤 경애 역시 같은 자리에 서게 된 것이다. 이제
그녀에게 있어(보다 정확히는 작가 도향에게 있어) 영빈과의 지난날은 중요한
문제가 아니다. 그러한 문제 위에 철하의 문제, 예술에의 지향을 올려놓
음으로써 작가는 끝을 맺는다. 이는 작가가 자기 지향의 숭고함을 확인한
것이라 할 수 있는바, 그것으로 「젊은이의 시절(時節)」은 나름의 몫을 완
수한 것이다.

이러한 도향의 태도는 소설 속에서 사회 현실의 논리를 배제하는 가장
근본적인 방법, 곧 작가가 세계를 인식하는 데 있어서 객관을 주관화하는
서정적인 원리를 택한 경우라고 할 수 있다. 이러한 작가적 자세가 소설

의 텍스트성과 맞물림으로써 '서정소설'이 등장한 것이다.

앞서도 말했듯이, 나도향의 초기 소설에 대한 근래의 평가는 극히 부정적이다. 백철과 조연현을 거쳐 거의 정설처럼 되다시피 한, '낭만적인 경향에서 사실적인 경향으로의 변화'라는 파악 자체를 필요 이상의 과대 평가라고 일축한 다음과 같은 진술이 그 대표적인 예이다.

> 1922년부터 작가 활동을 시작한 羅稻香은 자기 특유의 작품 세계를 구축하지 못한 채, 값싼 낭만과 감상에만 젖은 나머지 눈물 흘리는 주인공을 등장시키는 작품만을 계속적으로 發表했었다. 이 무렵에 發表한 작품은 거의 습작품이라고 할 수밖에 없는 것이었던 바 그러한 작품을 낭만주의 문학이니, 소설 이전이니 해 보았자 넌센스일 뿐이다. 이 시기는 「習作期」라고 할 수밖에 없다.17)

그러나 지금까지의 파악에 따를 때 이러한 평가는 세 가지 점에서 문제를 지닌다. 자신의 작품 세계 구축 여부, 작품의 실제 구명에 있어서 연구자의 태도 문제, 습작기라는 폄하적 용어의 불충분성이 그것이다. 서정소설적 면모를 보이는 도향의 초기 소설은 어느 작가의 작품 못지 않게 독창적이라 할 것이며, 그가 보인 낭만 내지 감상은 그냥 폄하될 것이 아니라 작가들이 지녔던 추상적인 지향과 폐색된 현실이 맞부딪친 이 시기의 상황을 이해할 수 있는 좋은 재료로서의 가치를 지니는 것이다.18) 그의 작품이 시작부터 끝까지 이유 없는 '눈물'만 있을 뿐이라는 지적은 작품 표면에 모든 것이 드러나 있기를 바라는 태도의 표명에 불과하다.

---

17) 채훈, 『1920년대 한국 작가 연구』, 일지사, 1976, 82면.
18) 이 점은 최근의 연구자들에 의해서 보다 확실히 인식되어 왔다(예컨대, 한점돌, 「총체적 식민지 현실의 형상화」, 앞의 글 등이 그것이다). 그러나 이 경우도 기미독립운동 이후의 시대적 분위기를 막연히 거론하는 것으로 논의를 대신함으로써 도향 나름의 특성을 해명하는 데까지 나아가지는 못하고 있다.

2) 『환희(幻戱)』─구성 원리로서의 '낭만적 사랑'[19]

사회에 대한 전체적 관점이 계몽주의의 실패와 더불어 약화되고 어떤
양상으로든 '개인'이 주목되기 시작한 1920년대 초기 소설에서 사랑·연
애가 주요 관심사로 된 사정을 쉽게 이해할 수 있다. 여기서 주목할 점은,
사랑을 다루는 이들 작품의 경우, 작가가 어떤 입장에 있건 간에 반드시
낭만적 사랑의 모습이 등장한다는 사실이다.[20]

이들 작품에서 먼저 우리의 관심을 끄는 것은, 사랑 자체가 작가의 의
도 차원에서 일종의 상수로 설정되고 있다는 점이다. 그 결과, 상대가 어
떤 사람인가가 중시되기보다는 단지 짝사랑을 면하게 할 상대의 존재만
이 필요시되는 상황이 펼쳐진다.

거죽을 보아서 아무 것도 만족할 만한 것을 찾아내지 못한 그는 어떻든 무슨 만

---

19) 재크린 살스비는 낭만적 사랑에 대해 다음과 같이 그 특징 및 유형을 제시한다.
　"이상으로서의 사랑은 도덕적인 면에서 중립적이다. 사실상 낭만적 사랑은 두 가지
의 상반되는 유형으로 나눌 수 있다. 하나는 사회적으로 받아들여지는 행복한 사랑으
로서, (…중략…) 결혼과 가정으로 이어지는 사랑이 바로 그런 것이다. 다른 하나는 이
룰 수 없는 불행한 사랑이다. 문학 작품에 나오는 이런 사랑은 대개 고통이나 죽음과
연관되거나, 두 연인으로 하여금 세상과 세속적 이익을 등지게 하는 반사회적이고 파
괴적인 정열과 관련된다. 사랑은 저항할 수 없는 청천하늘의 벼락처럼, 두 영혼의 예
정된 만남처럼, 그 감정 자체에 충실하기만 하다면 여하한 사회 규약을 거역하더라도
무방한, 통제할 수 없는 충동처럼 여겨진다."(박찬길 역, 『낭만적 사랑과 사회』, 민음
사, 1985, 18면)
　살스비는 '낭만적 사랑'의 범주를 무척 유연하게 잡으면서 "낭만적 사랑은 반사회적
이고 제도화되지 않은 형태의 사랑에 더 가까운 것"(32면)이라든가 "낭만적 사랑은 자
유의 표시일 뿐만 아니라 세련된 감정과 우월한 사회적 지위의 표현이기도 한 것"(60
면)임을 밝히고 있다.
20) 이 시기 대부분의 소설들이 '사랑'과 관계되어 있음을 작품들을 일별하기만 해도 분
명해진다. 이러한 현상은 '사랑' 자체가 당대 작가들의 지향성에 있어서 큰 역할을 하
고 있음에 말미암는다고 할 수 있다. 따라서 본고는 사랑이라는 주제에 의해서가 아니
라 그러한 사랑을 다루는 작가의 특성에 비추어 작품을 분류·검토하고자 한다. 이번
절에서 다루어지는 작품들은 특히 '낭만적 사랑'이 전일적으로 형상화되는 『幻戱』, 「犧
牲花」 등이며, 작가의 판단이 일정하게 개재되는 「약한 者의 슬픔」이나 「運命」, 「除夜」
등은 다음 절로 넘겨진다.

족한 것을 그에게서 찾아내어 그를 그리워하여 보기도 하고 사랑도 하여 보았으면 하기까지 하였다. 그와 아주 안면도 없지마는 인연 있게 생각하는 것은 그때 혜숙의 마음속에 조수가 치밀리는 청춘의 끊이지 않고 타는 열정의 불길 (때문: 인용자)이었다. (『幻戱』, 『동아일보』, 1922.11.21~1923.3.21;『신한국문학전집』, 어문각, 1982, 3권 282면)

특정한 사람을 사랑하기보다는 사랑을 사랑하고자 하는 형국이다. 이러한 작가의 지향과 관련하여 『환희(幻戱)』의 작품상 특성을 살펴보자.

『동아일보』 연재 장편인 『환희(幻戱)』는 '惠淑—善鎔—白友英'과 '雪花—永哲—白友永'으로 이루어지는 두 개의 삼각관계를 통해, 우연으로 점철된 시간의 틀을 벗어나지 못하는 군상을 조명하고 있다. 백우영을 제외한 모든 인물들은 박약한 의지의 소유자로서 모든 상황마다 외부로부터의 타개 가능성을 기대한다. 그 결과 두 개의 삼각관계를 중심으로 한 사랑의 진행은 우연에 의해 지배된다. 인물들의 의지가 확고하지 못함으로써 우연(작중 인물들에게 있어 이러한 우연은 운명으로 받아들여진다)이 지배하는 사랑의 변주가 전편에 넘치는 것이다.

'대모테 안경과 흔한 양복과 은장식한 단장'을 차린 일본 유학생을 동경하는 17세의 여학교 이 년생 혜숙은 "자기가 하고 싶고, 옳다고 인정하는 것을 고집할 수 있을 만큼 경험이 없는 어린애"(326면)이다. 그는 이복 오빠 영철이 소개해 준 선용과 자신에게 접근하는 우영 사이에서 방황하는 모습을 보인다. 이러한 방황은 자신이 머릿속에 그리던 이상과 실제의 불일치에 기인한다. 어린 혜숙이 진심으로 믿고 따르는 영철의 '정다운 친구' 선용은 돈이 없어 공부도 제대로 할 수 없는 동경 고학생으로 몰골도 흉한 데 비해, 중앙은행 사장의 아들로서 '인물 잘나고 돈 많고 학교도 상당히 다닌' 우영은 보기만 해도 끌리는 매력을 지닌 것이다.

여기서 혜숙이 자기 오빠의 의사를 따름으로써 혜숙과 선용 사이의 사랑이 성립된다. 그 사랑은 무척이나 추상적인 것이어서 각자의 공상과 간단한 편지 왕래로 이어질 뿐이다. 이러한 상태에서, 욕망의 대리자 역할을 하는 우영의 계획적인 초대에 말려든 혜숙이 정조를 잃게 되고, 영철의 중재에 의해 두 사람의 결혼이 이루어진다. 여기서 주목할 점은, 우영을 찾아가는 영철의 독백에서 나타나듯이 이러한 사건이 '환경의, 모순의, 성격의 당착'(335면)에 의해 벌어진 것으로 처리된다는 점이다. '성격의 당착'이란 「약한 者의 슬픔」에서 강엘니자벳트가 보여 주었던 것과 꼭 같이 비주체적 · 반동적으로 행동하는 것을 의미한다. 이는 혜숙이 영철의 말을 거스르고 우영을 방문하고자 하는 것이나, 그의 집 앞에까지 와서 주저하다가 하인이 나와 말을 걸자 오히려 잘되었다며 들어가는 것으로 형상화된다(330면).

인물들에게 이렇게 의지 박약한 모습을 부여하는 것은 현실성을 외면하는 작가의 자세 차원에서 문제되는 것이라 할 수 있다. 혜숙의 문제를 두고 영철이 우영와 담판을 짓는 장면이나, 영철이 선용을 위하여 은행에서 돈 천 원을 꾸는 것, 그 돈이 문제가 되어 은행을 그만두게 되는 것 등에 대한 묘사가 의외로 간단함[21] 역시 같은 맥락에서 이해된다.

영철과 설화, 우영 사이에서 벌어지는 사랑의 변주를 통해서 이와 같은 작가적 자세의 지향점 곧 도향의 의도가 분명해진다. 영철과 설화에게 있어서도 사랑은 하나의 당위로서 다소 무리하게 성립된다. 명월관에서의 모임을 통해 둘이 손을 잡지만 그것은 어디까지나 기생과 손님 사이에서의 일일 뿐이다. 해서 도향은, 영철을 은파정으로 불러 사람으로서의 자신의 처지를 한탄하는 설화의 적극성을 통해 둘의 사랑을 만들어 놓는다. 이러한 적극성 외에 작가가 고려하는 것은, 영철과 설화로 하여금 상대편의 사랑을 믿게 하는 이연옥(李蓮玉)과 우영의 비아냥거리는 말 뿐이다. 이는 두 사람이 서로 사랑해야 하도록 선정되어 있음이 제 3자에 의해 확인되는 형편이라고 할 수 있다.

---

21) 이러한 점은 앞 절에서 살펴본 서정소설적 단편들과 같은 특징이라 할 수 있다. 단 앞의 경우가 주관적인 세계 파악에 의해 결과된 데 비해, 『幻戱』는 주제를 드러내고자 하는 작가의 의도 차원에 원인을 두고 있는 것이라고 판단된다.

그럼에도 불구하고 둘은 끊임없이 사랑을 의심한다. 기생이라는 신분의 문제가 그들의 의심을 받쳐 준다. 이러한 자리에서 사랑의 양상은 상대편이 자신을 믿거나 말거나 스스로는 믿겠다는 일방적인 것으로 되고 만다. 현실성은 약하지만, 사랑의 양편이 그러한 믿음을 가지고 있는 한 사실 파국은 불가능하다. 우영의 추근거림에도 불구하고 설화는 의연히 자신의 사랑을 지키는 것이다.[22]

---

22) 이 점을 두고 최원식(『민족문학의 논리』, 앞의 책)은 『幻戲』의 의의를 다음처럼 이끌어 낸다.

"설화의 사랑 얘기는 당대 사회에 심각한 문제를 제기하고 있는바, 그것은 인간다운 삶에 대한 간절한 비원이었다. 현상의 근저를 올바르게 보려는 정열이 모자랐기 때문에 현실을 쉽게 수락해 버렸던 다른 인물들과 달리, 그녀에게 있어서 사랑이란 자신의 비천함을 끝까지 수락하지 않으려는 치열한 행위로 되는 것이다. (…중략…) 우리 근대 문학이 산출한 아마도 거의 유일한 낭만주의 소설 『환희』에서 작가는 사랑이 어떻게 왜곡되고 파괴되는가를 그림으로써 당대 사회의 속물성에 강력한 항의를 제출하는 한편, 그 때문에 더욱 억누를 수 없는 인간 해방에 대한 강렬한 동경을 꿈꾸고 있는 것이다."(85~6면)

『幻戲』를 통해 "20년대 문학에서 비로소 드러나는 인간과 사회를 보는 진정한 관점이 태동"(86면)함을 확인하는 이러한 입장은 이 작품의 가치를 다소 지나칠 정도로 높게 평가하는 듯싶다. 사실, 자신의 비천함을 수락하지 않으려는 기생의 자각을 제대로 다룬 것은 김동인의 「눈을 겨우 뜰 때」(『개벽』, 1923.7, 8, 10, 11)에 가서라고 할 수 있다. 이후 밝히겠지만 더욱 중요한 것은, 영철과 설화의 사랑이 좌절되는 양상을, 당대 사회의 속물성에 의해 사람이 왜곡·파괴되는 것으로는 결코 볼 수 없다는 점이다.

작가는 애초부터 현실에 주목하지 않고 있다. 이러한 점은 앞서 말했듯이 돈 천 원에 관계된 일을 기술하는 태도에서도 확인되며, 장편임에도 불구하고 사회 현실에 대해 언급하는 부분이 거의 없다는 사실에서도 입증된다. 이는 사건의 진행 자체가 현실과 아무런 관련도 맺지 않고 있는 결과이다. 기껏해야 술을 마시고 돌아다니는 영철을 두고 "다만 술이 들어가면 자연히 모든 비관적인 생각이 사라지고 또는 가슴속에 울적하게 쌓인 모든 불평을 술을 마시고는 조금 분풀이를 할 수 있음이었다"(268면)라고 극히 추상적으로 지나간다든지(「술 勸하는 社會」에 비할 때 그 추상성이 확연해진다), 생업으로서 기생 노릇을 할 수밖에 없는 설화를 두고 영철이, "이 시대에 살아가는 내가 설화의 정조를 강제할 권리가 있을까? 내가 그에게 생활의 보장을 하여 주지 못하면서 그의 정조를 강제할 권리가 있을까? / 나는 그를 위하여 나의 정조를 지킨다 하더라도 이 불완전하고 결함 많은 사회에 있는 나로서는 설화에게 정조를 강제할 수 없다"(339면)라고 생각하는 정도가, 『幻戲』가 갖추고 있는 사회관을 추론할 수 있는 전부이다. 선용을 묘사하는 데서 잘 나타나듯이 『幻戲』에 있어서 가난과 돈이란 개인적인 불편함 차원에서만 고려되고 있을 뿐이다(284~6면 참조).

도향은 여기서 느닷없이 정월(晶月)[=혜숙]을 개입시킨다. 결혼 생활에 실의를 느끼는 정월이 오빠 영철의 애인을 가장하여 설화를 단념시키는 것이다. 인물들의 내면에 대해서 무수한 심리 묘사를 구사하던 작가가 설화를 찾아가는 정월의 행위에 대해 "그의 가슴 속에는 <기생>이라는 그림자가 때없이 나타나 보인다"(387면)라는 정도의 얄팍한 진술만으로 근거 제시를 대신하고 단지 기생에 대한 정월의 선입견만을 상술하는 것은, 이러한 행위가 작품을 추동시키고자 하는 작가의 의도에서 직접적으로 결과되었음을 의미한다. 설화와 대면하여 선입견이 어긋남에 따르는 놀라움을 겪는 정월이 끝내 목적을 관철하게끔 설정하면서 부언하는 다음과 같은 설명 역시 충분한 것은 못 된다.

> 그러나 자기 오라버니의 외적 행복만 관찰하고 내적 행복을 헤아릴 줄 모르는 정월로는 영철과 설화를 천평 위에 아니 올려놓을 수가 없었다. 그리고 영철을 위하여 불쌍하고 애처로우나 설화의 붉은 사랑을 희생하지 아니치 못하였다. (390면)

여기서 우리는 『환희(幻戱)』의 지향을 확인할 수 있다. '내적 행복'이 바로 그것이다. 돈 많은 아버지의 권위를 벗어나기 위해 동대문 밖 혜숙 모친의 집으로 나온 영철이 추구하는 것, 겉만 화려한 기생의 몸임에도 불구하고 '참사람' 대접을 받고자 하는 설화가 갈망하는 것이 바로 내적 행복이다. 작가 의식의 차원에서 볼 때 이러한 지향의 설정은 1920년대 초기 사회의 폐색성과 도향이 수용한 근대사상의 폭넓음, 양자의 부딪침에서 기인한다고 할 수 있다. 1920년대 초기 조선에서 사회적으로 무기력해진 지식인 작가가 추구할 수 있는 것이라고는 '내적 행복'이 전부였던 까닭이다. 이러한 의미에서 『환희(幻戱)』 역시 당대 작가들이 처한 상황을 십분 체현하고 있다 할 것이다.

정월의 행위에 의해 사건은 급속도로 파국을 향해 달린다. 설화는 자신의 어미에게 한풀이를 한 뒤, 자신을 장난감으로 아는 남자를 농락할 생각으로 명월관에서 우영을 만나 술을 먹게 되고, 돈을 갚고자 우영을 찾아온 영철과 바로 마주친다. 둘은 서로에게 배신감을 느끼게 되어, 감정의 골은 메워지지 못하고 만다. 인물들의 나약한 의지가 사건의 적극적인 타개를 가로막는 상황 속에서, 치밀히 구사되는 아슬아슬한 시간의 편차[23]를 따라, 영철은 폐병을 앓는 정월을 데리고 부여로 내려가고 설화는 시름시름 앓다가 자결을 하고 마는 것이다. 더욱이 설화의 죽음을 두고 슬퍼하는 정월이 백마강에 몸을 던지게 함으로써 작가는 사랑의 화신들을 모두 죽음으로 몰아넣어 버린다.

여기서 『환희(幻戲)』의 의미가 드러나며 도향의 지향이 명료해진다.[24] '幻戲'란 말 그대로 환상적인 유희이다. 이룰 수 없고 왜곡될 수밖에 없는 낭만적 사랑의 전개 그 자체가 바로 환희인 것이다. 이러한 세계에서 인물들이 자신의 의지를 세워 앞길을 개척해 나간다는 것은 애초부터 봉쇄되어 있다. 인물들의 의지와 낭만적 사랑이 함께 어울릴 경우 소설은 이미 연애담[romance]으로 넘어가 버리는 것이다. 따라서 설화와 영철, 혜숙과 선용의 사랑이 끝없는 불안감 속에서 결국 죽음으로 귀착되는 것은 필수적인 결말이다. 그들이 죽음으로써 사랑 자체는 더욱 고양되고 소설이 유지되는 것이다.

현실의 논리를 완전히 외면한 채, 현실에서는 이루어질 수 없는 낭만적 사랑을 형상화하기 위하여 도향은 우연을 운명으로 분식하면서 인물

23) 부여로 떠나기 직전의 영철이 설화의 집을 찾아갔을 때 혼수상태에 빠진 설화가 깨어나지 못하다가, 그가 간 후에야 정신을 차리는 설정이 바로 그러하다. 이를 단순히 신파조로 매도할 수는 없다. 작가가 주도면밀하게 설정해 놓은 사건의 인과관계 위에서 필연적으로 이루어지고 있는 까닭이다.
24) "청춘남녀의 애정문제를 몹시 낭만적인 방향으로 다룬 「幻戲」는 작자가 좀더 객관적인 위치에서 그 주인공들의 장난을 한 가닥 「幻戲」로 바라봤다는 것이다"(윤병노, 『현대 작가론』, 선명문화사, 1974, 39면)라는 지적은, 『幻戲』를 쓰는 도향의 태도를 작가와 작품의 거리란 측면에서 정확히 드러내 주고 있다. 혜숙의 심리를 기술하는 데서 확실히 드러나듯이 작가는 한층 우월한 자리에서 인물들의 행위를 조망하고 있는 것이다. 작가의 의도 측면에 주목하여 『幻戲』를 살피는 본고의 파악도 이와 다르지 않다.

들을 추동시킨 것이다. 이러한 작가적 자세에 의해 인물들은 시간의 힘에 짓눌린 모습을 보인다. 금화원에서 만난 정월과 선용의 대화나 홀로 남겨진 설화의 독백을 통해, 시간을 넘어설 수 없는 한계를 인물들 스스로 절감하고 있다는 점이 드러난다.[25] 이러한 의미에서 이 작품을 지배하는 근본적인 힘은 우연으로 점철된 시간이라고 할 수 있다. 앞서 살핀 대로, 선용과 우영에 대한 혜숙의 방황·갈등과, 설화와 영철이 보여 주는 사랑의 위태로움에서 시간은 결정적인 의미를 지니는 것이다.

현실성을 전혀 띠지 않고 있는 우연에 의해 점철된 운명의 전개 곧 시간의 벽을 설정함으로써 인물들을 죽음으로 몰아넣는 작가의 자세는 기본적으로 생 자체가 허무일 수밖에 없다는 인식에 근거한 것이라 할 수 있다. 다분히 감상적인 다음과 같은 결구는 이의 명확한 표현이다.

> 정월은 백마강에 몸을 던졌다. 반짝반짝 춤추는 물결 속으로 죽은 스피릿(精)이 가라앉는 것같이 정월의 몸은 백마강 물결 속에 들어가 버리었다.
> 아―과연 죽어간 정월이 설화의 원혼을 죽음으로 위로할 수가 있고, 이후에 선용이가 이 자리를 거칠 때에 정월의 죽어간 자리를 찾아낼 수가 있을는지?
> 이 모두 우리 인생이 한낱 환희(幻戲)인 까닭이로다. (432면)

"쓴 지가 일 년이나 된 것을 지금 다시 펴놓고 읽어보니 참괴한 곳이 적지 않고 많습니다"(261면)로 시작되는 앞부분과 일종의 액자를 이루는 이상의 결구는 그대로 작가 도향의 말이다. 인생의 한낱 '환희'로 보는

---

25) "선용과 자기 사이를 매어 놀 기회는 벌써 시간을 타고 멀리멀리 가 버린 것"(364면)을 절감하면서 '옛날을 추회하는' 정월을 두고 안타까워하는 선용이, "정월씨, 우리는 어찌하여 시간을 깨뜨려 부시지 못할까요 왜 또다시 옛날로 돌아가지를 못할까요 저는 다만 그것을 한탄할 뿐입니다"(374면)라고 말할 때, 자신의 사랑이 어찌할 수 없이 깨어졌음을 인정할 수밖에 없는 설화가 "모든 것은 텅 비어 버리고 보이지도 않고 들리지도 않고 아무것도 없는 미래에게 속았던 어리석음을 비로소 깨닫게 되었"(416면)을 때, 이 작품에서 시간의 무게가 드러난다. 인물들의 의지박약함은 시간을 넘어설 엄두를 내지 못하는 약함으로 설정되어 있는 것이다. 그들에게 있어서 지나간 일들은 돌이킬 수 없는 시간에 의해 지배되는 운명으로 상정된다.

것, 이러한 자세는 1920년대 초기 상황에서 추상적 근대성을 결과할 수밖에 없는 작가의 근대 지향이 맞이하게 될 필연적인 양상을 드러내 주는 것이다.

2. '중계자' 설정과 액자소설의 문제

앞서 우리는 1920년대 초기 소설이 쓰여진 상황이 '폐색된 당대 현실'과 '추상화될 수밖에 없는 이상'[추상적 근대성]을 두 축으로 하는 것이며, 나도향의 작품들은 후자만을 전적으로 형상화함으로써 서정소설적인 면모를 띠고 있음을 보았다. 당대 작가 의식의 한 축을 이루는 이상이 전면화되었다는 진술은 그에 대한 작가의 진지한 고려가 없다는 의미이며, 형상화 과정에 있어서 작가가 이상과 현실 사이에서 어떠한 매개 역할도 하지 않았음을 말한다. 이에 비해서, 작가의 생각 내지는 주장을 매개로 하여 그러한 이상이 개진되는 일군의 작품이 있다. 이 시기를 연 『창조(創造)』파의 두 소설가 김동인과 전영택의 작품들이 그것이다.[26]

이들 작품은 기본적으로 작가의 언어를 말하기 위해서 쓰여졌다고 할 수 있다. 즉 당대 현실과의 대결이라는 문제 의식에서 작품을 형상화하는 대신에, 현실로부터 거리를 둔 작가 개인이 관심을 갖고 있는 제반 문제에 대해 자신의 생각을 드러내는 방식으로 작품이 쓰여지고 있다는 것이다. 이렇게 현실과의 긴장을 상실함으로써 작품들이 각기 다양한 모습을

---

26) 김동인의 「약한 者의 슬픔」, 「마음이 옅은 者여」, 「배짜락이」, 「목숨」 등과 전영택의 「天痴? 天才?」, 「運命」, 「K와 그 어머니의 죽음」 등이 이런 유형으로 묶인다. 두 작가의 여타 작품들은 다음 절에서 논의되며, 기미독립운동 시기 전영택 자신의 실생활과 긴밀한 관계를 갖는 것으로 보이는 「生命의 봄」, 「毒藥을 마시는 女人」 두 편은 별도의 논의를 요하는 것이라는 판단에서, 본고의 체재상 일단 논외로 한다.

이루는 현상이 가능해지는데, 이는 특히 제재 면에서 뚜렷이 드러난다. 「천
치(天痴)? 천재(天才)?」의 이야기적 속성, 「약한 자(者)의 슬픔」에서 보이는 신
여성의 현실적 좌절, 「배따락이」의 서사시적 운명, 「마음이 여튼 자(者)여」
와 「운명(運命)」에서 보이는 낭만적 사랑, 「목숨」에서의 죽음, 「태형(笞刑)」
에서의 수형 생활 등 일견 화려할 정도의 다양함이란, 근본적으로 이들
작가들의 자리가 당대 현실로부터 유리된 데 기인하는 것이다. 즉 현실
한편에 자기만의 자리를 잡아 두고 자유롭게 자신의 생각을 작품으로 만
들어 내는 데서 이러한 다양성이 결과되었다고 할 수 있다.[27] 작가가 일
종의 스토리 텔러적인 면모를 띠고 마음껏 이야기를 구사하는 방식으로
창조된 작품들을 두고 제재상의 분류나 사조적인 검토가 유용할 수 없음
은 당연하다.

물론 이러한 생각들의 대상 및 주지는 엄연히 당대 창작 상황의 한 축

---

27) 이러한 사정은 예컨대 김동인의 소설관에서도 그 직접적인 원인을 찾을 수 있다.
  "小說이란 자미있는 事實이 이스니 써 보자 하여서는 안 된다. 자미있는 事實이 이
  스면 그거슬 작자의 思想과 混合하여 同化시켜서, 作者 自身의 思想 석긴 武器에 쓰지
  아느면 안 된다."(「글동산의 거둠 (附雜評)」, 『創造』 5호, 1920.3)
    재미있는 사실을 쓰는 것은 '이야기'이지 소설이라고 할 수 없다. 현실의 힘이 빠져
  있는 까닭이다. 그런데 김동인은 일단 '재미있는 사실'을 소설의 제재로 인정하고 있
  다. 그것에 작자의 사상이 가미되면 소설이 된다는 것이다. 이러한 주장의 진의를 확
  인하기 위해서는 '예술가'에 대한 그의 사고를 살피는 것이 필요하다. "藝術家란 「한
  個의 世上-或은 人生이라고 하여도 됴타 -을 創造하여 가지고, 縱橫自由로 自己 손
  바닥 우에서 놀릴 만한 能力이 잇는 人物이라는 定義를 세워 노코", 도스토예프스키와
  비교하여 톨스토이의 위대함을 설명하는 마음을 보자.
    "톨스토이의 偉大한 點은 여긔 잇다. 그의 創造한 人生은, 假짜던 眞짜던 그것은 상
  관없다. 藝術에서는 이런 것의 區別을 허락지를 안는다. 뿐만 아니라 自己의 要求로
  말믜암아 생겨나스니짜……. 톨스토이의 主義가 암만 暴惡하고, 써스터예프스키-의
  主義가 암만 尊敬할 만하더라도, 그들을 藝術家로써 評할 째는 써스터예프스키-보담
  톨스토이가 아무래도 眞짜이다."(「自己의 創造한 世界-톨스토이와 써스터예프스키-
  를 比較하여」, 앞의 글, 52면)
    끝 문장에서 드러나듯이, 현실의 논리나 인륜성과는 전혀 다른 자리에서 예술가를
  사고하고 있음을 볼 때, 앞서 말한 '작가의 사상'이라는 것 역시 단순한 생각의 차원에
  머물러 있다 할 것이다. 즉 동인의 경우는 문학을 대하는 자세 차원에서 이미 근대문
  학의 본령으로서의 소설 일반과는 현격한 거리를 두고 있는 것이다.

을 이루고 있는 지향성들에 닿아 있다. 추상적 근대성 곧 '참예술'이나 '자기를 살리는 일[개성·강한 자의 강조]' 등에 대한 작가의 생각을 드러내는 것으로 작품의 특징이 모아지는 것이다. 이러한 사실을 통해서만 우리는 이들 소설이 1920년대 초기의 상황과 맺고 있는 연관을 확인할 수 있다. 이들 작품에서 제시되는 스토리란 어떤 것인가를 묻고 그에 답할 때만 당대의 작가들이 처한 상황의 규정성(넓게는 이들 작품의 현실관련성)이 드러나는 까닭이다. 이에 대한 우리의 답은 앞 장에서 살핀 지향성으로 이미 주어진 셈인데, 그럴 경우 문제되는 것은 여타 작품들과는 또 다르게 이 유형의 작품들만이 갖는 속성을 적출하는 일일 것이다.

앞 절에서 살핀 『환희(幻戲)』와 이번 유형으로 묶이는 「마음이 여튼 자(者)여」(『創造』 3~6, 1919.12~1920.5) 및 「운명(運命)」(『創造』 3, 1919.12)을 비교함으로써 이 부분을 살펴보자. 이들 작품은 모두 낭만적 사랑을 제재로 한다는 점에서 유사성을 보인다. 하지만 『환희(幻戲)』가 관습과 사회화를 무시한 사랑이 그 자체로 목적이 된 채 인물들을 희생시킴으로써 이상화되는 모습을 보여 주는 데 비해, 「마음이 여튼 자(者)여」와 「운명(運命)」 등은 작자가 낭만적 사랑을 그대로 진행시키지는 않는 점에서 차이를 지닌다.[28] 즉 김동인과 전영택은 낭만적 사랑에 휘말린 인물들에 대해 거리를 두고서 나름의 평가를 내리고 있는 것이다. 이 부분을 좀더 살펴 두자.

「마음이 여튼 자(者)여」의 경우 작가는, K로 하여금, Y와의 관계가 '肉的'일 뿐임에 비해 "그의 나에 대한 사랑은 엇더턴 참사랑이다"(4호, 18면)라고 아내를 다시 생각하게 하고 끝내는 "「마음이 여튼 者」는, 나의 안해도

---

28) 물론, 사랑 자체가 일종의 당위로서 설정된다는 점에서는 전혀 차이가 없다. 「마음이 여튼 者여」의 '나'는 마음 걱정을 모르는 무식한 아내를 쫓아낸 뒤 '女子들을 바라보는 것과 空想 두 가지'로 양식을 삼으며, "입 하나밧게는 그의 상에서 아름다운 점은 藥에 쓰려고 해도 없"(3호, 30면)는 Y를 알게 되자 온갖 사랑의 시를 늘어 놓는 모습을 보인다. 「運命」의 오동준이 감옥 안에서 보이는 공상(45~6면)도 거의 같은 양상을 띠고 있다. 오동준에게 있어서 H는, 함께 결혼식을 올리고 만주로, 시베리아로, 야스나야 뽈나로 여행갈 동반자에 불과한 것이다.

勿論 아니고, 쏘는 Y도 아니고, 그 實로는 이 나─K이다"(6호, 20면)라고 편지를 쓰도록 만든다. 심지어 동인은 K의 행위 전체를 "利己的 男子들이 發明한, 그, 女子의 人權을 蔑視한 惡思想에 취하엿던"(같은 곳) 것으로 매도하기까지 한다. '낭만적 사랑'이 당대 현실에서는 '악사상'일 수도 있다는 인식은 도향과 동인의 거리를 극명히 보여 주는 것이다.

「운명(運命)」의 전영택 역시 낭만적 사랑을 그대로 쫓아가며 형상화하지는 않는다. 오동준이 감옥에 있다는 상황 설정 자체가 그러한 의도에서 말미암은 것이다.[29] "나를 爲하야 깁버할 쟈도 나요 나를 爲하야 슬퍼할 쟈도 나다. 아─나는 나밧게 업다. 나는 나를 살어야겟다.─"(50면)는 개인 중심적 태도[30]에서, 결혼을 인공적이라 하고 순수한 사랑을 신성한 것으로 여기는 오동준의 생각(53면)이 실상과 얼마나 거리가 먼 것인지를 보여 주고자 한 것이 전영택의 의도라고 할 수 있다. 이러한 점은 동경에서 C에게 부친 오동준의 두 번째 편지와, A와 살게 된 연유를 밝히는 H의 편지만으로 작품의 끝을 맺는 데서 확연해진다. '百年만에 한 번 밧괴 나오지 아니 하는 天女'(58면)를 그리며 자신의 운명을 한탄하는 오동준과 '참을 수 업는 孤獨과 寂寞의 悲哀와 苦痛' 속에서 '時間'을 두려워하는 H(59면)의 대비를 통해 이 거리가 뚜렷해진다. 사실 작가는 이들 편지 뒤에 숨어 자신의 말을 하지 않고 있는데, 앞서 오동준의 회상을 통해 '개인관', '결혼·사랑관'을 피력했던 데 비해 볼 때, 이러한 침묵 자체는 폐색된 당대 현실에 있어 낭만적 사랑이 구현될 수 없음을 드러내는 것이라 할 수 있다.

물론 이들 작품의 주제 역시 '강한 자'와 '개인' 등으로 표상되는 추상

---

29) 오동준과 H의 공간적 분리는, 앞 장에서 살핀 바, 작가들의 기대 지평과 삶의 세계의 분리에 상응하는 것으로 보인다. 곧 낭만적 사랑으로 인물들의 관계를 설정하면서도 그대로 추동시키지 않은 사실을 통해, 당대의 창작 상황과 관련한 전영택의 현실 인식의 단편을 찾아볼 수 있는 것이다.

30) 이를 단순히, 그가 사고무친한 상태를 한탄하는 발언으로 볼 수만은 없다. 그의 상황 자체가, '개인'이라는 지향성을 드러내고자 하는 작가에 의해 설정된 까닭이다.

적 근대성에로 정향되어 있다. 단지 우리는 그러한 추상적 근대성 일반을 대하는 작가적 자세에 있어서 나도향의 경우보다는 김동인·전영택이 일층 자각적이었으며 그러한 자각의 차원이 예술 자체에 대한 사고 및 작품의 설정 단계에서 확인됨을 살펴보았다. 따라서 이들의 작품이 당대 현실과는 무관한 자리에서 쓰여진다는 엄연한 사실, 그로 인해서 소설 장르로서는 치명적인 약점이라 할 현실성의 약화가 다각도로 이루어져, 일견으로는 스토리 텔러로서의 면모를 보인다는 사실은 여전히 강조해 마땅한 것이다. 물론 본 절의 목적은 이러한 사실의 강조에 놓여 있다기보다는 이들 작품의 특성 구명에 맞춰진다. 구체적인 작품 분석에 들어가기 앞서 이 유형의 작품들이 보이는 미적 특성에 대해 간략히 살펴보자.

앞서 살핀 「마음이 여튼 자(者)여」와 「운명(運命)」은 서술 방식에 있어서도 비슷한 면모를 보인다. 작품의 반 이상을 차지하는 편지나 일기 등의 구사가 그것이다. 여기에 공상까지 합한다면 이 두 작품은 실상 이러한 장치에 의해 쓰여졌다고 할 수 있다. 「마음이 여튼 자(者)여」에서 편지와 그에 동봉된 일기는 중요한 사건의 전개와 주인공 K의 내면 상태를 그대로 드러내 주는 기능을 하는 것이다. 1인칭 서술자 시점을 보장해 주는 이러한 미학적 장치는 작가가 객관 세계의 힘을 그다지 고려하지 않아도 되게끔 작동하면서 동시에 이야기의 내용을 보장해 주는 역할을 한다. 회상 혹은 직서(直敍)의 형식으로 자신의 이야기를 진술하는 까닭이다.

자유롭게 표출되는 생각이 사건 진행의 논리에 구애받는 정도가 적음을 고려할 때, 『환희(幻戱)』에 비해서 이들 두 작품이 낭만적 사랑의 양상을 훨씬 덜 보인 채 인물들에 대해 거리를 갖고 나름의 평가를 내릴 수 있었던 사정을 파악할 수 있다. 편지나 일기 등의 미적 장치[중계자]를 통해 현실성을 배제한 상황을 마음껏 창출한 뒤, 인물들을 그러한 상황 속으로 집어넣음으로써 작가의 언어가 자유롭게 펼쳐질 수 있게 된 것이다. 결국 이러한 미적 장치의 구사는 이들 작가가 인물의 행위보다는 그들의 생각을 드러내는 데 더 많은 관심을 가지고 있음[31]에 말미암은 것이라고 하겠다.

편지나 꿈·공상·일기 등의 구사가 갖는 이러한 역할은, 궁극적으로 현실을 대하는 작가의 자세를 문제삼는 본고의 자리에서 볼 때, '서사 외면의 방식'으로 특징지어질 수 있을 것이다. 이러한 맥락에서 우리는 「배따락이」나 「목숨」처럼 액자형식을 취한 작품들을 본 절 속에 따로 독립시켜 다루고자 한다. 액자형식이란 현실성이 배제된 상황을 창출하는 데 있어서 가장 효율적인 것이기 때문이다.

1) 「약한 자(者)의 슬픔」―작가 언어의 우세와 구성의 파괴

김동인의 처녀작 「약한 자(者)의 슬픔」(『創造』 1~2호, 1919.2~3)은 전체 12절로 구성된 중편 분량의 작품이지만, 스토리 자체는 매우 단순하다. 낭만적 사랑과 행복으로 표상되는 허황된 동경을 지닌 의지박약한 한 여학교 학생이, 가정교사집 주인에게 처녀를 빼앗기고 쫓겨나 재판에 진 뒤 유산까지 하고 자신의 삶을 반성하는 것이 이 작품의 줄거리이다. 그러나, 10절의 중간부터 끝까지 주인공의 반성 형식을 통해 개진되는 작가의

---

31) 「약한 者의 슬픔」과 더불어 「마음이 여튼 者여」에서, '많은 양이 심리 묘사에 바쳐지고 있긴 하지만' 이를 '미숙한 모색 계층에서 보여 준 과도적 현상'으로 보는 김상태 (「김동인의 단편소설고」, 『국어국문학』 46, 1969.12; 인용은, 『김동인 전집』 17권, 조선일보사, 1988)는 이 두 작품의 주안점이 "心理變移를 추구했다기보다 주인공들의 사고 내용을 폭로시키는 데"(127면) 있다고 지적한다. 접근의 방향은 다르지만 제반 묘사나 작품의 구성 방식 등이 행위의 전개보다는 생각의 드러냄에 있음을 지적하는 데 있어서는 본 논문의 파악과 일치하고 있다.

문제는 작가의 의도 내지는 작품의 형성 원리를 구명하는 데서 생긴다. 달리 말한다면 이들 작품을 두고 '생각의 드러냄'을 지적했을 때, 그렇게 드러내어진 생각을 문제삼을 것인가 아니면 그러한 드러냄 자체가 중요한 것이지 생각[내용] 자체에 특별한 의미가 있는 것은 아니라고 보아야 하는가의 문제가 우리 앞에 놓이는 것이다. '제도적 장치로서의 고백체'라는 틀을 구사하는 후자의 입장에서 이 시기의 소설들을 다룬 경우가 바로 김윤식(『한국 근대소설사 연구』, 앞의 책)이다. 이러한 시각이 갖는 문제점을 우리는 이미 서론에서 간략히 살펴보았다.

언어가 작품의 20% 정도를 차지하고 있음을 생각하면, 실상 이러한 '줄거리'는 이 작품을 이해하는 데 있어서 별로 중요하지 않다고 할 수 있다. 작품의 구성상 실패를 드러내는 이 부분 외에도, 도처에 깔린 강엘니자벳트의 내면 심리와 공상, 생각 등에 의해 줄거리의 이완, 단속이 행해지는 것 역시 이러한 사정을 입증한다. 곧 작품 내 세계의 사건이 아니라 다른 무엇이 작품을 추동시키고 있는 것이다.

「약한 者의 슬픔」을 직접적으로 추동시키는 힘은 매개되지 않은 욕망(혹은 충동)이다. 이러한 욕망은 두 가지의 면모를 띤다. 곧 '참사랑'이라는 영적(靈的) 욕구와 육적(肉的) 욕망이 그것이다. 강엘니자벳트에게 있어 이는 이환(李煥)과 K 남작을 두고 발현되는데, 이 두 인물이 제대로 실체화되거나 현실적 힘을 발휘하지 못함으로써, 현실에 의해 매개되지 않은 순수한 욕망 자체가 작품의 축을 이루게 된 것이라 할 수 있다.

학교를 통학하는 길에서 마주쳤을 뿐 서로 말을 건네 본 적조차 없는 이환은 열아홉 살 난 강엘니자벳트의 낭만적 상상 속에서 미화된 하나의 추상일 뿐이다. 그러나 K 남작에게 정조를 유린당한 뒤의 강엘니자벳트에 의해 남작과 비교되는 이환은, 그녀가 "文字 고대로 「自己 몸과 同程度로 그를 사랑」"(1호, 60면)할 정도로 중요한 자리를 차지한다. '결혼'과 '행복'으로 표현되는 강엘니자벳트의 영적 욕망을 가능케 하는 것이 그의 존재인 까닭이다. 반면에 K 남작은 인간 일반이 갖고 있는 본능적 욕구를 일깨워 주는 기능을 한다. 그 역시 전혀 실체를 드러내지 않고 있다.[32] 임신한 강엘니자벳트에게 낙태제가 아니라 건강제를 먹게 하면서도 실상

---

32) 김동인의 '소설 조종설'과 관련하여 「약한 者의 슬픔」에서 무국적성을 읽어 내는 김윤식(「반역사주의 지향의 과오」, 앞의 글)에 반해 윤명구(『김동인 소설 연구』, 앞의 책)는, '강엘리자벳'이란 이름이 오히려 사실성을 획득하는 표현이며, "K 남작의 경우도 당시의 한 계층의 전형적인 인물에 대한 명명이라 판단된다"(48면)고 주장한다. 본고가 보기에 문제는, 두 논의 모두 단순히 명명 행위 자체에 그치고 있을 뿐, 인물이 작품 속에서 실체를 부여받고 행동하는가를 따지지는 않은 데 놓여 있다고 생각된다. 이러한 문제 의식에서 보면 K 남작 뿐 아니라 강엘니자벳트, 이환 모두 일종의 기호에 불과하다고 할 수 있다. 성격화 및 행위가 현저히 약화된 까닭이다.

그의 의도는 파악되지 않는 것이다. K로 표현되듯이 그는 기호일 뿐이다.

이렇게 볼 때 이환과 K 남작은 기실 강엘니자벳트가 지니는 욕망의 두 가지 면모를 드러내 주는 장치일 뿐이라고 할 수 있다. 낭만적인 이상으로 채색되어 있는 순결한 사랑의 영적인 욕구와, '조선 제일의 미인, 사교계의 꽃'이라는 세속적인 영화와 육체적 욕망의 만족을 향한 은밀한 욕구라는 강엘니자벳트의 두 측면을 드러내기 위해서, 이환과 K 남작이라는 실체 없는 인물이 설정되었을 뿐인 것이다. 이러한 파악은 강엘니자벳트를 다루는 작가의 태도를 통해서도 확인된다. 그녀가 '살아 있을 때는 자기를 압박하는 것으로 유일의 오락을 삼던 부모를 빨리 죽기를 기다'렸다거나, K 남작과 관계를 갖던 날 전나의 상태로 잠자리에 들어 있었다거나 하는 식의 작위적인 설정에서 보이듯, 작가는 개연성이나 실제성을 떨쳐 버린 자리에서 강엘니자벳트를 마음대로 조종하고 있는 것이다.

이상에서 살펴보았듯이, 욕망을 발현시키는 대상이 실체성을 띠지 못함으로써 욕망은 당대 사회나 역사와는 무관하게 추상 차원에 놓이게 되고, 그 결과 실제적인 의미를 띠는 사회 현실은, 이러한 욕망에 의해 지배되는 작품 세계에서 쉽게 배제되어 버린다. 물론 순서를 바꿔 발생론적으로 기술하자면, 작가 김동인 스스로가 현실로부터 거리를 벌려 둔 까닭에 이러한 양상이 드러난 것이라고 할 수 있다. 이렇게 현실을 문제삼지 않아도 되는 자리에서 작품이 구성된 결과, 현실적인 갈등이 생겨날 여지 자체가 현저히 축소되고, 심리적 갈등이나 고통 역시 절실하게 다가오지 못한다.33) 그 결과 인물의 성격화는 상당히 놀라울 만치 배제되어 있다.

---

33) 이환에 대한 생각을 처리하는 부분과 남작의 부인에게 대하여 "「남편을 가로아섯는데 왜 未安치를 아늘짜」"(1호, 61면)라며 미안해 하는 것에서, 이러한 점이 보인다. 흡사 남의 일을 말하듯 하는 것이다. 이에 비할 때, 그녀가 남작을 기다리는 부분의 묘사가 "엇지 할 줄 모르게 속이 타고, 嫉妬를 하엿다"(같은 곳) 등과 같은 데서 알 수 있듯이, 욕망 자체는 보다 절실하게 취급되고 있다.
　　순수한 추상으로서의 욕망이 지배할 뿐, 도덕률이나 인륜성은 애초부터 문제시되지 않고 있는 것이다. 이와 같이 욕망의 대립자가 배제된 자리에서 갈등의 약화는 필연적이라고 할 수 있다. 강엘니자벳트가 보이는 것은 '일종의 심리 유회'(백철)일 뿐이다.

따라서 작품의 구성에 있어서나 의미에 있어서 중요한 것은, 작가에 의해 완전히 조종되다시피 하고 있는 강엘니자벳트의 심리 양상을 파악하는 것으로 남는다고 하겠다. 사실 현실성을 완전히 배제한 구도를 지닌 「약한 자(者)의 슬픔」이 나름의 소설사적 자리를 차지하는 것은, 강엘니자벳트의 심리에 대한 집중적인 묘사에 의해서라고 할 수 있다.[34]

> 아! 잘못하엿군. 그 애들은 내가 나센 다음에 우섯겟지. 잘못하여서. 그럼 엇지하여야 하노? S를 얼녀야지. 얼녀? 응. 얼닌 後엔? 드러야지. 무어슬? 무어슬? 그거슬 마리지. 그거시라니? 아―그거시라니? 모르겟다. 사탄아 물너가거라. S가 利煥氏의 누의이고 S가 혜숙의 동모이고 쏘 내 동모이고 利煥氏는 동모의 옵바이고 사람이 단니고 뎐챠. 아이고 무어시 무어신지 모르게 되엿다. 왜 웃는단 말이가? 왜? 우서우닛간 웃지. 무어시 우스워.―참 무어시 우서울까? (1호, 57면)

「약한 자(者)의 슬픔」을 구성하는 전체 12절 중에서 10절 중반 이후 노골적으로 드러나는 작가의 언어를 제외할 경우, 이 작품을 통속소설에서

---

34) 김동인의 초기작이 갖는 심리 묘사적 성격은 백철(『신문학사조사』, 앞의 책)의 다음과 같은 지적 이래 꾸준히 인정되어 온 것이다.
  "金氏의 作品에서 留意할 것은 心理描寫의 問題이다. 「弱한 者의 슬픔」이나 그 뒤의 「마음이 옅은 者여」에서나 作者가 作品의 文學的 生命을 그 心理描寫 위에 둔 것같이 그 心理描寫에 置重한 傾向이 있다. 그것은 一般的 意味에서 自然主義의 系統을 받은 心理描寫와 같은 것이 아니고 一種의 心理遊戲, 心理主義的인 傾向에 屬하는 種類의 것이었다. 가령 「엘리자벳」이 男爵에게 처음으로 貞操를 빼앗기우고 난 밤의 女主人公의 心理遊戲, 그 뒤 利煥이와 男爵과 對照하는 心理的 葛藤 그리고 임신 뒤에 더욱 甚해지는 그 情神衰弱的인 心理를 描寫한 점, 그리고 男爵 집을 나와서 시골 五寸母 집에 가서 落胎를 하는 前後 病上의 幻想을 그린 場面 等인데 (…하략…)"(101면)
  동인의 작품이 갖고 있는 이와 같은 심리 묘사는 분명 문학사적 의의를 지니고 있는 것이다. 그러나 심리적 사실성의 지적에서 나아가, 그것을 '근대 자연주의적인 리아리즘'(103면)이라고까지 추켜올리는 것은 문제가 있다고 여겨진다. 이러한 사조적 규정으로 인하여 이들 작품에 대한 본격적인 논의 자체가 불가능해지는 까닭이다(서론 참조). 동인 초기작의 심리 묘사를 두고 "미숙한 모색 계층에서 보여 준 과도적 현상"(127면)으로 폄하하는 김상태(「김동인의 단편소설고」, 앞의 글) 역시 그를 자연주의 작가로 규정하는 입장에 섬으로 해서 초기작을 제대로 다룰 수 없게 된다. 앞서 지적한 대로 극히 다양한 양상을 보이는 김동인의 초기작을 다루는 데 있어서 작품의 특성에 대한 이러한 포괄적인 규정은 매우 위험하다.

끌어올리는 것은 이러한 심리적 갈등에 대한 묘사이다. 그의 작품 세계가
과감한 현실 외면의 자리에서 전개됨에도 불구하고 평범한 이야기로부터
스스로를 구별지을 수 있는 것은 인물 자체가 내면의 갈등을 획득하고
있는 까닭이며, 그 표현이 바로 위와 같은 심리 묘사인 것이다. 물론 여기
서도 놓치지 말아야 할 것은 이러한 내면의 갈등이 어떠한 실제적인 의
미도 지니지는 못한다는 점이다. 위 인용문을 떠받쳐 주는 것은 오직 강
엘니자벹트가 열 아홉 살 난 처녀라는 사실일 뿐이다. 열 아홉의 처녀가
이런 야릇한 감정에 휘말린다는 것은 시공간에 구애받지 않는 보편적인
사실이다. 그의 작품들은 이러한 보편성, 보다 정확히는 추상성 위에서
조립된다. 동인의 작품이 현실을 외면한다는 것은 이를 가리키는 것이다.

 이러한 알 수 없는 내면의 방황에 외적인 자극이 들어옴[K 남작의 유혹]
으로써 사건이 전개된다. 임신과 쫓겨남, 재판에서의 패배, 유산이 그것이
다. 앞서 살폈듯이 이러한 전개는 실상 중요한 것이 아니며, 그에 관계되
는 강엘니자벹트의 심리 묘사는 위에 인용한 서두 부분과 본질적으로 다
를 것이 없다. 따라서 우리가 문제삼아야 할 것은 결말 부분 곧 유산을
하고 난 뒤에 작가의 언어로 구사되는 그녀의 각성이다. 여기서 작가의
의도가 확연히 드러나는 까닭이다.

> 「강한 者!」엘니자벹트는 속으로 고함을 첫다 (…중략…) 자긔의 약한 거슬 自覺할
> 그째에는 나도 한 강한 者이다. (…중략…) 약한 者의 슬픔! ((그는 생각난 드시 중얼
> 거렷다))젼의 나의 서름은 내가 약한 者인 고로 생긴 것밧게는 더 업섯다, 나뿐 아
> 니라 이 누리의 서름—아니! 서름뿐만 아니라 모—든 不滿足, 不平들이 모도 어듸
> 서 나왓는가? 약한 데서! 世上이 낫분 것도 아니다! 人類가 낫분 것도 아니다! 우리
> 가 다만 약한 연고인밧게 쏘 무어시 이스리오! 지금 세상을 罪惡世上이라고 하는
> 거슨 이 세샹이—아니! 우리 사람이 약한 연고이다! 거긔는 죄악도 업고 속임도 업
> 다! 다만 약한 것! (…중략…) 萬若 참 강한 者가 되랴면? 사랑 안에서 사라야 한
> 다. 宇宙에 널녀 잇는 사랑, 自然에 퍼져 잇는 사랑, 텬진란만한 어린아해의 사랑! (2
> 호, 20~1면)

　　실상 작가는 이 말을 하기 위해 강엘니자벳트와 이환, K 남작을 등장 시켰다고 할 수 있다.[35] '참 강한 자', '사랑'이라는 지상의 가치를 고양하 고자 그들을 등장시켰을 뿐이다. 이러한 가치는 혜숙과 S에 대한 소녀풍 시샘을 잠재우는 '기하' 문제풀이나 강엘니자벳트를 형용하는 데 있어서 '그리이스 조각을 연상시키는 뺨과 목'이라고 한다든지, 8절 전체를 '원시 적인 촌'에 대조되어 근대적인 것으로 현상하는 '서울'에 대한 그리움으 로 채색한다든지 하는 데서도 쉽게 확인된다. 작가의 의도가 이렇게 관 철[36]되는 것은 대정기 일본 문단을 통해 수입된 추상적 근대성에 대한 그의 동경이 실로 '광포'함을 드러내 주는 것으로서, 당대 창작 공간의 특 성을 여실히 보여 준다 하겠다.

---

35) 「약한 者의 슬픔」의 결말 처리에 대해서는 동인 스스로 다음과 같이 말해 놓고 있다. "세상의 온갖 죄악은 약함에서 생기나니 사람의 성격이 강하기만 하면 세상에서는 저절로 온갖 죄악이 없어진다. 「强함」은 즉 「사랑」이다. 이것이 대개의 主旨이다. 그리 고 필자는 결과로서 여주인공의 자살을 집어넣으려 한 것이었다. 묘사는 一元描寫였 다. 그러나 그 作의 결말은 뜻밖으로 필자는 그 주인공을 죽이지 못하였다. (…중 략…) 나의 의사조차 변경시킨 그 「强한 意思」는 어디서 나온 것인가?"(「한국 근대소 설고」, 앞의 글, 475~6면)

　　이러한 질문에 대해 그 자신이 내린 답은, 많은 논자들이 즐겨 인용한, 그 자신의 '二元的 性格'이다. 그러나 본 논문은 조금 다른 각도에 서고자 한다. 소위 그러한 이 원적 성격 자체가 1920년대 초기의 시대 상황과 관련하여 어떤 의미를 띠는 것인지에 주목하려는 까닭이다.

　　앞서 제2장을 통해 우리는 이 시기 작가들의 정신 상황이 폐색된 식민지 현실과 근 대사상의 양자가 충돌하는 데서 형성되었음을 보았다. 실상 김동인의 경우도 이에서 벗어나지 않는다. "美에 대한 狂暴的 憧憬이다. 憧憬上 나타난 不徹底, 矛盾, 撞着은 모두 相反되는 이 두 가지의 성격상 憧憬의 불일치에서 생겨난 것이었다"(476면)라는 진술에서 드러나듯이, 그는 추상적 근대성으로서의 '미'에 대한 지향을 언급하고 있는 것이다. 이러한 지향이 당대 현실에서 받아들여질 수 없음은 이미 살펴보았다. 이러한 상황에서 그의 '광포함'이 산출된다고 할 수 있다. '미'와 '선'으로 지칭되는 내재적인 동경이 당대의 폐색된 현실에 부딪칠 때, 작품상의 억지 결말 곧 광포함이 드러나는 것이다. 이는 그의 작품 역시 추상적인 근대적 지향에 의해 지배되고 있는 까닭이다. 이 자리에서 현실에 대한 리얼한 묘사를 완전히 도외시하고 내재적 동경으로서의 '선' 을 포기했을 때, 「狂畵師」나 「狂炎 소나타」의 세계 곧 예술지상주의가 열리는 것이다.

36) 세세한 논의의 전개에서는 본고와 차이를 보이지만, '예술주의에 대한 이상주의의 승리'를 말하는 윤명구(『김동인 소설 연구』, 앞의 책)의 파악 역시, 작가의 의도가 관철 된다고 보는 점에서는 일치하고 있다(44~9면 참조).

이 '광포'함에 의해 1절에서 10절까지의 사건 전개가 부분적으로 보여 주는 작품 내 세계는 이환과 K 남작이 그렇듯이 완전히 '허구'임이 밝혀진다. 사건의 전개만을 볼 때 이 부분의 주안점이 인간의 욕구 충족에 따른 '현실적 몰락'임에도 불구하고 결말에서 보이는 작가의 언어는 이러한 설정 자체를 무시하고 '강한 자'라는 추상적인 지향을 전면에 내세우는 것이다. 인물이 기호 차원으로 전락하고 사건이 힘을 발휘하지 못하며 사회 현실이 단순히 배경으로 밀려난 자리에서 현실적으로 무력한 작가의 언어가 도도하게 개진되는 이러한 상황은, 예술적인 면에서든 작가 정신의 면에서든 철저한 실패라고 할 수 있다. 무엇보다 작가 언어의 전면화로 인해 구성 자체가 양분되었으며, 작품 전편을 추동시키는 심리의 변이가 보편성 차원으로 추상화됨으로써 작가의 주장을 밑받침할 설득력까지 상실하고 있는 까닭이다.

2) 「배짜락이」―액자형식의 두 가지 의미

「약한 者의 슬픔」이 보인 구성상의 실패를 만회한 데서 나아가 한국 단편소설의 일 전형을 수립했다고까지 평가되어 온 것이 바로 「배짜락이」(『創造』 9호, 1921.6)이다. 주지하다시피 「배짜락이」는 화자인 '나'가 뱃사람이었던 '그'의 이야기를 듣고 옮기는 액자소설(Rahmenerzählung) 형식을 취하고 있는데 이러한 형식의 선택이 「배짜락이」를 한국 단편소설의 모범이 되게 하였다고 할 수 있다. 따라서 이 작품에서 액자형식이 갖는 첫 번째 의미는 바로 형식적인 완결성에 있다고 하겠다.

「배짜락이」에서 가장 먼저 우리의 관심을 끄는 것은 작품 세계가 낯설다는 점이다. 액자형식에 있어 내화(內話)에 해당하는 '그'의 사연은 한낱 전설이나 이야기적인 것이어서 한국인의 심성에는 매우 친밀한 것일 수 있어도 1920년대 초기 소설 일반이 보여 주는 모습에 비할 때는 더없이 낯선 것이다. 동시대 작품들 거의 전편에 충일한 바, 추상적 근대성에 대한 동경까지도 별반 눈에 띄게 드러나지 않고 있는 까닭이다. 그러나 「배짜락이」의 이러한 특이성이 당대 창작 상황에 비추어 이질적인 것은 전혀 아니다. 오히려 작가적 자세 면에 있어서는 「배짜락이」가 가장 극단적으로 당대의 상황을 체현하고 있다고 할 수 있다. 이러한 사정을 살피기 전에 먼저 「배짜락이」의 내화가 보이는 특이성, 낯섦을 살펴보자.

뱃사람 형제와 형의 아내, 이 세 사람의 삶과 죽음을 서술한 내화의 세계는, 운명이 지배하는 서사시적인 공간의 양상을 보여 준다. 사건의 진행에 있어서 인물들은 자기 행위의 주체가 아닌 듯이 행동하고 있으며, 내면적인 반성이나 갈등이 전혀 부재한 것이다. 어부가 된 형제의 세 차례의 상봉이 설정되는 방식이나, 단지 남편의 의심 때문에 '대단히 천진스럽고 쾌활한 성질'의 아내가 그냥 죽어 버리는 것 등이 이를 뒷받침한다. 개연성이나 현실성 자체가 질문조차 될 수 없는 세계인 것이다. 모든 사건의 전개가 '쥐 사건'이라는 트릭에 의해 떠받쳐지고 있는 설정이나, 인물들이 '새빨간 불빛(혹은 햇빛)을 받고 사라지는' 이미지의 반복 역시 이런 세계의 분위기를 조성하는 데 사용된다. 이러한 세계에서 상봉의 간격으로 주어지는 '십 년' 혹은 '삼 년'이라는 시간의 설정은 아무런 의미도 지니지 않으며 공간 역시 단순한 이름표에 불과하다.

옛날이야기의 수준에 거의 맞닿아 있는 것이어서 어떠한 역사적 현실도 담지 않는 작품 세계의 이러한 특징은, 일곱 개의 조각 글로 내화가 구성되는 「목숨」(『創造』 8호, 1921.1)의 경우도 마찬가지이다. 더 나아가 「목숨」의 경우는 아예 현실이라고 할 것이 소실되어 삶의 논리가 개재할 여지조차 없는 순수한 꿈의 세계가 액자형식 속에서 마음껏 구사되고 있다. '갈색 악마'와 M의 대화 형식을 통해 개진되는 '죽음' 및 '인간의 약함'에 대한 작가의 상념이 내화를 이루고 있다. 이는, 일곱 개의 조각 글로 구성된 M의 감상 일기와 그 속의 꿈이라는 이중의 틀에 둘러싸여 전개된다. 곧 어설프나마 두 겹으로 된 액자형식 속에서 현실로부터 멀리 떨어진 작가의 상념이 그대로 작품화되고 있는 것이다.

그럼에도 불구하고 「배짜락이」나 「목숨」은 분명 근대 단편소설의 흐름에서 벗어나지 않는데, 이는 액자형식이라는 의장을 걸침으로써 가능해진 것이다.[37] 「약한 者의 슬픔」이 소설 수준에 오를 수 있었던 것이 바로 심리 묘사에 힘입었던 것처럼, 여기서는 액자형식이 이런 이야기(tale)를 이야기로 보존하면서도 서술의 신뢰성을 부여하여 그것을 소설의 일부로 만들어 주고 있는 것이다.

따라서 「배짜락이」를 고찰하는 데 있어서 본고의 궁극적인 관심은 「배짜락이」가 보이는 형식적인 완미함[38]이나 주제의 특성[39]이 아니라, 액자

---

37) 제2장에서도 밝혔듯이 본고의 관심은 헤겔에서 루카치로 이어지는 소설관 즉 '부르주아지의 서사시'로서의 장편소설을 사고하는 입장에 있으며, 현실을 대하는 작가 정신의 구명에 목적을 두고 있다. 그럼에도 불구하고 「배짜락이」를 논하는 이 절에서는 일단 단편소설의 내적 특징에서 출발할 수밖에 없다고 여겨지는데, 이는 액자형식의 완미한 구사 자체가 이미 삶의 세계의 논리로부터 벗어나는 작가적 자세의 산물인 까닭이다. 『데카메론』에서 여실히 보이듯이 역사적으로 볼 때 '일화(逸話)와 소설을 연결하는 교량' 역할을 하며 액자소설이 등장하였고 ─따라서 현실을 벗어난 이야기성은 액자소설과 본원적으로 가까운 것이다─, 안에 담기는 이야기를 보증하는 것 즉 서술의 신뢰성을 확보, 유지하는 것이 액자형식의 기본적인 기능임을 생각하면(이재선, 『한국문학의 해석』, 새문사, 1981, 69~72면 참조), 이러한 사정이 명확해진다. 더욱이 단편소설이라는 서사 양식 자체가 '단지 사건 뿐만 아니라, 행동과 밀접히 결부된 특수한 심리적 갈등이나 성격 혹은 특징까지도 중심으로 삼을 수 있는, 구조나 구성에서 매우 자유로운 제재적인 작품'이라는 사실(유노비치, 소련 콤 아카데미 문학부 편, 신승엽 역, 「단편소설」, 『소설의 본질과 역사』, 예문, 1988, 참조)을 염두에 둘 때, 작품의 형식적 특성이 갖는 의미를 고려하지 않은 채 막바로 작가적 자세를 문제삼을 수는 없게 된다. 이런 맥락에서, 액자형식을 구사함으로써 당대 현실로부터 거리를 띄운 점에 대한 지적이 그대로 「배짜락이」의 미학적 성취까지를 부정하는 것은 아님을 명확히 해 두고자 한다.

38) 김동인의 최고 업적으로 '한국 단편소설의 패턴을 확립'한 점을 꼽는 김윤식(「반역사주의 지향의 과오」, 앞의 글)이 「배짜락이」를 단편소설의 시작으로 보는 것에서, 이재선(『한국 단편소설 연구』, 일조각, 1975)이 '본격적인 근대 단편소설'로 「배짜락이」를 자리매김한 이후 이러한 평가는 흔들림 없이 계속되어 오고 있다.

39) 「배짜락이」의 내용과 관련한 논의는 순수문학적 성격을 두고 옹호와 비판으로 대별된다. "배따라기 음악과 서정적 배경을 무대로 하여 인생의 숙명적 비극과 운명의 참담함을 깨닫는 보다 본질적인 인간 문제를 다룬 순수문학적 작품"으로 보는 윤명구(『김동인 소설 연구』, 앞의 책, 57면)가 전자를 대표한다면, '참 삶의 향락자며, 역사 이

형식을 구사한 작가의 자세에 맞춰진다. 곧 앞서 살핀 대로 일종의 서사
시적 세계라고 할 수 있는 내화가 어떻게 버젓이 소설 작품으로 등장할
수 있었으며, 당대 상황에 비추어 이러한 창작이 갖는 의미는 무엇인가가
우리의 문제인 것이다.

「배따락이」나 「목숨」에서 '인생의 향락'이나 '죽음'에 대한 작가의 상
념이 두 겹의 액자를 통한 삼중 구조를 통해 아무런 형상화의 부담 없이
개진되는 것은, 궁극적으로 동인 스스로가 1920년대 초기 조선의 상황 자
체를 외면한 자리에 섬으로써 가능해졌다고 할 것이다.[40] 당대 조선에 있
어서 작가 및 현실의 측면에 주목하여 볼 때, 이러한 액자형식의 구사는
현실성을 배제한 채 소설을 쓸 수 있는 하나의 방식이었다고 하겠다. 사
실 액자의 범위를 조금 넓힐 경우, 이 시기 대부분의 소설들이 액자소설
로 거론될 수 있는 것 역시 앞서 살핀 1920년대 초기의 창작 상황에 비춰
해명될 수 있을 것이다.[41] 폐색된 조선 현실과 관련하여 구체화될 수 없
는 지향을 담아 내기 위해서는 어떤 식으로든 액자형식에 의존하지 않을
수 없었던 것이다. 이런 맥락에서 볼 때, 「배따락이」의 액자형식이 3중의

후의 제일 큰 위인'으로 진시황을 찬양하는 자세가 "일본 제국주의의 긍정 내지 찬양
으로 이어질 수 있는 것이 아닌가?"라는 질문을 제기하는 이동하(「自尊과 時代苦」, 김
용성·우한용 편, 『한국 근대 작가 연구』, 앞의 책, 77~8면)가 후자의 예라 할 수 있다.
40) 김동인은 당시에 있어 『創造』파의 지향이 어디에 있었는지를 다음과 같이 분명히
말해 놓고 있다.
　"이렇듯 우리의 소설의 취재를 구구한 조선 사회 풍속 개량에 두지 않고 「人生」이라
하는 문제와 살아가는 고통을 그려 보려 하였다. 勸善懲惡에서 조선 사회 문제 제시로
－다시 －轉하여 조선 사회 교화로－이러한 도정을 밟은 조선 소설은 마침내 인생 문
제 제시라는 소설의 본무대에 올라섰다."(「한국 근대소설고」, 앞의 글, 466면)
　소설의 본무대로서 '인생 문제'를 상정하는 것은 어떠한 의미에서도 폄하될 수 없겠
지만, 여기서 고려되는 '인생'이라는 것이 사회 역사적인 맥락에 구애되지 않는 추상
자체에 그치고 있음은 주목할 필요가 있다. '구구한 조선 사회'를 떠난 인생 문제의 탐
구가, 작가 의식상의 근대성에 값할 수 있는 부분은 극히 경미한 까닭이다.
41) 앞서도 지적했듯이, 꿈이나 공상, 편지, 일기 등의 빈번한 구사는 그 자체가 액자형
식에 있어서의 틀 역할을 하는 것이다(이재선, 『한국문학의 해석』, 앞의 책, 70, 74, 80
면 등 참조).

층으로 이루어져 있는 것[42]은 내화 자체가 현실로부터 너무 멀리 떨어진 데에 연유한다고 할 수 있다.

이와 같은 판단 위에서 본고는 형식적 차원의 '액자'라는 개념보다 작가의 세계 인식 태도와 작품 구성의 양 측면을 아우를 수 있는 개념으로 '중계자'[43]에 주목하고자 한다. 1920년대 초기 소설의 문학사적 자리를 정초하고자 하는 본고의 입장에서 볼 때, 내화 자체에 대한 구체적인 분석보다는 그러한 내화를 구사하기 위해 중계자를 설정하는 작가의 지향 및 작품 창작에 있어서의 자세에 대한 구명이 더 중요하다고 판단되는 까닭이다.

작가와 관련하여 중계자의 설정이 갖는 의미를 살펴보자. 중계자의 설정은 단순히 작품의 형식적 완성을 용이하게 하고 내화의 신뢰성을 보장하는 액자형식의 기능을 훨씬 뛰어넘는다. 사실 액자형식의 이런 기능은 독자 층위에서의 중계자의 역할이라고 할 수 있는 것이다. 이와는 달리 '작가와 자신이 형상화하는 세계와의 사이'가 또 하나의 층위[작가 층위]로 고려될 수 있는데, 작가 층위에서 중계자의 설정은 작가가 현실의 논리를 무시할 수 있게 하는 장치, 나아가 현실 자체를 외면할 수 있게 하는 장치의 역할을 한다. 동시에 중계자의 설정은, 「배따락이」나 「목숨」에서 보이는 바, 당대 현실과는 무관한 독자적 세계들을 소설로 존재할 수 있게끔 하는 기능까지도 한다. "다른 여러 이야기를 內包하는 額子小說 (Frame-story)은 역사적으로 일화와 소설을 연결하는 교량"이라는 오스틴 위

---

42) 김홍규, 「황폐한 삶과 영웅주의」, 『문학과 지성』, 1977 봄, 153~4면 참조.

43) 김동인의 단편에 초점을 두고 '그 구조상의 기법적 특질'을 규명하고 있는 천이두(「김동인론·패기와 직선의 미학」, 『종합에의 의지』, 일지사, 1974; 인용은, 『김동인 전집』 17권, 조선일보사, 1988)에 의할 때, 중계자란 「배따락이」에서의 '나'나 「狂炎 소나타」의 'K씨'와 '모씨', 「狂畵師」에서의 '여' 등을 지칭하는 개념이다. 곧 중계자란 작품의 실질적 핵심부(「배따락이」의 경우 형제와 형수의 이야기, 「狂炎 소나타」의 백성수의 행적, 「狂畵師」의 솔거와 소경 처녀의 이야기 등)와 독자 사이에서 이야기를 전달해 주는 장치를 말하는데, 1920년대 초기 소설 일반이 액자소설적 면모를 띠고 있음과 관련하여 볼 때, 편지나 일기, 꿈 등의 역할 역시 중계자적인 것으로 이해할 수 있다고 여겨진다. 당대의 현실과 거리를 둔 작가가 삶의 논리로부터 자유로운 생각이나 세계를 작품에 담기 위해 구사한 장치 일반을 넓은 의미에서 중계자로 사고할 수 있는 것이다.

렌의 언급[44]은 이를 지적하는 것이다. 이러한 사정을 염두에 둘 때, 중계자의 설정은 단순히 미적 장치의 기능을 넘어 현실을 대하는 작가의 자세 차원에서 의미를 띠는 것이라고 할 수 있다. 그 의미를 정리하는 것으로 이 절의 매듭을 짓자.

1920년대 초기에 중계자를 설정한다거나 액자형식을 이용하여, 작가가 자신의 생각을 마음껏 개진하거나 삶의 세계와는 이질적인 작품 세계를 창작하는 것은, 말 그대로 작가가 현실로부터 거리를 띄우는 것을 의미한다. 실상 제2장에서 살핀 1920년대의 계급적 상황을 생각하면, 예술이라는 '거룩한 聖殿'으로 도피한 소설 작가들이 중계자를 설정하고 액자소설을 구사하는 것은 충분히 납득할 만한 것이다. 스토리 텔러로서의 로스코프를 논하면서 그가 "세상에 너무 깊이 관여하지 않으면서 세상사에 관한 한 자기대로의 방식을 가진 사람에게서 (이야기의) 원형을 찾는다"는 벤야민의 지적은 그대로 이들 작가의 자세를 지칭하는 것이기도 하다.[45] 물론 이러한 필연성의 인정이 그대로 이들의 작가적 자세에 대한 인정으로까지 이어지는 것은 아니다. 누차 말했듯이 중계자의 설정 및 액자형식의 구사는 그로 인한 예술적 완성도에도 불구하고 작가 정신의 측면에서는 근본적인 패배를 전제하는 까닭이다.

3. 일상적 삶에 대한 형상화의 공과

지금까지 우리는 '개인'이나 '예술', '사랑', '강한 자' 등을 내용으로 하

---

44) 이재선, 『한국문학의 해석』, 앞의 책, 70면에서 재인용.
45) 벤야민, 이태동 역, 「스토리 텔러」, 『문예비평과 이론』, 문예출판사, 1987, 특히 3·5절 참조 인용은 103면.

는 추상적 근대성에 대한 1920년대 초기 작가들의 지향성이 너무나 강해
서 작품 세계를 실질적으로 지배하는 두 경우를 살펴보았다. 대정기 일본
문단으로부터 수입된 그러한 지향성이 막바로 작품화[나도향]되든 혹은 작
가의 언어를 통해서 주장[김동인]되든 간에, 이들 유형의 작품들에서 당대
조선의 현실은 완전히 배제되거나 단순한 배경 혹은 기호로 전락하여 버
렸다.

이와는 달리 현실성을 획득하고자 하는 문제적인 작품들 역시 이 시기
에 산출된다. 이들 작품이 문제적인 것은, 앞서도 말했듯이 이 시기의 역
사철학적인 상황이 소설의 시대와는 거리를 띄운 양상으로 조성되어 현
실성의 획득이 원리적으로 불가능한 때문이다. 그 결과로 이 부류의 작품
이 성취하는 것은 1920년대 초기 조선의 현실에 의해 특수화된 현실성일
뿐이라고 할 수 있다.

현실성이 특수화된 형태로 성취되었다는 진술은, ① 서로 내적인 연관
을 갖는 사실들의 범위가 한껏 축소되거나, ② 전체로서 사고된다 해도
문제적 개인의 동경·추구의 대상으로서만 기능할 뿐 구체적으로 형상화
되지는 않은 경우를 의미한다. 현진건의 소설로 대표되는 앞의 경우는 작
가가 총체로서의 외부 세계를 대상으로 현실성을 파악하는 것이 아니라
신변적 공간으로 좁혀진 작품 내 세계에서 구성적으로 창조해 내는 것으
로서, 작품 자체의 완결성에 대한 미의식의 대두를 보여 준다고 할 수 있
다. 염상섭의 초기작으로 대표되는 뒤의 경우는 추상적 근대성과 당대 현
실이 빚어내는 긴장을 본격적으로 문제삼음으로써 궁극적으로 현실의 힘
을 인정하는 작가적 자세를 보여 주는 것이라고 할 수 있다. 이러한 방식
들이 소설 형상화의 두 요소인 '인간의 동경'과 '사회적 구조'46)를 인물

---

46) 관념론적인 자리에서 현상과 본질의 불일치를 문제삼고 있는 초기 루카치는 헤겔의
   추상성 개념을 소설에 적용하여 다음처럼 진술하고 있다.
   "소설의 총체성은 단지 추상적으로만 체계화된다. 그렇기 때문에 여기서 성취될 수
   있는 체계─유기적인 것이 궁극적으로 사라진 뒤의 유일하게 가능한 완결된 총체성의
   형식─는 단지 추상적인 개념들의 체계가 될 수밖에 없으며, 따라서 직접적으로는 미

의 체험·행위를 통해 제대로 결합시키지 못한 채 일면적 성과에 그치고
마는 것은, 제2장을 통해 살핀 바 이 시기의 창작 상황이 지니는 근원적
인 특성에 연유한다.

전시대의 소설들 및 나도향과 김동인을 중심으로 하여 앞에서 살핀 여
타의 작품들과 달리, 이 두 유형의 소설들이 보여 주는 고유한 모습은 이
러한 자리에서야 비로소 해명된다. 염상섭의 초기작에 나타난 저 음울한
내면성이나, 현진건의 작품이 보여 주는 좁혀진 세계의 모습은 그대로
'주관 세계의 과장된 내면성'과 '객관 세계의 관습성'을 형상화한 것이다.
이들이 특수화되었다는 것은 '인간의 동경'과 '사회적 구조' 중 단지 그
한 부분만이 중점적으로 형상화됨으로써 현실적인 구체성을 확보하는 데
에 실패했다는 의미이다.[47)]

이러한 현실성 추구의 두 유형 가운데, 당대 현실의 특정 부분을 집중
적으로 형상화함으로써 그렇게 좁혀진 작품 세계 나름의 내적 연관을 성
취할 수 있었던 현진건의 초기작과 여타 작가의 몇몇 작품들[48)]이 이번

적 형상화의 대상으로 고려될 수 없다. 물론 이러한 추상적 체계는 그 위에서 모든 것
이 조성되는 궁극적 근거이다. 하지만 형상화되어 주어진 현실 속에서는, 객관 세계의
관습성으로서 그리고 주관 세계의 과장된 내면성으로서의 이러한 추상적 체계가 구체
적인 삶에 대해 갖는 간격만이 명확하게 된다. 그러므로, 헤겔적 의미에 있어서 소설
의 요소들은 철저히 추상적이다."(G. Lukács, *Die Theorie des Romans*, 1914 / 5, Luchterhand,
1974, S.60)

보편의지와 개별의지의 분리(헤겔)로 특징지어지는 근대 시민사회의 역사철학적 산
물인 소설 역시, 고대 그리스에서 이루어졌다고 파악되는 총체성을 그대로 구현하지
못하고 궁극적으로는 추상적일 수밖에 없다는 것이 루카치의 판단이다. 여기서 이러
한 추상성은 미적으로 결코 결함이 아니라고 파악되는데 그 근거로 루카치는 위의 양
자가 인물의 행위를 통해 연결됨을 든다. "소설의 외적 형식은 본질적으로 전기
적"(S.66)이며, 소설에서야 비로소 시간이 등장한다는 것은 이런 맥락에서 도출되는 것
이다.

이에 비할 때 현실성을 추구하고자 하는 1920년대 초기의 소설들은 인물의 행위에
의해 연결되어야 할 양자 중에서 하나만을 집중적으로 형상화하는 특징을 보여 주고
있다. 물론 당시의 상황을 염두에 둘 때 이러한 특징은, 1920년대 초기라는 시대적인
한계 속에서도 현실성을 추구하고자 하는 작가 의식의 성과로 평가될 수 있을 것이다.
47) 루카치가 말하는 장편소설에 있어서 이들은 주인공의 체험에 의해 수미일관하게 연
결된다. loc., cit.

절의 대상이다.

이들 작품은 '가정'이라는 신변 공간으로 대표되는 현실 세계의 일부분을 작품에 담음으로써 삶의 논리를 일정하게 구현하고 있다. 작가와 동일시되는 일인칭 주인공의 신변 공간으로 좁혀진 작품 세계의 형성 곧 작가가 자기 주변의 이야기를 다룬다는 것은 이중의 의미를 지닌다. 작품의 공간이 작가 주변의 현실 자체로 이루어짐으로써 추상성을 모면한다는 것이 그 하나이며, 그것이 작가 주변의 현실에 머무름으로써 세계를 문제삼지 않을 수도 있다는 것이 다른 하나이다.

그러나, 반봉건성이 만연한 폐색된 조선 현실과 아서구로서의 대정기 일본 문단을 통해 수입된 추상적 근대성에 대한 작가들의 지향이 마주침으로 해서 이 시기 소설의 작품 세계가 철저히 추상화될 수밖에 없었다는 앞서의 분석을 고려할 때, 비록 가정이라는 작은 공간으로 작품의 무대가 축소되었다고 할지라도 그 작은 세계에서 나름의 현실성을 성취하고자 한 것은 분명 가치 있는 일이라 할 것이다. 이러한 자세의 직접적인 성과가 작품의 형식적 완결성이라는 점까지 염두에 두면 더욱 그렇다.

빙허의 초기 대표작으로 평가되는 「빈처(貧妻)」나 「술 권(勸)하는 사회(社會)」는 작품의 세계를 좁힘으로써 작품상의 실패를 모면한다. 곧 작가와 동일시되는 등장인물 주변의 삶의 세계를 다룸으로 해서 사실들의 내적인 관련을 확보할 수 있게 되는 것이다. 물론 이러한 작품들에서 1920년대 초기의 조선 사회가 지녔던 문제가 그 의미대로 형상화될 수 없는 것은 당연하다. 따라서 본 절의 관심은 이렇게 작품 세계를 좁힘으로써 미적 완결성을 성취할 수 있었던 작가 의식에 두어진다. 이후 우리 나라의 단편소설에 대해 일정한 전형을 제공했다는 점에서 이러한 완결성은 강조될 가치를 지니는 것이다. 물론 당대 현실의 문제를 본격적으로 다루지 않아도 되도록 작품 세계를 좁혔다는 점에서 현진건의 정신사적 위상이

---

48) 현진건의 「貧妻」, 「술 勸하는 社會」, 「墮落者」와 김동인의 「專制者」, 「笞刑」, 전영택의 「惠善의 死」, 이익상의 「煩惱의 밤」, 민태원의 「어느 少女」 등이 여기에 속한다.

다소 약화되는 것은 피할 수 없다.

1) 「빈처(貧妻)」－신변 공간 형상화의 의미

「빈처(貧妻)」와 「술 권(勸)하는 사회(社會)」로 대표되는 현진건의 초기 소설은 당대 문단에 있어 그가 차지한 스타일리스트로서의 면모를 유감없이 보여 주고 있다. 후일 김동인이 평가한 바, '조화의 극치, 描寫의 絶美'를 보이는 '비상한 技巧의 天才'로서의 자질49)이 이 두 작품에서도 잘 드러나고 있는 것이다. 이러한 점은 이들 작품의 구성상 성공에서 뚜렷해진다. 이 시기의 소설들 대부분이 '참예술'이나 '참사랑', '개인' 등으로 대표되는 추상적 근대성에 대한 작가의 과도한 지향이 전면에 나섬으로써 구성상의 실패를 노정한 데 비해 볼 때, 빙허 초기작의 이러한 성공은 아무리 강조해도 지나치지 않을 만큼 중요한 사실이다.

앞서 살핀 바 1920년대 초기의 소설 공간을 염두에 둘 때, 이러한 성공은 궁극적으로 당대 현실을 대하는 현진건 고유의 자세에 맞닿아 있는 것으로 판단할 수 있다. 이 시기 대부분의 작품들과는 달리 그의 소설이 구성상의 파탄을 면하고 있다는 적은, 작품의 완미한 구성을 힘들게 만드는 지향성들이 작가에 의해 적절히 통제되고 있음으로써 가능한 까닭이다. 이러한 사실을 통해 우리는, 추상적 관념에 무작정 휩쓸리지는 않는 현진건의 현실적인 안목을 확인할 수 있다. 작가적 자세의 이러한 어른스러움은 그의 작품이 보이는 두 가지 중요한 특징 곧 작품 공간의 축소와 일인칭 화자 기능의 전형적인 구사에서 분명이 드러난다.

「빈처(貧妻)」와 「술 권(勸)하는 사회(社會)」뿐 아니라 「타락자(墮落者)」 및 「피아노」까지 이 시기 그의 작품 전편은 철저히 '가정'을 작품의 본무대로

---

49) 김동인, 「한국 근대소설고」, 앞의 글, 468면.

설정하고 있다. 이러한 지적은 작품의 배경이 가정으로 놓여 있을 뿐만 아니라 작중의 주요 인물들 역시 가족 관계의 범주로 좁혀져 있음을 말하는 것이다. 이렇게 작가의 신변 공간이라고 할 수 있는 가정 내지는 가족 관계에 작품 세계가 한정됨으로써, 그의 소설들에서는 염상섭이 보여주는 과도한 이상이라든가 앞서 살핀 작품들에서 나타났던 낭만성 등이 원천적으로 제한되고 있다. 즉 가정이라는 탄탄한 집단을 작품의 틀로 삼아, 구성의 파탄을 결과하는 추상적 근대성의 대한 동경의 과도함을 제한하고 있는 것이다. 작품을 추동시키고 그 구성을 좌우하는 갈등의 성격역시 그 구현자인 인물과 배경이 신변적·가정적인 데로 집중됨으로써 안정적인 면모를 보이고 있다. 이렇게 작품의 배경과 인물들이 가정과 가족 관계로 좁혀진 자리에서 '나'로 표현되는 일인칭 주인공의 설정은 작품 세계를 더욱 공고히 해 주는 본래의 기능을 십분 발휘한다.50) 「빈처(貧妻)」를 중심으로 이상의 특징을 상세히 살펴본다.

「빈처(貧妻)」(『開闢』, 1921.1)의 가장 큰 특징은 인물들의 설정에서 찾아볼 수 있다. 22세의 소설가 지망생인 '나[K]'와 두 살 연상인 나의 '아내'가 작품 전편을 지탱하는 중심 인물이다. 아내의 존재가 개재되지 않은 '나'의 사고나 행위가 전무하며, 둘 사이에 근본적인 갈등이 전혀 없다는 점에서 이 두 인물은 기실 하나라고 할 수도 있다. 1920년대 조선 사회에 있어서 예술을 지망하는 사람이나 '구식 여성이지만 예술가의 처로서 고

---

50) 당대 작품들에서 즐겨 사용된 일인칭 주인공 시점의 채택에 대해서, 윤홍노(『한국 근대소설 연구』, 앞의 책)는 "동시대의 많은 작가들이 1인칭 소설로 출발한 것은 日本의 私小說의 影響도 있겠지만 虛構世界를 객관화시킬 수 없는 그들의 한계성과도 관계된다"(132면)고 적절한 지적을 하고 있다. 앞에서 살펴본 바, 편지나 일기 등의 미적 장치[중계자의 설정]가 갖는 기능에 대한 본고의 논의에 수렴해 말한다면, 이러한 주인공의 설정은 기본적으로 작품의 사실성을 높여 주는 역할을 한다고 할 수 있다. 일인칭 시점을 택함으로 해서 세계의 총체적인 연관을 파악하지 않고서도 작품의 객관성(나아가 현실성)을 획득하는 것이 가능해지는 것이다. 이는, 시점 뿐만 아니라 작품 속에서 갈등이 차지하는 영역 자체가 일인칭 주인공의 신변으로 국한되는 현진건의 경우에 특히 그러하다.

생을 각오한 조강지처'적인 인물 모두, 당대 사회의 이방인이라는 점에서
는 별반 차이가 없는 것이다. 이렇게 K와 그의 아내가 가치 지향의 측면
에서 갈등의 소지를 안고 있지 않다는 것은, 「빈처(貧妻)」를 관통하는 추
상적 근대성의 위력을 입증해 주는 것이기도 하다. 이 작품에서 그것은
'예술'로 표현된다. 다음날 아침거리도 없는 차에 T의 양산 자랑을 당한
아내가, '남과 같이 살아 보자'는 말 한 마디 때문에 "막버리군한테나 시
집을 갈 것이지 누가 내게 시집을 오래서! 저따위가 藝術家의 妻가 다
뭐ー야!"(164면)라고 통박을 당하면서도 고작 "에그……!"라는 한 마디로
그치는 것은, '예술가의 처'가 지니는 전제(前提)적인 힘을 드러내 주는 것
이다.

이러한 장면에서 '婦德을 갖춘 朝鮮의 典型的 아내'를 읽어 내는 것은
별 의미가 없다. 중요한 것은, 현실적으로 무능한 예술가 지망생을 헌신
적으로 뒷바라지하는 그러한 아내가 설정되었다는 사실 자체인 까닭이다.
같은 시기 거개의 작품들이 모두 일종의 파멸을 보임에 비해 「빈처(貧妻)」
가 그러한 면모를 피할 수 있었던 사정을 여기서 찾을 수 있다. 시시때때
로 비틀린 심사를 보이는 K에게 "웨 마음을 躁急하게 삽수셔요! 저는 꼭
당신의 이름이 셰상에 빗날 날이 잇슬 줄 미더요"(166면)라든지, "암만 苟
且하기로니 실症이야 날가요! 나도 한번 먹은 마음이 잇는데……"(168면)
라고 위로할 줄 아는 인물이 '아내'로 설정됨으로 해서, 어떠한 파멸적 요
소도 애초에 봉쇄되어 있는 것이다. 여기에는, 결혼한 지 6년이 다 되어
감에도 불구하고 그들 사이에 '자식'이 없다는 사실도 첨가되어야 한다.
신경향파 소설의 많은 주인공들이 아내나 자식 등 가족이 겪는 곤궁을
참지 못해 괴로워하는 데서도 잘 나타나듯이, 자식의 존재는, 특히 궁핍
과 관련되었을 때, 삶의 현실적인 논리를 십분 담지하지 않을 수 없게 하
기 마련이다. 그런 '자식'을 인물 구성에서 빼고 현실 너머의 이상을 바라
볼 수 있는 성인 부부만으로 가정을 꾸린 것은, 「빈처(貧妻)」를 쓰는 현진
건의 의도가 어디에 있는지를 잘 드러내 준다. 그것은 '예술(가)'로 표상되

는 근대적인 가치를 한껏 고양시키는 데로 정향되어 있다. 이상을 바탕으로 하여 우리는, 「빈처(貧妻)」의 구성상 성공의 요인으로서 '가족으로 좁혀진 인물 설정' 양상을 꼽을 수 있게 된다.

이들 부부 주위에, 친척들에 의해서 항상 K와 비교되는 건실한 현실적 생활인인 T가 있으며, 물질적으로 풍족한 생활을 누리는 K의 처형, 이들 부부가 전적으로 가계를 의존하다시피 하는 아내의 친정 부모 등이 배치되고, 처형의 남편이나 K의 친부모, 오촌 당숙, 처가에서 부리는 할멈 등이 그 주변에 놓인다. 여기서 알 수 있듯이 「빈처(貧妻)」에서의 인물들이란 거의 전부가 일가친척으로 구성되어 있다. 혈연 관계란 것이 기본적으로, 파국까지 이르는 어떠한 갈등도 내포하기 힘듦을 생각할 때 이러한 인물 설정은 특기할 만한 것이다. 인용으로 처리되고 있지만 다음과 같은 K 부모의 말은 이러한 사정을 확연히 보여 준다.

　　그래도 父母는 달라서 화가 나시면 「네가 그리 하다가는 末境에 벌엉방이가 되고 말 것이야」라고 꾸중은 하셔도 「사람이란 늦福 모르느니라」, 「그런 사람은 쏘 그러케 되느니라」 하시는 것이 스스로 慰勞하는 말슴이고 쏘 며느리를 慰勞하는 말슴이엇다. 이것을 보아도 하는 수 업는 놈이라고 斷念을 하시면서 그래도 잘되기를 바라시고 祝願하시는 것을 알겟더라. (162면)

이 인용에서 우리의 관심을 끄는 것은, 예컨대 「약한 자(者)의 슬픔」이나 「젊은이의 시절(時節)」에서의 부모 자식 관계와는 달리, 「빈처(貧妻)」의 작품 세계가 철저히 인륜성의 범주를 넘지 않고 있다는 사실이다. 당대 조선의 삶의 세계가 심정적인 차원에서 이렇게 진솔한 표현을 얻고 있는 것은, 현진건의 작품만이 갖고 있는 중요한 특질이며 그의 현실적인 안목이 차분하게 일상사에 뿌리를 두고 있음을 증명하는 것이다.[51] 이렇게 인물들의 설정이 철저히 친족의 범주를 넘어서지 않고 있으며 동시에 그러

---

51) 후일 「한머니의 죽음」(1923) 등이 보여 주는 일상적인 내면 심리의 치밀한 묘사는 이러한 작가적 자세에 연원하는 것이라 할 수 있다.

한 세계 속에서의 내밀한 인간적 논리가 관철됨으로써 「빈처(貧妻)」는 첨예한 갈등 및 그로 인한 파멸의 가능성을 말소시키고 있다. 혈연 관계에 있어서 하나의 원초적인 고리를 이루는 부부의 설정이 앞서 말한 대로 똑같은 지향을 가진 인물로 설정되고 있음을 생각하면 더욱 그렇다.

이러한 사정은, 작품 세계 속에서 K 부부의 삶이 갖는 자리를 확정해 주는 T와 K의 처형이 다루어지는 방식에서도 잘 드러난다. K와 동년배인 가까운 친척 T는 한성은행에 다니는 "成實하고 恭順하며 屑屑한 小事에 慇懃하고 깃버하는 人物"(162면)이다. 그는 '착실히 돈벌이를 하고 친척들의 大事에 補助하는' 등 삶의 세계에 있어서 볼 때 어느 모로 따지든 건실한 생활인의 전형적인 면모를 띠고 있다. 여기서 우리는 현진건의 T에 대한 묘사가 어떠한 가치 평가에도 매달리지 않은 채 담담하게 기술되고 있음에 주목할 필요가 있다. 이러한 자세가 바로 당대 문단에 있어서 현진건의 소설을 빛나게 하는 부분인 까닭이다.

소설가를 지향하는 K의 위상은 오히려 직접적으로 제시된 일상인들의 평가를 거꾸로 뒤집음으로써만 유추될 뿐이다. 그러한 평가란 어떠한 것인가.

> T는 돈을 알고 爲人이 眞實해서 그 애는 돈푼이나 모을 것이야! 그러나 K(내 이름)는 아모쌱에도 못쓸 놈이야 그 잘난 諺文 석거서 무어라고 쓰적어려 노코 제 주제에 무슨 朝鮮에 有名한 文學家가 된다니! 실업의 아들 놈! (162면)

여기서 보이듯이 친척들 사이에서 K가 폄하되는 것은 '돈'으로 움직이는 일상 현실에서의 무력함 때문이다. 그러나 「빈처(貧妻)」에서 이러한 비교를 힘써 강조할 수는 없다. '예술'에 대한 어떠한 장광설도 없는 이상 이러한 비교 역시 그다지 힘을 발휘하지 못하고 있는 까닭이다. T가 속물일 수 없듯이 K 역시 문제적 개인의 면모를 띠지 않는다. 바로 이러한 평온함이 「빈처(貧妻)」의 작품 세계를 탄탄하게 유지시키고 있는 것이다. 이

렇게 예술을 지향하는 주인공과 그를 따뜻하게 뒷받침해 주는 아내 및
부모를 설정하는 외에 어떠한 작가적 언어의 과도한 노출도 피하는 방식
은 현진건 고유의 것이며, 삶의 세계에 대한 그의 섬세한 인식을 드러내
주는 것으로 평가할 수 있다.

　작가의 의도가 대위법적으로 강조되어 드러나는 경우는 처형이 등장하
는 후반부를 중심으로 구축되는데, 여기서의 대비는 작품의 종결과 관련
되어 있다. 이상 살펴보았듯이 인물들 및 배경의 설정 자체가 작품을 추
동시킬 갈등의 소지를 전혀 갖지 못함으로써 전체 구성을 통어할 만한
원리가 되기 힘듦을 생각하면, 작품의 종결과 관련하여 인물들의 대비가
강조되는 사정은 당연하다고 할 것이다. 실상 이 부분에 이르기까지「빈
처(貧妻)」를 추동시키는 실제적인 요인은 K의 비뚤어진 심성[52]에 놓여 있
으며, 그가 행하는 회상에 의해 서사 구조가 지탱되고 있다. 이러한 점을
먼저 살핀 뒤 처형과의 대비 부분을 통해 작가의 의도 및 한계를 점검해
본다.

　「빈처(貧妻)」의 서사 구조는 크게 두 부분으로 나뉜다. 생활의 궁핍상
및 기본적인 인물 구도를 드러내는 1절과 앞서 말한 부부 관계의 특성을
펼쳐 보이는 2절이 작품의 전반부라고 할 수 있다. 이 두 절은 모두 K의
회상으로 이루어져 있으며 그 앞 뒤에 아내와의 대화가 놓여 있다. 그러
한 대화들은 생활의 궁핍상에 따라 필연적으로 벌어지는 것이지만, 아내
에 대한 K의 안스러움 내지는 미안해하는 마음과 K에 대한 아내의 순종
적 이해에 의해 어떠한 심각한 갈등도 배태하지 않는다. 따라서 이러한
대화들은 작품 세계를 축약적으로 제시하는 K의 회상을 이끌어 내기 위
한 장치의 역할을 하는 것으로 볼 수 있다.

　여기서 주목할 점은 이러한 회상이나 그것을 끌어들이는 대화의 전개
가 주로 K의 심리에 근거를 두고 있다는 사실이다. 한 가정의 가장으로

---

52) K의 심리에 대한 정신분석학적인 논구로는 윤홍노,『한국 근대소설 연구』, 앞의 책,
　132~3면을 참조할 수 있다.

서 자신의 역할을 전혀 못 하고 있는 데서 유발되는 그의 심리는 상당히 신경질적인 불안한 모습을 보이는데, 바로 이런 불안정성이 「빈처(貧妻)」의 전반부를 추동시키고 있다. 덧붙여서 우리는, 동시대 여타의 작중 인물에 비할 때, 아내에 대한 K의 이중 심리[53]가 그 자체로 작품의 신빙성을 더해 주고 있음을 지적할 수 있다.

다소 상세히 살펴보자. 첫 절의 회상은, 다음날 아침거리를 마련하기 위해 저고리를 찾는 아내를 보고 "빌어먹을 것 되는대로 되어라.'라는 무책임한 태도로 책을 덮고 눈을 감아 버리는 데서 시작되어, 아내의 심중을 생각하며 느끼는 슬픔으로 끝나고 있다. 둘째 회상은 답답한 심사에 의해 비꼬는 말을 아내에게 건넴으로써 시작되고 아내가 자신을 원수로 생각하리라는 극단적인 생각으로 끝난다. 실상 그의 경제적 무능력이 아내에 의해 별반 추궁을 당하지는 않고 있는 형편인데도 불구하고 회상에서 드러나는 바 K의 심리는 그 자신을 "感傷的으로 허둥"(167면)대개 할 만큼 다소 극단적인 면모를 보인다.

앞의 두 절이 K의 회상에 거의 전적으로 기대고 있음으로 해서 실질적인 서사와는 거리가 먼 데 비해, 3, 4절은 구체적인 상황의 전개를 통해서 인물들의 심리가 실질적인 근거를 부여받고 있다. 장인의 생신 잔치와 K의 만취, 처형의 방문 등이 그것이다. 이들을 통해 작품의 구조가 완미한 모습을 띨 수 있게 된다. 앞서 살폈듯이 2절까지의 구도가 K의 심리 변이에 전적으로 근거한 소소한 대화와 회상으로 짜여져 작품의 뼈대를 구축할 어떠한 계기도 마련하지 못하고 있음에 비할 때, 이러한 상황 전개는 단순한 에피소드 이상의 역할을 하는 것이다. 이 중에서도 핵심적인 것은 처형의 설정이다.

남편이 기미(期米)를 하여 가지고 십만 원 돈을 버는 등 풍족한 생활을

---

53) 아내에 대해 K가 보이는 심리는 항상 언짢음과 미안함이라는 두 축 사이에서 진동하고 있다. 1920년대 초기 소설들의 주인공 일반과 비교할 때, 이러한 점은 실제 생활의 차원에 한껏 다가간 것이라고 할 수 있다.

하지만 바로 그 남편의 외도와 폭행의 희생자인 처형은 「빈처(貧妻)」에서 가장 기능적으로 설정된 인물이다. 결론적으로 말하자면 처형은 작품을 끝맺을 수 있도록 등장하고 있을 뿐이다. 그의 남편 역시 철저히 기능적인 장치 이상의 인물이 아니라고 할 수 있다. 작품의 주제를 성립시키고 K를 통한 작가의 지향을 확인하려는 목적으로, '물질적 풍요와 정신적 행복'이라는 다소 치졸한 구도를 성립시키기 위해 처형 부부가 등장하고 있는 형국이다. 생신 잔치를 다녀온 K 부부가 처형을 두고 나누는 다음과 같은 대화가 이러한 사정을 여실히 보여 준다.

> 「그것 보아! 돈푼이나 잇스면 다 그런 것이야」
> 「정말 그래요, 업스면 업는 대로 살아도 의조케 지내는 것이 幸福이야요」
> 안해는 衷心으로 共鳴해 주엇다, 이 말을 들으매 내 마음은 말할 수 업시 滿足해지며 무슨 勝利者나 된 듯이 得意揚揚하엿다. 그리고 마음속으로
> 「올타 그러타 이러케 지내는 것이 幸福이다」 하엿다. (171면)

이러한 공명은 앞서 살폈듯이 K 부부가 기본적으로 대립적인 측면을 갖고 있지 않음에서 가능해진 것이다. 그러한 일체감 위에서, 이틀 뒤에 방문한 처형의 신발 선물을 두고 아내는 조심스러운 자세를 취하게 되며 K는 실로 가장다운 현실 감각을 획득하게 된다. 인물들이 보이는 이러한 발전에 있어서도 현진건의 균형 잡힌 시각이 결정적인 역할을 한다. "妻兄이 同壻를 밉다거나 무엇이니 하면서도 汽車 노치면 男便이 기다릴가 念慮하야 急히 가던 것"(173면)과, 그로 인해 K가 "나도 어서 出世를 하여 비단 신 한 켜레쯤은 사 주게 되엇스면 조흐련만……"(같은 꽃)이라고 말하는 것 등은, 당대 사회의 삶의 논리에 탄탄하게 근거하고 있는 것이다. 이러한 자리에서 K 부부의 공명은 급상승되고 "「아아 나에게 慰安을 주고 援助를 주는 天使여!」"(같은 꽃)라는 내면의 부르짖음과 더불어 작품을 완결 짓는 포옹이 이루어진다. 실제적으로는 아무런 문제도 해결된 것이 없지만 이로써 작품은 완미하게 종결된다.

이렇게 새로운 갈등의 요소를 내포하는 것도 아닌 일상사의 전개가 작품을 완결짓는 역할을 하는 것은, 「빈처(貧妻)」의 세계가 1920년대 초기 조선이라는 당대 현실이 안고 있는 커다란 문제들을 비껴 가고 있는 데서 가능해진다. 다시 말해서 철저히 친족 관계로 국한되고 있는 인물들의 설정과 당대의 일반적인 삶의 논리에 투철한 작가의 세심한 균형 감각이라는 토대에 기반함으로써, 몇 마디의 대화와 포옹만으로도 작품 세계가 완결될 수 있었던 것이다. 궁핍상을 다루고 있다 해도 예술가의 궁핍이란 일반인들의 그것과는 질을 달리하는 문제이며, 그나마 처가라는 장치를 통해 파멸적인 상황 자체가 미연에 방지되어 있음을 생각하면 이러한 사정이 분명해진다.54) 인물의 설정도 사건의 양상도 일상성을 벗어나지 않는 까닭에 여타 작품들과 달리 '죽음'과 같은 과격한 결말 처리 역시 존재할 수 없는 것이다.

　이러한 사실은 「술 권하는 사회」의 경우도 크게 다르지 않으며,55) 1920

---

54) 이러한 맥락에서, 「貧妻」와 「郵便局에서」가 1920년대 한국인의 궁핍상을 보여 주긴 했지만 그러한 곤궁상과 절망감이 "개인적인 차원의 문제로 머물러 있었을 뿐 아직은 L. 골드만 류의 집단 의식이나 世界觀의 차원으로 진입한 것은 아니었다"는 조남현의 지적을 상기할 수 있다(『한국 현대소설 연구』, 앞의 책, 247면).
55) 「술 勸하는 社會」에서 보이는 남편의 독백에 대한 다음과 같은 김중하(「현진건 문학에의 비판적 접근」, 『현진건 연구』, 새문사, 1981)의 해석은 이 점과 관련하여 주목할 만하다.
　"한국 사회에 대해 절망하고 있어 그의 절망은 일견 애국적 인텔리의 고뇌를 대변하고 민족 양심에 입각한 절규처럼 보인다. 그러나 여기에 허점이 있다. 1920년대의 한국 현실이 그의 독백처럼 조선 사람들에 의해 자유로운 상태로 조직되어 있지도 않았고, 일제의 배후 조종하에 놓여 있었기 때문에 사회 부조리의 근원은 눈앞의 '현상'에서가 아니라 숨겨진 '실재'에 있었다. 그런데도 '남편'은 '현상' 자체에 대해 절망하고 있으며 울분을 터뜨린다. 또 '남편'은 그의 '유위유망한 머리'를 활용할 수 없고 그의 뜻을 펼 수 없기 때문에 술을 마신다고 했다. 이것은 자신의 역량을 발휘할 수 없게 되는 데서 나오는 좌절이다. 만일 그에게 충분히 '유위유망한 머리'를 활용할 수 있게 했다면 절망하지 않을 수도 있었단 말이 되는데, 이것은 현실의 불합리성, 즉 일제치하의 현실을 긍정해 버리는 결과가 되지 않겠는가."(Ⅱ-49면)
　'남편'의 지향을 세속적인 성공이나 식민지 현실의 수용으로 규정하는 데는 동의하기 어렵지만(본고는, 자신의 이상을 펼칠 수 있는 비식민지 상태를 소망하는 것으로 읽고자 한다), 그가 '현상'에 절망할 뿐이라는 지적은 정확한 것이라고 할 수 있다. 이

년대 전체에 걸쳐 지속적으로 유지된다고 할 수 있다.56) 「술 권(勸)하는
사회(社會)」가 무지한 아내의 시점을 취하고 있는 것 역시 이 소설을 가능
하게 하는 장치이다. '본정신 가지고는 피를 토하고 죽든지, 물에 빠져 죽
든지 하지, 하루라도 살 수가 없'는 사회 속에서 의식적인 인물을 주인공
으로 했을 때 나타나는 소설적 결과는 이미 「표본실(標本室)의 청(靑)개고
리」에서 확인된 것이다. 그러한 무게를 감당할 수 없을 때(혹은 감당하려 하
지 않을 때) 소설을 쓰는 길이란 작가 자신이 잘 아는 일상을 그림으로써
현실성을 창조하는 것일 뿐이라고 할 수 있다. 빙허의 자세가 바로 이러
한 경우일 터인데, 아내의 시점을 선택함으로 해서 그는 시대의 문제를
자기 것으로 하지 않고서도 소설을 쓸 수 있었던 것이다. 그의 소설이 어
떠한 무거움도 지니지 않고 있는 까닭이 바로 여기에 있다.

이런 맥락에서 그의 작품이 보여 주는 신변적인 성격이나 일상성은 작
가의 현실 인식이라는 층위에서 현저하게 부정적으로 기능한다고 할 수
있다. 1920년대의 작가들 대부분이 초기에 취한 현실 인식의 방식으로서
"지식인의 입장에서 자기 자신의 삶과 고뇌를 집중적으로 파헤친 형
태"57)를 지적할 수 있다고 할 때, 현진건의 경우는 이러한 '신변적 성격'

러한 지적은 「술 勸하는 社會」도 일상적인 세계 파악에 근거를 두고 있음을 의미하는
것이다.
56) 「할머니의 죽음」(1923)이 대표적인 경우이며, 1926년에 발표된 「동정」 역시 동일한
자세를 나타내는 작품이라 할 수 있다. 이는 자연주의의 주된 작품 경향인 정신병리학
적 심리 분석을 충실히 해 낸 것으로서, 자기의 신변 공간에 머물면서 주위를 관찰하
는 양상을 담고 있다.
잘 알려진 대로, 이런 작품과 더불어 빙허는 「고향」(1926) 등을 통해서 보다 적극적
으로 외부 세계에 눈을 돌리기도 한다. 「운수 좋은 날」(1924), 「불」(1925) 등을 통해 드
러나기 시작한 이러한 변화의 근저에는, "朝鮮文學인 다음에야 朝鮮의 땅을 든든히 되
되고 서야 될 줄 안다. 現代文學인 다음에야 朝鮮의 情神을 힙잇게 呼吸해야 될 줄 안
다. (…중략…) 오직 朝鮮魂과 現代情神의 把握! 이것이야말로 다른 아모 것도 아닌
우리 文學의 生命이오 特色일 것이다"(「新年의 文壇을 바라보면서 : 朝鮮魂과 現代情
神의 把握」, 『개벽』 65호, 1926.1, 134~5면)라는 작가 의식의 변화가 밑받침되어 있다
고 할 수 있다.
57) 조남현, 『한국 현대소설 연구』, 앞의 책, 286면.

으로 인하여 여기에서 제외된다.

이는 「빈처(貧妻)」를 「암야(闇夜)」나 「젊은이의 시절(時節)」과, 「술 권(勸)하는 사회(社會)」를 「표본실(標本室)의 청(靑)개고리」와 비교해 볼 때 확연히 드러난다. 표층적인 차원에서는 1920년대 식민지 사회 속에서 예술가를 지향하는 청년의 비애를 그린 점에서 유사하게 보일지 모르지만(이 맥락에서는 사실 빙허의 작품이 더 뚜렷하다고까지 할 수 있다), 여기에는 중요한 차이가 놓여져 있다. 상섭과 도향이 '예술가 혹은 근대적 지식인으로서 세계와 대면하는 문제'를 다루고 있는 데 비해 현진건은 '좁은 현실 속에 있는 예술가 혹은 근대적 지식인'을 그리고 있을 뿐인 것이다. 물론 누차 지적했듯이 바로 이러한 사정에 의해 그의 작품이 구성상의 실패를 모면하고 있음 역시 강조되어야 할 것이다. 따라서 정신사적인 측면에서 볼 때는 가장 덜 문제적이지만, 텍스트 상호관계 차원에서 가장 면면하게 1920년대 소설사의 흐름에 이어지는 것이 바로 그의 작품이라고 할 수 있다.

2) 기타 작품들―현실적 문제의 추상화와 현실 수용의 배경화

현진건의 소설들에 비해 비록 예술성에서는 여러 모로 떨어진다 해도, 현실의 몇몇 문제를 중점적으로 포착함으로써 당대 현실을 일정하게 반영하는 일군의 소설들이 본 절의 대상이다. 이들 작품은 어떤 주도적인 이상(理想)에 의해 지배되지 않고 작품의 공간이 비교적 뚜렷하게 제시된다는 특징을 지니며, 그 다루는 문제들에 의해서 1920년대 조선에 있어서 여성이 처한 상황을 형상화한 작품들58)과 현실의 궁핍상을 수용한 작품59) 등으로 구별된다. 이를 통해서 알 수 있듯이, 이상의 소설들 역시

---

58) 김동인의 「專制者」(『開闢』, 1921.3), 전영택의 「惠善의 死」(『創造』, 1919.2), 이익상의 「煩惱의 밤」(『學之光』, 1921.6) 등의 작품들이 이러한 문제를 다루고 있다.

59) 민태원의 「어느 少女」(『廢墟』, 1920.7), 김동인의 「笞刑」(『東明』, 1922.12.17, 24~

가정이나 곤궁한 현실을 작품의 무대로 삼음으로써 이 시기 조선 사회의
한 단면을 드러내 주고 있다.

물론 여기서도 현실성이 관철되고 있는 것은 아닌데, 이러한 상황은
작가의 주제 의식이 좁은 데서 말미암은 것으로 보인다. 곧 새로운 시대
풍조에 접한 남성에 의해 자신의 사회적 존재 자체에 위기를 느끼면서도
그에게 의존하지 않을 수 없는 상황에서 불안감에 떠는 여성의 문제라든
지, 정치경제적 차원의 심층적인 원인에 대한 의식은 부재한 채 현상으로
드러나는 궁핍한 현실 속에서의 삶의 문제를 즉자적으로 다루는 등, 작가
의 의식이 기본적으로 협소한 까닭에 현상의 내적 본질이 파악·형상화
되지 못하고 있는 것이다. 이러한 상황에서 이들 작품의 흐름은 제반 인
간 본성을 부각시키는 데 두어지고 있으며, 사회적인 의미망을 담지 않고
있는 공간은 배경으로서만 기능한다.

「전제자(專制者)」나 「혜선(惠善)의 사(死)」, 「번뇌(煩惱)의 밤」은 모두 힘없
는 여성 주인공이 남성으로 대표되는 사회의 무게에 짓눌려 죽거나 불안
에 떠는 모습을 형상화하고 있다. 현실의 모습이 어느 정도 작품 속에 담
겨지는 이들 작품에서 주인공으로 등장하는 여성들은 어김없이 당대 사
회의 희생물로 그려진다. 아직 현실의 계급·계층적 문제가 주목되지 못
한 상황에서 봉건적 폐해의 직접적인 피해자가 여성이었음을 생각할 때,
사회의 희생물로서 여성이 등장한다는 것은 작가 의식의 수준을 보여 주
는 것이라고 할 수 있다. 제2장에서도 밝혔듯이, 1920년대 초기 작품이
주요 비판 대상으로 반봉건성을 놓았을 때 여성 문제가 눈에 들어왔을
것임은 쉽게 추론할 수 있다.[60]

1923.1.7) 등을 이런 유형으로 묶을 수 있다.

60) 다른 맥락에서 김윤식은, 창조파의 작가들이 참인생, 참된 삶의 고민으로 상징되는
   '여자의 고민을 그림으로써 소설적인 밀도를 높였다'는 파악을 하고 있다.
   "여자의 고민은 바로 죽음을 걸고 있기 때문에 진지해 보이며, 따라서 그것을 그리
   는 일에 소설의 중요성이 있다. 소설이 오락이 아니고, 엄숙한 인생 교사로서의 성스
   러운 것이라고 김동인도 전영택도 생각하고 있었다. 창조파들이 근대적인 참문학을

「전제자(專制者)」의 순애, 「번뇌(煩惱)의 밤」의 혜경이 두려워하는 것은
자기 오라비나 남편이 자신을 버리지는 않을까 하는 것이다. 이들은 모두
평범한 여성으로서 기존의 삶의 세계에 고착된 인물들이다. 그런 그들에
게 있어선, '중절모를 빗 쓰고 키드 구두 소리 부드럽게 하고 다니는 건
달'(「專制者」)이나 일본 유학을 간 지식인 모두 불안을 가져다주는 존재이
다. 그들이 지니는 문제는 '편지 한 장' 제대로 못 쓰고 '신문'도 제대로
볼 줄 모르는 무식함과, 남자에게 생존을 의존해야만 하는 경제적인 무능
력이다.

문제 포착으로서 이러한 점은 무척 중요한 의의를 지닐 수 있는 것이
지만, 실상 이들 작품은 여성 주인공을 우발적인 죽음으로 몰아가거나(「專
制者」), 문제를 그대로 유보시키는 태도(「煩惱의 밤」)를 취함으로써 추상적인
수준에 머물러 버리고 만다. 이러한 점은 주인공이 여학교를 다니는 지식
인으로 설정된 「혜선(惠善)의 사(死)」의 경우도 마찬가지이다. 동경 유학을
간 남편이 다른 여자와 결혼하게 되는 상황에 처하여 혜선은 낭만적 죽
음을 택함으로써 문제를 회피하는 것이다.[61]

수립한다고 대단한 자부심을 가졌던 것은 인생의 참된 고민을 탐구한다고 생각했기
때문이다. 그것은 삶에 좌초당한 여인들의 고민을 다룸으로써 가능하였다. 다시 그것
은 남녀 구별 없이 내면 세계, '내적 고백'을 다루는 길로 나아갈 수 있었다."(『한국 근
대소설사 연구』, 앞의 책, 261면)

제도적 장치로서의 고백체라는 논리에 동의하건 않건 간에, 이러한 사실 파악은 소
중한 것이다. 이와 더불어 당대 작가들이 보이는 여성의 형상화를 통해 그들의 여성관
이 갖는 특성을 구명해 보는 것도 필요할 것이다.

61) 이러한 혜선의 죽음과 관련하여 송하춘은 다음과 같이 지적한 바 있다.
"1920년대 우리 나라 사회 변동 요인 가운데 가장 격심했던 것 중의 하나가 애정 윤
리임은 말할 것도 없다. 그것은 개인의 자존심과도 연결되는 것이며, 그 자존심이
내·외의 상호관계에 의하여 통제되지 못할 경우 죽음을 자초할 우려까지도 있다. 특
히 소설의 경우 죽음은 우연일 수 없다. 낭만적 죽음이라는 것도 따지고 보면 외부 상
황에 대한 개인의 옹호에 해당한다. 혜선의 죽음은 현실로부터 도피하려는 듯한 일종
의 낭만적 변명의 요소가 짙은데, 이 점은 늘봄의 자연주의 문학과는 상당한 거리가
있다. (…중략…) 시대가 낳은 불쌍한 여성의 가련한 죽음을 의도했던 처음은 어둠이지
만, 결말 부분의 낭만적 감정은 밝음이다."(「전영택 소설의 인물」, 서종택·장덕준 엮
음, 『한국 현대소설 연구』, 새문사, 1990, 136면)

사회적 통념이나 상식이 지배하는 세계에서 이질적인 인간을 다루는 「천치(天痴)? 천재(天才)?」와 「어느 소녀(少女)」, 감옥 생활을 다룬 「태형(笞刑)」 모두 제재의 측면에서 주목할 만한 것임에도 불구하고 위의 작품들과 마찬가지로 작가 의식의 불철저성으로 인해 성공하지는 못한 작품들이다. 「어느 소녀(少女)」의 경우는 인물의 설정상 식민지 조선의 궁핍상으로 대표되는 현실의 문제에 매우 가까이 간 것이지만, 작가는 시종일관 세상에 대한 소녀의 태도만을 문제삼으면서 사태의 본질을 외면해 버린다. 이러한 점은 「태형(笞刑)」의 경우도 마찬가지이다. 기미독립운동으로 잡혀 들어온 수인들을 대상으로 하면서 작가는 철저하게 생물학적 본능과 윤리적 문제만을 주목하고 있는 것이다.

이상과 같이 이들 작품은 인간 본능의 원초적인 국면들을 단일하고 획일적으로 처리하고 있을 뿐이어서 스토리의 성격상 있어야 마땅할 심각미를 누락시키고마는 모습을 보여 준다. 이러한 자리에서 작가의 사색만이 나름의 의미를 주장하고 있을 뿐이다. 이들 소설에서 작품의 결말을 위한 방편으로 구사되는 '죽음'의 형식적인 성격을 고려할 때 이 점이 확실해진다. 주인공이나 중심 인물을 죽음에로 이끎으로써 작가는 자기가 다루는 문제를 현실 속에서 풀어 나가는 대신에 추상 차원에 고정시켜 버리는 것이다. 이렇게 당대 현실의 일부분이 작품의 대상으로 수용되면서도 현실성이 사상되고 마는 것은, 앞서 살폈듯이, 궁극적으로 당대 사회의 심층적인 문제를 포착할 수 없었던 이 시기 작가들의 의식 상황에서 연유하는 것이라 할 수 있다.

작가 늘봄의 의도와 상관없이 「惠善의 死」가 낭만적 죽음을 통해 개인의 옹호를 드러냈다는 파악은 주목할 만하다. 이는 당대 작가들을 사로잡았던 추상적 근대성의 힘이 어떻게 이들 작품들까지를 지배하고 있는지를 시사하는 것이다.

4. 추상적 현실 파악의 의의와 한계

　1920년대 초기 소설의 창작 상황 자체를 형상화하는 작품이 바로 염상섭의 초기 삼부작(「標本室의 靑개고리」· 「闇夜」· 「除夜」)이다.[62] 다시 말해 이들 작품은 당대의 창작 공간을 특징짓고 있는 두 축 곧 아서구로서의 대정기 일본 문단을 통해 수입된 추상적인 근대성과 폐색된 식민지 현실의 맞부딪침 자체를 형상화한다. 작가에게로 돌려 말하자면, 당대 문단을 지배한 추상적인 지향과 1920년대 초기 조선의 현실이 빚어내는 긴장을 본격적으로 문제삼고 있는 것이 바로 염상섭의 소설이라고 할 수 있다.

　특히 「표본실(標本室)의 청(靑)개고리」와 「암야(闇夜)」는 1920년대 초기의 시대성을 가장 극명히 보여 주는 작품이라고 할 수 있다. 이들 작품은 당대 문단의 정조를 장악한 근대적 지향성들이 1920년대 초기 조선의 현실 속에서 어떻게 귀결될 수밖에 없는가를 그리고 있다. 이 점은 「표본실(標本室)의 청(靑)개고리」에서 X의 고뇌와 김창억의 현실적 몰락의 변주를 통해 형상화되며, 「암야(闇夜)」에서는 '절뚝발이 소년의 연'으로 상징화되어 나타난다.

　이러한 지적은, 동시대 여타 작가들이 현실 외면의 자리에서 작품 세계를 스스로 만들어 내거나 추상화될 수밖에 없는 이상을 전면에 내세움으로써 서정적 공간으로 도피한 데 반해, 염상섭만은 자신의 지향과 폐색된 현실 양자를 하나의 작품 속에 넣고자 분투했음을 가리키는 것이다. 제2장에서의 논의를 통해 충분히 암시되었듯이 이러한 시도가 작품상으로 성공할 수 없음은 자명한 것이다. 김동인의 표현대로 '과도기의 청년이 받는 불안과 번민'[63]이 충일한 자리에서 구성을 완결 짓고 서사를 확보하기에는 당대 현실에 대한 작가 스스로의 객관화가 미진했기 때문이

---

62) 이하 인용은 모두 『염상섭 전집』(민음사, 1987)에 따른다.
63) 김동인, 「한국 근대소설고」, 앞의 글, 467면.

다. 이러한 사실은 상섭의 작품들에 있어서 강하게 나타나는 바 작중 인물들의 동경이, 그 지향점을 명료히 드러내지는 못하고 있는 데서도 확인된다.[64]

1920년대 초기 소설의 창작 상황을 염두에 둘 때 이러한 동경은 물론 여타 작가들의 지향성과 동질적인 것이라고 할 수 있는데, 염상섭의 경우에 있어 그것은 자신이 접했던 시라카바[白樺]파[65]로 대변되는 근대문학의 세계로 열려 있는 것이다. 그러나 이들 주인공들이 있는 곳은 식민지 조선, 어떠한 전망도 그들에게 용허하지 않는 폐색된 사회이다. 따라서 '남양'과 '별'과 '영원'에의 지향이 당대 조선의 암울한 세계의 힘과 부딪치는 결과로서 그의 작품이 형성된다고 할 수 있다. 여기서 그 결과라는 것이 세계에 대한 환멸과 환멸 그것만큼 강렬한 영혼의 동경이 빚는 변주임을 생각할 때, 이들 작품에서 어떠한 실제적 행위의 형상화도 보이지 않음은 당연하다고 할 것이다. 「암야[闇夜]」의 경우, '人間大事'까지도 철저히 외면되는 것이다. 그의 초기작이 문제삼고 있는 것은 오로지 넓은

---

64) 이 점과 관련하여 신동욱은, '당시 염상섭이 도달했던 현실 인식의 한 한계'를 읽어 내고는 "밖으로부터의 힘이 너무 크기 때문에 대항할 수 없다는 논리로 설명"하고 있다(「『標本室의 靑개고리』와 憂鬱美」, 김열규·신동욱 편, 『염상섭 연구』, 새문사, 1982, 제2장 4면). 본고가 보기에 이러한 판단은 염상섭의 초기 삼부작이 현실성을 성취하고 있다는 전제 위에서만 유효할 것 같다. 곧 이들 작품에서 보이는 강렬한 동경에 의거하여 현실[밖]의 막강한 힘을 추론한 뒤, 다시 그로부터의 도피로 동경을 해석하는 것은, 현실의 구체적인 작용력이 작품 속에서 형상화되지 않는 이상 작위적이라는 혐의를 벗기 힘들어 보인다. 작품 자체로부터 시각을 넓혀 당대의 창작 상황을 문제삼지 않고서는 이러한 어려움을 피할 수 없을 것이다.

65) 김윤식은 이 유파의 특징으로 다음의 넷을 소개한다.
"이 유파의 특징을 한 마디로 규정해 내기는 어렵지만 문학사적 평가를 일삼는 사람들의 견해에 의하면 대체로 ① 자기를 살리는 일, ② 엘리트 의식, ③ 운명과 현실의 중압에서의 해방, ④ 톨스토이주의를 넘어서기 등으로 요약되고 있다."(『한국 근대소설사 연구』, 앞의 책, 179면)
신현하에 따를 때, 이들은 "허무적인 절망이나 인생의 암흑면만을 묘사하는 자연주의 문학에 반대하여, 이상적인 개인주의를 고창"(187면)하였으며, '무조건의 자기 해방'과 "이상주의적인 인도주의에 입각하여 자아의 존엄을 주장하였기 때문에 신이상주의 문학이라고도 불린다"(192면)고 한다(『일본문학사』, 앞의 책).

이상과 폐색된 세계라는 두 축이 빚는 갈등인 까닭이다

작품 전체의 분위기를 환멸과 동경으로 채색하는 이 갈등 관계에서 객관적 현실은 세계로, 주체는 영혼으로 추상화된다. 행복하지는 못하지만 위안으로서 '알코올'을 선택하게끔 그를 몰고 간 식민지 현실 곧 행복으로의 두 가지 통로인 광증과 신념 어느 것도 선택하지 못하게끔 그를 둘러싼 현실(「標本室의 靑개고리」)과, 개성의 자유로운 발현을 억압하고 그들을 괴롭게 하는 '밥이 부족하다'는 엄연한 현실(「闇夜」)은, 이를 거부하는 주체에 의해 '실제성과 지속의 힘에만 근거하고 있는 사회적 구조'로 추상화된다. 동시에, 실제의 현실을 이와 같이 추상으로 파악함으로써 주체 역시 영혼으로 추상화되어 버린다. 현실과 주체 어느 것도 자신의 힘으로 상대편을 장악하지 못한 채 빚어내는 긴장의 결과로 양자의 추상화가 이루어지는 것이다. 초기 삼부작을 중심으로 이러한 사정을 개괄해 보자.

「표본실(標本室)의 청(靑)개고리」(『開闢』, 1921.8~10)의 주인공 X를 지배하는 것은 '이를 수 없는 곳에 대한 동경', 달리 말한다면 협착한 현실로부터 탈출하고자 하는 열망이다. X의 세계는 어떠한 의미에서도 '현실'을 수용하지 않는다. 단지 "五官이 明確한 以上, …… 에―, 疲勞, 倦怠, 失望 …… 以外에 아모 것도 업는"(9권 20면) 세계 속에서 '알코올'을 표단(瓢簞) 삼아 지닐 수밖에 없는 X를 통해 폐색된 현실의 존재가 확인될 뿐이다. '폐색된 현실과 넓은 이상이라는 갈등축'이 이 작품의 구성 방식인 것이다. 이로부터 우리는 「표본실(標本室)의 청(靑)개고리」가 1920년대 초기 상황의 전형적인 산물이면서도(작가 의식의 측면에서) 아직 자신의 특성을 인식하는 데까지는 이르지 못했음을 알 수 있다.

이러한 인식이 드러나는 것은 「암야(闇夜)」(『開闢』, 1922.1)에서이다. 이 작품은 '식민지적 비참성[66])에 근거한, 내면적 지향성의 성취 불가능성'을

---

66) 이 시기 소설을 특징짓는 주요한 지표 중의 하나인 개인·개성이나 예술 등에의 주목이 사회의 전체적인 맥락에서 이루어지지 못한 것은, 식민지 상태라는 당대 현실의 근본적인 규정성에 기인한다. 부르주아지에 의한 민족적 정체성의 확보가 원초적으로

정확히 간파하고 .있다. 염상섭이 보기엔, 자신까지 포함하여 당대의 문학
청년들이 "괴로워 괴로워하며 個性의 自由롭은 發顯이 無理하게 抑壓되
는 것을 恨歎하며 人生問題니, 厭世主義니, 써드는 것은, 밥이 不足하다는
哀訴에 분칠하는 것에 不過한 것이다." 따라서, 당시의 현실 속에 갇힌
그들에게 있어 일본을 통해 전수된 보편 차원[즉자 상태]의 근대적 지향들
이란 "절쑥발이 兒孩의 연에서 넘치지 않는" 것으로 파악된다(9권 56면).
결코 시원히 떠올릴 수 없음에도 불구하고 놓을 수 없는 '연'이란 당대
현실 속에서 그들이 지녔던 지향성에 대한 훌륭한 상징이다.

   이러한 상징이 그 자체로 하나의 표현을 얻은 것, 그것이 바로 「제야(除
夜)」(『開闢』, 1922.2~6)이다. 그러나 이러한 '표현'의 상태가 고작 편지라는
장치를 통한 자유로운 직서법에 의해 어떠한 현실 형상화의 부담도 형식
적으로 배제된 것이라는 사실은, 여전히 염상섭의 의식이 1920년대 초기
의 전형적인 상황을 현실주의적으로 작품화할 수는 없는 수준에 있음을
증거한다. 오히려 「제야(除夜)」는, 'A와는 A에게, B와는 B에게' 정조를 지
킨다는 식으로 성애를 영위하는 최정인의 행적만이 주관적 술회로 전편
을 채우고 있는 점에서 보이듯이, 당대 사회 현실 전체에 대한 문제 의식
의 측면에선 다분히 후퇴한 면모를 띠고 있다. 미묘한 종결 처리라 다양
한 해석이 가능하겠지만, 자살을 결행하고자 하는 시점에서 정인이 보이
는 심리를 안 씨의 사랑을 통한 구원에의 부응이라고 볼 경우 「제야(除夜)
」의 주조는, 구도덕적 허위와 통념을 비판하면서 당대 문청들의 내면적
지향성(특히 자유 연애를 통한 구도덕에의 반항)을 강조하는 데에 놓여 있다고
하겠다. 이러한 맥락에서 정인의 편력과 죽음은, "個性의 自由, 個性의 發
展과 表現"을 그 내용으로 하는 "自我의 完成 自我의 實現"으로서의 '至

   차단 당하고, 봉건적 굴레를 벗고 개성의 자유로운 발현을 구가하고자 하는 새로운 인
간 중심적 문화의 창달이 사회적으로 강제된 아웃사이더들에 의해서만 겨우 시작될
수 있을 뿐더러, 그것조차 사회 전체적인 기획으로 위치지어질 수는 없었던 이런 상황
을 본고는 '식민지적 비참성'이라고 명명하고자 한다.

上善'67)에 따르는 용기와 희생을 그린 것이라 할 수 있다. 이 점은 당대의 전형적인 상황을 포착한 자리에서 염상섭의 주의가 어느 쪽으로 돌려졌는가를 시사하는 것이다.

1920년대 초기 문단의 정조를 장악한 내적인 지향성을 현실의 형상화를 통해 구체화하고자 하는 대신에 이렇게 홀로 떼어 내 버린 것은, 궁극적으로 현실을 외면한 채 관념의 세계에 집착하고자 하는 자세와 동일하다고 할 수 있다. 「암야(闇夜)」에서 「제야(除夜)」로 나아가면서 보이는 이러한 '선택'은, 사회적·경제적인 문제를 개인적·도덕적인 문제로 환치시키는 염상섭의 일반적인 태도로부터 기인한다고 판단된다.68) 이후 「E 선생」(『東明』, 1922.9.17~12.10)에서 「금반지(金斑指)」(『開闢』, 1924.2)에 이르기까지 사정은 크게 변하지 않는다. 이들 작품에서 달라진 점을 들자면, 작가 의식의 후퇴와 장인적인 면모의 증가라고 할 수 있는 변화 과정을 통해, '세태로 전락한 현실'과 '반항적 행동에로 이르는 정열은 탈각된 지향'의 자잘한 변주를 지적할 수 있겠다.

물론 이러한 변화가 그냥 이루어졌을 리는 없을 터인데, 그 원인으로서 본고는 염상섭 전반기 소설에 있어서 『만세전(萬歲前)』이 갖는 이정표적인 위상을 검토하고자 한다.69) 이하에서는 1920년대 초기 소설문학에 있어서 가장 치열하게 당시의 창작 상황을 문제삼았던 염상섭 초기작의 양상을 「표본실(標本室)의 청(靑)개고리」를 중심으로 살핀 뒤, 이후의 변모 과정을 가능케 한 요소를 『만세전(萬歲前)』을 중심으로 구명해 본다.

---

67) 염상섭, 「至上善을 爲하야」, 『新生活』, 1922.7, 84면.
68) 염상섭의 다른 글들 즉 「勞動運動의 傾向과 勞動의 眞意」(『동아일보』, 1920.4.20~6)나 「至上善을 爲하야」(앞의 글) 등에서 이러한 태도가 확인된다.
69) 여기서, 본고가 텍스트로 삼고 있는 1924년 고려공사 판본 『萬歲前』이 이 작품의 최초 형태인 『墓地』(『新生活』, 1922.7~9)와 거의 차이가 없다는 점(이재선, 「日帝의 檢閲과 「萬歲前」의 改作」, 『한국문학의 해석』, 새문사, 1981 참조)을 명기해 두자. 즉 상섭의 창작은, '초기 삼부작―『萬歲前』―「E 선생」'의 흐름을 갖는다.

1) 「표본실(標本室)의 청(靑)개고리」―환멸의 낭만주의

전체 10절로 이루어진 「표본실(標本室)의 청(靑)개고리」는 크게 두 부분
으로 나뉘어 있다. 작중 화자인 X를 주인공으로 하는 부분(1~5, 9~10절)과
그 속에 별개의 소설처럼 삽입되어 있는 김창억 부분(6~8절)이 그것이다.
복합묘사(김윤식) 혹은 더블ㆍ플롯(조남현)으로 지칭된 이 작품의 이러한 구
성법이 갖는 내밀한 의미를 추론해 보고자 하는 것이 본 절의 궁극적인
목적이다. 먼저 X 부분의 특성을 살펴본다.

X는 기호 그대로 별반 실체성을 지니지 못한다. 그는 작품 전편을 통
해 결코 객관화되지 않는다. 인물이 객관적ㆍ구체적으로 형상화되기 위
해서는 현실과 관련한 행위가 마련되어야 한다는 점을 염두에 둘 때, X
에 대한 이러한 형상화의 부재를 통해 우리는 그가 바로 작가 염상섭의
분신이라는 판단을 내릴 수 있다. X와 작가 사이에는 어떠한 거리도 보
이지 않는 것이다. 단지 그는 술과 담배만으로 시간을 무화시키는 기호일
뿐이다. X가 막바로 작가에게 연결된다는 사실 그리고 그의 특징이 무위
성 자체로 설정되었다는 점은, 이 점의 구명이 「표본실(標本室)의 청(靑)개
고리」의 본질적 특성을 밝히는 데 관건일 수 있다는 판단을 가능케 한다.
김창억을 방문하기 직전 친구와 나누는 그의 대화를 인용해 보자.

> 알코―ㄹ 以上의 효과? …… 狂症이냐? 信念이냐, ―이 두 가지밧게 아모 것도 업
> 슬 거이요 …… 그러나 五官이 明確한 以上, …… 에―, 疲勞, 倦怠, 失望 …… 以外
> 에 아모 것도 업는 以上, ―그것도 狂人으로 ―生을 마츨 宿命이 잇다면 하는 수
> 업겟지만― 할 수 업지 안흔가. (20면)

여기서 보듯, 행복하지는 못하지만 위안으로서 알코올을 선택하게끔
그를 몰고 간 세계, 행복으로의 두 가지 통로인 광증과 신념 어느 것도
선택하지 못하게끔 그를 둘러싼 세계가 바로 X의 무위성을 성립시키고
있다. 이렇게 직접적으로 무위의 상태가 표출되는 것은 우리로 하여금 「

표본실(標本室)의 청(靑)개고리」에 작용하고 있는 세계의 힘을 추론할 수 있게 한다.

개인이 세계 속에서 자신을 근거 짓는 데 있어 상정할 수 있는 세 가지 통로가 이 작품에서 '알코올'과 '광증' 그리고 '신념'이라는 극단적인 항목만으로 설정되었다는 사실은, 그 세계 자체가 서구 합리주의에 뿌리를 두고 있는 근대성 일반 및 그 일반화[세계화]로서의 근대화와는 심각한 거리를 두고 조성되어 있음을 의미하는 것 외에 아무 것도 아니다. 그 세계는 그대로 1920년대 초기의 조선 사회라 할 수 있다. 여기에 X와 염상섭이 서로 분리되지 않음을 생각하면, 실상 이 거리는 일본 유학으로부터 귀성하여 문학을 택한 당대 지식인들이 폐색된 식민지 조선에 와서 느꼈던 거리라고 할 수 있다.

너무나 큰 문학 외적 사실이기에 곧 문학적 사실이기도 한 사회의 식민성, 이것과 일본 유학을 통해 서구 문물을 섭취하고 귀국한 근대적인 개인의 관계에서, 전자가 압도적으로 군림하는 까닭에 후자가 강요받을 수밖에 없는 세계관, 이것이 바로 X가 담지하는 「표본실(標本室)의 청(靑)개고리」의 세계관이다. 작품 내 세계와 X의 영혼이 설정되는 방식을 통해 이 부분을 좀더 자세히 살펴보자.

김창억을 만나고 나서 북국의 어느 한촌에 자리한 X가, 그곳 '등 너머의 一間斗屋'에 관해 묻는 말에 대한, 삶의 세계에 속한 주인의 아래와 같은 답변 부분은 「표본실(標本室)의 청(靑)개고리」 속의 세계에 단서를 주는 거의 유일한 장면이다.

> 「그것이 이 村에서 天堂에 올라가는 停車場이라우……」 하고 웃으며, 洞里에서 組織한 喪契의 所有라고 說明하얏다. 이 村에서 난 사람은, 누구나 早晚間 그곳을 거쳐가야만 한다는 默契가 잇다는 그의 말에는 무슨 嚴肅한 意味가 잇는 것가티 들리었다. (47면)

이것은 분명 반봉건적인 세계이다. 이에 비했을 때 X의 영혼은 너무

나도 넓다. 그 넓음의 소망적 표현은 "어대던지 가야 하겟다. 世界의 씃 까지. 無限에. 永遠히. 발씃 자라는 데까지. …… 無人島! 西伯利亞의 荒凉 한 벌판! 몸에서 기름이 부지직부지직 타는 南洋!"(13면)으로 서술된다. 세 계와 영혼 사이에서 보이는 이 광협의 차이가 「표본실(標本室)의 청(青)개 고리」의 기본적인 특징을 나타내 주는데 이는 '환멸의 낭만주의'적인 것 이라 할 수 있다. 다음의 언급은 그대로 X가 보여 주는 「표본실(標本室)의 청(青)개고리」의 세계이다.

> 19세기의 소설에서는, 영혼과 현실 사이가 어쩔 수 없이 서로 일치하지 않는 관 계를 갖는 또 다른 유형이 한층 더 중요하게 된다. 영혼과 현실 사이의 이러한 불 일치성은, 영혼이 삶의 운명보다 더 넓고 더 크기 때문에 생겨나게 된다. (…중략…) 여기에서는 오히려 수동성을 향한 경향 즉 외적인 갈등이나 싸움을 받아들이기보 다는 이러한 갈등을 피하는 경향이 존재한다.[70]

X를 중심으로 한 이상의 논의를 김창억과 관련해서 반추하는 것은 이 작품의 구성을 파악하는 데 꼭 필요한 작업이다. 앞서 말했듯이 김창억에 관한 부분은 전체 10장 중 6~8의 세 장을 차지하고서 흡사 별개의 작품 처럼 구성되어 있다.

김창억 역시 자신이 속한 세계의 제한성에 괴로워한다. '피로, 앙분, 분 노, 낙심, 비탄, 미가지(未可知)의 운명에 대한 공포, 불안 …… 인간의 고통 이란 고통은 노도와 같이 일시에 치밀어 와서 껍질만 남은 그를 삶아 죽 이려는 듯이 덤벼'드는 세계 속에 그가 놓인 것이다. X와는 달리 그의 경 우는 실제적 몰락의 과정이 작품에 드러나 있다. 현실 세계에서의 몰락이 라고 할 수 있는 경험을 통해 그는 자신이 세계와 융화될 수 없음을 깨닫 는다. 이러한 상황에서 그가 할 수 있는 것은 기실, 아무것도 하지 않는 것이다.

---

70) Lukács, op., cit., S.97.

人間의게 許諾된 以外의 感覺을, 하나 더 가지고, 人間의 侵入을 許諾치 안는 幽邃美麗한 神秘의 世界에 들어갈 招待狀을 가진 한우님의 寵兒 金昌億은 寢食 以外에는 人間界와 모든 連絡을 끈코, 每日 가튼 꿈을 反復하야 가며, 大地 우에 自由롭게 들어누워서 無涯無邊한 蒼空을 치어다보며, 大自然의 거룩함과 한우님의 恩寵만흠을, 홀로 讚榮하고 잇섯다. (39면)

인물들의 현실적 무위 상태는 당대 작가들이 처한 상황을 반영한다. 영혼과 현실 사이의 불일치를 운명처럼 담지하게 된 김창억이 3층짜리 집을 짓고 자칭 동서친목회장이 되어 '설교'를 행하는 등의 행동은, 실제적으로는 어떠한 영향력도 지니기 힘든 자신들의 처지를 은유하는 것이라고 할 수 있다. 그러한 행동은 "영혼과 관계되는 모든 것들을 순전히 그 자체 속에서만 처리해 버리려는 경향"[71]이며 "현재의 삶에 대립되는 이상적인 삶을 향한 상승되고 고조된 욕망이자 이러한 동경이 무위로 끝나 버릴 것이라는 사실에 대한 절망적 통찰"[72]인 것이다. 이렇듯 작중 인물의 제반 행위가 당대 작가층이 처한 한계를 나타내는 데 머무르고 있다 해도, 이러한 점의 본격적인 형상화 자체는 강조해 마땅한 사실이다. 여기에 이 작품이 본격적인 중편소설의 범주에 속한다는 점 역시 이러한 의미망에 연결지어 사고할 수 있음을 덧붙이자.[73]

「표본실(標本室)의 청(靑)개고리」를 이루는 두 중심 인물의 이러한 특성은 곧 작가 염상섭의 그것이기도 하다. 이는 '그 작가의 인격이 작물(作物)의 배후에 잠복'[74]한다는 언급이나, 예술을 "作者의 個性, 다시 말하면,

---

71) Lukács, op., cit., S.99.

72) Lukács, op., cit., S.103.

73) 김윤식(『한국 현대소설 비판』, 일지사, 1981)은, 당대 여타 작품들의 주제와 비교했을 때 「標本室의 靑개고리」가 보이는 주제적인 특징과 이 작품의 중편 형식의 상관 관계를 지적한다. 곧 「標本室의 靑개고리」는 "이상과 현실의 갈등 혹은 전체와 부분, 사회와 개인의 갈등이 끝내 첨예하게 되어 있는 상태를 드러낸 것이어서, 중편이 아니면 불가능하다"(266면)는 것이다. 이러한 지적은, 염상섭의 작품이 당대의 창작 공간을 가장 근본적으로 형상화하고 있다는 판단과 결부될 때, 단순히 양의 문제를 넘어선 중편 소설의 미학을 가능케 하는 출발점일 수 있으리라 판단된다.

作者의 獨異的 生命을 通하야 透視한 創造的 直觀의 世界"[75]라고 보는 예술관을 염두에 두면, 넉넉히 짐작할 만하다. 당시의 그에게 있어서는, 소설이란 것이 많은 부분 자신을 드러내기인 것이다.[76] 더구나 당시 그의 영혼이 가지고 있던 넓이는 작품 외의 글에서도 찾아진다.

> 그러나 彼等은 理智에만 살랴고는 안이합니다. 『荒野』에 膨排한 過去의 光熙와, 眼前에 展開한 更生의 金波가, 眞理의 神香을 彼等의 靈魂에 쏨어너흘 際, 그 무리 는 그것에만 滿足지 안습니다. 그 歡樂과 感激을 가슴에 품고 悶死함으로만은, 決 코 滿足지 안습니다.[77]

『폐허(廢墟)』 창간호에서 보이는 이러한 넓은 영혼이, 토지조사사업을 거쳐 본격적인 식민지로 전락해 들어가는 폐색된 사회 현실에 절망하는 기간이 분만한 것, 그것이 환멸의 낭만주의 소설 「표본실(標本室)의 청(靑)개고리」인 것이다.

물론 우리의 관심은 X와 김창억에 의해 이끌리는 두 개의 축으로 구성된 작품의 의미에 놓여진다. 이 두 축이 보여 주는 뚜렷한 차이점을 먼저 보면, 소설적 육체로서의 현실성이 얼마만큼 구사되고 있는가의 문제에 천착하게 된다.

'소설의 육체'라는 개념을, 시공간적인 배경이 어느 정도로 설정되어 작품의 구성에 기여하고 있는가를 가늠하는 척도로 사용하게 될 때,「표본실(標本室)의 청(靑)개고리」에서 X가 행하는 역할은 놀라우리 만치 축소된다. X에게 있어서 시공간적 배경은 거의 아무런 의미도 담아 내지 못하는 것이다. 아니 X에게는 그러한 배경이 거의 없다고 할 수조차 있다. 그는 시종일관 '무거운 기분의 침체와 한없이 늘어진 생의 권태'

---

74) 염상섭,「余의 評者的 價値를 論함에 答함」,『동아일보』, 1920.5.31.
75) 염상섭,「個性과 藝術」,『開闢』22호, 1922.3, 8면.
76) 이에 관한 상세한 논의로는 김윤식,『염상섭 연구』, 앞의 책, 139~55면 참조.
77) 염상섭,「廢墟에 서서」, 앞의 글, 2면.

속에 있는 것이며, '환희와 오뇌 속에서 뛰놀다가 기절할 만큼 기뻐'하게 되는 한 순간이라는 것도 김창억을 방문한 결과로 잠시 얻는 것일 뿐이다. 그가 자기 방을 나와 '남대문－평양역－대동강가－부벽루' 등을 돌아다니고, 남포에서 김창억을 만난 후 다시 평양을 거쳐 북국의 어느 한촌에 칩거하고 있다고 해도 이 모든 장소가 그에게 어떤 변화를 가져오고 있지는 못하다. 공간의 이동이 의미를 지니지 못한다는 것은 시간 역시 아무런 힘을 발휘하지 못한다는 진술로 뒤집어질 수 있다. 시공간의 변화와 상관없이 그가 처한 상황은 결코 변하지 않는 것이다.

이러한 X에 비해 볼 때 상대적으로 김창억은 소설적 육체를 구성하는 데 일정 정도의 역할을 하고 있다. 주목할 점은 이러한 역할이 김창억을 독립적으로 다루는 6~8장에서만 가능하다는 것이다. 이는 소설적 달성의 문제일 것이다. 이에 대해서는 후술하기로 하고, 먼저 X 부분과 비교했을 때 김창억 부분이 보여 주는 소설의 육체성을 살펴보겠다.

양친상을 당하여 삼년상을 치르고, 곧 상처한 후 잠시 유랑 생활을 하지만 다시 결혼하여 유쾌한 오륙 년간을 보내다, 불의의 사건으로 옥중 생활을 겪으며 아내에게 버림받는 김창억의 생활은 비록 범용한 사람의 살아가는 모습은 아닐지라도, 여전히 삶의 세계의 모습이다. 그리고 이 모든 과정은 바로 시간에 의해서 김창억의 세계가 타락되어 가는 도정인 것이다. 사실 이 부분의 분량은 극히 짧고, 6~8장의 대부분은 김창억이 집으로부터의 탈출 즉 '기지 이전'을 시도하며 삼촌과 고모의 감시를 벗어나려고 노력하여, 마침내 3원 50전으로 '삼 층짜리 집'을 '꼭 한 달 열사흘'만에 짓고 영원히 집을 떠나, 동서친목회 회장을 자칭하며 세상을 걱정하는 데에 할애되고 있다.

위에 요약한 대로 김창억의 세계는 시간에 의해 점차로 쇠락해 가는 모습을 뚜렷이 보여 준다. 기지 이전을 하려고 노력하는 것은 이 의미에서, 삶의 세계에서 패한 주인공이 그에 대항하기 위해 일단 그로부터 떠

나 자기의 세계를 구축하고자 함이라는 점에서 소설의 살을 찌워 주고
있다.

이와 같이 X와 김창억이 각각 「표본실(標本室)의 청(靑)개고리」의 소설
적 달성을 위해 수행하는 역할을 측정했을 때 우리에게 남는 것은, 이
두 축의 균형성이 어떠한 것이며 그 양상의 의미는 무엇인가 하는 질문
이다. 이 물음은 두 인물에 대한 작가의 태도를 묻는 것이기도 해서 곧
작가의 의식 세계와 그의 소설가적 재능까지를 평가 대상에 올려놓는 것
이 된다.

X에 대한 염상섭의 태도, 곧 두 인물의 관계는 '작가의 분신으로서의
X'라는 명제로 귀착된다. 이 명제의 가장 뚜렷한 증거는 양자의 의식
세계가 보여 주는 유사성 자체이다. 앞서 작가 의식의 문제성을 논하는
자리에서 밝혔던 것을 부연하여 염상섭의 의식 세계를 규정해 보자. 그
것은, 엘리트로서의 자기를 살려 운명과 현실의 중압에서 해방되고자
하는 근대적 정신 세계를 가진 한 개인이, 식민지 반봉건이라는 굴레를
쓰고 있는 폐색된 사회에 던져진 채, 자기를 살리는 허언을 하고자 해
도 할 수 없는 '환멸의 낭만주의적 세계관'(이렇게 이름 붙여도 된다면)이라
고 할 수 있다. 물론 이것은 '가스테라'로 상징된 일본 문단적인 의식
세계가, 열악한 현실의 위압에서 벗어나고자 몸부림침에 의해 생겨난
것이다. 이에 비교했을 때 X의 상태는 어떠한 것인가. 이는 행복에는
못 미치는 위안으로서 '알코올'을 선택하고, 그 이상의 효과를 가져다
줄 수 있는 것으로서의 '광증'과 '신념'에 대해서는 '할 수 없지 않은가'
라는 체념의 모습을 보이는 부분의 의미를 통해 알 수 있다. 이렇게 봤
을 때 그것은 곧 근대인으로서의 자기 정초를 끊임없이 유보시키면서도
자신의 영혼이 갖는 의미는 포기하려 하지 않는 (만약 포기한다면 광인
이 되는 것이다) 의식 상태 즉 '유보된 환멸의 낭만주의적 세계관'이라
할 수 있다.

결국, 김창억 부분이 소설적 육체를 보다 잘 구비하고 있다는 점을 위

의 분석과 관련지을 때, 「표본실(標本室)의 청(靑)개고리」는 하나의 시금석,
즉 당대 상황에 적합한 감각을 갖추지 못했던 염상섭이 자신의 의식 상
태를 버릴 수도, 유지·발전시킬 수도 없는 상태에서 선택한, 작가로서의
삶을 시험해 보고자 식민지 문단에 던진 주사위라고 할 수 있다. 따라서
「표본실(標本室)의 청(靑)개고리」는 작품 이전의 삶의 선택에 관련된 의미
를 지니는 것이다. 1920년대 초기 상황에서 지식인의 삶을 선택의 문제로
삼았다는 것은 곧 이 시기의 작가들이 처한 상황 자체를 문제삼았다는
것을 의미한다. 이 지점에서 볼 때 기실 작가적 미숙성은 별반 문제가 될
수조차 없다.

2) 『만세전(萬歲前)』―식민지적 비참성과 작가 정신의 실패

잘 알려져 있다시피 『만세전(萬歲前)』[78]의 공간적 구조는 동경에서 하관
(下關)과 부산·김천(金泉)·대전 등을 거쳐 서울에 이르는 여로를 축으로
하여 이루어져 있다. 이 축은 그대로 당시의 철도를 따른 것인데, 이러한
공간의 연결은 그 자체로서 작품 전체를 하나로 묶어 주는 역할을 하고
있으며 거의 시간의 흐름과 일치하고 있다.[79] 그러나 여로의 설정 자체가
작품의 유기성을 보장해 주는 것은 물론 아니다. 그리고 여로를 통해 인
물의 발전이 이루어지거나 특정한 갈등 및 사건이 심화되는 모양을 이루
고 있지는 못한 데서도 알 수 있듯이, 실제로 『만세전(萬歲前)』의 구조는
그리 탄탄하다고 할 수 없다. 이 말은 곧 작품의 표면적인 구성이, 내용
전개의 형식적인 전화를 통해 이루어져 있지 못하고 별도로 설정되어 있

---

78) 본고에서는 고려공사 발행판본(1924.8.10)을 옮긴 『염상섭 전집』 1권(민음사, 1987)을
   텍스트로 이용한다.
79) 앞서 살펴보았듯이 「標本室의 靑개고리」에서의 여로가 구성상에 있어서 중요한 기
   능을 하지 못했음에 비할 때 『萬歲前』의 이러한 특징은 진전된 것이라 할 수 있다.

음을 지적하는 것이다. 따라서 많은 논자들이 『만세전(萬歲前)』의 문학사적인 의의로 지적하곤 했던 바, 당대 조선 현실의 비참상에 대한 폭로 역시, 미학적인 측면에서 볼 때, 삽화 혹은 일종의 파노라마 수준에 그치고 있다 해야 할 것이다. 식민지 현실의 궁핍상에 대한 인식이 인물의 내적인 발전과 긴밀히 조응되지 못한 채 기술되고 있을 뿐이기 때문이다. 이로부터 우리는 『만세전(萬歲前)』의 구조를 이루는 여로의 설정이라는 것이 순수히 형식적 차원에 그치고 있음을 알 수 있다. 요약해서, 일정한 수준의 인물(주인공 이인화는 당시의 최고 지성이라 할 수 있는 동경 유학생이다)이 선적인 여로의 진행과 더불어서 삽화적으로 다가오는 제반 환경에 대해 해석하고 자신의 상념을 전개시키는 것이 『만세전(萬歲前)』의 '형식적인 구성 원리'라고 할 수 있다.

이러한 상념들에서는 흔히 작가의 언어가 직접적으로 튀어나오고 있다. 곧 작가 염상섭과 이인화의 거리가 무화되는 것이다. 이러한 점은 '사랑'이나 '진정한 생활' 등 앞선 시기의 작품들에서 나타나던 추상적인 근대성의 지표들에 대한 상념들 그리고 전차 안에서 만난 노동자들에 의해 촉발되는 '사람의 共通한 性質'에 대한 상념 등 순수한 작가적 언어에서 뿐 아니라, 김천의 형님이나 기차 안에서 만난 갓쟁이와의 대화 등에서처럼 뚜렷한 담화[80]적 상황에서도 잘 나타난다. 이들 작가의 언어를 검토하는 것은 막바로 『만세전(萬歲前)』의 또 다른 구성 원리를 살피는 일이 된다. 그것은 작품 『만세전(萬歲前)』을 실질적으로 지배하는 '내면적 구성 원리' 곧 외부 세계를 재단하고 비판할 수 있게 하는 이인화(=염상섭)의 지향성이다.

이인화가 보여 주는 내면의 지향성은 『만세전(萬歲前)』의 숱한 상념들을 구성하는 원리로서, 형식적인 구성 원리와의 관계 면을 볼 때, 여로가 담

---

80) 여기서의 '담화'는 "말하는 이와 듣는 이가 전제되어 있으며 말하는 이가 어떤 방법으로든 듣는 이에게 영향을 줄 의도를 가지고 있는 모든 발언 행위"의 의미로 쓰인다 (토도로프, 신동욱 옮김, 『산문의 시학』, 문예출판사, 1992, 25면).

아 내는 물리적 시간에 신축성을 부여하는 역할을 하고 있다. 이러한 지향성은 심지어 여로 자체에 단속을 가하기까지 하는데,[81] 이는 이러한 내면의 지향성이 '여로'라는 형식적인 구성 원리보다 『만세전(萬歲前)』의 보다 궁극적인 구성 원리임을 증명하는 것이다. 이인화의 지향은, 동경과 서울의 대칭 속에서 전자를 향하고 있으며 아서구로서의 일본으로부터 도입된 추상적 근대성을 축으로 형성되어 있다. 『만세전(萬歲前)』 역시 당대의 창작 상황을 전형적으로 보여 주는 것이다.

'스물두셋쯤 된 冊床 道令任'인 이인화는 "社會主義라는 社字나 레ー닌이라는 레字는 물론이려니와, 獨立이란 獨字"(45면)와도 거리가 먼 자리에서 시와 소설을 끄적거리는 문학 청년이다. 이는 노동 계급에 대해 그가 "道德的 理論으로나 書籍으로는 所謂 無産階級이라는 것처럼, 우리 親舊가 되고 우리편이 될 사람은 업다고 생각하면서도, 實際에 그들과 딱 對하면 어쩐지 얼굴을 찝흐리지 안을 수 업"(48면)는 처지에 있음과 상통한다. 그는 비단 노동자들에 대해서 뿐만 아니라 조선 사회 전체에 있어서 이방인이다. 아내가 죽은 뒤 집을 가신다고 벌인 굿판을 바라보다가 그가 불쑥 내뱉는 "「대관절 내가 무엇하랴구 나왓드람?」"(100면)이란 신경질적인 반응은 김천 형이나 갓 장수, 집안 사람들과의 대화를 통해 형상화된 아웃사이더적인 면모의 전형적 표현이라고 할 수 있다. 이상을 통해 소위 '유학생 계층'을 대변하는 이인화의 특이성이 잘 드러난다. 실제 사회로부터의 이탈과, (당대 현실에 비추어) 추상적인 수밖에 없는 지향의 포지가 그의 이마에 각인되어 있는 것이다. 여기서 보면 『만세전(萬歲前)』의 두 가지 구성 원리는 실로 이러한 유학생 계층의 역사적 상황을 가장 전형적으로 드러내는 방식이라 할 것이다. 뒤에

---

81) 예컨대 을라에 대한 방문이 그렇다. 이 부분은 고대소설에서 '封脫'하는 식으로 시작되며, 궁극적으로 을라와 병화를 이인화와 대비시킴으로써 소위 신여성과 유학생들의 타락한 면모를 보이고자 하는 작가의 의도가 드러나는 결말 부분에 이르기까지는, 작품 속에서 다분히 이질적인 요소로 남는다.

상술하겠지만 이러한 '전형성'은, 현실의 역사적 변화 방향과는 유리되어 있는 당대 지식인들의 정신 상황을 가장 잘 드러낸다는 점에서 『만세전(萬歲前)』의 공과 모두를 드러내는 것이다.

이인화는 관습에 얽매이지 않는 '絶對 自由'로서의 사랑과 '그릇된 道德的 觀念으로부터 解放'되는 '眞正한 生活'을 주장(20면)하는 데서 보이듯 1920년대 초기 소설의 인물들과 공통의 지향을 추구하면서도, 현대 도회 생활의 삶이 강제하는 허세(22면)를 간파하고[82] '理知的 打算的'인 면모를 구비(28면)하여, 그들과 일정한 차이를 보이기도 한다. 앞서 삽화 혹은 일종의 파노라마 수준에 머문다고 한 당대 조선 현실의 비참상에 대한 폭로 역시 이러한 변화와 관련되어 가능해진 것이라 할 수 있겠다. 그러나 이러한 변화가 그대로 작가 의식의 발전을 의미하지는 않는다. 일본을 통해 섭취한 즉자 상태의 근대성에 대한 열망과 그것이 이루어질 수 없는 폐색된 조선 현실에 대한 절망은 이미 「암야(闇夜)」에서 '연'이라는 상징을 통해 간파되었던 것이다. 식민지적 비참성에 근거한 이러한 '성취 불가능성'이 서사의 진행에 맞춰 형상화되지 못하고 단순히 직관적으로 그리고 결론적으로 주입되는 면에서, 근본적으로 두 작품은 동일선상에 놓여 있다고도 할 수 있다. 『만세전(萬歲前)』의 이인화 역시 「암야(闇夜)」의 주인공처럼 발전의 면모를 보여 주지는 못하고 있는 것이다.

전반적으로 『만세전(萬歲前)』은 여로를 따라 전개되는 외부 현실에 대한 근본적인 묘사보다는, 그로부터 계기를 얻어 진술되는 여러 상념들과 여로의 도중에 만나는 인물들과의 대화, 집에 돌아와서의 풍속 묘사적인 자잘한 삽화들로 이루어져 있다. 이 모두를 지배하는 것은 당대 현실의 '삶의 세계'로부터 거리를 띄운 이인화가 보여 주는 추상적 근대성에 대한 동경이다. 이것에 의해 여로 자체가 자의적으로 이완되며, 곳곳에서

---

[82] 작가 염상섭이 인간의 보편적인 속성으로 파악하는 이 부분은 실상 근대 시민사회의 삶에 대한 직관적인 파악이라고 할 수 있다.

만나는 현실의 모습들도 주관적으로 재단된다. 이는 여로를 따라 부딪히는 제반 상황들과 이인화의 관계가, 서로 유기적으로 얽혀 그의 내적인 변모 및 발전으로 이어지지 못하고 그저 영화를 보듯 관찰하는 것에 그치고 있음을 지적하는 것이다. 마찬가지로 외부 현실에 대한 폭로 및 비판적 해부 자체가 이인화의 정형화된 내적 지향성에 비추어서 행해지고 있을 뿐이라고 하겠다.

이상을 통해 살펴보았듯이, 『만세전(萬歲前)』의 구성 원리는, 여로 형식이 제공하는 현실의 다면적인 상황과 긴밀히 결부되지는 못하고 있는 이인화의 내면적 지향으로 요약될 수 있다. 이러한 자리에서 『만세전(萬歲前)』의 현실 수용이 일종의 삽화적 수준에 떨어지는 것은 피할 수 없는 결과라 하겠으며, 따라서 『만세전(萬歲前)』과 여타 1920년대 초기 소설들의 거리라는 것이 그다지 멀지는 않음을 알 수 있다. 양자 모두 같은 지향성을 구성 원리로 하여 쓰여지고 있는 까닭이다. 이러한 내면적 지향과 작품 내 현실 사이의 불일치 및 충돌·갈등 자체의 미진성은 『만세전(萬歲前)』의 중요한 미적 결함이라고 할 수 있는 것으로서, 『만세전(萬歲前)』 역시 선행 작품들과 마찬가지로, 작가들이 현실로부터 철저히 유리될 수밖에 없었던 '식민지적 비참성이라는 시대적 규정'에서 자유롭지 못함을 증명해 준다. 당대의 역사적 상황으로부터 연원하는 이러한 사정은, 예컨대 동경에서 서울로 이어지는 똑같은 여로를 작품의 구성 축으로 하고 있는 이태준의 단편소설 「고향」(『동아일보』, 1931.4.21~9)과 비교해 볼 때 뚜렷이 드러난다.

위에 지적한 『만세전(萬歲前)』의 미적 결함은, 작가 염상섭과 관련 지워서, 작품의 묘사적 한계라고도 할 수 있겠다.[83] 이러한 사정은, 연락

---

83) 루카치에 따를 때, '서사'의 반대편에 놓이는 '묘사'는 작가의 관찰자적인 태도에서 연유하는 것으로, 사건들을 인간의 운명과 긴밀하게 결부시키지 못하고 단지 평균적으로 나열함으로써 위계 질서를 전도시키고 디테일의 자립화를 초래하는 등, 작품의 총체성을 확보하지 못하는 작가적 무능력의 소산이라고 파악된다(Lukács, "Erzählen oder beschreiben?", *Probleme des Realismus 1*, Werke Bd.4, Luchterhand, 1971, S.216~20 참조).

선 목욕탕 안에서 일본인들의 대화를 통해 식민지 노동력의 착취가 이루어지는 사정을 알게 된 이인화로 하여금 당대 문학 청년에 대한 비판을 감행하도록 하면서도, 민중의 비참상을 자신의 문제로 연결시켜 사고하도록 하지는 않는 작가 염상섭의 태도(35~41면)에서 확연히 드러난다. 여기서 염상섭은 '그때의 나'로 이인화를 규정하면서 서로간에 거리를 두지만, 이러한 (이인화의) 자기 각성의 부재는 식민지 자본주의화에 대해 작가 스스로 뚜렷한 입장을 수립하지는 못한 데서 연유하는 것이라고 할 수 있다. 조선 현실에 대한 '공동묘지'라는 진단 역시, 작가 스스로가 느끼는 답답함이 이인화의 본질적인 변모를 통하지 않고 작품 속으로 주입된 상징 차원에 불과하며 이것조차 다소 지나친 감정의 비약을 통해서만 서술되고 있다(82~3면).[84] 정자에게 보내는 편지를 통한 결말부의 처리 역시 선행 작품들과 마찬가지로 작위성을 벗지 못하고 있다.

주변 현실에 부딪치며 발전하지 못하는 이인화의 정태적인 상황을 통해서 『만세전(萬歲前)』의 작가 염상섭 스스로가 당대 사회에 대한 구체적인 인식을 마련하지 못하고 있음을 볼 때, 앞서 말한 『만세전(萬歲前)』의 미적 결함은 그대로 작가 염상섭의 결함이라고 할 수 있다. 여기서 우리의 논의는 작가 정신의 문제로 넘어간다.

1920년대 초기 소설의 흐름 속에서 염상섭의 위치는 자못 흥미롭다. 결론적으로 앞질러 말하자면, 당대의 역사철학적 상황을 그만큼 체화한 작가는 없다고 해야 할 것이다. 이른바 그의 초기 삼부작을 관통하고 있는 것은, 현재의 삶에 대립되는 이상적인 삶을 향한 상승되고 고조된 욕망을 갖추고 있으면서 동시에 그러한 동경이 무위로 끝나 버릴 수밖에 없음을 절망적으로 통찰한 작가 의식이다. 이는 그대로 토지조사사

---

84) 이와 관련하여 염상섭이 마련할 수 있었던 소설적 장치는 고작, 결박된 채 추위 속에 응크린 조선인들과 따뜻한 차장실의 두 일본 청년의 대조 및 사라져 버린 객주집과 새로 들어선 일본 국수 파는 수레의 대조일 뿐이다.

업과 기미독립운동의 여파 속에 처한 유학생 계층(넓게는 소시민 계급 곧 쁘띠부르주아지)의 계급적 운명에 대한 그의 직관적인 파악이라 할 것이다.

개화기 이래의 소설사적 흐름 속에서 처음으로 현실의 궁핍상에 대한 심층적인 안목을 보여 주었음에도 불구하고, 『만세전(萬歲前)』은 방관자적인 작가 의식과 주관적 관념론의 차원을 넘지 못하는 추상적인 문제 해결 방식에 의해서, 그 의의에 뚜렷한 한계를 긋고 있다. 현실의 포착과 그에 대한 해석은 있어도 그것이 작품의 진행 및 인물의 변모와 관련되지 못한 채 그냥 던져져 있는 것은, 다시 말하지만, 관찰자적 태도로 인해서 문제의 해결에 있어 작가가 어떠한 현실적인 대안도 마련하지 못한 데 연유하는 것이다. 이는 미적 결함이자 작가 정신의 실패이다. 그리고 보다 궁극적으로 이러한 실패는 작가 염상섭 개인의 능력 여부에 달린 것이라기보다는 식민지 자본주의화의 길을 밟고 있던 당대 조선의 특수성에 기인한다고 할 수 있다. 앞서 살핀 바, 근대화의 기획이 사회 전체 차원에서 수행될 수 없었던 식민지적 비참성이 그 근원에 깔려 있는 것이다. 『만세전(萬歲前)』의 성과와 한계 모두가 역사적인 것이라는 판단은 그러므로 유학생 계층이 중심이 된 당대 소설문학의 최고봉에 『만세전(萬歲前)』을 올려놓는 일에 다름 아닌 것이다.

『만세전(萬歲前)』의 염상섭에게서 식민지 현실의 궁핍상은 단지 이인화의 지향을 좌절시키는 배경일 뿐, 그 이상의 의미를 가지는 것은 못 된다고 할 수 있다. 따라서 작품의 결말이 "個人에게서 出發하야 個人에 終結하는" '內省' 차원의 다짐("內的 生活의 方向轉換에 努力하는 것")으로 그치고 마는 것(104~6면)은 전혀 놀라운 일이 아니다. '所謂 無産階級'에 대한 이인화의 실제적인 거리감은 그대로, 당시에 사회적 세력으로 등장하고 있던 노동계급에 대한 염상섭의 거리감이며, "그들의 病은, 無智한 것이다"(23면)라는 해석 아래 "感情上으로 그들과 融合할 길이 업다는 것은 아마 嚴然한 事實일 것"(48면)이라는 이인화(=염상섭)의 단정은 그의 계급적 선택에 다름 아니다. 물론 이는 서울 중산층 출신의 염상섭이 '자기 계급을 자각'해 나간 것으로 볼 수도 있다. 앞서 살핀 「암야(闇夜)」에서 「제야(除夜)」로의 이행, 곧 전체 사회 상황 차원의 문제 의식의 축소는 이러한 계급적 자각의 작품상 결과라고 할 수 있는데, 이러한 점은 『너희들은 무엇을 어덧느냐』의 김중환에게서 뚜렷이 드러난다. 염상섭 특유의 독설을 십분 구사하는 그의 모든 비판과 풍자의 대상이 시대적 한계 속에서 헤매이는 소시민 계층(이에는 자신까지도 포함된다)의 범주를 넘지 못하는 것이다. 이러한 전후 맥락을 살핀 자리에서야 『만세전(萬歲前)』의 결말이 가지는 의미가 제대로 파악되며, 구성의 문제에 있어서 결말이 축소 처리된 것이라기보다는 현실의 수용이 삽화적 수준에 그쳤을 뿐임을 규명할 수 있게 된다.

물론, 비록 삽화적 묘사와 직관적 파악에 그치고 있다 해도 『만세전(萬歲前)』의 현실 수용이 1920년대 초기 소설 일반에 비해 가지는 의의가 삭감되는 것은 결코 아니다. 당대 사회의 전형성[식민지 근대화의 추상성]을 십분 담보한다는 점에서, 그리고 나아가서는 그러한 상황에서의 작가적 선택의 고민을 충분히 드러내 준다는 점에서 『만세전(萬歲前)』의 문학사적인 가치는 아무리 강조되어도 지나칠 수 없는 것이다. 하지만 시야를 좀더 넓혀 현실주의 정신의 문학사적 흐름이라는 자리에 서서 보면 사정이 달라진다. 문학사적 맥락에서 보이는 현실 수용의 양상 중에서, 『만세전(萬歲前)』은 현실의 궁핍상을 정면으로 포착하는 '조선 자연주의'[85]와 그에 선행하는 바, 1910년대 몇몇 단편들의 전통에서 벗어나 있는 것이다. 『만세전(萬歲前)』에서 『너희들은 무엇을 어덧느냐』의 진행이 현실주의 정신의 거대한 흐름에서 일탈해 있음은 자명한 것이며, 이

---

85) 이 표현은 원래 임화의 것이다. 그는 "文學으로부터 全體的(歷史的 社會的) 關心이 收縮하고 個性의 自律이란 것이 當面의 課題가 된 時代의 樣式"으로 자연주의를 규정한 뒤, 『創造』의 김동인에서 신경향파 이전까지를 조선 자연주의로 분류한다(「小說文學의 二十年」, 앞의 글, 4. 12일 분).

는 곧 염상섭이 내면의 지향성과 당대 사회의 폐색성이 빚는 긴장 관계 속에서 끝내 앞의 것을 버리지 못하고 그에 준해서만 후자를 드러내는 데 그치고 있음을 의미한다.[86]

---

86) 염상섭의 이러한 특이성은 여타 작가들이 1920년대 초기 작품 경향에서 벗어나는 방식을 상기할 때 더욱 뚜렷해진다. 예컨대 나도향이나 현진건의 경우 각각, 「春星」, 「여이발사」 등의 작품(모두 1923)과 「피아노」(1922) 등을 통해서 이전 시기의 작품들을 지배했던 추상적 근대성을 신랄히 '풍자'함으로써 새로운 작품 세계로 나아가고 있다. 이러한 풍자는 작가들 스스로가 이전 시기의 내면적 지향성이 전혀 현실적일 수 없음을 통찰한 데서 가능해진 것이다.

이들과는 달리 상섭은, 우리가 살펴본 대로, 앞 시기의 지향성을 계속 견지하면서 작품을 창작하고 있다. 이런 까닭에 비록 장편에서조차 그의 작품 세계는 소시민 계급의 범주를 결코 넘지 못하며, 근대 시민사회의 본질적인 문제라 할 계급모순을 정면에서 포착할 수 없게 된다(이 문제에 대한 그의 취급 방식은 흡사 탐정소설적인 면모를 띤다. 『사랑과 죄』(1927)에서의 한희, 김호연에 대한 취급이 대표적인 예이며 『삼대』(1931)의 병화에 대한 형상화 역시 이에 가깝다).

제4장 근대소설의 수립과 작가 의식의 진전

  사회의 총체적 구조를 파악하기 힘든 시대에 쓰여진 소설이란 자신의 파행적 모습 자체로서 현실의 열악한 상황을 증명한다. 본고에서 다루는 1920년대 초기 소설들의 경우는 한국 문학사상 드문 그러한 예의 하나이다. 이러한 현상이 드물다는 것은, 사회의 총체적 구조를 파악하기 힘든 경우 일반적으로 소설 장르가 문학사의 흐름에서 부차적인 데로 떨어지는 까닭이다. 그럼에도 불구하고 소설들이 창작되었을 경우, 우리는 장르 자체의 본질적인 특성에 관한 일반 이론에 얽매이지 않은 채 그 밖의 다른 요인들에 주목할 수 있어야 할 것이다.

  1920년대 초기 소설들에 있어서 그러한 요소는 당대 작가들의 행적을 통해 찾을 수 있다. 대정기 일본 문단의 습득이 바로 그것이다. 곧 이 시기 소설들의 경우는 식민지 조선 자체 내의 상하부 구조와는 다른 차원 즉 아서구로서의 일본을 통한 문화 이입이 그 형성 과정에 개재되어 있었던 것이다. 이러한 이입 현상이 텍스트 차원에서 뚜렷이 드러나는 작품들의 경우, 실상 그들의 창작은 '작품을 두고 작품을 쓰기' 수준에 머물러 있다 할 것이다.

그러나 이 시기의 문학 활동이 우리 나라 근대문학에 있어서 처음으로 문단이라는 것을 만들 만큼 활발한 모습을 보여 주었음을 생각할 때 직접적 이식의 지적만으로 발생론적인 분석을 대신하는 것은 무리라고 하지 않을 수 없다. 여러 동인지와 일간지, 잡지 등을 통해 영위된 문학 활동이란 그 매체만을 두고 볼 때도 당대 현실과의 긴밀한 관련을 벗을 수 없는 까닭이다. 더욱이 이식 자체가 살아 있는 인물로서의 작가를 매개로 굴절되는 과정을 겪을 수밖에 없는 것이며, 그러한 굴절의 과정에서 작가들이 발을 붙이고 있는 당대 현실의 힘이 작용하는 것[1]을 생각하면, 직접적 이식이란 논리적으로만 존재할 뿐이라고 할 수 있다. 본고의 관심이 당대 현실과 작가(의 이상)이라는 두 항 사이에 놓여 온 것은 이런 까닭이다.

여기서는, 앞서 논의된 제반 작품들의 내적인 특성과 관련하여 1920년대 초기 작품들 및 작가들의 문학사적인 위상을 고찰해 보고자 한다.

제3장을 통해 살펴보았듯이 이 시기 소설들의 형식적인 특징은 '구성상의 파탄'에 있다고 할 수 있다. 이러한 점은 과도한 이상이 전면에 나서는 나도향이나 김동인의 소설들 뿐만 아니라, 일면적으로 특수화된 현실성을 담아 내고 있는 현진건이나 염상섭의 작품들에서도 일관되게 확인된다. 소설 미학으로 들어가서 말하자면 서사(Erzählen)가 배제되고 있는 것인데, 일반적으로 이러한 현상이 당대의 역사적 현실로부터 작가들이 분리된 데서 유래함은 주지의 사실이다.[2] 1920년대 초기 소설의 경우도 마찬가지이다. 토지조사사업의 완수 및 기미독립운동의 실패로 특징되는 1920년대 식민지 조선의 상황에서 대정기 일본 문단을 통해 근대적인 면모를 다소나마 습득한 이들 문청들이 부유할 수밖에 없었던 사정은 쉽게 납득할 만한 것이다.

이러한 자리에서 소설을 소설답게 쓰는 길은 예술가로서의 자의식을

---

1) 김윤식·김현, 『韓國文學史』, 앞의 책, 17~8면 참조.
2) Lukács, *"Erzählen oder beschreiben?"*, op., cit., S.205 참조.

필요로 하는 일이며 구성상의 실패를 피할 수 있는 방안을 모색하는 것
이었다. 이른바 '인형 조종술'로 선명히 드러난 김동인의 창작 방법론과,
자기 스스로가 주인공이 되는 예술가 소설의 선례를 보인 현진건의 작품
들이 그러한 모색의 결과라고 할 수 있다. 이러한 자세의 성과로 등장한
「배짜락이」와 「빈처(貧妻)」가 보이는 구성의 완미함은 한국 소설의 미학에
있어서 단편소설의 정립이라는 영예를 차지한다.3) 이 점은 힘써 강조되
어야 할 것이다. 여기에 나도향의 작품이 보여 주는 서정소설적 면모와
염상섭의 중편 형식이 갖는 의미를 더한다면 1920년대 초기 소설들이 장
르사적인 측면에서도 나름의 의미를 충분히 갖고 있음을 확인할 수 있다.
더욱이 당대 소설에서 광범위하게 이용되었던 '중계자'적 장치들 특히 꿈
이나 공상, 편지 등의 구사가 이후 신경향파 소설에서도 그대로 답습되고
있음을 생각하면 텍스트 사(史) 차원에서 이 시기 소설 문학이 지니는 무
게가 결코 가볍지만은 않음이 분명해진다.

물론 이러한 의의의 인정이 그대로 소설사적 위상으로 옮겨지거나 작
가 정신상의 평가에 맞물리는 것은 아니다. 이 시기 소설들 일반이 지니
는 미적 결함이나 작가적 자세 차원에서의 현실 외면은 그대로 간과할
수 없는 엄연한 사실인 까닭이다. 게다가 이러한 부정적 측면들이 단순히
이들 작가의 습작기적 시기의 소산으로 돌려질 수 없음을 생각하면 이
점은 좀더 철저히 따져 볼 필요가 있다 하겠다.

특정 예술의 시대라는 파악이 가능하다고 할 때 1920년대 초기는 분명
시의 공간이었다고 할 수 있다.4) 본고에서 살핀 소설들이 제재의 차원[낭

---

3) 이러한 사실은 기존의 연구들을 통해서도 누차 지적되어 온 것이다. 예컨대 이재선
은 한국 소설사에 있어서 1920년대가 갖는 의미를 ① "10년대의 신소설 기타 작품들의
교훈주의적 관념 편중성이 지닌 소설로서의 미숙성이 어느 정도 극복"되고, ② "서구
문예사조의 본격적 이입에 의한 창작방법의 再構란 하나의 현저한 변화를 가져왔다는
점" ③ "단편소설의 형태가 이 시기에 와서 비로소 틀이 잡히게 되었다는 점"의 셋으
로 명기하고 있다(『한국 문학의 해석』, 앞의 책, 68면).
4) 김윤식, 『韓國 近代文學의 理解』, 일지사, 1973, 186, 385~6면 참조.

만적 사랑]에서든 작가적 자세의 차원[환멸의 낭만주의]에서든 낭만주의적인 속성을 노정하고 있는 것 역시 이러한 사정과 맞물리는 것이다.5) 당대 사회를 총체적으로 조망할 수 없을 때 즉 산문 정신이 발휘될 수 없을 때 소설이 부르주아 서사시로서의 면모를 띠기 힘든 것은 자명한 사실이다. 이러한 사정의 밑바탕에는 앞서도 계속 강조하였듯이 토지조사사업의 완수와 기미독립운동의 실패라는 역사적 사실이 놓여 있다.

물론 우리의 논의는 당대 조선 민족 전체를 두고 행해지는 것이 아니라 소시민 계층이라고 할 수 있는 작가들에 초점을 두고 있는 것이다. 따라서 이러한 정치경제적 사건들 역시 당대 작가들과 관련하여 고찰될 뿐이다. 이 점을 명확히 하는 것은 논의의 구체화를 위하여 매우 긴요하다. 기존의 많은 논의들이 이 부분을 간과한 채 조선 민족 전체의 시각에서만 이들 사건을 다룸으로써 극단적인 절망의 분위기를 강조하여 왔으며, 그에 대한 반발로 문화 운동이 긍정적으로 받아들여진 측면을 적극적으로 부각시키는 현상까지 초래되었음을 생각하면 우리의 논의는 더욱 조심스러워질 수밖에 없다. 이 부분을 좀더 살펴보자.

별다른 매개 없이 기미독립운동 이후의 사회적 분위기를 곧장 1920년대 초기 작품 세계의 정조에 연결시켜 버리는 방식은 꽤 오래 지속되어 왔다. 1920년대에 활동했던 문인들 스스로가 그러한 해석을 내렸으며, 본격적인 문학 연구서에 있어서도 사정은 마찬가지였다. 예컨대 1930년대의 한 연구자는 다음과 같이 쓰고 있다.

당시(기미독립운동 이후 : 인용자)의 사회적 공기는 그처럼 긴장하였으므로 모든

---

5) 이와 관련하여 조동일은 1920년대 초기 문학의 특징으로 '낭만주의의 변질'을 지적한다. 그에 따르면 "낭만주의는 전통 사회에서 근대 사회로 넘어 올 때 반드시 거쳐야 할 사고 형태이어서, 외래 사조로만 이해할 것은 아니"며 다만, "식민지 지배에 억눌려 민족으로서의 자유가 유린된 상황에서" "스스로 역사를 창조한 경험을 축적하지 못하고 문제의 상황을 진단할 능력마저 결핍된 지식인들이 자기 만족을 쉽게 얻으려 했기 때문에 낭만주의의 변질을 초래했다"는 것이다(『한국 문학 통사』, 앞의 책, 5권 121면).

기대가 틀려질 적에 그 각성하고 흥분되었던 민중의 생활 운동이 발연히 도처에
일어나는 일면에 벌써 지식 계급의 가슴에는 무엇인가 내리누르는 것 같은 커다란
환멸을 아니 볼 수 없었다. 그리하여 무엇무엇에 희망을 붙여 의기가 충천하던 그
들에게 환멸이 닥쳐올 때 그들의 어떤 부분은 회의와 '데카단'으로 달아나게 되어
이에 이상주의, 허무주의, 민주주의, 감상, 회의, 퇴폐의 혼합한 특수 공기를 이루어
(…하략…)6)

이러한 판단이 하나의 전제처럼 내려질 때 문학 연구가 설자리는 지극
히 협소해진다. 이렇게 단순 논리로 현실과 작품, 현실과 작가의 항을 규
정하게 되면, 작품 세계를 꼼꼼히 분석했을 때 확인되는 작가 개개인의
특성이 무화되고, 제2장을 통해 살핀 바 자신들이야말로 참된 문학을 건
설하고 있다는 자부심의 측면이 완전히 사상되는 것을 피하기 힘들다. 창
작 상황을 문제삼는 데 있어서 작가의 능동적인 측면이 고려되지 않는
까닭이다.

속류 결정론이라 할 수 있는 이런 태도가 연구사적으로 상당 기간 지
속되어 온 까닭에 그에 대한 안티테제로서 다음과 같은 또 하나의 극단
적인 사고가 배태되기에 이른다.

이 시기 문학의 절망과 비관은 정치적, 사회적 좌절감의 표현이 아니라 인습과
전통의 강력한 속박에 대한 몸부림, 그리고 문화적 不毛性에 대한 신흥 지식인의
좌절감이었다. 이것을 삼일운동이라는 특정한 역사적 사건과 일대일로 연결시켜
해석하는 것은 문학과 사회와의 관계를 지나치게 平面的, 圖式的으로 이해하는 것
이며, 이 시기 문학의 본질적 성격을 파악하는 데에 아무런 도움을 주지 못한다.
(…중략…) 이들이 표현한 절망과 비관이 삼일운동의 실패로 인한 민족적 울분을
바탕으로 한 것이라는 논리는 전혀 사실과 어긋나는 것이며 삼일운동(보다 분명히
는 삼일운동으로 인한 문화정치가) 이들에게 준 영향이란 오히려 그와는 반대되는
것으로 봐야 할 것이다.7)

---

6) 김태준, 『朝鮮 小說史』, 1933(예문사 판, 1989), 203면.
7) 김철, 「1920년대 신경향파 소설 연구」, 연세대 박사, 1984, 53~66면.

이와 같은 주장은 실로 '주장'의 수준을 넘기 힘들다고 할 수 있는데, 이는 이 시기 작가 의식의 "본질적 성격을 개화기 이래 한국 지식인의 지적 갈등의 변모 과정과 삼일운동 이후 이른바 문화정치가 식민지의 신흥 지식인에게 안겨 준 허위의식에서 찾아야 할 것"(54면)이라는 자신의 지적과도 상반되는 까닭이다. 토대의 규정력이라는 것이 아무런 매개 없이 직접적으로 문학 작품에 작용한다고 보지 않는 한, 이러한 주장은 속류 결정론 맞은편에 자리한 똑같은 크기의 오류라고 하지 않을 수 없다.

1920년대 초기의 문학 상황에 있어서 기미독립운동이라는 정치사적, 민족사적 사건이 의미를 지니는 것은 당연히도 몇 가지 매개항을 거쳐서이다. 작가 개개인의 구체적인 현실적 상황이 그 하나이며, 이들 식민지 지식인[작가]에게 있어서 긍정적 · 부정적 양 측면으로 기능한 소위 문화정치의 공간이 다른 하나라고 할 수 있다. 앞의 항에 대해서는 대정 교양주의라고 명명되는 아서구로서의 일본 문단의 영향으로 이미 살펴보았으므로 재론을 피하고,[8] 여기서는 당대 조선의 모든 생활을 지배하고 있었던 식민주의의 규정력이 문화정치의 공간에서 갖는 힘을 강조하는 데 그치기로 한다.

앞서 식민지적 비참성이라는 개념으로 설명했듯이, 이러한 규정력은 매우 미묘한 것이어서 그에 대한 직선적인 가치 판단은 어떠한 것이든 일면성을 면하기 힘들다고 할 수 있다. 식민주의의 내밀한 작용력을 지적하고 있는 다음의 구절을 보자.

> 문화와 같은 보다 무형적인 분야에서, 식민주의는 지배 문화의 점진적인 침투와 피지배 문화의 내적인 붕괴와 부패라는 형태를 띤다. 그것은 외부적인 강압보다는 내적인 괴멸을 통하여 작용한다. 극단적인 경우, 피지배인이 스스로 그러한 점을

---

8) 물론 본고는 소설사적 차원에서 창작 및 변형의 관계로 이러한 항을 문제삼았을 뿐이다. 이 점과 관련한 작가 개개인의 사정에 대해서는 실증적인 고찰을 통해 작가들의 내면 풍경을 면밀히 추적한 김윤식의 업적들을 참고할 수 있다(『김동인 연구』, 민음사, 1987; 『염상섭 연구』, 앞의 책 참조).

의식하기도 전에 식민주의는 그의 마음 깊이에 자리잡고, 정복된 문화에 대한 은밀한 경멸과 지배자들의 승리한 문화에 대한 은근한 부러움과 찬양의 심리를 조성해놓는다. 그러나 내면으로부터의 괴멸을 단순한 배신이라고만 처리해 버리기는 어렵다. 식민지인이 자신의 문화를 버리는 것 자체가 그의 사회와 문화의 상태에 대한 심각한 우려와 관심의 표현일 수 있는 것이다.[9]

제2장에서 검토한 바 이 시기의 작가들이 보여 주는 '외관상 엄청난 자부심과 현실 초연의 태도'는 이 맥락에서 해명될 수 있다. 문학을 한다는 것이 가장 가치 있는 일로 설정될 수 있는 사정에는, 문화정치로 명명되는 식민 통치 방법의 변화에 의해 열려진 출판계 및 문단이라는 공간과, 궁극적으로는 실력 양성론과 자치 운동으로 귀결될 수밖에 없었던 민족 개량주의의 전개에 의해 자국 문화에 대한 관심과 우려가 증폭된 상황이 놓여 있는 것이다. 이러한 자리에서 이식문학이라는 것이 많은 부분 적극적인 수용의 양상을 띠는 것은 그다지 이상한 일이 아니라고 하겠다.

출판계 및 문단이라는 장의 전개가 모두 식민지 체제의 공고화를 위한 고도의 전략적 산물이었음은 이 공간에서 작가들이 보여 준 지향이라는 것 자체가 보편성 차원의 근대적인 것에로 향함으로써 민족의 수난이라는 엄연한 현실 문제를 간과하게 된 사실에서 역으로 추론될 수도 있다. 김동인이 보여 주듯 자신만이 진실로 예술가라는 자부심에서부터, 당대 문단의 한 경향을 이루고 있던 새로운 문화의 건설이라는 긍지와 재래 문화의 불모성에 대한 비애감 모두 식민지적 규정성이라는 큰 틀 안에 갇혀 있었던 것이다. 1920년대 초기 문학의 과제가 근대 지향성과 정체성 회복 의지라는 두 축으로 놓여 있었다 할 때, 이 두 가지가 서로 쌍생아로 얽혀 있는 것이어서 어느 한면만을 추구한다는 것은 어불성설임[10]을

---

9) 김우창, 『궁핍한 시대의 시인』, 민음사, 1977, 14면.
10) 우리 민중과 제국주의 외세의 직접적인 맞부딪침으로 20세기 초의 민족적 위기를 진단하고 그 타개책으로 '근대적이면서 민족적이어야 함'을 주장하는 염무웅은 이러한 사정을 다음과 같이 명쾌하게 지적해 준다.
   "물론 근대적이어야 한다는 것과 민족적이어야 한다는 것은 각각 따로따로 추구될

알아차리지 못한 데에 이들 작가의 비극이 놓여 있다.

앞서 살펴보았듯이 이러한 상황에서 이들이 취한 모습은 일종의 반동적 행태였으며 그러한 태도 자체가 다시 예술가의 모습인 듯이 유행처럼 퍼져 나가고 있었다.[11] 이런 사실은 식민지 치하의 삶이란 철두철미 지배자의 의도에 침윤되어 있음을 보여 주는 것이다. 이러한 자기 망각을 벗어난 거의 유일한 경우가 당시 북경에 있던 신채호에게서야 가능했던 점 역시 당대 조선의 삶의 세계에 깊이 침윤된 식민지성의 위력을 증명하는 것이라고 할 수 있다.

> 藝術主義의 文藝라 하면 現朝鮮을 그리는 藝術이 되어야 할 것이며 人道主義의 文藝라 하면 朝鮮을 救하는 人道가 되여야 할 것이니 只今에 民衆과 關係가 업시 다만 間接의 害를 끼치는 社會의 모든 運動을 消滅하는 文藝는 우리의 取할 바가 안이다.[12]

식민지 치하의 문학 행위는 그 표방하는 바가 '예술주의 문예'든 '인도주의 문예'든 간에 실제적으로는 민중의 이익에 반하는 이적 행위로 귀착되고 만다는 위의 지적은 막바로 식민지적 규정성의 위력에 대한 현실적 이해에 기초하고 있는 것이다.

따라서 1920년대 초기 문학을 고찰하는 데 있어서는, 김동인이 잡문들

별개의 목표가 아니라 구체적 실천 속에 통일된 하나의 목표의 두 측면을 개념화한 것에 지나지 않는다. 왜냐하면, 민족적인 것을 근대적·반봉건적·민주적 차원에서 추구하지 않는다면 그것은 민족이라는 것을 사실상 민족의 일부에 국한시킴으로서 민족의 대다수를 소외시키는 결과에 이를 것이며, 또한 근대적인 것을 민족적·민중적·반식민주의적 차원에서 추구하지 않는다면 그것은 근대라는 것을 사실상 민족 바깥에서 구함으로써 민족 없는 근대화에로 귀착되지 않을 수 없는 것이다."(『민중 시대의 문학』, 창작과비평사, 1979, 39면)

"민족의 실체는 민중이요 근대화의 내용은 자주화"라는 다소 선언적인 주장으로 이끌어지고 있지만, 이러한 지적은 1920년대 초기 작가들의 정신사적 위상을 구명하는 데 있어서 중요한 의미를 지니는 것이다.

11) 김윤식, 「임화 연구」, 앞의 글, 546~7면 참조.
12) 신채호, 「浪客의 新年漫筆」, 『동아일보』, 1925.1.2.

을 통해 보여 주었던 예술가로서의 자부심이나 염상섭이 자신의 작품들을 깊게 채색했던 침통미 모두가 식민지라는 당대 현실의 규정력으로부터 동떨어져서 존재하는 것은 아니라는 사실의 정확한 인식이 매우 중요하다. 앞서 지적했듯이 그 중 하나만을 강조하여 당대 문학의 일반적 속성을 기미독립운동 실패의 직접적인 결과로 보는 것이나, 그로부터 전개된 문화 운동의 사명감에 일의적으로 연결짓는 것 모두 식민지적 규정성을 단순화하는 직선적인 판단에 불과한 까닭이다.

당대 작가들의 상황과 관련하여 다소 장황하게 이어진 이상의 논의를 간략히 정리해 보자. 서론을 통해서 지적했듯이 1920년대 조선 현실[반영의 측면]과 일본 유학을 통해 습득한 추상적 근대성에 과도하게 몰두한 작가[창작의 측면], 동시대 및 전대 그리고 대정기 일본 문단의 작품들[변형 혹은 모방의 측면]이라는 세 층위가 이 시기 작품들을 형성하는 세 축이며, 이 모두의 연락 관계에 토지조사사업의 완수와 기미독립운동의 실패 이후 더욱 공고화된 식민지적 규정성이 긴밀히 관철되어, 현실 도피로 특징지워지는 현실적 좌절감이나 반봉건적인 사회의 폐색성에서 유래된 환멸, 그럼에도 불구하고 자신들만이 참예술 및 새로운 문화 건설의 역군이라는 자부심의 복잡한 심리 구조가 형성되었다.

이러한 사정은 1920년대 문학이 안고 있던 시대사적 과제에의 응전, 즉 근대 지향성과 정체성 회복 의지라는 두 항의 성취가 얼마나 지난한 것인지를 보여 주는 것이면서 동시에, 이 시기 문학을 평가하는 일마저도 똑같은 어려움에 빠지기 쉬움을 알게 한다. 이 점과 관련하여 볼 때, 한 영문학 연구자의 다음과 같은 지적은 소중하게 받아들여져야 할 것이다.

이렇게 3·1운동이 실패하고 나서야 본격화한 문학의 역사를 서술하고 평가함에 있어 우리는 3·1운동 이후 문학적 성과의 얼마나 많은 부분이 실은 기미년까지의 준비 과정과 기미년의 운동 자체의 산물인가 하는 점을 우선 알아야 하고, 우리가 흔히 문학적 성과로 생각하는 것의 얼마나 많은 부분이 실은 3·1운동의 실패로 인한 反시민적 독소의 산물이며 우리가 식민지 문학의 근본적 약점을 눈감아 줌으

로써만 높이 평가할 수 있는 문학인가 하는 점을 항상 염두에 두어야 할 것이다.[13]

'식민지 문학의 근본적 약점'이란 무엇인가. 민족적인 것과 근대적인 것이 행복하게 조우하지 못하는 상황 속에서 그 두 가지 모두를 현명하게 추구해야 하며, 자칫 잘못하면 둘 모두를 망칠 수밖에 없다는 점이 본고가 갖고 있는 답이다.

1920년대 초기 소설의 의의를 살피고 작가들의 정신사적 지형도를 그리는 데 있어서도 모든 평가는 궁극적으로 여기 즉 식민지 상황에 대한 자각 여부에 모여진다. 물론 자기 망각이라고 표현될 정도로 당대의 작가들이 현실의 구체적인 모습에 둔감하고 민중들의 궁핍상으로부터 눈을 돌리고 있음을 확인한 자리에서, 최종 결론은 의외로 간단할 수밖에 없을 것이다. 그러나 문학의 역사라는 것이 작가 정신의 흐름만으로 채워지는 것이 아니라 그 외의 여타 물줄기를 함께 포함하고 있는 것을 생각한다면 우리의 논의는 좀더 세밀한 부분에까지 내려가야 할 것이다. 이상의 논의들을 수렴하며 정리해 보자.

1920년대 초기 소설들의 역사적 위상은 크게 두 가지 측면의 분석을 통해 정초될 수 있다. 이들 작품이 우리 나라 소설사의 전개에 있어서 가장 직접적으로 소설 미학의 제반 특성을 노정하고 있음이 그 하나이다. 이 시기 조선의 현실에 구체적으로 뿌리박을 수 없었던 작가들의 고도한 이상 즉 '참예술'이나 '개성', '사랑' 등으로 표출된 추상적 근대성이 작품 세계를 폭넓게 지배함으로 해서 생겨난 이런 특성들은, 비록 뚜렷이 의식된 것은 아니지만, 소설이라는 장르에 대한 폭넓은 실험의 양상을 보여준다. 나도향 소설의 서정소설적 면모, 김동인 소설의 완미한 액자형식 구사, 현진건 소설이 이룬 단편소설 구성의 기틀 확립, 열악한 상황에서도 산문 정신의 구현을 위해 등장한 염상섭의 중편소설 등은 이 시기 소설들의 가장 빛나는 부분이라고 할 수 있다.

---

13) 백낙청, 「시민문학론」, 『창작과비평』, 1969 여름, 487면.

  둘째로는 작품 구성의 성공을 위한 여러 미적 장치들의 구사를 들 수 있다. 본고에서 중계자 개념을 사용하여 폭넓게 범주화한 바, 꿈이나 공상, 회상, 편지, 일기 등의 사용이 그것이다. 현실성을 확보할 수 없는 상황에서 작품을 미적으로 완결 짓기 위해 수시로 구사된 이런 장치들은 1920년대 문학 전반에 걸쳐서 지속적으로 애용된 사실에서도 알 수 있듯이 텍스트 사적인 차원에서 큰 영향력을 행사하고 있다. 1920년대 중반에 이르러 대다수의 작가들이 현실의 궁핍상을 작품 내로 끌어들이면서도 끝내 그러한 현상의 근본적인 원인을 제대로 파악하지 못하는 상황에서, 이러한 미적 장치가 계속 사용되었던 것이다. 이는 소설사의 흐름에서 이 시기의 작품들이 나름의 의의를 지닐 수 있다는 점을 분명히 해 준다.

  이상 두 가지 측면의 분석은 모두 가치 평가가 개재되지 않은 사실 판단이므로 섣불리 간과할 수 있는 문제가 아니다. 물론 이러한 사실들이 궁극적으로는 당대 현실을 본격적으로 문제삼을 수 없었던 작가 의식의 불철저성에 기인한 것 역시 강조되어야 할 것이다. 이후의 소설사적 전개에서 서정소설적 면모라든가 중편소설의 세련된 구사가 보이지 않는 것은, 이런 특징이 1920년대 초기의 비산문적인 상황에서 도출된 것이었으며 작가들에 의해 철저히 의식되지는 못했음을 의미하는 까닭이다. 이렇게 볼 때, 본격적인 소설의 창작이 난망한 자리에서 외부로부터 수입된 지향을 담아 내는 방식으로 쓰여진 이들 작품들이 보여 주는 다기한 실험 양식과 미적 장치의 구사에 대한 일면적인 가치 평가는 어떠한 것이든 무리스러움을 안게 된다. 텍스트 사적인 차원에서 나름의 영향력을 지속적으로 행사한 데서 그 성과와 의의를 찾을 수 있지만, 그러한 지속성이라는 것이 1920년대 전반(全般)의 작품들마저도 떨쳐 버리지 못했던 바 작가 의식의 취약성에 힘입고 있음을 생각하면 더욱 그렇다.

  시야를 좀더 넓혀 1920년대 초기 소설 작가들이 차지하는 의미망을 살펴보자.

  한국 근대문학사, 좁게는 소설사에 있어서 이 시기 작가들이 보이는 긍정적인 측면은 초보적이나마 예술의 특성을 인식한 데서 찾을 수 있다. 전대의 계몽주의 문학을 부정하고 나선 데서 이미 뚜렷해진 바 문학 예술의 특수성에 대한 이러한 인식은 그 자체로서 중요한 의의를 지니는 것이다. 백악(白岳)의 작품 「자연(自然)의 자각(自覺)」을 두고 비평의 방법에 대해 김동인과 염상섭이 벌인 논쟁을 통해 볼 때, 개념의 직서(直敍) 즉 작가 언어의 전면화를 피하고 형상화를 꾀해야 한다는 염상섭의 지적[14]이나 작품 비평이 작가에 대한 인신 공격과 혼동되어서는 안 된다는 김동인의 지적[15]은 모두 예술의 특수성을 강조하는 것이라 할 수 있다. 물론 이러한 인식이 지나쳐서 예술의 독자성을 주장하는 데까지 나아간 것은 당대 상황이 열악한 데서 유래된 오류라고 할 것이다.

덧붙여서 '참예술'이나 '개성', '강한 자' 등으로 표상되는 추상적 근대성에 대한 이들의 강조가 갖는 의미를 살펴보자. 1920년대 초기 소설이 창작되는 데 있어서 중요한 역할을 하고 있는 이러한 지향들이 근대문학의 특성 중의 하나임은 부정할 수 없다. 그러나 이러한 강조가 드러난다고 해서 곧 이 시기의 소설들이 근대소설의 장을 열었다고 할 수 있는 것은 물론 아니다. 이러한 지향들이 당대 현실에 뿌리를 두지 못한 채 추상적인 수준에 머물렀을 뿐임은 앞서의 작품 분석을 통해서도 누누이 지적했거니와, 근대 시민사회[자본주의 체제]의 고유한 문제 즉 사회의 총체적 변동을 이끌어 내는 계급갈등을 진지하게 형상화하는 데서 근대문학의 본령을 찾는다고 한다면 실상 위의 지향들은 별로 중요한 것이 아닌 까닭이다. 그러나 전대의 소설들이 '개인이 빠진 전체'만을 문제삼고 있었던 사실에 비추어 볼 때, 1920년대 초기 소설들의 이러한 강조는 작가 의식의 변모 양상에 있어서 일정한 진전을 보이는 것이라고 할 수 있다.[16]

---

14) 백악의 소설을 두고 염상섭이 행한 발언 즉 "事實의 槪念만을 抽象하야 描寫하는 것이 寫實主義의 本領도 안이오, 또 그래 가지고는 藝術品과 歷史나 當用 日記와의 區別이 업서질 것이다"라는 언급은 묘사에 있어 형상화의 부재를 문제삼는 것이다(「白岳氏의 自然의 自覺을 보고서」, 『現代』 2호, 1920.3).

15) 김동인, 「霽月氏의 評者的 價値」, 『創造』 6호, 1920.5, 72~3면 참조.

　　앞서 살핀 작품 내적 특징들이 나름의 성과와 의의를 지님에도 불구하
고 작가 의식의 취약성에 근거하고 있었듯이, 예술의 특성에 대한 인식과
추상적 근대성에 대한 강조 역시 양가적인 측면을 지닌다. 이러한 상황을
두고 실패냐 성공이냐를 따지는 것은 아무런 도움도 되지 못한다. 중요한
것은 1920년대 초기 작품들이 보이는 특징을 통해 이후 소설사의 전개에
깊은 영향을 끼친 사실들을 적출하는 것이며, 당대 현실 속에서 그러한
작품을 산출해 낸 작가들의 자세가 갖는 제반 의미를 고찰하는 것이다.

---

16) 한국문학에서의 리얼리즘 소설의 전개 양상을 개괄적으로 살피는 정호웅 역시
　　"1920년대 초기의 강렬한 개성 옹호론은 분명 전단계의 그것과는 구별되는 새로운 인
　　식론"(「한국문학에서의 리얼리즘」, 앞의 글, 19면)이라는 지적과 함께, 이러한 지향이
　　전체 사회를 한편에 놓지 못한 채 비변증법적으로 홀로 주장되어 '복잡 다양한 현실
　　내 제요소'를 '고립된 개별성으로 파편화'시키는 폭로의 수준에 그치고 있음을 논증한
　　다(20면). 이러한 판단은 본고의 그것과 정확히 일치하는 것이다.

제5장 결론

　　1920년대 초기의 소설들을 특징짓는 가장 중요한 항목은, 작가들의 지향이 소설의 육체를 구성할 삶의 세계로부터 너무나 멀리 떨어져 있다는 사실이다. 그런 원인으로 우리는, 토지조사사업의 완수 및 기미독립운동 실패의 여파로 특징지어지는 당대 현실의 상황을 한편에서 분석하고 일본 유학을 통해 작가들이 습득한 아서구로서의 대정 교양주의의 영향력을 다른 한편으로 점검하였다. 이들 요소는 작품의 발생에 관계되는 가장 중요한 두 가지 항목이라 할 수 있는 현실과 작가의 측면을 규정하는 것으로서, 폐색된 식민지 현실에 대한 좌절·환멸과 동시에 주위에 만연한 봉건성을 배척하고 새로운 문화를 건설한다는 내밀한 자부심을 보이는 미묘한 작가 의식을 형성하여 이 시기 작품들의 기본적인 성격을 마련한다.

　　1920년대 초기의 소설들이 보이는 현저한 특징은 작품의 서사 구성이 심하게 해체되어 있다는 점이다. 여기서, 작가의 언어가 노골적으로 등장함으로써 스토리의 전개 자체가 분절화되고 나아가 구성상의 파탄이 초래된 사실의 지적은 이 시기 소설의 본질을 밝히는 데 있어서 현상적일 뿐이지 그다지 중요한 관찰이 아니라고 할 수 없다. 보다 중요한 사실은 작품 속의 세계가 어떠한 의미에서도 현실적인 힘을 발휘하지 못하고 있으며, 인물들 역시 삶의 세계의 논리에 따라 움직이는 것이 아니라 당대 작가 의식을 특징짓는 추상적 근대성을 강조하기 위해서 등장하고, 말을 할 뿐이라는 점이다. 이러한 현상의 근본적인 원인을 작품에 대한 발생론적인 분석을 통해 밝히고자 1920년대 초기의 조선 현실과 작가들의 의식을 검토한 것인데, 작품의 특성을 중심으로 이를 요약·정리하면 다음과 같다.

나도향과 김동인·전영택의 소설을 특징짓는 현실성의 약화 현상은 이들의 작품이 당대 조선의 현실을 단순한 배경이나 기호 차원으로 격하시켜 다루는 데 기인한다. 이들의 소설에서는 작품의 진행 자체에서 삶의 세계의 논리가 철저히 배제되며, 그 결과 추상적일 수밖에 없는 지향만이 인물의 심리를 통해 작품의 정조를 지배한다. 그나마 추려 낼 수 있는 스토리조차 이러한 지향에 의해 자의적으로 단속된다. 이러한 현상은, 폐색된 식민지 현실과 추상적 근대성에 대한 작가의 지향이 맞부딪치고 있는 당대의 창작 공간에서 후자가 작품의 형성에 주도적으로 작용한 까닭이라고 할 수 있다.

나도향의 소설들은 아무런 반성도 거치지 않은 작가의 지향이 작품 전편에 걸쳐 전일적인 지배력을 행사하고 있다. 이러한 지향은 너무나 강렬해서, 반봉건적인 특성까지도 부차적인 것으로 만들면서 '예술'과 '사랑'에 대한 낭만적 동경의 정점을 보여 준다. 현실에 대한 고려가 거의 전적으로 부재한 채 벌어지는 낭만적 사랑의 형상화와 서정소설적 면모의 형성이 그 결과이다.

현실 너머의 자리에서 창작된다는 점에서는 나도향의 작품들과 마찬가지이지만, 김동인과 전영택의 소설들은 앞서 말한 지향들을 전면에 내세우는 것이 아니라 그에 대한 작가의 생각을 드러내는 방식으로 쓰여진다. 그에 따라 이들의 작품은 편지나 일기 등의 구사에서부터 액자형식의 채

용에 이르기까지 중계자의 막강한 역할에 의해 지탱되고 있다. 이렇게 서
사 외면의 방식 자체가 작품의 특성을 집약하고 있는 것은 당대 현실과
관련한 이들의 자세가 예술의 독자성론에 근거하고 있는 까닭이다.

이와는 달리 현진건과 염상섭의 소설들은 현실성을 담아 내고자 하는
문제적인 면모를 보여 준다. 그러나 1920년대 초기의 창작 상황이 상하부
구조의 분리라고 할 수 있는 형국으로 펼쳐졌던 까닭에, 이들의 작품은
소설 형상화의 두 요소인 '인간의 동경'과 '사회적 구조'를 인물의 체험·
행위를 통해 제대로 결합시키지 못한 채 일면적으로 추상화되고 만다.

현진건의 소설들은 작품의 공간을 신변적인 것으로 좁힌 뒤 그에서 관
철되는 삶의 논리를 형상화함으로써 일면적이나마 현실성을 성취하고 구
성상의 실패를 모면한다. 따라서 작품의 배경이 철저히 가정에 놓이고 인
물들 역시 친족 관계로 국한되는 것은, 이들 작품의 형식적 특성이자 작
가 정신을 드러내 주는 것이다. 당대 현실의 중요한 문제들이 본격적으로
다루어지지는 않는다고 해도, 시적 상황이라고 할 수 있는 상황에서 소설
형식의 완미함을 이루어 낸 것은 높이 평가할 만한 사실이다.

염상섭의 소설들은 이 시기 작가들이 처한 당대의 문제적인 상황 자체
를 막바로 형상화한다. 폐색된 조선 현실과 자신들의 넓은 이상이 맞부딪
침으로 해서 생겨나는 환멸과 환멸 그것만큼 더 강렬해지는 이상에 대한
동경이 작품의 정조를 지배한다. 그러나 작가 스스로 끝까지 현실의 힘을
외면하지는 않음으로 해서 그의 작품 세계는 중편이라는 긴 호흡을 요구
하게 되고 당대 현실의 궁핍상을 가장 본격적으로 수용할 수 있게 된다.

이상 살펴본 여러 양상은 물론 근소한 차이라 할 수 있는 것이다. 이
시기 거개의 작품 모두가 폐색된 현실과 추상적 근대성에 대한 지향이라
는 두 축을 상하부 구조적 요소로 삼음으로써 가능했음을 염두에 두면
더욱 그렇다. 이러한 판단에서 본고는, 1920년대 초기의 소설들이 단순히
20년대 소설의 전단계로서 개별 작가들의 습작기적인 수준을 보여 주는
발아적 상태에 있는 것이 아니라, 소설사의 한 시기로 구획될 만큼 고유

한 특징을 가지고 있다고 파악한다.

이렇게 1920년대 소설의 사적 위상을 정초한 자리에서 이들 작품의 의의를 구명하는 데는 식민지 치하라는 당대의 상황을 항시 염두에 두어야 한다. 따라서 이들 작품의 특성들을 간과한 채 기미독립운동 직후의 사회 상황을 반영하는 것으로 작품의 성격을 일괄적으로 규정하는 속류 결정론적인 파악과 마찬가지로, 반봉건 및 새로운 문화의 건설이라는 당대 작가들의 의식을 일면적으로 해석하여 그 의의를 확대하는 자세 역시 배격된다.

식민지적 규정성에 맞서 근대적인 것과 민족적인 것의 변증법적인 성취를 이루어야 했던 시대적 과제에 비추어 볼 때, 이 시기의 소설들은 민족적인 것을 거의 완전히 사상함으로써 그 의의가 상당히 약화된다. 또한 당대 조선의 식민지적 상황에 무감함으로써 근대적인 것의 추구 역시 철저히 추상 차원에 그치고 있다. 그러나 문학의 역사라는 것이 작가 정신의 흐름만으로 채워지는 것이 아니라 그 외의 여타 특성들을 함께 포함하고 있는 것을 생각한다면, 세부적인 차원에서의 의의와 가치를 적출해내는 것은 여전히 우리의 과제일 것이다.

작가들의 이상과 당대 현실 사이에 벌어진 심대한 거리에도 불구하고 소설을 써내고자 함으로써 기도된 제반 소설 미학적 시도들은, 예술의 특수성에 대한 인식을 본격화했다는 점에서, 그리고 나도향 소설의 서정소설적 면모와 김동인 소설의 완미한 액자형식 구사, 현진건 소설이 이룬 단편소설 구성의 기틀 확립, 열악한 상황에서도 산문정신의 구현을 위해 등장한 염상섭의 중편소설 등에서 볼 수 있듯이, 한국 소설의 폭과 범위를 넓혔다는 점에서 문학사적인 의의를 갖는 것이다. 게다가 작품 구성의 파탄을 면하기 위해 구사된 중계자적 장치들 곧 꿈이나 공상, 회상, 편지, 일기 등의 사용은 1920년대 문학 전반에 걸쳐서 애용될 만큼 텍스트 사적인 차원에서 적지 않은 가치를 지닌다고 할 수 있다.

이에 덧붙여서 '참예술'이나 '개성', '강한 자' 등으로 표상되는 추상적 근대성에 대한 이들의 강조는, '개인이 빠진 전체'만을 문제삼고 있었던 전대의 소설들에 비추어 볼 때 작가 의식의 변모 양상에 있어서 일정한 진전을 보이는 것임을 지적할 수 있겠다. 비록 이러한 지향들이 당대 현실에 뿌리를 두지 못한 채 추상적인 수준에 머물렀을 뿐이라 해도 한계 속에서의 성과는 건져져야 하는 까닭이다.

제2부   신경향파 문학 연구

제1장 서론

1. 시각과 문제 의식

1) 신경향파 문학을 바라보는 시각

신경향파 문학은 역사적으로 보아 1920년대 중반의 짧은 시기를 점하고 있다. 비평의 경우 1923년 박종화의 평문 「문단(文壇)의 일년(一年)을 추억(追憶)하야—추억(現狀)과 작품(作品)을 개평(槪評)하노라」1)에서부터 박영희의 「'신경향파(新傾向派)' 문학(文學)과 '무산파(無産派)'의 문학(文學)」2)에 걸쳐 있고, 소설의 경우 김기진의 「붉은 쥐」3)에서 조명희의 「낙동강(洛東江)」4) 이전까지에 해당된다. 약 5년에 걸친 것이어서 한국 근대문학 일반에

---

1) 『開闢』 31호, 1923.1.
2) 『朝鮮之光』 64호, 1927.2.
3) 『開闢』 53호, 1924.11.

비추어서는 물론이고 좁혀서 식민지 시대 문학에 국한해 봐도 그리 길지 않은 시기임에 틀림없다. 게다가 그 이후로 문단의 우이를 쥐게 되는 조선프롤레타리아예술동맹[KAPF]의 직접적인 맹아라는 점을 고려하면, 그 나름의 정체성을 강조하거나 문학사의 한 단위로 설정하는 것은 사실 어려워 보이기도 한다.

이런 맥락에서, 신경향파 문학에 대한 과도기적인 규정 즉 1920년대 중반 이후 10년간 문단의 주류를 형성했던 KAPF 문학을 이끌어 낸 것 혹은 그 초기 양상이 신경향파라는 규정이 일반화된 사정을 이해할 수도 있다. 그러한 규정 속에서 과도기적인 것 일반이 갖는 운명은 신경향파 문학에도 어김없이 적용된다. 다름 아니라, 통시적인 변화의 맥락이 주요 관심사가 되어 버리는 까닭에 '옛것에 대한 종지부이자 새것을 이끌어 내는 맹아'라는 식으로 타자에 의해서만 소극적·간접적으로 정의되는 것이 과도기적인 것의 운명이다. 과도기 자체가 두 가지의 상이한 정체 사이의 전화기여서 이는 불가피한 것처럼 보이기도 한다. 그러나 어떤 통시태를 정밀하고 또 풍부하게 하는 것은 각 정점의 정체 구명만으로는 불가능하다. 정점들 사이에 놓인 전화(轉化)의 구체적인 양상이 밝혀져야만 통시태가 통시태로서 갖는 성격 즉 변화와 운동이 제대로 밝혀진다. 특히 통시태상의 두 정점이 상극적일 때 그들 사이의 전화 양상에 대한 파악은 매우 중요한 의미를 갖는다. 1920년대 초기 문학과 KAPF를 두고 볼 때, 한국 근대문학사상 하나의 과도기로서 신경향파 문학의 경우가 바로 이러하다.

그러나 무엇보다 주의해야 할 사항은, 한국 근대문학의 전개에 있어서 1920년대 중반까지의 양상이, 기본적으로 짧은 시기들을 단위로 하는 급속한 변화의 면모를 보이고 있다는 사실이다. 『무정(無情)』(1917년)과 『개척자(開拓者)』(1917~18년)로 대표되는 춘원의 이상주의적 계몽주의가 그러하

4) 『朝鮮之光』, 1927.7.

고, 『창조(創造)』(1919년)와 『폐허(廢墟)』(1921년), 『백조(白潮)』(1922년)를 기반으로 한 낭만주의적 경향5)이 또한 그러하다. 그 뒤를 잇는 자연주의 문학계역시 염상섭을 기준으로 할 때 대체로 『묘지(墓地)』(1922년)에서 『사랑과 죄(罪)』(1927년) 이전까지라 할 수 있다. 이렇게 대체로 약 5년 정도를 주기로 해서 문학계가 급격한 변화를 보인 것이 역사적 사실이다. 이른바 개화기 문학, 계몽주의 문학, 낭만주의, 자연주의, 신경향파 등 개항 이래 20년대 중반에 이르는 문학사의 지절들에 대한 다양하고도 다소 혼란스러운 명칭들은, 한국 근대문학사가 거쳐 온 '짧은 시간 동안의 급격한 전개' 과정을 증명해 준다.

이렇게 1920년대 중반에 이르기까지 한국 근대문학의 전개 양상이 다분히 불연속적이고 단절적인 면모를 보인다는 점을 염두에 두면, 비록 5년 여에 불과한 짧은 시기에 걸친 것이라 해도 전후의 문학상들과 뚜렷이 변별될 경우, 특정 경향을 단순히 과도기적인 것으로 처리하는 것은 문제가 있다. 1920년대 초기의 문학이 그러하고 신경향파 문학이 또한 이에 해당된다. 이들은 나름의 정체성을 부여받기에 부족함이 없다 할 만하다. 소설사에 있어서 1920년대가 근대소설의 완미한 수립을 이룬 시기라고 한다면, 20년대의 작은 지절들을 그 자체로 조명하는 것은 한국 근대문학의 초기적 양상을 제대로 규명하는 데 관건이 되기 때문이다. 물론 자본주의의 발달 과정에 조응해서 전개된 서구 문학을 기준으로 볼 때 이러한 급격한 전개 상황은 말 그대로 새로운 문학의 이식 혹은 수입의 양상으로 간주될 수도 있다.6) 그러나 이러한 파악은 상황을 피상적으로 단순화하는 문제를 지닌다. '수입 행위' 외에는 주체성이 고려될 여지가 거의 없는 까닭이다.

지금껏 제대로 강조되지 못한 것이지만, 이러한 전 과정을 꿰뚫고 있

---

5) 이에 대한 자세한 논의는 졸고, 「1920년대 초기 소설 연구」(서울대 석사, 1993)를 참조
6) 임화와 백철이 파악하는 문학사의 경우가 그러하다. 임화, 「槪說新文學史」, 『조선일보』·『人文評論』, 1939~40; 백철, 『新文學思潮史』 개정증보판, 민중서관, 1955.

는 핵심은 바로 '문학이란 무엇인가'라는 질문에 대한 답을 추구 혹은 마련해 내려는 의지이다. '진정한 문학의 건설'로 요약될 수 있는 문인들의 욕망이야말로 앞서 말한 혼란스러움, 다양성의 궁극적인 원인이다. 『창조(創造)』라는 순문예 동인지를 내세워 인간에 대한 탐구를 문학의 목적으로 내건 김동인 등이나, 자본주의 사회의 문제를 해결하는 데 복무해야 하는 것으로 문학의 목적을 삼은 좌파 문인들의 경우 등 모두 이 점에서는 문학을 민족 계몽, 민족성 개조의 도구로 삼은 이광수와 다를 바가 없다. 물론 중요한 것은 각자가 생각한 '진정한 문학'의 내용 즉 그 진정성일 터이다. 김동인이 이광수를, 박영희가 이광수와 김동인 등을 극복, 타도의 대상으로 삼은 까닭이 바로 '진정한 근대문학'을 수립하는 것 달리 말하자면 자기 문학관의 진정성을 주장해 내기 위해서임은 쉽게 확인되는 사실이다.7)

이렇게 본다면 1920년대 중기까지 한국 근대문학의 역사는 바로 진정한 문학을 모색해 나가는 갈등 과정, 여러 문학관이 자신의 진정성을 인정받고자 하는 투쟁의 과정이라 할 수 있다. 이러한 투쟁이 어떤 경로를 통해서든 정리되고 문학관의 다양성을 핵심으로 하는 문단의 다양성이 사실로서 인정된 것은 1930년대에 들어서이다. 물론 이미 1920년대 후반에 신간회를 통해서 양대 문학파의 제휴가 이루어지기도 했지만, 문학관의 차원에서가 아니라 정략적인 맥락에서 행해진 일이므로 문학 자체를 두고 보자면 현상적일 뿐이라고 할 수 있다. 이런 까닭에, 문학(관)을 지평[arena]으로 하는 갈등, 투쟁이 가장 치열하게 벌어진 시기는 바로 1920년대라고 할 수 있다. 당대 문인들의 감각에서 보자면, 돌아볼 만한 전통이라고는 전혀 없는 척박한 상황에서 장님이 코끼리를 만지는 식으로 진정한 문학을 창조해 내야 했던 것이다. 개개 문인들 각자가 다들 자신의 시

---

7) 리얼리즘의 발달이라는 맥락에서지만 나병철(『근대성과 근대문학─리얼리즘·모더니즘·포스트모더니즘』, 문예출판사, 1995) 역시 이러한 각축 상황을 '여러 근대 기획들의 논쟁적인 장'으로 언급한 바 있다(134면).

신(詩神)을 섬기는 상황이다. 달리 말해 보자면 여러 '문학형'들이 상호간
에 인정 투쟁을 벌이고 있는 것이다.

「'문학의 진정성에 대한 욕망'을 실현하고자 하는 제반 기획들의 각축
상황」이야말로 1920년대 문학을 바라보는 데 있어서 반드시 유념해야 할
사항이다. 사정이 이러하기 때문에 당대의 여러 문학형들 중 하나를 기준
으로 해서 갈등과 투쟁으로 점철된 이 시기를 연구하는 것은 적절한 태
도라고 하기 어렵다. 특정 문학관을 다시 주창하는 것이 아닌 이상, 갈등
의 장과 그 양상을 총괄적으로 바라볼 수 있는 자리에 서야 하는 것이다.
최소한, '평가'를 내리기 이전의 '해석' 과정에서 이러한 거리 두기는 반
드시 필요하다. 신경향파 문학을 고찰하는 데 있어서 이 점은 특히 중요
하다.

이상을 통해 우리는, 첫째 신경향파 문학이 하나의 과도기라 하더라도
문학사의 전개 양상을 정확히 구명하는 데 있어서 반드시 고찰해야 할
대상이 된다는 것, 둘째 더 나아가서 근대문학의 급격한 전개 양상을 고
려할 때 그리고 그러한 양상을 보이는 각 문학형들이 궁극적으로는 근대
문학의 진정성을 수립코자 하는 기획임을 염두에 둘 때, 신경향파 문학
역시 나름의 정체성을 갖는 문학사적인 단위로서 객관적인 '해석'의 대상
이 된다는 점을 살펴보았다. 간단히 말해서 신경향파 문학을 바라보는 본
고의 시각은 문학사적인 정체성을 조명해 보는 것이라고 하겠다.

2) 신경향파 문학 연구의 필요성과 의의

신경향파 문학에 대한 연구는 그 자체로 어려움을 안고 있다. 이 곤란
함은 신경향파 문학 일반을 대상으로 하는 데서 비롯된다. 즉 신경향파
비평이나 신경향파 소설 등 하나의 장르에 국한하지 않고 장르들을 통괄
할 때 어려움이 생기는 것이다. '신경향파 문학'이라고 했지만 정작 그 대

상의 내포가 무엇인지를 확정하기 힘들다는 것이 그 정체이다.

곧 신경향파 비평만을 대상으로 하면 그 내포가 다소 명확히 잡히는 듯하지만, 그런 비평들이 대상으로 하고 있는 작품들과 관련지어 보면 사실 비평의 정확성 자체가 심히 취약하다는 점에 다다르게 된다. 이른바 신경향파 소설로 분류되는 작품들을 살펴볼 때도 사정은 마찬가지이다. 흔히들 신경향 작가로 박영희와 최서해 등을 들지만 우선 그들의 작품 세계 자체가 단일한 양상을 보이지는 않는다는 것부터가 어려움을 낳는다. 더 나아가서 신경향파 작품이라고 지칭되는 몇몇 소설들을 두고 볼 때, 그것들이 동시대의 여타 소설들과 갖는 미적인 차이를 찾는다는 것 또한 지난한 일이 된다.8) 사실 '신경향파'는 작품들을 대상으로 한 미학적 개념이라고 할 수 없을 듯하다. 그럼에도 불구하고 문단의 전개나 좌파 문학 운동사에 있어서 '신경향파'라는 개념은 자기 생명력을 분명히 지니고 있다. 적어도 『백조(白潮)』파의 붕괴에 이은 좌파 문학의 초기 조직 형태로 파스큘라 등을 고찰할 때 신경향파는 그 실체를 확실히 지니는 것이다.

사정이 이렇다고 해서 예컨대 '신경향파' 개념을 문단사 혹은 비평의 영역에서만 사용하고 소설의 경우에는 폐기할 수 있는 것도 아니다. 한 시대의 문학이란 여러 장르들의 총체로서 구성되는 까닭이다.

이상은 '신경향파' 혹은 '신경향파 문학'이라는 개념이, '작품·문단·비평'이라는 세 차원에서 각기 상이한 의미를 지님을 뜻한다. 이러한 상황 자체가 바로 '신경향파' 혹은 '신경향파 문학'이라는 개념의 특수성을 이룬다. 뒤에서 상론하겠지만, 무엇보다 이 개념은 비소설적인 것이며, 문학 운동론·조직론, 문단 정치 차원에서 구성된 것이다. 비평의 경우는

---

8) 일찍이 임화는 '신경향파'라는 것이 사조상 단일한 것이 아니라고 지적한 바 있다 (「小說文學의 二十年」, 『동아일보』, 1940.4.12~20). 소위 박영희적 경향과 최서해적 경향이 그것인데(16일 분), 이 둘이 어떻게 하나의 신경향파가 될 수 있는가에 대해서는 후일을 기약한다 하고서(18일 분) 실상 재론한 바 없다.

'신경향파'라는 개념이 나름의 내포를 가진다고도 하기 어렵고 그렇지 않
다고 규정하기도 곤란한 상황을 보인다. 신경향파 비평의 영역은 문단 동
향과 소설 작품이라는 두 층위간의 여백에 걸쳐 있다. 기능 면에서 말해
보자면 문단 정치 감각에 의해 추동되면서 비유기적으로 소설들을 강제
하는 것이 신경향파 비평이다. 이러한 사정으로 해서 신경향파 비평의 정
체를 확정하는 것 즉 그 개념을 명확히 하는 것이 곤란해지는 것이다.

이러한 사실은 신경향파 문학에 대한 연구가 새삼스러운 것이 아니라
새로운 차원에서 요청되는 것임을 의미한다. 연구 방향 및 연구 방법론에
관한 이 문제는, 신경향파 문학 연구가 갖게 될 의의를 먼저 간략히 살펴
본 뒤에, 기존 연구들의 성과와 한계를 검토한 위에서 논의하기로 한다.

신경향파 문학 연구의 의의는 바로 1920년대 문학 일반이 갖는 의미에
서 찾을 수 있다. 한국 근대문학의 형성, 전개 과정에서 1920년대는 두 가
지 중요한 의미를 지닌다. 첫째는 이 시기가 바로 한국 근대문학의 완미
한 형성기에 해당된다는 점이며, 둘째는 냉전체제에 속박되기 이전까지
의 문학계에서 중요한 위상을 차지하게 되는 좌파 문학이 등장한 시기라
는 점이다. 후자 뿐 아니라 전자까지 이 두 가지 의미는 모두, 신경향파
문학에 대한 좀더 폭넓고 심도 있는 논의의 지평을 열어 주는 것이다.

시기적으로 신경향파 문학을 그 중간으로 포함하는 1920년대는 무엇보
다도 한국 근대문학이 완미하게 자리를 잡아가는 시대이다. 그 기원을 어
디서 잡든지간에 20년대를 거치면서 근대문학의 면모가 확립되었다는 점
에는 이론의 여지가 없다. 그러나 20년대 중반의 리얼리즘 소설이나 비
평, 특히 신경향파 문학을 두고 한국 문학의 근대성을 고찰한 사례는 좀
처럼 찾기 힘들다.9)

이는 근대문학 혹은 문학의 근대성에 대한 기존의 논의가 크게 두 가

---

9) 김윤식의 염상섭 연구(『염상섭 연구』, 서울대학교 출판부, 1987)나 나병철(『근대성과
근대문학—리얼리즘·모더니즘·포스트모더니즘』, 문예출판사, 1995), 조남현(「1920년
대 소설」, 『소설과 사상』, 고려원, 1996 봄)의 부분적인 논의 등이 이에 해당될 뿐이다.

지에 집중된 까닭이다. 한국 근대문학의 기원 혹은 시발점을 설정하는 연구 경향이 하나이고, 30년대 모더니즘 문학을 대상으로 하는 것이 다른 하나이다. 전자는 전통 시대와의 '차이'에 주목하여 형식 혹은 내용상의 새로운 특성에 주목하는 경향을 보이고, 후자는 대체로 서양에서의 논의를 준거로 삼아 그 지표를 찾아내는 데 치중하고 있다. 따라서 한국 근대문학의 정착 및 안정적 전개 과정을 통해서 한국문학의 근대성에 대한 내포를 마련해 내는 작업은 아직 제대로 시도되지 않았다고 할 수 있다. 이런 점에서 1920년대 문학에 대해 '문학에서의 근대성'을 문제틀로 하는 접근은, 문학사를 풍요롭게 하고 한국 근대문학사를 재구해 내는 데 있어서 가장 중요한 작업 중의 하나라고 할 수 있다. 또한 20년대 중기 문학계를 특징 짓는 신경향파 문학에 대한 이상의 접근은, 한국 문학의 근대성이 갖는 구체적인 내포를 확장하는 한 걸음이 된다고 하겠다.

근대문학의 완미한 수립 외에, 1920년대의 가장 중요한 문학사적 사실은 마땅히 좌파 문학의 등장이라고 할 수 있다. 개화기 이래 1910년대까지의 문학이 그 중점을 광의의 '계몽'에 두었고 20년대 초기의 문학이 낭만적인 예술관의 실천으로 특화된 반면, 신경향파에서 KAPF로 이어지는 좌파 문학 운동은 '직접적인 정치성'으로 해서 새로운 것으로 부각된다. '민족'이라는 추상적 단일성 대신에 '계급'이라는 구체적인 이분법을 기초로 해서 외적 대립과 내적 분화의 방식으로 전개된 의식적인 계급문학 운동이었다는 점이, 이전의 문학사에서는 볼 수 없었던 좌파 문학 고유의 특징이다.10) 민족 사회 운동의 양대 조류와 문학적 실천이 나란히 가는

---

10) 일각에서 논의되고 있는 바, KAPF 문학운동 역시 내용을 달리 한 '계몽'에 불과하다는 주장은, 내용의 구체성을 사상한 채 형식적인 메카니즘의 유사성만을 따진다는 점에서 불충분하다고 하겠다. 더 나아가 이러한 입장은 부적절하다. 외래 사상을 들여와서 현실화하려 했다는 점에서 이상주의적 계몽 문학이나 프로문학 운동이 동일한 범주 즉 계몽으로 묶일 수 있다는 이런 발상은, 이데올로기 측면에서의 좌우 대립이라는 내용상(像)을 포착할 수 없고 결과적으로 무시하게 만드는 까닭에 용납되기 힘든 것이다.

구조의 출현이 이로써 이루어졌다는 사실이 좌파 문학의 특징을 십분 증거한다.

시야를 넓혀서 볼 때 좌파 문학이 갖는 또 하나의 중요한 의미는 '세계사적인 동시성'의 측면에서 찾아질 수 있다. 이전의 여러 문학 사조 혹은 기획들이 서구사에 있어서는 과거적인 것을 뒤늦게 수입한 것인 반면, 1920년대의 좌파 문학은 그러한 시대적 지체가 거의 없다는 특징을 보인다. 시기적으로 뒤늦었으며 동시에 구조적으로 왜곡된 우리의 근대화 곧 자본주의화 과정 속에서, 세계 차원의 시대적인 조류에 동승한 것이 바로 좌파 문학 운동이었다는 점이다. 소련의 RAPP에서 일본의 NAPF를 거쳐 식민지 조선의 KAPF로 즉각 이어지는 맥락은, 이론의 수입이라는 부정적인 측면11)에서가 아니라, 세계사적인 조류를 동시에 호흡했다는 점에서 새삼 고려해 볼 만한 대목이라 하겠다. 세계 체제의 기본 문제를 현재(contemporary) 공간화하여 수행된 문학 행위로서 보편사 차원의 함의를 짙게 띠고 그럼으로써 현재적 의미를 새롭게 지닐 수도 있는 까닭이다.

또한 좌파 문학 운동은, 20년대 중기까지의 우리 문학의 전개 양상에 비춰볼 때 처음으로 구체적인 당대 현실과 맞대면했다는 점에서 고유한 의미를 갖는다. 신경향파 문학이야말로 이러한 측면의 선구라 할 터인데, 이렇게 현실을 직접 수용한 결과로 전대 문학의 추상성을 상당 부분 벗어버릴 수 있었다. 실제 사회 운동을 의식한 위에서 구체적인 문학 운동의 형태를 취해나감으로써 기본적으로 현실성을 갖추게 된 것이다. 근대 소설의 일반적인 특징이 현실과의 긴밀한 관련성에 있다고 할 때12) 신경

---

11) 이러한 견해는, '이식문학론' 일반과 마찬가지로, 형식주의적인 오류에 빠질 수 있다는 점에서 문제적이다. 사실(事實)로서의 이론의 수입은, 이론의 전파라는 보편적인 맥락으로 받아들이면 되는 것이어서 자체로 별다른 의미를 띠기 힘들다. 그렇게 수입된 이론들이 '추상적인 이론'으로서 끝내 추상성을 벗지 못했다면 모를까, 그렇지 않고 당대 현실과 긴밀한 관련을 갖고 그에 대한 '실천'으로 기획된 것이라면 '이식 혹은 수입' 운운은 공소하고도 그 자체로 편향된 주장에 불과하다.

12) 헤겔에서 루카치로 이어지는 소설관 즉 근대의 서사시로서 소설을 파악하는 입론들이나, 소설을 시기적으로 근대에 국한시키지 않는다는 점에서는 반대의 입장을 보이

향파에서 KAPF로 이어지는 좌파 문학 운동은 이러한 측면에서 소설의 근대적인 면모를 본격화한 것이었다고 할 수 있다.

이상을 통해 볼 때, 신경향파 문학에 대한 연구는 한국 근대문학의 특성을 좀더 풍부히 하는 데 직간접적으로 유용한 기여를 할 수 있으리라 생각된다. 나아가 좌파 문학 일반의 성격을 보편적으로 규명하는 데 주효한 한 가지 방안이라고 여겨진다. 기존의 연구들이 아직은 이런 문제 의식을 구체화하지 않았다는 데서, 이 작업의 연구사적인 유효성을 기대해 볼 수 있겠다.

3) 연구사에 대한 비판적 성찰

신경향파 문학에 대한 기존의 연구들은 크게 세 가지 점에서 향후 연구가 나아가야 할 지점을 알려 준다. 첫째 대부분의 연구들이 신경향파 문학의 전체를 대상으로 삼지 못하고 있다는 점이다. 개괄적인 문학사에서는 그러한 체재를 보이지만[13] 대체로 신경향파 비평[14]이나 신경향파 소설[15] 혹은 조직론적인 측면에서의 신경향파 문학 운동[16] 등 한 장르

지만 담론이라는 포괄적인 차원에서 접근함으로써 소설이 고상한 예술들과는 달리 현실과 밀접한 관련을 보인다는 바흐찐의 논의 등이, 이러한 판단의 근거가 된다. 루카치, 반성완 역,『小說의 理論』, 심설당, 1985; 루카치, 소련 콤아카데미 문학부 편, 신승엽 역, 「부르조아 서사시로서의 장편소설」,『소설의 본질과 역사』, 예문, 1988; 바흐찐, 전승희 외역, 「서사시와 장편소설」,『장편소설과 민중언어』, 창작과비평사, 1988 참조
13) 백철,『朝鮮新文學思潮史 現代篇』, 백양당, 1949; 조연현,『韓國現代文學史 (第1部)』, 현대문학사, 1956 등이 대표적이다.
14) 김윤식,『韓國近代文藝批評史研究』, 일지사, 1976; 홍정선, 「신경향파 비평에 나타난 '생활문학'의 변천 과정」, 서울대 석사, 1981; 김영민,『한국 문학비평 논쟁사』, 한길사, 1992; 유문선, 「신경향파 문학비평 연구」, 서울대 박사, 1995; 조남현,『한국 현대소설 유형론 연구』, 집문당, 1999.
15) 조남현, 「1920年代 韓國 傾向小說 硏究」, 서울대 석사, 1974; 한기형, 「新傾向派小說의 現實主義的 性格」, 성균관대 석사, 1989; 김철, 「신경향파 소설 연구」, 연세대 박사, 1984.

혹은 측면에만 주목한 것이 지금까지의 주된 방식이라 하겠다.17) 둘째 연
구사적인 흐름의 맥락에서 볼 때, 지금까지의 연구들은 아직 실증적 단계
이후로 본격적으로 진입하지는 못하고 있다. 따라서 신경향파 소설이나
비평에 대해서 그 특징을 밝히고 논의를 개관해 줌으로써 적극적인 해석
을 기할 발판을 마련해 준 상태라고 할 수 있다. 셋째로 신경향파 문학에
대한 연구의 대부분을 차지하는 것으로서, 신경향파 자체를 본격적인 연
구 대상으로 설정하지는 않은 채 부분 논의로만 포괄하는 경향을 들 수
있다.18) 이러한 연구들은 대체로 신경향파 문학을 프로문학의 과도기적인
단계로 설정하고 있을 뿐이다. 이와는 다소 성격이 다르지만 신경향파의
중요 문인들에 대한 작가론 혹은 작품론들도 이 부류에 속한다 하겠다.19)
　신경향파 문학을 이루는 하위 장르 및 문학 운동 중 하나의 영역에 갇
힘으로써 전체적인 안목을 갖추지 못했다는 점과, 신경향파 문학 자체를
본격적인 검토의 대상으로 설정하지 않고 단순히 과도기적인 것으로 규
정함으로써 그 고유의 실체를 규명하는 데는 미진했다는 점이, 기존 연구

16) 김윤식, 『韓國近代文藝批評史硏究』, 앞의 책; 홍정선, 「카프와 사회주의 운동단체와
　의 관계」, 『世界의 文學』, 1986 봄; 권영민, 「카프의 조직 과정과 그 배경」, 『한국 민족
　문학론 연구』, 민음사, 1988
17) 제목에서도 확인되듯이 접근 방법이 다소 모호하긴 하지만 종합적인 연구 방법을
　취한 것으로, 김종, 『전환기의 한국 현대문학사-'1925년'을 중심으로』, 수필과비평사,
　1994를 들 수 있다.
18) 이러한 성과 중 대표적인 것으로는, 정호웅, 「1920~30年代 韓國傾向小說의 變貌過
　程 硏究-人物類型과 展望의 樣相을 中心으로」, 서울대 석사, 1983; 서경석, 「1920~30
　年代 韓國傾向小說 硏究」, 서울대 석사, 1987; 차원현, 「한국 경향소설 연구」, 서울대
　석사, 1987 등을 들 수 있다. 신경향파 시를 포함한 연구로는, 한계전, 『韓國 現代詩論
　硏究』, 일지사, 1983; 김용직, 『韓國近代詩史』 하권, 학연사, 1986; 정재찬, 「1920~30年
　代 韓國傾向詩의 敍事志向性 硏究-短篇敍事詩를 中心으로」, 서울대 박사.
19) 신경향파의 핵심적인 이론가이자 작가인 박영희, 김기진, 최서해 등에 대한 본격적
　인 작가론, 작품론 들을 들 수 있다. 손영옥, 「崔曙海 硏究」, 서울대 석사, 1977; 윤명
　구, 「懷月 朴英熙의 傾向小說에 대하여-「開闢」誌 發表分을 中心으로」, 『仁荷』 15집,
　1978; 곽근, 「崔曙海 小說의 特質考」, 『日帝下의 韓國文學 硏究-作家精神을 中心으
　로』, 집문당, 1986; 조남현, 「朴英熙小說 硏究」, 『韓國 現代小說 硏究』, 민음사, 1987;
　김윤식, 『박영희 연구』, 열음사, 1989; 손해일, 『朴英熙文學 硏究』, 시문학사, 1994.

사를 통해서 확인되는 향후 연구의 과제가 될 것이다. 이러한 과제 설정
이 의미 있는 것은, 상호 관련을 고려하지 않은 성과들이 가장 기본적인
점에서도 적지 않은 상위를 보이게 된다는 데 있다. 무엇보다도 신경향파
문학의 시기를 설정하는 데 있어서 보이는 차이를 지적할 수 있겠다. 대
체적으로는 1924년에서 1926년을 꼽지만, 논자에 따라서 그 상한선이
1921년까지 오르기도 하고 하한선이 1929년까지 내려오기도 하는 것이
다.[20] 이러한 현상은, 앞서도 잠시 언급했듯이, 신경향파 문학을 이루는
구성 요소들이 정합적인 관련 양상을 보이는 것은 아니라는 점을 몰각한
채, 개별 장르 혹은 조직론 등에만 주목한 까닭이다. 신경향파 문학에 대
한 종합적인 연구의 필요성이 여기서 마련된다.

신경향파를 이루고 있는 요소들에 대한 각론적인 연구들에서도 다음과
같은 문제를 지적할 수 있다. 우선 비평을 중심으로 하는 연구들의 경우
당대에 나온 신경향파 논의를 그대로 쫓아가거나, 좌파 문학 이론 일반과
의 비교에 치중하거나, 신경향파 문학 운동의 측면 즉 조직론 등에 초점
을 맞춤으로써, 1920년대 중기 문학계의 진면목 특히 소설계의 특성에 비
추어 그 논의들이 가지는 특성을 통찰하지는 못하게 되었다. 본고의 목적
중 하나는 바로 이 지점에서 확인되는 신경향파 비평의 특성을 밝히는
일이다. 신경향파 소설 연구의 경우 작품들의 고유한 미적 특성의 파악은
물론, 신경향파 소설의 경계 즉 전체적인 면모에 대한 파악도 사실은 불
분명하게 되어 있는 형편이다. 이러한 사정은, 비평적 진술의 핵심 규정
들 예컨대 '박영희적 경향'이나 '최서해적 경향'과 같은 규정들에 의지하
여 작품의 일부분에만 초점을 맞춘 데 기인한다. 따라서 신경향파 소설의
특징을 비평 등의 논의에 구애받지 않고 그 자체로 꼼꼼히 분석해 보는
일이 본고의 또 한 가지 목적이 된다.[21]

---

20) 앞서 언급한 유문선의 비평 연구와 김철의 소설 연구가 각기 앞뒤에 해당한다.

21) '作品에 대한 逐條的 解釋'을 강조하는 문제 제기는 일찍이 조남현의 「1920年代 韓
國傾向小說 硏究」(서울대 석사, 1974)에서 이루어진 바 있다. 이 글은 개념의 설정에까

신경향파 문학 연구에 있어서 가장 중요하면서도 다소 소홀히 취급되었던 것이 '신경향파 문학'이라는 단위의 성격을 구명하고, '신경향파'나 '신경향파 소설'과 같은 개념의 특질 및 위상을 확정해 보는 작업이다. 이는 실상 신경향파 문학의 연구에 있어서 최종적인 것이며 가장 어려운 문제에 해당된다고 할 터인데, 그런 까닭인지 연구 성과도 찾기 어렵다.[22] 이에 대한 논의 역시 본고의 한 과제이다.

2. 연구의 초점과 연구 방법론

1) 연구의 방향과 본고의 체재

신경향파 문학에 대한 앞으로의 연구는 말 그대로 '신경향파 문학' 일반을 총체적으로 구명하는 것이어야 한다. 문학 활동의 층위라고 할 수 있는 '작품·비평·문단'의 세 영역을 함께 아우를 수 있어야 하는 것이다. 따라서 이런 요소들을 포괄하는 보다 높은 차원을 확보해야 한다. 다

지 주의를 기울였지만, 신경향파 소설의 외연에 대해서는 시기적인 한정이나 경계 설정에서 반성적인 검토가 부재하여 20년대 후기까지 작품들이 망라되며, 현진건·유진오·이효석 등도 경향 작가로 분류하고 있다(58~67면의 '작품 목록'). 근래에는 한기형에 의해서 작품들의 실제와는 거리가 있는 도식적인 정리에 대해 문제 제기가 이루어진 바 있다(「임화의 문학사 서술에 대한 관점의 몇 가지 문제: 신경향파 소설 평가를 중심으로」, 『한국 근대소설사의 시각』, 소명출판, 1999).

22) 조남현, 「'傾向'과 '新傾向派'의 거리」, 『한국 현대문학사상 연구』, 서울대학교 출판부, 1994가 대표적인 성과이다. 이 글은 신경향파 비평 및 그에 관련된 논의들을 폭넓게 다루고 있다. 그러나 보편적 개념인 '경향성'을 기준으로 삼아 당대 논자들의 개념 인식을 문제삼음으로써, 팔봉이나 회월 등의 개념 구사가 갖는 당대적 의미를 파악하는 데는 다소 미흡하다. 이와 부분적인 이동점을 지닌 유문선, 「신경향파 문학비평 연구」, 앞의 글 역시 이 맥락에서의 성과로 꼽힌다.

시 말해 작품의 창작이나 비평의 저술을 포괄하고 나아가 출판물의 선정·장악, 문단인들의 이합집산 및 문학 조직의 구성 등 문학에 관련된 활동 일체를 아우르는 논의의 장을 설정해야 한다. 본고의 경우, 문단의 동향을 바탕에 깔고서, 신경향파 비평과 신경향파 작품들을 각각 그리고 서로 관련지으면서 검토하고자 한다.

앞서도 간략히 언급했던 '신경향파'라는 개념의 특성, 나아가 신경향파 문학 고유의 특질이 밝혀지는 것은 바로 이 맥락에서이다. 특히 본격적인 의미로는 처음 형성된 문단을 대상으로 해서, 이데올로기적인 기치하에 문단인들을 결집해 내는 '문단 정치적인 기획'에 대한 검토를 바탕으로 삼는 것이 무척 중요하다. 이러한 검토는 단순히 조직론·운동론에 국한되는 것이 아니다. 본고가 강조하고자 하는 것은 신경향파 비평들의 내용을 구성하는 원리로서 그러한 기획이 관철된다는 점이다. 그 결과 신경향파 비평과 그 대상 작품들 사이에 낙차가 존재하게 되고, 그러한 낙차는 다시 신경향파 문학의 고유한 특성을 강화한다. 즉 '신경향파'라는 개념의 모호성을 증대시키는 것이다. 이러한 관련 양상들을 통찰해 내는 것은 따라서, 문단 정치적인 기획으로 신경향파 문학 운동을 바라보는 태도를 바탕에 깔고서 신경향파의 비평과 작품[소설]의 상호 관련성을 따져 보는 데서 가능해진다.

이상이 신경향파 문학에 대한 종합적·총괄적인 연구 방향을 지적한 것이라면, 동시에 통시적인 측면에서도 세밀한 주의가 요청된다. 1920년대 중반까지의 문학사적 전개가 '문학의 진정성'을 수립하고자 하는 욕망의 실현 과정이라고 할 때, 당연히 주목되어야 할 것은 특히 전대의 문학에 대한 각 유파·그룹의 태도 및 자의식이다. 이 맥락에서 신경향파 문학이 전대의 문학을 부르주아적인 것으로 규정하고 적극적으로 배제하고자 했음은 주지의 사실이다. 여기서 중요한 것은, 앞에서 암시되었듯이, 연구자의 일차적인 '거리 두기'이다. 풀어 말하자면, 신경향파 문학을 제대로 이해하기 위해서는 신경향파 문학이 자신의 정체성을 기존의 문학

경향과는 정반대의 극에서 수립코자 했던 점을 일단 그 자체로 존중해 줄 필요가 있다는 전제에서, 섣부른 '평가'에 앞서 '이해'에 충실을 기해야 한다는 것이다. 신경향파 문학에 대한 연구가 신경향파 혹은 그에 의해 부정되었던 경향 등을 다시 주창하는 것이 아닌 이상, 갈등의 장과 그 양상을 총괄적으로 바라볼 수 있는 자리에 서야 한다. 따라서 최소한 문학사적 의미를 부여하거나 가치 평가를 내리기 이전의 '해석' 과정에서는, 거리를 두고 변화와 지속의 측면을 중심으로 하여 사적 전개 양상을 살피는 일이 절실히 요청된다.

위에서 우리는 '신경향파의 문학 활동 전반에 대한 총괄적인 검토' 및 '문학사적인 감각 위에서의 객관적인 고찰'이라는 두 가지 방향을 제시하였다. 이러한 방향 설정에 따라 본고의 체재가 짜여진다. 무엇보다도 먼저 신경향파가 등장하기까지의 문단의 동향을 간략히나마 점검해 둘 필요가 있겠다. 공허할 수밖에 없는 추상적인 기준을 들이대려 하지 않는 한, 이전 시기와의 비교야말로 신경향파 문학의 새로움과 특성을 밝히는 데 주효한 방법이 되는 까닭이다. 따라서 1920년대 초기 문학계의 특성을 개괄적으로 살피고 1922~3년에 이르러 문단의 지형이 변화하는 양상의 고찰로 논의가 시작된다(제2장 1절 1항). 그 위에서, 새롭게 등장하여 좌파 문학을 이끌어 내고 끝내는 스스로를 지양함으로써 문학사의 새로운 단계를 여는 신경향파 비평의 전개 과정을 검토해 본다(제2장 1절 2항~4항). 이렇게 신경향파 비평의 핵심을 대상으로 하여 역동적인 전개 과정을 살핀 데 더해서, 신경향파 비평 전체의 갈래를 나누고 각각의 기능 및 그에 따른 의의의 규명이 이어진다(제2장 2절). 이어서 신경향파 소설의 구체적인 양상(제3장 1절)과 특성(제3장 2절)에 대해서 상세히 검토를 행한다. 이 부분의 논의는 크게 세 가지 측면에서 짜여진다. 작품들 자체의 특성에 대한 세밀한 규명과 동시대의 여타 작품들과의 비교 검토, 앞서 살핀 신경향파 비평과의 실제적 관련성에 대한 고찰이 그것이다. 비평과 소설에 대한 이상의 검토를 바탕으로 해서 신경향파 문학에 대한 종합적인 해석과

의의 부여가 행해진다(제4장). 먼저 <신경향파 문학 담론>과 소설의 상호
관련성이 각각 그리고 신경향파 문학 전체에 미치는 영향을 중심으로 신
경향파 문학의 중층성과 역동성을 살펴본다(제4장 1절). 이후 '신경향파'라
는 개념의 규정 문제(제4장 2절)와 더불어서 문학사적 단위로서 신경향파
문학이 갖는 특징(제4장 3절)을 살핀 뒤, 한국 근대문학의 확립 과정에서
신경향파 문학이 차지하는 위상을 파악해 보고자 한다(제4장 4절).

2) 방법론적 초점

끝으로 신경향파 문학의 다양한 측면들을 검토하는 데 있어서 본고가
취하는 방법론적인 구상을 밝혀 둘 필요가 있겠다. 좌파 문학 운동의 일
환으로서 신경향파의 인적 구성이나 조직 등에 대해서는 이미 충분한 정
리가 이루어져 있다. 신경향파 비평을 검토하는 데 있어서도, 실증적인
차원에서 본고가 새롭게 나아갈 것은 사실상 거의 없다. 따라서 신경향파
문학 운동 및 신경향파 비평의 전체적인 내용이나 객관적인 전개 양상
등에 대해서는 기존 연구들의 성과에 기대어 상세한 논의는 하지 않기로
한다.

신경향파 비평의 경우 본고가 주의 깊게 살피고자 하는 것은, 실제 작
품들을 대상으로 하는 신경향파 비평들이다. 정확히 말하자면 이들 평문
들이 대상으로서의 작품과 관련될 때 확인되는 기능 혹은 특성이야말로
본고가 집중적으로 밝히고자 하는 바이다. 즉 전체적으로 보아 비평 논의
의 논리적 내용 자체보다는, 그 성격과 역할을 가늠해 보는 것이 본고의
목적이다. 구체적인 분석의 초점은 이들 비평이 실제 작품들을 대상으로
설정할 때 생겨나는 '논의 내용상의 결락 지점'에로 맞춰진다. 작품 실제
와의 거리에서 마련되는 이러한 공백은, 이들 비평이 신경향파 소설을 규
정하는 데 사용하는 개념 및 규정의 내포와 외연이 불확정적이라는 사실

로 확인된다. 신경향파 비평의 핵심적인 부분을 구성하는 이러한 평문들을 특징적으로 지칭하기 위해 본고는 <신경향파 문학 담론>이라는 표현을 쓰고자 한다.

여기서의 '담론(discourse)' 개념은 좌파 문예학의 자장 안에서 지니는 의미로 국한되어 쓰인다. 바흐찐으로부터 연원해서 맥도넬, 페쇠 등에 의해 엄밀히 규정되는 의미로 사용하는 것이다. 이 경우 '담론'은, 구조주의 언어학이나 사회 언어학에서와는 달리, "'이데올로기' 실천이라는 넓은 국면에서 벌어지는 의미의 언어적 또는 비언어적 구성"을 의미한다.23) 따라서 이러한 '담론' 분석은, 실증주의적인 방법에 매몰된 채 미시적인 차원에 머물러 있는 사회 언어학 등의 '담화 분석'과는 달리, 이데올로기 장에서의 실천에 주목한다.24)

구체적인 분석을 통해 드러나겠지만, 이러한 '담론' 개념은 신경향파 비평의 특성을 기술하는 데 매우 적절한 것이다. 본고가 보기에 문학계를 새롭게 조직하려는 '문단 정치적인 기획의 이데올로기적인 실천 양태'야말로 신경향파 비평의 핵심적 성격에 해당하는바, 이를 적절하게 드러내는 개념이 '담론' 혹은 '담론성(discoursity)'인 까닭이다.25)

신경향파가 거론한 작품들을 검토하는 자리에서 본고는 무엇보다도 작품 바깥의 전제적인 기준을 배제하고자 한다. 즉 특정한 문학관을 바탕에 깔고서 논의의 구도를 마련하는 일을 피하겠다는 것이다. 이러한 자세는

---

23) 다이안 맥도넬, 임상훈 옮김, 『담론이란 무엇인가』, 한울, 1992, 14면.
24) 이러한 측면을 염두에 둘 때 '담론' 개념에 대한 가장 간명한 이해는 푸코에게서 찾을 수 있다. 그에 따르면 '담론'은 '과학적 이론'과 '일상적 담화' 사이에서 서로 충돌하는 실천들로 파악된다(이정우 역·해설, 『담론의 질서』, 새길, 1993, 39면). 본고에서 사용하는 '담론' 개념에 대한 상세한 논의 및 '신경향 담론'의 규정에 관해서는 제2장 1절 3)의 (5), '신경향파 비평과 협의의 <신경향파 문학 담론>' 참조
25) 오해의 여지를 없애기 위해 신경향파 비평의 갈래를 미리 제시해 볼 필요가 있겠다. '담론·담화'의 보다 일반적인 의미 용법을 이용해서 신경향파 비평을 '신경향파 비평 담론'이라 할 때, 본고의 논의 맥락에서 사용하는 '담론' 개념을 끌어들인 <신경향파 문학 담론>'은 그 핵심적인 하위 갈래에 대한 특칭일 뿐이다. 신경향파 비평 (담론) 일반의 갈래들에 대해서는 제2장 2절 1항에서 상세히 논의한다.

신경향파기의 작품들을 일의적으로 그룹화하기보다는 그것들의 다양성,
분열상에 주목하고, 개별 작품들과 관련해서는 섣부른 평가를 내리기 이
전에 작품의 특성에 대한 꼼꼼한 해석에 중점을 두고자 하는 것이다.

작품 해석의 구체적인 방법으로 본고는, '작품의도(Werkintention)'와 '형성
계기'의 분석을 기획한다.

'작품의도'라는 개념은 원래 종교 비판에서 행해진 마르크스 이데올로기
분석을 문학 분석의 유용한 모델로 전화시키고자 하는 페터 뷔르거에 의해
고안되었다. 그러므로 마르크스의 이데올로기 분석이 주는 이점은 모두 전
제된다. 이데올로기 분석 방식을 소설 작품의 이해와 관련해서 정리하자면
다음과 같다. 내용의 측면에 있어서 작품이 보이는 것은 물론 가상·환상
이지만, 아무리 가려져 있다고 해도 작품 속에서 펼쳐지는 것이 실제 현실
에서도 이루어지기를 궁극적으로는 바란다는 점에서, 모든 작품이 일차적
으로는 현실에서의 이상의 부재 혹은 현실 상황의 결여를 고발하는 것이
며, 나아가서는 작품화 자체가 소망의 가상적 실현이라는 사실에 의해 (현
실의 단순한 반영이 아니라) 이미 현실의 일부가 된다는 점에서는 진리의
계기를 담게 된다는 것이다. 이러한 작품 해석은 문학사회학이나 비판 이
론가들의 문학·문화 분석을 통해서 이미 널리 퍼져 있다.

이 위에서 뷔르거는 정당한 문제 의식을 보여 준다. 이데올로기 비판
이, 변증법적인 성격에 의해서 비판의 계기를 잘 담아내고는 있지만 문학
작품의 특수성을 충분히 고려한 것은 아니라고 지적하는 것이다.

> 이념적 내용은 객관화된 정신적 표현물들을 단지 그것의 내용적 서술로부터만
> 파악하도록 해 주었는데, 이러한 이념적 내용 대신 예술 작품의 내용은 본질적으로
> 형식에 의해 구성된다는 사실을 중시하는 어떤 규정이 등장하지 않으면 안 된다.26)

이러한 문제 의식 위에서 그는 '형식의 내용 구성 능력'을 살릴 수 있

---

26) 페터 뷔르거, 최성만 역, 『前衛藝術의 새로운 이해』, 심설당, 1986, 14면.

는 개념으로서 '작가의 의도'와는 변별되는 것으로 '작품의도'를 설정하
고, "작품이 미칠 영향(효과)을 고려하는 작가의 의식적인 의도를 지칭하
는 것이 아니라 그것은 작품 속에서 결정될 수 있는 효과 수단들(자극 수단
들)의 소실점(Fluchtpunkt)을 지칭"27)하는 것이라고 설명한다.

 뷔르거에게서 작품의도라는 모델의 실체에 대한 더 이상의 설명은 찾을
수 없다. 사정이 이러한 까닭에 마르크스의 이데올로기 분석 방식에 기반
하여, 대상의 특수성을 몰각하지 않은 채 문학 작품을 설명하는 적절한 방
법론을 만드는 작업은 사실 미완성이라고 할 수 있다.28) 물론 이 문제 자
체가 본고의 대상은 아니며 또한 여기서 해결될 수 있는 것도 아니다.

 그렇다고 하더라도 신경향파 소설을 분석하는 데 있어서 이 미완의 문
제틀은 매우 중요하다. 신경향파 문학의 본격적인 문학사적 정리를 최초
로 시도한 임화가 주력했던 바 '이원론'을 극복하는 문제29)에 있어서, 그

27) 페터 뷔르거, 같은 곳. '작품의도'라는 개념은, 인용 구절 바로 뒤의 언급을 볼 때, 뷔
르거가 시험적으로 '제안'한 것이라고 보아야 할 듯싶다.
  여기에 바로 형식적인 텍스트 분석 방식을 비판적 문예학에 포함시키는 문제가 놓
여 있다. 형식적 분석 방식을 비판적 문예학에 포함시키는 일은 필요하다. 하지만 이
러한 일은 그러한 형식적 방식의 과학논리적 위치 및 그것을 비판적·해석학적 과학에
포함시키는 일의 정당성을 해명해 줄 고찰들을 이론적 차원에서 더 필요로 한다(같은
곳. 강조는 인용자).
  뷔르거의 문제 의식(강조 부분)에 대한 해답 즉 작품의 내적인 특성에 대한 분석의
정당성을 마련하는 방식으로 본고는, 과학[이론]으로서의 문학 연구가 대상으로 하고
산출하는 이론적 성과 즉 지식이라는 것이 '실재 대상으로서의 작품 자체'의 하위에
놓인다는 점을 염두에 두고 있다('지식 대상'과 '실재 대상'의 관계에 대해서는, 알뛰
세르, 김동수 역, 『아미엥에서의 주장』, 솔, 1991, 160~1면 참조).
28) 마르크스의 이데올로기 분석을 중요한 바탕으로 삼아 작품 분석 방법을 고구하는
데 있어서는 '미학에서의 마르크스'로까지 불리기도 하는 루카치의 이론을 간과할 수
없다. 그런데 뷔르거의 입론에서는 아예 루카치를 언급조차 하지 않고 있다. 이는 루
카치적인 '이데올로기 분석'이 문학 작품의 특수성을 제대로 존중하지 못하는 인식론
주의적인 오류에 빠져 있다는 일반적인 비판에 그가 상당 부분 동의하거나, 루카치 이
론의 경우 모더니즘이나 자연주의에 대한 가혹한 평가절하에서 확인되듯이 마르크스
의 이데올로기 분석이 주는 '적극적인 평가'의 계기를 적어도 작품 경향에 상관 없이
두루 적용하지는 못한다고 판단하기 때문인 듯하다. 물론 이러한 지적은 본고의 문제
의식과 방법론적인 지향을 표명하는 것이기도 하다. 본고의 경우, 적어도 뒤의 지적과
관련해서 볼 때 루카치 이론의 한계는 자명하다고 판단한다.

것이 가장 적절한 방향을 제시해 준다고 여겨지는 까닭이다. 동시대의 여
타 소설과 비교할 때 신경향파 소설이 작가의 사상면에서는 우월했으나
작품의 성과 곧 미적 질의 측면에서는 떨어졌다는 식의 판단을 보이는
이원론적 평가 방식은, 어떤 의미에서도 그대로 받아들이기 곤란한 것이
다.30) 따라서 신경향파 소설에 대한 정확한 이해를 얻고 그에 기반한 적
절한 평가를 내리기 위해서 본고는, 작품의 형식적 계기에 기반하여 내용
[이데올로기]적 측면의 분석을 이룰 수 있는 문제틀로 뷔르거의 '작품의도'
모델에 주목하는 것이다.

　이 면에서 본고는 뷔르거의 모델을, 구체화하는 방식으로 전용하고자
한다. 이때 '작품의도'라는 개념은, 소설 작품을 이루는 형식적 요소들이
이데올로기 분석에서 구명되는 효과를 나타내는 구조적인 관계를 지칭한
다. 작품을 이루는 요소들이 구조적으로 상호 작용하여 전체 작품의 효과
를 이루어 낸다고 할 때, 그러한 효과의 발신 상태 즉 특정한 효과를 발
하는 작품 요소들의 관련 상태를 작품의도라고 할 수 있을 것이다. 이는
내용 혹은 형식적인 요소의 하나로 한정되지 않으며 둘 사이의 위계를
정하지도 않는다. 작품적 자질(굳이 말하자면 형식적 자질)을, 이념 내용을 담
아 낼 뿐 아니라 축조하기도 하는 것31)으로 파악하는 까닭이다.

　구체적으로 본고에서는 소설 작품의 전체 효과를 결정하는 데 중요한,
두 가지 형식적 지점의 검토를 행하고자 한다. 발화 전략과 서사 구성의

---

29) 임화, 「朝鮮新文學史論序說－李人稙으로부터 崔曙海까지」, 『조선중앙일보』, 1935.
　　10.9~13일 분 참조
30) 이원론의 각 항목 즉 내용과 형식 측면의 평가를 채우는 분석 내용 자체는 사실 문
　　제가 되지 않을 수 있다. 검토 결과에 따라서 한 쪽만을 받아들이거나 양쪽에서 적절
　　히 종합할 수도 있을 것이기 때문이다. 그러나 작품의 내용과 형식을 분리하여 따로
　　검토할 수 있는 것은 아니라는 점을 전제로 한다면, 연구 방법론의 측면에서 이원론적
　　평가 '방식'은 당연히 비판의 대상이 되어야 하고 그것을 넘어설 수 있는 모델 역시
　　마땅히 추구되어야 한다.
31) 문학 작품의 형식이 이미 자체의 내용 즉 '형식의 내용'을 포함하는 것이라는 지적에
　　대해서는, Heyden White, *The Content of the Form*, The Johns Hopkins Univ. Press, 1987, xi.

측면이 그것이다.

소설 작품의 내적인 상황을 '청자'에 대한 '서술자'의 발화 전략의 결과로 구성된 것이라고 할 때, 서술자의 발화 전략을 검토하는 것은 작품 의도 분석의 중요한 과제가 된다. 소설 내 언어·발화의 성격이나 지향성, 특정한 내용의 제시 및 기술상의 특성들로 지칭될 수 있는 측면들이 이 맥락에서 검토의 대상으로 들어올 수 있게 된다. 직접적으로 말하자면, 인물들의 언어가 갖는 성격이나, 언어 구사의 선택적 성격[기술 대상으로 행동 혹은 심리, 외관 묘사 혹은 내면에 대한 해석 등의 이항 관계에서 어느 것에 집중하는가], 마슈레의 의미대로 작품이 '말하는 것과 말하지 않는 것',[32] 의사 소통의 맥락에서 작품에 동원되는 제반 장치들[편지나 회상·상념 등] 등이 이러한 전략을 확인시켜 주는 것으로서 작품의도 분석의 일차적인 대상이 된다.

작품의도는 나아가 작품의 경계 차원 즉 서사 구성의 맥락에서도 확인된다. 즉 작품의 내적인 상황을 마련하는 기본적인 틀이 어떻게 짜여져 있는가를 확인하는 층위에서도 기능하는 것이다. 서술자 자체가 어떻게 설정되는가, 서술자와 개개 화자 및 이에 따른 청자의 구도 즉 인물 구성이 어떠한가, 작품 전체의 틀이 어떻게 마련되고[구성의 양상, 액자형식이나 고백체 등의 선택], 어떠한 성격을 부여받는가[우화적인가, 낭만적인가, 현실적인가 등] 등이 그 지점들이다.[33]

---

32) 피에르 마슈레, 배영달 역, 『문학생산이론을 위하여』, 백의, 1994, 1부 15절.

33) 여기서 우선 고려되어야 할 점은, 문제틀로서의 작품의도 구명에서 질문될 수 있고 또 되어야 할 요소들 즉 이상에서 대략 제시한 질문들이 논리적인 맥락의 요소들로서 완미한 체계를 이루어야 하는가의 문제이다. 본고는 이에 대해 부정적인 입장을 취하고자 한다. 하나의 과학이 일정한 이론 체계를 이룬다고 할 때, 그 체계가 실정적으로 제시될 수 있(어야 한)다고 간주하는 것은 형식적 합리성의 발로인 까닭이다. 형식주의적 문예학들이 빠지는 오류, 즉 끊임없이 변화하는 사회 현실의 요인을 담아내지 못하는 고형성(固形性)이 그 결과이다.

   이러한 판단의 이론적인 근거는 과학 자체의 속성에서 찾아진다. 지식 대상으로서의 연구 성과를 만들어 내고 그것을 다시 대상으로 삼는 데 구사되는 일정한 이론들의 상호 관련이라는 것이, 구체적인 작업에서는 물론 통합된 영역(unified region) 속에

발화 전략과 서사 구성상의 요소들이 빚는 구조적 관계, 달리 말하자면 작
품의 효과를 드러내는 데 있어 이 요소들이 맺는 중층결정(overdetermination)[34]
관계가 바로 작품의도를 이룬다. 물론 작품의도의 규명이 분석의 전부가 될
수는 없다. 여러 요소들이 중층결정 상태로 맺어진 구조가 발하는 효과를 파
악하지 않고 작품의 의미를 분석할 수는 없는 까닭이다. 이러한 효과의 파
악이 자의적인 해석에 빠지지 않고 객관적인 분석의 자리를 차지하게 하
기 위해서는 작품의도를 넘어서는 또 다른 계기가 필요하다.[35]

서 구축되거나 새로운 통합적 영역을 산출하면서 이루어져야 하지만, 이러한 사실이
막바로 그러한 이론들(논의의 엄밀성을 위해서는, 잠재적으로 구사될 수 있는 것으로
서의 전체 이론들에까지 확장될 수밖에 없다)이 초월적으로 항상 통합된 전체를 이루
고 있어야 한다는 소박한 주장을 가능케 하는 것은 아니다. 오히려, 연구 행위를 가능
케 하는 데 구사되는 이러한 이론들은, 특정한 점에서는 각기 모순되기까지 하는 국부
적인 이론 체계들로부터 얻어진다(L. Althusser, trans. B. Brewster, *For Marx*, NLB, 1977.
pp.185~6)
　　따라서 중요한 것은 이론적 활동의 과정 및 결과가 그 자신이 구사한 이론들의 관
련 및 그 산물로서의 연구 성과의 정합성을 이루어내는가 여부이지, 이른바 가설로서
의 연구 방법론 자체가 지니는 사전적(事前的)인 통일성은 아니다.
34) '중층결정'은, 표현적 인과율에 바탕을 둔 헤겔 식의 총체성론과 속화된 토대 결정
론 양자를 비판하면서, 사회의 변화를 이끄는 모순들의 관계를 분석하고자 하는 알뛰
세르의 이론이다(Althusser, op. cit., pp.87~128. esp., pp.100~1; S. B. Smith, *Reading
Althusser*, Cornell University Press, 1984, pp.157~173). 이는 사회를 분석하는 데 있어서 토
대로서의 경제적인 것의 일방적인 규정을 부정하는 데서 나아가, 경제적인 것이 그 자
체만으로 순수하게 분석될 수는 없다는 점을 강조했다는 데서 의의를 갖는다. 본고의
관점에서 볼 때 이는 변혁 이론이 아니라 해석 이론에 귀속되는 것이어서 작품이라는
통합체를 분석하는 데도 도움을 준다. 소설을 하나의 통합체로 볼 때, 그 효과[전체적
인 상]가 어떤 하나의 자질에 의해서 일방적으로 결정되는 것이 아니라 작품을 이루
는 요소들의 복합적인 영향 관계에 의해서만 드러나며, 어떤 요소도 분리되어 홀로 검
토될 수는 없음을 밝혀 준다는 점에서 유용한 것이다.
35) 뷔르거의 경우 이 맥락에서 마르쿠제의 논의로부터 '제도예술'을 추출해 낸다(앞의
책, 17~21면). 그러나 본고는 다른 방식을 취하고자 한다. 무엇보다도 '제도예술'이라
는 카테고리 자체가 제1세계적인 한계 내에 갇혀 있는 것이어서, (비록 유치한 수준에
서이고 결과적으로 확실히 성공한 것도 못 되지만) 부르주아적인 문학 일체에 대한 극
복·지양을 꾀했던 신경향파 소설을 검토하는 데 있어서는 적실성을 잃는다고 판단하
는 까닭이다. 그가 말하는 바 근대 사회 내에서의 예술의 제도적 지위 즉 자율성이란,
엄밀히 말하자면 근대 자본주의 사회 내에서의 존재 양태, 더 좁혀서는 부르주아적인
존재 양태로 보인다. 신경향파 문학이 이 경계를 넘어섰다는 것은 물론 아니지만, 존

전체로서의 작품의 효과는, 작품이 놓여 있는 상황을 이루는 여러 계기들과 작품의도가 다시 중층결정 관계에 놓일 때 구현된다. 작가와 사회, 독자, 여타 텍스트들이 이런 계기들의 중심을 이룬다. 크게 네 가지의 계기가 있는 것이다. 작품은 항상 이들과의 관계 속에서 '바로 이 작품'으로 존재하게 된다. 이러한 계기들을 본고에서는 '형성 계기'라고 명명하고자 한다. 형성 계기 설정의 효과는, 소박한 이데올로기 분석이 빠질 수 있는 바, 이데올로기의 봉쇄 전략(strategies of containment)적 측면36)을 간과하는 오류를 쉽게 예방케 해 준다는 데서 찾을 수 있다. 총체성 모형이든 구조 모형이든 작품의 양상에 대한 일의적인 모형을 전제하지 않고서도 전반적인 검토를 가능케 해 준다는 점 역시 중요한 이점이다.

따라서 본고의 실제적인 작품 해석은, 형성 계기들과의 관련을 염두에 두면서 작품의도를 파악해 내는 양상을 띠게 된다. 신경향파 작가들의 기획과 욕망, 1920년대 중기 문학계 내에서의 좌파 문학 운동 특히 신경향파 비평, 그리고 신경향파 소설이 타자로 설정하는 여타 작품들이 소설 분석에 있어 중요한 요인[형성 계기들]으로 고려된다.

끝으로 신경향파 소설에 대한 평가의 방법을 명기할 필요가 있겠다. 본고에서는 1920년대 초기 문학과 동시대 비좌파 문학을 옆에 두는 비교 평가로 국한하고자 한다. 평가가 해석과 분리될 수 있는 것이 아니며 해석이라는 것이 궁극에 있어서는 해석자의 현재적 상황으로부터 자유로운 것이 아님을 고려할 때, 이러한 방안이 논의의 객관성을 유지하는 데 가장 현실적이라 여겨지는 까닭이다.

재 양태가 그렇게 한정될 경우, 아방가르드를 분석하는 데 있어서는 가려질 수밖에 없는 문제가 생겨나기 때문이다. 문학적 자율성이라는 카테고리 자체를 지양하고자 하는 문학 '운동'과의 관련에서 작품이 얻게 되는 효과를, 작품 분석 방법론 자체에서는 검토할 수 없다는 것이 문제의 실체이다.

36) '이데올로기적 한계'를 가리키는 이 표현은 제임슨의 것이다. 그에 따르면 특정 이데올로기는 자신이 생각할 수 있는 것은 보게 해 주는 반면에, 그렇지 않은 것은 억압하는 봉쇄적인 기능을 한다(F. Jameson, *The Political Unconscious —Narrative as a Socially Symbolic Act*, Methuen, 1981, pp.52~3 참조).

제2장 신경향파 비평의 형성과 기능

1. <신경향파 문학 담론>의 전개 과정

1) 소설계의 지형 변화와 자연주의의 전면화

(1) 낭만적 정신의 작품화

1920년대 초기 문학의 주된 정조는 낭만주의이다. 당시에는 '자연주의'라고 흔히 지칭되었지만, 이때 '자연주의'라는 개념 자체는 묘사법 등 형식 기법 차원에 중점이 가 있다. 그러나 일반적인 맥락에서 작품 전체의 분위기(stimmung)나 주제적인 특성, 주인공의 지향, 갈등의 성격 등을 검토해 보면 현격하게 낭만주의적인 면모를 보인다.[1] 『백조(白潮)』파로 지칭되

---

[1] 현재적인 관점에서 볼 때 그 내포에 있어서 보편적인 합의에 이른 개념들이 특정한 시기에 이질적인 맥락으로 사용되었던 경우 중의 하나가 바로 '자연주의'이다. 한국 근대문학사에 있어서 1920년대 전반기 소설들의 경향을 지칭하는 자연주의는 그 개념

구성이 매우 모호하게 되어 있다. 무엇보다도, 20년대 전반기 소설들이라고 하지만 '자연주의'라는 개념으로 지칭하는 작품 세계가 정확히 어떤 것인지를 구획하기가 쉽지 않다. 특정 범주 혹은 시기적 단계 등으로 확정되기 어려운 까닭이다. 당시에 자연주의라 지칭되었던 작품(「標本室의 靑개고리」가 대표적이다)이나 보편적인 맥락에서 자연주의적인 작품으로 꼽힐 수 있는 것(「감자」 등)들이 다소 편의적으로 자연주의의 실체로 여겨지고 있을 뿐이다. 이러한 사정은 당대 문인들 뿐만 아니라 연구자들에게서도 마찬가지이다.

사실 1920년대 문학을 범칭 자연주의로 규정하는 것은 비교적 최근의 연구 경향에서 '새삼' 생겨난 듯싶다. 기존의 대표적인 연구들에 있어서는 '작품의 실질'을 규정하는 데 있어서 1920년대 초기와 중기 이후를 명확히 구분하고 있다. 문예사조를 문제틀로 해서 근대문학사를 조감한 대표적인 논자인 백철은 1920년대 초기를 두고서는 '문예사조의 혼류'로 그 성격을 규정하고(『新文學思潮史』, 앞의 책, 99면), 『白潮』 이후의 지배적인 사조로 자연주의를 지적해 내었다(같은 책, 196면 : 본고의 구도 파악과 동일하게 백철도 신경향파 문학을 사조상 자연주의로 간주한다). 조연현의 경우도 1920년대로부터 30년대에 이르는 시기가 크게 보아 자연주의적이지만, 소설가들의 경우 "처음에는 浪漫主義的인 小說을 썼다"고 명기하는 것이다(『韓國現代文學史 第1部』, 앞의 책, 381면).

반면 위에 지적한 최근 연구 동향의 한 예로 대표격인 강인숙은, 1920년대에 등장하여 한국 근대문학의 주요한 틀을 형성해 냈던 작가들을 고찰하는 보편적인 틀로 자연주의라는 사조의 위상을 격상시키고 있다. 그의 『자연주의 문학론』 Ⅰ·Ⅱ(고려원, 1987·1991)는 프랑스와 일본, 한국을 대상으로 하여 작품과 이론을 세밀하게 검토하는 미덕을 지녔지만, 정작 중요한 문제 즉 '왜 자연주의인가'에 대해서는 이론적인 근거를 세우지 못하고 있다. 이 점에 대해서, 김동인을 다루는 Ⅰ권의 Ⅰ장은 시종일관 소극적일 뿐이어서, 실상 위의 문제 제기가 이루어지지 않았던 듯하다. 대상 작품도 불과 5편에 그쳐 있으며, 논의의 상당 부분이 김동인의 의식이나 작품의 전체적 실제와는 거리를 띄운 채 연구자가 전제로 삼은 시각에 의해 꾸려져 있다. 염상섭을 대상으로 하는 경우에야 비로소 '자연주의와 연결시켜 연구하는 근거'가 나오지만 그 내용이 '기존 문학사가들의 평가', '염상섭 사후의 신문 기사와 弔詩', '염상섭 자신의 몇몇 글' 뿐이어서 논리적인 설득력을 갖추는 데는 미흡하다(앞의 책, Ⅱ권의 서론). 동인과 상섭을 대상으로 하여 '자연주의의 한국적 양상'을 간결하게 정리하는 데 있어서는, 사실상 '자연주의'라는 것이 근대소설 일반의 요건을 두루 포괄하는 선험적인 범주로 확장되고 있음을 확인할 수 있다(앞의 책, Ⅱ권, 439면).

일본 자연주의의 독특한 성격 및 그와 밀접한 관련을 가질 수밖에 없었던 식민지 한국 문단의 상황 등에 기인한 이러한 모호함은, 두 가지 방법으로 해소될 수 있겠다. 즉 자연주의의 일반적인 내포와의 차이를 존중해서 1920년대 전기의 자연주의적 작품들을 '조선 자연주의' 식으로 한정하여 명명하든가, 아니면 당대의 혼란스러운 명명 자체에 얽매이지 않고 현재적 관점에서 당시의 실제에 걸맞는 새로운 개념을 부여하든가 해야 할 것이다. 여기서는 두 번째 방법을 취하고자 하는데, 다음의 세 가지 이유에서이다. 첫째는 특정한 개념 사용이 빚는 모호성은 개념사의 현재적인 맥락 혹은 보편적인 용법을 통해 해소하는 것이 바람직하다는 것이며, 둘째는 1920년대 전반기의

는 시가 그러한 것보다 사실은 소설들의 양상이 낭만주의적인 성격을 더
잘 구현하고 있다.[2]

　이러한 양상은 개화와 계몽을 지상 명제로 내걸었던 전시대의 이상주
의적 계몽주의 문학과 비교해 볼 때 무척 새로운 것이다. 이 새로움은,
1910년대 문학의 경향들에 무언가를 덧붙이는 정도가 아니라 문학에 관
한 사고 자체가 거의 단절적인 변화를 보인 결과이다. 대정기 일본 문단
의 세례를 받고 돌아와 '사회로부터의 도망자'의 면모를 띠고 있었던 신
진 작가[문학 청년]들의 등장이 변화의 핵심적인 원인이다. 대정(大正) 교양
주의를 통해서 '문학이라는 내면적인 세계가 현실의 정치나 경제나 사업
보다 훨씬 이념적이고 값지다는 사상'[3]이 이들을 지배한 까닭이다. '도망
자'라고 했지만 실은 더 나아가 기성의 사회 질서를 전면적으로 거부하는
면모를 보였다고 할 수 있다. 이러한 사정은 문인들의 회고 등에서보다,
반대되는 입장을 갖는 식민지 당국의 관찰을 통해서 확인해 볼 때 더욱
잘 드러난다.

　　歸還者의 言動은 如何한가 하면, 所謂 新知識에 觸하야 歸한 彼等의 多數는 地方
　　有力者의 子弟인 關係上, 槪히 地方靑年間에 重鎭을 成하야 地方에 在한 先覺者로
　　써 自任하야, 靑年團體의 牛耳를 執하고 他靑年의 指導的 態度에 出하는 바, 時或
　　定理定論을 得意로 하야 眞面目으로 職業에 從事하는 者를 蔑視함과 如한 者도 有
　　하나, 近來는 槪히 思想言動이 共히 穩健着實에 向하는 듯하다. 內地에서 勉學한

문학이 결코 동질적인 것이 아니라 반대로 급격한 단절적 변화의 양상을 보이고 있는
바, 그러한 변화의 결과로 나오는 1920년대 중기의 문학이 바로 자연주의의 면모를 보
이고 있다는 판단에서이다. 궁극적으로는 사조라는 범주를 추상화하는 것보다는 당대
의 맥락을 철저히 읽고 현재적 의미를 구성해 낸다는 의미에서의 역사성에 충실을 기
하는 것이 가장 생산적인 까닭이다(이 문제 의식은 이미 제기된 바 있다. 김윤식·김
현, 『韓國文學史』, 민음사, 1973, 154~5면 참조).
2) 『白潮』를 중심으로 한 1920년대 초기의 시들은 김기림의 언급(「모더니즘의 歷史的
　位置」, 『人文評論』, 1939.10, 82~4면 참조)대로 사실 '세기말 문학의 말류인 센티멘탈
　로맨티시즘' 수준에 그쳐 있다. 따라서 시대와 역사의 상징이라는 점에서 볼 때, 1920
　년대 초기를 대표하는 장르는 소설이라고 할 수 있다.
3) 김윤식, 『염상섭 연구』, 서울대학교 출판부, 1987, 336면.

者는 上述과 如히 理想만 高하야 如何間 驕傲不眞面의 譏는 不免하나,[4]

이상만 높은 채로 일상적 직업인을 멸시하면서 선각자연하는 대표적인 부류가 문인들임은 새삼 증명이 필요없는 사실이다. 이 맥락에서 위의 지적을 읽을 때 우리는, 유학생 출신 작가들이 이른바 문제적 개인의 면모를 띠었다는 것 즉 근대 자본주의 사회에서 예술가들이 처하게 된 보편적인 상황[5]을 직접 체화하고 있었다고 추론해 볼 수 있다. 기미독립운동으로 인해 부르주아 계층의 환상이 깨지면서 더 이상 현실적으로 가능하지도 않게 되었지만, 계몽주의자이자 민족 운동의 선도자라는 자리를 새로운 작가들이 스스로 폐기했을 때 그들이 취할 수 있는 면모는 사실 낭만주의적 예술가 외에는 달리 있기 어렵다.[6]

사회의 입장에서 볼 때는 한낱 '도망자'에 불과하지만 스스로들은 '선각자'이자 새롭고도 진정한 예술의 창시자이기에, 문화, 예술의 영역에 있어서만큼은 커다란 사명감과 자부심을 가진다. 물론 이런 심리도 단일한 것이 아니다. '높은 이상'이 유학을 통해 이입된 것이기에 자문화에 대한 심한 자괴감이 또한 자리하고 있는 까닭이다.[7] 그러나 자신들이야말

---

4) 朝鮮總督府學務課,「內地勉學朝鮮學生의 歸還後의 狀況」,『朝鮮』79호, 1924.4, 65면.
5) 귀족 후원자의 소멸에 따른 예술과 정치·경제적 논리와의 긴장 관계에 대해서는, 아놀드 하우저, 염무웅·반성완 공역,『文學과 藝術의 社會史—近世篇 下』, 창작과비평사, 1981, 2장 특히 62~7면 참조.
6) 이런 현상의 보편성에 관해 참고할 수 있는 것이, 1848년 이후 독일 문학의 상황이다. 루카치에 따르면, 1848년 이전의 세계관적 발전과의 단절에 의해 고립된 작가들의 불안이 현실 도피의 성격을 띠게 되어, '과거에의 도피 혹은 개인주의적 유아론(唯我論)에의 도피'라는 형태로 나타났다고 한다(반성완, 임홍배 역,『독일문학사』, 심설당, 1987, 152~5면 참조). 동일한 역사적 맥락을 우리 문학사에서 읽어내는 조동일의 경우는, 나도향을 논의하면서, 낭만주의가 "전통사회에서 근대사회로 넘어올 때 반드시 거쳐야 할 사고 형태"라고 하여 그에 보편성을 부여하고 전통문학과의 연계를 밝힌 뒤에, 이 시기의 낭만주의적 경향이, '개인으로서의 자유가 확보되지 못하고, 식민지 지배에 억눌려 민족으로서의 자유가 유린된 상황'에서 '스스로 역사를 창조한 경험을 축적하지 못하고 문제의 상황을 진단할 능력마저 결핍된 지식인들이 자기 만족을 쉽게 얻으려 했기 때문에' 변질된 채로 '질병처럼 번졌다'고 지적한다(『한국문학통사』제2판 5권, 지식산업사, 1989, 121~2면 참조).

로 '진정한' 문학을 건설하고 있다는 사명감과 자부심이야말로 신진 작가
들을 고유하게 특징짓는 새로운 의식이다.

이들이 써 낸 작품들 역시 낯선 것이었다. 신출 작품들의 새로움은 무
엇보다도 작가 의식의 새로움에 의한 것이다. 전대의 문학이 민족 계몽의
열정이 결정화된 것인 반면, 이들 작품들은 그러한 계몽주의에서 벗어나
독자적인 예술 영역을 추구하고자 노력했던 작가 정신의 산물이다. "우리
는 貴한 藝術의 장괴를 가지고 겨 언제던 얼굴을 찌푸리고 계신 道學先
生의 代言者가 될 수는 업습니다"며 "다만 忠實히 우리의 생각하고, 苦心
하고 煩悶한 記錄을 여러분끠 보이는 쑨"이라 외친『창조(創造)』파의 문학
관8)이 대표적인 예가 된다. 문학에 대한 새로운 인식을 널리 확산, 인식
시키고자 했던 점도 역시 일종의 계몽이라 할 수 있겠지만, 문학이 더 이
상 사회 비판이나 계도, 계몽의 도구로 인식되지 않고 그 자체 목적인 것
으로 간주되었다는 점에서 이러한 문학관, 작가 정신은 새로운 것이다.9)
그 결과로 산출된 새로운 작품들은 바로 앞 시기 작품들과 본질적으로
다른 자리에 놓인다.

1920년대 초기 소설들의 새로움은 '작품 내 세계'10)에서 극명히 확인
된다. 첫째, 작품 세계의 구축에 있어서 현실의 외면 및 부정 혹은 축소,
둘째 '예술' 혹은 '참사랑', '참개인' 등에 대한 열망을 보여 주는 인물 구

---

7) 염상섭,「廢墟에 서서」,『廢墟』창간호, 1920. 그들에게 있어서 (먼) 과거는 '光熙'로
   기억되기도 하지만, 당장 발 디디고 있는 곳은 그들이 새롭게 예술의 나라를 이룩할
   책임을 가진 '荒廢한 墟址'(2면)로 인식된다.

8)『創造』창간호, 1919.2, 81면.

9) 1920년대 초기 문학계를 열어 보인 김동인의 다음과 같은 회상에서 이 점이 잘 확인
   된다 : "이렇듯 우리의 소설의 취재를 구구한 조선사회 풍속개량에 두지 않고「人生」
   이라 하는 문제와 살아가는 고통을 그려 보려 하였다. 勸善懲惡에서 조선사회 문제 제
   시로―다시 一轉하여 조선사회 교화로―이러한 도정을 밟은 조선소설은 마침내 인생
   문제 제시라는 소설의 본무대에 올라섰다"(「한국근대소설고」,『김동인 문학전집』12
   권, 대중서관, 1983, 466면).

10) 본고에서는 '작품 내 세계'라는 표현으로, 소설 작품 속에 마련되는 현실상, 직접적
    으로는 시·공간적 배경의 설정 상태를 지칭하고자 한다.

도, 끝으로 낭만주의적인 동경의 화려한 좌절로 이루어지는 서사 구성 등
이 1920년대 초기 작품들의 새로운 면모를 구성한다. 첫째 항목은 소설사
의 전개에 있어서 이 시기 작품들이 공통적으로 보여 주는 고유한 특질
이자, 작가 의식에 결부된 것이라 할 수 있다. 둘째 항목이 주제적인 측면
에서의 특징이라면, 셋째는 그러한 주제의 구현이 실제적으로 난망한 당
대 현실과 관련해서 필연적으로 귀결된 서사 구성상의 특징이라고 할 수
있다. 이상의 세 가지 특징은 상호 긴밀히 연관되어 있다. 그 양상은 다음
과 같다. 앞에서 말한 작가들의 상황 및 그 의식에 뿌리를 둔 낭만주의적
인 동경이 형상화의 초점이 되어 있어서, 그만큼 현실의 힘은 외면 혹은
축소되어 버렸다. 물론 현실의 규정력이 완전히 소멸될 수는 없는데 그럴
경우 소설일 수 없기 때문이다. 축소된 채로 현실의 힘이 규정력을 발휘
한 결과가, 서사 구성에 있어서 주인공의 낭만주의적인 동경이 좌절되는
종결 형식이다.

　이러한 작품상의 특징들은, 발생론적으로 추론해 볼 때, 당대의 현실과
작가 의식, 작품 세계의 삼자가 복합적으로 관련된 결과라고 할 수 있다.
폐색된 식민지 현실과 근대적인 작가 의식이, 후자가 우세한 형태로 심각
한 부조화 관계에 놓임으로써 낭만주의적인 작품 세계가 설정된 것이라
고 할 수 있다. 요약하여, 일본 유학으로부터 돌아와 현실에서는 실현될
수 없는 이상을 포지하고 있던 작가 의식과, 토지조사사업이 막 끝난 식
민지 상태의 반봉건적인 사회 양자가 빚는 부조화 상태가, 1920년대 초기
소설의 창작 상황이라고 할 수 있다.

　지금껏 우리는 1920년대 초기 소설의 소설사적인 특성이 낭만주의적인
성격에 있으며, 그 구체적인 양상이 바로 '광범위한 현실 외면 혹은 축소'
와 '예술과 사랑 등에 대한 낭만적 동경과 그 좌절'임을 지적하고, 이러한
양상의 원인을 '작가 의식과 현실의 부조화'라고 발생론적으로 구명해 보
았다. 이 위에서 1920년대 초기의 소설들은 작가적 특성에 따라 크게는
두 가지 작게는 네 가지로 세분될 수 있다. 이하에서는 논의를 간략히 하

기 위하여 작품들의 구체적인 양상을 유형에 따라 개괄적으로만 지적한 뒤에, 다음 항들을 통해서 그러한 작품 세계가 갖는 의미를 이중적으로 해석해 보고자 한다.

먼저, 1920년대 초기 소설들이 보이는 결과로서의 현실성 약화 양상은 형성 계기상의 원인에 따라 둘로 나뉜다. 애초부터 현실 형상화와는 거리를 띄운 경우와, '낭만적인 동경이라는 주제의 설정상 현실이 제대로 형상화될 수 없는 사정' 자체를 형상화의 대상으로 삼는 경우가 그것이다. 나도향의 작품들이 '현실의 외면'으로 요약할 수 있는 전자의 대표적인 예가 되며, '현실의 축소'라 할 후자의 중요한 예가 염상섭의 이른바 초기 3부작이다. 작가를 대상으로 좀더 넓혀서 보면, 나도향과 김동인을 전자의 경우로 함께 묶어 볼 수 있고, 염상섭과 현진건이 후자에 해당된다고 할 수 있다. 전영택의 경우는 후자에 가깝다. 1920년대 초기를 장식한 이들 작가의 대표적인 작품들은 곧 '현실성 배제'의 네 가지 중요한 유형을 대표한다.[11]

'현실의 외면'을 통해 현실성[12]이 약화되는 첫째 경우를 우선 개괄해 본다. 1920년대 초기의 작가라고 할 수 있는 나도향의 경우는 철저하게 낭만적 세계, 심정적 세계에 매달리는 특징을 보인다. 「별을 안거든 우지나 말걸」, 「젊은이의 시절(時節)」 등에서 보이는 중요 인물들의 지향이나 서사 구성에서 이러한 점이 쉽게 감지된다. 현실 형상화를 애초에 배제한 경우에 해당된다. 큰 틀에서는 동류지만 도향과는 약간 다르게 김동인은, 형성 계기상 작가의 항목에서 원리적으로 현실성을 배제해 낸다. 창작방

---

11) 물론 각 작가의 모든 작품들이 일사불란하게 특정 유형으로 분류될 수 있는 것은 아니다. 1920년대 초기 소설이 보이는 현실성 약화의 유형을 네 가지로 잡을 때 각 유형별로 대표 작가를 꼽을 수 있다는 의미일 뿐이다.

12) 본고가 사용하는 '현실성(reality)'이란 개념은 철학적 맥락에 놓여 있으며, 엄밀히 말해서 '사실들의 현실성(the reality of facts)'을 의미한다. 코지크에 따르면 이는 "사실들의 총체가 갖는 역동성과 모순적 성격, 내적인 관련"을 가리킨다는 점에서 사실성(facticity)과 구별되는 개념이다(K. Kosik, *Dialectics of the Concrete*, D. Reidel Publishing Company, 1976, p.27).

법론으로서의 '인형 조종술'을 바탕에 깔고 액자구성이라는 미적 장치까지 구사함으로써 '이야기의 세계'를 선보인 「배짜락이」가, 현실성 배제의 두 번째 경우에 대한 직접적인 예이다.

이들과는 조금 다른 자리에 현진건과 염상섭이 있다. 이들은 실제 현실이나 풍속을 상세하게 그리지는 않는다 해도, '작품 내 세계'가 어쨌든 현실적으로 설정되어 있다는 점에서 전자와 구별된다. 현실이 마냥 배제되지는 않고 축소된 채로나마 등장하는 것이다. 달리 말하자면, 현실이 작품 내 세계 속에서 형상화되지는 못한 채, 작품 밖에서 전체적인 서사 구도에 한계를 지우는 방식으로 그 힘만을 행사한다. 현진건이 대표적인 예가 된다. 그의 작품들은 대체로 인물 구성상 가족 혹은 좀더 넓어야 인척 관계 내로 국한되어 있고 공간 배경상으로는 가정을 넘지 않는다. 예술에의 동경을 내세운 「빈처(貧妻)」가 직접적인 경우이며, 주제상 사회적 차원을 겨냥하고 있는 「술 권(勸)하는 사회(社會)」야말로 이러한 사정을 가장 잘 보여준다. 염상섭의 「표본실(標本室)의 청(靑)개고리」와 「암야(闇夜)」는 지금의 논의 맥락에서 볼 때 실상 통절한 현실 파악을 바탕에 깔고 있는 작품들이다. 이들 작품은 폐색된 현실에서 넓은 영혼이 느끼는 환멸을 주제로 함으로써 현실성을 담아낸다. 현실의 구체적인 모습이나 인물에 대한 직접적인 강제 등이 형상화되지는 않아도, 낭만적 동경을 포지한 인물들을 환멸로 이끄는 현실의 힘 즉 현실성은 쉽게 확인된다. 이런 점에서 1920년대 초기의 창작 상황 자체를 형상화한 것이 이들 작품이라고 할 수 있다.

이상에서 개괄적으로 살폈듯이, 1920년대 초기 소설들에서 확인되는 현실성의 약화는 '진정한 예술, 참 사랑, 참 개인' 등에 대한 열렬한 동경 및 지향이라는 서사 구성의 결과이자 동시에 그 배경이다. 물론 대부분의 작품에서 이러한 동경과 지향은 성취되지 않으며, 끝내 인물들을 불행한 상태로 몰아간다. 현실은 여전히 전시대적이며 뛰어넘을 수 없을 만큼 완강한 까닭이다. 주인공들은 행동을 통해서 현실을 극복·초월하고자 하

며, 이러한 노력이 형성 계기상 작가 항목에 의해 '현실의 외면 및 축소'
로 십분 지원받고 있기는 하지만, 소설이라는 장르의 요건상 어찌할 수
없는 현실의 규정력 속에서 소망은 소망으로 끝나 버린다. 끝내 성취되지
않는 것이다. 그 양상은 은둔·칩거·죽음 등의 종결 형식이며, 그 결과
는 이들 종결 형식에서 확인되는 낭만적인 특성이다.

  이러한 좌절의 서사는 설득력을 갖는다. 동경의 대상 자체가 근대성의
핵심에 해당하는 것이어서, 당시의 반(半)봉건적 현실에 비춰볼 때 애초부
터 실현 가능성이 희박한 것이었기 때문이다. 이 점에서 기실 동경의 대
상 자체가 추상적인 것이었다고 할 수 있다. 달리 말하자면 상징의 맥락
즉 문화적 컨텍스트(context)가 부재한 채로 기표로서만 유입되어 동경의
대상으로서 가치를 인정받은 것이다. 따라서 이들이 추상적이라는 것은
현실적인 지시체 및 기의를 갖지 않는다는 의미이기도 하다. 궁극적으로
이러한 추상적 성격은 진정한 문학을 수립한다는 자부심에 사로잡힌 작
가들의 기획에 뿌리를 둔다. 현실성을 외면한 채로 '예술'이나 '개인(성)'
에 대한 지향만을 앞세운 까닭이다. 이러한 동경·지향의 대상을 두고
'추상적 근대성'이라 개념화해 볼 수 있겠다. 요약하여, '진정한 예술, 참
사랑, 참 개인' 등으로 드러나는 추상적 근대성에 대한 지향과 그 좌절이
이 시기 소설들의 주제와 서사 구조를 이룬다고 말할 수 있다.

  여기서 주의해야 할 것은, 이러한 동경·지향과 그 좌절이라는 서사의
구성 양상을 도식적으로 보아서는 안 된다는 점이다. 일반적인 견지에서
볼 때 낭만적 동경이 '좌절'되는 설정은, 당대의 반봉건적 현실을 외면하
지 않은 최소한의 산문정신이 발현된 것이라고 할 수 있다. 만약 '좌절'이
배제되거나 나아가 동경 및 지향이 실현된다면, 작품 외적인 준거에 비추
어 현실성을 가질 수 없게 된다. 그 경우라면 우리의 고전소설들이나 한
낱 로망스에 그쳐,"결국 근대소설일 수 없게 될 터이다. 즉 '동경의 좌절'
이야말로 이들 작품을 근대소설의 한계 내에 위치지우는 현실성의 계기
라 할 것이다.

그러나 1920년대 초기 소설의 대부분 특히 나도향의 작품에서, 형상화의 초점은 '좌절'이 아니라 '동경 자체'에 놓여져 있다. 이러한 사실은, 염상섭의 경우를 예외로 할 때, 서술 시간의 배분에 있어 동경·지향에 대한 할당이, 좌절 및 그에 따른 심정에 대한 것보다 월등히 많다는 데서 확인된다. 따라서 실상 이들 작품은, 서사의 종결과는 달리 낭만주의적인 지향 자체를 고취하는 작품의도를 보여준다고 해야 할 것이다. 앞서 말했듯이 '좌절'이라는 종결 처리는 대체로 이들 작품을 근대소설의 경계 내에 위치지우는 최소한의 역할만을 하고 있을 뿐이다. 낭만주의적 동경의 구체적인 양상이나 (현실성과 반비례 관계에 놓이는) 그 열도에 있어서 다소간의 차이는 있지만, 작품의도상에 있어서 이러한 효과는 의심의 여지가 없다.

(2) '식민지적 비참함'의 현실적 계기

1920년대 초기 소설의 특징은 추상적 근대성에 대한 낭만주의적 동경으로 요약할 수 있다. '참사랑' 혹은 '참개인', '참예술' 등에 대한 동경은 전 시대의 작품 경향과 비교해 볼 때 매우 낯설은 것이다. 소재 혹은 제재가 새로움을 낳기도 하지만, 더 중요한 원인은 그러한 대상을 향하는 동경과 지향의 성격에 있다. 전대 문학과 비교해 볼 때, 추상적 근대성에 대한 낭만적 동경은 무엇보다도 전체를 상정하지 않는다는 특징을 보인다. 『무정(無情)』의 경우 박영채조차도 음악을 배워 민족을 위하겠다는 자세를 보였음에 반해서, 예컨대 나도향의 철하(「젊은이의 時節」의 주인공)에게는 그런 목적이 없다. 예술가가 되는 것 자체가 그대로 그의 목적이 된다. 이러한 설정을 보이는 동경의 메카니즘에서 민족 계몽이나 사회의 개화[근대화] 등속은 설자리가 없다. 대상이 되는 사랑이나 예술, 개인성의 특성 자체가 그러하기 때문이기도 하지만, 궁극적으로는 동경의 주체인 인물들이 애초부터 현실의 관습이나 효용성 등을 고려하지 않는 까닭이다.

자신의 동경을 실현하는 것 다시 말하자면 욕망을 충족시키는 것만이 인물을 추동시키는 힘이 되고 있다. 요약하자면, 낭만적 동경의 자리 및 그 추동력은 철저히 '개인적인 욕망'에 놓여 있는 것이다.

이렇게 추상적 근대성에 대한 낭만주의적인 동경이 개인적인 욕망의 발현으로 이루어졌다는 점이야말로, 1920년대 초기 소설이 갖는 문학사적인 의미의 핵을 이룬다. 일반화해서 볼 때 사욕의 자유로운 분출은 그대로 근대 시민사회의 가장 중요한 특성에 해당된다.[13] 주체 철학으로 특징지어지는 근대적인 사유의 핵심이나, '자본주의 경제의 장'으로서의 시민 사회의 원리를 포착하지는 못하지만, 이들 작품의 주인공들은, 욕망을 지닌 까닭에 결핍된 존재여서 그것을 메우기 위해 '참사랑'과 '참예술'을 열렬히 동경하고, '강한 나' 혹은 '참개인'을 지향하는 방식으로 자신의 정체성을 수립코자 한다. 무엇보다도 '개인'으로서 존재하고자 하는 것이다. 이때의 사랑이나 예술, 개인에 대한 동경은, 구시대의 잔재가 충일한 사회로부터 벗어나 새로운 삶을 열어가는 방식 곧 근대적인 삶의 방식이며, 새로운 존재를 만들어 가는 방식 즉 근대적 개인 주체의 형성으로 여겨진다.

이러한 점을 바탕으로 할 때, 1920년대 초기 소설에 드러난 추상적 근대성에 대한 낭만주의적 동경은, 그 심층적인 의미에 있어서 근대적인 개인상을 구축코자 한 시도로 해석될 수 있다. 소극적으로 보자면 근대적 개인을 형상화하는 한 유형을 보이는 것이지만, 적극적으로 본다면 한국 근대문학사상 처음으로 개인을 형상화한 방식이라고 할 수 있다.[14] 이러

---

13) 알렝 투렌(정수복 · 이기현 옮김, 『현대성 비판』, 1995)에 따르면, '감성의 존중 및 자아의 현존에 대한 인정'과 더불어서, 삶이 "리비도나 성욕으로 받아들여지고, 경험한 시간과 공간의 다양성을 넘어서 한 개인의 통합을 이룩하려는 노력으로 전환될 때 주체의 생산이 일어나는 것이다"(264면).

14) 서영채(「『무정』 연구」, 서울대 석사, 1992)의 경우 『無情』의 이형식에게서 사욕의 형상화를 읽어내고 있지만, 민족 계몽을 꿈꾸는 이형식이 자신의 욕망을 좇아서 행동하는 것이 아님은 췌언의 여지가 없다. 이형식은 근대적 개인의 추상적인 초기 형태 즉 계몽주의의 '이상적 인간상'에 해당된다고 할 수 있다.

한 문학사적인 의의를 고려하면, 그렇게 형상화된 개인이 실제 행위의 주
체이지 못하다는 점에서의 불구성을 문제삼는다거나, 이 시기의 작품들을
일괄해서 데카당적이라고 폄하하는 등의 지적은 다소 부적절하고 근시안
적인 판단이라 하겠다. 작품이 말하는 것이 말해진 것만을 의미하지는 않
는다고 할 때, 현실과 관련한 우리의 해석은 좀더 나아갈 필요가 있다.

'낭만주의적 동경의 좌절'이라는 서사 구성은, 일반적인 맥락 즉 당대
의 구체적인 사회 현실과 당대인들의 사회관 혹은 이데올로기를 '말하지
않는 방식으로' 보여 준다. '낭만적인 종결'이라고도 할 수 있는 이들 서
사의 종결 형식은 그 자체로 보자면 현실에 대한 패배 및 거부를 의미하
지만, 인물들의 동경과 지향의 맥락에서 보면 현실을 초월코자 하는 소망
혹은 의지의 연장이며, 바로 이 맥락에서 역으로 그러한 동경이 동경일
수밖에 없는 척박한 현실에 대한 항의이자 고발이기도 하다. 현실을 초월
코자 하는 모든 낭만적 정신은 그 자체로 현실에 대한 강력한 불만의 메
시지를 은밀하게 담고 있다. 낭만적 정신의 현실 외면 혹은 왜곡 나아가
전면적인 부정 속에는, 이미 자신의 거울상으로 현실의 이미지가 투영되
어 있는 것이다.[15] 1920년대 초기 소설들의 낭만주의적인 현실 부정 역시
이러한 맥락에서 동시에 현실 폭로이기도 하다. 이들 작품이 '말하지 않
는 방식으로' 당대의 현실 및 사회관이나 이데올로기를 드러낸다는 것은
바로 이 의미에서이다.

이렇게 작품 표면에서 은폐되는 방식으로 결국 폭로되는 현실이란 정
확히 말하자면 당대 작가들이 가지고 있던 현실상(現實像)에 해당한다.
1920년대 초기 작품들이 심층에 마련하고 있는 현실상, 달리 말해 현실

---

15) 장남준에 따르면 낭만주의에서의 동경은 "결핍이며 동시에 욕구이다. 그러면서도
    그것은 결여되어 있는 것 또는 욕구되지 않았던 것을 획득하려는 의지나 수단을 갖추
    고 있지 않은 것"(『독일 낭만주의 연구』, 나남, 1989, 114면)이라고 말해진다. 본고의
    맥락에서 우리는 이러한 진술을 역으로 읽을 필요가 있다. '획득의 의지나 수단'이 없
    으면서도 '결핍이자 욕구'의 형식을 통해서 소망을 피력하는 것, 이것이 현실을 직접
    말하지 않음으로써 드러내는 낭만주의적인 방식이다.

관념은 '폐색된 현실'로 규정될 수 있다. 이때의 현실은 예술(지향)을 전혀 이해하지 못하는 세속적, 물질적인 것이며(나도향의 소설들, 현진건의 「貧妻」 등), 약한 자가 참된 개인이 되려는 것을 방해하는 봉건적이고 음험한 것이자(김동인, 「약한 者의 슬픔」) 동시에, 물욕을 통해서 순정을 파멸시키는 자본주의적인 것(나도향, 『幻戲』)이기도 하다. 이상과 같이 여러 가지 측면에서 인물들의 지향을 억압하는 현실의 제시는, 이들 작품이 보이는 현실관의 핵심이 바로 '폐색성'임을 의미한다.

이러한 현실의 폐색성은 곧 의식의 불행으로 이어진다. 의식이 불행한 것은 좁은 현실 속에서 자신의 공간을 찾을 수 없는 까닭이다. 추상적 근대성에 대한 열망을 가진 주인공들이 나아갈 곳은 밝은 세계에서는 없다. 따라서 열정적인 동경과 실현의 욕망에도 불구하고 인물들이 다다르는 곳은 '북국의 한촌'(염상섭, 「標本室의 靑개고리」)이거나 '감옥'(전영택, 「運命」) 혹은 정처 없는 유랑(전영택, 「天痴? 天才?」)이며, 더 나아가서는 전근대적인 이야기의 세계(김동인, 「배짜락이」) 혹은 죽음(전영택, 「惠善의 死」, 나도향, 『幻戲』) 일 뿐이다. 이렇게, 폐색된 현실 속에서 자신의 뜻을 펼치고자 하나 그러지 못하고 끝내 좌절하게 된다는 의미에서 주인공들의 의식은 불행하다. 여기서 불행의 내포는 그들이 식민지하의 비참한 상태에 빠져 있다는 것이다.

이때 비참한 것은 사실 현실이 아니라, 폐색된 현실과 맞닥뜨린 까닭에 자신을 맘껏 펼칠 수 없는 의식 자체이다. 이 점은 십분 강조할 필요가 있다. '비참한 의식'이 아니라 '비참한 현실'이 형상화의 주요 대상이 될 때, 달리 말해서 '비참하다'의 주어가 의식에서 현실로 대체될 때 1920년대 중기의 자연주의 소설이 펼쳐지는 까닭이다. 본격적인 수탈 구조가 완비된 식민지 치하의 현실을 두고서, 그 현실의 비참함을 그대로 인식하는 현실적 태도가 자연주의를 이루는 반면, 그러한 현실 속에서 의식이 자기 자신을 돌아보며 스스로의 불행을 노래한 경우가 바로 1920년대 초기 소설이다. 이들 작품이 근본적으로 낭만주의적인 속성을 갖는다는 것은 이러한 의미에서이기도 하다.

1920년대 중기에 이르는 이상의 사정을 염두에 두면, '식민지적 비참함'이라는 개념을 구성함으로써 1920년대 문학을 이해하는 데 유효한 하나의 고리를 얻을 수도 있겠다. 넓은 의미에서 '식민지적 비참함'이란 개념은, 본격적인 카프 경향문학이 등장하기 이전까지의 1920년대 소설의 주요한 특징을 가리킨다.16) 도달해야 할 혹은 주어져 있어야 할 이상으로서 작가들의 현실상은 매우 근대적이며 높은 반면, 실제 현실은 극히 폐색되고 물질적으로나 의식상으로 후진적이며 이념적으로 잘못되어 있어서, 인간들을 질식시키거나, 물질적 한계 속에서 인간 이하의 삶을 강제하거나, 의식상으로 부박하게 만드는 것이 바로 식민지적 비참함의 내포이다. 여기서 핵심적인 특징은 현실과 의식의 이러한 '괴리'이다. 현실을 인정하지 않는 의식이, 적극적으로 현실을 동화해 내고자 하지도 않으면서 비참함을 느끼기만 하는 것이다. '식민지적 비참함'은 의식이나 현실 어느 한 가지에 의해서 산출되는 것이 아니다. 둘 모두를 동시 원인으로 갖는 것인데, 식민 모국인 아서구로서의 일본이 배태시키는 높은 이상·관념과 식민지 상태인 조국의 현실 두 가지의 상위에 따른 것이다. '근대'라는 관념 혹은 관념상의 '근대적인 것'과 식민지 수탈 정책에 의해 관리

---

16) 이러한 시기적인 한정은 이 개념의 내포를 좀더 구체화하는 것이다. 연구사에 있어 유사한 개념으로 김윤식의 '현해탄 콤플렉스'(「임화 연구」, 『韓國近代文藝批評史研究』, 앞의 책)를 들 수 있는데, 이는 식민 모국으로의 유학이라는 작가의 이력을 다소 중시함으로써 시기적인 한정의 맥락이 약해 보인다. 식민지 시대 전체에 걸쳐 다소 막연하게 사용되는 것('애비 없음[부(夫) 상실 의식]'과 관련되어서는 그 외연이 한국 근대문학사 전체에 걸치기도 한다).

반면 '식민지적 비참함'이라는 개념은, 의식과 현실이 특정한 시대에 맺은 구체적인 관계 양상을 지칭하는 것으로, 1910년대의 계몽주의나 1920년대 후반 이후의 좌파 문학, 1930년대의 모더니즘적 작품군 및 그 이후의 문학사적 전개에는 해당되지 않는다. 현실상과 실제 현실의 '괴리' 자체가 강조되는 관념 형식이 '식민지적 비참함'이라 할 때, 계몽주의나 좌파 문학은 (설혹 추상적이라 하더라도) 의식이 현실 속에다가 자신을 적극적으로 실현해 내고자 하는 것이며, 1930년대 이후의 문학은 기본적으로 현실 그 자체를 인정하는 까닭에, 이 개념의 적용 대상에서 제외된다.

되는 반(半)봉건적인 현실의 불일치를 기본 구도로 하는 이러한 상위 상태에서, 의식과 현실을 양 축으로 하여 시선이 어디에 두어지는가에 따라 1920년대 소설사의 굴곡이 드러난다. 의식의 비참함을 중점적으로 드러낸 것이 초기의 낭만주의적 소설이라면, '궁핍'으로 대표되는 현실의 비참함을 집중적으로 폭로하는 것이 자연주의 소설계이다. 다른 한편에서 염상섭은 이른바 (천박한) 신여성을 상징적 정점으로 하는 중산층 인물들의 부박한 삶을 냉소적인 회의의 시선을 통해 비참한 것으로 제시한다.17)

(3) '풍자'와 '환멸'을 통한 소설계의 변화

이상 살핀 1920년대 초기 소설의 낭만주의적 경향은 1922~3년경에 이르러 전면적인 변화의 양상을 보인다. 현실을 축소 혹은 부정했던 작품들이, 식민지 치하의 궁핍한 현실을 전면적으로 폭로함으로써 완전히 새로운 면모를 보이는 것이다. 우선 작품의 주인물들이 유학생 출신의 청춘 남녀에서 도시 기층민이나 소작농 등 궁핍한 민중으로 대체된다. 인물들의 지향 역시 개인성・예술・자유 연애 등 추상적 근대성에로가 아니라, 하루하루의 생존을 영위해 나가는 데에 놓여진다. 그 결과 작품의 성격은 낭만주의적인 것에서 현실 폭로적인 자연주의적 경향으로 변모된다. 총괄하여 '현실 외면, 부정에서 현실 수용, 폭로로의 전면적인 변화'를 보이는 것이다. 이러한 변화는 일종의 지각 변동에 해당된다. 작품과 작가에 관련된 모든 것이 180도 변화하는 까닭이다. 신경향파에 이르기까지의 우리 문학사가 진정한 (근대)문학을 수립하려는 다양한 시도로 점철된다는 점을 염두에 두면, 이 시기의 변화란 또 하나의 새로운 문학이 자신을 전

---

17) 이러한 점이 가장 잘 드러난 작품으로는『너희들은 무엇을 어덧느냐』를 들 수 있다 (졸고, 「『너희들은 무엇을 어덧느냐』론―작품의 내적 특질과 소설사적 의의를 중심으로」, 『새국어교육』 51호, 한국국어교육학회, 1995.7 참조). 「電話」로 대표되는 중기의 단편들을 예로 하면 그의 작품들에는 '중산층 인물들의 의식의 천박함'이 항상 한 자리를 차지하고 있다.

면적으로 드러낸 것이라고 할 수 있다.

이광수가 구축한 이상주의적 계몽 문학을 상대로 해서 자신의 진정성을 주장했던 1920년대 초기 낭만주의적 소설계의 형성이 새로운 작가들의 등장에 의한 것이었음에 비해서, 자연주의 소설계로의 진입은 또 다른 작가층들에 의해 촉발·기획된 것이 아니다. 초기 문단을 구성했던 기성 작가들이 스스로의 작품 세계를 변화시킨 것이다. 이른바 신경향파 작가들은 이 변화된 지형 속에 또다른 차이를 강조하며 편승한 것일 뿐이다. 이러한 사정은 매우 중요한 의미를 띤다. 변화가 (작가층의 지속을 고려할 때) 전면적인 단절을 통해 이루어진 것이 아니어서, 이전 작품과의 긴장을 다루는 계기적인 작품 세계가 가운데 놓이는데, 이들을 통해 근대소설의 고유한 특성에 관한 문제들이 드러나는 까닭이다.

소설계의 변화는 두 가지 길을 따라 이루어진다. '풍자'의 길과 '환멸'의 길이 그것이다. 이는 계기적인 작품 세계가 두 가지 양상을 보인다는 것이다. 먼저 풍자적인 작품들을 살펴본다.

1923년이 되면 추상적 근대성에 대한 동경을 풍자하는 작품들이 적지 않게 등장한다. 이를 통해서, '추상적 이상'이 추방되고 식민지 조선 사회의 궁핍한 현실이 들어설 여지가 마련된다. 스타일리스트로서의 면모가 강한 김동인의 경우, 이미 1921년에 「음악공부」를 통해 풍자적인 시선을 비친 바 있다. 염상섭 역시 「해바라기」(1923년), 『너희들은 무엇을 어덧느냐』(1923~4년) 등을 통해서 풍자적인 시선을 갖추기도 했다. 그러나 소설계의 변화를 이끌어 내는 것으로 풍자적인 작품들을 발표한 중요 작가는 현진건과 나도향이다. 현진건의 「피아노」(1922년)와 「까막잡기」(1924년), 나도향의 「춘성(春星)」과 「여이발사」(이상, 1923년) 등이 대표적인 예이다. 이들 작품은 이른바 '참예술'이니, '참사랑' 등으로 대표되는 추상적 근대성에 풍자의 초점을 맞추고 있다.

'수만원 재산'을 가진 신혼부부가 '이상적 가정'을 꾸리기 위해 피아노를 들여놓은 뒤 서로 칠 줄 모르는 사실을 알게 되었다는 현진건의 「피아노」는 낭만주의적 동경을 허황한 것으로 풍자한다. 미소지니스트[여자를 미워하고 싫어하는 이]인 인물이 친구를 따라 음악회에 갔다가 한 여학생이 모르고 행한 까막잡기에 순간 도취되나, 자신의 외모를 보고 원래 상태로 돌아간다는 줄거리의 「까막잡기」는, 당대의 연애 풍속과 허울 뿐인 예술 감상을 보다 직접적으로 풍자하고 있다. 미완으로 끝났지만 낭만성이 방탕으로 변화된 「타락자(墮落者)」(1922년)의 경우도 유사한 계열로 놓을 수 있다. 이들 작품들을 바탕으로 한 위에서, 냉정한 현실 응시의 면모를 보인 「할머니의 죽음」(1923년)이나 신경향파에 가까운 양상을 보이는 「운수 좋은 날」(1924년)·「불」(1925년) 등의 이질적인 작품 세계가 가능해졌다고 하겠다. 가장 낭만주의적인 작가라 할 나도향은 추상적 근대성에 대한 직접적인 풍자를 행한다. 「춘성(春星)」의 경우는, 초기작들에 그토록 미만해 있던 '이유 없는 울음'을 희화적으로 풍자하고, '사랑'에서 모든 낭만적 성격을 제거해 버린다. 「여이발사」는 예쁜 여이발사에 대한 허무맹랑한 착각 때문에, 옷을 전당 잡혀·마련한 전재산 오십 전을 날리는 주인공을 희극적으로 풍자하고 있다. 여기에는 낭만주의적 분위기가 풍자 대상으로서도 거의 그려지지 않고 있다.

풍자는 '매개라는 동적인 전체 체계를 의식적으로 배제한 위에서 본질과 현상을 직접적, 감각적으로 대조하는 창작 방법'이다. 본질과 현상이 직접적으로 대조된다는 것은, '우연한 사건의 단순한 가능성이, 갑자기 대상의 은폐되어 있는 본질적 특징으로 표출되게끔' 하는 방식을 의미한다. 이것이 풍자의 본질적인 특성이다. 또한 풍자는 '현상에 대한 분노, 경멸이나 증오의 뉘앙스를 수반한다.'[18] 즉 풍자는 사회의 총체성이나 세계상을 그리지 않고 개별적인 현상을 다루되, 그것이 우연히 그리고 급작스럽게 본질[현실]에 비춰지게 함으로써 실제 현실의 맥락을 통찰해 내는 비판적, 투쟁적 성격을 띤다. 위에서 살핀 현진건과 나도향의 작품들이

---

18) 루카치, 김혜원 편역, 「풍자의 문제」, 『루카치 문학이론』, 세계, 1990, 50~5, 64면 참조

모두, 개별 삽화 혹은 전체 이야기의 끝에 가서 우연히 풍자적인 주제·의미가 밝혀지는 양상을 취하는 것을, 이 맥락에서 이해할 수 있다. 이러한 구조는, 인물들이 매혹을 느끼고 동경하는 대상들이 실상은 (달리 말해서 현실에 비춰서는) 말 그대로 추상적인 것임을 가장 집약적으로 폭로하기 위한 것이다.

풍자에 대한 이러한 해석은, 이들 작품의 풍자적 성격을 명명하게 해주는 데 그치지 않고, 그러한 풍자의 저간에 무엇이 있는지, 그 원인 혹은 발생 동기가 무엇인지를 추론하는 데 밑바탕이 된다. 1920년대 초기 소설을 특징지었던 추상적 근대성에 대한 풍자는, 무엇보다도 그러한 근대성이 더 이상 추구되지 않게 됨을 뜻한다. 이는 추상적 근대성의 추상성이 실제적으로 자각되고 나아가 그 가치를 인정받지 못하게 되었음을 의미한다. 근거 없는 추론을 피하며 이러한 상태의 원인을 규명하는 것은, 1920년대 초기의 창작 상황 자체를 고려할 때에야 가능하다. 앞서 우리는 폐색된 현실과 근대적인 작가 의식의 상거가 낭만주의적인 작품 세계를 산출해 냈다고 밝혔다. 이로 본다면, 풍자적인 작품들의 등장은 바로 그러한 작가 의식이 더 이상 창작 과정상에서 힘을 발휘할 수 없게 되었음을 증거하는 것이라고 하겠다. 달리 말해 보자면, 그렇게 약화된 작가들의 이상과는 반대로, 폐색된 식민지 현실의 힘이 상대적으로 강해졌음을 드러내는 것이라 할 수 있다. 위 작품들의 풍자적인 면모가, 현상적인 서사의 진행이 급작스럽게[우연히] 현실과 대조되면서 드러난다는 사실로 이 점이 확인된다.

풍자적인 작품들이 갖는 의의는 결코 적지 않다. 현실 외면에서 현실 수용·폭로로 이르는 소설계의 변화 즉 낭만주의적인 경향에서 자연주의로의 불연속적인 전환을 가능케 한 것이기 때문이다. 이를 두고 소설사적인 의의라 평가하는 것은 그리 과도하지 않다고 보여진다. 풍자적인 작품들의 계기적인 성격이, 소설 엄밀히는 근대소설 일반의 고유한 특성을 보다 강화하는 것이기도 하기 때문이다. 앞서 우리는 이들 작품이 풍자일 수 있는 것이, 추상적인 현상을 폭로할 수 있게 해 주는 현실(성)의 등장에 의한다고 하였다. 현실이 등장하며 그 위력이 서사에 결정적인 영향을 끼친다는 것은, 근대소설을 그 이전 시대의 서사와 구분짓는 기본적인 특징이다. 따라서 풍자적인 작품들이야말로 우리 문학사에 있어서 처음으로 근대소설의 가장 고유한 특징 하나를 담아낸 것이라 할 수 있다. 물론 뒤이은 자연주의적 작품들에 비하자면 그 양상은 미미한 것일 수 있지만, 외부의 영향 없이 자생적으로 소설계의 지형을 변화해 냈다는 점을 생각하면, 이들 작품의 의의는 십분 강조해도 좋을 것이다. 작품의 층위에 국한하여 요약하자면, 근대소설이라는 장르가 자신을 확립해 내려는 초기 양상으로 풍자적인 면모를 띤 것이라 할 수 있겠다.

1922~3년경의 소설계 변화를 가능케 한 또 하나의 길은 염상섭 문학에서 찾아진다. 앞에서 우리는, 추상적 근대성에 대한 동경과 좌절을 통해서 식민지적 비참함을 인식하게 된 불행한 의식의 설정이란 곧, 내면을 형상화함으로써 근대적인 개인상을 구축한 것이라 하였다. 이 점이 가장 잘 드러난 작가의 경우가 바로 염상섭인데, 초기 삼부작의 경우 그 핵심은 바로 '환멸'에 놓여 있다. 당겨 말하자면, 이 환멸이『만세전(萬歲前)』에 이르러 보다 냉정해지면서 '초연한 무감동(Apathie)'[19]에 기반한 현실 인식까지 갖추게 될 때, 1920년대 전기 소설계의 지형 변화가 완결된다.

염상섭의 초기 삼부작 즉「표본실(標本室)의 청(靑)개구리」와「암야(闇夜)」·「제야(除夜)」는 1920년대 초기의 문학 상황 자체를 형상화의 대상으로 삼고 있다. 이상이 현실화될 수 없음을 알면서도 그에 대한 동경을 포기할 수 없는 상황에 처한 인물들의 내면이 이들 작품들의 공통 주제이다. 추상적 근대성에 대한 도향 소설의 지향이 맹목인 데 반해, 상섭 문학의 시선은 이상과 현실 양자를 모두 포착하고 있다. 이 두 가지를 축으로 해서 작품 세계의 긴장이 마련된다. 그러나 작품의 주제를 이루는 이 긴장

---

19) 호르크하이머 / 아도르노, 김유동·주경식·이상훈 역,『계몽의 변증법』, 문예출판사, 1995, 140면 이하 참조.

은 어디까지나 심정적인 것이다. 현실의 폐색성과 그것에 대조됨으로써
더욱 강렬한 빛을 발하는 지향점[추상적 근대성], 이 양자의 현격한 거리에
서 빚어지는 인물의 내면 심리에 초점이 맞춰지는 까닭이다.

한층 더 중요한 것은 그러한 긴장 자체는 이미 지나가버린 것이라는
점이다. 즉 긴장과 대립의 결과가 판명났다는 것인데, 여기가 바로 초기
삼부작의 출발점이다. 「표본실(標本室)의 청(靑)개고리」의 주인공 X는 귀성
한 후 칠팔 삭(朔) 동안 방에 틀어박힌 채, "몸을 어대를 두르리던지 「알코
ー르」과 「니코진」의 毒臭를 내뿜지 안는 곳이 업슬만치 疲勞"20)한 상태
에 있다. "무엇을 생각하는 것도 안이요, 생각하랴는 것도 안인 完全한
失神狀態에 捕虜가 된"(48면) 「암야(闇夜)」의 주인공 역시 동일한 상태에 있
다. 모든 것이 갈 데까지 갔기에 어떠한 일도 의미가 있을 수 없는 지경
에 처한 「제야(除夜)」의 최정인도 마찬가지다(59면). 이들을 특징짓는 무기
력함, 현실적으로 아무런 일도 하지 않으며 스스로들은 또 할 수도 없다
고 느끼는 이런 상황은, 이상과 현실 사이의 긴장이 파국을 맞이한 결과
이다.

「표본실(標本室)의 청(靑)개고리」의 X는 아직도 추상적 근대성에 대한 동
경의 잔영을 보여준다. 여기서 잔영이라 함은, 낭만주의적 지향이 '참 개
인' 등의 목적항을 향하는 것이 아니라, 현실을 떠나고자 하는 욕망으로
위축되어 있는 까닭이다. "如何間 이 房을 免하여야 하겟다. (…중략…) 어
대던지 가야하겟다. 世界의 끗까지. 無限에. 永遠히. 발끗 자라는 데까지.
……無人島! 西伯利亞의 荒凉한 벌판! 몸에서 기름이 부지직부지직 타는
南洋!……아ー아"(13면) 하는 데서 이러한 사정이 잘 확인된다. 도착해야
할 특정한 대상은 없고 단지 현실을 벗어나고자 하는 조급증만이 전면화
되어 있다. "永遠히 흘러가고 십다. 끗업는 대로……"(14면)라는 식의 무방
향성이야말로, 동경의 대상을 잃어버린 소진된 낭만주의의 잔해를 증거

20) 염상섭, 「標本室의 靑개고리」, 권영민 외편, 『廉想涉 全集』 9권, 1987, 11면. 이하 초
기 삼부작에 관한 인용은 별도의 표시 없이 본문 속에 면 수만 기재함.

한다. 이러한 상태의 현실적 양상이 권태일 터인데, 그 핵심은 환멸이다.

이 환멸을 보다 명확히 자각한 경우, 달리 말해서 낭만주의적 동경이 소진될 수밖에 없는 당대의 상황을 인지하고 있는 경우가 바로 「암야(闇夜)」의 X이다. 그에게는, 그 무엇도 의의나 힘이 있다거나 장려하고 엄숙하게 보이지 않는다. 그가 이러한 상황에 놓인 까닭은, 당시의 청년들이 "괴로워 괴로워 하며 個性의 自由롭은 發顯이 無理하게 抑壓되는 것을 恨歎하며 人生問題니, 厭世主義니, 써드는 것은, 밥이 不足하다는 哀訴에 분칠하는 것에 不過"(56면)함을 간파한 때문이다. 물론 그의 인식은 현실 항이라기보다는 주체의 부정적인 측면에 쏠려 있다. 해서 (당대 문청·지식인들의 공통된 특징인) 추상적 근대성에 대한 열망이란, 그가 보기에 '결쭉발이 兒孩의 연'에 지나지 않는다. '自己 欺瞞, 自己 愚弄'에 불과한 것이다.[21] 그러함에도 '밥이 不足하다'는 현실의 위력을 인식한 것은 주목할 만하다. 이로써 지금껏 살펴본 '식민지적 비참함을 바탕에 둔, 내면적 지향성의 성취 불가능성'이 명확한 표현을 얻은 까닭이다.

밥이 부족한 현실에서 너무나도 큰 이상을 포지했기에 피할 수 없는 무위성이란, 그러한 이상이 추상일 수밖에 없음을 자각한 환멸의 현실적인 양상이다. 일반화하여, 좁은 현실과 넓은 이상을 설정하고 있다는 점에서 이들을 환멸의 낭만주의라고 할 수 있겠다. 루카치에 따르면 환멸의 낭만주의는, 영혼의 삶이 운명보다 더 넓고 더 크기 때문에 둘 사이가 일치하지 않는 소설 유형이다. 여기서는 자체 속에서 어느 정도 완결되고 내용적으로도 충만한 순전히 내면적인 현실이 문제가 되며, "내적 현실과 외적 현실 사이의 동일성을 실현하려는 삶의 시도가 실패로 끝난다는 것"이 형상화의 대상이 되고 있다.[22]

---

21) 이러한 인식은, '모든 실제 현실을 왜곡하고 마는 과도한 주관성'에 빠져 있던 1920년대 초기 소설계에 대한 통찰이라는 점에서 '보바리즘'에 값한다고 할 수 있다. 이러한 인식이 막바로 환멸로 이어지는 것은, 문학사적인 전개상 개연성을 갖는 것이다. 플로베르에서 프루스트로 이어지는 이러한 흐름을 지적하고 있는 아놀드 하우저, 백낙청·염무웅 공역, 『文學과 藝術의 社會史—現代篇』, 창작과비평사, 1974, 83~4면 참조.

지금껏 살핀 1920년대 초기 소설의 대부분은 환멸의 낭만주의적인 면
모를 뚜렷이 보여준다. 이들 중에서 염상섭의 작품들이 갖는 특징은, 환
멸의 상황을 철저히 인식하고 있다는 데서 찾아진다. 좁은 현실과 넓은
이상, 달리 말해서 폐색된 식민지 현실과 수입된 추상적 근대성의 부정합
적인 조우라는 상황을 반성적으로 통찰한 위에 있는 것이다. 이러한 '반
성'과 그로 인한 암울한 분위기의 구축은 상섭의 작품들을 환멸의 낭만주
의의 모범으로 위치지운다.23) 나도향의 작품이 서정소설적인 특징을 보
인다는 점24)에 비할 때 이러한 점은 주목할 만하다. 특히 「암야(闇夜)」는
이런 점에서 1920년대 초기의 문인들 및 문단의 상황, 구체적으로는 창작
상황 자체를 형상화한 작품이라고 할 수 있다.

여기서 우리의 관심을 요하는 것은, 「암야(闇夜)」 등에 드러난 이러한
인식적 요소야말로 현실 인식의 중요한 또 한 가지 양상이라는 사실이다.
앞서 우리는 여타의 작품들이 이데올로기상의 소망의 형식으로 현실에
대한 상을 간접화한 뒤에, 풍자를 통해 스스로를 부정함으로써 새로운 소
설계로 향하는 하나의 통로를 마련했음을 밝혔다. 현실 외면에서 현실 수
용으로 나아가는 이 변화에 있어서, 염상섭 소설의 전개는 조금 다른 경
로를 밟는다. 이 과정에는 환멸로 특징되는 현실 인식의 태도가 그 핵심
에 놓여 있다.

아도르노와 호르크하이머에 따를 때 '환멸'이란, 자신을 포기하고 적
대적인 외부를 모방하는 심리이다. 위압적인 자연·외계에 맞서서 자신

---

22) 루카치, 『소설의 이론』, 앞의 책, 146~7면 참조.
23) 환멸의 낭만주의 구성에 있어서 '반성'과 '분위기'의 요소에 대해서는 루카치, 『소
설의 이론』, 앞의 책, 150면 참조.
24) 졸고, 「1920년대 초기 소설 연구」, 앞의 글, 22~9면 참조. 랠프 프리드먼에 의하면,
'주인공에 의해 세계가 왜곡, 용해, 축소되어 내면의 일부가 되어버린 상태 위에서, 계
기적이고 인과적인 서사의 흐름을 동시적인 이미지 속에 투영시키며, 개성적 인물의
행위를 시적 퍼스나로 탈개성화하여 보여주는 소설들'(대표적인 작가로 그는 헤르만
헤세나 앙드레 지드, 버지니아 울프 등을 꼽는다)이 서정소설이다(신동욱 옮김, 『抒情
小說論』, 현대문학사, 1989, 1장 참조).

을 유지하고자 하는 미약한 인간이, 자신이 탈영혼화시킨 자연에 스스로를 동화시키는 방식, 달리 말해 "자연의 경직성을 모방하고 애니미즘적으로 자기 자신을 해체"하는 방식을 통해서 자연을 지배하고자 하는 책략[희생의 내면화]의 외부적인 틀이다. 책략의 양상이 능동적이고 결과가 자연에 대한 지배로 현상하지만, 자신의 본성과 이상을 희생하는 것인 까닭에 유쾌할 수 없다. 그래서 환멸인 것인데, 이는 시민적 삶의 원리로 지적된다.[25]

여기서 중요한 것은, 근대적 주체가 취하는 생존 전략인 환멸의 원리 자체가, 권력 관계상 자신이 열세에 놓여 있다는 인식에 기반한다는 점이다. 염상섭 소설의 환멸이 폐색된 현실의 힘을 가장 잘 담고 있다는 것은 바로 이 맥락에서이다. 환멸 자체를 명료히 포착할 만큼 그의 작품은 현실성을 가장 잘 인식하고 있는 것이다. 도향의 작품보다도 서사라고 할 것이 약화된 채 내면에 집중하는 것 역시, 현실에 비해 내면이 위약함을 절감한 결과이다. 그가 나름대로 독립 운동을 기획했었다는 점이나 그 후 동아일보 정치부의 창간 기자가 되었다는 사실[26]은 이러한 현실감의 방증이 된다. 반면 유미주의적인 개인 탐구라는 이데올로기를 체현코자 했던 김동인에게 환멸이 없는 것은 당연한 일이다. 이러한 사정은, 궁극에 있어서 진실로 사적이고 개인적인 '인간의 탐구'를 기치로 내건 창조파의 다른 구성원들, 예컨대 전영택에게서도 마찬가지이다. 낭만주의적 열정에 몸을 내맡긴 나도향 역시 그 비사회적·비역사적 태도로 인해서 지금 의미의 환멸과는 거리가 멀다. 그야말로 허구적인 낭만 정신의 화신일 뿐이다.

---

25) 호르크하이머·아도르노, 『계몽의 변증법』, 앞의 책, 94-5면 참조. '애니미즘적으로 자신을 해체(animistisch sich selber auflost)'("Adorno Gesammelte Schfigten" B.3, Suhrkamp, 1984 S.76)한다는 구절에 대해 영어본은 'despiritutalizing itself'(*Dialectic of Enlightenment*, trans. John Cumming, THE SEABURY PRESS, 1972, 57면)라는 역어를 썼는데, 문맥을 이해하는 데 훨씬 적절하다. 루카치 식으로 말하자면 인간 역시 자연처럼 물신화된다는 의미가 함축되어 있다.

26) 김윤식, 『염상섭 연구』, 앞의 책, 54~8, 67~72면 참조.

이렇게 현실의 힘, 현실성을 가장 뚜렷이 의식하고 있는 염상섭의 작품 세계가 그러한 의식을 실제로 묘사해 나가는 것은 자연스러운 일이다. 현실적 구체성이 없는 초기 삼부작과 당대 현실에 대한 정확한 인식을 담아냈다는 『만세전(萬歲前)』은 이렇게 연관된다. 지속과 변화의 계기가 공존하는 불연속적인 연속체가 이루어진 것이다.

『만세전(萬歲前)』은 어떤 의미에서도 단일한 성격의 작품이 아니다. 여기서는 주인공 이인화 외에도 김천 형과 부친, P자 등 각기 제 목소리를 내는 인물들이 설정되어 스타일의 혼합이 어느 정도 이루어지며, 주인공 이인화의 면모 자체가 복합적인 양상을 보인다. 그는 거리를 띄운 채 행하는 냉철한 현실 인식과 더불어서, 문학청년 식의 감상이나 '더러운 호기심'에 이끌리는 방탕한 욕망을 함께 갖추고 있다. 이렇게 『만세전(萬歲前)』에서는 인물들의 설정이 결코 단순화되지 않은 채 현실적인 맥락을 부여받고 있다. 이 위에서 『만세전(萬歲前)』의 서사는 '지체되는 여로'로 특징지워진다. 이러한 서사 구성은 이 작품의 복합적인 성격을 강화해 준다. 여로가 진전되면서 식민지 상태의 현실이 폭로·해부되는 것은 익히 알려져 있다. 그러나 이 여로는 끊임없이 지체된다. 실제의 여정이 늦춰지기도 하고['여로의 우회와 지체'], 사건시에 대한 서술시의 확장['비여정적인 상념 및 대화의 확대']을 통해 여정이 더디게 진행된다. 이때 확장된 서술시는 상당 부분 이인화의 상념에 바쳐지는데 그 상념의 한 축이 바로 추상적인 근대성에 대한 성찰로 채워져 있다. 따라서 『만세전(萬歲前)』이 담고 있는 현실상은 이인화라는 인물의 내면을 본질적으로 구명하는 방식이 확장되면서 포괄된 것이라고 할 수 있다. 요약하여 이 작품은 추상적 근대성에 경도된 의식의 세계가 현실과 빚는 불협화 및 거리를 끊임없이 확인함으로써 양자를 드러내는 구조로 이루어져 있다. 그 결과, 문제적 인물로서의 이인화와 봉건적·식민지적 현실의 대비 형식을 통해서, 식민지 현실에 대한 객관적인 파악을 보여줌과 동시에 식민지 근대화의 문화적 결과로서의 추상성, 식민지적 비참함을 여실히 형상화하고 있는 것

이다. 이로써『만세전(萬歲前)』은, 1920년대 초기 작품들과 동일한 창작 상
황 위에 있으면서도 식민지 궁핍화 현상이 진행되던 당대의 현실에 대한
정확한 통찰까지 담아낸 기념비적인 작품의 지위에 오른다. 이러한 지적
은 1920년대 초기 소설의 최상의 지양 형태가 바로『만세전(萬歲前)』임을
의미한다.

　넓게는 한국 근대소설의 전개 과정에서, 좁게는 1920년대 전반기 소설
계가 보이는 변화 과정에서『만세전(萬歲前)』이 차지하는 위상은 매우 중
요하다. 이때 그 핵심은 이인화라는 문제적인 인물을 창출해 냈다는 데서
찾아진다. 전반적인 식민지 궁핍화 현상, 노동력의 부당한 착취 양상 등
에 대한 통찰과 그에 따른 울분에도 불구하고 이인화는 행동 및 그에의
결의를 보이지 못하지만, 사실 바로 그러한 이유로 해서 그의 의미가 증
대된다. 그의 그러한 태도가 실은 근대 자본주의 사회의 개인 주체의 진
면목에 해당하기 때문이다. 자신의 동경과 이상을 무참히 꺾는 적대적인
현실을, 1920년대 초기의 작품들처럼 주관 속에서 무시·배제하지 않고
그 자체로 인정하면서 직시하는 이인화의 태도는, 개인적 자의로부터 독
립된 현실의 강제법칙적인 진행 과정을 합리적으로 인식하고 계산하는
것이다. 현실의 진행 과정 자체에 개입하려는 대신에, 법칙들을 기성의
것으로 간주하고 그 가능적 결과들을 계산하는 데 매몰되어 있는 것 즉
그 기능작동을 관찰자적으로 통제할 뿐인 태도를 취하는 것은, 노동자나
관료, 시민을 막론하고 자본주의 시대에 속한 근대인의 보편적인 특징이
다.27) '무덤'으로 상징되는 폐색된 식민지 현실을 방관자적인 입장에서
통찰해 낸 이인화가 보이는 태도, 즉 자포자기 식으로 모든 것이 없어져
버리기를 바라거나, 혹은 '進化論的 모든 條件'에 의해서 사태가 그 자체
대로 흘러갈 것이며 그러다 보면 혹은 좀 나아질 수도 있으리라는 생각
을 하는 것28)은, 자신의 개입에 의해서 사회를 바꿀 수는 없다는 의식,

27) 루카치, 박정호·조만영 옮김,『역사와 계급의식』, 거름, 1986, 168~173면 참조.
28) 염상섭,『萬歲前』, 고려공사, 1924.8, 146~7면.

기성의 사회 체제가 이미 공고한 실체라는 부르주아적 의식을 확연히 보여준다. 이런 점에서 『만세전(萬歲前)』은 자본주의의 시대 즉 근대 시민사회에 처해 있는 개인의 면모를 최초로 형상화한 작품이기도 하다.

지금 이 자리에서 중요한 것은, 정관적인 현실 인식을 담아냄으로써 『만세전(萬歲前)』에 의해 1920년대 전반기 소설계의 지형 변화가 완수되었다는 사실이다. 초기의 낭만주의적인 현실 외면 경향이 이후 자연주의적인 현실 폭로로 대체되는 과정의 한 통로이자 그러한 변화 전체를 확인시켜 주는 작품이 바로 『만세전(萬歲前)』인 것이다. 변화의 완수 혹은 확인이라는 지적은, 풍자적인 작품들이 전대의 경향에 대해서 '의식적인' 단절을 기획한 반면에, 상술했듯이 『만세전(萬歲前)』이야말로 말의 적극적인 의미에서 지양을 이루어 냈다는 사실을 강조하기 위한 것이다. 이 작품에 드러나 있는 두 가지 요소 즉 식민지 궁핍화 현상을 겪고 있는 현실에 대한 정확한 통찰적 인식과 더불어서, 그럼에도 불구하고 (현실화 가능성이 없다는 의미에서) 낭만적인 동경을 여전히 간직하고 있는 이인화의 내면적 지향은, 바로 1920년대 전반기의 문학사적인 의미 맥락을 지양의 대상으로 보존해 내고 있는 것이다. 이를 두고, 풍자적인 작품들이 불연속적인 측면에서의 변화를 확인시켜 주는 반면에 『만세전(萬歲前)』은 지속과 변화라는 연속적인 불연속의 방식으로 소설계의 지형 변화를 이루어 낸 것이라고 할 수 있겠다.

(4) 자연주의 소설계의 면모

풍자와 정관적인 현실 인식을 통해 이전 시기와 단절적인 변화를 보인 새로운 소설계는, 식민지 치하의 궁핍한 현실에 대한 폭로적인 묘사라는 매우 낯선 특징을 보인다. 새로운 소설계의 실제적인 양상 및 의미를 고찰하기에 앞서, 이러한 변화의 단절적인 성격을 강조할 필요가 있다. '현실 외면에서 현실 수용으로의 변화'로 요약할 수 있는 1922~3년경의 분절은, 사실상 한국 근대문학의 전개에 있어서 처음으로 현실의 구체적인 맥락을 작품 내로 끌어들였다는 의의를 갖는다. 당대 현실에 대한 핍진한 묘사의 부재는 비단 1920년대 초기 소설에 국한되지 않고, 애국계몽운동기나 1910년대의 소설에도 적용되는 일반적인 특성인 까닭이다.[29] 그 궁극적인 원인이 어디에 놓이든 간에 이러한 사실을 앞에 두고서, 근대문학의 일반적인 특징이 현실과의 밀접한 관련성임을 고려해 보면, 적극적으로 현실을 형상화해 내고자 하는 1920년대 중기의 소설들이야말로 한국 근대문학의 본령을 여는 것이라고 할 수 있다.

이러한 인식은 1920년대 중후반의 소설계를 이해하는 데 있어 흔히 빠지기 쉬운 편견을 예방해 준다. 이른바 '신경향파에서 KAPF로 이어지는 좌파 문학과 그에 의해서 대타의식적으로 규정된 민족주의 문학 양자의 대립'이라는 이분법적인 파악이 그것이다. 이러한 구도가 문학 운동 혹은 좁혀서 비평계의 층위에서는 1920년대 후반에 적실성을 가짐에 틀림없지만, 소설계에 그대로 적용할 경우 상당 부분 실제에 대한 왜곡이 되어 버린다. 당겨 말하자면, 적어도 1920년대 중반의 소설계(1923~1927년)는 양분된 것이 아니다. 앞서 말한 소설사적인 흐름에 비춰볼 때 이 시기는 오히려 '적극적인 현실 폭로'라는 '단일한 특징'으로 묶일 만하다. 신경향파적인 작품들과 여타 작품들 사이의 차이는, 이러한 문학사적인 공통 속성 내에서의 차이일 뿐이며, 그나마 1925년을 넘어서기 전까지는 아예 존재하지도 않았고 그 이후에도 경계를 명확히 할 수 있을 만큼 뚜렷한 것이 아니다. 결론적으로 '신경향파 대 민족주의 문학'이라는 이원적 구도는, 소설계의 실제를 가리는 비평 혹은 문단 정치적 가상에 불과하다고 할 수 있다. 이념상의 대립이라는 형식이, 말 그대로 대동소이한 양상을 보이는 소설계의 진면목을 가린 것이다.[30]

---

29) 현상윤 등의 단편들에서 현실적인 맥락을 읽어낼 수 있다는 주장이 있지만, 실상 그 양상은 1920년대 초기 소설에서 보이는 바 현실성에 대한 간접적인 작품화와 대차가 없다.

새로운 소설계의 진면목은 다시 강조하지만 당대 식민지 현실을 적극
적으로 수용한다는 데 있다. 예술지상주의적 입장에서 자의적으로 소설
을 '만들어' 냈던 김동인의 경우31)를 이제 문학사적인 의미에서 지류로
제외한다면, 어떤 경향으로 분류되는가를 막론하고 모든 작가가 이러한
양상을 보여 준다. 이는 다시 작가 의식의 차원에 있어서 현실 폭로·비
판 정신의 예각화로 특징지어지며,32) '작품 내 세계'[공간적 배경]의 구체
화,33) 인물들의 계층상 하향화34)로 작품에 드러난다. 그러나 이들 작품에
서 그려지는 현실이, 사회적 역관계의 총화로서 즉 하나의 전체로서 파악
된 것은 아니다. 인물들간의 대립이 설정된 몇몇 경우도 자본주의적인 계
급·계층 관계를 보이고 있지는 않다.

이런 의미에서 이들 작품의 경향을 자연주의로 지칭할 수 있겠다. 먼
저 개별 작가들의 작품 세계를 일별해 본 뒤에, 그에 기반하여 자연주의
의 내포를 마련해 보고자 한다.

『만세전(萬歲前)』을 통해서 새로운 소설계를 이끌어 낸 염상섭은, 「해바
라기」, 『너희들은 무엇을 어덧느냐』(1923~4년) 등을 통해서 당대의 풍속을

---

30) 이와 관련하여 '논쟁적 구도'에 대한 가라타니 고진의 다음과 같은 언급을 떠올릴
수 있다. "대립이라는 형식이 사실은 그물망 형태로 엉켜 있는 원래의 모습을 보이지
않도록 만들었을 따름인 것이다"(박유하 옮김, 『일본 근대문학의 기원』, 민음사, 1997,
205면). 문제를 문제로서가 아니라 징후로 읽자는 그의 제안은 여기서도 유효하다. 뒤
에서 확인되겠지만, 문단 양분법이라는 틀은 사실 창작과 비평 등 제반 문학 활동이
정합적으로 이루어지리라는 추단에 기인하는 것이다.
31) 이 맥락에서 볼 때 그의 '인형조종술'은, '작품 내 세계'에 대한 작가의 전지전능한
장악을 위한 창작방법론이라고 할 수 있다. 현실적 맥락에 대한 형상화의 경시 혹은
서사성의 약화는 그에 따른 필연적 결과라고 하겠다.
32) 임화, 「小說文學의 二十年」, 『東亞日報』, 1940.4.14.
33) 임화, 앞의 글, 같은 곳 참조. 그는 "신경향파 문학은 새로운 현실의 발견에서 새로
운 방향을 수립한 문학이었다"고 주장하고 있다. 그러나 '새로운 현실의 발견' 곧 도시
빈민이나 농촌을 형상화하는 것이 유독 '신경향파'에만 국한되는 것이 아님을 유념할
필요가 있다. 본고가 보기에, 그의 지적은 사실 1920년대 중기 소설계 일반의 특성을
가리키는 것이다. 임화의 이러한 지적은 문단 양분법이라는 가상의 뚜렷한 예라 할 수
있다.
34) 조남현, 『韓國現代小說研究』, 앞의 책, 271, 284면.

묘사해 내고 있다. 전시기의 주제였던 추상적 근대성을 일상의 문제로 다루는 것이다. 이렇게 작품 세계를 완전히 변모시킨 염상섭 문학이 「잊을 수 없는 사람들」, 「금반지(金斑指)」(이상 1924년), 「전화(電話)」(1925년) 등을 통해 보여 준 중인층 삶의 형상화는, 당대 현실을 끌어들이고 있다는 맥락에서 일차적으로 그 성격을 구명할 수 있다. 물론 1920년대 초기 소설계에 있어서 상섭 문학의 고유한 특징이, 현실적 역관계를 통찰한 결과로 빚어진 침통한 환멸을 전면적으로 형상화한 데 있음은 사실이다. 또한 누구보다 먼저 초기 소설계의 낭만적 추상성을 극복하고자 노력했고, 그 주요한 방편으로 『만세전(萬歲前)』을 써 내었음도 이미 살펴보았다. 그러나 '환멸'은 어디까지나 추상성을 벗지 못한 것이며, 『만세전(萬歲前)』조차도 아직 추상적 동경의 세력권 속에 있음도 확인되었다. 이렇게 볼 때, 1924년 경에 들어서 발표된 작품들의 면모 즉 현실 세계의 실제적인 맥락을 생활 차원에서 세밀히 그려나가는 것은, 자연주의 소설계의 등장에 부합되는 새로운 경향이다.

자연주의로의 변화 양상이 극적으로 명확히 드러나는 것은 나도향과 현진건의 경우에서이다. 나도향은 앞서도 말했듯이 「춘성(春星)」과 「여이발사」를 통해서 이전 작품들을 지배했던 추상적 근대성을 풍자한 뒤, 「행랑자식」(1923년) 이후 자연주의로의 급격한 변모를 보인다. 궁핍한 시대의 인간성 훼손을 여인의 타락을 통해 그려 낸 「전차 차장의 일기 몇 절」(1924년) 이후 「물레방아」와 「뽕」(이상 1925년)으로 이어지는 계열은 '(신경향파의 농촌)보다 안정된 농촌'이라는 작가 고유의 현실 형상화 영역을 개척한 것이다. 나아가 도향은 「지형근」(1926년)에 이르러, 노동자들의 열악한 상태에 대한 진지한 묘사와 더불어 당대 현실의 동력학을 어느 정도 그려내는 수준에까지 오르고 있다.

1920년대 초기 소설 문학에 있어서 '가정'을 작품 배경으로 하여 가장 안정된 틀을 구사했던 현진건의 경우는, 누구보다 일찍 실제적인 맥락을 포착하고 있다. 「타락자(墮落者)」·「유린」(이상 1922년)을 통해서 '자유연애'

라는 당대의 이상을 일상의 차원으로 끌어내린 뒤에 그러한 이상 일반을
간명하게 풍자한 「피아노」에 이어서, 그는 현실의 구체상을 본격적으로
형상화하는 모습을 보여 준다. 「운수 좋은 날」(1924년)과 「불」(1925년)을 거
쳐 「고향」(1926년)으로 이어지는 현실 탐구 계열과, 「우편국에서」와 「한머
니의 죽음」(이상 1923년), 「동정」(1926년)으로 묶이는 심리 탐구를 통한 현실
비판의 계열로 대변될 그의 작품들은, 자연주의라는 소설 지평의 한 자리
를 공고히 해 주는 것이다.

　새로운 소설계가 안정적으로 자리잡은 시점에 발표된 그의 단상 「조선
혼(朝鮮魂)과 시대정신(現代情神)의 파악(把握)」35)은 '朝鮮魂'이라는 다소 모
호한 개념에도 불구하고 자연주의의 자세를 간명히 보여 주는 것이어서
주목할 만하다. 1920년대 초기의 문학 경향을 비판하는 맥락에서 진술되
는 "朝鮮文學인 다음에야 朝鮮의 쌍을 든든이 듸듸고 서야 될 줄 안
다"(134면)는 전제적인 언급은, 현실을 중시하는 자연주의 작가의 태도를
지칭하는 것이다. 이는 더 나아가서, "달쓴 氣熖에서 고지식한 槪念에서
수고로운 模倣에서 한거름 쒸어나와 차근차근하게 제 周圍를 觀照하고
고요하게 제 心臟의 鼓動하는 소리를 들을 제 이것이야말로 우리 文學의
運命인 줄 깨달을 수 잇슬 것이다"(135면)와 같이 보다 구체적으로 즉 창
작 방법론에 가깝게 진술된다.

　이렇게, 염상섭이나 나도향·현진건 등 1920년대 소설 문학의 초기를
장식한 작가들이, 1923년 무렵을 기축으로 해서 작품 세계를 변모시킨 뒤
1920년대 중반의 자연주의 문학을 열어 가는 것에 맞춰 이익상·김기진·
박영희·최서해·주요섭 등이 자신들의 작품 세계를 전개하며, 그 뒤를
이어 조명희·한설야·이기영·송영·최승일·이종명 등이 등장, 바야흐
로 전면적인 자연주의의 시대가 소설계를 장악한다. 이런 흐름에서 볼 때,
자신의 창작 방법을 고수하여 원리상 현실과의 접촉을 계속 유보하는 김

35) 『開闢』, 1926.1.

동인의 경우는 사실상 1920년대 중기 문학사의 지류로 구획할 수 있다. 마찬가지로 주된 작품 경향을 따질 경우, 대체로 당대 현실 저 너머를 형상화하고 있는 전영택(「백련과 홍련」·「마리아」 등)과 박종화(「시인」·「부세」 등) 등의 이 시기 비자연주의적 소설들은 단순한 에피소드 수준을 넘지 못한다고 하겠다(박종화는 '역의 예술론'을 주창하면서는 창작에서 손을 뗀다). 물론 이들 역시 자연주의의 흐름에 부합하는 작품들도 내놓고 있다. 김동인의 「감자」(1925년)나 전영택의 「화수분」(1925년)이 그것이다. 이들 비자연주의 작가의 자연주의적인 작품들은 사실, 자연주의 소설계의 전문단적 확산을 예증한다는 데서 의미를 갖는다.

여기서 자연주의라는 개념은 서구 문예사조의 전개상 한 자리를 차지하는 '문학의 특정한 내용'을 그대로 옮겨온 것이 아니라, 그 본질적인 원리로서의 '특수한 예술적 방법'을 지칭하는 것이다. 반형이상학적 실증주의·과학주의를 기초로 하여, 현실의 기술에 있어서 어떠한 미적·형식적 법칙에도 종속되지 않겠다는 급진적인 주장이 자연주의의 새로운 원리가 된다.[36) 작품의 완미한 구성보다는 현실의 궁핍상에 대한 핍진한 묘사를 지향하는 경향이 자연주의의 핵심이라 할 것이다. 좀더 구체적으로는, 현실의 기술이 전체적인 관련을 포착하지 못한 채 부분적인 현상에 매몰되어 있는 사실이, 자연주의를 리얼리즘과 구별짓는 본질적인 경계가 된다. 이러한 경계는 자연주의의 한계에 대한 지적이기도 하다. 궁극적으로 자연주의는 현실을 폭로, 고발한다는 이데올로기적 원리와 개별적 사실간의 관계를 제대로 마련하지 못한 채 현상에 매몰되는 특징을

---

36) 자연주의의 '내용'과 '방법' 양자의 구별은, 스테판 코올, 여균동 역, 『리얼리즘의 역사와 이론』, 한밭출판사, 1982, 144면. 자연주의의 일반적 특성에 대한 이상의 지적은 127~8면 참조. 코올의 정리에 따를 때, 자연주의에 대한 기존의 연구는 '주관·시각[전망perspective]·당(파)성[진보적 세계관]의 결여'로 특징되는 과학주의[인식론적 소박성]의 비판으로 귀착된다. 몇 안 되는 과학적 법칙으로 생을 단순화함으로써, 모든 리얼리즘의 본질적인 요소인 '상황을 의식하게 해 주는 역할'을 수행하지 못하게 된다는 것이다(141~7면 참조).

보인다.37)

이와 유사한 내포를 담고서 1920년대 중기 소설계를 자연주의로 규정한 경우가 바로 임화이다. 그는 소설계의 실제와 당대의 '자연주의' 개념 용례 모두를 중시하여, '朝鮮自然主義'라는 개념을 쓰고 있다. 그에게 있어서 자연주의란 "文學으로부터 全體的(歷史的 社會的) 關心이 收縮하고 個性의 自律이란 것이 當面의 課題가 된 時代의 樣式"38)으로 규정된다.39) 여기서 '전체적(역사적·사회적) 관심의 수축'은 현실에 주목하되 현실의 전체 면모를 형상화하지는 못하는 인식 능력상의 수준을 가리키는 것이며, 당면의 과제로서의 개성의 자율이란 폭로해야 할 부정적인 것으로 현실을 인식케 해 주는 준거라 하겠다. 이럴 경우, '朝鮮自然主義'란 '전체적 관심'은 있되 작품상으로 형상화해 내지는 못한 작품 세계, 즉 세계관의 미비 등으로 현실을 총체로 파악하지 못하는 수준에서 현실 형상화를 지향하는 작품 양식을 가리키는 것이라 할 수 있다.

1920년대 중기 소설계의 양상에 비춰볼 때 이러한 지적은 적실하다. 인물 구성 및 배경의 설정에 있어서 하층민들을 대상으로 궁핍상이나 빈부 대립을 주제화하지만, 이들 작품에서 현상 너머의 본질적인 과정에 대한 통찰 등을 찾을 수는 없다. 『만세전(萬歲前)』에서 이미 등장한 바 있던 현실의 전개 과정·원리 등에 대한 파악은 부재한 채, 개별성에 매여 현실의 단면만이 제시되는 것이다. 작품이 보이는 현실상 자체가 특정 등장인물이 갖는 의식의 한계에 갇혀 있다고 할 것인데, 이는 작가 의식 차원에

---

37) 루카치, 문학예술연구회 역, 『우리 시대의 리얼리즘』, 인간사, 1986, 119면 참조.
38) 임화, 「小說文學의 二十年」, 앞의 글, 1940.4.12일자.
39) 이러한 규정은 문학학의 일반적인 입장에서 볼 때, 자연주의와 낭만주의의 속성을 함께 묶어 놓은 것이라 할 수 있다. 본시 자연주의와 낭만주의 모두가 경제적 주관주의의 이중적 현현태라는 점(루카치, 『우리 시대의 리얼리즘』, 앞의 책, 125~28면 참조)을 고려한다면, 이러한 규정이 빚어질 수 있었던 상황을 논리적으로 이해할 수도 있다. 그러나 학적 보편성을 위해서는 문예학 일반의 자연주의 개념과 관련하여 그 의미를 안정적으로 쓰면서, 임화의 규정이 실제 작품들과 내용상 부합되는 측면을 살려 낼 필요가 있다.

서 전체적인 현실관이 부재한 데 연유한 것이라 하겠다. 달리 말하자면 당대 현실을 고정된 것으로밖에 바라볼 수 없었던 작가들의 정관적인 태도로 인해서, 극단적인 상황에 몰려 좌절하는 인물들의 협착한 시야를 넘는 현실 형상화가 부재하게 된 것이라 할 수 있다. 궁극적으로 이러한 양상은, 계몽주의의 실패 이후 작가들이 사회를 총괄적으로 보는 능력을 스스로 폐기하거나 상실한 탓이라 하겠다.

(5) 신경향파 소설의 위상

1920년대 중기 소설계를 자연주의로 지칭할 때 가장 문제되는 것은 이른바 '신경향파 소설'을 어떻게 볼 것인가 하는 점이다. 본고의 구도는 이미 제시되었는데, 이 역시 자연주의의 일부라는 것이다. 결론적으로 말하자면 '신경향파'의 핵심은 '사회주의적 자연주의'에 해당한다.

사회주의적 자연주의라는 규정은 루카치의 것인데, 자연주의를 '특수한 예술적 방법'으로 보는 본고의 문제틀에 무리 없이 적용될 수 있다. 루카치 미학에 있어서도 자연주의는 특정 시공간에 고정된 사조가 아니기 때문이다. 위대한 리얼리즘을 모범으로 하는 그의 구도에 있어서, 자연주의는 작가들이 빠지기 쉬운 함정에 해당한다. 그러한 까닭에 소위 현실 사회주의 내에서도 자연주의(적 오류)는 배제되지 않는다. 부르주아 자연주의와 구별되는 사회주의적 자연주의가 존재하는 것이다. 그에 의하면 "부르주아 자연주의는 부르주아 작가의 좌절, 즉 다양한 사실들 속에서 이론적 모형을 찾을 수 없는 무능력을 표현"하는 한편, "사회주의적 자연주의에서는 교조주의와 실용주의에로의 양극화가 이데올로기적 요소"가 된다.[40] 여기서 '사회주의적 자연주의'를 두고 루카치가 의미하는 것이, 단순히 사회주의 사회에서만 통용된다고 볼 필요는 없을 것이다.

---

40) 루카치, 『우리 시대의 리얼리즘』, 앞의 책, 119면.

사회주의적 자연주의라는 말로 그가 지칭하는 것이, '사회적 삶의 역동적
인 모순들을 반영하기를 그만둔 채 추상적 진리 곧 추상화된 맑스주의의
예증으로 전락한 문학작품들'인 까닭이다.[41]

본고에서는 루카치의 규정을 다음처럼 이해, 정리하고자 한다. 무엇보
다도 이는 복잡다단한 현상에 대한 전체적인 상(像)을 갖고는 있되, 그것
을 스스로 창출해 내지는 않는다. 문학 예술의 외부에서 마련된 것을 그
대로 받아들이는 것이다. 현실 사회주의의 경우 정권을 장악한 당의 논
리 곧 당파성에 의존하는 것이 되겠고, 그렇지 않은 경우에는 변혁을 꿈
꾸는 운동 조직의 논리 즉 변혁 이론에 의거한다. 그러한 당의 논리 혹
은 운동의 논리에 바탕을 두고, 사실상 맹목적으로 그에 복무하는 까닭
에 교조주의 및 실용주의에 빠진 것이라고 비판적으로 규정될 수 있다.
사정이 이러하기 때문에, 현실의 정확한 상을 스스로 창출해 내려는 시
도 즉 리얼리즘적인 창작방법과는 차이를 보인다. 역사와 사회를 추동
하는 모순에 대한 진지한 탐구를 포기한 채, 그러한 탐구의 결과라고
주장되고(alleged) 받아들여지는 추상 차원의 당파성 혹은 변혁 이론을 선
전하고 실현해 내는 데 치중하는 것이다. 이는 '나사못 이론'이라는 비
유를 통해 잘 알려진 대로, 전체 운동의 일환으로 문예 운동의 위상을
설정한 결과이다. 적극적·긍정적인 의미에서 볼 때 이는 전래의 문학
관을 완전히 뒤집으면서 문예와 생활의 괴리를 없애는 것이지만, 소극
적·부정적으로 보자면 전체 운동의 일부로서 자신의 위상을 정하는 것
이 지나쳐 문학 예술로서의 자신의 정체성까지도 폐기한 것이라 할 만
하다.

핵심적인 신경향파 문학의 미학적 정체를, 위와 같이 정리한 사회주의
적 자연주의로 간주하는 것은 '신경향파'가 갖는 개념 및 존재 방식상의
특징을 온전히 논구하기 위해서이다. 상술했듯이 '신경향파 문학'이라는

---

41) 같은 곳.

명칭은 엄밀한 의미에서 사조 혹은 양식상의 개념이 아니다. 따라서 그 전개 양상도 좁은 의미에서의 문학·예술 작품의 경계를 넘어서고 있다. 사정이 이러한 까닭에, 1920년대 중기 소설계의 지형도를 파악하여 신경 향파 소설의 위상과 의미를 검토하고 나아가 보편 차원에서의 특질을 밝 히기 위해서는, 신경향파의 존재 방식을 포괄하지 못하는 좁은 의미의 미 학적 개념에 입각한 분석이나 혹은 정반대로 미적 특질을 간과하기 십상 인 비문예학적인 접근[문학 운동론, 조직론 등], 이 두 가지 방식의 한계를 넘을 수 있는 개념이나 문제틀을 모색해야 한다. 미적 특질과 기능 양자 를 포괄하여 작품에 대한 보편적인 이해를 가능케 할 미학적인 검토가 그에 해당될 터인데, 본고의 판단에 따르면 '사회주의적 자연주의'라는 규정이 이에 해당된다. 이 개념은 앞서 지적한 바 '교조주의와 실용주의 에로의 경사'에서 추론 가능하듯이, 자체 속에 이미 작품 밖과 관련되는 형성 계기의 차원을 포괄하는 것이어서, 상술한 바 신경향파 소설의 특징 을 빠짐없이 분석하는 데 상당히 유용하다. 자연주의 일반의 미적인 속성 에 덧붙여 '작품'이라는 좁은 영역을 넘는 폭넓은 기능 관련까지 자신의 내포로 포괄하는 미학적·문예학적 개념이기 때문이다. 이로써, 1920년대 중기 자연주의 소설계의 일부로 사회주의적 자연주의에 해당되는 신경향 파 소설을 이론적으로 적절히 검토하는 것이 가능해진다.[42] 신경향파 소 설이 동시대 비좌파 작품들과 이동점(異同點) 양자를 모두 갖고 있는 사실 을 논리화할 수 있게 된 까닭이다.

여기서, 사회주의적 자연주의로서 신경향파 소설이 갖는 차별적인 특 징을 간략히나마 정리해 둘 필요가 있겠다. 이들은 무엇보다도 작품 세계 의 설정과 그 요소들의 상호 운동이라 할 서사 구성에 있어서 전체성을 구비하지 않고 있다. 막연하게나마 작품 외부로부터 주어진 틀에 따라 작 품이 주조되기 때문이다. 외부적인 틀의 존재는 대체로 서사 진행상의 급

---

42) 본고가 보기에 신경향파 소설의 나머지는 알레고리에 속한다. 1920년대 중기 자연주 의 소설계의 지형 밖에 있는 것이다. 이에 대해서는 3.1.2 참조

작스런 단절의 형식을 통해 확인된다. 이러한 단절은 두 가지 방식으로 드러난다. 급작스러운 '살인·방화·광기' 등 서사를 비약적으로 종결 짓는 행위의 설정이 하나이며, 작가 서술자에 의한 이질적인 담화 즉 작가의 언어가 서사를 없애면서 작품의 의미망에 충격을 주는 것이 다른 하나이다. 어느 경우이든 이는, 작품의도의 구축에 있어서, 주요 서사 구성 요소들이라 할 수 있는 인물 구성이나 배경의 전반적인 설정 등과는 이질적인 요소에 의해서 작품의 종합적인 의미 혹은 효과가 결정됨을 의미한다. 작품을 이루는 구성 요소들 상호간의 중층결정(overdetermination)에 의해서라기보다, 전체성을 깨뜨리는 이질적인 요소에 의해서 작품의 주제가 더 잘 확정된다는 것이다. 요약하자면, 긴밀히 관련되어 있는 두 가지 즉 '전체성의 의도적인 회피'와 '의미화의 결정적인 요인으로서의 이질적인 요소의 존재'가, 미학적인 측면에서, 사회주의적 자연주의로서의 신경향파 소설의 핵심적인 특징을 이룬다. 내용적인 측면을 덧붙이자면, 위의 특징이 바로 사회주의 혹은 반자본주의적인 기획의 소산이라는 점을 지적해 두어야겠다. 내용의 명료함이나 이념적인 깊이에서는 다양한 편차를 보이지만, 작품 외부의 추상 영역에 속하는 이러한 기획의 존재는 어렵지 않게 감지할 수 있다. 뒤에서 <신경향파 문학 담론>으로 명명할 비평들이 대표적인 예가 된다.

그러나 앞서도 지적했듯이 '신경향파 소설'이라는 개념은 문단 차원에서 구성된 것이다. 궁극적으로는 문단의 지형도를 변화시키고자 하는 문단정치적인 기획의 소산이며, 직접적으로는 그러한 기획의 표면적인 양태인 신경향파 비평에 의해서 추동된 것이다. 따라서 신경향파 소설의 외연과 사회주의적 자연주의의 그것이 일치하리라는 기대는 애초부터 난망하다. 신경향파 소설로 구획될 수 있는 작품들이 모두 사회주의적 자연주의로서의 특성을 구비하고 있는 것은 아니란 말이다. 신경향파의 '핵심'이 사회주의적 자연주의에 해당된다는 앞의 진술은 이러한 사정을 고려한 것이다. 이후 계속 논의하겠지만, 신경향파 소설의 정체성이 심히 모호한 까닭에, 이러한 부분의 논의는 성급하게 일반화하기보다는 세심히 갈라보는 것이 중요하다.

이 자리에서 1920년대 중기 자연주의 소설계의 윤곽을 개괄적으로 마련해 보면 다음과 같다.[43]

자연주의			비자연주의
부르주아 자연주의	신경향파 소설		전대의 계몽주의 예술지상주의 및 기타
	사회주의적 자연주의	알레고리	
염상섭, 김동인, 현진건, 나도향, 전영택 등	박영희, 이기영, 조명희, 최승일, 송영, 최서해, 이익상, 주요섭 등		이광수, 최독견, 박종화 등

이러한 각 계파들은 형상화의 초점이나 방식, 이념적 지향에 있어서 다소의 차이를 보인다 하더라도, 대부분 '현실의 수용 및 적극적인 폭로'라는 공통된 특성으로 묶인다. 문학사적 감각을 바탕으로 할 때 성립되는 이러한 파악은 십분 강조할 만하다. 한국 근현대문학사의 전체적인 전개에 걸치는 '구체적인 현실 관련성'이 이 시기를 통해서 마련된 까닭이다. 공시태로서 1920년대 중기 소설문학을 살피는 데 있어서도 이러한 인식은, 미학적으로만은 해결할 수 없는 잘못된 양분법을 해체할 수 있는 논거를 마련한다는 점에서 중요하다.

여기에 더해서 1920년대 중기의 자연주의는, 진정한 문학을 실현하고자 하는 전래의 기획이 비로소 근대문학의 본질적인 측면을 문제시하면서 전개된다는 특징을 보인다. 이 과정이 갖는 가장 큰 특징은, 역설적이게도 진정한 문학을 건설한다는 식의 자의식이 사라졌다는 데서 찾아진

---

43) 굵은 선은 경계의 확실함을, 점선은 반대로 경계의 불분명함을 의미한다. 이는 대단히 개략적인 것일 뿐이다. 표라는 형식상 작가가 분류 기준인 것처럼 보일 수밖에 없지만, (신경향파 소설가에 국한하더라도) 어느 작가도 일의적으로 규정될 수는 없다는 것이 본고의 파악이다. 김기진이 빠져 있는 것은 본고의 검토 결과를 반영한 것이다 (제3장 1절 4항 참조).

다. 부르주아 문인들의 경우, 현실을 받아들이되 자신들의 부르주아적 의
식의 한계를 벗어나지 못함으로써 방관자적 시선, 정관적 태도에 갇히게
된다. 이런 자리에서 새롭고도 진정한 문학을 창출해 낸다는 선구자적인
의욕이 소진되는 것은 당연하다 하겠다. 반면 기존의 문학적 성과들을 모
두 비판해 내면서 '신경향'을 선명히 제창하는 좌파 문인들의 경우는, 문
학이라는 근대적·자본주의적인 제도 혹은 영역 자체를 폐기하고자 함으
로써, 그러한 자의식 자체를 실질적으로 지양해 내고 있다. 부르주아적인
문학의 영역 자체를 폐기하고 문학과 현실 사회 운동을 뒤섞고자 함으로
써, 진정한 문학을 제창한다는 '문학적' 자의식은 약화된 것이다. 사정이
이러한 까닭에, 실질적인 인정 투쟁의 양상은 가장 치열했지만 '문학형'
들간의 투쟁이 벌어지는 지평[arena]이 실종된 경우가 바로 1920년대 중기
의 자연주의 소설계이다.

2) '진정한 문학'의 재정립과 예견의 형식

(1) 새로운 문학관의 전복적 구도

소설계의 변화와 더불어서 문단 전체의 분위기가 변화하고 있음을 볼
수 있다. 일찍이 문학 청년들이 중심이 된 이른바 동인지 문단 시기에도,
평론계에서는 새로운 문학을 소개하거나 요망하는 글들을 적으나마 찾아
볼 수 있었다.44) 그러던 것이 1923~4년에 이르러서는 뚜렷한 세력을 이

---

44) 대표적인 예로 다음과 같은 글들을 지적할 수 있다.
  김석송, 「文學과 實生活의 關係를 論하야 朝鮮新文學 建設의 急務를 提唱함」, 『동아
    일보』, 1920.4.20~4.
  이익상, 「藝術的 良心이 缺如한 우리 文壇」, 『開闢』, 1921.5.
    「革新 文壇의 建設─社會改造의 原動力은 革新 文學이다」, 『동아일보』,
    1921.6.7.
    「社會 發展의 階段─文學 革新, 産業革命」, 『동아일보』, 1921.

루면서 기존의 부르주아적인 문단을 배격하고 그를 대체할 새로운 문학 즉 좌파 문학을 요청하게끔 되었다. 물론 이러한 움직임도 초기에는 자연주의적인 현실 탐구의 문학을 대망하는 평론들과 확연히 갈라지는 것은 아니었다. 그러나 신경향파 비평 시기를 총괄적으로 바라보면, 그 초기 양상 혹은 전신으로 분류할 수 있는 글들을 따로 추려내는 것이 가능해진다. 추상적 근대성을 열망하는 예술지상주의적인 동경에서 현실과 생활로 시선을 돌리는 문단 전체적인 변화 양상 속에서, 좌파 이데올로기적인 성향을 비교적 뚜렷이 드러내는 글들의 갈래가 확인된다는 것이다. 이러한 글들의 일차적인 지표는 '문학 청년들의 유탕적인 것' 나아가서는 '부르주아적인 것'이라고 기존의 문단을 대상화하는 데서 찾아진다. 이 점에서, 낭만주의적인 문학계를 이루었던 기존 문인들의 자성적인 변모의 움직임과는 거리를 띠운다.

이러한 글들은 크게 보아서 새로운 문학을 도입·소개하거나, 당대의 문단 및 작가들의 경향을 비판하거나, 좌파적인 새 문학의 수립을 염원하거나 하는 식으로 나누어 볼 수 있다. 여기서는 이 중에서 1923~4년에 걸쳐서 '새로운 문학'을 요청하는 데 초점을 맞추는 일반적인 평문들만 추려 보기로 한다.[45]

잘 알려진 임정재의 「문사제군(文士 諸君)에게 여(與)하는 일문(一文)」(『開闢』, 1923.7)이 먼저 검토될 필요가 있다.[46] 본고가 강조하고자 하는 것은 문단의

「佛蘭西의 革命과 文學의 革新」, 『동아일보』, 1921.9.1~10.29.
玄相允, 「生活에 接觸하고 修養에 努力하라」, 『동아일보』, 1922.1.1.
「文士는 何在오—革新鼓를 鳴하라」, 『동아일보』, 1922.1.6.
「中國의 思想革命과 文學革命」, 『동아일보』, 1922.8.22~9.4.
「文化建設의 核心的 思想—民族感情과 生活意識」, 『동아일보』, 1922.10.4.
北旅東谷, 「現中國의 舊思想, 舊文藝의 改革으로부터 新東洋文化의 樹立에 他山의 石으로 現中國의 新文學 建設 運動을 이약이함」, 『開闢』, 1922.12.

45) 다른 갈래에 속하거나, 시기적으로 뒤에 발표되는 신경향파 비평들에 대해서는 제2장 2절 1항에서 포괄적이면서도 상세하게 논의한다. 여기서는 <신경향파 문학 담론>의 형성 과정을 살피기 전에, 평단의 분위기를 파악하는 데 필요한 사전 논의에 국한한다.
46) 이 글에 대해서는, 그것이 신경향파 문학의 등장을 알리는 선편에 해당하며, 사회 운

변화와 관련한 이 평문의 위상이다. 이렇게 볼 때 그의 글은 1920년대 초기 문단이 주목했던 '개인'의 문제를 지양하는 논의 구도를 보인다는 점에서 의의를 갖는다. 그는 순수한 개성 표현 운동의 한계를 돌파하여 '大自我·階級自我·全的自我'를 강조한다(36, 38면). 이는 좌익 운동의 전개에 있어서 핵심 사항의 하나인 주체의 문제에 있어서, 「개인 주체에서 집단 주체에로의 변화」의 중간 단계로, '사회성을 자각한, 의식적 주체'를 내세운 것이다. 예술지상주의적인 당대 문학을 사회성이 결여되었다고 비판(37면)한 뒤에 이어지는 다음과 같은 진술은 그의 논의가 갖는 이러한 성격을 잘 보여 준다.

> 歷史的으로 人間的 洞窟에 捿하든 無産階級은 民衆的 自覺으로 只今에서야 階級的 意識으로 反逆을 가지게 된 것이다. (…중략…) (지배 계급의 : 인용자) 政策에 對. 抗하려는 純然한 풀로의 熱情과 自我 所有로서 모든 藝術的 創作에도 影響을 갓게 되는 것이다.
> 그럼으로 文藝에 잇서서도 이 階級意識行爲는 當然히 人間性으로서 吾人의 人格的으로 表現되는 것이다. 그럼으로 이 階級我의 人格的 表現運動은 卽 藝術에 在하야서는 眞實한 人間으로 世界 理念의 全一에 向하는 運動이 되는 것이다. (38면, 강조는 인용자)

'강한 나'를 중요 항목으로 하여 추상적 근대성에 경도되어 있던 당대의 논의 맥락을 완전히 부정하지 않고 나름대로 지양해 내고자 함으로써, 이 글의 현실성과 설득력이 강화된다. 기존 문단의 토양 위에서 계급 문예를 주창하는 것이다. 이러한 방식으로 이 글은 예술의 임무를, 민중 자각을 통해서 (특권 계급에의) 전속 상태를 탈피하고, 민중 해방 운동에 복무하는 것으로 설정하고 있다(39면).

또 하나 주목해야 할 평문은 팔봉의 「금일(今日)의 문학(文學)·명일(明日)의 문학(文學)」(『開闢』, 1924.2)이다. 호소력 있는 수필과 클라르테 운동의 소

동과의 관련성 위에서 제출된 것이라고 평가된 바 있다(김윤식, 『韓國近代文藝批評史硏究』, 앞의 책, 25~6면 참조).

개 등으로 이미 새로운 문학에 대한 관심을 모은 바 있는 그는, 이 글을 통해서 자본주의 문명이 보편화된 현실에 기반하여 필연적으로 프로문학이 도래할 것임을 밝히고 있다. 글 말미에다 그 스스로 요약한 논지를 옮기면 다음과 같다.

> 美意識이라는 것은 生의 悲慘에서 나온 것이다―그리하야 藝術이라는 것은 愉快와 有益의 兩面을 가지고 잇는, 즉 審美와 功利를 合해서 가지고 잇는 것인데, 商業主義 資本主義 아래에서 藝術品은 裝飾品이 되고 遊戱만 爲해서 生産되게 되엿다―그것을 救援해 내오자면, 歷史的 必然을 가지고 잇는 無産大衆과 握手하야 그 效績을 急速하게 할 일, 卽 無産大衆과의 同一線上에 설 일―그리하야 우리는 感覺을 革命하고 健全한 感覺을 가져야 할 일―그러구 新興文學은 個性에 徹底, 普遍化, 新主觀의 表現으로 中心点을 가지고 잇스닛가 世界意識에 눈을 뜰 일―그리면 自然히 프로와 握手하게 된다. (54면)

여기서 주목할 점은 크게 세 가지이다. 예술을 심미와 공리의 양측면에서 사유한다는 점, 근대 자본주의하에서의 예술 상황을 문제시하고 그 해결을 무산대중과의 일치에서 찾는다는 점, 끝으로 신흥문학의 핵심을 '개성의 보편화' 및 (그 결과에 해당하는) '신주관(新主觀)'의 표현에서 구한다는 점이 그것이다. 이러한 주장들은 역사의 필연적인 전개 과정에 부합하는 것으로 설정됨으로써 당위성을 띤다.

이 외에 장적파(張赤波)는 「문화운동(文化運動)과 무산자운동(無産者運動)」(『조선일보』, 1923.8.2~3, 5~10)을 통해서, 중산 지식 계급의 '문화주의'가 무산 계급의 이해에는 부합되지 않는다고 비판한 뒤(8.5), '국가와 사회를 토대로 하는 경제 결정론 및 착취 / 피착취의 계급적 사회조직'에 기반하여 "一種의 過渡期的 푸로레타리아 文學"으로 '新文化運動'을 소개·제창한 바 있다(8.10). 보다 적극적으로 문인들의 변화를 최촉하는 글로는 취공(鷲公)의 「문학혁명(文學革命)의 기운(機運)―「푸로」와 애국문학(愛國文學)」(『동아일보』, 1924.10.20)을 들 수 있다. 이 글은 '生活飽滿을 노래하는 外國文學의 模倣'이나 '大衆을

威嚇하는 文字 羅列'을 경계한 뒤, '무산 계급의 단결' 주장과 애국·민족애
가 일치한다는 전제 위에서, 대중 속에 들어가 민중과 보조를 같이 하는 '민
중의 생활 의식의 반영이자 생명의 발로인 작품'을 요구한다.

　현실에 착목하는 데서 나아가 궁극적으로는 좌파 이데올로기를 지향하
는 문학에 대한 요청이 문단 전체로 확대되었음을 집약적으로 보여 주는
것이 <명년도(明年度) 문단(文壇)에 대(對)한 희망(希望)과 예상(豫想)> 특집
(『매일신보』, 1924.11.30·12.7, 14)이다. 여기서 빙허는 "左傾的 色彩가 잇는 作
品이 만히 出生되리라고 豫想"(11.30)하고 있으며, 鄭栢은 농민의 문학인
'戰鬪文學'을 희망하면서 "「프로」派가 一層 눈의 씌일 만큼 發展할 것"이
라 진단한다. 卞熙瑢 역시 '戰鬪文藝'의 경향이 조금 보였다고 진단한 뒤
에 그것이 많아지기를 희망하며, 홍명희는 '경제 사상을 다분히 담은 문
학'을 희망·예상하고 있다(이상, 12.7). 비슷한 맥락에서 박종화 역시 민중
과 괴리되어 배척되고 압박받는 것이 아니라 '민중에게서 사랑받는 문학'
을 요청한 바 있다.[47]

　이상에서 살핀 새로운 문학을 요청하는 글들은, 두 가지 점에서 나름
의 특성을 보인다. 첫째는 논의의 구도에 있어서 현실에 대한 파악을 필
수적인 내용으로 담음으로써, 추상화될 위험을 스스로 방비하는 경우가
두드러진다는 점이다. 문학 이론·작품에 대한 이전의 소개는, 소개되는
것이 그 자체로 가치 있기 때문에 식민지 현실에서도 마땅히 도입, 실현
되어야 한다는 논리 형식을 취하고 있었다. 반면 이 시기의 수입·소개
및 새로운 문학의 주창은, 식민지 현실이라는 토대의 특성에 비추어 볼
때 마땅히 도입, 실현되어야 할 것이자 나아가서는 틀림없이 등장[현실화]
할 것으로 대상을 대하고 있다. 소개되는 문학이 그 자체로 가치가 있거
나 중요해서가 아니라 당대 현실의 특성에 비춰 꼭 있어야 하고 있을 수
밖에 없다는 당위성·필연성을 강조하고 있다. 이러한 논의 구도는, 당대

────────────

47) 朴月灘, 「甲子文壇縱橫觀」, 『開闢』, 1924.12, 112~4면.

현실의 보편적인 특징에 대한 파악을 내용상 중요한 항목으로 설정한 데
서 가능해진다. 그러한 파악이 구체적인 내용을 보이지 못한 채 일반적·
보편적인 차원에서 근대 자본주의 사회의 면모를 지적하는 데 그치고 있
을 뿐이라 해도, 이러한 논의 형식은 소중하다. 소개되는 이론의 박래품
(舶來品)적인 성격을 상당히 약화시키고 나아가서는 소개 행위가 이식의
차원을 넘어설 수 있게 하는 것이기 때문이다.[48]

새로운 문학론의 둘째 특성은, 비록 의식적으로 주장된 것은 아니지만,
문학의 '존재 양상'에 대한 새로운 견해를 맹아적으로 담고 있다는 데 있
다. 내용을 떠나서 본다면 1920년대 중기의 새로운 문학의 주장 역시 이
전의 것과 다를 바가 없다고 할 수도 있다. 그 형식에 있어서 '새롭고 진
정한 문학'을 건설하려는 또 하나의 시도인 까닭이다. 그러나 여기서는
문학 자체의 영역 혹은 문학의 고유성[자율성, 제도적 성격]을 폐기하고, 문
학 바깥의 현실과 관련된 것으로 문학의 진정한 모습 또는 존재 방식을
제시하고 있다. 이러한 기획은 1920년대 중반에 이르기까지 문학계의 지
절들을 분화시켰던 '진정한 문학의 구축 시도들' 중의 또 다른 하나에 그
치는 것이 아니다. 기존의 시도들은 문학의 기능 방식, 존재 방식 등에서
의 고유성을 중시하고 있었다. 이러한 시도들이 무의식적이나마 문학이
라는 경계 내에서 진정한 문학상을 구축코자 하는 것, 달리 말하자면 사
회 내에서 문학이라는 것의 고유한 존재 영역을 마련하려는 것이었다고
할 때, 1920년대 중기의 기획은 그것들 모두를 타자로 설정하는 매우 이

---

48) 이러한 판단은, 국외 이론의 도입, 소개나 해외 작품의 모방 등 사실적인 차원에서의
영향관계를 실증적으로 따지는 방식에 의해서는 이식문학론의 문제가 제대로 극복될
수 없다는 인식에 기반하고 있다. 사실로서의 이식은 문화 교류의 한 양상이므로 그
자체로 문제될 만한 것이라고 하기 힘들다. 따라서 '한국 근대문학의 역사는 이식문학
사'라는 명제는 이식성의 여부에 대한 검토를 통해서만 극복, 지양될 수 있다. 이식된
것이란 무엇인가? 현실적 토대를 갖추지 못한 것 즉 현실 속에서 나름의 존재 근거를
찾지 못한 것이다. 따라서 이식문학론에 대한 극복은, 수입·소개된 문학이 당대 현실
과 관련을 맺지 못하고 이질적인 것으로서 존재했던 것은 아니라는 판단이 내려질 때
에만 제대로 이루어진다고 할 수 있겠다.

질적인 것이다. 이 시기에 제시된 진정한 문학의 기획 즉 현실에서 연원하고 그와 밀접하게 상호 작용을 하는 문학을 수립하려는 시도는, 사회 내에서 문학이라는 고유한 영역의 경계를 허무는 것, 문학의 사회적 기능에 주목함으로써 그 존재적 특징을 무화하는 혹은 의미 없게 하는 것이라 하겠다. 이러한 특성이, 현실과의 관련을 필수적인 내용 항목으로 한다는 앞의 특성과 밀접히 연관된 것임은 따로 강조할 필요가 없겠다.

(2) 예견 혹은 소망의 담론

앞서 우리는 1920년대 중기에 전개된 새로운 문학(론)의 소개가, 논의 형식에 있어서 현실 항목을 중요한 것으로 설정했으며 그 결과 문학의 존재 양상 자체를 근본적으로 변화시킬 전복적인 힘을 가진 것이었음을 살펴보았다. 그러나 이 힘은 어디까지나 잠정적인 것이다. 당대 현실을 직접적인 대상으로 설정하여 자신을 실현해 내려고 하기 전까지는 가능성에 그칠 뿐인 까닭이다. 그러므로 이들 소개는 논리적 구도가 명징할수록 그만큼 더 공소하고 추상적이라 할 수 있다.

하나의 이론이 역사적인 의미를 띠는 것은, 공소하고 추상적인 수준을 떠나 현실에 일정한 영향을 행사하거나 최소한 현실에 대한 본질적인 해석으로 기능하게 될 때이다. 자본주의 사회의 본질적인 '문제'인 계급갈등을 문학적 형상화의 주요 대상으로 설정한 1920년대 중기의 새로운 이론적 동향은 이 맥락에서 중요한 의미를 띤다. 식민지 근대화의 전개에 따라 무산 계층이 확대 일로에 있는 이상 한국에서의 계급갈등은 자명한 것이었고,[49] 따라서 새로운 이론들이 현실에 대한 해석이자 동시에 그 변

---

49) 무산 계층의 증가는 대체적으로 농촌의 해체에 따른다. 조선총독부의 자료를 주로 검토하고 있는 김영모의 「日帝下의 社會階層의 形成과 變動에 관한 硏究」(조기준 외, 『日帝下의 民族生活史』, 玄音社, 1982)에 따르면, 당시의 실업자는 백만 명을 넘고 있는데(554면) 이들 중 상당 부분은 농민층의 양극 분해(601면)와 그에 따른 이농자의 증가 및 도시 유입(553면)으로 형성되었음을 알 수 있다. 노동자 계층 역시 꾸준히 증가

화를 기하는 실천일 수 있는 가능성을 가진 것이기 때문이다. 그러나 위에서 살폈듯이, 이 이론들이 현실을 정확히 읽어 냈을 때 얻어지는 구체성을 아직 확보하지 못한 것 또한 사실이다.

이러한 상황에서 당대 사회의 구체적인 현실, 좁혀서는 문학적 현실과 적극적인 관련을 맺(고자 하)는 이론적 경향이 등장한다. 문단의 동향을 읽어 낸 위에서 작품들이 갖춰야 할 새로운 특성을 열렬히 주창해 내는 비평이 전개되는 것이다. 작가적 태도 혹은 작품상의 새로운 경향을 예견하고, 나아가 촉촉하며 그 결과 끝내 사실로서 확증하는 비평들이 그것이다. 이것들은, 서구 혹은 일본의 동향이나 새로운 좌파적 문학 사상 등을 소개함으로써 전복적인 힘을 갖지만 아직 추상성을 벗지 못하고 있는 글들과는 달리, 당대 현실 속의 작가와 작품들을 대상으로 설정함으로써 현실성을 어느 정도 획득해 낸다.

비평적 글쓰기가 현실성을 갖추는 것은, 최소한 '내용 구성의 형식'에 있어서 문단의 실제적인 동향이나 구체적인 작품들 및 그 특징을 언급함으로써 가능해진다. 이러한 글들의 논의 형식은 '실제를 읽어내는 방식' 뿐만 아니라 가까운 장래의 작품 혹은 문단 경향에 대한 '예견' 방식까지 포함한다. '예견'이라 하더라도, 원론적인 맥락에서 현대 예술이란 어떠한 것이라든지 당대 실정에 비추어 어떠어떠한 예술이 있어야 한다는 식의 당위적인 글들과는 달리, 당대 현실 속에서 지시 대상을 가지고 있다는 점 즉 자신을 가늠해 볼 수 있게 할 기준[작품]을 자신 밖에 가지고 있다는 점에서 추상성을 벗는 것이다.

식민지 조선의 현실을 앞에 놓고 새로운[좌파적인] 문학 경향을 읽어 내는 글의 첫머리에 오는 것이 바로 박종화의 「문단(文壇)의 일년(一年)을 추

하는데, 1921~5년간의 轉業離村者 중 46.3%가 勞動者 및 기타 傭人으로 전업하고 있어(574~5면), 인구 비율상 1920년에는 8.43%가 상공업에 관여하게 된다(593면). 도시의 경우는 무산 계층의 증대에 따른 자본주의적 계급갈등의 소지가 훨씬 커서 1905년의 서울만 보더라도 무직자 23.0%, 상업 종사자 24.4%, 노동자 17.5%, 공업 종사자 5.9%의 비율을 보인다(573면).

억(追憶)하야-현황(現狀)과 작품(作品)을 개평(槪評)하노라」[50]이다. 주지하듯
이 이 글에서 월탄은 다음과 같이 쓰고 있다.

> 一年 동안을 回想할 째에 또 한 가지 記憶하야 둘 顯狀이 잇다. 비록 文壇의 表
> 面으로 論爭된 일은 업스나 소리 업시 잠잠한 듯한 그 밋바닥에는 朝鮮文壇에도
> 또한 뿔조아 藝術 對 푸로레타리아 藝術의 對峙될 核子가 胚胎되엇다. 勞働對資本
> 의 階級鬪爭運動은 社會的 그뿐에 그치지 아니하고 藝術의 價値論과 顯狀論에도
> 波及되어 各國 文壇의 一渦卷을 일으키게 되엇다. 只今 日本文壇으로 말하면 뿔藝
> 術 대 푸로藝術의 激烈한 鬪爭中이다. 이러한 趨勢는 우리 文壇을 圈外로 할 리 萬
> 無하다. 멀지 안흔 압날에 表面으로 나타날 現狀의 하나이다.[51]

이 진술은 겉으로 드러내지는 않았지만 두 가지 명제를 전제하고 있다.
부르주아와 프롤레타리아라는 양대 계급의 투쟁은 경제적인 영역에 그치
지 않고 전사회 차원에서 진행된다는 것이 하나이고, 이러한 투쟁은 또한
어느 한 나라에만 국한되지 않고 같은 시기 모든 나라에 걸치는 전세계적
인 차원의 현상이라는 것이 다른 하나이다. 이 두 가지 전제 위에, 문학이
사회적 투쟁과 무관하지 않으며, 식민지 한국 사회도 전세계적인 흐름으
로부터 예외일 수 없다는 주장이 놓여 있는 것이다. 명확히 의식했든 못했
든 이러한 주장을 함으로써 월탄은, 문학이라는 자율적인 영역을 폐기하
고 있으며 좌파 문학의 세계사적인 동시성에 대한 인식에 다가서 있다.
  이러한 일반적인 함의 외에 지금 논의의 맥락에서 우리가 특히 주목해
야 할 점은, 이른바 '핵자(核子)'의 지시체 및 기의가 무엇인가 하는 것이
다. '문단의 밑바닥'이라는 구절 등을 통해 글의 표면에서도 확인되지만
1920년대 초기 소설계의 자장이 짙게 드리워져 있는 당대 문학을 일별해
보기만 해도, 그것이 작품의 실제를 지칭하는 것이 아님은 자명한 사실이
다. 이미 밝혀진 바 당시 월탄과 서신 왕래를 하던 장래의 평론가 김기진

---

50) 『開闢』 31호, 1923.1.
51) 박종화, 앞의 글, 5면.

등이 '펼치게 될' 문학 사상52)이 '핵자(核子)'의 직접적인 외연에 해당된다
고 하겠다. 여기에 일본 및 각국의 추세로부터 절연되지 않고 필연적으로
변화하게 될 식민지 한국 사회 내부의 변화의 원동력도 포함될 것이다.
이는, 당시 새롭게 등장한 계급 조직들에 의해 그 가능성이 마련된 계급
간 대립을 가리킨다.53) 계급투쟁이 사회적인 데 그치지 않고 예술의 영역
에도 파급되는 것이라는 진술을 고려할 때, '부르주아 예술 대 프롤레타
리아 예술이 대치될 핵자'는, 논리적으로 보아, 사회적인 차원에서의 두
계급의 형성 및 대립상을 가리키는 것일 수밖에 없다.

　일본 문단의 동향에 심취해서 자신의 문학 사상을 형성해 가고 또 그
것을 조선에 있던 월탄 등에게 소개·권유하는 김기진의 행위 등이 '핵자
(核子)'가 일차적으로 가리키는 지시체라고 할 때, 여기서 중요한 것은 그
것이 실은 존재하는 것이 아니라는 점이다. 사회 변화의 원동력이라 해도
그것이 아직 실재하는 것이 아님은 췌언의 여지가 없다. 따라서 '記憶하
야 둘 顯狀'이라고 하여 주어진 현실을 읽어내는 방식을 취하고 있지만,
기실 이 표현이 가리키는 것이 '실재할 것임을 예상할 수 있는 대상'일
뿐이라는 점이 강조되어야 한다. 이렇게 아직 실재하지 않는 지시체와 결
합된 표현인 까닭에, 그 기의 역시 제대로 확정되지 않는 것 또한 당연한
일이라 하겠다.

　'신경향(파)'을 고찰할 때의 관건은 바로 이러한 특성이다. 문단의 동향
을 기억하는 (일반화하자면, 실제를 읽어내는) 형식에 있어서도 어김없이
드러나는 예견적인 진술, 달리 말하자면 예견 혹은 소망의 형식으로 지향
될 뿐 나름의 기의는 마련되지 않는 미정형의 상태가, 문학계의 현실을

---

52) 김윤식, 『韓國近代文藝批評史硏究』, 앞의 책, 17~23면 참조.
53) 1920년대 전기에 무산 계급 조직들이 속속 출현하기 시작하여 지식인 사회에서 반
　　향을 얻기에 이르렀음을 떠올릴 필요가 있다. 1920년 1월의 '勞動共濟會', 동년 2월의
　　'勞動大會' 등은 꾸준한 활동으로 세간에 알려져 있었으며, 1924년 봄의 '全鮮勞農總
　　同盟', '全鮮靑年總同盟', '서울 靑年會', '新興靑年同盟會' 등은 그 성격 및 주의 주장
　　에 의해 관심을 끌고 있었다(―記者, 「團體 方面으로 본 京城」, 『開闢』, 1924.6, 85면).

대상으로 하여 새로운 경향을 읽어내는 형식의 논의들이 보이는 근본적
인 특징이다.

앞서 간략히 지적한 바대로 이러한 특징은, 노동문학이나 민중문학 등
을 '소개'하거나 새로운 예술을 '주창'하는 여러 평문들의 성격과 조심스
럽게 구별되어야 한다. 후자의 경우, 그 기본적인 특징은 당위적인 주장이
라는 점에 놓인다. 암묵적이라 하더라도 일반적·보편적인 차원의 자본주
의적인 동일성에 기반함으로써, '소개 혹은 주창' 형식의 글들은 당대 현
실을 대상으로 할 필요로부터 자유로울 수 있었다. 구체적인 근거를 대지
않고도 당당히 주장할 수 있다는 것, 이것이 새로운 예술을 주창하는 논의
들의 기본 특성이다. 이들의 경우 논의 내용의 지시체는 소개되는 이론 자
체가 가지고 있는 것이며 따라서 기의 역시 안정적으로 마련되어 있다.

반면, 실제적인 지시체가 없으며, 내용에 있어서 구체적인 기의를 확정
해 내지 못하지만, 형식에 있어서는 현실을 읽어내거나 예견하는 면모를
보이는 것, 이상이 당대 문학계를 대상으로 하여 새로운 경향을 운위하는
평문들의 기본 특성이다. 이러한 특성은 '핵자(核子)'가 '신경향파'로 변모
해도 거의 달라지지 않는다. 박종화에서 김기진·박영희 그리고 후의 임
화에 이르기까지 시간적 상거에 따라 논의의 정치함에서 발전적 면모를
보여도 이 사실은 변하지 않는다.

3) <신경향파 문학 담론>의 형성

(1) 예견으로서의 신이상주의

막연하게 짐작되던 새로운 기운이 문단의 뚜렷한 흐름으로 전개되는
것은, 일본에서 귀국한 김기진과 더불어서 박영희가 장르를 넘나들며 문
학 행위를 수행함으로써이다. 이 중에서 신경향파 비평의 핵심적인 성격

을 구체화하는 작업은 회월의 몫으로 돌려진다. 먼저 회월의 「자연주의
(自然主義)에서 신이상주의(新理想主義)에－기우러지려는 조선문단(朝鮮文壇)
의 최근(最近) 경향(傾向)」(『開闢』, 1924.2. 이하 「朝鮮文壇의 最近 傾向」으로 표기함)
을 검토하기로 한다. 제목에서도 드러나듯이 문학사적인 구도를 깔고 있
는 이 글은, 앞서 살핀 월탄의 글과 같은 맥락에 놓여 있다. 새로운 경향
에 대한 예견의 형식을 띠고 있는 것이다. 그러나 이 글은, 이후 치열한
문단 활동을 거친 뒤에 발표하는 「신경향파(新傾向派)의 문학(文學)과 그 문
단적(文壇的) 지위(地位)」(『開闢』, 1925.12), 「'신경향파(新傾向派)' 문학(文學)과
'무산파(無産派)'의 문학(文學)」(『朝鮮之光』, 1927.2) 등과 더불어 회월 신경향파
론의 구축에 있어서 빠뜨릴 수 없는 자료이다. 이 글을 통해 신경향파 논
의의 기본적인 성격이 명확히 드러나면서, 위의 글들이 정합적인 관련을
맺는 까닭이다. 회월 신경향파론의 핵심이라 할 이 세 글은 각각 현실을
토대로 하여 '신경향파'를 예견하고, 실제 현실이 된 신경향파의 위상을
밝히며, 지양되어 역사화된 것으로서 신경향파를 정리하고 있다.
　「조선문단(朝鮮文壇)의 최근(最近) 경향(傾向)」에서 박영희는 '文學의 自己
環境과 生活과의 密接한 關係'를 전제로 하여, 미처 정돈되지 못한 그 동
안의 문단 분위기를 비판적으로 검토한 뒤에 '신이상주의'라는 새로운 경
향을 '예언'한다.

　　　다시 簡短하게 作品을 가지고 보면, 出版界가 旺盛치 못한 데 짜라서, 作品의
　多數를 볼 수가 업다. 그럼으로 그 傾向도 쏘 茫然한 것이다. (…중략…) 小說을 말
　하드라도 지금 잇는 몟 個로는, 그것들이 그리 完全치 못하다 하겟슴으로 그것만
　가지고도 推量하기가 어렵다. 그러나 그것을 가지고라도 土臺를 삼어 推測하라 하
　면, 나는 朝鮮文學은 다시 模倣 업는 純眞한 浪漫主義에서 自然主義에 自然主義에
　서 新理想主義에 기우러지겟다는 가장 愚劣한 推測을 하라고 하면 할밧게는 업다.
　나타난 作品에는 아즉도 그것을 完成치는 못하엿다. 新理想主義라는 것을, 나의 쯧
　으로 말하면 文壇의 傾向보다도 豫言이라는 것이 더 茫然한 意味에서 알 듯하다.54)

────────────────
54) 박영희, 「自然主義에서 新理想主義에－기우러지려는 朝鮮文壇의 最近 傾向」, 『개벽』

인용문에서도 명확하듯 '신이상주의'라는 개념은, 실재하는 작품들의 경향에 대한 명명 즉 대상을 읽어내는 방식으로 도출된 것이 아니다. 본인 스스로 말하듯 그것은 '예언'된 것이다. 여기서 우리는 두 가지 점을 확인해 두어야 한다. '신이상주의'라는 개념의 내포와 그러한 추측이 '예언'이라는 사실의 의미와 성격이 그것이다.

박영희가 새로운 경향으로 신이상주의를 예언해 내는 데는 두 가지 이론적 전제가 마련되어 있다. "우리의 現代 狀態는, 文藝가 우리의 生活을 創造한다는 것보다도 우리의 生活이 우리의 文藝를 創造한다는 것"(96면)이 하나[A]이고, "모든 內的 生活은, 外的 生活의 美化된 것에 不過하다. 文藝는 個性의 內的 生活의 所産이라 하면 그것은 外的 生活의 美化된 形式에 不過하다"(같은 곳)는 것이 다른 하나[B]이다. 전자가 유물론의 기본 발상을 문예의 경우에 적용한 것이라면, 후자는 '문예' 영역의 특수한 메카니즘을 좀더 상세히 밝히고 있는 부분이다. 외적 생활과 문예의 중간에 '형식'이라는 매개항을 두고 있는 것이다.

그가 예견하는 신이상주의는 '由來에 나려오든 文學史에 잇는 新理想主義'와는 다른 것이라고 주장된다. 다소 길지만 신이상주의의 내포를 확인해 볼 수 있는 구절들을 검토해 보자.

① 現今 朝鮮의 作家는 지낸날 盲目的으로 模倣하는 옛 時代는 確實히 넘어선 것이다. 그럼으로 그들은 그의 生活과 그의 環境을 가장 健全한 觀察과 智的 態度로 마음 깁히 색이려는 째가 卽 現代이다. 또는 消極的 悲觀主義가 가로걸리든 째에 比하야, 新理想主義는 어대싸지든지 積極的으로 人生을 肯定하고, 生命을 사랑하고 努力을 힘쓰는 것이다. (…중략…)
② 新理想主義는 가장 堅實하고 참된 人生의 積極的 開放일 것이다. (…중략…)
③ 生活은 幻滅時代에 잇스나 文藝는 아즉 到達치 안이함(…중략…)
④ 實際로 우리 압혜는 큰 幻滅의 深淵이 가로거처 잇는 것이다. 이것은 朝鮮 全民族의 生活이 그러한 까닭이다. 그럼으로 이 幻滅을 넘어서 비로소 健全한 人生

44호, 1924.2, 95~6면.

참된 生活을 잡게 되는 것을 나는 新理想主義라고 意味하엿다. (…중략…)
　⑤ 그럼으로 朝鮮人의 現代의 生活을 外的이라 하면 그 文藝는 外的 生活의 美
化일 것임으로, 만일 그것을 明確히 그리려는 作家일 것이면 반다시 幻滅을 넘어서
는 理想主義에 기우러질 것이다. (이상, 96면)

　이 입론은 논리적으로 엄밀히 따질 때 다소 결함을 안고 있다. 유물론
적 문예관을 밝힌 첫째 전제[A]에 비추어보면 사정이 명확해지는데, 박영
희는 당대의 현실과 문예에 대한 사실적 파악[③]과 확신에 찬 예언[⑤]
사이에서 논리적인 정합성을 잃고 있다. 현재가 환멸의 시대라면 곧 도달
할 문학 역시 환멸 문학이어야 '생활이 문예를 창조한다'는 원칙적인 전제
에 부합할 터이다. 그러나 박영희는 '환멸을 넘어서는 이상주의'를 예언의
형식으로 기대하고 있는 것이다. 일단 우리는, 이렇게 형식 논리를 무시하
는 데서, 환멸의 문학을 뛰어넘고자 하는 박영희의 욕망을 확인할 수 있
다. 이 경우 '예언'의 형식이란 바로 욕망의 발현 양상으로 파악된다.
　이 문제는 그가 주창하는 신이상주의의 내포와 관련해서 해결된다. 일
차적으로 주목되는 '신이상주의' 개념의 특징은 그 지시체가 막바로 작품
일 수는 없다는 사실에서 찾아진다. ①, ②, ④, ⑤ 모두 작가적 태도를 문
제삼고 있을 뿐 작품의 미적·형식적 특징을 제시하는 것이 아니다.
　이러한 특징은 위에서 지적한 두 번째 전제[B]와 긴밀히 관련되어 있
다. 본고의 관점에 비추어, 두 번째 전제에서 중요한 것은 '문예란 외적
생활의 미화된 형식'이라는 결론적인 주장이 아니다. 그러한 결론을 이끌
어내는 추론 과정 즉 '<외적 생활이 미화된 것인 내적 생활>의 소산이
바로 문예'라는 점이 중요하다.
　이 추론의 특징은 '미화'의 대상이, 문예를 낳는 능기로서의 내적 생활
이 아니라, 내적 생활을 매개로 하여 문예와 거리를 두고 있는 외적 생활
이라는 설정에 있다. 달리 말하자면 '외적 생활의 미화'가 곧 문예가 아니
라, 바로 '내적 생활'이라는 설정이다. 문예 작품으로 산출되기 이전에, 외

적 생활을 내적 생활로 바꾸는 과정에서 '미화'가 개입되는 것이다. 그렇다면 '외적 생활을 미화한 결과인 내적 생활'과 문예 (작품) 사이에는 무엇이 있는가. '문예 곧 외적 생활의 미화된 형식'이라는 결론적인 명제에 비춰보면 '형식'이 있음을 알 수 있다. 이때 형식은 내적 생활의 형식일 수밖에 없는데, '외적 생활의 미화'가 곧 '내적 생활'인 까닭이다. 따라서 우리는 '문예 작품은 내적 생활의 형식' 즉 '내적 생활의 형식화'라고 둘째 전제의 주장을 해석해 볼 수 있다. 보다 명확히 하자면, '외적 생활의 미화＝내적 생활'[ⓐ]이고 '외적 생활의 미화된 형식＝문예'[ⓑ]이므로, '내적 생활의 형식화＝문예'[ⓒ]라는 세 단계의 인식으로 정리할 수 있겠다.

이러한 인식은 ⑤와 결부되어 중요한 함의를 지니게 된다. "文藝는 外的 生活의 美化일 것"이라는 ⑤의 결론적인 판단을 위의 정리 [ⓐ]와 관련지으면, '문예＝외적 생활의 미화＝내적 생활'이라는 전복적인 구도가 마련된다. '내적 생활＝문예' 즉 작가적 태도 혹은 실천 자체가 문예라는 주장이 성립되는 것이다. 이러한 주장이 둘째 전제[B]의 [ⓑ]와 상치되는 듯도 보이지만 ⑤의 문맥에서 "그것을 明確히 그리려는 작가"라는 언급을 고려하면, '형식＝명확히 그리려는 것' 정도가 되어 본 논의에 첨가적인 내용이 될 뿐이다.

작가의 경우 '외적 생활 및 문예 작품을 대하는 태도'라고 할 수 있는 내적 생활이 이미 미화된 것이기에 회월에게 있어 중요한 것은 사실 작품이 아닐 수도 있게 된다. 중요한 것은, 스스로의 형식을 갖추고 문예 작품으로 되는 혹은 형식화만 거치면 작품으로 되는 내적 생활 자체이게 된다. 위 인용의 ①, ②, ④, ⑤ 모두가 작가적 태도를 문제삼고 있는 까닭이 이로써 조금은 분명히 밝혀졌다고 하겠다.

이렇게 '작가의 태도'가 문제되는 상황이라면 실정화된 유물론적 구도로서 '생활이 문예를 창조한다'는 첫째 전제는 사실 그 위력을 잃게 된다. 실재하는 작품이 거의 없고 있는 것의 질 역시 보잘 것 없어도 그가 이토록 당당하게 신이상주의를 예언할 수 있는 사정 역시 이 맥락에서 해명된다. 토대에 반작용을 가하는 주체 혹은 수행자로서의 작가의 태도가 관건이 되는 까닭이다. 여기까지 와서 위 인용의 ①을 보면 회월의 신이상주의에 대한 예언은 그 핵심에 있어서 사실 예언이 아니게 된다. 그것은, 현실에서 확인되는 작가적 태도의 변화라는 사실을 지시체로 하는 기술(記述)적인 명제에 해당된다.

이상으로, 예견된 새로운 경향 즉 '핵자'나 '새로운 경향으로서의 신이상주의'의 내포는 '작가의 태도'라는 점을 살펴보았다.[55] 이러한 '경향'의 의미는 뒤로 가면서 크게 변화된다.

(2) 회월의 문단 정치적 기획과 좌파 문학의 실현

앞서 살핀 바와 같이 '신이상주의'라는 표현으로 신경향파를 예견해 낸 뒤, 회월은 1925년 12월 「신경향파(新傾向派)의 문학(文學)과 그 문단적(文壇的) 지위(地位)」를 통해 '신경향파' 문학을 '호명'함으로써 신경향파 문학을 하나의 문학사적 실재로 자리매김하게 된다.[56] 이렇게, 새롭게 등장하

---

55) 이렇게 '작가적 태도'를 중시하는 것은, 그 자체로만 보자면, 사실 1920년대 중기 문단에서 새삼스러운 것만은 아니라 할 수 있다. 좌파 진영의 반대편에서 문인들의 거점 역할을 한『朝鮮文壇』의 「합평회」에서도 "빈도수 높게 거론된 것 중의 하나는 창작에 임하는 작가의 태도"(230면)(곽근, 「1920年代 作家들의 文學認識」,『日帝下의 韓國文學 硏究−作家情神을 中心으로』, 앞의 책, 230~2면 참조)인 까닭이다. 물론 중요한 차이는 회월에게 있어서는 (부르주아적인 의미에서의) 작품의 미적 질이 철저히 배격된다는 점에 있다.

56) 여기서 '호명'이란 '이데올로기가 대상을 산출해 내는 방법'이라는 알뛰세르의 용법에 따른 것이다(알뛰세르, 김동수 역, 「이데올로기와 이데올로기적 국가 장치」,『아미엥에서의 주장』, 앞의 책, 118~121면). 따라서 회월에 의해 신경향파의 실재가 가능해졌다는 것은, 실증적인 맥락에서 시간적인 선후 관계를 따지는 것이 아니다. 사실 '신경향파'라는 명칭의 사용 시기 자체는 본질적인 의미를 갖기 힘들다. 예컨대 ASC라는 필명(안석주?)의 한 신문 칼럼에서는, 작품 속에 '라듸오쓰라마' 등의 문구가 삽입되는 등 독특한 문예를 창조한다고 하여 최승일을 '신경향파의 문인'으로 소개하고 있기도 한 까닭이다(「漫畫子가 본 文人」 6,『시대일보』, 1925.6.15). 따라서 기표 자체가 아니라 기의 즉 개념의 내포를 염두에 두어야 함은 물론이다. '신경향파'의 최초 주창 문제는 조남현, 「'傾向'과 '新傾向派'의 거리」, 앞의 글, 130~2면 참조

는, 정확히 말하자면 그 자신 주축이 되어 만들어 가는 좌파 문학을 '신경향파'라고 명명함으로써 실체를 부여해 내기까지 그의 활동은 철저하게 문단 정치적인 감각을 바탕으로 해서 수행된다. 역으로 보자면 회월의 1925년 행적은 '신경향'론이 수립될 수 있는 발판을 마련한 것이라고 할 수 있다. 여기서는 이 과정을 살피고자 한다.[57]

문단을 바라보는 당시 회월의 감각은 철저하게 계급 역관계를 의식하는 것이다. 따라서 정치적·이데올로기적인 성격을 짙게 띤다. 1925년 초 그는, 유파별 모임이나 동인 형식 즉 문학에 대한 단순한 취향 차원의 조직을 당대의 '문단' 상황으로 파악하고는, 그것을 넘어서서 "民衆全般의 生活에 對해서 혹은 感情에 對해서 確乎한 眞理를 갖기 爲해서 努力해야 한다"[58]는 주장을 편다. 이는 곧 기존의 문단 조직들을 지양, 폐기하고 새로운 문단을 형성해 내야 한다는 야심찬 기획을 의미한다. 그 기획의 실제적인 양상은, 작가들을 대상으로 편가르기를 통해 문단의 좌우파를 형성해 내는 것이다.

자신이 문예란을 맡고 있던 『개벽(開闢)』을 통해서 <계급문학시비론(階級文學是非論)>(1925.2)을 마련한 것은, '대립'을 이루게 될 '차이'를 명확히 하기 위한 초기 기획이라 하겠다. 지금까지 <계급문학시비론(階級文學是非論)>에 대한 대부분의 연구들은, 이른바 양 진영 논자들의 논의 내용을 분석하고 그 수준을 비교한 뒤 이로 인해서 문단의 대립적인 구도가 표면화되었다고 지적하는 데서 크게 나아간 바가 없다.[59] 이 특집이 신경향

---

57) <신경향파 문학 담론>의 형성 과정을 살피는 본 장의 논의 맥락에 맞추어, 예컨대 카프의 결성(1925.8) 등과 관련된 회월의 문단 활동은 논의의 직접적인 대상에서 제외된다. 또한 신경향파 문학 시기 회월의 모든 활동은 철저히 정치적·이데올로기적인 감각 위에서 이루어졌다고 볼 수 있지만, 여기서는 비평 활동을 대상으로 하여 그의 문단정치적인 기획을 확인하는 데 필요한 몇 가지 사례만을 검토하기로 한다.

58) 박영희, 「文壇을 너머선 文藝」, 『開闢』, 1925.2, 82면.

59) 이러한 규정의 대표적인 예는, 김윤식, 『韓國近代文藝批評史硏究』, 앞의 책, 28~30면. 논의들에 대한 상세한 분석은 김영민, 『한국문학비평논쟁사』, 앞의 책, 54~5, 226~30면.

파 문학 운동의 형성 및 발전 과정에서 행하는 역할 및 의미에 대한 고찰
은 부족한 것이다.60) 더욱이 문단의 대립이 표면화되었다는 결론적 파악
에서도 약간 문제가 있다. 바로 뒤에서 확인되겠지만 이 시점까지는 문인
들에 의해서 '문단의 양분'이 의식되지 않았다. 양분 자체가 사실 없었던
셈이다. 특집 참가자 중 좌파쪽 문인으로 분류되는 김석송과 박종화의
글61)은 어떤 의미로도 계급문학의 존재를 적극적으로 옹호·주장하는 것
은 아니다. 계급문학의 존재성만을 두고 보자면 프롤레타리아 계급문학
의 실재를 사실로서 인정하는 염상섭과 나도향의 소론62)보다 더 나아간
것이 전혀 없다.

신경향파 문학의 형성 및 발전 과정에 있어서 <계급문학시비론(階級文
學是非論)> 특집이 갖는 일차적인 의의는, 그러한 특집이 꾸려졌다는 사실
자체에 있다. 문단 상태를 분열된 것으로 가시화하고자 하는, 최소한 분
열될 수밖에 없는 것으로 공표하고자 하는 의도의 실현으로 특집이 마련
되었다는 사실 자체가 의미를 갖는다. 이것이 회월의 전략임은 그의 글「
문학상(文學上) 공리적(公利的) 가치(價値) 여하(如何)」의 논조에서도 확인된다.
여기서 그는 철저하게 이분법적인 논지 전개 방식을 취한다. '미의식의
문학'만이 극도로 발전하고 '생활 의식의 문학'은 그만큼 퇴패했다고 현

---

60) 유문선의 논문(「신경향파 문학비평 연구」, 앞의 글)이 위의 한계를 넘어서서 문단적
   맥락을 중시하고 있다. 그는 회월이 『開闢』에 입사한 이래 보인 행적(이하에서 논의하
   게 될 <階級文學是非論> 특집이나 『朝鮮文壇』에 대한 공격 등)에 대해서, 문단에 대
   한 회월의 감각이 잘 확인되는 것이라고 지적하고 있다(61~4, 77면). 본고의 논의는 이
   러한 지적을 포함하여 좀더 일관된 분석을 행하고자 한다. 좌파 문학운동의 현실화라
   는 신경향파 문학 시기 전체에 걸친 회월의 문단 정치적 기획의 일환으로 파악하는
   것이다.

61) 김석송의 「階級을 爲함이냐 文藝를 爲함이냐」는 '계급과 문예 혹은 특정 계급의 이
   익과 전인류의 이익'을 대립적으로 설정한 뒤 그 선택을 두고 '重大한 疑心'에 빠져 있
   음을 주제로 하고 있고, 박종화의 「人生 生活에 必然的 發生의 階級文學」은 생존경쟁
   이 있는 이상 문학 역시 계급에 따라 대립될 것이라는 필연성만을 지적할 뿐 프롤레
   타리아 계급문학을 특화하여 옹호·주창하지는 않고 있다. 자신의 계급성을 명확히
   내비치지 않은 것이다.

62) 염상섭, 「作家로서는 無意味한 말」; 나도향, 「쌀르니 푸로니 할 수는 업지만」.

실을 진단한 뒤에(50면), 양대 계급의 생활 의식의 상반성 및 그에 기인한
미의식의 상위를 논거 삼아(51~2면) '인생 전반의 평형을 상실한 자본주의
문학[부르주아 문학]'에 대립되는 '프롤레타리아 문학'을 강조하는 것이다.
특집의 주제와는 다소 거리를 갖는 이러한 내용 구성은 기존의 문단을
부르주아적인 것으로 규정하고 그에 맞서는 새로운 문학의 필연성을 강
조함으로써 문단을 양분하려는 의도를 드러내고 있다.

　이러한 의도는 『조선문단(朝鮮文壇)』에서 마련한 <조선문단(朝鮮文壇) 합
평회(合評會)>에 아예 참석치 않는 것으로 실행된다.[63] 회월과 팔봉의 행
보에 따른 문단의 잠재적 분열 가능성은 마침내 합평회 참가 문인들에
의해서도 자각되기에 이른다. 회월의 실제 비평[64]을 염두에 두고, '自己
네『쓰룹』안에서, 서로 讚揚이나 하는 듯한 혐의'를 꺼리면서 "日前 開
闢 月評을 보드라도 다른 이 것은 엇던지, 내 作만 보드라도 우리와는 正
反對가 되니"하는 염상섭의 발언[65]이 사정을 명확히 보여준다. 더 나아가
이는 작품에 대한 실감 차원에서 이미 문단의 경향이 확실하게 나뉘어졌
음을 확인해 준다.

　이런 상태에서 회월은 <조선문단(朝鮮文壇) 합평회(合評會)> 논자들과의 전
면적인 논전을 마련함으로써 자신의 문단 정치적 기획을 급격히 실현하고
자 하는 데까지 나아간다. 「산양개」를 대상으로 한 「조선문단(朝鮮文壇) 합평
회(合評會)-제삼회(第三回)」(『朝鮮文壇』, 1925.5)의 평을 계기로, 좌파 문인들을 대
거 통원한 전면적인 공격을 기획한 것이다. 김기진·이익상·조명희·이
상화·백기만이 참가한 <조선문단(朝鮮文壇)「합평회(合評會)」에 대(對)한 소
감(所感)> 특집(『開闢』, 1925.6)이 그것이다. 이 특집에서도 역시 좌파 문인들
이 총동원되어 합평회 논자들을 하나의 대상으로 규정, 비판했다는 사실 자

---

63) 팔봉은 2회부터 불참했다. 이들의 불참은 좌파 문학 진영의 행동 강령에 의한 것이
　　라고 볼 수 있다(박영희, 「草創期의 文壇側面史」, 이동희·노상래 편, 『박영희 전집(
　　II)』, 영남대학교 출판부, 1997, 340면).
64) 「二月 創作 總評」, 『開闢』 57호, 1925.3.
65) 「朝鮮文壇 合評會-第二回」, 『朝鮮文壇』, 1925.4, 72면. 강조는 인용자.

체가 일차적으로 중요한 의미를 지닌다. 회월은 합평회 논자들을 또렷하게 대상화한다. 「진실(眞實)을 잃어버린 합평(合評)」이라는 글을 통해서 <조선문단(朝鮮文壇) 합평회(合評會)> 논자들에게 '聯合하겠다는 强烈한 黨派的 意識'(102면)을 씌우는 것이다. 이는 비좌파 작가들을 하나의 '당파'로 규정해냄으로써 문학계의 전선, 즉 대립적인 구도를 명확히 하고자 하는 의도의 소산이다.

회월의 기획이 성공했음은 비판을 받은 작가들이 <개벽(開闢) 육월호(六月號)에 게재(揭載)된 조선문단(朝鮮文壇) 「합평회(合評會)」 소감(所感)에 대(對)하야> 특집(『朝鮮文壇』, 1925.7)에 참여하게 된 사실만으로도 입증된다. 회월을 중심으로 한 일군의 문인들이 집단적으로 비판을 가하고 그에 대해 다른 일군의 문인들이 대응을 한 것은, 제 3자의 입장에서 문단이 크게 둘로 나뉘어 대립되었다는 인상을 받기에 충분한 것이다.

물론 이 특집의 논자들은 대부분 회월의 규정에 대해서 소극적인 부정으로 일관하고 있다.66) 염상섭은 「조선문단(朝鮮文壇) 및 그 합평회(合評會)와 나」에서, 지나칠 정도로 섬세한 해명까지 곁들이면서(136~7면) 회월의 당파 규정을 부정하고 있다. 5회 합평회 중에서도, 동일한 태도를 보인다(148면). 「조선문단(朝鮮文壇)과 나」를 쓰는 빙허 역시 자신들을 당파로 규정하려는 회월을 두고 "부득부득 오해(誤解)하라고 덤비는 이"(138면)로 규정하며, 그룹화를 거부하고 있다. 당파 규정에 대한 이상의 해명성 거부 및 부정은, 자신들을 당파로 규정함으로써 실상은 좌파 문학의 당파적인 실재를 공고히 하려는 회월의 문단 정치적인 감각이 그들에게는 매우 낯선 것이었음을 알려 준다.

1925년 문단을 달군 이 논쟁은 표면상 작품 해석을 둘러싸고 발단된 것이며 어찌 보면 백화와 회월 두 사람간의 사단이지만,67) 논쟁을 이끌어

---

66) 「開闢 六月號에 揭載된 朝鮮文壇 『合評會』 所感에 對하야」, 『朝鮮文壇』, 1925.7에 실린 염상섭·빙허·방인근의 글들과 같은 호의 「朝鮮文壇 合評會 — 第五會」에서 참가자들이 행한 발언 참조(145~7면).

나가는 회월의 의도 면에서 살펴보자면, 문단 내에 좌파 문학의 기틀을 공고히 하려는 정치적인 감각을 추동력으로 하여 그 기획대로 실현된 것이라 하겠다. 이후 박영희는 「문단(文壇)의 투쟁적(鬪爭的) 가치(價値)」(『조선일보』, 1925.8.1~3)를 통해서, 문단을 명확히 양분하고 기존의 부르주아 문단을 새로운 문단으로 대체할 것을 주장하기에 이른다. 문단 정치적 기획을 문면에 극명하게 내세우는 것이다.

문단의 역학 관계에 대한 회월의 민감한 의식은 계속 관철된다. 신경향파 문학을 비판한 염상섭에 대한 반박문인 「신흥예술(新興藝術)의 이론적(理論的) 근거(根據)를 논(論)하야 염상섭군(廉想涉君)의 무지(無知)를 박(駁)함」(『조선일보』, 1926.2.3~19)의 결구에서, 부르주아 문사들이 함께 논전에 나올 것을 주문하는 것이 좋은 예이다.[68] 이러한 문단 정치 감각으로 인해, 자신의 작품들(「地獄巡禮」・「徹夜」)에 대한 팔봉의 시평(時評)을 반박함으로써 '내용・형식 논쟁'을 불을 지피게 되는 글 「투쟁기(鬪爭期)에 잇는 문예비평가(文藝批評家)의 태도(態度)」(『朝鮮之光』, 1927.1)를 쓰면서도, "惑은 생각하기를 金君과 나는 오래된 親友요 또 갓흔 同志라고 하면서 이러한 論議를 이리키는 것은 무슨 그 새이에 破綻이 생기지나 안이하엿나 할 것이다. 그러나 그것은 誤解에 不過한 생각이다"(61면)라고 명언해 두기를 잊지 않는다. 또한, 그 내용 전개에 있어서 부르 문예 및 그 평자와 프로 문예 및 평자를 선명하게 이분법적으로 구별하여 "쓰르 文藝 評者가 푸로 文藝를 評한다 하면 그는 確實히 푸로 文藝를 迫害하려는 手段이다"(64면)라고 단정하기까지 한다.

지금까지의 검토 결과, 회월이야말로 새롭게 마련된 문단 지형 속에서 남다른 정치 감각을 발휘하며 좌파 문학을 현실화해 낸 인물임이 확연해

---

67) 5회 합평회에서 방인근이 이러한 인식을 보여 준다.
68) 회월의 표현은 노골적, 도발적이며, 문단의 양분 상태를 확실하게 전제하고 있다. "모든 「쓰르즈와」 諸君! 廉君을 同情하거든 한 가지 戰線에 나오라! 그째는 우리도 한 가지 戰線에 나가리라!"(2.19일 분)고 외치는 것이다.

진다. 문학의 진정성을 찾아나가는 우리 문학사의 도정 중에서 '좌파 문학'이라는 새로운 것을 처음으로 열렬히 도입·주창한 사람이 팔봉 김기진이라고 한다면, 그렇게 소개된 좌파 문학을 실제 문단에다 실현한 인물은 박영희인 것이다. 그 구체적인 수단이 지금 살핀 평문들인데, 이 점에서 보자면 그가 1925년 8월에 결성된 조선 프롤레타리아 예술 동맹[KAPF]의 제1차 방향 전환기 당시 회장이었던 사실[69] 등은 이러한 문단정치적 실천의 발판이자 성과에 불과하다고 할 수 있다.

이제 회월에게 남는 것은 자파 문학 운동의 정체성을 공표하는 것 뿐이다. '신경향파'의 주창이 그것이다. 그러나 신경향파 문학의 수립 과정이 회월의 노선을 따라 단선적으로 전개되는 것은 아니다. 그와는 거리를 두고 새로운 문학을 지향해 나가는 팔봉의 움직임이 있는 까닭이다. 따라서 김기진의 비평 활동을 먼저 검토한 뒤에 다시 회월로 돌아가는 것이 신경향파 문학의 복합적인 형성 과정을 실사(實査)하는 적절한 방식이 된다.

(3) '경향'론의 이중적 의미

앙리 바르뷔스의 클라르테 운동 등을 소개함으로써 문단의 지형을 변화시키는 촉매 역할을 했던 팔봉의 논의는, 1925년 무렵에 접어들면서 좀더 구체화된다. 회월 박영희의 지향과는 달리, 일반적인 맥락에서의 좌파 문학에 대한 소개가 당대 현실에 대한 구체적인 인식을 거쳐[70] 실제적인 대상으로서의 작품들에 대한 치밀한 고찰로 나아가는 것이다. 구체화의

---

69) 김윤식, 『韓國近代文藝批評史研究』, 앞의 책, 32면, 주) 66.
70) 이러한 면모는 수필 「마음의 폐허」(『開闢』, 1923.12), 「경성의 빈민, 빈민의 경성」(『開闢』, 1924.6) 등에서 잘 확인된다. 전자는 동경 대진재를 계기로 해서 식민지하의 경제적 수탈 과정에 대한 인식을 보여주며, 후자는 서울의 빈민촌을 직접 찾아가 그 경제적 실태를 살펴보고 조선의 암울한 장래를 예견하는 모습을 보이고 있다. 이러한 수필들은, 당시 팔봉의 시가 보이는 변화와 더불어서, 열여덟의 나이로 동경유학을 다녀온 청년 김기진이 식민지 조선의 구체적 수난상을 체감해 가는 과정을 증거한다. 현실 인식이 구체성을 더해 가는 과정의 실체이자 그 소산인 것이다.

양상은 두 가지이다. 식민지 현실에 착목하여 현실성을 얻어 가는 것이 하나라면, 문학 작품이라는 실제 대상의 특성에 초점을 맞춰 나가는 것이 다른 하나이다. 여기서 주목할 점은, 전자의 경우 수필에서 잘 확인되고 후자는 실제 비평을 기반으로 한다는 사실이다. 달리 말하자면 그의 비평 행위는 작품의 틀 속에 놓여 있다고 할 수 있다. 이러한 특성은 (일반적으로 보자면 오히려 당연한 것이지만) 신경향파 비평의 틀 속에서 볼 때 회월의 노선과 뚜렷이 변별되는 것이어서 자세히 살펴볼 만하다. 이른바 '내용·형식 논쟁'의 뿌리가 여기서 마련되는 까닭이다.

새롭게 형성되는 문학 즉 자신이 씨를 뿌린 좌파 문학에 대한 팔봉의 초기 입장은, 회월이나 여타 논자들의 그것과 거의 다르지 않다. 새로운 경향에 대한 '예견'의 형식을 띠고 있는 것이다. 여기서 '예견'은 '당위적 요청'과 나란히 간다. 앞서 지적했듯 현실의 필연적인 요청에 의해서 반드시 도래할 것으로 좌파 문학을 파악하는 까닭이다. 이론을 단순히 수입·소개하는 것과는 변별되는 이러한 예견적인 글들은 1924년 말에 가서 뚜렷한 흔적을 남긴다. 『매일신보(每日申報)』에 발표된 「당래(當來)의 조선문학(朝鮮文學)」(1924.11.16)과 「'본질(本質)'에 관(關)하야」(1924.11.24), 「지식계급(知識階級)의 임무(任務)와 신흥문학(新興文學)의 사명(使命)」(1924.12.24)이 그 것이다. 내용상 연속적인 전개를 보이는 이 글들에서 팔봉은, 현실에 대한 원리적인 분석과 구체적인 파악을 바탕으로 하여 문학계의 현상을 비판한 뒤에 새롭게 등장하는(동시에 등장할 것임에 틀림없는) 문학을 밝히고 있다.

그에 의하면 당시의 조선 사회는 독액(毒液)이 충만한 현대 자본주의 문명에 의해서 '제1은 경제 생활의 고민, 제2는 회의·절망의 고민, 제3은 환멸·무력의 고민'에 빠져 있으며, 따라서 문단도 "困憊되고, 頹廢되고, 無氣力하고 春園 式의 熱情과 感激과 眞劍한 態度조차도 볼 슈 업시 墮落하고 쓸데업시 逃避와 低廻의 氣味 조치 못한 彷徨을 繼續하고 잇다"(「當來의 朝鮮文學」). 이러한 부정적인 규정에 이어서 '당래의 문학에 대한 오인(吾人

의 의무와 책임'을 말하는 방식으로 "이 그릇된 文明 아래에서 極度로 壓
迫 밧는 飢餓線上에 선 불상한 大衆의 苦悶과 反撥하는 힘과 反逆하는 義
氣와 眞理를 追求하는 感激과 人生에 對한 熱情을 아올러 가저야만 참말
로 우리의 文學은 存在할 價値가 잇다"(같은 곳)고 선언한다. 당대 문학계에
대한 비판은 「'본질(本質)'에 관(關)하야」에서 극명히 표출된다. "「이즘」과 온
갓 「波」를 드려다 놋코 물덤벙술덤벙으로 여긔져긔에 손을 대여 보고 咀嚼
도 다하지 못하고는 食傷이는 現狀"이라 하고 '날뛰는 것은 말초신경적 관
능의 무도 뿐'이라 매도하는 데까지 이른다. 당대 문학계를 대상으로 한
이러한 비판에 기반하여, 민중을 위해야 한다는 지식 계급의 임무를 다하
는 문학 즉 제4계급[프롤레타리아]이 갖는 문학을 목적으로 하는 신흥 문학
을 예견, 주창하고 이미 새로운 싹이 온갓 곳에서 눈을 텄다고 진단한다(「
知識階級의 任務와 新興文學의 使命」).

　　문학계의 지형 변화를 열렬히 지향하는 이런 평문들의 연장선상에서
팔봉은, <계급문학시비론(階級文學是非論)>(1925.2)에 마련된 지면을 통해 다
음처럼 말하고 있다.

　　　階級文學이란 本質的 傾向問題이요 決코 皮相的 題材問題가 아니다. 作品中에
　　나타난 作家의 主觀과 作中의 人物에 對한 作者의 用意와 態度 如何에 싸라서 다
　　시 말하면 作者가 쑤르 意識을 가지고 이 作品에 對하얏느냐 쏘는 作者가 푸로 意
　　識을 가지고 이 作品을 制作하얏느냐 하는 것이 그 根本問題이다.71)

　　이러한 언급이 가지는 특징은, 논의의 초점이 현저하게 '작가의 태도
혹은 의식'에 즉 궁극적으로 작가(의 세계관)에로 향해 있다는 점이다. 인용
문에 이어지는, '부르주아 문학 혹은 프롤레타리아 문학이란 것이 작가가
창작 행위를 시작하기 전에 사회악을 긍정하느냐 부정하느냐에 따라 결
정된다'(45면 참조)는 논의가 이러한 사실을 강화해 준다. 작가적 태도를 중

---

71) 김기진, 「피투성이 된 푸로 魂의 表白」, 『開闢』 56호, 1925.2, 44~5면.

시하는 이와 같은 입장은, 앞에서 살핀 바 박종화나 회월의 새로운 경향
에 대한 '예견들'과 맥을 같이 하는 것이다.

　그러나 이러한 동일성은 차츰 약해져 간다. 팔봉 고유의 '경향' 개념을
가장 잘 드러내 주는 실제 비평인 「문단(文壇) 최근(最近)의 일경향(一傾向)」
(『開闢』 61호, 1925.7)에서 이러한 변화가 뚜렷이 감지된다. 이 '변화'는 동시
에 신경향파 비평의 정체를 파악하는 데 중요한 의미를 띠는 '차이'를 낳
는 것이어서 세밀하게 살펴볼 필요가 있다.

　"文壇은 움즈기엿다.——"(124면)로 시작되는 팔봉의 「문단(文壇) 최근(最近)
의 일경향(一傾向)」은 두 부분으로 이루어져 있다. 구성상으로 볼 때 이 글
은, '新興文藝의 一端으로써 最近의 文壇에 낫하난 한 개의 傾向'을 밝힌
뒤에 개별 작품들을 검토하고 있다. 우리의 주목을 끄는 것은 전자이다.
먼저 팔봉은 '文壇的 流行이라고 할 만큼' 흔히 보이는 '살인 혹은 방화'
라는 설정이 "한 개의 色달는 傾向을 이루어 노앗다"고 지적한다. 이후
팔봉의 논의는, 현상의 기술에 불과한 이러한 사실 진술을 넘어서면서 핵
심에 다다른다. 자살 혹은 살인이라는 단순한 사실의 일치가 아니라, 자
살 혹은 살인을 낳는 이유가 '서로 共通되는 性質의 것임'을 두고 '새로
운 경향'이라고 부른다는 점을 분명히 하는 것이다. 이후 그의 논의는 현
상 배면의 근원적인 원인을 적시하면서 '경향'의 내포를 명확히 한다.

　　① 主人公이 한 사람을 죽인다 하면 그 죽이게 되는 背面에는, 반다시 '죽이지
아니하면 아니될 만한' 程度의 敵忌心과 憤怒와 生命的 叛逆이 잇는 것이다. 그리
고 쪼 한 사람이 自殺을 한다 하면 그 사람이 '自殺하지 아니하고서는 못 견딜 만
한' 程度의 鬱憤과 悲觀과 厭世가 잇서야만 한다. 그러면, 殺人을 한다든가 自殺을
한다든가 하는 主題를 붓잡고서 創作을 한다는 傾向은 곳 지금 말한 바와 가티 이
두 가지 事實을 構成하는 '必然的 條件上에 一致되는 傾向을 가젓다는 것이 된다. 다
시 말하면 殺人, 自殺을 그린다는 것은 殺人 自殺을 誘致하는 原因을 그린다는 것이
요, 傾向이라 말함은 卽 그 「原因」을 그리는 点에 잇서서의 傾向을 가라쳐 말함이다.
　　② 그러면 近來의 文壇에는 敵忌心과 憤怒와 全生命的 叛逆과 鬱憤과 悲觀과 厭世

를 그리여 내는 한 개의 傾向이 잇다고 말할 수 이다, 그리고 이것은 事實잇다(sic.). (따옴표 및 강조는 인용자)[72]

　　팔봉은 작품의 화소(話素 motif)로서 설정된 살인이나 자살 같은 현상이 아니라 그러한 사실의 '원인'을 형상화하는 데서 새로운 '경향'의 내포를 구하고 있다. 간단한 정리 같지만 그 의미를 정확히 하기 위해서는 좀더 상세히 살펴볼 필요가 있다. 회월 등의 주장과 별 차이가 없어 보이는 ②의 강조 부분이 지니는 정확한 의미를, ①과 관련하여 이해해야 하기 때문이다.

　　'살인 자살을 유치하는 원인'은 '살인, 자살을 구성하는 필연적 조건'과 동일한 의미를 가진다('원인=조건'의 등식에 유의하자). 여기서 '필연적'이라는 관형어구가 의미하는 것은 무엇인가. 일견 이 표현은 당대 사회 현실(의 변화·운동 원리)를 가리키는 것으로 보이기 십상이다. 하지만 문맥을 정확히 보면, '죽이지 아니하면 아니될 만한'과 '자살하지 아니 하고서는 못 견딜 만한'을 의미한다는 점을 알 수 있다. 의미 있는 '살인·자살'을 작품 속에 그리기 위해서는 '……아니될 / 못 견딜 만한' '적기심'이나 '울분' 등이 있어야 한다는 주장에서 그 근거를 찾을 수 있다. 결국 팔봉이 강조하고 있는 것은, 작품 밖과의 관련을 운위하는 속류 반영론의 '토대─상부구조'론 등이 아니라, 작품의 서사에 개연성을 부여해 줄 리얼리티인 것이다.

　　이로써 우리는 ②의 '적기심과 분노와 전생명적 반역과 울분과 비관과 염세'가 주인공의 살인 및 자살에 필연성을 부여해 주는 원인이자 조건이며, 새로운 경향을 새로운 경향으로 만들어 주는 형상화 대상임을 알 수 있다. 물론 여기서 중요한 것은 이러한 '적기심' 등이 작가의 것이 아니라 등장 인물의 심정이라는 점이다. 달리 말하자면 '적기심이나 울분' 등과 같은 주인공의 심정을 충분히 형상화함으로써 '살인이나 자살' 등의 사건

---

72) 김기진, 「文壇 最近의 一傾向」, 『開闢』 61호, 1925.7 125면.

에 필연성을 부여하는 작품이, 팔봉이 거론하는 새로운 경향의 작품이다. 이러한 사실은 매우 중요하다. 새로운 '경향'의 핵심이 작품의 미적·형식적 특질 차원에서 마련되고 있는 까닭이다.[73)]

앞서 살핀 <계급문학시비론(階級文學是非論)>에서 개진되었던 내용과 비교해 볼 때, 이는 '경향'에 대한 팔봉 자신의 생각에 있어서 중요한 변화가 있음을 알려 준다. 논의의 초점이 작가적 태도에서 미적 질로 변화했다는 점을 우선 들 수 있는데, 사실상 새로운 미학의 수립에 있어서 부정적·소극적인 태도로 일관하고 있는 박영희와 비교할 때, 이는 그 자체로도 의의를 갖는다. 아직까지 카프의 이론사에서 제대로 주목되지는 못했지만, 좌파 문학 이론의 실제적인 정식화에 있어서 첫걸음에 해당되기 때문이다. 좁혀서 직접적으로는, 후에 벌어지는 '내용·형식 논쟁'에서의 팔봉을 이해하는 한 근거가 되기도 한다.

이러한 변화는 ①, ②에 이어지는 다음 논의에서 한결 명확해진다.

> ③ 그런데 大槪 이 傾向은 昨年末 以來로의 創作界에 낫하난 現象이다. 그리고 그것은 創作하는 사람들이 漸次로 이와 가튼 社會的 現象에 눈쓰게 되엿다는 것을 證明하는 事實이 된다.
>
> ④ 이 傾向은, 社會가 엇던 苦悶時代에 드럿슬 째에 必然的으로 이러나는 傾向이며, 同時에 그것은 한 개의 過渡期的 現象이나 그러나, 다만 技巧나 遊戲의 世界에 安住한다든가, 或은 쓸데업시 官能的 頹廢한 氣分 속에 彷徨, 沈溺하는 傾向보다 百倍나 더 有意義하고, 사람다웁고, 眞實한 傾向이라는 것이다. (같은 곳. 강조는 인용자)

---

73) 이러한 사정은, 이 글의 뒷 부분에서 최서해의 「飢餓와 殺戮」을 두고 '尊敬할 만한 作品'이지만 '背景이 朦朧'한 것이 유감이라고 지적(127면)한다든지, 시간적 상거를 두고 이 시기를 회상하는 글에서 신경향파의 작품으로 박영희의 「戰鬪」·「산양개」, 이익상의 「狂亂」, 이기영의 「가난한 사람들」, 주요섭의 「殺人」 등을 들면서도 '살인·자살' 식의 현상 차원에서는 유사한 현진건의 「불」이나 이종명의 「棄兒」 등을 '신경향에 접근한 발자취'로 배제하는 데서 잘 확인된다(김기진, 「十年間 朝鮮文藝 變遷過程」, 『조선일보』, 1929.1.18~19일자 참조). 작품상의 특질을 중시하는 이러한 태도는, 문학작품에서의 '본질'을 고전작품들 일반에서 간취할 수 있는 '영구불변하는 요소'로 설명하는 이전 논의(「'本質'에 關하야」, 앞의 글)의 연장선상에 있는 것이다.

③을 통해서 우리는, '창작계에 나타난 현상'이 작가적 태도의 변화를 증명하는 '사실'로 처리되고 있음을 알 수 있다. 작가적 태도와 변별되는 사실로 간주되는 것이다. 이러한 '현상'이 곧 '경향'이라는 것은, 최소한 팔봉에게 있어서, '경향'의 내포가 앞서 살핀 박종화 등의 논의들에서와는 달라졌음을 말해 준다. 작품의 특성이라는 객관적인 사실로 구체화된 것이다.

좌파 미학, 좁혀서는 (신)경향 소설의 미학을 향한 첫걸음에 해당되지만, 동시에 팔봉의 논의는 폭과 깊이를 갖추지 못할 경우 자신의 정체성을 유지할 수 없는 위험을 안고 있다. 부정적으로 보자면 기껏해야 묘사의 리얼리티를 강조하는 것에 불과해서,[74] 새로운 경향의 독자적인 질은 아직 전혀 갖추어지지 않았다고도 할 수 있다. 이러한 사정이 ④에서 여실히 확인된다. 따라서 형상화 방식상의 특성이 '고민 시대'라는 사회적 특성과 맺는 밀접한 영향 관계를 구명해 내지 못할 경우, 그가 지적하는 '경향'이란 기실 여러 유파들 중의 하나에 불과하게 될 뿐이라고 할 수 있다.

이상 살펴보았듯이, 팔봉의 경향론은 주목할 만한 가치를 지니면서도 그 위상이 매우 위태로운 것이다. 문학사적인 동향에 비춰볼 때, 긍정적인 측면과 위험성이 공존하기 때문이다. 당겨서 달리 말하자면, 추상적이자 보편적인 미적 특질을 중시할 것인가 아니면 구체적 현실과 관련된 문학 운동에 주력할 것인가의 기로가 여기에 놓여 있다. 좌파 문단 전체가 일로매진할 경우에야 비로소 그 성과를 보게 될 가장 본질적인 작업 즉 '좌파 미학의 구축'에 단초를 제공했다는 점이 긍정적인 측면에 해당된다. 그러나 당대의 시각에서 보면 후자가 한층 더 또렷이 부각된 듯하다. 기존의 문학 일체를 뛰어넘어 진정한 문학을 구축코자 하는 좌파 문인들의 기획에 의할 때, 새로운 차원을 확보하지 못한 채로 그 성취 가능

---

74) '내용·형식 논쟁'에서 회월이 취하는 비판적 규정의 핵심이 바로 이것이다.

성조차 희미한 '미적 질의 탐구'는 위험해 보였으리라.

(4) '신경향'론과 '신경향파'의 주창

팔봉 경향론이 갖는 위험성은 막 시작된 좌파 문학 운동의 입장에 설 때에야 그 무게 및 정도를 제대로 감지할 수 있다. 소설계가 판연하게 변화했다고는 해도 문단 전체 차원에서 문학 일반과 당대 현실의 관련성은 아직도 미약하다고 하겠다. 따라서 좌파 문학의 논의도 본질적으로 새로운 무엇을 갖추지 못할 경우 존재 자체가 공소하게 추상화될 수밖에 없다. 새로운 문학[신경향파 문학]의 창출이 갖는 이러한 어려움과 위험을 제일 잘 자각하고 있던 논자가 바로 회월이다. 이 상황에서 그는 가장 쉽고 효과적인 길을 선택한다. 새로운 경향의 문학이 자신의 진정성을 확립하기 위해서 취할 수 있는 가장 쉽고 효과적인 도정은, 문학관 자체 혹은 문학의 존재 방식에 대한 극단적인 선택을 통해 스스로를 구별짓는 것뿐이다.

새로운 경향에 대한 예견의 성격을 띤 「조선문단(朝鮮文壇)의 최근(最近) 경향(傾向)」(1924.2) 이후 거의 2년만에 발표된 「신경향파(新傾向派)의 문학(文學)과 그 문단적(文壇的) 지위(地位)」(『開闢』, 1925.12)가 이러한 선택의 구체적인 내용을 보여 준다. '신경향파'의 호명이 그것이다. 그가 주장한 '신경향파'의 의미를 제대로 가늠하기 위해서는 상기한 '선택'의 맥락을 놓치지 말아야 한다. 풀어 말하자면, 작품을 대상으로 하는 자세, 더 세밀하게는 실제 작품들이 보이는 양상에 근거하여 새로운 '경향'을 규정해 내는 방식에 있어서 팔봉과의 '차이'에 주목해야 한다. 「신경향파(新傾向派)의 문학(文學)과 그 문단적(文壇的) 지위(地位)」의 경우, 팔봉의 「문단(文壇) 최근(最近)의 일경향(一傾向)」과 마찬가지로 비평이 대상으로 하는 사실의 차원 즉 작품들에서 '실제로 일어난 변화'에 근거하면서도 후자와 날카롭게 대조됨으로써 '신경향파 비평'의 본질적인 특성을 담고 있는 까닭이다.

「신경향파(新傾向派)의 문학(文學)과 그 문단적(文壇的) 지위(地位)」는 문단의 역학 관계를 철저히 염두에 두는 정치적인 성격을 띠고 있다. '신경향파와 부르주아 문학'의 공시적 이분법과 '부르주아의 몰락(및 그에 따른 부르주아 문학의 몰락)과 무산 계급에 유용한 문학의 건설'이라는 통시적인 계열상의 구축이 그 내용이다. 이러한 파악은 '고민기에서 환멸기를 거쳐 활동기에 이르렀다'는 단계적·역사적인 시각을 바탕으로 하고 있다.

전체 여섯 절로 된 이 글의 전반부는 당위성을 전면에 내거는 여타 신흥 문학 주창론과 큰 차이를 보이지 않는다. 반면 4, 5절은 작품들의 실제와 관련하여 '신경향'을 규정해 내고 있어 상세히 살펴볼 필요가 있다.

'신경향' 문학의 정당한 발전 양상을 강조하려는 의도에서겠지만 기본적으로 회월은 그 동안의 창작상 부진을 별로 심각하게 생각하지 않고 있다. "創作이 업섯다 하는 것은 決斷코 붓그러운 일이 안이다. 創作보다는 먼저 그 創作을 爲한 宣傳이 必要하엿든 짜닭"(3면)이기 때문이다. 그러나 이런 바탕 위에서 그는, 1924년 하반기 이후 1년 동안의 대표적인 소설적 성과로, 김기진의 「붉은 쥐」, 조명희의 「땅 속으로」, 이익상의 「광란(狂亂)」, 이기영의 「가난한 사람들」, 주요섭의 「살인(殺人)」, 최학송의 「기아(飢餓)와 살육(殺戮)」, 박영희의 「전투(戰鬪)」, 박길수의 「땅 파먹는 사람들」, 송영의 「느러가는 무리」, 최승일의 「두 젊은 사람」을 꼽으면서, '可驚할 만한 發展'으로 평가한다. 더 나아가서는 위에 거론된 작가마다 3~4편의 창작이 있다 하여 "數로만으로도 二十餘篇에 이르게 된 急進的 發展을 볼 수 잇다"(4면)고 주장한다.

수효가 '이십여 편'이라는 것은 분명히 과장된 주장이다. 그가 예거한 것들 중에는 작품의 특성을 고려할 때 신경향파 소설로 보기 어려운 작품들이 적지 않다고 할 수 있다(제3장 1절 4항, 제3장 2절 1항 참조). 그럼에도 불구하고 이렇게 작품을 확장하는 것은 문단 정치적인 감각의 발로로서, 문단의 주도권을 신경향파로 옮기려는 의도의 표현이다. 글의 뒷부분에서 이어지는 문단 양분론의 실제적 근거를 이에서 마련코자 하는 것이다.

이러한 의도의 파생적인 결과를 우리는 외연의 불확정성이라고 할 수 있다. 문단 정치적 기획을 위해 신경향 작품의 범주를 과장해 냄으로써 외연의 명확한 구획 설정이 불가능해진 것이다. 이와 더불어 '신경향(파)' 개념의 내포와 외연의 분리 혹은 기의의 불명료성이 파생된다. 이런 사정은 계기적인 것이 아닌데, 이상과 같은 불확정적인 외연과 불명료한 내포·기의는 모두 문단 정치적 감각을 공통 원인으로 하고 있는 까닭이다. 외연의 불확정성과 쌍을 이루는 내포의 모호성을 상세히 살펴보자.

① 그러나 그 作品들이 모다 無産階級文學으로써 完成된 作品이라고는 할 수 업는 것이 나뿐만이 할 말이 안이라 作者 自身도 할 말일 줄로 안다. 다만 ⓐ쓰르즈와 文學의 傳統과 典型에서 버서나와서 새로운 傾向을 보이여 주엇다는 것만은 自信잇게 할 소리인 줄로 안다.

② 一般으로 그 創作의 內面을 보면 ⓐ遊蕩을 써나고 情緖至上을 써나고 壓迫과 搾取의 氣分을 써나 ⓑ生活에, 思索에, 解放에, 民衆으로 나아오려고하는 새로운 傾向은 前無한 新現象이라고 안이 할 수 업다.

③ 그 作品에 나타난 主人公은 모다가 ⓐ새 社會를 憧憬하는 開拓兒이엿스며 그가 부르지지는 宣言은 모다가 ⓑ生活에 對한 眞理의 啓示이엿다. 그들은 스스로가 現社會制度에서 苦悶하여 그곳에서 생기는 ⓒ不法과 暴行에 對한 破壞와 또는 不平을 絶叫하며 따라서 그들은 ⓓ無産的 朝鮮을 解放하려는 意志의 白熱을 볼 수 잇섯다.

④ 우에서도 말한 바와 가티 그들의 作品이 傾向을 뵈여 준 것은 事實이다. 그러나 더 緻密하게 分析하여서 보면 아즉것 그 中에 或者는 ⓐ典型的 形式에서 解放되지 못하고 ⓑ自然主義나 浪漫主義 時代의 描寫法이 만히 보인다. 그러나 그들은 形式에는 不滿한 그만큼 本質에 充實하려 하엿다. 또한 ⓒ形式에 埋沒되엿든 그만큼 그 ⓓ主人公의 最終은 破壞 殺人 嘲笑 宣傳…… 等의 答辯이 잇섯다. (4~5면. 강조는 인용자)

신경향파에 대한 핵심적인 내용을 드러내고 있는 이상의 구절은, 일차적으로 그 규정 형식이 부정적·소극적이라는 특징을 보인다. 즉 신경향이라는 것이 무엇이라고 구체적으로 밝히기보다는, 타자로서 설정된 부

르주아 문예의 이런저런 특징을 벗어난 것이라고 주장하는 데 그치고 있
다. 자연주의 및 낭만주의적인 성향을 보인 기존 작품들의 형식(특히, 묘사
법)[④-ⓑ, ④-ⓒ]으로부터 탈피하고[①-ⓐ, ④-ⓐ], 내용상으로도 관습과
차별된다는 것[②-ⓐ]이, 신경향파의 형식과 내용에 대한 회월의 소극적
인 규정에 해당된다.[75]

실체로서 1920년대 초기의 작품들이 보였던 특징을 타자로 설정한 논
법인 까닭에, 이런 규정은 논리 자체는 명료하지만 기실 정체성은 불분명
할 수밖에 없다. 여러 가지 가능성에 열려 있는 미정형의 상태일 뿐이다.
그가 말하는 바 부르주아적 문예 형식으로부터의 탈피란 사실 기존의 묘
사법 등을 쓰지 않고 있음을 지적하는 데 그칠 뿐이다. '파괴, 살인, 조소,
선전' 등으로 이루어진 '주인공의 최종'[④-ⓓ] 역시도 단순히 모티프나
기법에 그쳐, 어떤 고유한 양식을 가능케 하는 변별적인 '형식'과는 거리
가 멀다. 새로운 미적 형식이 들어와 있을 법한 곳이 부재의 공간으로 처
리된 것이다. 이러한 미정형성은, 엄밀히 따질 때 그가 주장하는 경향상
의 차이[②-ⓐ]라는 것이 1920년대 전기 소설사 일반의 단절 양상을 지적
한 데 불과하다는 점에서 한층 고조된다. 덧붙여서, 통시적인 차이를 감
지했을 뿐 공시태 속에서의 변별성은 논의 구도에 마련되지 않았다는 점
도 개념의 모호성, 미정형성을 강화하고 있다.

물론 회월은 이에 그치지 않고 신경향파의 정체를 직접적·적극적으로
규정해 내고자 한다. 그에 따를 때 신경향파 작품은 형식에 있어서, 그 주
인공이 '새 사회를 동경하는 개척아'[③-ⓐ]로서 '파괴, 살인 등의 형식으
로 불법과 폭행에 맞서거나 조소, 선전의 형식으로 불평을 절규'[③-ⓒ,
④-ⓓ]하는 행동을 보인다. 작품의 전체적인 양상으로 보자면, 지향에 있

---

75) 이러한 사실을 두고서, 이론의 깊이가 없다고 단순히 비판하고 마는 것은 문학사적
인 맥락을 전혀 고려하지 않은 피상적인 검토에 지나지 않는다. 앞에서 지적한 상황에
비춰보면, 회월의 이러한 소극적 규정은 '팔봉과 대비되는 선택'의 자연스런 귀결인
것이다.

어서 '생활과 사색, 해방, 민중'을 주목하고[②-ⓑ], 주제에 있어서 '생활에 대한 진리를 계시'하며[③-ⓑ], 궁극적으로 '무산적 조선을 해방하려는 의지의 백열'이라는 효과를 낳는다[③-ⓓ]고 한다.

팔봉의 '경향'론과 달리, 이러한 규정은 앞에서 살핀 예견적인 성격의 논의들과 차이를 보이지 않는다. 주인공이 동경하는 '새 사회'나 '생활에 대한 진리' 등은 막연한 추상으로서 기의가 불분명하고, '무산적 조선의 해방'의 경우 구체적인 기획이 없는 이상 단순한 소망에 불과할 것이다. '신경향' 개념의 모호성은 일차적으로 바로 이러한 사실을 가리킨다. 앞서 예거된 작품들의 실제에 비추어 보아도, '신경향'의 규정이 미적·형식적으로 파악 가능한 작품상의 어떤 공통 특징들로부터 추상화된 것이라고 보기는 힘들다. 이 맥락에서 보자면, 글의 끝에 부기된 "新傾向派라는 말은 各各 作品에 나타난 色彩를 綜合的으로 代表한 말"(5면)이란 주장 역시, 편차를 보이는 작품들에서 다소 편의적으로 이런저런 색채를 끌어왔다는 사실을 증명할 뿐이다. 작품과 신경향파 규정 사이의 이러한 낙차가 '신경향' 개념의 모호성을 배가시킨다.

여기서 중요한 것은, 사정이 이러함에도 불구하고 회월이, 새로운 특성을 '작품들이 보여주었다'고 주장하면서 '신경향파'를 주창해 냈다는 사실 자체이다. 이러한 행위는 철두철미하게 문단 정치적인 성격을 띤다. 순수한 논리의 영역 너머에서 마련된 것이기 때문이다. 이는 본 항목의 첫 부분에서 언급했듯이, 새로운 경향의 '진정한 (근대)문학'을 창출해 내는 과정에 있어서, 논자들이 맞닥뜨리게 된 중대한 기로에서 회월이 취한 '선택'을 보여주는 것이다. 따져보면 실체가 불분명하거나 없음에도 불구하고 새로운 이름을 내걸며 실체가 있다고 주장하는 것만큼 낯설고 충격적인 것은 없다. 그 충격에 비례하여 가상적 기획이 스스로 가상에서 실체로 전화될 가능성이 커짐을 고려하면, 회월의 이러한 '선택'은 매우 적실한 것이었다고도 할 수 있다. 기존의 문학 일체를 부르주아적인 것으로 규정, 폐기하고 새로운 문학을 수립하려는 기획의 전복적인 성격에 걸맞는 선택이라 할 만하기 때문이다.

(5) 신경향파 비평과 협의의 〈신경향파 문학 담론〉

여기까지 왔을 때 우리는 박영희의 '신경향파' 문학론 자체가 가지는
성격을 규정해 볼 수 있다. 상술했듯 무엇보다도 그의 비평은 실재하는
대상[작품]에 대한 사실적인 관찰·연구에 의해 수립된 것이 아니다. 즉
실재 자료로부터 추상화된 것이 아니다. 또한 지식 대상을 두고 이론들의
체계를 수단으로 하여 지식을 생산해 내는 것도 아니다. 엄밀한 개념들의
종합이라 할 '사유 속의 구체'에 이르지 못한 것이다. 요컨대 과학적 이론
이 아니다[못된다].[76] 그렇다고 예술로서의 비평이 아님도 명확하다. 논의
전편에 흐르는 현실 투사적·기획적 욕망이 그 근거가 된다.

이론도 예술도 아닌 회월의 신경향파 문학론은, 무엇보다도 실재 대상
으로서의 작품에 대한 폭력이자 실천이다. 내포는 구체화되지 못해서 모
호한 채로, 외연을 주장하고 나아가 확장하고자 하는 욕망의 발현인 까닭
이다. 또한 이 욕망은 권력 관계 내에서 작동한다. 작품들을 두고서, 자기
와 동일한 위상의 다른 평문들을 무시, 배제해 내는 것이다.

궁극적으로 대상을 강제하고자 하는 권력 행위인 이런 성격의 글쓰기
를 우리는 <좁은 의미의 '담론'>이라고 규정해 볼 수 있다. 바흐찐에 따
르면 '담론(slovo; discourse)'이란 "'구체적으로 살아 있는 총체로서의 언어
(language in its con-crete living totality)' 즉 외부로 발화된 형식으로서의 언어를
가리킨다."[77] 이는 고정되고 죽은 언어[langue]가 아니라 사회적, 이데올로
기적인 관계 속에서 살아 움직이는 언어[utterance(parole)]이다. 따라서 서사

---

76) 이러한 판단에 대해서는, Althusser, op., cit., pp.183~9.
77) Bakhtin, M, ed. and trans. by Caryl Emerson, *Problems of Dostoevsky's Poetics*, University of Minnesota, 1984, p.181; 유정완, 「바흐찐의 담론이론과 소설이론」, 경희대 석사, 1989, 32면에서 재인용.

분석에 있어서의 담론 개념[78]뿐 아니라 구조주의 언어학, 사회 언어학의 용례를 넘어서서, "'이데올로기' 실천이라는 넓은 국면에서 벌어지는 의미의 언어적 또는 비언어적 구성"을 의미한다.[79] 이렇게 폭넓은 외연을 갖는 담론에서 본고가 염두에 두는 것은 '엄밀한 과학적 이론과 일상적인 담화 혹은 이데올로기적인 소망 표현 사이에 놓이는 언어 형식'이다. 그것은 대상에 대한 정확한 지식으로서 내포와 외연이 분명한 이론은 아니지만, 그렇다고 단순히 주관적인 소망에 그치지도 않는다. 기능에 초점을 맞춰 말하자면 정치적·이데올로기적인 투쟁의 장에서 자신에 맞게 대상을 변형시키거나 심지어는 창출하려는 욕망의 소산이 담론이다.[80] 따라서 담론은 홀로 존재하는 것이 아니라, '유관한 제도 및 담론이 유래하고 화자를 특징짓는 입장'과 관련되어 있다.[81]

---

78) 시모어 채트먼의 경우는, 서사물에 있어서 형식적 내용 요소인 이야기(story)와 구별되는 '형식적 표현 요소'로 담론을 정의하고 있다(김경수 옮김, 『영화와 소설의 서사구조―이야기와 담화』, 민음사, 1990, 35면).

79) 다이안 맥도넬, 앞의 책, 14면. 본고가 참고하는 바흐젠이나 맥도넬, 페쇠 등의 '담론 이론'은, 영어로는 똑같이 'discourse'를 사용하는 사회언어학의 '담화 분석'이라는 갈래와 본질적인 차이를 보인다. 임상훈에 따르면, '담화 분석'은 미시적인 차원에 머물러 있을 뿐 거시적인 차원에는 관심이 없으며, 실증주의적인 방법에 매몰된 채, 정태적이며 이상적·관념적인 수준에서 사회를 볼 뿐이다(5면).

80) 여기서의 '담론' 개념은 푸코의 개념에 근거하지만, 맥도넬과 페쇠의 이론을 염두에 두고 그것을 다소 수정한 것이다. 푸코에 의할 때 담론은, '과학적 이론'과 '일상적 담화' 사이에 존재하며 "서로 교차하는 그리고 종종 서로 이웃하고 있는, 그러나 또한 서로를 무시하거나 배제하는 불연속적인 실천들"(앞의 책, 39면)이라고 간주된다. 해설자 이정우는 <과학적 이론>과 <일상적 담화> 사이에 존재하면서, ('과학'과 대비되는 의미에서) '지식'을 이루는 언어 구성체라고 설명하고 있다(165면).
　　이렇게 담론의 자리를 한정하는 푸코의 담론 개념에 대해 페쇠는 그가 "(이데올로기적인) 계급투쟁의 존재를 인식하지 못한 까닭에, 자신이 이룬 진전에서 퇴각했다고, 즉 제도들과 역할들의 사회학으로 후퇴했다"고 비판한다(Pêcheux, Michel, trans. by Harbans Nagpal, *Language, semantics and ideology*, THE MACMILLAN PRESS LTD, 1982, p.181). 맥도넬 역시 "담론에서 가장 문제가 되는 것은, 담론이 어떤 제도에서 사용되느냐가 아니라 그것이 취하는 위치, 그것이 투쟁 속에서 어떤 투쟁의 효과로 갖게 되는 위치이다. 투쟁을 벌이고 있는 단어와 의미들이 존재할 수 있는 곳은 한 제도 안에서의 관계에서일 뿐 아니라, 제도와 제도 간의 관계, 제도들을 가로지르는 관계에서이고, 이 점이 가장 중요한 요점이다"(앞의 책, 60~1면)라고 하여 페쇠에 동의하고 있다.

궁극적으로는 계급에 토대를 두고, 정치적·이데올로기적인 투쟁의 장
에서 사실을 자신에 맞게 변화시키려는 '대상에 대한 실천 혹은 폭력'이
담론의 본질적인 특성이다. 이를 위해 담론은 보편적인 의미를 상정하지
않은 채 역관계나 상황에 따라서 동일한 단어라 하더라도 자신에 맞게끔
그 의미를 변화시킨다. 따라서 내포와 외연의 불일치, 나아가 내포 자체
에서의 기표와 기의의 불일치가 담론의 한 특징이 된다. 엄밀히 말하면
기의 및 내포 자체가 끊임없이 스스로 변화하는 것이 담론의 본질이라고
할 수 있다. 본고에서는 정확히 이런 의미에서의 담론을 <좁은 의미의
'담론'>으로 규정하여 쓰고자 한다. 서술의 편의상 그냥 담론이라 쓰는
이하의 모든 용례는, 지금과 같은 제한된 의미 맥락에서만 쓰인다. 따라
서 담론 개념의 일반적인 규정에 따르면 신경향파 비평 전체가 신경향파
담론이라고 할 수 있지만, 본고에서는 <좁은 의미의 '담론'>에 해당되는
신경향파 비평의 일부만을 지칭해서 <신경향파 문학 담론>이라고 명명
하고자 한다.82)

이렇게 볼 때, 작가적 태도를 염두에 두고 나아가 그것을 끌어 내기 위
해 쓰여진 「조선문단(朝鮮文壇)의 최근(最近) 경향(傾向)」 등의 '예언'적 성격
도, 실은 실천적 기획의 완곡한 표현이었던 것이며 그런 점에서 '신경향
파 비평'의 '담론'적 성격을 함축하는 것이라고 하겠다. 물론 신경향파 비
평의 담론적 성격이 확연히 드러난 것은 「신경향파(新傾向派)의 문학(文學)
과 그 문단적(文壇的) 지위(地位)」이다. 「조선문단(朝鮮文壇)의 최근(最近) 경향
(傾向)」과 대비되는 회월 비평의 이러한 방향 설정은, 신경향파 비평의 담

81) 다이안 맥도넬, 『담론이란 무엇인가』, 앞의 책, 13면. 계속 이어서 그녀는 "담론은 다
른 세력간의 충돌을 역사적 동력으로 움직인다"고 밝힌다.
82) 신경향파 비평 담론 일반은 뒤에서 정리하겠지만(제2장 2절 1항) 다음과 같이 나눌
수 있다. ① 이론의 수입·소개를 위주로 하는 (유사) 과학 담론과 ② 작품이나 작가 및
문단의 역관계에서 기능하는 문단 정치적 담론, ③ 작품의 분석 및 평가에 치중하는 순
수 비평 담론이 그것이다. 이들 중에서 ②만을 지칭하여 <신경향파 문학 담론>이라고
하겠다.

론적 성격을 구체화한 것으로서 매우 중요한 의의를 지닌다. 여기까지 왔을 때 우리는, 좌파 문학의 건설 과정에서 생겨난 선택의 기로에서, 회월이 '신경향파'를 호명하면서 <신경향파 문학 담론>이 형성되었다고 할 수 있다.[83]

그러나 사정이 이렇다고 해서 <신경향파 문학 담론>이 회월의 논의에만 국한되지는 않는다. 실상 이 절[제2장 1절 3항]에서 검토한 글들이 넓은 의미에서 다 이에 포함된다. 앞서 우리는 이 절의 대상 텍스트를 '실제의 독해' 혹은 '실제에 대한 예견' 형식의 논의로 한정한다고 하였다. 원론적인 글이라 할 '이론의 소개문'(따라서 그 자체도 이론일 수밖에 없는 그런 비평)과 실재하는 대상을 염두에 두지 않고 순수한 소망을 드러내고 있는 '당위적인 평문'(이 경우는 비평이라고도 할 수 없는 일상적인 의견이거나 기껏해야 이데올로기적 비평이라 하겠다)을 제외한 것이다. 이 둘의 중간에서 즉 과학적 이론으로 구체화되지도 못하고 그렇다고 단순한 일상적 담화도 아닌 상태에서, '모호하긴 하지만, 이데올로기적인 소망 형식에 그치지는 않는 개념[사유 속에서 구체화되지 못한 것]'을 견지해 내고자 하는 평문들이 이 절의 대상이다.

지금까지 살펴본 대로 이 평문들은, 현상 차원에서는 제대로 포착되지 않는 지시체를 끊임없이 욕망함으로써 자신의 기의를 마련, 유지코자 한다. 아직 실현되지 않은 대상 형식 즉 지시체를 현실화하고자 하는 것이

---

83) <신경향파 문학 담론>의 '담론적' 성격은 신경향파 비평에 속하는 다른 글들과 대비될 때 보다 잘 확인된다. 「新傾向派의 文學과 그 文壇的 地位」 바로 다음에 쓰여진 회월의 글 「푸로 文藝의 初期」(『開闢』, 1926.1)가 좋은 예이다. 신년 문단에 대한 기대를 담은 이 짤막한 글에서 그는 "지금까지의 作品은 다만 沒落되여가는 階級 或 民族의 悲慘한 푸로세스만을 그리엿다"고 '사실'을 진술한 뒤에, "그러나 今年부터는 그들의 悲慘한 꼿흐로부터 생기는 反逆運動에 着眼하자!"고 소망한다. 뒤이어 "形式부터도 힘잇는 形式이 잇섯스면 한다. (…중략…) 새로운 쏘-ㅁ을 찾자"(135면)고 기술함으로써, 앞서 힘차게 주장했던 신경향파 소설의 실체라는 것이 사실상 부재하는 것임을 무의식적으로 자인하고 만다. 이를 통해, <신경향파 문학 담론>이 '담론'으로서 존재, 기능할 수 있는 것이 작품과 거리를 띄우며 그것을 비판적으로 추동할 때 뿐임이 보다 잘 드러난다.

다. 달리 말하자면, 현실의 작품들을 특정한 상태로 추동해 내고자 한다. 이러한 욕망과 그 발현으로서의 기획이 실재하는 작품의 해석에 그치지 않음은 물론이다. 이들은, 작가와 작품들에게 '이상적인 상'을 강제하려는 폭력성을 띠는데, 그 '상'의 정체가 불분명한 만큼 폭력성의 강도도 높아진다. 구체적인 문단 현실 및 작품을 대상으로 놓은 신경향파 평문들이 담론적 성격을 띤다는 것은 정확히 이 의미에서이다.

이렇게 보면, 다소 놀랍게도, 앞서 검토한 팔봉과 회월의 차이 역시 이점에서는 문제되지 않는다. 팔봉이 「문단(文壇) 최근(最近)의 일경향(一傾向)」에 이르러 작품의 미적·형식적 특질 차원에서 '경향' 개념의 내포를 마련하는 데로 기욺으로써 '예견들'과 차이를 보였다 해도, 기실 그 차이가 실제에 있어서 결정적인 것은 아니었다. 엄밀히 말해, 새로운[좌파] 문학의 수립에 있어서 미학적 접근의 가능성 혹은 단초를 보인 것 뿐이었다. 무엇보다 팔봉 스스로 아직은 새로운 미학을 구체화하지 못한 까닭이다. 이런 상황에서 보자면 그의 '경향'론 역시 작가 및 작품에 대한 '요청'이라는 점에서 회월의 '신경향파'론과 본질적으로 다를 바가 없다. 작가·작품과 맺는 관계 혹은 그에 대한 기능의 측면에서 동일한 까닭이다.

이상 살펴본 <신경향파 문학 담론>은 1922~3년경 소설계의 변화에 이은 좌파 문학의 등장 과정 속에서, 구체적으로는 새로운 비평의 흐름 속에서 가장 중요한 의의를 갖는다. 좌파 문학 이론들을 수입, 소개하는 평문들까지를 포괄하여 신경향파 비평이라고 명명할 때, <신경향파 문학 담론>이야말로 신경향파 비평의 핵심이라고 할 수 있는 것이다. 문단 및 작가, 작품이라는 구체적인 현실을 대상으로 하여, 좌파 문학을 중심에 놓는 새로운 지형을 만들어 낸 것이 바로 <신경향파 문학 담론>이기 때문이다.

이 점을 염두에 두면, 회월 뿐 아니라 팔봉과 월탄의 논의들 모두가 <신경향파 문학 담론>에 귀속된다 해도, 신경향파 문학을 수립한 사람은 회월 박영희라고 해야 할 것이다. 신경향파 문학의 형성 문제가 단순히 '최초의'

호명 행위로 가늠될 수 없음은 이미 지적한 바 있다(제1장). 또한 지금까지
살펴보았듯이 신경향파 비평의 핵심이 <신경향파 문학 담론>인데, 새로
운 비평의 담론적 성격을 확정해 낸 사람이 바로 회월인 까닭이다. 이 점
은, 앞서 제시한 선택의 문제와 관련해서 팔봉과 회월을 요약적으로 비교
할 때 보다 명확해진다(제2장 2절 1항 참조).

　우리는 앞에서 팔봉의 경우 '경향'에 대한 종래의 생각이 실제 작품들
을 대상으로 하면서 변화하고 있음을 보았다. 정확히 갈라 말하자면 작품
상의 특질을 구체적인 내포로 끌어들임으로써 '경향' 개념의 확실한 심급
하나를 적출해 내었다고 할 수 있다. 이 심급에서의 '경향' 개념은 외연과
내포, 기표와 기의 사이에 일정한 정합성을 수립하지만, 그 대가로서 이
'경향' 개념이 기실 유파 차원을 넘지 못하게 되었음까지 보았다. 그러나
앞의 논의에 비춰볼 때 이 '대가'는 사실 부정적인 것이 아니다. 담론의
수준을 넘어 이론으로 육박해 갈 수 있는 지점이었던 까닭이다.

　반면 회월은 실제 작품들을 지적하는 데서 나아가 문단 정치적인 기획
으로 '신경향파'의 문단적 세력화를 행하면서도, '신경향'의 개념 규정에
있어서는 실재하는 작품의 특성에 자신을 가두지 않는다. 작품을 대하는
기본적인 태도에서 다른 자리에 서 있는 것이다. 즉 그에게 있어서 작품
성과는 신경향이라는 문단 세력을 가능케 해 주는 근원적인 원인이 아니
라 반대로 그 세력의 현존을 확인해 주는 지표일 뿐이다. 이와 같이, 작품
의 특성을 읽어낸 결과로 도출된 개념이 아니기 때문에 그 개념 규정에
있어서 모호성을 떨쳐버리지 못하는 대신에, 신경향파 문학의 독자적인
문단적 지위를 주장할 수 있게 된다. 바로 이 성과가 회월의 문단 정치적
감각의 결실이라 할 터인데, 이런 바탕 위에서 그는 자신의 글 말미에다
가 신경향파가 "所謂 말하는 消極的 黨派가 안인 것"(5면)이라고 부기할
수 있었다. 작품에 폭력을 가한 결과로 자신의 절대성을 주장해 내면서
<신경향파 문학 담론>을 형성하게 된 것이다.

4) '내용 · 형식 논쟁'과 <신경향파 문학 담론>의 자기 지양

(1) 〈신경향파 문학 담론〉의 운동성

1925년 8월 조선 프롤레타리아 예술 동맹 즉 카프[KAPF]를 조직함으로써 문단 내에서 자신의 자리를 구축하는 데 성공한 좌파 문학은, 나아가 문단의 주도권을 확보해 내고자 시도한다. 그 첫 단계에 해당하는 과정이 조직의 정체성을 확고히 하는 것이다. 맑스주의적인 이데올로기의 공고화를 내용으로 하는 '목적의식기'로의 전환 즉 1927년의 제1차 방향 전환이 그 구체적인 양상이다. 비평 이론에 주목할 경우 이는 자연 생장적인 단계를 벗어나서 유물 변증법과 사적 유물론을 양 축으로 하는 맑스주의적 문예 운동의 성격을 확고히 체현하고자 하는 시도로 읽힌다. 그러나 문예 운동이 실질적인 거점으로 할 수밖에 없는 작품의 맥락에서 이전 시기와 관련하여 볼 때, 이 기획의 실제 내용은 신경향파 문학을 지양해 내는 것으로 채워진다.

이 작업은 무엇보다도 비평 영역을 준거로 하여 수행되는데, 앞서와 마찬가지로, 비평을 말할 때 본고가 염두에 두는 것은 맑스주의 미학의 수용 등[84]이 아니다. 사실 이러한 종류의 글들은 신경향파 비평기 즉 '좌파 문학의 예견기'에도 있었던 것이다. 방향 전환을 통해서 새로운 단계로 진입하는 구체적인 과정을 구명하는 데 있어서 중요한 것은, 1920년대 중기 자연주의 문단 내에서 좌파를 가능케 했던 기존 입론들의 논의와 그 논의들이 어떠한 방식으로든 근거하고 있었던 작품 양자 즉 신경향파 문학 전반의 성과를 넘어서고자 하는 비평적 시도이다. 다른 방향에서 말하자면, 좌파 문학의 주도권을 확보해 내는 첫 단계로서 제1차 방향 전환

---

84) 좌파 문학운동의 새로운 단계와 관련해서 이런 종류의 가장 대표적이고 본격적인 평문이 바로 박영희, 「文藝批評의 型式派와 맑스主義」, 『朝鮮文壇』, 1927.3과 김기진, 「內容과 表現」, 『朝鮮文壇』, 1927.3 등이라 할 수 있다.

은, 신경향파 비평과 신경향파 소설의 자연 발생적인 상태를 지양하고자
하는 비평을 준거로 한다.

여기서 문제적인 것은 이러한 비평의 성격을 어떻게 볼 것인가 하는
점이다. 본고에서는 이들 역시 <신경향파 문학 담론>으로 보고자 한다.
이는, 이들 논의가 신경향파 문학을 다루는 방식이 사실 이전 시기 <신
경향파 문학 담론>의 자세와 다를 바가 없다는 판단에 근거한다. 신경향
파 비평의 핵을 이루는 <신경향파 문학 담론>은, 실제 작품들과 문단 상
황을 대상으로 하는 논의 형식을 보이면서도 실재하지 않는 특성을 가리
키는 방법으로 좌파 문학을 추동하는 기능을 보였다. 요점을 말하자면 실
제하는 작품들을 존중하지 않은 것이다. 이와 동일하게, 목적의식기의 논
의들 중에서 신경향파 문학을 대상으로 하는 글들 역시 신경향파의 실제
를 보지 않는다. 사실상 <신경향파 문학 담론>이 모호하게 설정한 그대
로를 받아들이면서 즉 <신경향파 문학 담론>의 연장선상에서, 좌파 문
학을 이끌어 갈 새로운 내용을 제시하는 데 주력하는 것이다.

이러한 연속성은, 방향 전환기 카프 진영의 가장 유명한 논점으로 설
정된 '내용·형식 논쟁'이 사실상 신경향파 비평 내의 두 갈래 즉 회월의
'신경향'론과 팔봉의 '경향'론이 맞부딪친 것이라는 데서 잘 확인된다. 시
각을 달리 해서 본다면 목적의식기의 중요한 논점 한 가지가 바로, 앞에
서 확인했던 바 새로운 경향에 대한 논의가 맞닥뜨린 두 가지 방향 사이
에서의 선택을 공고히 하는 것이었다는 말이다. 여기에 덧붙여서, '내
용·형식 논쟁'이 제1차 방향 전환론과 긴밀히 관련되어 있다는 점(다음
항목의 논의 참조)을 고려하면 새로운 단계로 나아가고자 하는 이러한 시
도·기획 자체가, 담론적인 성격을 짙게 띠는 회월의 '신경향'론과 새로
운 경향의 작품들에 대한 미학적인 구명의 가능성을 보인 팔봉의 '경향'
론 양자의 투쟁이 귀결되는 과정이라 할 수 있다.

위의 지적은 일견 신경향파 문학의 과도적인 성격을 강화하는 것으로
보일 수도 있다. 즉 새로운 경향을 움직여 가는 두 흐름 사이의 갈등이

정리되는 과정 자체가 바로 그 새로운 경향을 지양해 내는 과정과 일치
함을 의미하기 때문이다. 그러나 사정이 그렇지는 않은데, 무엇보다도 방
향 전환을 이끌어 내는 비평들 자체가 담론적인 성격을 짙게 띰으로써
그 기능면에서 볼 때 이전 단계[시기]의 <신경향파 문학 담론>과 본질적
인 차이를 띠지는 않는 까닭이다. 달리 말하자면, 1920년대 후반을 통해
볼 때 좌파 문학비평은 담론적인 성격에서 크게 벗어나지 않았던 것이다.
즉 부르주아지가 지배하는 사회에 대해 충격을 준다는 좌파 문학 운동의
기능 혹은 효과 면에서 볼 때, 목적의식기라는 방향 전환을 꾀하는 시도
는, 신경향파 소설이 기존 현실에 더 이상 충격을 가하지 못하게 된 상황
을 극복하고 좌파 문학이 계속적으로 사회에 충격을 줄 수 있게 하는 방
편으로 설정된 것일 뿐이다. 이 지적을 인정하면, 비평의 층위에서 신경
향파가 지양되고 새로운 단계가 주창된 이후에도 실상 작품들의 면모는
그다지 달라진 것이 없는 사정이 간단히 이해된다. 애초부터 작품들의 수
준이나 성향이 문제가 아니었던 까닭이다.

  1920년대 중기 문학계의 한 축을 담당했던 좌파 문학 운동의 맥락에서
볼 때 중요한 것은 항상 비평이었다. 그것이, 사실상 존재하지 않는 특정
작품들의 그룹을 상정하면서 신경향파 문학을 이루어 냈으며 그를 통해
서 문단의 인적 구성을 양분해 냈던 것이다. 부재하는 것에 대해서 끊임
없이 추동력을 발함으로써 그 자체 또한 존재하고 기능할 수 있었던 것
인데, 이러한 상황을 계속 유지하기 위해서는 스스로 계속해서 변화해 나
가는 수밖에 다른 방도가 없다. 목적의식기로 명명되는 제1차 방향 전환
의 실질적인 목적이자 효과는 여기서 찾아진다. 그런데 이렇게 신흥 좌파
문학 운동의 실질적인 중추가 비평이라고 하면, 비평에서의 분절이 문학
사 전체 차원에서 중요한 의미를 가질 수밖에 없음을 동시에 인정해야만
한다. 즉 비평이 논의의 근거 혹은 대상으로 하고 있는 실제 작품들이 시
기적으로 어떠한 변화 양상을 보였는가가 결정적인 것이 아니라, 형식적
으로는 그러한 작품들을 겨냥하고 있지만 실질적으로는 자생력을 지니

면서 문학사를 이루어 나간 비평 논의들이 무엇을 지향하고 어떤 변화를 꾀하고 있었는가를 주목해야 한다는 것이다. 문학사적 맥락에서 볼 때 신경향파 문학의 지양을 핵심적인 내용으로 하고 있는 제1차 방향 전환의 논리가 중요한 것은 바로 이러한 의미에서이다. 이러한 전환에 의해서 신경향파 문학의 시기는 종언을 고한다. 애초에 신경향파 소설이라는 것이 <신경향파 문학 담론>과의 관련을 떠나서는 자신의 정체성을 제대로 마련할 수 없으며, 신경향파 비평의 담론적 특성 또한 신경향파 문학의 총체 속에서만 확인되는 사정을 감안하면, 이는 조금도 지나친 것이 아니다. 따라서 신경향파 문학을 총체로서 구명하고자 하는 우리의 논의는 <신경향파 문학 담론> 내에서 스스로를 지양하고자 하는 시도들에 초점을 맞출 수밖에 없다.

사실 카프의 조직 직후까지도 <신경향파 문학 담론>은 단일한 면모를 보이는 것이 아니다. 지시체로서의 작품과 관련된 '경향' 혹은 '신경향(파)'라는 개념은 여전히 팔봉과 회월의 구도가 보이는 위상 차이를 진폭으로 하는 비확정적인 것이라고 할 수 있다. 이 상황은, 새로운 경향을 예견하고 그것을 주창해 오던 1923년 이래의 흐름 속에서 팔봉 김기진의 '경향' 개념이 새롭게 구현되기 시작한 것이라고 볼 수 있다. 앞서 살펴보았듯 다소 모호했던 예견의 담론이 회월에 의해서 <신경향파 문학 담론>으로 형성되는 한편, 문예상의 유파·사조에 가깝게 과학적 이론을 향하는 팔봉의 '경향' 개념이 실제 비평을 통해 구체화되어 가고 있었던 것이다.

이후 두 개념의 운명은, 회월과 팔봉 간의 역관계가 '내용·형식 논쟁'을 통해서 '비이론적으로' 즉 담론적으로 결정되는 데 따라 확정되어 버린다. '신경향(파)'가 '경향'을 몰아내고 독점적인 지위를 구축하는 것, <좁은 의미에서의 '담론'>이라 할 '신경향파론'이 비평이론으로서의 '경향론'을 배제하게 된 것이다. 연속성의 맥락에서 볼 때 이 과정이 바로, 문단의 주도권을 확보하기 위해 새로운 단계로의 진입을 표방하면서 조직의 정체성을 확고히 하는 과정이다. 즉 목적의식기로의 전환을 이루어 낸 제1차 방향 전환의 실질적인 내용인 것이다.

따라서 우리의 논의는 두 가지 점에 초점을 맞추게 된다. 무엇보다도 <신경향파 문학 담론>이 스스로를 지양해 내는 방식을 검토해야 하며, 그와 긴밀하게 맞물려 있으면서 신경향파 문학의 특성을 규명하는 데 중요한 의미를 띠는 사건 즉 회월의 '신경향파론'이 팔봉의 '경향론'을 대상으로 한 이론 투쟁에서 승리해 나가는 과정을 살펴보아야 한다. 전자가 신경향파를 본격적인 프로 문예의 전단계 곧 과도기적인 것으로 역사화하는 <신경향파 문학 담론>의 최종 형식이라면, 후자는 잘 알려진 대로 '내용·형식 논쟁'이다. <신경향파 문학 담론>의 담론으로서의 특징이 가장 극적으로 확인되는 것은 바로 전자 즉 자기 지양의 논리에서이다. 카프 조직 내 최초의 실질적인 이론 투쟁이라고 할 '내용·형식 논쟁'이 회월의 승리로 귀결되었음은 주지의 사실이거니와, 이러한 결과 역시 신경향파 비평의 담론으로서의 성격을 극명하게 보여준다. 팔봉의 실제 비평이 그 가능성을 보였던 바, 작품상 특질과 비평의 안정적 관계 즉 명확한 지시체를 갖춘 '구체화된 기의-기표 결합'의 상태를 좌파 진영 스스로 거부한 것이기 때문이다. 이러한 두 가지의 변화는 명확한 정체성을 가지거나 고정되지 않으려 한다는 점에서, 변증법적 의미에서의 '운동'의 성격을 잘 드러내 준다. 이렇게 보면, 신경향파 비평의 담론적 성격이야말로 좌파 문학의 운동성을 그대로 표상하는 것이라고 할 수 있다.

(2) '내용·형식 논쟁'의 두 쟁점

문학계에 새로운 기운을 불어넣고, 자연주의 소설계 속에서 미약하나마 차이를 보이며 등장하는 좌파 문학을 견인해 내고자 하는 논의가, 팔봉과 회월의 경우 미세하지만 중요한 차이를 보이며 전개되고 있음을 앞에서 보았다. 담론의 성격을 짙게 띠면서 부르주아 문단 전체를 부정하고 그 문학적 유산 일체를 거부하는 회월의 '신경향'론과, 기존 문단에 대한 인식에 있어서는 동일하지만 영구불변하는 문학적 요소의 존재를 인정하는 위에서 새로운 작품들의 미적인 특성을 구명해 내고자 하는 팔봉의 '경향'론이 그것이다.

이 둘은 원리적으로 갈등의 소지를 안고 있다. 앞서 살폈듯 회월의 글들은 자신의 정체성을 마련해 내지 않으면서 담론적인 특성을 강화한다. 논의를 전개하는 데 있어서 지향해야 할 상태를 명확히 논리화하지 않는 것이다. 기존의 것에 대한 부정과 질타는 있지만 새롭게 도달해야 할 바의 정체를 명확히 제시하지는 않고(혹은 못하고) 있다. 부정과 질타 속에서 지향이 드러나는 형국이어서 모호성이 증대된다. 반면에 팔봉의 논의는 기본적으로 해석적인 특성을 보인다. '이미 존재하는 것을 살펴서 그 특징을 적출'하고자 하는 것이다. 작품들을 대상으로 할 때 그의 논의는, 새로운 이론을 소개할 때와는 달리 작품 혹은 문단이라는 실재 너머의 무엇에 기대지 않는다.

이러한 차이는 궁극적으로 문학을 어떻게 바라보는가의 차원에 놓여 있다. '문학'이라는 영역의 자율성 혹은 고유성을 인정하는가 여부에서 유래된 것이다. 취약하나마 이미 마련되어 있는 근대문학 및 문단을 고려하면 이 차이가 더 잘 설명된다. 당대까지의 문학 작품들 및 문단이, 회월에게 있어서는 오로지 부정의 대상으로만 설정되는 반면 팔봉의 경우는 그렇지 않다고 할 수 있다. 그에게 있어서는 당대 문학(작품)의 경향이나 흐름이 잘못되었을 뿐이지 '문학 자체'가 잘못된 것은 아니다. 반면 회월의 입장에서는 1920년대 전반기 문학과 관련된 모든 것은 부르주아적인 것이며 따라서 폐기의 대상이 된다. 회월에게 있어 당대 문단이라는 현실에서는 '부재하는 것'만이 의미 있는 것이다. 팔봉의 경우 '해석'을 가능케 할 문학적 기준 등이 존재하고 있는 것을 생각하면 이들의 차이가 보다 명료해진다. 곧 팔봉이 시대를 넘어서 항존하는 문학적 특성을 인정[85])하는 반면에 회월은 당면한 문학을 부르주아적인 것으로 특화함으로써 부정하고 있

다. 시공간적 제약의 여부는 곧 문학의 혹은 최소한 몇몇 문학적 자질들의
자율성이나 고유성에 대한 인정 여부와 상통하는 것이다. 또한 이 차이는
문학에 대한 논의를 문학 외부에서 찾는가 또는 최소한 그 출발점 혹은
근거의 하나를 문학 내부에서 찾는가의 차이로도 현상한다.

　사정이 이러하기 때문에 실제 작품들을 대상으로 한 논의에 있어서 이
러한 차이가 곧바로 갈등으로 이어지는 것은 피할 수 없는 일이다. 서로
의 작품에 대해 직접 평을 내리게 될 경우 특히 그러하다. 박영희의 소설
「지옥순례(地獄巡禮)」와 「철야(徹夜)」를 검토하고 있는 김기진의 「문예(文藝)
월평(月評)」(『朝鮮之光』, 1926.12)을 계기로 치열한 이론 투쟁이 벌어진 것은
이 맥락에서 볼 때 전혀 놀라운 일이 아니다.

　팔봉은 회월의 작품 「지옥순례(地獄巡禮)」와 「철야(徹夜)」를 비판하면서
다음과 같이 말하고 있다.

　　作家는 人生이 무엇이냐, 生活이 무엇이냐, 貧富의 差別이 正當한 것이냐? 아니
　다. 우리는 貧困하다. 우리는 無産階級者다. 無産階級은 他階級의 敵과 鬪爭하지 않
　으면 안 된다는 것을 말하기 위하여 너무도 쉽사리 簡單하게 處理하였던 것이다.
　그 結果 이 1篇이 小說이 아니요, 階級意識 階級鬪爭의 槪念에 對한 抽象的 說明에
　始終하고 1言 1句가 이것을 說明하기 爲해서만 使用되었던 것이다. 小說이란 한 개
　의 建物이다. 기둥도 없이 서까래도 없이 붉은 지붕만 입혀 놓은 建築이 있는가?
　……어떤 한 개의 題材를 붙들고서 다음으로 어떠한 目的地를 定해 놓고 그 目的
　地에서 그 題材를 반드시 處分하겠다는 計劃을 가지고 그리고서 붓을 들어 되든
　안 되든 目的한 포인트로 끌고 와 버리는 것이 朴氏의 創作上 根本 缺陷이다.[86]

　이 글이 문제시하는 것은 명확하다. 무산 계급의 투쟁에 대한 고취 등
주제의 선정에 이의를 다는 것이 아니다. 그러한 주제를 드러내는 방식이
'소설'이 아니라 '추상적 설명'에 불과하다는 것, 즉 소설이 소설로서 갖추

---

　85) 김기진, 「「本質」에 關하야」, 앞의 글 참조.
　86) 김기진, 「文藝月評」, 『朝鮮之光』, 1926.12, 94면(김윤식, 『韓國近代文藝批評史硏究』,
　　　앞의 책, 49~50면에서 재인용).

어야 할 요소들을 무시한 채 '너무도 쉽사리 간단하게 처리하였던 것'을
비판하고 있다. 이러한 논의는 당연히도 소설이라는 것의 실체를 상정하
는 것이다. 이미 존재하는 소설의 정체성에 비추어서 회월 작품이 소설답
지 못함을 지적한 것이다. 이러한 태도는 앞에서 살폈듯이 새로운 경향의
작품들을 검토하면서 미적인 특질에 주목하던 것과 일맥상통한다. 따라서
단순히 작가적 태도나 작품의 주제가 아니라 그것을 체현하고 있는 작품
의 (형식적) 면모를 강조하던 그의 '경향'론의 연장선상에서 회월 비판이
나온 것임을 알 수 있다. 바로 이 점에서 지금 살피는 '내용·형식 논쟁'이
야말로 '경향'론과 '신경향'론의 본격적인 힘 겨루기라고 할 만하다.

　팔봉의 입장에서 모호한 점은 다음과 같다. 회월의 소설에 대한 이러
한 비판의 궁극적인 목적이 무엇인지 확정하기가 쉽지 않다는 점이다. 소
설다운 소설을 써 내라는 것인지, 계급문학 운동을 제대로 행하기 위해서
소설의 요건을 갖추자는 것인지 모호하다. 전자라면 당시 감각 그대로 부
르주아적인 문학과의 차별성이 별반 없는 것이 되며, 후자라면 선전의 효
과에 대한 배려 및 논의가 있어야 할 터이다. 이 두 가지 중 팔봉이 어느
편에 있는지를 확인할 여지가 별로 없다는 것이 문제이다. 물론 팔봉의
행적을 염두에 두면 전자일 가능성은 거의 없다. 이 점을 고려한 위에서
달리 말하자면, 개념에 대한 추상적 설명과 소설다운 소설의 선택에 있어
서 '선전'의 효과 즉 주제 구현의 심도에 대한 비교가 없다는 것이, 팔봉
이 바라는 바가 문학주의인지 선전 효과를 보다 깊게 하기 위한 것인지
를 판단하기 어렵게 만든다고 할 수 있다.

　주지하는 바대로 이 글에 대해 회월이 「투쟁기(鬪爭期)에 잇는 문예비평
가(文藝批評家)의 태도(態度)」(『朝鮮之光』, 1927.1)를 통해 정면으로 반박하고 나
섬으로써 이른바 '내용·형식 논쟁'의 막이 오른다. 회월 논의의 핵심은
앞서 지적한 바 팔봉의 입장에서 드러나는 모호함에 대한 추궁이다. 팔봉
논의의 요체라 할 '실감 부재론'을 두고 "小說을 小說化하게 하는 實感인
지 그러치 안으면 階級××과 ××××× 對한 實感인지 알기가 어렵

다"(67면) 한 뒤, 팔봉의 입장을 전자로 규정하고는 그 논거가 '藝術至上的 超階級的 個人主義的'이라고 규정해 내는 것이다. '계급 운운'에 대해 호감을 가지라는 인신 공격적인 비판이 이 위에서 제기된다. 궁극적으로 프로문예 비평가의 '태도'를 문제시하는 것이다. 팔봉 월평의 합리적 핵심이 소설로서의 요건을 갖추어야 한다는 미학적인 측면에 있음에도 불구하고 회월은 다른 차원을 겨냥했다고 할 수 있다. 이러한 차이야말로 '경향'론과 '신경향'론에 원래부터 내재해 있던 차이가 발현된 것이다. 회월의 신경향파 평문들이 가졌던 담론적 성격이 여기서도 어김없이 드러난다는 말이다.

이 지적은 레닌의 「당 조직과 당 문학」론이나 청야계길(靑野季吉)의 '내재 비평 / 외재 비평'론을 끌어들여서 이론적인 색채를 한껏 갖추었다고 해도, 이전의 <신경향파 문학 담론>과 마찬가지로 그의 논의의 모호성은 전혀 약해지지 않았음을 의미하는 것이다. '회월 논의의 모호성'은 상술했듯 그것이 기본적으로 작가·비평가의 태도를 문제 삼는다는 데 기인한다. 또한 "프로 文藝는 描寫로서 價値를 나타내는 것이 안이라 그 作品에 나타난 ×××熱情으로서 그 作品은 힘을 엇는 것이다. 「힘」을 說明하는 데는 描寫로 하는 것이 안이다. 亦是 「힘」으로써 說明하는 것"(73~4면)과 같은 진술에서 알 수 있듯이, 아직은 자신의 방법론을 전혀 구체화하지 못하고 있기 때문이기도 하다. 여기에 덧붙여 프롤레타리아 전체 문화의 한 부분으로 프롤레타리아 예술을 위치짓는 방식으로 레닌의 입론을 끌어들여 사실상 문학 예술의 특수성을 부정하고 있으면서도, 소설로서의 완전함을 기하는 것이 '아즉은 푸로 文藝에서는 時期가 尙早한 空論'(66면)이라는 식의 다소 유보적인 태도를 드러내는 데서 알 수 있듯, 사실상 프로 소설의 상을 확실히 갖지 못하고 있음에서도 연유한다. 사정이 이러함에도 불구하고 그는 팔봉의 프로 문예 비평가로서의 태도를 집중 공격하고 아직 정체가 불분명한 자신의 생각·구상을 강력하게 주장해 내고 있다. 팔봉의 평에 대한 방어의 형식이 아니라 반대로 시종

일관 공격적인 논조를 취하고 있음도 주목할 만하다. 이와 같은 특성들에
주목하여 본고는 이 글이 <신경향파 문학 담론>의 연장선상에 있다고
본다.

물론 이 글이 갖는 기본적인 중요성은 카프 문학 운동의 전개에 있어
서 프롤레타리아 문학론의 토대를 닦아 주었다는 데 있다.[87] 레닌 등의
이론이 그 실질적인 내용이 됨도 사실이다. 그러나 앞서 말했듯이 본고에
서 '내용·형식 논쟁'을 다루는 것은 신경향파에 관한 논의의 양상을 살
피는 일환으로서일 뿐이다. 그런 점에서 보자면 1927년도에 이르기까지
회월의 논의는, 자기 논의의 명료성을 갖추지 않은 채로 작가·비평가 및
작품에 대해 현재의 모습을 넘어서기를 요청한다는 점에서 여전히 담론
적인 성격을 짙게 띤다고 할 수 있다. 더 나아가서, 회월의 이 글이 대상
으로 하는 팔봉의 논의가 완연히 '경향'론의 연장선상에 있음을 고려하면
이 글의 중요한 성격 중 하나가 <신경향파 문학 담론>일 수밖에 없음이
자명해진다.

회월의 반박에 의해서 논쟁의 틀이 갖춰지자마자 곧 이에 반응하는 여
러 평문들이 쏟아진다. 팔봉의 재비판을 포함하여 1927년 2월 한 달 동안
에 무려 다섯 편의 글이 발표되는 것이다. 권구현의 「계급문학(階級文學)과
그 비판적(批判的) 요소(要素)」(『東光』)와 주요한의 「취재(取材)의 경향(傾向)과
제삼층(第三層) 문예운동(文藝運動)」(『朝鮮文壇』), 김기진의 「무산문예작품(無産
文藝作品)과 무산문예비평(無産文藝批評)」(『朝鮮文壇』), 김여수의 「문예시평(文藝
時評)」(『朝鮮文壇』), 문원태의 「제이투쟁기(第二鬪爭期)는 도래(到來)하엿다」(『朝
鮮之光』)가 그것이다. 크게 보아서 권구현과 문원태가 회월을 지지하는 반
면 주요한과 김여수는 팔봉에 동조하고 있다. 이들의 가세로 해서 이 논쟁

---

87) 이 논쟁에서 회월의 편을 들고 있는 한 글(文袁泰, 「第二鬪爭期는 到來하엿다」, 『朝
鮮之光』, 1927.2)에서는, 회월의 이 글을 두고, "그것은 實로 프롤레타리아的 方法論에
依하야 正當한 意味의 프롤레타리아 藝術論을 把握하기에 努力한 것이다"(64면)라고
그 의미를 높이 평가하고 있다.

은 '내용·형식 논쟁'이라는 이름에 걸맞는(?) 양상을 띠게 된다. 즉 프로 문예 작품이 작품으로서의 자질을 갖춰야 하는가 여부를 초점으로 하여 문단의 이목이 모아지는 것이다. 이 지적은 매우 중요하다. '내용·형식 논쟁'이라는 명칭이 주는 오해와 관련되기 때문이다. 본고가 보기에는, 그러한 명칭으로 인해서 팔봉과 회월의 대립점이 내용과 형식이라는 순수하게 미학적인 차원에 국한되어 있다는 식의 이해 혹은 암시가 보편화되고 더 나아가서는 이 논쟁이 논리 외적인 방식으로 종결되었다는 결론이 내려지는 것이다.[88]

그러나 팔봉과 회월 사이의 쟁점은 정확히 두 가지이다. 팔봉의 프로 문예 비평가로서의 태도가 하나이며, 소설 작품의 계급성 문제가 다른 하나이다. 물론 이 양자가 별개의 것으로 분리될 수 있는 것은 아니지만, 전자는 문단정치적인 맥락에서 문제되는 것이고 후자는 이론(투쟁)의 장에 놓여 있는 것이라는 점에서 반드시 갈라 볼 필요가 있다. 좌파 진영 내에서는 이 양자가 모두 명확히 인지되고 있었으며 오히려 전자가 더 큰 쟁점이 되고 있다.[89] 팔봉의 월평이 염상섭과 최서해, 그리고 박영희와 이기영을 다루는 데 있어서 아무런 차이도 보이지 않는다는 점을 문제삼는 권구현의 비판이 이러한 사정을 증명한다(5~6절 참조). 그러나 주요한이나 김여수 등의 논의에서는 이 점이 완전히 사상된다. 두 쟁점 중 후자만이 그것도 소설의 고유성 혹은 특수성의 문제로 변환되어 부각될 뿐이다. 회월이 주장하는 무기교 자체가 좌파 문학의 새로운 기교라는 발상을 보인 주요한의 글이나, 적어도 예술적 형태만은 갖추어야 한다는 김여수의 주장이 그러한 예이다.

이러한 상황은 이제 막 틀을 잡아가는 좌파 문학 운동 진영의 입장에서

---

88) 이러한 문제 의식에 대해서는 김철이 간략하게 지적한 바 있다. 그는 기존 연구사가 기정사실화하는 것으로 보이는 논쟁의 성격 및 경과에 대한 규정에 회의를 보이고 있다(「한국 프로문학 연구의 과제」, 『잠 없는 시대의 꿈』, 앞의 책, 115면).

89) 이러한 사정의 중요한 한 가지 이유로는, 후자의 경우 카프 이론가들 내에서 아직 충분한 검토를 거치지 못한 것을 들 수 있겠다.

볼 때 바람직한 것이 아니다. 무엇보다도 신경향파 소설의 주제적인 측면
이나 사회에 미치는 영향의 문제 등은 가려진 채로, (기존의 소설을 기준
으로 해서) 좌파 작품들이 형식적인 면에서 소설답지 못하다는 식의 비판
에 길을 열어 줄 위험이 크기 때문이다. 문단정치적 감각이 탁월한 회월이
이 점을 놓칠 리가 없다. 같은 달에, 목적의식기로의 전환을 제창하는 평
문 「『신경향파(新傾向派)』 문학(文學)과 『무산파(無産派)』의 문학(文學)」(『朝鮮之
光』)을 써 냄으로써 신경향파를 지양하고 새로운 지평을 열고자 시도하는
데서 이 점이 확인된다. 문원태의 글에서도 동일한 맥락의 인식이 드러난
다. 팔봉과 회월의 논쟁을 단순히 조직 내적인 차원으로 국한하지 않고 좌
파 문학 진영의 정체성을 공고히 하는 과정으로 간주하려는 시도를 보이
는 것이다(64면 참조).

　논쟁 당사자인 팔봉에게서는 이러한 사정이 더욱 극명하게 제시된다.
잘 알려진 대로 소설관에 관련된 이론적 입장에서는 아무런 오류도 인정
하지 않으면서, 비평가적 태도 면에서 불선명한 점이 있다고 동지들이 지
적한다면 "맛당히 나는 同志들 압헤서 고개를 숙이고 謝罪하고 압날을
盟誓하겠다"(17면)고 재반박문 「무산문예작품(無産文藝作品)과 무산문예비평
(無産文藝批評)」을 종결짓는 것이다. 물론 이 구절 역시 "君 一個人뿐만이
아니라 同志의 大部分이 나의 批評家的 態度에서 所謂『푸로 文藝批評家
가 되기 前에 「階級意識 云云」에 好感』을 가저야만 할 만큼 不鮮明한 點
이 잇는 것이 事實이라면, 共認하는 事實이라면"(같은 곳)이라고 전제를 달
고 있다. 스스로는 그렇게 생각하지 않는다는 점을 명확히 한 것이다.

　그럼에도 불구하고 이로써 양인 사이에 벌어진 논쟁의 논점 하나는 신
속한 결말을 얻었다고 할 수 있다. '프로 문예 비평가의 태도'에 있어서
'합의'를 본 것이다. 이를 두고서 논리 외적인 방식으로 논쟁이 무마되었
다고 하는 것은 사실 적절치 않다.[90] 이 문제의 본질이 조직의 공고화를

90) 이러한 판단의 원인은 논쟁 당사자들의 회고에 기인한 바 크다고 생각된다. 팔봉의
　　경우 자설 철회가 외적인 맥락에서 이루어졌다는 점을 뚜렷이 강조한 바 있으며(「나의

위한 계급적 태도의 선명성이라는 점을 고려하면 애초부터 논리가 문제되는 것은 아닌 까닭이다. 과학적 이론과는 구별되는 담론의 차원에서 설정된 문제였기 때문에, 앞서 인용한 팔봉의 언급이야말로 요체를 얻은 것이라고 할 수 있다.

팔봉의 이러한 사뢰는 신경향파 비평의 맥락에서 보면 '경향'론적인 방향의 폐기를 의미한다. 즉 '신경향'론의 승리를 공표하는 것이다. 물론 또 하나의 논점 즉 소설 미학적인 문제는 여전히 남아 있어서 상당 기간에 걸쳐 지속된다. 팔봉 자신 역시 '추상적인 개념 설명만으로는 소설이 될 수 없다'는 그의 입론을 강력하게 견지하여 곧이어 「내용(內容)과 표현(表現)」(『朝鮮文壇』, 1927.3)을 발표하는 것이다. 같은 문제로 회월도 「문예비평(文藝批評)의 형식파(形式派)와 맑스주의(主義)」(『朝鮮文壇』, 1927.3)를 통해서 자신의 입론을 마련해 나간다. 그러나 이미 이 시점부터는 서로간의 비판이 전면화되는 것과는 거리가 멀다. 양주동 등을 대상으로 한 외적인 논쟁의 측면은 있어도 내부적인 이론 투쟁의 면모는 매우 약화되는 것이다.

현상적으로는, 소설 작품의 구성과 묘사법 등을 문제 삼는 이 부분이야말로 '경향'론(과 그에 대립되는 '신경향'론)의 핵심에 연결되는 것으로 보이기 십상이다. 그러나 사정이 그렇지는 않은데, 새롭게 등장하는 작품들을 대상으로 한 팔봉과 회월 양인의 이전 논의들이 기본적으로 담론적인 성격을 짙게 띠고 있었던 까닭이다. 즉 '신경향'론 뿐만 아니라 '경향'론까지도, 자연주의 소설계 내에서 움을 틔우고 있던 새로운 작품들을 예견, 추동해 내는 데 준거를 두고 있다. 그러한 까닭에 당연히도 신경향파 비

회고록」, 『世代』, 1964.12; 김영민, 『한국문학비평논쟁사』, 한길사, 1992, 71면 주 46)에서 재인용), 회월도 밤을 새운 토론에 의한 것이었다고 함으로써 논리적으로 확실한 결론을 보지는 못했다는 맥락을 드러내고 있다(「草創期의 文壇側面史」, 『박영희 전집』 II, 앞의 책, 349면). 이후의 연구들에서도 이 부분을 '내용 · 형식 논쟁'의 '논리 외적인' 귀결로 보는 경향이 적지 않다. 이러한 인식을 보여 주는 최근의 연구로는, 논쟁의 귀결을 '이율배반적 결말'로 규정하고 있는 김영민의 앞의 책을 들 수 있다(65면 이하).

평의 평자로서 양인의 태도가 의미 있는 것이 되었다. 이러한 점을 염두
에 둘 때, 이른바 '내용·형식 논쟁'에서 '프로 문예 비평가의 태도 문제'
가 좌파 진영에서는 보다 중요한 문제로 현상했고 양인 모두 이 논점에
대해서는 서둘러서 결말을 취했던 상황을 적절히 이해할 수 있게 된다.
정리하자면, 프로 문예 비평가의 태도를 논점으로 한 논쟁에서 회월이 승
리한 것이야말로 카프 조직 전체 차원의 결정을 보여 주는 것이다. 달리
말하자면 '경향'론에 대한 '신경향'론의 승리를 조직 차원에서 인준한 것
이라 하겠다. 이러한 귀결은 다시 역으로 영향을 미쳐서 신경향파 비평의
담론적 성격을 더욱 공고히 하는 것이다. 방향 전환을 통한 카프의 자기
전개야말로, 신경향파 문학을 역사화하는 방식으로 지양하면서 전개된
바, 그 주체가 바로 (신경향파) 비평인 까닭이다.

(3) 〈신경향파 문학 담론〉의 자기 지양

익히 알려진 대로 제3전선파가 등장하기 이전까지 카프의 주도권은 박
영희에게 있다. 부르주아 문단에 대항해서 새로운 흐름을 신경향파로 묶
어낸 장본인이 그이며, 좌파 문학 운동의 거점인 카프를 이끄는 수장도
회월이다. <신경향파 문학 담론>을 통해서 현실을 장악해 내는 그의 면
모는 제1차 방향 전환기에서도 잘 확인된다. 이 과정에서 '목적의식'에
관한 새로운 이론을 단순히 소개하는 것은 사실상 부차적이다. 이론의 소
개는 그야말로 추상 차원의 것이어서 그 자체만으로는 현실에 별다른 영
향을 미치지 못하기 때문이다. 그것이 구체화될 때 즉 문단의 실제 동향
에 대한 감각을 바탕으로 해서 작가 및 작품을 추동하는 논리로 구사될
때, 이 경우에서야 이론의 현실적인 위력이 발휘된다. 이러한 점에서 보
자면 제1차 방향 전환을 이룬 중심은 단연 박영희이다. 목적의식기로의
방향 전환에서 핵심에 해당하는 것이, 작가 및 비평가들의 차원에서 맑스
주의 이데올로기를 공고히 하여 문단을 조직적·집단적·계급적으로 재

조직해 내는 데 있는 까닭이다.

그의 이러한 면모는 「『신경향파(新傾向派)』 문학(文學)과 『무산파(無産派)』의 문학(文學)」(『朝鮮之光』 64호, 1927.2)에서 잘 확인된다. 제1차 방향 전환의 선편을 쥔 평문으로 알려진 이 글은 신경향파 문학을 역사화하고 새로운 단계로 도약하고자 하는 시도이다. 그러나 실질적인 논의의 구성에 있어서 신경향파를 과도기적인 것으로 폐기함으로써 신경향파 소설에 대한 미학적인 접근 자체를 봉쇄해 버렸다는 것 즉 '경향'론의 존립 근거를 없앴다는 점에서 이 글은 '신경향파'론의 승리를 확정하는 것이기도 하다. 동시에 신경향파 시기의 개인적 차원을 반성적으로 지양코자 한다는 점에서 <신경향파 문학 담론>의 연장선상에 놓여 있다. 신경향파 문학이 보이는 한계 너머를 지향점으로 해서 작가와 작품을 추동해 내는 기능에 있어서 동일한 까닭이다. 이에 덧붙여서 개인 차원에 대한 반성은, 한창 전개되고 있는 소위 '내용·형식 논쟁'에서 가장 문제되는 것이 프로 문예 비평가의 태도였음을 간접적으로 증명하기도 한다.

정리해서 보자면 이 글은 신경향파를 역사화하는 최초의 글이라 할 터인데, 이어서 논의하겠지만, 이러한 역사화야말로 신경향파와 관련된 비평들의 담론성을 더욱 공고히 하는 것이라고 할 수 있다. 이에는 '내용·형식 논쟁' 중 프로 문예 비평가의 태도라는 쟁점에서 조직에 굴복한 김기진의 이후 글 「십년간(十年間) 조선문예(朝鮮文藝) 변천과정(變遷過程)」(『조선일보』, 1929.1.1~2.2)이나 시기적으로 훨씬 후인 임화의 문학사적인 정리도 포함된다. 팔봉의 글은, 박영희의 글에서 주창된 신경향파의 역사화 즉 <신경향파 문학 담론>의 구축이 좌파 진영에서 확고한 지지를 획득했음을 확인해 주는 것이다.

좌파 문학 운동의 전개 과정상에서 살필 때, 「『신경향파(新傾向派)』 문학(文學)과 『무산파(無産派)』의 문학(文學)」은 잘 알려진 대로 '階級鬪爭의 文學'을 주창하는 글이다. 개인 차원이 아니라 자본주의 사회의 양대 계급 사이에서의 투쟁을 그리는 문학, 무산 계급의 '살려는 힘'이 드러나는 문

학이 그가 제창하는 '無産階級文學'이며 '無産派의 文學'이다. 그러나 이
러한 주장은 4절의 말미에서 잠시 제시될 뿐이며, 짤막한 5절을 통해 무
산 계급의 과도기 규정과 관련한 '무산 계급문학의 존립 가능성'에 대한
자신의 입장을 밝힌 뒤 "無産派 文學에 對하야 再論을 期하고 잇다"(62면)
고 부기한 데서도 알 수 있듯이, 이 글의 대부분은 실상 신경향파 문학에
대한 논의로 채워져 있다.

  '신경향파'와 관련해서 박영희의 「『신경향파(新傾向派)』 문학(文學)과 『무
산파(無産派)』의 문학(文學)」이 그리는 구도는 다음과 같은 진술에서 그 특
성을 십분 보여준다. 신경향 작품들이 "新傾向派가 當然히 이르지 안으면
안이될 새로운 境地를 發見하지 못하엿"는데 이는 "다만 新傾向派는 新
傾向派로서 滿足하려는 것이"(55면)기 때문이라고 하는 것이다. 문맥상으
로 볼 때 앞 진술의 '새로운 경지'란 신경향파를 진정 신경향파로 만들어
주는 특성의 구현 정도로 읽힐 수밖에 없다. 즉 신경향파로서의 정체성
획득으로 읽히는 것이다. 하지만 뒤의 진술에서 확인되듯이 사정은 오히
려 정반대이다. 신경향파의 상태에 머물고자 하는 것이 문제시되는 까닭
이다.[91] 애초부터 <신경향파 문학 담론>이 신경향파의 확실한 정체성을
보인 것은 아니었음을 염두에 두면 이런 모호한 상황을 이해할 수도 있
겠다. 어쨌든 이러한 지적은, 2년 전 자신이 그토록 열렬히 구축코자 했
던 신경향파의 정체성 획득을 부정하는 것이라는 점에서 주목을 요한다.

  무엇보다 그는 신경향파 문학을 두고 "朝鮮에 잇서서 더욱이 階級的
意識이 薄弱한 社會에 잇서서 엇더한 漠然한 傾向만을 보이든"(62면) 것이

---

91) 여기서는 당대적인 감각이 필요하다. 앞에서 우리는, 좌파 이론가들 사이에서 신경
향파의 역사적 정위가 '<신경향파 문학 담론>'을 공고히 하는 형식으로 이루어졌다
고 밝혔다. 덧붙이자면, 이런 경향은 후대의 연구자들에게까지 그대로 이어져 오고 있
다. 이 맥락에서 다소 성급하게 말하자면, 신경향파 비평을 '<신경향파 문학 담론>'
으로 명확히 규정해 내기 이전의 기존 연구들 역시도 '<신경향파 문학 담론>'의 넓은
범위 내에 귀속된다고 할 수 있다. 사정이 이러하기 때문에 회월의 글에서 지금과 같
은 구절이 갖는 의미가 제대로 천착되지 못해 왔다. 당대적인 감각의 존중이란 신경향
파를 역사화하는 '<신경향파 문학 담론>'의 문제틀 이전을 놓치지 않는 것이다.

라고 그 의미를 축소한다. 진정한 신흥 문학의 초기 형태 즉 자연 발생적
인 것 혹은 과도기적인 것으로 규정하는 것이다.

> 新傾向派文學은 ① 엇더한 完全한 體系를 具有한 獨立된 文學이 안이라 將次 엇더
> 한 目的을 意識的으로 體系를 세우기 爲하야서만 必要한 그 過程에 잇서서의 한
> 必然한 現象的文學이기 째문이다. 그럼으로서 新傾向派는 그의 目的하는 境地에 나
> 가게 되면 곳 그 自體가 解體되며 崩壞되고 말 것이다. 다만 新傾向派文學이란 社
> 會的 文學을 建設함에 將次 進行을 엇더케 해야 할 方向을 指示할 짜름이다. 그러
> 나 「쌔르즈와」 評者들은 이 過程에 잇서서 流動變遷할 新傾向派文學을 ② 너무도
> 過重視하고 그 根據의 薄弱함을 嘲笑한다. 그러나 新興文學이란 新傾向派文學에 머
> 므르고 마는 것이 안이다. 맛치 그 時代의 社會는 곳 새로운 時代를 産出식힘으로
> 社會의 進化를 圖하는 것이나 갓다. 더욱이 文學上 新傾向派는 眞正한 新興文學을
> 建設함에 한 準備的 過程임을 다시 말하여 둔다. (57면, 강조는 인용자)

이 부분의 핵심은 신경향파 문학이라는 것이 애초부터 자신의 체계를
확보할 수 없는 것이라는 단정이다. 회월은 신경향파를 두고서 '방향을
지시할 따름'이고 '유동 변천'하는 '준비적 과정'이라고 하여 신경향파 문
학의 정체성을 완전히 부정하고 있다. 하나의 실체가 아니라 '현상'일 뿐
이라는 것, 고정적인 것이 아니라 유동적인 '과정'에 불과하다는 것이 회
월이 제시하는 근거이다.

신경향파가 '현상적 문학'으로서 프로 문예를 위한 '준비적 과정'이라
는 역사적 정위는, 제1차 방향 전환기를 맞이한 좌파 진영의 프로 문예에
대한 기획의 맥락에서 고려되어야 할 사항이다. 그러나 이 방향의 검토는
본고의 문제 의식을 벗어난다. 본고의 논의에서 보다 중요한 것은 <신경
향파 문학 담론>의 성격을 구체화하고 있는 '신경향 작품에 대한 회월의
태도'이다. 회월은 불과 14개월 전의 「신경향파(新傾向派)의 문학(文學)과 그
문단적(文壇的) 지위(地位)」에서 작품 수를 과장하면서까지 그 세력을 강조
하고, 모호성에도 불구하고 신경향파에 대해 적극적인 규정을 감행한 바
있다. 그랬던 그가 지금은, 앞서 살핀 대로 신경향파의 정체성을 부정(①

하는 데서 나아가, 「신경향파(新傾向派)의 문학(文學)과 그 문단적(文壇的) 지위(地位)」를 핵심으로 하는 논의들의 의의까지도 사실상 무화(②)하고 있다. 물론 비판 ②는 부르주아 평자들을 대상으로 한 것이지만, 내용상 동일한 오류를 범하고 있다면 좌파 문인들이라 하더라도 부르주아적인 오류에 빠진 것이라는 의미를 담는 것이기도 하다. 사정이 이러하기 때문에 이 논의는, 어찌 됐든 '신경향파'를 '과중시'하고 그 '근거'를 역설하던 자신의 이전 태도까지도 현재적 의의 면에서 전면적으로 부정하는 것이다.[92] 이런 맥락에서, 신경향파 소설뿐만이 아니라 신경향파 비평(특히 담론)까지도 역사화된다고 할 수 있다.

　여기서 비판되는 것이 신경향파 작품과 <신경향파 문학 담론> 양자라고 할 때, 신경향파 소설과 관련된 논의는 좀더 세밀히 살펴볼 여지가 있다. 신경향파 작품을 부정하는 회월의 근거는 사회에 미치는 기능의 측면에서 마련된다. 그는, 초기 신경향파는 울분 끝의 개인적인 감정적 행동을 그렸어도 사회적인 기능을 했던 반면에, 후기 신경향파가 계속 고수하는 '방화나 살인'의 설정은 더 이상 사회적 기능을 수행하지 못한다고 판단한다. "波紋이 波紋을 이르킬 수 잇는 生命力이 後期에 新傾向派作品에는 確實이 沈滯되여서 잇다"(60면)는 것이다. 그에 따르면 '파문이 파문을 일으킬 수 있'기 위해서는 파문의 양식 즉 작품의 형식이 끊임없이 변화해야 한다.[93] 그 결과로 그가 요구하는 것은 상술했듯이 개인 차원을

---

92) 여기서 부정의 맥락이 '현재적 의의'라는 점이 강조될 필요가 있다. 좌파 문학을 공고히 구축코자 하는 회월의 문단정치적 기획은 신경향파 문학의 초기에서부터 이 시점까지 지속적으로 강화, 발전되어 오는 것이다. 따라서 신경향파 문학에 대한 이러한 부정이, 신경향파 문학의 혹은 '신경향파'라는 개념의 적실성에 대해서 회월이 회의를 품거나 자신 없어 한 결과라는 식의 파악('신경향파'라는 개념과 관련한 이러한 해석은 조남현, 「'傾向'과 '新傾向派'의 거리」, 앞의 글, 138, 149면)은 적절치 못하다고 하겠다.

93) 이 점은 형식 파괴를 통해 현실에의 끊임없는 충격을 기획했던 아방가르드의 기획과 '메카니즘상' 동일한 것이기도 하다. 하지만 실제는 엄연히 다른데, 폭력을 가하고자 하는 대상으로서의 현실과 그에 대한 접근 방법이 전적으로 달리 파악되는 까닭이다.

넘어선 계급투쟁을 그리는 것이다. 작가들이 계급투쟁적 입장에서 사상의 확립을 이룬 뒤에 '무산 계급의 살려는 힘'을 그려내야 한다고 한다.[94] 지금 논의에서 중요한 것은, 이렇게 새로운 문학의 수립과 관련한 내용보다 신경향파 문학을 비판하는 논지이다. 좀더 살펴보자.

> 新興文學運動 過程에 잇서서 社會의 現實과 갓치 進展되여야 할 生命力은 後期에 와서 「藝術的이라는 殘餘하엿든 觀念 우에다가 한 粗雜한 典型을 만들려고 하는 沈滯의 傾向이 보인다. 그럼으로서 現實을 ××하려든 新傾向派文學은 後期에 와서는 自己가 持支하고 온 現實을 說明과 解釋에서 終結되여 버리려는 傾向을 말하고 잇다. (59면)

회월의 <신경향파 문학 담론>이 대상으로 설정하는 현실은 '끊임없이 진전되는' 현실이며, 신경향파 작품은 그런 현실을 따라 변화하면서 그것을 실제적으로 '변혁해야 하는' 것이다. 따라서 현실에 대한 해석에 그치는 것은 잘못이라고 그는 주장한다. 이 위에서, 진전된 현실에 보다 유효한 충격을 가할 수 없게 된 작품을 비판하고 나아가서는 그러한 작품들을 추동해 내지 못하는 신경향파 비평의 존재 이유를 박탈하는 것이다.

여기서 우리는 신경향파 비평을 <신경향파 문학 담론>으로 공고히 하는 두 가지 요인에 주목해야 한다. 첫째는, 해석에 그치는 '침체 경향'의 원인으로 그가 '예술적이라는 관념'과 '(조잡한) 전형 창출 욕구'를 들고 있는 점이다. 작품을 실체로 규정해 내는 미적 형식화를 이렇게 부정하는 것은, 본고의 맥락에서 볼 때, 신경향파 비평의 대상에 정체성을 부여하지 않으려는 태도 나아가 '신경향' 개념의 기의를 확정하지 않으려는 태도에 다름 아니다.

다음은 회월이 '신경향파에서 무산파[프로 문예]로의 변화'를 주창한다는

---

94) 참고로 덧붙이자면, 이러한 방식은 우리에게 낯익은 것이다. 앞에서 검토한 바 <신경향파 문학 담론> 고유의 논법인 까닭이다. 즉 이 글에서도 신경향파 논의의 담론적 성격 즉 내포의 모호성이 파생되고 있다. 이러한 까닭에 이 글을 <신경향파 문학 담론>의 하나로 보는 것이 가능해진다.

점이다. 이 주장의 필연성을 살피는 일은 그대로 그의 기획이 <신경향파 문학 담론>에 미치는 효과를 고찰하는 것이 된다. 14개월 전에 그가 외연을 과도하게 규정하면서 신경향파를 강력히 주창했을 때 그의 비평은 분명 <신경향파 문학 담론>으로서 기능하고 있었다. 지시체로 설정된 작품들 자체가 '신경향'의 기의·내포에 미달함으로써 신경향파 비평이 실천적, 폭력적으로 작품을 강제·추동했던 것이다. 그랬던 것이 불과 일 년 여만에, 회월이 보기에, 외연도 명확하게 구획된 채로 신경향 작품들이 '신경향파'의 기의·내포를 나름대로 채우며 매너리즘에 빠지게 되었다. 이러한 상황은, 신경향파 비평이 더 이상 담론적이지 못하게 된 것 즉 지시체와의 관련이 공고해져 작품에 대한 강제적, 실천적인 기능을 상실하게 되었음을 의미한다. 따라서 회월에게 가장 긴요한 것은 매너리즘에 빠진 작품들을 강제하여 계속적으로 사회적 기능을 하게 하는 것 즉 비평의 담론적 기능을 회복하는 것일 수밖에 없다. 새삼 담론적 기능을 구현하는 방식은 무엇인가. 담론적 기능이 정지된 '신경향파' 대신에 '새로운' 이론을 추구하는 것 즉 '계급투쟁과 문예, 프로 문예'를 주창하는 것이 된다. 그 방편으로 신경향파 문학을 과도기적인 것, 준비적인 것으로 역사화하게 된 것이다. 이때 그 대상은 일차적으로 작품이며 그 다음이 비평 자신이다.

비평에 있어서 이러한 역사화, 역사적 정위는 바로 신경향파 비평을 준비적인 것, 불충분한 것으로 무화하는 작업에 다름 아니다. 달리 말할 때 이러한 사정은, 그가 그토록 주창했던 '신경향파'의 내포가 기실은 불확정적임을 스스로 인정한 것을 알려준다. 이럼으로써 신경향파 비평은 비평사·문학사 속에서 완벽하게 <신경향파 문학 담론>이 되어 버린다. 그것은, 지시체와의 관련이 공고해질 때 폐기되도록 운명지어진 것이며, 모호한 차원이나마 내포·기의가 현실화[작품화]될 때 지시체와의 그러한 관련을 끊기 위해 내포·기의 자체가 부정되도록 운명지어진 것이다. 항시 지시체와 직접적으로 관련되지 않아야 하는 것으로, 따라서 기의 역시 고정되지 말아야 할 것으로, 계속 '담론'으로서 남아 있어야 하는 것으로 역사화된 것이다.

신경향파를 역사화하는 것 즉 과도기적인 것으로 문학사 속에 정위시키는 것이 갖는 의미는 다음과 같다. 지시체로서의 신경향파 작품들의 외연과 정합적 관련을 맺으면서 그들 작품의 실체를 명확한 기의로 하는 기표이기를 거부하는 것 즉 '사유 속의 구체(a concrete in thought)'이기를 스스로 거부하는 것이다. 간단히 말해서 '신경향파 비평의 담론적 성격'을 잃지 않으려는 것이다. 그러나 이러한 시도를 통해서 엄밀한 의미에서의 <신경향파 문학 담론> 스스로는 폐기된다. 대상으로 놓인 작품들의 면모가 이미 '신경향파' 담론으로서는 자신의 담론성을 유지할 수 없을 정도의 변화를 보였다는 점이 가장 큰 이유이다. 사정이 이러하기 때문에 신경향파 비평이 담론적인 기능을 유지할 수 있는 유일한 방편은 '신경향파 이후'를 추동의 목표로 새롭게 정립하는 것이다. 이것이 바로 목적의식기의 목표인 '진정한 프롤레타리아 문예'이다. 이렇게 지향점을 바꿈으로써 카프 진영의 비평들은 더 이상 '신경향파' 비평이지 않게 된다. 같은 맥락에서 시야를 넓혀 보자면, 신경향파 문학 담론이 보였던 문학 운동적인 기능을 유지하기 위한 신경향파 문학 운동의 자기 전개가 신경향파 문학 자체를 폐기하기에 이른 것이라고 할 수 있다.

끝으로 한 가지 덧붙이자면, 1920년대 말기로 들어가면서 카프 진영의 작품과 관련한 비평 논의들은 '유물변증법적 창작 방법론'이라는 강력한 '이론'을 체화해 감으로써 '담론'의 차원을 벗어나게 된다. 임화95)도 문제적으로 지적했던 바 '비평의 고도' 즉 작품들과의 거리는 유지되지만, 내포와 기의가 명확한 비평 이론의 수준에 올라서는 까닭이다. 따라서 문학사의 단위로서 신경향파를 회고 혹은 정리해 내는 글들을 제외한다면, 회월의 이 글 이후 '현재적인 <신경향파 문학 담론>'은 종언을 고한다고 할 수 있다.96)

---

95) 임화, 「批評의 高度」, 『文學의 論理』, 1940.
96) '내용·형식 논쟁'과 병행되는 제1차 방향 전환론 이후 신경향파 소설은 '자연생장적

(4) 〈신경향파 문학 담론〉의 연장과 광의의 〈신경향파 문학 담론〉

지금까지 우리는, 〈신경향파 문학 담론〉을 핵심으로 하는 신흥 좌파 문학의 자기 전개가 신경향파 문학을 스스로 폐기함으로써 그 추동력을 유지할 수 있었으며, 비평의 영역에서 그러한 역할을 수행하는 것이야말로 〈신경향파 문학 담론〉의 승리를 명확히 드러내면서 자신을 지양해 내는 것임을 살펴보았다. 신경향파 문학을 대하는 좌파 비평의 이러한 태도는 신경향파 문학이 역사화된 뒤에도 지속된다. 〈신경향파 문학 담론〉의 생명력을 연장 혹은 입증해 주는 것이라 할 이런 비평이, 후대의 김기진이나 임화의 글에서 확인된다. 여기서는 이 글들을 통해서 〈신경향파 문학 담론〉의 승리가 얼마나 굳은 것인지를 살펴보고자 한다.

1929년에 발표된 팔봉의 「십년간(十年間) 조선문예(朝鮮文藝) 변천과정(變遷過程)」은, 입론의 불충분성을 강조하는 방식으로 신경향파 비평의 과도기적인 성격을 강조한다. 신경향파 문학의 한계를 네 가지로 정리하는 중에 신경향파 비평에 대해서 다음처럼 정리하고 있는 것이다.

> 그들의 主張이 無産階級運動과 無産階級『文藝』運動과는 絶緣할 수 업스나 同一한 것은 아니니 前者는 第一線 實際運動으로 나아가는 것이오 後者는 그와는 別道로 在來의 文藝를 驅逐하고 新文藝를 樹立함이 目的이라는 分裂的 個人主義的 文藝至上主義的 見解에서 버서나지 못하얏든 것만큼 哲學的으로도 眞正한 無産階級의 社會觀을 把握하지 못하얏섯스며[97]

신경향파 비평이 문예지상주의적 견해를 탈피하지 못하고 진정한 무산계급의 사회관을 파악하지 못하였다는 이러한 비판은 앞서 살핀 회월의 정식화를 그대로 이어받고 있다. 신경향파가, 고정되어서는 안 될 것으로

작품'이나 '프로 문예의 제1기 작품' 혹은 '단순한 프롤레타리아 문학' 등으로 지칭된다. 이는 '신경향파'의 정체성을 카프 진영 내에서 인정하지 않겠다는 의도의 표출일 터인데, 이러한 의도야말로 신경향파 비평의 담론적 성격에 그대로 이어져 있는 것이다.

97) 김기진, 「十年間 朝鮮文藝 變遷過程」, 『조선일보』, 1929.1.22일 분.

서의 기의를 가진 잘못된 것, 최소한 부족한 것이라고 규정하면서 전화되어야 할 것이었음을 밝히는 것이다.

이렇게 신경향파 문학을 전화·지양되어야 할 것으로 규정하는 것은, 신경향파를 본격적인 프로문학의 전단계로 위치지우는 것이다. 카프의 입장에서야 당연한 작업이지만 이러한 시도의 결과는 문제적이라고 하지 않을 수 없다. 무엇보다도 신경향파 문학 고유의 특질들이 일의적으로 단순화됨으로써 그 실체가 가려지기 때문이다. 즉 지금까지 살핀 바, 좁게는 자연주의 소설계 내에서 넓게는 한국 근대소설의 전개 과정상에서 신경향파 소설이 차지하는 위상 및 그에 따른 의의가 그 자체로 존중되지 못한 채 적지 않게 사상되고, 프로문학으로 지양될 수밖에 없는 결함을 가진 좌파 문학의 초기 양상으로 그 실제 및 의의가 부당하게 축소되는 것이다. 이는 프로문학을 기준으로 했을 때 비춰지는 면들만이 강조된 결과이다. 여기서 신경향파 소설들을 끊임없이 추동했던 <신경향파 문학 담론>의 담론성이 지속적으로 강화된 사실을 염두에 두면, 이와 같은 파악은 최소한 신경향파 소설들의 실체를 제대로 보고 인정하지 못하게 하는 결과를 낳는다. 이로써, 신경향파 문학의 구체적인 활동 결과라고 할 수 있는 소설 작품의 면모와는 이질적인 신경향파 규정, 달리 말하자면 <신경향파 문학 담론>의 연장선상에 놓이는 규정이 공고화된다. 이는 곧 과거화된 <신경향파 문학 담론>을 재차 강화해 주는 것이며, 원리적으로 보자면, 자신 역시 <신경향파 문학 담론>의 '역할'을 수행하는 것이라 하겠다.

<신경향파 문학 담론>의 이러한 강화 및 연장(延長)은 정반대의 방식으로도 이루어진다. 신경향파 문학을 창작에 있어서 수많은 과오를 범한 것으로 보는 신남철98) 등의 이원론적 발상을 정면으로 비판하면서 신경

---

98) 신남철, 「最近 朝鮮 文學思潮의 變遷－'新傾向派'의 擡頭와 그 內面的 關聯에 對한 한 개의 素描」(『新東亞』, 1935.9). 이 글은 '신경향파 문학'을 좌파 문학 일반의 명칭으로 사용하여 신경향파 문학의 시기를 카프의 해체까지 확장하고 있으며, '토대－상부구조론'의 기계적인 적용으로 논의를 꾸리고 있다. 익히 알려진 대로, 이 글의 핵심적인 주장은, 신경향파[좌파] 문학의 경우 '사회의 필연적인 전개에 맞추어 변화한 까닭에'

향파 문학의 의의를 높게 치는 임화 식의 평가에서도 결과적으로 동일한 효과가 나타나는 것이다.

신경향파 문학에 관한 임화의 논의99)가 보이는 가장 큰 특징은, 문학사를 사회사의 반영으로 보면서, 신경향파야말로 이전까지의 문학적 전개를 전면적으로 종합한 것이라는 논의 구도를 마련한다는 데 있다. "春園으로부터 浪漫派에 이르기까지의 各時代의 諸傾向이 前代의 單純한 對立表로서 一面的으로 이것을 繼承하엿다면 新傾向派文學은 그 모든 것의 全面的 綜合的 繼承表"(「서설」, 11.2)였다는 것이다. 그런 까닭에 임화에 따르면 신경향파야말로 이전의 경향들과는 본질적으로 다른 것 즉 한 차원 높아진 문학 경향으로 평가된다.

그가 취하는 구도의 의미를 좀더 명확히 해 보자. 신경향파 문학을 고찰하는 방식으로 그가 취하는 상기(上記) '역사적 정위'의 목적은, 당대의 문학 상황을 염두에 두고 볼 때, 신경향파 문학을 단일한 것으로 혹은 그 존재 의의를 미약한 것으로 보는 데 대한 논리적인 비판을 마련하기 위해서이다. 궁극적으로는, 전향을 선언한 회월은 말할 것도 없고, 같은 진영의 김기진 및 중립적인 입장을 표명하면서 신경향파의 이름으로 좌파문학 일체를 진단하고 있는 신남철 등의 잘못된 견해를 논파함으로써, 객관적으로 열악한 정세 속에서 존재 의미조차 부정될 위험에 처한 좌파문학을 구원해 내기 위해서라고 할 수 있다. 이때 가장 중요한 것은 당연히도 좌파 문학의 의의를 중대한 것이라고 확정하는 것인데, 그 첫 단계로서 신경향파 문학의 위상을 높은 지위에서 공고히 하기 위해 위와 같은 문학사적인 구도를 끌어들인 것이다.100)

(이는 논의 구도에서 파악되는 것일 뿐이다. 이에 대한 직접적인 해명은 사실 없다) 사상성에 있어서는 우월한 면모를 보였지만, 작품의 미적 질에 있어서는 수많은 과오를 범하고 말았다(8, 11~2면)는 것이다.

99) 「朝鮮新文學史論序說−李人稙으로부터 崔曙海까지」, 『조선중앙일보』, 1935.10.9~11.13; 「小說文學의 二十年」, 『동아일보』, 1940.4.12~20. 이하 본문의 인용에 있어서 앞의 글은 '서설'로 뒤의 글은 '20년'으로 요약하여 본문 괄호 속에 날짜와 함께 표기한다.

신경향파의 문학사적인 위상을 고평하는 방식의 실제 내용은 다음에서
잘 확인된다.

> 新傾向派文學은 菊初 春園에서 出發하야 自然主義에서 大體의 開花를 본 事實的
> 情神과 同一하게 菊初 春園으로부터 發生하야 自然主義의 否定的 反抗을 通過한
> 뒤 浪漫派에 와서 苦悶하고, 새롭은 天空으로의 力의 飛翔을 熱望하든 進步的 情神
> 의, 綜合的 統一者로, 繼承된 것을 無限의 發展의 大海로 引導할 歷史的 運命을 가
> 지고 誕生된 者이다.
> 낡은 文藝學의 槪念을 빈다면 이것은 新文學이 가리고 잇든 「古典的인 것」과 「浪
> 漫的인 것」의 歷史的 綜合 統一이다. (「서설」, 11.2)[101]

이러한 발생론적인 파악과, 문학사를 이루는 양대 전통의 종합이라는
의의 부여는, 이른바 '박영희적 경향'과 '최서해적 경향'을 내용으로 하는
신경향파 소설의 두 조류라는 분석과 어울리면서 논리적인 정합성을 획득
한다. '낭만주의적 전통과 자연주의적 전통'으로도 표현되는 문학사의 두
가지 흐름이, '박영희적 경향'과 '최서해적 경향'이라는 두 경향[비단일성]
에서 극점에 이르러 이 둘이 함께 신경향파 문학이 되었다고 주장하는 것
이다. 임화는 계속해서, 이 과정에서 신경향파 문학은 이전 문학의 취약점
을 결정적으로 극복하여 사실주의를 건설하였으며, 그 과정에서 악한 전
통을 부분적으로 이어받게 되어 현실상의 모순을 개인 차원으로 해결하는
결함을 안게도 되었다고 파악한다(「서설」, 11.9, 12). 이를 근거로 하여 임화
는, 위의 결함 한 가지를 가지고서 '사상적으로는 우월했지만 예술적으로

---

100) 이러한 파악의 근거는 「朝鮮新文學史論序說―李人稙으로부터 崔曙海까지」의 첫머
    리에서 어렵지 않게 확인된다. 그는 '문학적 위기'와 '생활적 위기' 두 가지를 넘어서
    야 한다는 '절박한 필요'에 부응하는 것이라고, 자신의 작업에 '비상히 높고 큰 의의'
    를 부여하고 있다(10.9).
101) 이러한 인식은 뒤의 「小說文學의 二十年」에도 그대로 이어진다. 『白潮』적 분위기를
    관류하던 낭만적 주관주의와 관계되는 조류와 자연주의의 영향을 받고 그 안에서 생
    탄한 조류의 둘로 신경향파 문학의 역사성을 밝힌 뒤에(4.16), "新傾向派文學은 自然主
    義의 沒客觀性에도 對立하고 理想主義나 「때카딴쓰」의 主觀主義에도 對立한 文
    學"(4.20)이라고 의의를 부여하는 것이다.

는 퇴화했다'는 식의 이원론적인 주장을 할 수는 없다고 비판하고 있다(「서설」, 11.12). 이러한 비판에 입각해서 그는, 신경향파 문학에 대한 총괄적인 평가의 일부로서, 신경향파 소설이 예술적으로도 당연히 우위에 있었다고 주장하기에 이른다(「서설」, 11.13).[102] 이러한 평가는, 신경향파 소설이야말로 "觀念과 描寫의 調和에 關한 새로운 可能性을 提示"(「20년」, 4.20)한 것이라고 보다 조심스럽게 지적할 때에도 사실상 변하지 않는다.

본고의 목적은 이와 같은 임화의 논지 구성 및 결론적인 주장을 평가하는 데 있지 않다.[103] 신경향파 문학 특히 신경향파 소설에 대한 그의 이러한 평가가, 신경향파 문학 및 소설, 엄밀히는 그에 대한 이해에 미치는 '영향'에 주목하고자 하는 것이다.[104] 이 면에서 볼 때 임화의 논의는, 신경향파 문학의 실제를 바로 보지 못하게 만드는 것이라고 할 수 있다. 첫째, 문학사상의 질적인 비약을 이룬 것이라는 통시적인 맥락에서의 의의를 신경향파 문학에 부가함으로써, 1920년대 중기 문학계 내에서 여타 문학과 신경향파가 공유하고 있는 요소들을 은폐하고, 둘째로 그럼으로써 사실상 신경향파 문학을 부당하게 축소하는 까닭이다. 신경향파 문학의 의의를 과장함으로써, 자체로 복합적이고 중층적이며 부르주아 자연주의 문학과 불명료한 경계를 지니고 있는 신경향파 문학의 실제 양상을 단순화한 것이다.[105] 달리 말하자면, 그의 논의 역시 신경향파 문학의 실제를

---

102) 물론 이 부분에서의 논의는, 첫째 '이원론'적 사고 자체를 멘세비즘적인 것으로 규탄하고, 둘째 이기영의 『故鄕』에서 확인된 성과를 기준으로 하여, 그러한 성과가 나올 수 있었던 예술상의 발전이 이미 신경향파에서부터 있어왔음을 무시해서는 안 된다는 방식으로 이루어져 있을 뿐, 신경향파 소설의 미적 질에 대한 파악을 직접적인 논거로 확보하고 있지는 못하다. 은폐되어 있는 것이지만, 각기 맑스주의적 미학 원론과 유물사관에 토대한 것이어서, 나쁜 의미에서 추상 차원의 이론에 불과할 뿐이다.
103) 우리는 이미 몇 차례 임화적인 입론의 문제점을 지적해 왔다. 요약하자면, 1920년대 전반기 문학의 통시적 전개 양상을 부적절하게 파악함으로써 논의의 구도 자체가 소설사의 실제에 부합하지 못하는 데서 결정적인 약점을 안고 있다고 하겠다.
104) 실상 임화의 이러한 논의 구도 특히 '신경향파 내 두 가지의 경향'론은, 현재까지 영향을 미치는 80년대 후반의 연구에 있어서 중요한 출발점이자 이론적 모델이 되어 왔다고 할 수 있을 만큼 큰 위력을 지니는 것이다.

가리는 '신경향파 문학에 대한 하나의 상'을 부가한 셈이라고 하겠다.

따라서 임화의 논의 역시, 신경향파 문학을 예비적인 것으로 축소하는 논의들과 동일한 효과를 낳게 된다. 이미 죽어 버린 신경향파 문학에다가 사실과는 거리가 있는 신경향파 규정을 폭력적으로 부가함으로써, 결과적으로는 <신경향파 문학 담론>을 공고히 해 주는 것이다. 이렇게 보면 그의 논의 자체도 <신경향파 문학 담론>의 하나라고 할 수 있다. <신경향파 문학 담론>이 연장된 것이다. 이들 평문까지 포괄하여 우리는 '광의의 <신경향파 문학 담론>'으로 명명하고자 한다. 이러한 사정은, 신경향파 문학을 이해하는 데 있어서 <신경향파 문학 담론>이 (은폐되어 있을 경우) 얼마나 큰 장애물이 되며 동시에 (그 정체가 밝혀질 경우) 핵심적인 관건이 되는지를 알려 준다.

2. 문학관의 전복과 좌파 문학의 수립

1) 신경향파 비평의 세 유형

(1) 신경향파 비평 담론의 갈래

신경향파 비평은 무엇보다 신경향파 문학을 구성하는 하나의 장르이

---

105) 이러한 단순화는 문학계에 대한 그의 잘못된 파악에 근거하고 있다. 임화는 1920년
대 전기 신문학사를 개괄하는 데 있어서 '춘원의 이상주의[소설] −① 3 · 1운동 이후
의 자연주의[소설] −낭만주의적 경향[시] −② 신경향파[소설]'라는 구도를 설정하고
있다(「朝鮮新文學史論序說 −李人稙으로부터 崔曙海까지」, 앞의 글, 11~18회 참조). 지
금까지의 본고의 파악에 따를 때 ①은 장르에 상관없이 낭만주의적인 경향으로 동질
적인 것이며[1920년대 초기 문학], ②는 홀로 독립될 수 있는 것이 아니라 소설계의
변화에 의해 전개된 자연주의의 한 양상일 뿐이다.

다. 이 점을 명확히 인식하는 것은 신경향파 비평의 경계를 설정하는 데
있어 매우 중요하다. 총체로서의 문학 활동이 보이는 공통된 특징을 의식
의 중심에 놓고 개별 장르를 검토함으로써 문학사적인 실체성을 확보할
수 있게 해 주기 때문이다.

서론에서 밝혔듯이 본고가 설정하는 신경향파 비평의 시기는 박종화의
「문단(文壇)의 일년(一年)을 추억(追憶)하야-현상(現狀)과 작품(作品)을 개평(槪
評)하노라」(『開闢』 31호, 1923.1)에서부터 박영희의 「『신경향파(新傾向派)』 문학
(文學)과 『무산파(無産派)』의 문학(文學)」(『朝鮮之光』 64호, 1927.2)에 걸쳐 있다.
정확히 말하자면 이는 <신경향파 문학 담론>의 시기적 경계를 나타내는
것인데, 이 기간이 곧 신경향파 비평 일반의 기간이기도 하다. 이는, <신
경향파 문학 담론>이 보이는 특성 즉 작품이나 작가, 문단 동향과의 긴
밀한 관련을 염두에 둔 것이다. 정확히 말하자면 신경향파 소설과 신경향
파 시, 신경향파 문학 운동 등의 총체인 신경향파 문학과의 관련 속에서
신경향파 비평의 시기를 정해 본 것이다. 이러한 규정은, 신경향파 비평
이 신경향파 비평으로 존재하고 기능하는 것은 신경향파 작가 및 신경향
파 작품과 더불어 있을 때 뿐이라는 것 곧 신경향파 문학이라는 총체의
일부일 때 뿐이라는 생각을 전제로 한 것이다. 그러한 까닭에 시기적으로
보아 신경향파 비평은 1920년대 중기 문학에 귀속된다고 할 수 있다.

이와는 달리 비평 논의의 흐름만을 중시하여 신경향파 비평의 시기를
확장하는 것은, 신경향파 비평의 정체성을 파악하는 데 오히려 역효과를
낳으며 나아가 신경향파 문학 일반의 특성을 볼 수 없게 한다는 데서 피
해야 한다. 이러한 문제 의식에 걸리는 최근의 연구로는 신경향파 비평을
종합적으로 세밀하게 검토하고 있는 유문선의 「신경향파 문학비평 연구」
를 들 수 있다.106) 이 논문의 경우 신경향파 비평의 시기를 1921년에서
1926년으로 잡고 있다. 이러한 규정은 신경향파 소설과의 관련은 거의 고

---

106) 앞의 글, 2절 참조. 그의 규정은 이후의 글에서도 계속 관철된다(유문선, 「신경향파
    시론」, 한계전 외, 『한국 현대시론사 연구』, 문학과지성사, 1998, 98면).

려하지 않은 반면 1920년대 초기부터 보이는 이른바 '생활문학론'107)을
별다른 반성 없이 신경향파 비평의 영역으로 편입시킨 데 따른 것으로
보인다. 그 결과로 신경향파 비평의 시점이 앞당겨진 것이며, 하한선이
본고보다 약간 빠른 것은 <신경향파 문학 담론>의 연속성을 간과한 까
닭이다. 자세히 말하자면, 비평의 논의를 그것이 대상으로 하고 있는 작
품들에 비춰 평가해 보지 않은 까닭에 신경향파 비평이 갖는 담론적인
특성을 간취할 수 없었으며, 그 결과 제1차 방향 전환기에 관련된 평문들
을 아주 자연스럽게 신경향파 비평의 경계에서 지워 버리게 된 것이다.
비평사 혹은 문학 운동사의 흐름에서 명확한 분절점인 양 강조되어 오던
방향 전환론을 반성적으로 바라볼 수 없었던 까닭이다.

이렇게 1923년 말에서 1927년 초에 걸치는 신경향파 비평은, 그 내용에
있어서 새로운 사회를 지향하고 그러한 상황에 걸맞는 문학의 새로운 존
재・기능 방식을 예견, 주장해 내는 데서 고유의 성격을 구비한다. 자연
주의 소설계 내에서 신경향파 소설이 갖는 차별성이 여기서도 동일하게
적용되는 것이다. 즉 이른바 '생활문학론'으로 지칭되는 새롭지만 소박한
문학관과 엄밀히 보아 변별된다. 현실에 대한 천착을 강조한다는 점에서
'생활문학론'의 평문들 역시 1920년대 초기까지의 문학적 경향을 극복・

---

107) '생활문학론'이란 개념은 연구사적인 것이다. 일찍이 홍정선 교수가 1920년대 비평
    중 관념적인 문학관을 부정하고 현실과의 긴밀한 관련을 중시하는 평문들을 일컬어
    '생활문학론'이라고 지칭한 바 있다(「신경향파 비평에 나타난 '생활문학'의 변천 과정」,
    서울대 석사, 1981). 그러나 이렇게 파악되는 '생활문학론'은 시기적으로 1920년대 초기
    부터 시작하여 신경향파에서 카프로 이어지는 1920년대 후기까지 지속되어 문학사적인
    분절을 간과하고 있다. 또한 개념의 구성 면에서 볼 때, 평단의 실제 및 비평들의 이
    데올로기적인 차이를 덮어 버릴 만큼 지나치게 광범위한 것이다. 예를 들어, 조선의
    현실에 토대를 두어야 한다고 강조함으로써 1920년대 중기 자연주의의 대표적인 선
    언이라 할 빙허의 「朝鮮魂과 時代情神의 把握」(『開闢』, 26.1)이나, 생활이 제일의(第一
    義)적인 것이며 예술은 생활 속에서 발육, 성장되는 것이라는 주장을 담은 염상섭의
    「文藝와 生活」(『朝鮮文壇』, 1927.3) 등은 '생활문학론'일 수는 있어도 신경향파 비평
    은 아니다. 따라서 신경향파 비평은 '생활문학론'과 동일시될 수도 없고 그 일부로 편
    입될 수도 없다.

지양의 대상으로 삼고 새로운 문학을 대망하는 것이지만, 이것만으로 이들을 신경향파 비평과 동일시하는 것은 무리다. '현실에 대한 천착'은 자연주의 문학계 일반의 특성에 해당되는 것이어서 신경향파의 변별적인 자질이 될 수 없으며, 문학의 변화를 희망하는 것 역시 그것만으로는 고유의 내포를 가지기 어렵다. 정리하자면, '생활문학론'을 신경향파 비평과 동일시하거나 그것을 포괄하는 것으로 보는 것은, 통시적인 맥락에서 신경향파 문학이라는 문학사적 실체와 어긋난다는 앞서의 지적에 비추어서 문제가 되며, 보다 세밀하게 말하자면 '신경향파' 비평의 이론적 경계를 세울 수 없게 한다는 점에서 인정하기 어렵다. 결론적으로 당겨 말하자면 신경향파 비평은, 과학적 이론으로 정립되지는 못한 상태에서, 사회주의 지향성을 내용 요소로 하는 비평이라고 할 수 있다.

　신경향파 비평의 특성을 구명하는 데 있어서 주의할 점은, 앞에서 지적했듯, 그것이 단일한 실체로서 고정된 것이 아니라는 사실이다. 신경향파 비평은, 이론의 성격 및 기능상 동일한 하나의 것이 아니며 비교적 짧은 시기이지만 단일한 상태로 고정되어 있지도 않다. 신경향파 문학의 일환으로 포괄되는 비평들은 우선 크게 세 가지로 나누어 볼 수 있다. 1920년대 초기의 낭만주의적 소설계를 맹렬히 부정하면서 새롭고도 진정한 것으로서 좌파 문학(운동)을 수입·소개하는 비평들이 그 하나[A]이다. 다른 하나[B]는 문단에 좌우 이데올로기의 대립을 구체화하면서 좌파 문학(운동)을 구축하는 데 주력하는 비평이다. 본고가 <신경향파 문학 담론>이라고 명명한 이 평문들은 자신의 정체성을 모호히 하면서 작가와 작품들을 추동해 내는 양상을 보인다. 여기에는 다소 온건하게 '새로운 문학'을 예견하거나 소망·요청하는 평문들도 포함된다. 좀더 상세히 덧붙인다면, 기존의 문단이나 문학적 경향 혹은 특정 문인을 비판하는 평문들 역시 비판을 통해 새로운 것을 요청한다는 점에서 <신경향파 문학 담론>의 한 갈래로 포함시킬 수 있으며, 문단의 지형을 개관하는 글들 중 일부도 문단 및 소설계의 변화를 확인할 뿐 아니라 예측하기도 한다는 점에서 <신경

향파 문학 담론>으로 고찰해 볼 수 있다. 끝으로[C] 새롭게 등장하는 좌파적인 작품들의 기본적인 이데올로기적 방향을 고평하고 그 효과의 극대화를 최촉하면서 여타 비좌파 작가들의 작품을 타매하는 데 치중하는 작품 비평들을 들 수 있다.

첫째[A] 경우는 좌파 문학 이론을 그대로 옮겨오는 데 그치는 것이어서 그 자체도 추상적인 이론의 권내에 머물러 있다. 이를 두고 유사 과학적 신경향파 담론이라고 명명할 수 있겠다. 반면 앞서 우리가 좁은 의미로 지칭한 바 <신경향파 문학 담론>[B]은 문단 역관계라는 맥락을 놓치지 않은 채 새로운 경향을 예견·추동하는 매우 정치적인 것이다. 시평(時評)·월평·총평 등의 형식을 취하는 셋째[C] 경우는 가장 일반적인 의미 즉 문학 활동의 한 갈래로서의 비평에 해당하는 것인데 이를 신경향파 비평 담론이라고 명명해 보고자 한다. 이상 신경향파 비평 일반의 갈래를 간명히 정리하면 다음과 같다.

A [유사 과학적 신경향파 담론] : '새로운 문학'의 도입 혹은 명시적인 소개
B [신경향파 문학 담론] : ① '(신)경향 문학'의 추동·구현
                    ② 기존의 문인·문학·문단 비판
                    ③ '새로운 문학'의 일반적인 요청
                    ④ 문단의 지형 개관
C [신경향파 비평 담론] : 실제적인 작품 비평

(2) 새로운 문학 및 작가의 소개

<신경향파 문학 담론>의 전체 양상을 다루기 전에, 여기서는 여타 신경향파 비평을 개괄적으로 정리해 보고자 한다. 먼저 진보적인 문학 운동 및 작가와 작품을 소개하는 첫째 부류의 평문들[A]을 검토할 필요가 있다. 이에 속하는 글들은 다시 크게 셋으로 나눌 수 있다. ① 외국의 이론 등을 직접 번역하거나 객관적으로 소개하는 글들, ② 새로운 문학 경향이

나 문학 운동을 필자가 나름대로 정리하여 소개하는 평문들, ③ 작가 및 작품을 중점적으로 소개하는 글들이 그것이다.

이렇게 나눠 볼 때 쉽게 확인되는 사실은 번역 등에 의한 직접적인 소개[A-①]가 극히 미미하다는 점이다. 신경향파 비평의 시기(1923.1~1927.2)를 일람할 때 고작해야 다음의 다섯 편을 꼽을 정도이다. 시대일보의 창간 기념 원고차 발표된 장곡천만차랑(長谷川萬次郎)의 「예술적(藝術的)에서 생활적(生活的)에」(『시대일보』, 24.11.31)가 첫머리에 오며, 그 뒤 톨스토이의 『예술이란 무엇인가』의 일부를 번역한 김석송(金石松) 역, 「현대예술(現代藝術)의 타락(墮落)」(『生長』, 1925.1)[108]을 들 수 있다. 이런 직접적 소개는 그나마 1926년 들어 조금 양이 늘어난다. 박영희(朴英熙)가 번역한 루나찰스키의 「실증미학(實證美學)의 기초(基礎) (一)-생명(生命)과 관념(觀念)에 대(對)하야」(『開闢』, 1926.4~)와 임방웅(林房雄)의 「과학(科學)과 예술(藝術)」(『開闢』, 1926.7), 박용(朴鏞) 역, 루나챠-르스끼, 「노문학(露文學)의 운명(運命)」(『開闢』, 1926.8) 등이 발표되는 것이다. 양의 증가보다 내용에 있어서 뚜렷하게 사회주의 문학을 겨냥하게 된 것이 중요한 특징이라고 할 수 있다. 전체적으로 보아 신경향파 비평 일반에서 차지하는 비중이 적음은 분명한데, 이는 거의 모든 좌파 문인들이 일본어를 통해서 당대의 이론을 직접 접촉할 수 있었던 사정에 기인한다고 하겠다.

새로운 문학을 도입·소개하는 대표적인 방식은 필자가 그 내용을 정리하여 발표하는 경우[A-②]이다. 이 글들의 경우, 필자의 정리를 거치는 까닭에 과학 담론으로서의 성격이 약화되기도 하지만, 당대의 문학 현실과 보다 밀접한 관련을 지니게 됨으로써 비평의 담론성은 강화된다. 실천적 성격이 가미되는 것이다.

---

108) 이는 뒤의 「民主文藝小論」(『生長』 25.5)에 이어지는 글이라 할 수 있다. 이러한 관련성을 중시한다면, 엄밀한 의미에서 「民主文藝小論」이 그러하듯이 이 글 역시 신경향파 비평이라고 보기는 힘들 수 있다. 그러나 김형원이 신경향파 시인으로 처리되고 있음을 염두에 두면 그리 무리한 것은 아니라 하겠다.

주지하는 대로 이러한 성격의 초기 평문들은 팔봉 김기진에 의해 주로
쓰여졌다. 「Promeneade Sentimental」(『開闢』, 23.7)과 「클라르테 운동(運動)의
세계화(世界化』(『開闢』, 1923.9), 「쏘 다시 「클라레트」에 대해서—싸르쑤스 연
구(研究)의 일편(一片)」, 『개벽(開闢)』(1923.11)의 세 편이 이에 해당된다.[109] 첫
째 글에서 팔봉은 투르게네프(84~5면)와 앙리 바르뷔스(1989~93), 알렉산드
르 블록(1994~7)을 소개하고 있다. 이 글은 중간중간에 "藝術이나 文學의
쑤리를 根底로부터 改革하는 것"이 필요하다고 역설하기도 하고(86면), '민
중과의 교섭'(88면)이나, '민중적 생활'(93면)을 요구한다는 점에서 <신경향
파 문학 담론>의 성격을 띠기도 한다. 클라르테 운동의 분열 즉 앙리 바
르뷔스와 로망 롤랑 간의 논쟁['實際主義와 精神主義' 논쟁]을 소개하고 있는
「클라르테 운동(運動)의 세계화(世界化)」에서도 사정은 동일하다. "朝鮮에
잇서서—아직 프로렛트·컬트의 文學의 싹은 보이지 안이 하지마는—그
래도 이와 近似한 증조가 暗然히 흘느게 된 것을 나는 늣기엇다"(13면)고
하여 새로운 경향을 예견하기도 하는 것이다.

팔봉 개인의 이러한 노력은 이후 김경재(金璟載), 「오즉 신흥기분(新興氣
分)에 충만(充滿)된 노농(勞農) 노서아(露西亞)의 예술(藝術)」(『開闢』, 1924.2); 박
영희, 「문예비평론(文藝批評論)」(『조선일보』, 1925.6.14 ~8); 정리경(鄭利景), 「볼
쇠비즘의 예술(藝術)」(『新社會』, 26.2); 권구현, 「무산계급(無産階級)의 심미감(審
美感)」(『시대일보』, 1926.5.1~3); 정순정(鄭順貞), 「문예(文藝)와 현세(現勢)—루나
찰스키—의 관점(觀點)으로부터」(『조선일보』, 1926.12.31) 등으로 이어진다. 김
경재의 글은 소비에트 러시아의 문학 조직을 소개하면서, 루나찰스키를
중심으로 한 '未來의 藝術'관을 받아들이고 있다. 권구현은 새로운 예술
의 심미적 본질은 곧 반항이라는 등식 위에서, '선전 예술', '전투 예술'을
주장한다. 이들은 논의 내용에 있어서 대부분 간략한 스케치에 불과한 것
이지만, 프롤레타리아 문학의 존립 자체를 부정하거나 (부르주아적인) 문

---

109) 내용상 다소 유사하더라도 현격하게 감상문 혹은 수필로 분류될 수 있는 글들은 제
외했다.

학성을 완전히 부정하고 정치성만을 강조하는 등의 극단적인 경향은 피하고 있다는 데서 균형을 잡고 있다 하겠다.110) 이상에 덧붙여서 일본에서 벌어진 '쌀죠아 文學 對 푸로레타리아 文學의 論戰'을 소개하면서 그 특징을 '紛糾의 文學'으로 정리하는 박종화의 「아즉 알 수가 업는 일본문단(日本文壇)의 최근경향(最近傾向)」(『開闢』, 24.2)도 첨부해 둘 만하다.

끝으로 개별 작가나 작품을 소개하는 평문들[A-③]이 한 자리를 차지한다. 여기서도 자본주의적인 사회·국가 제도를 전복하고 예술을 해방하려는 바르뷔스의 의지의 더불어 그의 작품들을 소개하고 있는 김기진의 「반자본(反資本) 비애국적(非愛國的)인-전후(戰後)의 불란서(佛蘭西) 문학(文學)」(『開闢』, 24.2)이 앞자리를 차지한다. 그에 이어서 혁명 시인 쉴러 등을 소개하고 있는 회월의 「칠월(七月)에 회상(回想)되는 해외(海外) 문인(文人)」(『開闢』, 1924.7)이나, 부르주아적인 '象牙塔 文學'을 비판한 뒤, 로망 롤랑을 소개하고 있는 양명(梁明)의 「민중본위(民衆本位)의 신예술관(新藝術觀)」(『동아일보』, 1925.3.2), '사회주의적 자연주의' 소설의 현황을 개관하는 효종(曉鐘) 번역의 「노서아(露西亞) 소설(小說)의 고금(古今)」(『開闢』, 1925.6), 크누트 함순·조지 기싱·요한 보엘 등을 비롯하여 상당수 작가의 작품을 알려 주는 상화(尙火)의 「무산작가(無産作家)와 무산작품(無産作品)」(『開闢』, 1926.1),111) 성아(星兒)의 「무산계급(無産階級)을 주제(主題)로 한 세계적(世界的) 작가(作家)와 작품(作品)」(『조선일보』, 1926.12.4) 등이 이어진다.

이러한 좌파 외국 문학의 소개는, 기존의 부르주아 문학, 당시의 용어대로 말하자면 이른바 '예술지상주의적인 유탕 문학'을 대타화하고 문학의 진정한 모습을 새로 구축코자 했던 당대 문인들의 제반 기획의 바탕을 이

---

110) 신경향파 비평에서 주목한 소련의 문예이론가가 루나찰스키라는 점이 이를 잘 입증한다. 루나찰스키의 경우 문학의 정치성을 극단적으로 주장하던 『나쁘스뚜』 계열의 비평가들과 아예 프롤레타리아 문학의 존립 가능성을 부정하던 트로츠키 그룹 양자를 비판하면서, 문학 예술의 특수성과 정치적 현실성 양자를 함께 강조한 바 있다(이한화 엮음, 『러시아 프로문학 운동론 Ⅰ』, 화다, 1988, 222~7면).
111) 이는 尙火 抄, 「世界 三視野-「無産作家와 無産作品의 終稿」(『開闢』, 26.4)로 이어진다.

루는 것이다. 발표된 양의 다과에 상관없이, 새롭고도 올바른 문학의 상이 이에서 마련되는 까닭이다. 이렇게 본다면 신경향파 진영에서 외국의 이론이나 작품을 소개하는 데 있어 질은 물론이고 양으로도 보잘 것 없다는 양주동의 비판[112] 등은 문제의 핵심을 찌른 것이라 보기 어렵다.

(3) 신경향파 비평 담론의 취약성

신경향파 비평을 이루는 또 하나의 축은 신경향파 비평 담론[C]이라 할 수 있는 실제 비평들로 이루어진다. 언뜻 생각할 때 이들은 신경향파 문학의 특성 즉 작품과 비평의 부정합적인 상호 관계를 십분 보여줄 것으로 기대된다. <신경향파 문학 담론>이 작품보다는 작가나 문단 상황을 주요 대상으로 설정하고 있으며 문단 정치적 기획을 실천하는 일환으로서 기표와 기의의 분리, 내포의 모호성 등을 특징으로 하는 반면, 실제 작품들을 대상으로 해서 분석과 평가를 내리는 이 평문들은 그 형식상 구체성을 띠지 않을 수 없으리라 여겨지는 까닭이다.

그러나 사정은 그렇지 않은데 그 원인을 두 가지로 추론해 볼 수 있다. 무엇보다도 신경향파 문학 일반의 문제를 해명하기에 충분할 만큼 양이 많지 않다는 점을 들어야 한다. 신경향파 비평 담론이라 할 평문들의 수효는 사실 몇 편에 불과하다. 이는 신경향파 문학의 출발이 <신경향파 문학 담론>에 의해서 이루어져 대상이 될 작품 자체가 늦게 출현했다는 데 기인한다. 즉 작품들은 부재한 채로 <신경향파 문학 담론>이 작가를 추동해 내면서 신경향파 문학 운동이 이루어진 것이기 때문에, 신경향파 소설의 등장은 시기적으로 늦을 수밖에 없었던 것이다. 기실 실제 비평의 대상으로 신경향파 소설들이 등장한 것은 1925년에 들어서일 뿐이다. 게다가 1927년 초에 <신경향파 문학 담론>이 스스로를 지양하며 새로운

---

112) 양주동, 「文壇雜說」, 『新民』, 26.9, 132~3면.

단계로 전화되는 까닭에 그 존속 기간 역시 짧다.

물론 신경향파 비평 담론이 꼭 신경향파 소설들만을 대상으로 하는 것일 수는 없다. 그러나 예컨대 부르주아적인 작품들을 대상으로 할 경우 신경향파 비평은 현격하게 담론성을 강화하게 마련이다. 이 경우는 신경향파 비평의 핵심 갈래인 <신경향파 문학 담론>에 귀속된다. 따라서 신경향파 비평 담론은 사실 <신경향파 문학 담론>과는 다소 거리를 둔 것으로 규정, 축소된다.

신경향파 비평 담론이 신경향파 문학 일반의 특성을 구명하는 데 관건이 되지는 못하는 둘째 이유는 보다 일반적인 맥락 즉 비평 문학 일반의 상황에서 찾아진다. 1920년대 중반에 이르러도 아직 본격적인 근대 비평이 수립된 것은 아니라는 점을 염두에 두어야 하는 것이다. (신경향파 문인 뿐 아니라) 대부분의 비평가가 대상이 되는 작품들을 충분히 검토하고 있지 않으며 분석과 평가의 객관성을 심각하게 고려하지는 않고 있다.113) 신경향파 비평 담론들도 예외가 아니다. 경우에 따라서는 더욱 심한 사례가 된다고도 할 수 있는데, 이는 '진정한 문학'을 새롭게 창출해 내려는 문단 정치적인 기획이 이 부류의 글들에도 영향을 끼친 탓으로 보인다.

본고가 검토해야 할 평문의 주요 논자는 팔봉이다. 그의 평문들은 <신

---

113) 개개 평문들을 일별하기만 해도 이러한 점이 쉽게 확인된다. 또한 이 즈음 등장하는 많지 않은 논쟁들의 상당수가 작품의 평을 둘러싼 평자와 작가 사이의 충돌이고 그 초점이 평가의 자의적, 주관적 성격에 놓여진다는 점이 이를 잘 보여 준다. 1925년까지만 국한하더라도 다음과 같은 예들을 찾아볼 수 있다.

1920년에 김동인(「霽月氏의 評者的 價値」, 『創造』 6호; 「除月氏에게 대답함」, 『동아일보』, 6.12~3)과 염상섭(「余의 評者的 價値를 論함에 答함」, 『동아일보』, 5.31~6.2; 「김君의 한 말」, 『동아일보』, 6.14) 사이에 벌어진 '평자적 태도'에 대한 논쟁과 1923년 김억(「無責任한 批評」, 『開闢』, 23.2)과 박종화(「抗議 갓지 안흔 抗議者에게」, 『開闢』, 23.5) 간의 '비평의 객관성'에 관한 논쟁, 앞서 살핀 바(본고 75~6면) 회월을 중심으로 한 좌파 문인들과 「조선문단 합평회」 논자들 사이에서 작품 해석 문제에 의해 촉발된 1925년도 문단 전체 차원의 논쟁 등이 그것이다. 이 외에 성해(「錯誤된 批評」, 『조선일보』, 25.6.8~12)에 대한 백화(「錯誤된 批評의 記者」, 『시대일보』, 25.6.15)의 비판, 베를렌느의 시 해석을 둘러싼 팔봉(「詩歌의 音樂的 方面」, 『朝鮮文壇』, 25.9)에 대한 양주동(「正誤 二三」, 『朝鮮文壇』, 25.10)의 비판 등도 동일한 문제를 다루고 있다.

경향파 문학 담론>의 형성 과정에서 확인한 바 '신경향'론과 '경향'론 간
의 차이를 고스란히 보여 준다. 김기진의 글은 「일월(一月) 창작계(創作界)
총평(總評)」(『開闢』, 25.2)으로 시작된다. 「불」·「전투(戰鬪)」·「감자」·「화수
분」 등을 검토하면서 그는 작품에서의 리얼리티를 주로 요구하고 있다. 이
후 「신춘문단총평(新春文壇總評)」(『開闢』, 25.5)에서는 「산양개」·「인력거군(人力
車軍)」·「염인병(厭人病) 환자(患者)」 등을 대상으로 하면서 주요한의 「인력거
군(人力車軍)」이 가장 빼어난 것이라고 평가한다. 동지인 회월의 대표작을
간단히 제외하는 데서 그의 비평가적 태도가 엿보인다. 이러한 점은 「문
단(文壇) 최근(最近)의 일경향(一傾向)－육월(六月)의 창작(創作)을 보고서」(『開
闢』, 1925.7)를 거친 뒤, 「오월(五月)의 창작평(創作評)－『조문(朝文)』의 당선작
(當選作) 기타(其他)」(『시대일보』, 1926.5.16)에서 좀더 뚜렷한 모습을 드러낸다.
'獨特한 世界를 創造함에 成功'하였다는 이유로 정영태의 「꿈」을 '近來의
珍品'이라고 극찬하는 그의 태도는 회월의 문단정치적 기획과 대차를 보
이는 것이다. 회월의 '신경향'론과 대조되는 그의 '경향'론적인 태도는 뒤
에 발표되는 「병인세모문단총관(丙寅歲暮文壇總觀)」(『중외일보』, 1926.12.11~2,14
~22,25)에서 확연해진다. 이 글에서 팔봉은 문예의 평가는 '문예 자체의
과학적 특성 연구'와 '사회와의 상관 관계 파악'이라는 양자가 결합되어
야 한다고 명기한 뒤(11일 분), '統一된 表現의 美'를 중시하고(15일 분), 모
든 "藝術的 創作品의 그 基礎的 要素가 「情緖의 傳染」"이라고 주장하여
(같은 곳) '경향론'의 특징을 십분 보여 준다.

이렇게 작품의 미적 특질에 주목하는 팔봉과 달리 작가적 태도를 중시
하며 신경향파 문학의 수립을 꾀했던 회월은 자연히 실제 비평에는 그다
지 주력하지 않았다. 그나마 쓴 경우에도 <신경향파 문학 담론>에서 주
창하던 바를 일이관지 실행하고 있다. 그의 「이월(二月) 창작(創作) 총평(總
評)」(『開闢』, 1925.3)은 "形式보다도 思想에, 分解보다도 印象에 充實하려 한
다"(47면)는 자세 표명에 그야말로 충실하게 쓰여진 글이다. 「전화(電話)」와
「B사감(舍監)과 러왹레터」·「시인(詩人)」·「십삼원(拾參圓)」 등의 작품을 다

루면서 그는 '不健全한 描寫', '極度에 達한 官能的 描寫' 등을 지적하며
비판으로 일관한다. 이는 기존 문단에 대한 비판의 일환으로서 자연주의
적인 묘사법을 부정하고자 하는 의도가 표출된 것이라 하겠다. 신인들의
작품을 대상으로 한 「선후언(選後言)」(『開闢』, 1925.7)에서는 작품의 현대적
정신 즉 계급갈등 문제의 포착을 드러내는 것이 최우선적인 목적으로 설
정되며, 형상화에 있어서는 '인상과 암시'를 줄 수 있어야 함이 강조된
다.114)

　이들의 글에 더해, 이익상의 「문단산화(文壇散話)」(『시대일보』, 1925.6.4)를 언
급할 필요가 있다. 이 글은 '사상적으로 주제를 삼은 통쾌한 풍자'라고 「산
양개」를 호평하면서 대비적으로 자연주의(「寂寞의 伴奏者」)와 기교주의(「가난
한 夫婦」)를 비판함으로써 신경향파 비평의 특질을 잘 보여 준다.

　이상을 통해 확인되는 것은 두 가지이다. 첫째는 회월과 팔봉 양인의
차이이다. 회월의 경우 극단적인 언사까지 동원해서 부르주아적인 작품들
을 비판하고 있다. 그러나 평가의 술어나 개념이 <신경향파 문학 담론>
에서와 마찬가지로 막연하다. 전체적으로 작가의 의도를 중시하며 내용·
주제 차원에 주목해서 '힘'을 강조하는 것 등이 대표적인 예가 된다. 반면
팔봉은 작품의 실제에 주목하면서 그 의의를 평가하겠다는 태도를 취한
다. 심미적 가치와 공리적 가치 양자를 종합하겠다는 것이다. 그러나 실
제 분석에 있어서는 그 성과가 의심스럽다. 한편으로는 문단 정치적인 기
획에 구애받지 않고 작품의 특성을 정확히 지적해 내는 성과를 보이기도
하지만, 그 스스로 좌파 문학의 초창기에 내세웠던 입론들을 염두에 두고
볼 때에는 자가당착적인 면을 지우기 어렵다. '감성의 혁명'을 주창하면

---

114) 박영희는 박길수의 「쌍 파먹는 사람들」이 '平凡한 說明과 誇張을 떠나 印象과 暗示
　　가 豊富'(92면)하다는 점에서 좋다고 하고, 송영의 「느러가는 무리」를 두고는 "그들(노
　　동자 : 인용자)의 生活을 主觀的으로 나타낼려는 것보다도 客觀的으로 나타나게 하려
　　면 그럴수록 印象이 깊고 暗示가 굿세야 그 作品의 情神을 살닐 수가 잇슬 것"(92~3
　　면)이라고 충고한다. 이는 주관적 묘사가 오히려 효과적이리라는 판단을 함축하는 것
　　으로서 부르주아 자연주의의 거리를 둔 객관적 묘사법에 대한 부정으로 읽는다.

서까지 문단의 지형을 전면적으로 바꾸고자 했던 평론가가 작품의 이데
올로기적인 측면이나 문단정치적인 맥락을 제대로 돌보지 않음은 그대로
작품의 '초시대적 본질'을 상정하는 것이기 때문이다. 이 부분에서 그러
한 본질이 진정한 신흥문학 즉 프로문학과 어떻게 관련되는지를 밝히지
않는 한, 이른바 계급적 태도가 선명하지 못하다는 비판을 피할 수는 없
게 된다. 요약하여 회월이 신경향파 담론의 기획을 실제 비평에서도 관철
한 반면에, 팔봉은 이 부류의 글들을 통해서 좌파 문인으로서의 정체성
위기를 스스로 드러냈다고 하겠다.

둘째로는 신경향파 비평에 있어서 제대로 된 실제 비평은 있기 어렵다
는 사실이다. 바로 위에서 지적한 바 팔봉의 문제적인 상태가 뚜렷한 예
가 된다. 일반화해서 볼 때, 기성의 문학을 부정하고 새로운 것을 창출해
내고자 하는 운동의 시기여서, 작품들을 평가할 기성의 척도가 부재함은
물론이거니와 대상 작품들의 실제 면모를 사실적으로 해명하는 방식 역
시 애초부터 차단된다는 점을 그 근거로 삼을 수 있겠다.

2) <신경향파 문학 담론>의 양상과 의의

(1) 기성 문학에 대한 비판으로서의 〈신경향파 문학 담론〉

이제 신경향파 비평의 핵심적인 성격을 담고 있는 <신경향파 문학 담
론>[B]의 구체적인 양상과 특성을 살펴고 그 의의를 구명할 차례이다.
이미 우리는 <신경향파 문학 담론>의 네 가지 하위 갈래를 지적하였다.
①'(신)경향 문학'의 추동·구현, ②기존의 문인·문학·문단에 대한 비판,
③현실에 토대를 둔 '새로운 문학'의 요청, ④신흥문학이 자리잡아 가는
문단의 지형 개관이 그것이다. 이 중에서 ①의 경우는 핵심적인 평문들을
대상으로 해서 이미 상세한 분석을 행한 바 있다. 이 절에서는 먼저 ②와

④에 해당되는 평문들을 정리하면서 그 특징을 간략히 지적하고자 한다.

<신경향파 문학 담론>은 무엇보다도 부르주아적인 기성 문단을 해체하고 그 자리에 진정한 문학을 새롭게 창출하고자 하는 기획의 실천적 성과이다. 이런 의미에서 기존의 문단과 그 속에서 활동하는 문인들 및 그들의 작품 세계를 비판하는 글들[B-②]을 먼저 살펴볼 필요가 있다. 특정 문인들에 대한 비판을 먼저 살핀 뒤에 부르주아 문단 전체에 대한 공격의 글들을 검토하기로 한다. 문인들에 대한 비판적인 글들은 무엇보다도 신경향파 비평에서 차지하는 양적인 비중이 크다는 점에서 주목된다. 당시의 문단이라는 것이 그 자체로 존재하는 것이 아니라 특정 문인들의 활동에 의해 실체가 마련되고 성격이 부여된다는 점을 고려할 때, 기성 문인들에 대한 비판적 평문들이 상대적으로 많은 상황을 이해할 수 있다.

이 맥락에서 가장 많이 공격을 받은 문인은 춘원 이광수이다. "朝鮮 靑年界에 잇서서 이러커나 저러커나 한 번 니야기하고 지내갈 사람"115) 1호로 이광수를 설정한 특집 기사의 하나인 박영희의 「문학상(文學上)으로 본 이광수(李光洙)」(『開闢』, 1925.1)가 앞자리를 차지한다. 이 글에서 회월은 실제적인 현실성을 근거로 하여 춘원의 작품 세계를 비판하고 있다. 그의 작품들은, 실제적인 맥락에서의 문제 해결 의지를 보여주지는 못한 채 "實地를 떠나서 朝鮮의 弱者의 同情을 사려는 것"(92면)에 불과하다는 것이다.116) 이어서 적구(赤駒)의 「현실(現實)에 대(對)한 반역(反逆)－춘원(春園)의 소위(所謂) 신이상주의문학(新理想主義文學) 해부(解剖)」(『시대일보』, 1925.12.7)와 회월(懷月)의 「'문예쇄담(文藝瑣談)'을 읽고서－소위(所謂) 조선인(朝鮮人)의 망국근성(亡國根性)을 우려(憂慮)하는 춘원(春園) 이광수군(李光洙君)에게」(『開闢』, 1926.1), 양명(梁明)의 「문학(文學)의 계급성(階級性)과 중간파(中間派)의 몰락(沒

---

115) 『李光洙論』, 『開闢』, 25.1, 79면.

116) 이 글의 성격에 대해서는 李德浩의 반박문(「文壇散策－朴英熙氏에게」, 『동아일보』, 25.2.16)이 적절한 참고가 된다. 그는 '춘원의 사상 및 행적으로 작품을 절하'했다고 회월을 비판하고 있다.

落)」(『開闢』, 1926.3) 등이 발표된다.

「중용(中庸)과 철저(徹底)」(『동아일보』, 1926.1.2~3) 등의 평문을 통해 발표되는 춘원의 사상에 대해 그때그때 비판이 이루어진 것이다. 이는,『조선문단(朝鮮文壇)』을 주재하면서 신인들을 발굴해 내고, 대체적으로 자신의 작품 세계를 계속 유지하면서 소설을 쓰고, 좌파 문인들이 용납할 수 없는 평문들을 발표하는 춘원이, 신경향파 문학이 수립되기 위해서 가장 먼저 넘어야 할 '눈앞의 적'으로 설정되었음을 알려 준다. 좌파 문인들의 입장에서는 현재성을 띠는 문제적인 문인이었던 것이다.

이 외에 임노월에 대한 비판이자 예술지상주의적 예술[작품]관 일반에 대한 비판을 담고 있는 이종기(李宗基)의 「사회주의(社會主義)와 예술(藝術)을 말하신 임노월씨(林蘆月氏)에게 뭇고저」(『開闢』, 23.8)과, 「조선문단 합평회」 비판의 일환으로 「산양개」를 혹평한 양백화의 비평 태도를 구체적으로 예를 들면서 문제삼고 있는 성해의 「착오(錯誤)된 비평(批評)」(『조선일보』, 1925. 6.8~12),[117] 염상섭의 비판에 대해 신경향파 문학을 옹호하면서 논전의 확대를 꾀하는 박영희(朴英熙)의 「신흥예술(新興藝術)의 이론적(理論的) 근거(根據)를 논(論)하야 염상섭군(廉想涉君)의 무지(無知)를 박(駁)함」(『조선일보』, 1926. 2.3~19), 마찬가지로 염상섭을 비판하는 이량(李亮)의 「문예시장론(文藝市場論)에 대(對)한 편언(片言)」(『開闢』, 1926.5), 당시 문단의 미문가(美文家)로 알려지던 노자영과 그를 비판한 김을한의 논쟁[118]에 끼어든 조중곤(趙重滾)의 「노자영군(盧子泳君)을 박(駁)함」(『조선일보』, 1926.8.22 ~5), 서해가 결혼한 뒤 작품의 경향이 바뀌었다며 '文壇의 灰色派'로 규정하고 반성을 촉구하는 오영(梧影)의 「서해(曙海)에게 진언(進言)」(『중외일보』, 1926.12.8) 등을 들 수 있

---

117) 이에 대해서는 백화 스스로 반박한 바 있다(「錯誤된 批評의 記者」, 시대일보, 25.6.15). 여기서 그는 성해를 회월의 추종자처럼 규정하여 좌파 문인 그룹을 역공격함으로써 좌우 문단 세력의 분화를 보다 극명하게 하고 있다. 그러나 합평회 평자들은 기본적으로 양비론적 태도를 취하고 있다(「朝鮮文壇 <合評會>-第五回」 참조).

118) 金乙漢 「人生雜記」,『동아일보』, 1926.8.8~9,11~5; 盧子泳, 「文藝批評과 態度-金乙漢君에게 與함」,『조선일보』, 1926.8.18~20.

다. 이 글들은 우파 문인들의 공격에 대한 역공에 그치지 않고, 능동적·
적극적으로 문단의 상황에 개입한 산물이라는 데서 그 특징을 갖는다. 부
르주아적 문인들의 위세를 허물어 좌파 문학의 입지를 넓히고 공고히 하
려는 의도의 소산인 것이다.

기존 문단을 해체하고 새로운 문단을 수립하려는 기획의 직접적인 실
천은 문단 및 문인들의 경향 일반을 대상으로 하는 다음 평문들에서 좀
더 직접적으로 드러난다.

성해(星海)의 「건설(建設) 도중(途中)에 잇는 우리 문단(文壇)을 위(爲)하야」
(『매일신보』, 1923.7.17~9)는 20년대 초기의 문학관 및 분위기를 지적·비판
하고 있다. 현실적 상황에 바탕한 위에서(17일 분), 환경과 현실에 주목할
것을 요구한다(18일 분). 팔봉산인(八峰山人)의 「이해(利害) 우에서」(『조선일보』,
1924.10.20) 역시 현실 토대를 중시하면서 예술지상주의를 비판하고 있다.
'人生의 全的인 取扱'을 요청하면서 기존 문단에 대해 네 가지로 비판하고
있는 조용기(趙龍基)의 「우리 문단(文壇)에 대(對)한 불만(不滿)」(『동아일보』, 1924.
11.17)이나 '생의 창조', '생활의 반영'으로서의 예술관에 바탕을 두고서 '예
술의 영원성' 및 '무계급성'을 비판하는 혜성생(彗星生)의 「향락문예(享樂文
藝)와 전투문예(戰鬪文藝)」(『조선일보』, 1924.10.6)도 동일한 맥락에 놓여 있다.
임원근(林元根)의 「조선(朝鮮) 문사제군(文士諸君)에게」(『동아일보』, 1924.12.29)는
'한갓 靑年時代의 放漫的 感傷에 陶醉'한 문인들을 맹렬히 비판한 위에
서 '民衆의 속으로' 나아갈 것을 요구한다는 점에서 좀더 적극적이라 하
겠다.

문단에 대한 비평의 맥락에서 함께 고려할 만한 글로 신채호의 「낭객
(浪客)의 신년만필(新年漫筆)」(『동아일보』, 1925.1.2)과 김우진(金祐鎭)의 「아관(我
觀) 「계급문학(階級文學)」과 비평가(批評家)」(1925.4)를 들 수 있다.119) 김우진의
글은 좌우를 불문하고 비교적 공정한 태도로 비판을 가하고 있다. <계급

---

119) 김윤식 편, 『한국 근대리얼리즘비평 선집』, 서울대학교 출판부, 1988에서 인용.

282 한국 근대문학의 형성과 신경향파

문학시비론(階級文學是非論)>의 논자들을 대상으로 하여 고답파·회색파라고 할 수 있는 부르주아 문인들을 비판하고, 좌파 문인들에 대해서도 기교나 형식을 완전히 무시한 채 '계급투쟁을 썼으니까 그것은 프로문학이라는 맹목적 비평'(36면)을 지적, 비판하고는, "비평가는 확실히 一代의 민중의식·계급투쟁의 지도자가 되며 선봉이 되어야 할 것"(45면)이라는 주장하에 "참 계급에 눈 뜨고 능히 大誤없이 玉石을 選定하는 비평가의 출동을 열망"(36면)하는 것이다.

다음으로는 문단 및 소설계의 변화를 예측, 확인하거나 전체적인 지형을 개관해 보는 평문들을 정리, 검토해 본다.

이에 속하는 신경향파 비평의 맨앞에 오는 것은 이미 살핀 바 있는 월탄의 「문단(文壇)의 일년(一年)을 추억(追憶)하야―현상(現狀)과 작품(作品)을 개평(槪評)하노라」(『開闢』, 1923.1)이다. 이후 효봉산인(曉峯山人)은 「신흥문단(新興文壇)과 농민문학(農民文學)」(『조선일보』, 1924.12.1,8)에서 예술 경향의 좌경화와 프로 문예의 증장을 확신하면서(1일 분), 절대 다수 농민을 위한 농민문학 건설의 필요성과 시급함을 역설한 바 있으며(8일 분), 오영(梧影)의 「회고(回顧)와 희망(希望)」(『중외일보』, 1926.12.29~30)에서는 부르주아 문인 대 프로 문인의 '경향' 싸움이 컸음을 지적하고 있다. 이 글은 '新傾向派' 혹은 '새로운 傾向派'라는 명칭을 사용함으로써 '신경향파' 개념이 어느 정도 생명력을 얻었음을 짐작케 한다. <신경향파 문학 담론>의 기능을 소개하면서(35면) 기성 작가들의 유탕적 기분을 비판하고 있는 이상화의 「문단측면관(文壇側面觀)―창작의의(創作意義) 결핍(缺乏)에 대(對)한 고찰(考察)과 기대(期待)」(『開闢』, 1925.4)이나, 신흥문학의 존재를 인정한 위에서 '新文學' 대 '寫眞文學'의 대립 구도를 포착하고, 사실주의[부르주아 자연주의]에 그친 작품들과의 대비를 통해 신흥문학 작품의 우월성을 지적하는 김창술(金昌述)의 「을축문단개관(乙丑文壇槪觀)」(『조선일보』, 1925.12.16~9) 역시 이 부류에 속한다.

이들 외에도 제3자의 시각에서 문단의 지형을 객관적으로 개관하는 글들도 언급할 필요가 있다. 장진식(張鎭植)의 「문단(文壇)의 어구에서—마음을 딸아 붓대 가는 대로」(『學生界』, 1924.6)는 "思想 宣傳이라고 할 만한 힘 잇고 쓰겁고 着實한 作品을 보게 된 것은 「人生을 爲한 藝術」을 바라는 나에게는 興味 잇고 깃부고 愉快한 일"(71면)이라 하여 '신흥 문학'의 존재를 확인해 주며, 타의로 규정된 문단적 지위와는 상관없이 방인근의 「갑자년(甲子年) 소설계(小說界) 일별(一瞥)」(『朝鮮文壇』, 1925.1) 역시 '우리의 문학 건설, 예술과 생활의 접촉'이라는 흐름을 소개하고 이식성의 극복을 자각한 발언을 보인다는 점에서 주목할 만하다.[120] 기성 문단과는 별도로 "무슨 文壇이 일우어지려는 사람들의 作品을 總稱해서, 별로 名詞가 업슴으로 하는 수 업시 文壇이라고" 한다 하여 좌파 문단의 부상을 지적하는 WW生의 「문단(文壇)의 암면(暗面)」(『開闢』, 25.2)이나 "文壇的으로 新局面이 打開"되었다고 하며 '문예·문단의 전환기'라는 규정을 보이는 「선후감(選後感)」(『시대일보』, 1926.1.6), "飢餓 大衆의 아우성을 드러주며 寒凍者의 呻吟聲이 처참한 現實을 反映"하는 신흥예술이 기성 문단을 필연적으로 압도할 것이라는 인식을 보이는 정순정(鄭順貞)의 「기성문단(旣成文壇)의 파열(破裂)」(『매일신보』, 1926.2.14), 문단 정치적 갈등이 "人格을 侮辱하는 人身攻擊에 至"함을 비판(12일 분)함으로써 갈등의 격화를 확인시켜 주는 주요한의 「오월(五月)의 문단(文壇)」(『동아일보』, 1926.5.5,7,9,12,14,19,26,29) 등을 지적할 수 있다.[121] 끝으로 가장 객관적이거나 반좌파적일 수 있는 기독교 계열의 외국인인 T. W. 힛취의 「조선문학(朝鮮文學)의 현세(現勢)」(『동아일보』, 1926.6.8,12)도 빼놓을 수 없다. 그는 신문이나 잡지가 사람들의 "心中의 憎

---

120) 그는 갑자년의 문단을 두고서 "詩로는 民謠의 色彩가 濃厚해 가고 小說도 個性의 눈을 떠 가고 一般이 우리는 우리의 文學을 建設하자 흉내를 그만두자 民族性을 發揮하자 藝術을 우리 生活에 接觸식이자 하는 꿋꿋한 決心이 너러나서 달콤한 꿈을 쑤며 쌍충쌍충 가벼운 발을 쪄놋튼 우리 文壇은 비로소 情神을 차리고 힘 잇고 쑥쑥한 거름—한번 밟으면 발자국이 쌍에 움슉움슉 드러박힐 듯한 第一步가 始作되는 것 갓흔 感이 잇다"(160면)고 쓰고 있다.

121) 특히 그는 『假面』의 「文壇橫行」란과 『文藝運動』의 「速射砲」란을 대비함으로써 기관지를 중심으로 한 문단의 대립을 부각시키고 있다.

惡와 恐怖와 猜忌를 挑發"하고 사람들은 또 이를 환영함을 이상하다고
파악함으로써, 신경향파에 의한 프롤레트컬트의 효과 및 실제성을 간접
적으로 확인시켜 준다.

(2) 소망 표현으로서의 〈신경향파 문학 담론〉

이에 해당되는 평문들 중에서 초기의 글들 즉 임정재의 「문사제군(文士
諸君)에게 여(與)하는 일문(一文)」(『開闢』, 1923.7)과 장적파(張赤波)의 「문화운동
(文化運動)과 무산자운동(無産者運動)」(『조선일보』, 1923.8.2~3, 5~10), 취공(鷲公)의
「문학혁명(文學革命)의 기운(機運)—「푸로」와 애국문학(愛國文學)」(『동아일보』,
1924.10.20) 및 <명년도(明年度) 문단(文壇)에 대(對)한 희망(希望)과 예상(豫想)>
특집(『매일신보』, 1924.11.30, 12.7)에 발표된 빙허·정백(鄭栢)·변희용(卞熙瑢)·
홍명희 등의 글들, 그리고 박월탄의 「갑자문단종횡관(甲子文壇縱橫觀)」(『開
闢』, 1924.12)에 대해서는 이미 앞에서(제2장 1절 2항) 살펴본 바 있다.

이 외에도 많은 평문들이 '새로운 문학'을 소망하는 <신경향파 문학
담론>[B-③]에 해당한다. 먼저 작가적 태도에 주목하면서 신흥문학을 주
장하는 글들을 살펴보자. ST라는 필명의 「조선(朝鮮) 문예운동(文藝運動)의
경향(傾向)」(『조선일보』, 1925.1.1)은 계급예술의 존재 가능성을 확증하고, 지식
인으로서의 임무를 당위적으로 요청하고 있다. '사회제도—생활의식—문
예'의 상동성을 전제한 논의 구도가 주목된다. 박영희의 「창작비평(創作批
評)과 평자(評者)—형식오락(形式娛樂)과 정신해부(精神解剖)」(『開闢』, 1925.1)는
그의 지론이 잘 드러나 있는 글이다. 형식보다 내용 및 작가 정신이 중요
하다는 전제하에 '가치 평가'를 중시하고 있다. 그 위에서 '新時代와 新生
活의 創造的 批判'을 작가들에게 강조한다(94면). 이익상의 「현실생활(現實
生活)을 붓잡은 뒤에」(『開闢』, 1926.1) 역시 동일한 논조를 보이는 글이다. 송
근우(宋根雨)의 「계급문학(階級文學)의 성립(成立)과 신흥문예(新興文藝)의 표현
방식(表現方式)」(『조선일보』, 1926.3.12~14)은 작가들에게 민중 생활의 체험, 이

해가 있어야 한다는 보다 적극적인 주장을 보이고 있다.

　다음으로 기존의 문인 혹은 문단 상황을 비판하면서 새로운 문학을 요청하거나 문인들이 취해야 할 바람직한 태도를 강조하는 평문들도 기억할 필요가 있다. 이성환(李晟煥)의 「신년문단(新年文壇)을 향(向)하야 농민문학(農民文學)을 이르키라」(『朝鮮文壇』, 1925.1)는 당시 대중의 대부분이 농민임을 강조하면서(166면) '농민문학'의 필요성을 주장하고 있다. 논리상 경제적인 맥락에 기반한 것은 못 되지만 현실성을 띠는 주장이라 할 것이다. 이 글은 데카당을 비판한 위에서 선구적인 농민문학을 희망하고 있는 「농민문학(農民文學)」(『동아일보』, 1926.5.2, 「文壇時評」란)에 이어진다고 하겠다. 국민의 8할이 농민인 현실에 기반한 이러한 요청은 이름을 달리하여 '민족문학' 혹은 '민중문학'으로도 제기된다. 방원룡(方元龍)의 「문예잡감(文藝雜感)—예술(藝術)의 내용(內容)과 표현방식(表現方式)」(『조선일보』, 1925.10.21~3)은 기존 문학의 표현 방식을 일본 자연주의 말기의 퇴폐적인 것으로 규정하고 '우리의 表現方式'을 요구하는 데 있어서 '민족 문학=프롤레타리아 문학' 구도를 보이며, 이민한(李玟漢)의 「민중예술(民衆藝術)의 개념(概念)」(『시대일보』, 1926.6.14,16)은 '투쟁의 무기'로서의 예술을 주장하면서 당대에서는 일단 '민중의 예술'보다는 '민중을 위한 예술'이 필요하다는 논리를 펼치고 있다. 무산 계급적인 성격을 보다 강화한 글들도 확인된다. 「조선문사(朝鮮文士)에게」(『동아일보』, 1926.2.9~10)는 기존 문인들의 관념 유희를 비판하고 '보편적 예술' 및 '예술의 독립성'을 부정한 뒤에, 생활의 산물로 문화를 간주한 위에서 '혁신적 문학', '계급의 문학'을 요청하고 있다. 문원태(文袁泰)의 「새 시대(時代)와 문예(文藝)」(『조선일보』, 1926.3.7~9) 및 「신흥예술(新興藝術)에 대(對)하야」(『조선일보』, 1926.4.3~7) 역시 프롤레타리아 예술의 수립을 주장하고 있다. 특히 뒤의 글은 프롤레타리아 예술의 '집단적' 성격에 대한 인식을 보인다는 점에서 주목할 만하다.

　끝으로, 보다 이론적인 측면에서 새로운 문학을 주장하며 그에 대한 올바른 이해를 촉구하는 성격의 글들이 있다. 유서(柳絮)의 「프로 문사(文

士)와 유물사관(唯物史觀)」(『新民』, 1926.12.4~6,8,11~19,22~4)은 성호(誠乎)의 「프로 문학(文學)에 대(對)한 의견(意見) 두셋」(『新民』, 1926.4)에 대한 비판으로서 좌파 진영 내의 이론 투쟁적 성격을 보이며 진정한 프로문학을 대망하고 있다. 성아(星兒)는 「정신분석학(精神分析學)을 기초(基礎)로 한 계급문학(階級文學)의 비판(批判)」(『동아일보』, 1926.11.22~4)에서 매우 소박한 정신분석학적 논거를 바탕으로 프로문학의 필연성을 주장하며 부르주아 문인에 대한 비판을 행하고 있으며, 곧이어 발표한 「무산계급(無産階級) 문화(文化)의 장래(將來)와 문예작가(文藝作家)의 행정(行程)-행동(行動)·선전(宣傳)·기타(其他)」(『조선일보』, 1926.12.27~8)를 통해서는 무산 계급 작가에 대한 신원주의적인 논의 수준을 지양하고 선전의 문제를 작품의 효과로 해결하여 신경향파 비평의 한계를 내용상 넘어서는 모습을 보인다.

이상의 글들은 존재하지 않는 신흥 예술을 요청하거나, 아직 제대로 된 틀을 잡지 못한 계급 예술의 확립을 소망한다는 점에서 말 그대로 이데올로기적인 특징을 보인다. 부재하는 것에 대한 소망의 표현이자 (평론계에서의) 충족인 것이다. 이것이 '충족'일 수 있는 것은, 이러한 평문들이 계속적으로 등장하는 사실 자체가 신경향파 문학의 실체화를 앞당기는 것이기 때문이다.

(3) 문단 개조, 작가적 실천의 지침으로서의 〈신경향파 문학 담론〉

신경향파 비평 일반이 많든 적든 갖게 마련인 이데올로기적인 성격을 집약적으로 드러내면서 실천적인 담론으로 강력하게 기능하는 평문들이, '(신)경향 문학'을 추동, 구현해 내는 글들이다. 이는 <신경향파 문학 담론>의 핵심에 해당된다. 앞 장의 논의에서(제2장 1절 3항) 우리는 이들 중 대표적인 평문들을 대상으로 하여 그 형성 과정을 살핀 바 있다. 그 외에도 적지 않은 수의 비평이 이에 해당된다. 총괄적으로 개관하여 신경향파 비평 일반 및 <신경향파 문학 담론>의 의의를 구명하는 바탕을 마련코자 한다.

이미 검토한 바 팔봉산인(八峰山人)의 「금일(今日)의 문학(文學)·명일(明日)의 문학(文學)」(『開闢』, 1924.2)과 회월의 「자연주의(自然主義)에서 신리상주의(新理想主義)에 기우러지려는 조선문단(朝鮮文壇)의 최근(最近) 경향(傾向)」(『開闢』, 1924.2)은 '경향'론과 '신경향'론의 단초를 보이는 글로서 중요하다.

먼저 성해(星海)의 「사상문예(思想文藝)에 대(對)한 편상(片想)」(『開闢』, 1925.1)을 들 수 있다. 사상문예에 대한 열망을 소개한 뒤 그것의 도래를 예측(96~8면)하는 이 글은 앞서 살핀 박종화의 「문단(文壇)의 일년(一年)을 추억(追憶)하야」(『開闢』, 1923.1)와 마찬가지로 새로운 문학에 대한 '예견'을 담고 있는 글이다. 또한 <계급문학시비론(階級文學是非論)>에서 박종화는 "階級이 잇는 人生인 以上 文學에도 確實히 階級이 잇슬 것이다"(49면)라고 하여 다시 한 번 무산 계급의 문학이 필연적으로 있을 수밖에 없음을 전망하고 있다(「人生 生活에 必然的 發生의 階級文學」, 『開闢』, 1925.2).[122] 같은 특집에 실린 박영희의 「문학상(文學上) 공리적(公利的) 가치(價値) 여하(如何)」 역시 계급문학의 필연성을 주장한다는 점에서 함께 바라볼 수 있는 글이다.

이후 전개되는 평문들은 이미 활발하게 움직이고 있는 새로운 문학 경향을 촉진시키는 것들이다. 좌파 문학에 대한 적극적인 주창을 통해 작품에 대한 실천적, 강제적 효과를 얻는 담론들 즉 <신경향파 문학 담론>의 본령에 해당하는 비평들이다. 이들 역시 강조점의 차이에 따라서 문단의 구도를 변화시키는 데 초점을 맞춘 것들과, 계급문학의 완미한 수립을 위해 좌파 문인들이 좀더 적극적으로 실천할 것을 요구하는 글로 나눌 수 있다.

기존의 문단을 부르주아적인 것으로 대상화하고 그것을 지양코자 하는

---

122) 물론 앞에서도 지적했듯이(본고 208~9면) 이 글은 계급간의 대립이 있는 근대사회에서 계급문학은 확실히 있을 것이라는 지적에 그치고 있을 뿐이어서, 프롤레타리아 계급문학에 대한 적극적인 옹호·주창이라고 단정할 수는 없다. 그러나 비평의 흐름에서 볼 때 신경향파 비평에 귀속되는 것 역시 사실이다.

노력은 거의 전적으로 회월에 의해 수행된다. 그의 문단정치적인 감각이
남달랐음을 증명하는 이러한 평문들의 처음에 오는 것이 「문단(文壇)을 너
머선 문예(文藝)」(『開闢』, 1925.2)이다. 여기서 그는 동호인 단위의 '로터리의
문예'가 갖는 자율적·폐쇄적인 속성을 비판한 뒤 "文壇을 爲한 文藝가
되려(하)지 말고, 民衆의 全的 眞理를 爲한 探究者가 되여야 한다"(82면)고
주장한다. 이어 「문단(文壇)의 투쟁적(鬪爭的) 가치(價値)」(『조선일보』, 1925.8.1~3)
에서는 문단을 세력장으로 파악하여 기존의 부르주아 문단을 대체하고 새
로운 문단을 수립해야 함을 역설하고 있다. <조선문단(朝鮮文壇) '合評會'에
대(對)한 소감(所感)>(『開闢』, 1925.6)에서 좌파 문인들이 수행한, 비좌파 작가
들에 대한 비판 및 당파 규정은 이러한 회월의 기획에 동료들이 충실히
따른 성과이다. 또한 앞서 살핀 「신경향파(新傾向派)의 문학(文學)과 그 문단
적(文壇的) 지위(地位)」(『開闢』, 1925.12)는 신경향파의 실재성을 주장함으로써
문단 세력 관계의 변화를 기정사실화하는 대표적인 담론이다.

　좌파 문인들의 자세와 관련해서 새로운 면모를 요구하는 글들은 넓게
보아 좌파 문학의 자기반성이자 그 발전의 내적인 추동력에 해당되는 것
이라 할 수 있다. 그만큼 신경향파 문학의 발전에 있어서 중요한 의의를
갖는 것이다. 여기서도 회월은 주동적인 면모를 과시한다. 그의 「고민문
학(苦悶文學)의 필연성(必然性)-문제(問題)에 대(對)한 발단(發端)만을 논(論)함」
(『開闢』, 1925.7)은 당대를 '고민기'로 규정한 뒤 시대적 가치를 갖는 문학을
산출하기 위한 문인들의 적극적인 활동을 요망하고 있다. 「신흥문예(新興
文藝)의 내용(內容)」(『시대일보』, 1926.1.4)에 와서는 '신경지를 향한 힘'을 내용
의 핵심으로 하는 주관적인 표현을 통해, 무산 계급의 새로운 세계를 창
조해야 한다고 보다 구체적인 주장을 편다. 계속해서 박영희는 몰락해 가
는 계급 혹은 민족의 과정만을 그리던 '경향 문예'를 벗어나 반동운동에
착안할 것을 요구하고, 새로운 형식을 추구하자고 제안한다(「푸로 文藝의
初期」, 『開闢』, 1926.1).

　회월의 이러한 노력은 이후 좌파 문인들의 협조를 얻는다. 김상호(金

尙昊는 「문사(文士)의 작품(作品)과 행동(行動)」(『시대일보』, 1926.6.28)을 통해
서, 작가의 실행이 있어야 작품의 효과가 지속된다는 전제를 깔고 작가
들의 참된 실천을 요구한다. 이러한 주장은 좀더 구체성을 띠게 된다. 김
경원(金炅元)의 경우(「現今의 푸로 文學을 論함」, 『동아일보』, 1926.10. 16)는 진정한
프로문학의 존재를 부인한 뒤에, 푸로 작가가 노동 계급에 들 것을 요청하
기까지에 이르는 것이다. 이는 분명히 좌익 소아병적인 오류이며 관념적
인 발상이다. 그에 대한 비판이 좌파 문학 진영 내에서 이루어지는데 한설
야(韓雪野)의 「프로 예술(藝術)의 선언(宣言)」(『동아일보』, 1926.11.6)이 그것이다.
이 글에서 한설야는 신원주의에 빠진 김상호, 김경원 등에 대한 비판 외
에, "프로의 思想과 發展的 方向을 指示하야 써 超階級的 社會 構成까지
의 가장 敏捷한 先發隊의 任務를 다하며 쎄로의 生活－矛盾 虛僞 罪惡을
顯現하야 그 自體의 解體를 刻一刻 肉迫"하는 '鬪爭的 意義'를 제창하여
기존 작가들의 적극적인 실천을 요구한다. 유사한 맥락에서 권구현의 「문
단촌언(文壇寸言)－신년(新年)을 마즈며」(『중외일보』, 1926.12.27~9) 역시 신흥문
학 침체의 원인을 계급의식의 불철저에서 찾은 뒤(28일 분), "피 잇고 生命
이 잇는 實感을 가지고 創作의 붓을 들기로 하자. 그러면서도 어대까지
든지 宣言的이오 戰鬪的이어야만 할 材題를 取하지 안흐면 아니 된다"(29
일분)고 하여 신경향파 문인들의 분발을 요구하고 있다. 이 글은 신경향
파 작가들을 두 유형으로 분류123)하고 그 종합을 바라며, 진정한 비평가
의 결여를 지적하는 데서 현실성을 획득하고 있다.

이상으로 신경향파 비평 일반 및 <신경향파 문학 담론>을 개관해 보

---

123) 그에 따르면 '실감'을 중시하는 작가로는 포석과 서해를 들 수 있고 '선전'에 치중하
는 작가에는 회월과 이기영이 있다 한다(29일 분). 이기영의 경우는 일견 뜻밖이라 여
겨질 법한데 1926년도 시점에서 「農夫 鄭道龍」이나 「쥐 이야기」의 작가라는 점을 고
려하면 수긍할 만한 분류이다. 이러한 점은 신경향파 작가들에 대한 상징적인 분류라
는 것이 매우 단순화된 것이며 작품들의 실제에 대해서는 폭력적인 것일 수 있음을
환기해 준다.

았다. <신경향파 문학 담론>의 존재는 간접적이지만 보다 명확히 확인
되기도 한다. 비좌파 진영에 있어 염상섭의 경우가 신경향파 비평의 담
론성을 누구보다도 정확히 파악하고 있었던 듯싶다. 그는 <계급문학시
비론(階級文學是非論)> 특집에서 아직 뚜렷한 조직도 갖추지 못한 좌파 문
인들의 문학 행위에 대한 적확한 인식을 보여 주고 있다. '藝術의 完全한
獨立性'과 작가의 자유를 전제한 위에서, "「階級文學」이라는 一種의 部
門을 만들어 노코 그 規範에 드러맞는 作品을 만들랴고 하거나 쏘는 만
들라고 注文하는 것은 아니될 일이다"라고 우려 섞인 경계심을 드러내는
것이다.124) 이 지적은 기실 '비판'에 해당한다. 이미 문단에서 벌어지고
있는 행태 즉 새롭게 부상하는 평론가들이 보이는 바 문단을 재편하고자
하는 기획 및 그 실천을 정확히 파악한 위에서 반대 입장을 밝힌 것이기
때문이다. 이렇게 보면, 염상섭의 이러한 진술이야말로 1925년 초에 이
미 <신경향파 문학 담론>의 실재성이 뚜렷이 확인되고 있음을 입증해
주는 것이라 할 수 있다.

(4) 〈신경향파 문학 담론〉의 기능과 의의

지금까지 우리는 신경향파 비평의 복합적인 면모를 크게 세 갈래로 나
누어 살펴보았다. 하위 갈래까지 고려하면 신경향파 비평의 복합성은 다
시 설명할 필요도 없이 자명하다. 이러한 갈래 구분은 애초부터 각 평문
들의 기능에 의한 것이었다. 여기서는 각 갈래에 따른 기능을 명료히 한
뒤에 신경향파 비평 특히 <신경향파 문학 담론>의 의의를 정리하고자
한다.

첫째 유사 과학적 신경향파 담론[A]은 이미 존재하는 외국의 좌파 문
학을 소개함으로써 신흥 문학 수립의 필연성 및 당위성에 대한 이해를
폭넓게 한다. 이러한 논의들은 명시적이지는 않더라도 외국과 식민지 조

---

124) 염상섭, 「作家로서는 無意味한 말」, 『開闢』, 1925.2, 53면.

선의 자본주의적인 동일성을 바탕으로 한 것이다. 이 위에서 우리의 현실을 제대로 파악하고 진정한 문학을 수립하는 데 중요한 역할을 하리라는 판단하에 새로운[좌파적인] 이론 및 작가, 작품 들을 선정한 것이다.

둘째 신경향파 비평 담론[C]들은 문학관의 변화를 실감 차원에서 촉진했다는 데 그 의의를 갖는다. 기존의 문학 작품들을 부르주아적인 것으로 대상화하여 그 결점을 적시함으로써 독자 대중들의 문학에 대한 인식을 실질적으로 전환시키는 역할을 한 것이다. 궁극적으로 볼 때 이는 진정으로 새로운 문학의 수립이 필요하다는 문제 의식을 확산시키는 것이기도 하다.

이러한 의의는, 기존의 문단 등에 대한 비판으로서의 <신경향파 문학 담론>[B-②]도 나누어 가지고 있다. 위와 마찬가지로 이에 속하는 평문들 역시 1920년대 초기의 낭만주의적인 문학 경향을 객관적, 비판적으로 바라볼 수 있게 한다. 비판 자체가 직접적인 것이어서 독자들의 인식에 직접적으로 충격을 주는 것 역시 동일하다. 문단의 지형을 개관하는 평문들[B-④] 또한, 문단의 변화가 기정 사실이고 상당 부분 이미 이루어졌다는 인식을 확산시킴으로써 문단에 대한 시각을 바꾸는 역할을 한다. 요약하여, 신경향파 비평 담론과 <신경향파 문학 담론>의 일부 평문들은, 기존의 문학을 대타적으로 의식하고 그 결점을 인식하게 하며, 더 나아가 문단 자체가 변화되어야 하며 이미 변화되고 있음을 널리 알리는 기능을 함으로써, 궁극적으로는 문학에 대한 독자들의 인식을 어느 정도 전환시킨 데서 그 의의를 갖는다.

셋째로 '새로운 문학'을 요청하는 <신경향파 문학 담론>[B-③]의 경우는, 기존 문단에 대한 비판적 인식을 강화하고, 문학의 기능 및 존재 방식에 대한 새로운 인식을 마련해 냈다는 데서 문학사적인 의의를 지닌다. 새로운 문학에 대한 '요청'의 기본적인 논리 구성 방식이, 기존 문단의 문제점을 적시하고 그를 대체할 새로운 경향을 제시하거나, 현실 상황을 분석한 위에서 그에 부합되는 진정한 예술을 요망하는 것이기 때문에, 문학관에 관련된 근본적인 전환을 기할 수 있었다.

넷째로 신경향파 비평 일반 뿐 아니라 <신경향파 문학 담론>의 핵심을 이루는 바 '(신)경향 문학'을 추동·구현해 내는 글들[B-①]은 다음의 네 가지 기능을 보인다.

우선 가장 핵심적인 것으로, 문단 정치적인 차원에서 '신경향 작품'을 '신경향 작품'으로 규정해 내는 기능을 들 수 있다. 이는 '담론'으로서의 기본적인 성격이라 할 것이다. 작품 차원에 있어서 1920년대 중기 문학사의 가장 큰 사건이 소설계의 지형 변화라고 할 때, 1920년대 중기 작품의 경우 전체적으로 자연주의적 면모를 보이고 있어 '신경향파 대 민족주의 문학파'의 대립이라는 구도는 사실 추상성을 면키 힘들다.125) 이런 상황에서, 작품 자체의 특질이 먼저 있다기보다는 지시체를 규정하는 틀로서 <신경향파 문학 담론>이 먼저 기능하고 그에 따라서 해당 작품이 선택되는 형국이었던 것이다.

다음으로 창작방법론적인 기능을 들 수 있다. 앞서 살폈듯이 신경향파 비평이 그 의의를 인정받을 수 있었던 것은 작품을 강제하는 기능을 가질 때 뿐이었다. 작품을 강제한다는 것은 그 자체의 기의를 모호하게 한 채로 계속 변화해 나가면서까지 작품 실제와 거리를 두고 작품을 추동하는 것을 말한다. 이론이기를 포기하고 스스로를 무화하면서까지 실제 현실로서의 작품에 자극을 주고자 한 평문들[제2장 2절 2항]이 이를 뚜렷이 보여준다.

<신경향파 문학 담론>의 다른 기능으로, 독서의 방향을 규정하는 측면을 들 수 있다. <신경향파 문학 담론>은 작품 속에서 명확하게 형상화되지 않은 것을, 심지어는 존재하지 않는 것을 '읽어' 냄으로써 독자들도 읽어 내도록 강요한다. 신경향파 비평의 독자는 신경향파 작품을 대할 때 현상적인 차원을 넘도록 강제되는 것이다. 즉 작품 현상 너머의 층위에

---

125) 이에 대한 구체적인 논의는 졸고, 「조선자연주의 소설 시론」, 앞의 글 참조.

관계하도록 강제되어 일정한 이데올로기적 방향성을 포지한 것으로 작품을 대하게 된다.

끝으로 <신경향파 문학 담론>은 '담론'으로서의 성격을 고수함으로써 끝내 자신의 현재성을 고집하지 않고 역사화되어 버린다. 불완전한 형태이자 지양되어야 할 과도기적인 것으로 지시체[작품] 뿐 아니라 자신의 기표 자체를 부정하는 것이다. 이런 속성은, 이론화 가능성을 보인 팔봉의 '경향'론과 투쟁하며 자신을 정립시킨 형성 과정 자체 속에 이미 내재된 것이라고 할 수 있는데, 이렇게 스스로를 지양함으로써 이후 전개되는 카프 비평에 하나의 전범을 남기게 된다. 수많은 논쟁을 통한 카프 비평의 부단한 자기 갱신은 <신경향파 문학 담론>의 운동 방식을 그대로 이어받은 것이다. 이로 볼 때 <신경향파 문학 담론>은, 좁게는 좌파 비평의 전형으로서 넓게는 한국 근대비평의 선구이자 좋은 예로서, 문학의 발전을 이끄는 중심적인 역할을 비평 장르에 부여한 것이라 하겠다.

종합해서 볼 때 <신경향파 문학 담론>은 철저히 문단 정치적인 맥락을 바탕으로 하여 작품을 강제하는 폭력적인 실천적 성격으로 인해서 작가적 실천 및 독서 태도를 규정하는 결과를 낳는, 창작상의 지침이자 작품의 성격에 대한 선규정력으로 기능했다고 할 수 있다.

이러한 <신경향파 문학 담론>의 의의를 살피는 데 있어서 가장 먼저 강조해야 하는 것은 '진정한 문학을 구축하고자 하는 문학 운동'의 가장 치열한 형태가 바로 신경향파라는 사실이다. 기존의 문학론 및 문학 운동들이 기본적으로 문학의 자율성을 전제한 다음 그 속에서의 변화·대체를 꾀한 것이라면, 신경향파 비평 특히 <신경향파 문학 담론>은 문학의 그러한 존재 방식을 부르주아적인 것으로 규정하고 문학을 문학 이외의 사회적 삶의 영역과 긴밀하게 관련시킴으로써 문학 예술에 대한 인식 일체를 전복시키고자 했다. 사회주의 지향성을 부과하는 방식으로 자연주의의 한 극단을 보임으로써 신경향파 문학을 자연주의로부터 분리하고 끝내는 프로문학으로 견인해 내었으며, 문학이라는 제도의 자율성을 정면으로 부정함으로써 근대 사회를 내부로부터 지양코자 하는 근대적인 문학 운동을 열어 보인 것이다. 간단히 말해서 문학관에서의 질적인 변화를 꾀하고 어느 정도는 이룩했다는 것이 바로 <신경향파 문학 담론>의 본질적인 의의에 해당한다. 물론 이 면에서의 의의는 신경향파 비평 일반에 돌려지는 것이지만, 그 핵심적인 몫을 <신경향파 문학 담론>이 수행했음은 의심의 여지가 없다.

여기에 덧붙여서 신경향파 비평이 기존의 문학을 마냥 배척하기만 한 것은 아니라는 점을 명기할 필요가 있다. 1920년대 초기 문학이 주목한 '개성'론의 연장선상에서 그 지양태를 모색했다는 점인데, 이를 통해, 신경향파 비평이 문단의 실재를 통찰하고 그것을 현실적으로 지양코자 했음이 확인된다. 임정재나 김기진의 글들126)이 그것인데, 이는 프롤레타리아 계급의식을 주장하거나, 민중 혹은 농민 나아가 민족의 예술을 요청하는 이후의 담론이, 1920년대 문학의 가장 중요한 핵심이라 할 '개인 주체'의 문제를 그냥 무시하거나 비껴간 것이 아님을 증거하는 것이다. 이로써 근대문학의 실질적인 변증법적 지양을 꾀했다는 의의가 신경향파 비평에 추가된다.127)

---

126) 임정재는 「文士諸君에게 與하는 一文」(『開闢』, 1923.7)에서 개인 주체의 한계를 뛰어 넘는 '사회성을 자각한 의식적 주체' 즉 '對自我·階級自我·全的自我'를 강조한 바 있으며, 김기진은 「피투성이 된 푸로 魂의 表白」(『개벽』, 1925.2)에서 "푸로 文學이 한 개의 文學인 以上 그것이 純眞한 푸로레타리아의 生活意識에서 出發한 바 自我—個性에 充實한 全人格的 온전한 「마음」의 投影이 아니면 안 될 것은 莫論이다"(47면)라고 하여, 부르주아적인 '개인' 주체를 넘어선 주체 구성을 선보인다. 근대문학의 중요한 지표라 할 '주체'의 문제에 있어서 변증법적인 진전을 이루는 것이다.

127) 이와 유사한 문제 의식에 기반한 연구 성과로, '문학 유산 문제'와 관련하여 신경향파 비평을 살핀 김동환의 글(「신경향파 비평에 나타난 문학유산관(文學遺産觀)」, 『한국 소설의 내적 형식』, 태학사, 1996)을 들 수 있다. 그러나 이 글은 문제 의식이 다소 과도하게 적용된 듯싶다. 신경향파 비평이 기성 작가들의 존재를 인정하고 그 작품들을 포섭하기 위해 노력했다는 식의 동의하기 어려운 파악(302~3면) 등이 그 결과이다. 문학 유산 문제에 비춰 신경향파 문학을 검토할 때도, 문학사적인 전개 과정상에서 신경향파 문학이 여타 문학과 공유하고 있는 부분에서 출발할 필요가 있겠다. 이렇게 보면, 자연주의의 전면화나 주체의 문제가 중요한 거점이 될 수 있으리라 생각된다.

제3장 신경향파 소설의 갈래와 미학적 특질

1. '신경향파 작가'와 '신경향파 소설'의 복합성

1) 신경향파 소설의 대상성

(1) 신경향파 소설 검토의 문제

신경향파 소설을 검토하는 데 있어서 취해야 할 기본적인 자세는 포괄적인 관계 속에서 대상을 조명하는 것이다. 이는 과도기적인 것 일반에 대한 소극적인 분석을 넘어서기 위해서이다. 따라서 통시적으로는 그 전 시기에 해당하는 1920년대 초기 소설들과의 비교 검토가 있어야 하며, 공시적으로는 자연주의 소설계의 한 축이자 양적으로 더 큰 비중을 차지하는 비좌파적인 작품들과 견주어 보아야 한다. 동시에, 개화기 이래 지속되어 온 '진정한 (근대)문학을 수립해 가는 과정'상에서 새로운 것으로 신

경향파 문학을 내세우고 있는 신경향파 비평 특히 <신경향파 문학 담론>
과의 관계를 따져보아야 한다. 이러한 세 방향의 관계를 염두에 둘 때에야
신경향파 소설의 위상과 의미가 제대로 드러날 터이다.

　그러나 사정이 이렇게 간단하지만은 않은 데에 신경향파 소설을 검토
하는 어려움이 있다. '신경향파 소설'을 연구하는 데 있어서는, '대상을
어떻게 설정할 것인가'가 우선 해결해야 할 문제로 떠오르는 까닭이다.
'신경향파 소설이란 어떠한가'라는 문제의 답을 구명하기에 앞서, '무엇
이 신경향파 소설인가'라는 질문을 상대해야 하는 것이다. 기존의 연구들
에서는 이 문제가 명확히 정리되지 못했다. 신경향파 소설의 외연을 확정
하는 데 있어 뚜렷한 판단을 내린 경우가 별로 없는 편이며, '신경향파
소설'이라는 개념의 규정 가능성이나 그 성격에 대한 문제 제기 역시 제
대로 이루어지지 않았다.

　신경향파 소설에 대해 나름대로 선명한 상을 제공한 선구적인 성과로
는 임화와 조연현의 규정을 들 수 있다. 이인직 이래의 문학사적 전개를
종합, 지양한 것으로 신경향파의 문학사적 의의를 마련한 바 있던 임화[1]
에 따를 때, 신경향파 소설은 농촌과 도시라는 "새로운 현실의 발견에서
새로운 방향을 수립한 문학"[2]이라고 정의된다. 이러한 규정은 내포적, 본
질적인 것이어서 매우 명확해 보인다. 사적인 전개 과정을 바탕으로 하여
신경향파 내의 두 경향을 강조하는 것까지 고려하면 부족할 것 없는 규
정이라 할 만하다. 그러나 문제는 작품의 실제에 비춰볼 때 이러한 파악
자체가 다소 과장된 감이 있으며, 외연을 확정해 줄 명쾌한 기준을 마련
해 주지는 못한다는 데 있다. 더 나아가 신경향파 소설이라는 개념의 성
격에 대해서는 제대로 접근하지 못하고 있다.[3]

---

1) 임화, 「朝鮮新文學史論序說－李人稙으로부터 崔曙海까지」, 앞의 글.
2) 임화, 「小說文學의 二十年」, 『동아일보』, 1940.4.18.
3) 임화는 이 문제를 인식했을 뿐 제대로 해명해 보지는 못하고 있다. 박영희적 경향과
　최서해적 경향이라는 '예술적으로 상이한 두 가지의 양식적 조류'가 어떻게 '하나의
　신경향파'를 형성하고 있었는가 하는 문제를 명기하고 있지만, 그 해결은 미루고 있는

이와는 반대로 조연현의 경우는 일반적으로 신경향파 소설이라고 인정
되는 작품들의 특징을 지적하는 방식을 취하고 있다. 그는 신경향파 소설
의 특징으로, 첫째 빈궁을 제재로 삼은 것, 둘째 빈궁에 대한 반항을 그
주제로 삼은 것, 셋째 빈부의 차이를 고의로 과장해서 비교·대조시킨
점, 넷째 빈궁은 사회적인 선에 속하고 부유는 사회적인 악에 속한다는
공식적인 관념을 표백하고 있는 점, 다섯째 계급사상이 지극히 관념적인
것 등을 들고 있다.[4] 이는 다분히 형식주의적, 기술적(記述的)이어서 신경
향파 소설의 규정으로는 미흡해 보인다. 미학적인 원리나 문학사적인 위
상이 구명된 것이 아니며, 신경향파 소설의 개념적 성격에 대해서는 눈을
감고 있는 것이다.

이후의 논의들 역시 이상의 한계를 벗어났다고 하기는 어렵다. 이런저
런 규정들 대개가 그 자체로 다소 막연하거나 작품의 실제에 비춰볼 때
공소한 것이어서 신경향파 소설에 대한 구체적인 이해를 주거나 '신경향
파 소설'을 개념화하는 데는 부족하다. 신경향파 소설의 외연을 잡는 데
있어서는 대체로 작품이 아니라 작가적 태도에 치중하는 경향을 보이고
있다. 작품을 거론하는 경우로 박영희, 김철 등을 들 수 있다. 앞서 지적
했듯(제2장 1절 3항) 박영희의 경우는 세를 불리려는 의도에 의해서 그 외연
을 모호하게 처리하고 있다. 김철의 경우는 개념의 문제를 심각히 고려하
지 않은 채로 소설사적 단위로서 지나치게 확장했다고 할 수 있다.[5]

신경향파 문학에 대한 연구사상의 이러한 문제는 신경향파 소설의 정

것이다(「小說文學의 二十年」, 같은 곳).

4) 조연현, 『韓國現代文學史 (第1部)』, 앞의 책, 435면.

5) 김철은, 신경향파 비평과의 관련에 주목하지 않은 채, 경향소설의 흐름 내에서 일정
한 단절을 보이는 「과도기」를 경계로 하여 그 이전까지를 일괄적으로 신경향파 소설
기로 지칭하고 있다(「신경향파 소설 연구」, 앞의 글). 카프 소설의 전개에 있어서 「과
도기」가 갖는 분기적 성격은 임화 이래의 많은 연구자들에 의해 누차 지적된 바 있다.
그러나 사정이 그렇다고 해서 신경향파 소설의 시기적 하한선을 이렇게 끌어내리는
것은 문제가 있다. 1차 방향 전환 이후 카프 진영 내에서 신경향파 문학이 극복, 지양
된 것으로 정리된 역사적 사실을 도외시한 것이기 때문이다.

체성이 결코 명확한 것이 아님을 말해 준다. 대상 확정의 필요성이라고 할 이 문제의 근본적인 원인은, 다음 두 가지 맥락에서 연원하는 것으로 보인다. 1920년대 초기의 낭만주의적 경향과 불연속적인 단절을 보이며 형성된 자연주의 소설계 속에서, 신경향파 소설을 여타 비좌파 소설들과 비교할 때 확인되는 작품상 경계의 모호함이 첫째 경우에 해당된다. 다음으로, 작품을 폭력적으로 강제하는 실천적인 성격을 지닌 <신경향파 문학 담론>과 관련지어 볼 때 드러나는 바 '신경향파 소설'이라는 개념 구성의 모호함이 둘째 경우에 해당된다.

첫째 맥락을 정리해 보자. 짧은 기간을 주기로 하여 계속 새롭게 등장하는 '진정한 (근대)문학'의 연쇄 및 상호 투쟁을 고려할 때, 1920년대 중기를 여는 시점에서 가장 중요한 문학사적 사건은 소설계 전체의 지형 변화이다. 앞서 지적했듯이 '현실의 외면·부정 및 축소'를 특징으로 하는 1920년대 초기의 낭만주의적 소설계에서, '궁핍한 실제 현실의 전면적인 수용, 폭로'로 특징지어지는 자연주의 소설계로의 변화가 그것이다. 이러한 변화는 전면적인 것이어서 김동인이나 나도향·현진건 등까지도 모두 포괄한다. 이 말은, 기층민들의 궁핍한 삶에 대한 폭로적인 묘사나 그 속에서의 극단적인 사건들의 제시 등 서사의 현상 차원에서 볼 때, 신경향파 소설 고유의 특성을 찾을 수는 없다는 의미이다. 예컨대 신경향파 소설을 인상적으로 규정하는 내용이라 할 이른바 '살인·방화 소설'이라는 판단은, 그 자체로 지나치게 형식주의적인 것이어서 특정한 유파나 양식을 가능케 할 만한 미적 자질을 드러낸다고 보기도 힘들 뿐 아니라, 비신경향 작가의 작품들에서도 심심찮게 발견되는 것[6]이어서 보다 원리적인 해석에 의해 뒷받침되지 않는 한 적절한 지적이라 하기 힘들다. 이렇게 신경향파 소설과 여타 소설들의 차이는 (만약 있다 하더라도) 표면상

---

6) 널리 알려진 작가들의 작품으로만 예거해도, 김동인의 「감자」(『朝鮮文壇』, 1925.1), 현진건의 「불」(『開闢』, 1925.1), 「私立精神病院長」(『開闢』, 1926.1), 나도향의 「벙어리三龍」(『黎明』, 1925.7), 「물레방아」(『朝鮮文壇』, 1925.9) 등을 들 수 있다.

으로 보자면 제대로 잡히지 않는다. 따라서 신경향파 소설을 신경향파 소설로 유별할 수 있게 해 줄, 현상적인 유사성 너머의 무언가를 찾아야만 한다. 신경향파 소설이라는 대상을 확정하는 첫째 경우는 이렇게 작품 내의 은폐된 특질을 찾아 그 정체성을 구명해 보는 과정이 된다.

신경향파 소설의 모호성이 보다 첨예하게 부각되는 경우는 신경향파 비평 특히 <신경향파 문학 담론>과의 관계를 고려할 때이다. 신경향파 비평만을 검토할 경우나 문학사의 한 단위로서 신경향파 문학 전체를 하나로 하여 고려할 때에는 신경향파의 실체가 명료하게 감지된다고 할 수 있다. 최소한 경향문학의 전단계라는 과도기적인 규정으로나마, 문학사의 단위로서 신경향파의 존재를 인정하게 되는 것이다. 그러나 신경향파 문학을 이루는 요소로서 비평과 작품을 함께 아우르고자 할 때에는, 더 정확히는 비평의 내용을 염두에 두면서 신경향파 소설의 정체를 확인해 보고자 할 때에는, 둘 사이의 상위로 해서 대상 자체가 심히 모호해진다. 앞서 살폈듯이, <신경향파 문학 담론>이 보이는 신경향파 소설의 규정은 주로 이전 시기 문학에 대한 비판의 맥락에서 행해짐으로써 그 실체에 대한 적극적인 규명이 취약하고, 그나마 있는 것도 작품의 미적 질과는 유리된 채 작가적 태도를 중시하고 있을 뿐이다. 보다 간명히 말하자면 대상으로서의 작품을 읽어 내는 것이 아니라 작품에 부재한 무언가를 강조하는 데 주력함으로써, 직접적인 맥락에서 볼 때, 실재하는 작품의 정체를 파악하는 데는 오히려 장애로 작용하기까지 하는 것이다. 그러나 <신경향파 문학 담론>에 의한 신경향파의 주창과 규정을 떠나서는 사실 문학사의 한 단위로서 신경향파 소설의 존재를 설정하는 것부터 어려워지는 까닭에, 비평을 무시하고 작품만을 검토하는 것은 애초에 배제된다.

이상의 두 가지 맥락은 구체적인 경우에 있어서 항상 상호 관련되어 있다. 상황이 이러하기 때문에, 신경향파 소설을 검토하는 데에는 대상에 대한 자의식적인 접근 방식을 구축할 필요가 있다. 스스로 대상을 창출해 내는 접근, 달리 말하자면 신경향파 소설의 특성을 구명함과 동시에

<'신경향파 소설'이란 무엇인가?>라는 질문을 놓치지 않고 그 답을 찾아가는 접근법이 요청되는 것이다. <신경향파 문학 담론>에 의해 내려진 '신경향파 소설의 정체성에 관한 정형화된 답'에 이를 뿐인 문제 제기는 곤란하다. 또한, 기존에 지적되었던 몇몇 작품들만을 검토한 뒤에 그 결과를 일반화 혹은 특징화하는 연구는 피해야 한다. 당대의 규정이나 작가의 변에 무반성적인 분석, 특히 특정 작가의 작품을 섣불리 총칭하는 방식 역시 피해야 할 것이다.

(2) 신경향파 소설의 대상성 구축

'신경향파 소설'이라는 대상을 설정하는 데 있어 일차적이면서도 가장 간명한 방식은 당시에 신경향파로 구획되었던 작품들을 신경향파 소설의 중심으로 묶어 보는 것이다. 이는 당대의 감각에 바탕을 두고 신경향파 소설을 대할 수 있게 한다는 점에서 적절한 출발점에 해당된다. 여기서 문제는, 그들에게 있어서 무엇이 신경향파였으며, 그때 '신경향파 소설'이라고 묶인 작품들에서 그들이 주목한 것은 무엇인가, 그 실체가 있다고 할 때 그것은 어떤 성격의 것인가 등이 될 터이다. 그러나 이 방식을 통해서는, 앞의 논의에서 추론 가능하듯이, 직접적인 답을 기대하기 어렵다. 이러한 구획, 규정을 보여주는 글들이 바로 <신경향파 문학 담론>인 까닭이다. 다시 말하자면, 애초에 신경향파라는 규정 자체가 문단 내에 좌파 문학을 수립하려는 몇몇 논자들의 실천적인 의지에 따른 것이었기에, 작품들을 두고서 신경향이니 신경향파 작품이니 할 때에도 순수하게 작품을 중심에 둔 특성만이 고려되는 것은 아니어서, '신경향파 소설'이라는 범주 자체가 문제성을 띠게 되는 것이다. 이러한 사정은 앞에서 살핀 회월의 「신경향파문학(新傾向派文學)과 그 문단적(文壇的) 지위(地位)」를 떠올려 보기만 해도 명확해진다. 팔봉이나 임화 등이 보이는 이후의 규정들에서도 대동소이한 양상이 확인된다.

여기서 당대의 소설계를 대상으로 하여 신경향파 소설의 외연을 잠정적이나마 그려 보는 일[mapping]이 필요해진다. 신경향파 소설을 범주화한 예들이 불분명하고 불충분한 까닭에, 검토 대상을 <신경향파 문학 담론>이 제시한 것으로만 한정할 경우, 위에서 파악 혹은 유추된 속성이 한정된 그 대상[당대 감각에서의 신경향파 소설]에만 국한된 것이 아닐 수 있음을 간과할 위험이 있다. 따라서 일차적으로 회월이나 서해 등 주요 신경향파 작가의 여타 소설(이 경우는, 그들 작가의 모든 소설을 검토하는 것이 바람직하다)과 신경향 작가로 지칭되지 않은 작가들의 작품들을 함께 고려해 봐야 한다. 이러한 작업은 별다른 검증 없이 작가를 기준으로 해서 신경향파 소설로 구획되었던 이질적인 작품들의 존재를 부각시켜 줌으로써, <신경향파 문학 담론>에서 얻을 수 있는 '신경향파 소설'의 규정을 반성적으로 검토할 수 있게 해 줄 것이다. 작가 및 작품의 수효가 그다지 많지 않던 시기라 누락의 위험은 없다 해도 과언이 아닌 반면, 신경향파론이 등장 초기부터 문단 정치적인 성격을 짙게 띠면서 그 세를 불리는 데 주력했던 터라 부당하게 신경향파로 구획된 경우가 없지 않은 까닭이다. 이에 덧붙여서 이른바 두 개의 조류, 즉 '박영희적 경향'과 '최서해적 경향'이라는 임화적인 분석이 막강한 영향력을 행사해서, 그러한 경향의 전범에 해당하는 회월이나 서해의 소설은 의당 모두가 신경향파 소설이라는 오해의 여지가 큰 것도 이러한 작업의 필요성을 더해 준다.

이상은, 비반성적으로 신경향파 소설로 구획되었던 작품들을 갈라내는 방식을 통해 신경향파 소설의 외연을 좁히면서 좀더 명확한 규정을 얻기 위한 것이다. 이와 더불어서 당대 혹은 직후의 논의에 있어서 표면상의 유사성에도 불구하고 신경향파는 아니라고 지칭된 작품들에 특히 주목해야 할 것이다. 양자의 차이야말로 작품 차원에서 신경향파 소설의 특징을 명확히 하는 데 관건이 될 터이다. 물론 이러한 지적이 <신경향파 문학 담론>의 규정에 부합하는 작품들만을 추려내는 것과 동일시되어서는 안 된다. 이 과정 속에서는, 작품계의 지형 파악을 통해서 구체화되는 신경향파 소설의 특성에 비추어서 신경향파 비평의 담론성이 확인되기도 하는 까닭이다.

위의 지적은 앞서 제시한 두 작업이 계기적인 것이 아님을 의미한다. 신경향파 소설의 범주를 그려 보는 일이 그냥 이루어질 수 없음은 자명하다. 범주 설정의 기준이 주어져 있는 것은 아니기 때문이다. 따라서 당대의 구획을 출발점으로 삼는 것과 전체적인 지형도를 마련해 보는 일, 이 두 가지 작업을 동시에 수행하는 것이 바람직하다. 당대의 논자들이 신경향파 소설이라고 한 작품들에 비춰 신경향파 소설이라는 대상을 설정하는 기준 및 방식을 일차적으로 마련함과 더불어서, 당대 소설계의 실제에 비춰 신경향파 소설이라고 파악될 만한 대상의 경계를 분명히 해 보아야 한다. 대상 설정의 기준을 마련하는 데 있어서 중요한 점은, 신경향파 비평의 내용이 막바로 기준일 수는 없다는 점이다. 신경향파 비평의 담론적 성격, 달리 말하자면 비평과 작품의 상거를 고려할 때, 이는 십분 강조할 만하다. 따라서 내포 및 기의가 불명료한 <신경향파 문학 담론>의 논의와 작품들이 서로를 비추게 하는 것이 필요하다.

본고가 취하는 구체적인 방안은, <신경향파 문학 담론>이 '담론'으로서의 성격을 갖추게 될 때 마련되는 '작품과의 거리'에 기반한다. 일반적으로 신경향파 소설의 대표작으로 알려진 작품들과 <신경향파 문학 담론>과의 상위를 문제시하여 양자 사이의 경계를 잡아 나가려는 것이다. 먼저 <신경향파 문학 담론>에 의해 중시된 작가와 작품들을 핵심적인 대상으로 하여 담론과의 일치 여부를 고려하면서 검토한다[A-①]. 이때 작품의 미적 특질과 담론의 규정이 정합적으로 어울리는 작품들을 잠정적이나마 하나의 전형으로 취급할 수 있다. 더 나아가서 대표적인 신경향파 작가의 모든 작품들을 면밀히 분석함으로써 앞서 얻어진 전형적 작품 및 <신경향파 문학 담론>에 의해 신경향파로 규정된 작품들과의 이동점을 살펴본다[A-②]. 이상의 두 과정을 통해서 신경향파 소설의 대략적인 경계를 잡아 보는 것이 가능해진다.

여기서 한 걸음 더 나아가, <신경향파 문학 담론>에 대한 반성적인 사고 단계가 필요하다. <신경향파 문학 담론>의 규정에도 불구하고 여타 비신경향파 소설과의 차이를 찾을 수 없어 신경향파라고 구획하기 곤란한 작품들 및 정확하게 반대 경우의 작품들의 처리가 난망한 까닭이다. 이는 두 가지 방식을 통해서야 해결을 기대할 수 있다. 먼저 <신경향파 문학 담론> 자체를 비판적으로 검토해 보아야 한다[B-①]. 즉 앞의 두 과정을 통해 마련된 대략적인 경계에 비춰 <신경향파 문학 담론>의 규정들을 검토해 보아야 한다. 즉 <신경향파 문학 담론>의 인식 요소들 중에서 신경향파 소설의 실제에 부합하는 것과 그렇지 않은 것을 갈라 본다. 여기까지 오면 일반적으로 통용되던 신경향파 소설의 범주와 <신경향파 문학 담론>의 규정성 양자로부터 각각 몇몇 작품 및 규정 요소들이 가감된다. 이렇게 양자의 상호 수정을 통해서야 '신경향파 소설'의 특성을 추출해 내는 것이 가능해진다. 물론 여기에는 또 하나의 검토가 병행되어야 한다[B-②]. 1920년대 중기 자연주의 문학계를 장식하는 여타 비좌파적인 작품들과의 비교 검토가 그것이다. 그것들과의 관계에 있어서, 아무리 은폐된 것일지라도 그리고 최소한 작품의 효과 면에서라도, 무언가 결정적인 차이를 갖추고 있어야 신경향파 소설로 분리하는 것이 가능할 것이다.

이상의 두 단계 작업[A-B]을 통해서 어느 정도 틀이 잡힌 신경향파 소설의 경계가 마련될 수 있다. 그러나, 본고에서의 실제 검토 결과를 당겨 말하자면, 그 결과가 신경향파 소설 범주의 완미한 수립일 수는 없다. 어찌 보면 이는 당연한 것이다. 기존의 연구들을 통해서도 신경향파 소설의 대상성이 확정되지 않은 사실이, 지금까지의 연구사에서 위의 두 단계 작업이 전혀 이루어지지 않았음을 의미하는 것은 아니기 때문이다.

사정이 이렇다면, 형식논리학적인 단순 명료한 규정에 대한 열망 자체가 잘못된 것이라고 의심해 보아야 한다. 더 나아가서 신경향파 소설과 <신경향파 문학 담론>의 사이에는, '애초부터 좁혀지지 않으며, 그렇다고 무시될 수도 없는 틈'이 있음을 인정해야 한다. 이러한 틈을 본고는 신경향파 소설의 '부재 요소'로 특화해 보았다.7) 이 '부재 요소'는 신경향파 소설의 경계를 설정하게 해 주는 마지막 조건이다. 환언하자면 '최종 심급'이라 할 수도 있겠다. <신경향파 문학 담론>의 궁극적인 규정성에 의해서 신경향파 소설의 경계에 위치하던 작품들에 대한 선별 작업은 나름의 근거를 마련하게 된다. 이 최종 작업에서 신경향파 소설로 구획되는 작품들의 핵심적 지표인 '부재 요소'8)는, 이들 작품이 1920년대 중기 신경향파 문학 시기에 갖는 효과 속에서 흔적으로만 확인된다.

결론적으로 덧붙이자면 이렇게 마련되는 신경향파 소설의 경계는 직선적인 것이 아니며 단선적이지도 않다. 그러나 사실 자체가 드러내는 이러한 모호성을 무시하고 일의적으로 재단하는 것이 문학사의 실제를 파악하는 데 있어서 바람직하지 못하다는 점을 염두에 둔다면, 경계의 비선형성에 대한 투철한 인식이야말로 값진 것이 된다. 실제의 단순화는 사유 속의 추상이 아니라 나쁜 의미에서의 형식주의적인 고정화에 불과하다.

(3) 작품 분석과 담론 검토의 거리

신경향파 소설을 검토함에 있어서 본고가 목표로 삼는 것은 두 가지이다. 신경향파 소설의 외연을 (어느 정도나마) 제대로 설정함으로써 1920년

---

7) 이럼으로써 신경향파 소설은 순수하게 미학적인 개념일 수 없게 된다. <신경향파 문학 담론>과의 관련 속에서만 실체를 지니며, 신경향파 문학 일반의 하위 갈래로서 전체와 구조적인 관계를 맺고 있는 것이 된다. 문학사적인 측면에 본질적으로 관련되는 것이다. '부재 요소'를 특성으로 하는 신경향파 소설 규정의 자세한 논의는 제3장 2절 2항 참조.

8) 이는 궁극적으로 <신경향파 문학 담론>의 문단정치적인 기획에서 발원하는 것이어서 작품의 자질이 아닌 것처럼 보일 수도 있다. 그러나 신경향파 문학 운동의 중요한 목표 중의 하나가 부르주아적인 문학관 즉 문학의 자율성, 독립성에 대한 환상 혹은 신념을 붕괴시키는 것이었음을 염두에 두어야 한다. 이러한 새로운 문학관 속에서 그 실천으로 산출된 작품이기에, 달리 말하자면 <신경향파 문학 담론>의 문단정치적인 기획의 실현으로 기능한 것이기에, 신경향파 소설이 부르주아적인 문학관 일반의 지평에 맞는 면모를 갖추고 있으리라는 또는 갖춰야 한다는 기대는 원리적으로 부적절하다.

대 중기 소설계의 지형도를 그리는 것이 하나이다. 다른 하나는 신경향파 소설의 대상성을 확정하는 문제로서, 신경향파 소설 고유의 내적인 특질 즉 앞서 말한 바 필요조건에 해당되는 '부재 요소'를 구체적으로 적출해 보는 것이다.

이를 위해서 본고는, 신경향파의 대표적인 작가인 박영희와 최서해의 작품 일체에 대한 정치한 분석을 중심에 놓고자 한다(제3장 1절 2항~3항). 이는, 신경향파 소설에 대해 널리 공인된 결론적인 판단 즉 이른바 '박영희적 경향'과 '최서해적 경향'이라는 유형적 사고를 비판적으로 성찰하기 위해서인데, 이러한 사고야말로 신경향파 소설을 역사적으로 정리하는 <신경향파 문학 담론>의 결론적 구도라는 것이 본고의 한 가지 주장(제2장 1의 4항)이자 소설 검토의 전제이다. 물론 개별 작가론을 지향하는 것이 아닌 까닭에 논의의 초점은, <신경향파 문학 담론>을 염두에 두고서 설정된다. 이 말이, <신경향파 문학 담론>을 분석 및 평가의 기준으로 삼는 것이 아님은 물론이다. 작품의 특성을 그 자체로 구명한 위에서 담론과 관련지어 양자의 특성을 고찰해야 하는 까닭이다. 중요 신경향파 작가들의 작품들을 검토하는 방식은 서론에서 제시한 바 '작품의도의 고찰'과 '형성 계기의 해석'으로 이루어진다. 이러한 작업 위에서, <신경향파 문학 담론>에 의한 신경향파 소설의 구획이 적절한가를 일차적으로 판단할 수 있겠다.

이상의 검토를 통해서 무엇보다도, 이른바 '박영희적 경향', '최서해적 경향'이라는 파악이 갖는 문제를 밝힐 수 있을 것이다. 더 나아가 신경향파 비평의 담론적 성격, 달리 말하자면 비평과 작품의 상위 역시 충분히 밝혀지리라 기대된다. 뒤에 이어지는 기타 작가들의 작품에 대한 검토(제3장 1절 4항)는, 신경향파 소설의 내포를 마련해 줄 '부재 요소'를 간접적으로 확인해 보고, 신경향파 소설의 외연을 확정해 봄으로써 1920년대 중기 소설계의 지형도를 그리는 데 있어 반드시 필요한 작업이 된다. 이 부분의 논의 역시 기본적으로는 작품의도 차원에서의 분석에 기반하지만, 제2

장 1절 1항의 논의에서와 같이, 개별 작품들에 대한 정치한 분석은 생략한 위에서 여타 작품들과의 비교 검토에 큰 비중을 두어 서술할 것이다.

이렇게 작품들에 대한 검토를 마친 위에서, 신경향파 소설과 관련된 이상의 문제들 즉 대상성의 확정 방식 혹은 정체성의 구명과 그 경계 설정에 대해 집중적으로 논의해 볼 수 있을 것이다(제3장 2절). 신경향파 소설의 전개 양상 및 의미의 구명 문제는, 4장의 논의에 포함해서 정리하고자 한다.

2) 회월 신경향파 소설의 두 양상

(1) 회월 소설의 비단일성

소설가로서 회월은 『백조(白潮)』에 실린 「생(生)」을 시작으로 해서 1926년까지 모두 11편의 작품을 발표한다. 이후 1929년의 꽁트 「춘몽(春夢)」을 거쳐 1936년에야 장편 『반려(伴侶)』를 시도하게 되므로, 중요한 문단 활동으로서의 소설 창작은 사실상 1920년대 중기에 국한된다고 할 수 있다. 신경향파 소설과 관련하여 본고의 대상이 되는 것은 더 좁혀진다. 『백조(白潮)』파적 경향이 배어 있는 초기의 세 작품들을 뺀 8편만이 그것이다.

회월의 신경향파 소설에 대한 기존의 평가는 대체로 부정적이다. 내용·형식 논쟁을 통해 유명해진 바 '붉은 지붕만 얹어 놓은 것'이라는 식의 비판9)이 대표하듯, 작품 미학적 측면에서 보잘 것 없다는 점을 핵심으로 하는 이러한 인식은 널리 퍼져 있다. 이러한 사정은, 후일 회월 스스로 그러한 평가에 동의10)한 데서 한층 더 공고해진 듯하다.

---

9) 김기진, 「文藝月評」, 『朝鮮之光』, 1926.12.
10) 박영희, 「最近 文藝理論의 新展開와 그 傾向─社會史的 及 文學史的 考察」, 『동아일보』, 1934.1.4일 분.

어떤 대상에 대한 일반적인 평가가 갖게 마련인 보편적인 특질의 지적
은 그 자체로 소중하지만, 그렇다고 해서 세부적인 검토의 반복적인 전개
를 무화할 만한 것은 아니다. 신경향파 소설의 정체성을 구명하는 데 있
어서 중요한 경향으로 지적되는 박영희 소설의 경우는 더욱 그렇다. 그의
작품 세계를 하나의 전형처럼 정리하여 작품들의 구체적인 세부를 간과
하는 경우가 적지 않은 까닭이다. 전형이란 상징화된 것이어서 개별적인
특정 실체(들)에 온전히 내재해 있는 것이 아니며 어느 한 작품을 전범화
할 정도로 구체적으로 현상하는 것도 아니다. 직접적으로 말하자면 신경
향파 소설의 한 특징으로 거론되는 '박영희적 경향' 더 나아가서는 그 내
포로서 지적되는 '전망의 과장'11)이라는 규정은 이미 고도로 추상화된 것
이어서, 박영희의 소설들이 보이는 구체적·개별적인 특징들에 대해서는
사실 알려 주는 것이 별로 없으며 회월의 특정 소설로 예를 삼을 수도 없
다는 말이다.

이러한 점이 특히 문제적인 까닭은, 앞서 말했듯이, 신경향파 소설 일
반의 상황이 대상성을 확정해야 할 필요가 제기될 만큼 그 정체 혹은 외
연에 있어서 모호하다는 데 있다. 신경향파 소설 자체의 대상성은 모호한
데도, 그것의 중요한 한 경향으로 지칭되는 박영희 소설의 특성이 명확하
다는 것은, 그러한 경향 규정이 다소 자의적인 것은 아닌가 하는 의문을
낳는다. '박영희적 경향'이라는 것이, 넓게는 신경향파 소설 일반 좁게는
박영희 소설 전체를 대상으로 하여 추상화된 것으로 볼 수 있는가 하는
것이다. 원리적으로 말하자면, 구체에서 추상된 것은 아니지 않은가 하고

---

11) 정호웅, 「경향소설의 변모 과정」, 『한국 리얼리즘 소설 연구』(김윤식·정호웅 편),
　　문학과비평사, 1987, 40~6면. '당대 현실―이데올로기적 상황―작품의 추상적 성격'
　　세 항의 긴밀한 관련을 바탕으로 하고 '전망의 부재'로 특징되는 최서해를 쌍으로 놓
　　는 이와 같은 논의는, 김윤식·정호웅 공저, 『韓國小說史』, 예하, 1993에까지 그대로
　　이어진다. 궁극적으로는 임화의 견해(「朝鮮新文學史論序說―李人稙으로부터 崔曙海까
　　지」)에 닿아 있는 이러한 파악은 근래의 신경향파 연구사에 있어서 큰 영향력을 행사하
　　고 있다.

의심해 볼 만하다.

본고의 결론적 판단을 당겨 말하자면, 불과 십여 편에 불과한 작품들이지만 박영희의 이 시기 소설들을 단일한 경향이라고 일괄적으로 묶는 것은 무리스럽다. 무엇보다도 미적 특질에 비춰볼 때 그러하다. 회월의 신경향파 시기 소설들은 크게 나누어 알레고리적인 작품들과 자연주의적인 작품들로 이대별된다. '신경향파 소설 중의 박영희적 경향'이라는 규정과 관련해서 보자면, 그것들 모두가 신경향파 소설이라고 말하기는 곤란하다는 점이 무엇보다 중요하다. 동시에 이 중 한 부류 예컨대 알레고리적인 작품만이 신경향파적인 것도 아니다. 따라서 고도로 추상화된 단일한 상징적 규정으로 그의 작품 일반을, 엄밀히는 회월의 신경향파 소설들 전체의 특성을 가리키는 것은 불가능하다.[12]

신경향파 시기 박영희 소설의 비단일성은, 게재지의 차이에 따라 작품의 양상이 달라지는 것에서 일차적으로 확인된다. 자신이 주재했던『개벽(開闢)』문예란에 발표된 작품들과 그 외의 잡지에 게재된 작품들은 그 양상이 사뭇 다르다. 게재지의 성격에 따라 다시 말하면 예상 독자에 따라 작품의 성격이 달라진 것인데, 「동정(同情)」과 「철야(徹夜)」에서 이러한 사정이 확인된다. 각기『신여성(新女性)』과『별건곤(別乾坤)』에 실린 이들 작품의 경우, 기존 의미에서의 (즉 회월 식으로 말하자면 부르주아적인) 문학성에 한결 충실한 것으로 보인다. 독자의 성격을 고려하여, 사회에 충격을 주어야 한다는 신경향파적 기획의 강도를 다소 낮춘 까닭일 것이다.

'엇던 슬푼 녀자의 우스운 이약이'라는 부제를 달고 있는 「동정(同情)」[13]

---

12) 물론 '박영희적 경향'이라는 개념이 회월 소설 일체를 대상으로 해서 구성된 것이라고 단정적으로 전제할 수는 없다. 그러나 여기서 핵심이 되는 것은, 뒤에서 지적하겠지만, 그런 식의 규정과 그것이 대상으로 하고 있는 작품들 사이에서도 적절한 관련이 보이지는 않는다는 점이다. 즉 '박영희적 경향' 혹은 '전망의 과장'이라는 인식소 자체가 <신경향파 문학 담론>의 일부가 된다는 점이다.

13) 박영희,『新女性』, 1925.1. 이하 작품의 인용은, 출처를 한 번 밝힌 뒤에 본문 내에 면수만 표기함.

은 하나의 에피소드에 불과하다. 생활고에 지친 27세 여성이 시름을 달래려고 오빠의 무덤에 가서 울다가, 오빠의 친구를 사칭한 부랑자를 만나 집에까지 소개한 뒤에, 전후 내막을 알게 되고는 식구들과 함께 웃어 보았다는 가벼운 내용이다. 작가 의도의 개입도 거의 없는 편이다. 구성상 작가의 의도가 짙게 개입할 수 있을 끝 절 말미의 다음과 같은 구절에서 회월의 절제력이 확인된다.

> 우리 집 식구는 조고마한 동정으로 해서 어리석은 사람이 되엿다. 돈만 잇섯서도 그러케 더러운 생각을 안이 하엿겟다. 돈! 그것이 죄악의 모든 것이엿다. 그러나 나는 한 번 돌녀 생각해 보앗다. '그놈이 오죽이나 녀자에 주리인 사람이랴! 나 가튼 것을 따라다니는 것을 보면!' 하고 생각하면서 그가 거짓말로 준 우리의 일시 쾌락과 희망만큼 그만큼 내가 그 놈을 속이기 위해서 그 잇튼날 온 것을 웃으면서 마젓다. / 그러나 사흔날에는 거절을 하엿다. (122면)

사건에 대한 주인공의 생각[교훈]을 요약적으로 제시하고 있는 위 인용에서, '돈이 죄악의 모든 것'이라는 주장은 상식적인 의미로 자연스럽게 읽힌다. 이러한 내용상의 특성은, 사건의 에피소드적인 성격이나 주인공 설정상의 특성에 덧붙여, 형식상의 기본적인 차원이라 할 문체에 의해서도 뒷받침된다. 1인칭 주인공의 독백이 주가 된 「동정(同情)」의 문체상 특징은 "쏘한 엇지 슬푸지 안이 하랴?", "내가 무슨 짓을 안이 햇스랴?"와 같이 간접화된 설명적 어투에서 찾을 수 있다. 대상화에 의한 직접적 제시가 미약한 설의법 형식으로서 고전소설과 유사한 면모를 보이는 것이다. 이러한 요소들의 작용으로 이 소설의 작품의도가 예컨대 선전·선동에 있지 않음이 확인된다. 부제에서 보듯 '이야기'의 성격을 강화하는 이러한 특징은 일반 여성 독자를 대상으로 하는 게재지의 성격에 회월이 주목한 결과라 하겠다.

「철야(徹夜)」는 1926년 11월에 『별건곤(別乾坤)』에 발표된 작품이다. 「동정(同情)」과 마찬가지로 작가의 개입이 절제된 반면, 심리 변화에 설득력을 부여하기 위해 고심한 흔적이 역력하다. '인생 문제'라는 청탁 주제에 대한 주인공의 생각이 변화하는 과정을 드러내기 위하여, 다다미의 지푸라기를 뜯어먹을 정도의 배고픔과 '인생 문제'를 계속적으로 병치시키는 구성을 취하고 있다. 그 과정에서 인물의 생각이 '관념적이고 추상적인 데서, 현실적인 데로 변화'된다. 원고의 내용이, '인생은 물처럼 와서 바람처럼 가버리는데……'(20면)와 같이 인생무상을 읊조리는 관념적인 것에서 "인생은 부유(蜉蝣)와 가티 짤은데 / 빈궁은 맹수와 가티 덤비여 / 짤은 인생은 우슴도 업시 썩구러젓스며 / 귀중한 인생은 갑도 업시 내어버려젓구나!"(22면)처럼 '빈궁'을 중시하는 현실적인 성격으로 변모하는 것이다. 그의 소설 일반과 마찬가지로 사회적인 차원의 '갈등'이 없어서 다소 관념적이고 유치한 감을 주기는 하지만, 이 작품의 주제가 갖는 의미는 당대 문단의 주요 테마인 '인생 문제'를 개인 차원에서 계급의 문제로 확대했다는 데 있다.[14]

그럼에도 불구하고 이 작품은 어떤 의미에서도 신경향파 소설로 보기 어렵다. 앞서 제시한 조연현의 규정에 비춰보더라도, 이 작품에서 빈부의 차이를 강조하고 부를 악으로 규정하는 등의 설정을 찾기는 어렵다. 집세를 독촉하는 주인 역시 궁핍함에 쪼들리는 인물로 그려지며, 주인공 명준이 지식인으로 설정된 까닭에 생리적인 배고픔 외의 가난함은 의식 속에서 추상으로 존재할 뿐이다. 원고를 없애고 편집인에게 편지를 보내는 종결 형식 역시 별로 충격적이지 않다. 후술할 여타 신경향파 소설과의 비교 맥락에 걸리는 것이지만, 이 부분은, 작품의 의미를 사회·경제적인 데로 모아 주는 '이질적인 작품 요소'의 기능과는 거리가 멀다. 비록 그 내용이 계급 대립의 자각을 담고 있기는 하지만, 작품의 전체적인 주제가

---

14) 이러한 변화, 즉 '진정한 개성의 실현으로서의 계급의 자각'이라는 발상은 사실 좌파 문학에 대한 기존 연구에서는 제대로 부각되지 못한 것이다. 이와 같은 방식으로 일본 문단에서 이루어진 '참된 자아' 개념의 변화에 대해서는, Tomi Suzuki, *Narrating the Self —Fictions of Japanese Modernity*, Stanford University Press, 1996, p.8 참조.

낭만적, 관념적인 공허한 의식의 소유자가 현실의 위력을 알아가는 데 맞춰진 까닭에, 자연주의적인 자각을 넘어서서 새로운 사회를 지향해 내는 서사로의 전환을 이루어 내지는 못하는 것이다. 오히려 이 부분은 편집인에 대한 엉뚱한 선언(?)에 불과한 것이어서 유치하다는 인상을 낳는 데 그치고 있다. 이 작품이 가장 공들인 부분은 앞서 지적했듯 명준의 의식이 변화하는 과정이다. 인생 문제라는 주제의 원고와 피할 수 없는 허기 양자의 끊임없는 변주 자체가 작품의도를 명확히 보여 준다. 연애니 인생이니 하는 것이 먹고 사는 것과 동떨어진 것이 아니라는 점의 실제적인 자각을 보임으로써 허울 좋은 지식인의 관념성을 극복해 나가는 것, 이것이 「철야(徹夜)」의 주제이다. 이렇게 보면 일종의 지식인 소설, 의식의 각성을 드러낸 소설이라고는 할 수 있어도, 사회에 충격을 주면서 좌파적인 기획을 실현해 나간 신경향파 소설이라고 보기는 어렵다. 임화가 규정했듯 '관념적 이상화의 방법으로 현실에 대한 전면적인 파악을 지향'한 '박영희적 경향'[15]은 더더욱 아니다.

이상의 두 작품을 통해서 확인되는 것은, '박영희적 경향'이라는 것이 박영희의 신경향파 시기 소설들에 일률적으로 적용될 수는 없다는 사실이다. 회월의 이 시기 작품이 모두 신경향파 소설이라고 하기도 힘들다는 것이다. 게재지에 따른 작품들의 차이를 비교해 볼 때 이러한 점들이 더욱 뚜렷해진다. 이러한 비교는 또한, 회월 소설이 어떤 의미에서도 단일한 양상으로 묶일 수 없다는 것까지 밝혀 준다. 본고가 파악하기에『개벽(開闢)』에 발표된 회월의 작품들은 크게 두 가지 경향으로 나뉜다. 알레고리적인 독법을 강제하는 작품들과, 그러한 면모 없이 자연주의 소설 일반과의 친연성이 훨씬 더 강한 작품들이 그것이다.

---

15) 임화, 「朝鮮新文學史論序說—李人稙으로부터 崔曙海까지」, 『조선중앙일보』, 1935. 11.12일 분.

(2) 알레고리와 욕망

1925~6년 동안 『개벽(開闢)』에 발표된 작품은 「전투(戰鬪)」(1925.1), 「정순 (貞順)이의 설음」(1925.2), 「산양개」(1925.4), 「피의 무대(舞臺)」(1925.11), 「사건(事件)!」(1926.1), 「지옥(地獄) 순례(巡禮)」(1926.11)의 6편이다. 이들은 크게 알레고 리적인 것과 자연주의적인 것의 둘로 나누어 볼 수 있다.

「전투(戰鬪)」와 「산양개」·「피의 무대(舞臺)」가 전자에 속한다. 여기서 '알 레고리'적이라는 지적은 작품에 설정된 인물(character)이나 사건이 문자 그 대로 읽히기보다는 예표적(豫表的)으로 해석된다는 뜻이다. 작품 표면의 층 위가 아니라 심층에 있는 다른 맥락(context)에서의 의미가 독해되도록 요청 되는 것이다.[16] 사회·경제적인 차원에서의 의미가 그것이다. 이 세 작품 의 경우 내용 자체가 애초부터 '다른 무엇으로 읽히도록' 설정되어 있다. 이러한 판단의 일차적인 근거는, 상황이나 배경, 인물의 일반적인 심정이 나 행위에 대해서는 차분하고도 세밀하게 묘사를 행하여 리얼리티를 부여 하고 있으면서도, (대체로 작품 말미에서) 작가의 언어가 틈입하여 주제를 부각시키는 맥락에서는 현실성이 거의 없다는 사실에 놓인다. 현실성을 무시한 채 개진되는 주장이 너무 강렬하여, (이전의) 현실적인 서사는 자 기 정체성을 잃게 된다. 그 대신, 주장의 한 예시로 하나의 사례로 변모되 는 것이다.[17] 대체로 작품의 말미를 장식하는 이러한 주장이 작품 전체를 알레고리적으로 만들어 준다고 할 수 있다. 이러한 기능을 하는 주장 혹은 더 일반화하여 작가의 언어가 앞서 말했던 바 이질적인 작품 요소에 해당 하며, 이들 요소와 나머지 요소들이 빚는 낙차에서 부재 공간이 확인된

---

16) 알레고리와 관련한 작품 해석의 층위에 대해서는, John MacQueen, 송낙헌 역, 『알레 고리』, 서울대 출판부, 1980, 57~9, 64~7면; Jameson, op., cit., pp.29~31 참조.

17) 근대적인 알레고리론의 원형에 해당하는 괴테의 논의에 의할 때 알레고리는, '특수 자를 보편자에 끼워 맞추려 함으로써, 특수자가 보편자의 범례로서만 유효성을 갖는 방식'으로 정의된다(벨라 키랄리활비, 김태경 역, 『루카치 미학 연구』, 이론과실천, 1984, 112면 참조).

다.18)

이러한 낙차를 확인하기 위해, 먼저 작품 전반의 특질을 살펴보도록 하자. 가세가 기운 탓에 학교를 그만두고 만두 장수가 된 15세 사내아이 순복이를 주인공으로 한 「전투(戰鬪)」의 경우, 순복이와 부모의 (심정적) 관계나 주인공의 심리, 순복이패의 싸움 등을 묘사하는 데 있어서는 작가의 개입이 상당히 자제되어 있다. 2절에 나타난 순복이 가족의 감정 묘사는 매우 곡진하게 잘되었고(특히 14~5면), 3절과 5절에서 확인되는 바 싸움을 결의하는 순복이의 심정적 태도도 설득력 있게 제시되어 있다. 「산양개」의 경우, 1절 전체에 걸쳐서 추운 겨울밤의 스산한 분위기와 수전노인 정호의 불안한 심리가 매우 사실적으로 묘사되어 있다. 두 가지의 에피소드와 4차례의 연상·환상을 통해서 주인공의 인물됨과 심정을 제시하는 구성 방식이 효과를 본 것이다. 정리해서 말하자면 작품의도의 마련에 있어서 현실성의 구현이 중요하게 취급되고 있다 할 수 있다.19) 이런 점에서 볼 때 이 두 작품이 보이는 심리의 추이나 행위의 전개는 동시대 작품인 김동인의 「감자」나 현진건의 「불」 등에서 보이는 (겉으로 드러나는, 행동에 의한) 급격한 파국과 비교해서 거의 무리가 없는 것이다. 「피의 무대(舞臺)」 역시 인물들의 관계가 실제적으로 잘 드러난 경우라 할 수 있

---

18) 작품 요소간의 이러한 관계는 알레고리의 일반적인 메카니즘을 떠올리게 한다. 알레고리는, 초월(적인 것)과 구체적인 세부 묘사의 직접적이긴 하지만 역설적인 관련 속에서 후자가 전자를 드러내는 한낱 기능 요소에 떨어져 버림으로써, 구체적인 전형성에 이르지 못하고 추상적인 특수성에 떨어지게 된다(루카치, 문학예술연구회 역, 『우리 시대의 리얼리즘』, 앞의 책, 42~3면 참조). 헤겔 식으로 말하자면, 보편과 개별의 변증법에서 개별자가 특수자로 지양되지 못한 채 공허하게 범례화된 것이라 할 수 있다. 회월의 알레고리적인 신경향파 소설에서, 작가의 언어를 빌리는 보편 차원의 주장과 그 외의 구체적인 서사는 동일한 관련 양상을 보인다. 변증법적으로 지양되지 못한 이 둘 사이의 부재 공간 달리 말하자면 '거리'는 알레고리의 뚜렷한 징표에 해당한다 (Paul de Man, *Blindness and Insight*, Metheun & Co. Ltd., 1983, p207).

19) 동일한 맥락에서 팔봉은 이 작품을 쓰는 작가의 태도를 "讀者에게 肉迫하는 作者의 冷靜한 激憤 ─ 이 말은 激憤이 冷靜한 外衣로써 감초여 잇다는 말이다"라고 지적한 바 있다(김기진, 「新春文壇總觀」, 『開闢』, 1925.5, 2면).

다. 성희롱(18면)이나 해직의 위협(19면) 등을 통해서 감독 및 지배인과 주인공 숙영의 관계가 실제적인 성격을 띠고 있다.

그러나 이들 세 작품은 모두 알레고리적이다. 표면적인 서사 너머의 의미로 읽히는 것이다. 여기서 중요한 것은 작품의 어떤 요소가 그러한 효과를 낳는가 하는 것인데, 작가의 언어로 이루어진 편집자적 논평과 서사의 종결부가 그것이다. 이 두 가지는 서로 중첩된다. 편집자적 논평은 여러 층위에서 드러나지만 서사 및 작품이 종결되는 곳에는 반드시 곁들여진다. 여타 작품 요소들과 비교할 때 이들이 보이는 기본적인 특징은 지극히도 비현실적이라는 점에 있다. 앞에서 살폈듯이 작가의 사실적인 형상화 능력이 부족한 것은 아닌 이상, 이는 말 그대로 의도적으로 현실성을 '무시'한 결과라 할 것이다. 여기서 중요한 것은, 본고가 주목하는 것이 이러한 두 종류의 요소들의 비교 및 우열 평가가 아니라 그러한 '차이' 자체라는 점이다. 전반적으로 볼 때, 작품요소들이 빚는 이 낙차 속에서 이질적인 요소가 작품의도를 궁극적으로 결정짓는다는 데 이들 작품의 특징이 있다. 현실성의 제약으로부터 벗어난 이들 요소에 의해서 여타 요소들이 빚어내는 서사는 예표적인 것으로 변화된다. 정리하자면, 이 세 작품의 경우 의도적으로 현실성을 배제하는 특정 요소에 의해 알레고리적인 효과가 생겨났다고 할 수 있다.

「전투(戰鬪)」의 경우는 실제적으로 묘사된 상황에 '부과되는 의미'가 작품 전반에 알레고리적인 성격을 부여한다. 의미 부여의 일차적인 방식은, 작가의 언어에 의해서 아이들간의 싸움을 '전투'(23면)로, 어른의 훈계를 '권력에 의한 협박'(25면)으로 지칭하는 등, 표면적인 작품 세계와 거리를 띄운 어휘의 구사에 의해 이루어진다. 이 외에 '격동', '학대', '작전 계획' 등이 쓰인다. 다음으로 작품 세계의 표면적인 내용을 두고서 작가의 언어를 통해 이런저런 의미를 부여하고 있는 구절들[20]은 가장 일반적인 알레

---

20) 글의 분량상 몇몇 항목들만 지적하자면, 예컨대 '유적 본성'을 환기시키는 27~8면, 노동자의 동류 의식을 일깨우는 33, 35면, 사회의 대립상을 드러내는 34면 등을 들 수 있다.

고리 수법을 보여 준다. "싸호라! 싸호라!"의 한 문장으로 처리된 1절이나, 순복이네를 '소년 불온단'이라 규정하고 "수백 원의 돈으로 수십 명의 순사를 비밀히 쑤미여 활동을 하엿섯다"(42면)는 작품 말미의 설정은 구성의 차원에서 알레고리적 독법을 직접적으로 요청하는 것이다.

「피의 무대(舞臺)」는 겉으로만 봐서는 알레고리적이라고 하기 힘들어 보인다. 여기서는 개연성이 거의 없는 무대 위 행동이 알레고리적인 독법을 강요한다. 주인공이 연극과 실제를 혼동(23~4면)해 첫 공연을 망치는 것이나, 그 까닭으로 해고의 위협을 당하고도 다음 공연 도중 "혼자서 문득 엇더한 생각을 깨다럿"(25면)어서 경관의 제지를 받을 정도의 과격한 주장을 편다는 설정은 애초에 사실성이 거의 없다. 숙영이 고등 교육을 받은 바 있고, 아이를 빼앗길 정도로 생활에 치여 "로동자와 가티 자기 일신의 생활을 도모하려고"(20면) 배우가 되었음을 고려하면 더욱 그렇다. 위에서 지적했듯이, 자연주의 소설계의 일반적 특징인 현실의 형상화와는 이질적인 작품 요소를 이렇게 부각시키는 것은, 표면적인 내용 너머의 것으로 작품의 효과를 마련하기 위한 것이다.

「산양개」의 경우는 동물이 등장하지만 사실 훨씬 덜 알레고리적이다. 사냥개가 주인을 물어 죽이는 설정도 일반적인 생각과는 달리 설득력 있게 되어 있다.[21] 앞서 지적했듯이 주인공 정호의 심리 및 작품의 정조가 잘 마련되어 있는 데에 덧붙여, 밥을 제대로 얻어먹지 못해 쥐를 잡아먹기까지 하던 것으로 사냥개의 상황이 충분히 드러나 있는 까닭이다. 여기

---

21) 『開闢』파와 『朝鮮文壇』파의 논전'의 직접적인 계기가 된 <朝鮮文壇 合評會 第三回>(『朝鮮文壇』 8호, 1925.5)에서도 이 점이 간접적으로 확인된다. '沈痛하고 悚然한 氣分'을 인정하는 서해나, '技巧는 퍽 洗鍊되었음을 지적하며 개가 주인을 물어 죽이는 것을 작자가 '無視'했으리라고 정확히 보고 '自然主義를 벗어나려는 努力'을 간취하는 현진건, 이 작품을 '階級文學의 첫 作品'으로 규정하는 염상섭 등의 견해가 우선 작품의 전반적인 질을 증거해 준다. '개가 주인을 물어 죽인' 처리 자체를 문제삼고 있는 白華, 春海의 발언(119~120면)은 사실 3절을 과도하게 직접적으로 해석한 때문이다. 달리 말하자면 비문예파적인 문학 작품에 대한 체감적인 반감이 바탕에 깔려 작품의 전체적인 효과 및 작품의 의도를 간과한 것이라 하겠다.

서는 작가가 개입하여 사냥개가 잠을 자지 않았던 연유를 밝히고 상징적인 의미를 부여하는 3절을 마련하는 데서 알레고리적인 독법이 요청될 뿐이다. "그[사냥개]는 살어 잇스면 끗업시 널분 대지 우에서 자유러웁게 도라단이면서 주린 배를 불릴 것이다. 낫이면 굴근 쇠사슬에 목을 매여 잇고 밤에는 그 줄을 끌러놋는 그러한 압흔 생활도 다시는 그에게 업섯슬 것이다"(7면)를 통해서 '자유와 예속'의 서사를 예표(豫表)하는 것이다.

어린이나 사냥개를 중요한 등장인물로 설정한 「전투(戰鬪)」와 「산양개」의 알레고리적인 성격에 대해서는 쉽게 동의해도, 「피의 무대(舞臺)」까지 그렇게 보기는 어렵다는 생각이 있을 수 있다. 이 경우는 사실 작품의 질 자체가 미진한 것이 아닌가 하고 의심할 여지가 있는 까닭이다.[22] 그러나 소설 작품이 작가의 생각을 표백하기 위한 틀로 구사되는 경우는 당시에 있어서 그리 드물지 않은 사실이었음을 고려해야 한다. 발화전략이 노골적으로 표면화되는 작품이 적지 않았다는 것이다. 기미독립운동을 겪음으로써 계몽주의의 이상이 이미 파탄난 상황임에도 불구하고 계몽주의자의 열정을 그대로 작품화한 이광수의 「엇던 아츰」(『朝鮮文壇』 3호, 1924.12) 등이 뚜렷한 예가 된다. 더욱이 기존의 소설 미학을 전면적으로 부정하고 사회에 충격을 주는 데 소설 창작의 목적을 둔 회월의 당시 입론을, 형성 계기의 측면에서 작품의 일부로 고려할 필요가 있다. 따라서 신경향파 문학 및 신경향파 소설을 살피고자 하면서 이런 작품을 단순히 폄하하는 것은 곤란하다. 평가에 앞서서 이해가 있어야 하는 까닭이다.

작품이 보이는 표면상의 서사와 견주어 볼 때 이질적인 요소가 존재한다는 것이 이들 작품의 공통점이다. 다시 한 번 강조하지만 여기서의 이질적인 요소를 본고는, 작품의 결함으로 보기보다는 특정한 작품의도를

---

22) 여기서 한 가지 첨언해 둘 필요가 있겠다. 본고의 지금 논의는 '평가'를 겨냥하고 있지 않다는 점이다. 작품의도를 이루는 요소들을 두고서 여타 작품들과 비교하거나 연구사에서의 평가를 참조하는 것 역시 지금으로서는 그에 대한 '이해'를 충실히 하기 위한 방편으로만 사용코자 한다.

구현하는 것으로 파악하고자 한다.

　이렇게 볼 때 이질적인 작품 요소와 그 외의 요소들이 빚는 낙차가 중
요해진다. 먼저 이질적인 작품 요소들을 정리해 보자. 「전투(戰鬪)」의 경우
한 문장으로 된 1절과 작가의 언어에 해당되는 몇몇 어휘들, 「산양개」에
서는 작가의 언어로 파악되는 3절의 설명, 「피의 무대(舞臺)」에서는 주인
공 숙영을 메가폰적 인물로 만드는 상념 및 그녀의 죽음에 이어지는 작
가의 언어가 이에 해당된다. 이 요소들은 무엇보다도 작품의 현상태를 무
언가 부족한 것으로 느끼게 만든다. 있는 자와의 싸움은 '소년 불온단'으
로 지칭되는 어린이들의 몫이 아니며, 사냥개에게 자유롭게 돌아다니면
서 배를 불릴 자유란 있기 힘들 것이며, 가난한 사람을 위한 배우가 되겠
다는 숙영의 꿈이 그대로 실현되지는 않으리라는 것을 생각하게 하는 것
이다. 엄밀히 말하자면 이질적인 작품 요소들이 작품의 현 상태와 병치됨
으로써 그러한 생각이 들게 만들고 있다. 작가의 의도를 짙게 담는 작가
의 언어로 이루어진 이들 요소의 강렬함과 실제 '작품 내 세계' 사이의
낙차에 의해서 즉 이 둘 사이의 거리에 의해서, 이 작품들은 뭔가 있어야
할 것이 부재한다는 인상을 주는 것이다.

　여기서 중요한 것은, 바로 이러한 상태 자체가 기실은 이들 작품이 드
러내고자 하는 바라는 점이다. 이들 이질적인 작품 요소는 한낱 표어나
선전 문구처럼 홀로 발화될 때와는 달리, 작품 내의 다른 요소들과 결부
됨으로써 더욱 빛나게 된다. 작품이 보여주고 있는 것 이상의 무언가가
더 필요하다는 점을 느끼게 하는 것은, 그 필요를 주장하는 것이며 이미
독자들을 추동하는 것이기도 하다. 작품이 말하는 것이 말해진 것과 동일
한 크기가 아니라 말하지 않는 방식으로 드러내는 것까지 포함한다 할
때, 이들 작품은 이질적인 작품 요소의 삽입을 통해서 작품의 의미를 더
욱 확대하고 있다 하겠다. 알레고리적인 효과를 얻어 내는 것이다.

　이 과정을 좀더 일반화해서 살펴보자. 앞에서 막연히 '인상'이라고 했
지만, 이는 작품요소들간의 낙차에 의해서 새롭게 생겨난 심층적인 효과

이다. 이러한 효과는 독자의 능동적인 참여를 강제하여 알레고리적인 의미를 산출한다. '효과'를 낳는 것은, 정확히 말해서 낙차를 보이는 요소들간의 중층결정 관계이지만 실상 그것은 작품의 한 요소로 존재하는 것이 아니다. 요소들간의 관계이자 기능일 뿐이다. 따라서, 작품이라는 구조의 현상태를 분석하는 자리에서 그것은 '부재하는 것'이 된다. 이상을 일반화하여, 이들 작품은 '부재 요소'의 존재로 해서 알레고리적인 효과를 얻는다고 할 수 있다. 이러한 의미의 확대, 독자의 유인이 바로 이 작품들의 작품의도에 해당한다. 이로 보면 신경향파 소설의 한 양상으로 알레고리적인 작품들을 꼽는 것은 무리가 없겠다.

(3) '박영희적 경향'이라는 가상

「정순(貞順)이의 설음」·「사건(事件)!」·「지옥(地獄) 순례(巡禮)」의 세 작품은 회월 자신이 신경향파 소설의 특징으로 주장한 바 '불법과 폭행에 맞서거나 조소, 선전의 형식으로 불평을 절규'하는 것과는 사실 거리가 멀다. 이들 작품의 특징은 완미한 극적 구성과 사실적인 (심리) 묘사에 놓여 있어서, 현상 차원에서 보자면 여타 자연주의 작품들과의 차이가 거의 없다. 무엇보다도 이들 작품에서는 작가와 동일시되는 서술자의 직접적인 개입이 그다지 두드러지지 않는다. 등장인물들의 현실적인 성격이 고려되어 그에 적합한 수준의 인식을 보여 주는 데 치중하고 있다. 서술의 상당 부분이 인물들의 내면 심리를 여실하게 드러내는 데 할애되는 것 역시 앞서 살핀 작품들과 차이를 보인다. 이러한 차이야말로 일차적으로 회월 소설의 비단일성, 나아가 신경향파 소설의 복합성을 입증하는 것이며, 다른 한편으로는 자연주의 소설계라는 지반의 공통성을 확인시켜 주는 것이다.

「정순(貞順)이의 설음」은 회월의 이 시기 소설 중에서 가장 잘 짜여진 작품으로 보인다. 18세 계집 하인의 심정을 차분하게 구체적으로 묘사할 뿐 작가의 개입은 극도로 자제되어 있다. 철 들면서부터 주인집 살림을 돌봐 온 하녀가 병이 들어 자신의 처지를 한탄하다가, 젊은 의사의 왕진을 계기로 하여 어린 처녀가 갖게 마련인 이성에 대한 애틋함과 즐거움, 부끄러움과 막연한 연모를 느끼게 되었다는 1~2절의 설정은 전혀 어색하지 않다. 안채에서의 소리 등 외부의 자극과 신체의 아픔을 계기로 촉발되는 심정 및 상념에 대한 사실적인 묘사와 세세하면서도 객관적인 행동 묘사를 보면, 이 작품이 자연주의 소설계의 가장 빼어난 작품들(예컨대 김동인의 「감자」나 염상섭의 「電話」 등)과 견주어 거의 처지지 않음을 알 수 있다.23)

　이러한 점은 3절에 가서 더욱 두드러진다. 의사에 대한 막연한 그리움으로 무슨 말을 할지 예정도 하지 않은 채 "친척이나 맛나보러 가는 듯한 마음으로"(25면) 길을 나섰다가 어색해진 상황에서 몰래 도망쳐 나오는 부분은 특히 실감나게 그려져 있다. 김 의사를 직업인으로 보지 못한 채 18세 처녀의 심정에 비춰진 이성으로만 막연히 생각하는 순진함이 여실하게 그려진 것이다. 의사에 대한 묘사가 계급적으로 편향된 것도 아니다. 간단히 말해서, 인물의 심정에 개입하지 않는 회월의 노련함이 돋보인다. 집으로 돌아와 개똥어멈과 싸우고 짐을 싸는 설정 역시 자연스럽다. 행랑살이라는 현실 맥락에 부딪혀서 소녀적인 순수한 감상이 여지없이 깨져버리는 과정을, 사실적으로 설정된 하인들의 세계 속에서 실감나게 묘사하고 있다. 개똥어멈의 장난말에 의해 촉발된 정순이의 속생각·심정과 더불어서 "너까진 행낭년이, 어이구 주저넘게—"(28면) 하는 매몰찬 언사가 뺨을 때리는 행위에 개연성을 부여하고 있다.

　이상을 고려하면 회월 자신의 신경향파론 뿐 아니라 임화나 조연현의

---

23) <朝鮮文壇 合評會> 1회(『朝鮮文壇』, 1925.3)에서 이 작품을 논하는 박종화와 현진건의 기본적인 판단도, '기교와 심리 묘사가 뛰어난 훌륭한 완성품'이어서 진정 회월이 쓴 것인가 싶을 만한 작품이었다는 긍정적인 내용을 핵심으로 하고 있다(118~9면 참조).

규정들에 비춰볼 때, 「정순(貞順)이의 설음」은 신경향파 소설이라고 보기
어렵다. 인물의 설정만을 따지자면 「산양개」나 「전투(戰鬪)」와 별 차이가
없을 수 있었을텐데 전혀 다른 양상을 보이고 있다. 발화전략상 사회에
충격을 주어야 한다는 신경향파적 기획과는 거리가 멀고, 형식적으로는
작가의 언어가 철저히 억제되고 서술자와 등장인물의 거리가 시종일관
지켜진 까닭이라 하겠다. 이런 상태에서 정순의 어린 소녀로서의 심정과
악지 센 하녀로서의 면모가 복합적으로 잘 그려져 있다. 하층민이라는 사
회적인 맥락이 도드라지는 경우가 거의 없다는 데서 이 소설의 작품의도
가 어디에 있는지 확인된다. 인생[사춘기 소녀]과 사회[하녀 살이]의 한 단면
을 여실하게 드러내는 것이 이 작품의 의도라 할 터이다.

　　신문 기자 등 지식인 계층의 반성을 주제로 한 「사건(事件)!」 역시 구체
적인 장면의 리얼한 묘사로 내용의 핵심을 잘 부각시키고 있는 작품이다.
행상 여인을 만난 신문기자들의 자기 반성을 극적 구성을 통해 보여주는
술집 장면은 염상섭의 『사랑과 죄』(1927)에서 보이는 카페 장면과 같은 종
류의 것이라 할 만하다. 편집자적 논평의 형식으로 작가의 개입이 빈번히
행해지고 있지만, 등장 인물들이 지식인으로 설정된 까닭에 대체로 추상
적인 대화 내용들도 조화를 얻고 있다. 사회 운동가였다가 기자 생활을
하는 P와 Y 등의 반성은, 구체적인 사회와 민중을 떠나 있는 신문 보도
행위에 집중되어 있다. "나는 지금 저 깁흔 구렁텅이에 잇는 놈과 갓흐이.
쌔를 주러 단이는 개 모양으로 날마다 퇴폐와 악독이, 압박과 착취가 심
하여 가는 사회 안에서 생기는 일을 넘우도 객관력으로 주스러 단이기에,
나는 이 사회와는 퍽도 인연이 먼 것 갓흐이"(15면) 같은 P의 언급이 대표
적인 예이다. 이는 신문 기사의 '정보'적 성격에 대한 정확한 지적이며,24)

────────
24) 공동체적인 삶의 맥락이 살아 있는 '이야기'와 달리, '정보'는 구체적인 현실에 기반
　　하는 질적인 측면이 사상된 것으로서 신문을 주요 매체로 하는 근대 사회의 산물이다.
　　이에 대해서는 벤야민, 이태동 역, 「스토리 텔러」, 『文藝 批評과 理論』, 문예출판사,
　　1987, 106~7면 참조.

지식인으로서의 자신에 대한 반성이다. 이러한 반성은 술집에서 만난 행상 여인과의 대화를 통해 한층 고조된다. 사회, 민중으로부터의 유리가 구체적으로 부각되는 것이다.

전체적인 서사의 전개는 매끄럽지 않다. 도둑 누명을 쓰게 된 행상 여인을 위해 싸움을 벌이고, 다음 날 그 사건을 기사화했으나 신문이 압수되게 되었다는 설정은 다분히 신경향파적이다. 「전투(戰鬪)」가 그러한 것처럼 사회적인 의미를 부각시키기 위해 과장을 무릅쓴 까닭이다. 3절과 4절의 끝 부분에서 작가의 언어를 통해 '술집 싸움' 에피소드의 개연성을 마련한다거나 신문 압수라는 사건의 의미를 "그에게는 새로운 투쟁이 시작되엿다"(23면)라는 식으로 규정해 내는 것은, 그러한 과장을 조금은 약화시키면서 주제를 명확히 하기 위한 장치이다. 이러한 결구 처리는 알레고리적인 작품들과 유사하지만 내용상 작품 내적인 맥락에서 비약한 것은 아니다. 그리하여 자연주의적인 신경향파 작품이라 할 수 있겠다. 이러한 이질적인 작품 요소야말로 앞서 지적했듯 신경향파 소설로서의 특징을 드러내는 것인 까닭이다.[25]

신경향파 시기 회월의 작품으로는 마지막에 해당되는 「지옥(地獄) 순례(巡禮)」는 냉정하고 핍진한 묘사가 돋보이는 작품이다. 인물 구성에서 가족 관계가 설정되어 있다는 점은 회월 소설 중에서 특이한 점이다. 일감이 떨어진 추운 겨울, 철거로 마을이 사라진 경성부 내 C동이 배경으로 되어 있다. 유일하게 남은 진달의 가족은 굶주림과 추위에 시달리고 있다. 1절에서 밝혀지는 이런 상황은 구체적이면서도 현실성이 있다.[26] 이

---

25) 이 작품에 대해서는 일찍이 빙허가 '實感을 잡지 못한 짜닭'을 들어 혹평한 바 있다. '構想과 劇的 光景을 잡는 대에는 매우 妙를 어덧'지만 "傾向作品일수록 이 自然性과 眞實性을 일허서는 죽도 밥도 아니 되는 것"(100면)인데 그렇지 못했다는 것이다(현진건, 「新春 小說 漫評」, 『開闢』, 1926.2). 그러나 이 평에서 그는 행상 여인의 행적을 주요 서사인 양 처리함으로써 작품의도를 왜곡하고 있다.

26) 식민지 치하 도시의 경제적 계층 구조는 '극소수의 부자와 다수의 빈자'로 구성되어 있었다. 경성의 경우도 "一日一食하는 極貧者의 戶數는 17,000戶로 전체 府民의 35.2% 나 되었다" 해서 "市中은 乞人의 沙汰요, 各 鐵道 停車場은 流浪群으로 차 잇다"고 할

틀을 굶은 탓에 진달은 도둑질을 할 요량으로 마을로 내려왔다가 우연히 만난 소년 만두 장수를 죽이게까지 된다. 사건은 극단적이지만 묘사는 차분하다. 굶주림과 추위에 지친 진달의 거동에 대한 묘사(46~7면)가 세세히 이루어져 있으며, 진달과 소년의 실강이(48~9면) 역시 구체적으로 생생히 묘파되어 있다. 살인에 앞선 갈등(51면)이나 살인 후의 심리(52~4면)에 대한 묘사 역시 객관적으로 이루어져 있다.

전체적으로 회월의 거리 두기가 잘 이루어진 작품인데, 이러한 점은 3절에서 극대화된다. 살인 후 집에 돌아온 진달과 잠이 깬 아내와의 대화(54면)는 매우 객관적이고 사실적이다. 사람 살해의 의심과 두려움보다도 피 묻은 것이나마 허기를 채워 줄 떡과 땔감으로 쓸 수 있는 만두통이 생긴 것이 생광스러워 부산히 움직이는 진달의 아내를 냉정하게 묘사(57~8면)하는 데서 이 작품의 성과가 확인된다. 절제 있는 시선에 의해 사태가 생생하게 드러나면서 대단한 충격을 주는 것이다. 이와 동일하게 작가의 개입이 철저히 배제되면서 시선의 거리가 여일하게 지켜지는 「감자」의 경우가, 복녀의 살인 기도나 그 시체 값을 흥정하는 남편의 행동 등에서 비현실적인 면모를 완전히 배제하지는 못하고 있음을 볼 때, 「지옥(地獄) 순례(巡禮)」의 이러한 면모는 강조할 만한 것이다. 진달이가 '한편으로는 놀라면서도 한편으로는 벌서 평범'해져서 더운 물을 재촉하는 것(57면)도 그런 예가 된다. 진달네 등이 연행될 때, "동네 사람들은 처음에 싯푸르게 질린 얼골로 그들의 가는 것을 물끄럼이 바라다보앗다. (그러나 : 인용자) 그들은 그리 놀라지도 안코 쏘한 그리 두려움도 업는 것 갓햇다"(58면)고 하여, 궁핍한 생활이 강제하는 무덤덤함, 인륜의 실종 상황을 객관적으로 제시하는 데서 거리 두기의 성과가 정점에 이른다. 전체적으로 보아 3절은, 극도의 궁핍상 속에서 사람들이 (전장과 같은 극한 상황에서나 그러는 것처럼) 사자(死者)에 대해 최소한의 예의도 없게 된 것을 작가의 개

_____

정도였다(김영모, 앞의 글, 630~1면).

입 없이 객관적으로 형상화하고 있다.

임화의 경우 '박영희적 경향'으로 「지옥(地獄) 순례(巡禮)」를 명기하고 있는데, 지금까지의 파악에 따르자면 이는 수정될 필요가 있다. 구체적인 배경 설정이나 사실적이고 생생한 묘사 및 현실성 있는 행동들이 도드라지는 이 작품이 '구체적 현실에 대한 안일한 관념적 이상화의 방법'과 무관한 것은 자명하다. '현실에 대한 전면적 파악'을 지향하고 있는 것이 아님도 명확하다.[27] 그럼에도 불구하고 이 작품은 신경향파 소설에 해당된다고 할 것인데, 작품 말미의 이질적인 작품 요소 즉 작가 언어의 틈입이 한 가지 증거가 된다. 복자가 적지 않아 정확한 내용을 알 수는 없지만, "빈궁의 지옥에서 태형의 지옥으로 좁고 춥든 적은 지옥에서 넓고 화려한 지옥으로 옴기여 갓다(22자 복자). 옴기여 갓다. / 그들은 최후의 적은 힘이 남을 째싸지 이러케 지옥에서 지옥으로 쉬이지 안코 옴기여 다니고 말 것이다"(59면)에서 보듯, 진달네 등의 연행, 수감에 대한 작가의 서사 외적 해석이 있는 것이다. 물론 이렇게 이질적인 요소가 개재되어 작품 내의 차이를 만들어 낸다 하더라도, 시공간적 배경의 설정과 인물의 행동이 구체적인 현실성을 띠며 자신의 의미 영역을 유지하고 있는 까닭에 알레고리적인 작품들과는 이질적이다. 미학적 경향으로 보면 지금껏 살폈듯이 자연주의적인 것인데, 서사 외적인 논평에 의해서 신경향파 문학의 권역에 긴밀히 결부됨으로써 부르주아 자연주의와는 구별되는 것이다.

이상 살펴본 세 작품 중 「정순(貞順)이의 설음」은 지적했듯이 신경향파의 작품이라고 보기 어렵다. 내용상 기존의 체제에 대한 부정이나 새로운 체제에 대한 열망이 드러난 것도 아니며, 미적으로 보아 이질적인 요소가 작품의도를 확정해 내는 것도 아닌 까닭이다. 회월의 소설이라고 무조건 신경향파라고 단정짓는 것은 곤란함을 확인할 수 있다. 이 작품을 합평하는 자리에서 팔봉은, 작품에 나타난 작자의 양심은 좋지만 습작을 면치

---

27) 「地獄 巡禮」에 대한 임화의 언급은, 「朝鮮 新文學史論 序說」, 앞의 글, 1935.11.12일분 참조

못했다는 말 외에는 시종 입을 다물고 있다.[28] 이 소설이 새로운 '경향'의 작품과는 거리가 있다고 여긴 것이라 하겠다. 「사건(事件)」과 「지옥(地獄) 순례(巡禮)」의 경우는 모두 작품 내의 이질적인 요소에 의해 전체적인 의미가 확정된다는 점에서 어렵지 않게 신경향파로 분류할 수 있다. 두 작품 모두 객관적인 관찰자의 눈으로 사회의 한 단면을 포착해 내는 데 치중하고 있다. 더 나아가 살인을 저지를 수밖에 없는 절박한 처지와 살인 후에도 덤덤할 수 있는 가공할 상황의 묘사 그리고 청년의 열기와 지향을 잃은 채 사회 제도의 메카니즘에 젖게끔 강제하는 사회를 비판적으로 인식하는 의식의 형상화를 통해, 자연주의 일반의 특징인 폭로적인 현실 고발을 넘어서 기존의 체제에 대한 부정적 인식을 담아내고 있다. 신경향파의 면모를 보이는 것이다. 그러나 두 작품 모두 이른바 '박영희적 경향'과는 거리가 멀다. 어떤 의미에서도 '전망의 과장'이라는 식으로 특징지을 수는 없는 까닭이다.

(4) 갈등 설정의 두 양상

이상으로 회월의 작품들에 대해 살펴보았다. 미학적으로는 알레고리적인 작품과 자연주의적인 작품의 두 경향이 있으며 그 중 일부는 신경향파적인 것이라고 볼 수 없음을 확인해 보았다. 이렇게 다양한 회월의 소설들이, 소설 미학에 비추어 공통적으로 갖는 가장 기본적이고 보편적인 특징으로는 인물들간의 갈등의 구체적인 형상화가 없다는 점을 들 수 있다. 물론 인물 구성의 맥락에서 보면 사회적 갈등 관계가 '설정'되고 있지만 작품 속에 마련된 삽화 차원의 에피소드들을 제외하면, 작품 전체를 전개시키는 서사의 원동력으로서 갈등이 형상화된 것이라고는 할 수 없다. 일반적인 통념을 떠올려 보면, 계급문학을 선도하는 작품이 갈등을

---

28) <朝鮮文壇 合評會> 1회, 앞의 글, 117면.

그러지 않고 있다는 점은 특기할 만한 사실이라고 할 수 있다. 사회 계급의 이원적 분열·대립을 전제, 주장하면서도 작품 세계 자체에서는 대립을 형상화하지 않는 까닭이다. 물론 이는 리얼리즘적 형상화 능력의 부재로 손쉽게 규정될 수도 있는 문제다. 그러나 예를 들어 「산양개」에서 인색한 부호로서 '정호'의 면모를 구축하는 에피소드들이나 「사건(事件!」에서 제시된 여자 행상의 이력, 「철야(徹夜)」에 그려진 집주인과의 다툼 등을 보면, 그러한 부정적 규정은 별반 설득력이 없다.

'인물간의 갈등 형상화의 부재'라는 구성적 특징은 당대 (자연주의) 작품들의 특성과 작가의 의도 차원에서 해명되어야 할 사항이다. 앞서 우리는 회월의 <신경향파 문학 담론>이, 신경향 작품들의 경우 이전의 작품들이 보였던 특징들로부터 벗어날 것을 요구하고 있음을 보았다. 구체적으로 말하자면 '자연주의적인 심리 묘사의 탈피'가 창작방법론적 측면에서 <신경향파 문학 담론>이 내세우는 요체이다. 이러한 점은 회월이 염상섭의 「전화(電話)」나 현진건의 「B사감(舍監)과 러왜레터」를 두고서 '不健全한 描寫', '極度에 達한 官能的 描寫法' 등의 규정을 통해 비판[29]한다거나, 계급갈등의 문제를 포착하는 현대적 정신을 드러내는 '주관적 묘사' 혹은 '印象과 暗示'가 풍부한 객관적 묘사를 중시하는 것[30] 등에서도 잘 확인된다. 이런 맥락을 고려할 때, '인물간의 갈등 형상화의 부재'라는 점은 바로 이렇게 기존 작품들이 보였던 자연주의적 (심리) 묘사를 벗어나고자 하는 시도에 부응한 한 현상이라고 할 수 있겠다. 내용상의 효과 측면에서 볼 때 '갈등 관계를 설정하기만 할 뿐 서사적으로 전개하지는 않는 것'은 주제를 선명하게 부각시켜 전면적으로 제시하고자 하는 욕구의 소산이라는 점을 덧붙일 수 있겠다.

둘째로 들 수 있는 중요한 특징은, 작품의 말미 혹은 하나의 서사 끝부분에서 작가가 개입하여, 사건의 의미를 밝히거나 그것에 상징적인 의

---

29) 박영희, 「二月 創作 總評」, 『開闢』 57호, 1925.3, 47~8면.
30) 박영희, 「選後言」, 『開闢』 61호, 1925.7.

미를 부여하는 구절을 넣는다는 점이다. 작품의도를 이루는 제반 요소들
과는 이질적인 이런 요소가 의미 구성에 있어서 핵심적인 역할을 한다.
'의식의 과잉'이라는 부정적인 규정의 중요한 근거이기도 한 이러한 특징
은, 형성 계기의 차원에서 '작가' 및 '텍스트' 항목에 걸쳐 있는 <신경향
파 문학 담론>의 핵심을 그대로 작품화한 결과라 할 수 있다. 여기서는
'사회에 충격을 가하는 것'이 신경향파 문학의 존립에 관련된 목적임을
새삼 명기할 필요가 있다. 그 위에서 보자면, 사회 일반의 의식이 근대 사
회 전반의 문제인 계급갈등을 아직 체감하지 못하는 상황에서, 회월이 프
롤레트 컬트의 구체적인 방법으로 '작가의 언어(혹은 편집자적 논평)에 의한
직접적 주장'의 형식을 취한 것이라고 할 수 있다. 이러한 이질적인 작품
요소의 위력이 막강하여 작품의 전체적인 서사를 이루는 제반 요소들을
예표적인 것으로 읽도록 강제할 때 알레고리적인 작품이 이루어지는 한
편, 그러한 요소가 전체 작품 요소들이 빚어내는 작품의도를 좀더 강화하
는 데에 그치고 있을 때 자연주의에 귀속되는 작품 세계가 펼쳐진다고
할 수 있다.

　회월 소설의 셋째 특징은 (오히려 이상한 규정이지만) 비록 얼마 안 되
는 작품이라 해도 일괄적으로 묶일 수는 없다는 것이다. 심리적 갈등의
형상화가 없다는 첫째 특징에서는 공통되지만, 앞서의 논의 구도에서 확
인되듯이 이 시기 그의 작품들은 크게 자연주의적인 작품들과 알레고리
적인 작품들로 양분된다. 기준을 달리 해서 보자면 '주장'의 양상에 있어
서 셋으로 나뉠 수도 있다. 텍스트의 각 층위에 개입하여 그 의미, 궁극적
으로는 작가의 의도를 명확히 하는 것(「戰鬪」가 대표적인 경우다), 작품 전체
를 알레고리적으로 읽도록 강제하는 것(「산양개」의 경우), 인물을 메가폰화
함으로써 작품이 확실히 선전의 방편으로 기능하도록 하는 것이 그것이
다(이 셋이 각기 독립적인 선택지가 아님은 물론이다). 첫째는 '편집자적 논평'이
라 하여 소설의 일반적인 특징으로 간주되는 경우에 해당되지만, 뒤의 두
가지는 회월 소설의 고유한 특징이라고 할 수 있다.

따라서 이러한 차이를 무시한 채 회월의 소설 일반을 신경향파 소설로 또는 더 좁혀서 '박영희적 경향'으로 규정하는 것은 문제가 있다. 무엇보다 작품 실제에 대한 왜곡인 까닭이다. 구체적으로 정리해 두자면 그의 소설은 알레고리적인 신경향파 소설과 자연주의적인 신경향파 소설, 그리고 신경향파로 보기 어려운 자연주의 소설의 세 부류로 나뉘어진다.

위의 '왜곡' 문제는 사실 연구자 개개인의 탓이 아닐 수도 있다. 박영희 스스로가 신경향파를 적극 주창하면서 그 한 가지 방편으로 소설을 창작했던 까닭이다. 그 결과 이 시기 회월의 작품들 모두가 어쨌든 신경향파 소설인 듯한 인상이 암암리에 확산된 것이다. 이는 다시 말하자면 신경향파 비평의 담론적 성격이 후대의 연구자들에게까지 현재형으로 영향을 미쳤음을 의미한다. 여기서 회월 소설의 마지막 특징을 지적할 수 있다. 바로 신경향파 비평을 담론으로 특징짓는 것으로서, 비평을 통한 회월의 요구에 그의 작품들 모두가 부응하지는 못했다는 사실이다. 즉 작품들의 전체적인 면모가 <신경향파 문학 담론>과 거리를 보인다는 것이다. 알레고리적인 작품들만이 그 기능을 어느 정도 감당했을 뿐, 자연주의적 작품들은 소극적인 의미라고 할 '부르주아 문학적인 면모의 탈피'조차 제대로 이루지 못함으로써 <신경향파 문학 담론>을 공고히 하는 역할을 했다고 하겠다. 알레고리적인 작품들에서까지 확인되는 바 인물의 심리나 배경 및 상황 묘사의 리얼리티 역시 동일한 기능을 하고 있다.

지금까지 우리는 회월의 소설 작품에 대해서 살펴보았다. 첫째로 우리는 그의 소설들이 단일한 규정으로 함께 묶일 수는 없음을 지적해 두었다. 자신이 그토록 부정코자 했던 자연주의적인 속성을 짙게 갖는 작품들이 상당한 비중을 차지하고 있으며, 그 외에 회월 소설을 고유하게 특징짓는 것으로 알레고리적인 작품들이 있다는 것, 따라서 회월의 소설이 크게 두 유형으로 나뉠 수 있음을 확인했다. 둘째로 신경향파 비평과 소설을 관련지어서는, 비평이 요구하는 상(像)에 비춰 볼 때 그의 작품도 미진한 면모를 띰으로 해서 신경향파 비평의 담론적 성격을 강화하는 역할을 했음을 알 수 있었다. 그의 작품을 대상 즉 지시체로 놓고 볼 때도 역시, 그가 비평을 통해 열정적으로 주창했던 '신경향파'의 내포가 확정될 수 없는 것임을 확인한 것이다. 물론 회월의 비평과 소설이 정합적인 면모를 전혀 보이지 않는 것은 아니다. 회월의 소설들은 그 기능에 있어서, <신경향파 문학 담론>을 통해 자신이 주창했던 역할을 십분 수행했다고 할 수 있다. 후에 그 자신 '나의 小說은 論戰의 導火線만이 되엿섯다'31)고 회고하는데, 이는 곧 신경향파 작품들이 사회에 끊임없이 충격을 주어야 한다는 자신의 주장을 스스로 작품 활동을 통해 제대로 실현했음을 입증하는 것이 된다. 끝으로 신경향파 소설로서의 측면과 관련해서는, 이른바 '박영희적 경향'이라고 단일하게 묶일 수 없다는 점, 나아가 미학적으로 볼 때 두 가지 유형의 신경향파 소설을 써 냈다는 사실을 살펴보았다.

3) 서해 문학의 폭과 갈등의 형상화

(1) 자연주의 소설계의 시금석

서해 최학송은 1920년대 중반의 가장 대표적인 작가이다. 여기서 대표적이라 함은 그가 이 시기에 등장하여 이른바 '최서해적 경향'이라 불리는 신경향파 작품을 써 냈다는 것만을 의미하는 것이 아니다. 회월의 경우와 마찬가지로 '최서해적 경향' 식의 파악은 그의 작품 세계 전체를 검토하는 데 있어서나 신경향파 소설 혹은 더 나아가 이 시기 소설계를 이해하는 데 있어서 그리 바람직하지 못하다. 그는 신경향파 소설의 대표격이기 이전에 자연주의 소설계의 중심에 자리잡은 작가이다. 이 말이, 서해 소설이 미적으로 가장 훌륭하다고 지칭하는 것은 물론 아니다. 김동인

---

31) 박영희, 「싸홈의 材料로」, 『別乾坤』 4권 1호, 123면; 조남현, 「朴英熙 小說 研究」, 『韓國 現代小說 研究』, 민음사, 1987, 94면에서 재인용.

의 「감자」나 염상섭의 「전화(電話)」, 나도향의 「물레방아」, 현진건의 「운수 좋은 날」 등과 어깨를 견주어 미적으로 더 훌륭하다고 할 수 있는 작품은 사실 찾아보기 어려울 수 있다.

이상과는 달리 서해 소설의 대표적인 성격은 작품 세계의 폭과 양에서 찾아진다. 1924년 1월의 「토혈(吐血)」(『동아일보』)로부터 시작된 그의 작품은 신경향파기[1927년의 방향 전환 이전]에만 국한해도 무려 37편에 이른다.[32] 여타 작가들의 작품 생산력을 압도하는 이 많은 수의 작품들은, 1920년대 중기 소설계의 복합적인 양상을 모두 아우르는 다양성을 보인다. 동시에 각 부분에서의 의의도 적지 않다. 좌파 문인들의 열렬한 환호를 받은 신경향파 작품들은, 지정학적으로 새로운 현실인 간도 지역의 궁핍한 농촌을 소개한 것만으로도 문학사적인 의의를 지닌다.[33] 자연주의 소설계 일반이 주된 특징으로 보였던 바 궁핍한 현실의 폭로적 묘사에 있어서도 사실 서해의 오른면에 나설 작가는 없다. 그러나 이러한 특징의 문학사적 중요성이 아무리 대단하다 하더라도 서해 문학의 전반적인 폭과 다양성을 무시하게 해 주는 것은 아니다. 이상의 작품들 외에도 서해의 소설 세계는 여타 비좌파 작가들의 자연주의적인 작품들과 거의 같은 류의 작품들로 상당한 부분을 채우고 있으며, 경제적 궁핍상과는 거리가 먼 서사들, 심지어 사회성이 완전히 탈각된 이야기 차원의 소품들에도 자리를 마련해 주고 있다. 이러한 작품 세계상의 다양성은 그대로 1920년대 중기 소설계의 축도라고 할 수 있다. 서해가 1920년대 중반기를 대표할 수 있

---

32) 뒤에서 정리하겠지만 신경향파 문학의 시기는 <신경향파 문학 담론>의 논의 구도에 따른다. 이렇게 볼 때 서해 소설의 경우 「吐血」에서 「二重」(『現代評論』, 1927.5)까지가 이에 해당한다. 곽근의 연보(『최서해 전집』 하권, 앞의 책, 442~6면)에 따르면 총 43편의 작품이 이 시기에 쓰여지는데, 이 중 「그 刹那」(『時代日報』, 1926.1.4)와 「가난한 아내」(『朝鮮之光』, 1927.2)는 미완이고, 「살려는 사람들」(『朝鮮文壇』, 1925.4), 「農村夜話」(『東光』, 1926.8.1), 「二重」은 게재금지를 당했으며, 「紅恨綠水」(『每日申報』, 1926.11.14)는 여타 작가들과 함께 쓴 연작 소설이므로 제외한다. 여기에, 작품을 구해 보지 못한 「笑殺」(『假面』, 1926.3)이 빠져 본고의 검토 대상은 총 36편이 된다.

33) 임화, 「小說文學의 二十年」, 앞의 글, 1940.4.18일 분.

는 작가라는 판단은 이러한 사실을 가리킨다.

최서해의 소설에 대한 총괄적인 연구는 곽근에 의해 이루어졌다.[34] 신경향적 작품들만을 중시하는 연구 경향에 반대하여, 그는 등장인물의 자세를 기준으로 해서 서해의 작품들을 크게 두 가지 양상으로 나누고 있다. "한쪽의 등장인물들의 의식이 사회에 반역하고 투쟁하며 운명을 극복하려는 의지를 나타내어 공격적 외향적이라 한다면, 다른 한편은 등장인물들의 의식이 사회를 방관하고 운명에 복종하여 자기 침잠적 자세를 취하려는 도피적·내향적이라고 할 수 있겠다"[35]고 지적한다. 더불어 중요 모티프로 '피'를, 즐겨 쓰는 기법으로 '환상'을 들고 그 구사 양상을 집중적으로 밝히고 있다.

서해의 작품 세계가 신경향파적인 것에 국한되지 않는다는 이러한 파악은 작품의 실제에 보다 주목한다는 점에서 긍정적인 것이다. 다만, 작품의 경향을 파악하는 잣대로 주인공의 태도라는 작품 요소 하나만을 택함으로써 소설사의 지형 속에서 서해의 작품들이 이전 경향들과 갖는 연관 관계 및 의미를 제대로 파악할 수 없는 문제를 안게 되었다. 본고에서는 일차적으로 소설사적 경향을 염두에 두고, 작품 요소들 전체가 빚는 지향점 즉 작품의도에 주목하여 서해의 작품들을 크게 세 갈래로 나눠 검토해 보고자 한다. 그 위에서 각 유형간의 특질을 비교해 봄으로써 신경향파 소설의 정체성을 구명하는 데 진전을 볼 수 있을 것이다.

한편 신경향파적인 측면을 부각시키는 연구 경향은, 사실 <신경향파 문학 담론>이 연장된 것으로서, 작품의 실제를 그대로 파악, 이해하려 하

---

34) 기존의 서해 연구사에 대한 포괄적인 검토는 곽근, 「曙海文學의 이해를 위하여」, 『崔曙海 全集』 하권, 문학과지성사, 1987, 433~6면 참조. 곽근이 적절히 비판하듯이 기존의 연구에 있어서 "諸家의 硏究는 나름대로 타당성이 있으나 거의가 많은 서해 작품을 論外로 한 채 주장된 견해로 지엽적·부분적인 특질을 서해 문학의 전체인 양 과장·확대하는 경향이 두드러졌다"(435면)고 할 수 있다. 신경향 작가로 서해를 꼽으면서 이른바 '최서해적 경향'에 주목하는 경우가 대표적인 예가 된다.

35) 곽근, 『日帝下의 韓國文學 硏究』, 앞의 책, 209면.

•

기보다는 선험적인 척도를 내세워 작품의 한계를 지적해 내는 데 치중하고 있다. "그가 비록 당대의 모순된 사회구조가 빚어낸 비참한 현실상을 간도 이민, 유랑자, 노동자 등 정상적인 삶의 질서에서 유리된 하층민들의 궁핍한 삶을 통해 그려내고 있지만, 그러한 개인적 삶의 고통과 비참함을 사회와의 관련 아래 깊이 있게 형상화하지는 못하고 있다"[36]는 식의 파악이 그렇다. 그러나 사실 1910년대 이래 특히 1920년대 초기의 소설들이 보였던 취약한 현실 형상화와 비교해 본다면, 바로 위의 지적이 부정적으로 가리키는 것이 실상 리얼리즘으로의 전개 과정에 있어서 얼마나 대단한 성과인지 어렵지 않게 알 수 있다. 따라서 서해의 작품 세계뿐만 아니라 이 시기 소설계의 일반적 양상과 의미를 적절히 헤아리기 위해서는 앞 시기와의 연속선상에서 평가의 계기를 마련해 볼 필요가 있겠다.

앞서 회월의 작품을 검토할 때와 마찬가지로 본고는 일차적으로 서해의 작품들을 충실히 이해하는 데 치중하고자 한다. 서해가 1920년대 중기의 대표적인 작가라는 점을 고려하면 이러한 작업은 그대로 1920년대 중기 소설계의 지형도를 짐작하는 데 중요한 과정이 될 것이다. 한 번 더 명언하자면, 본고의 궁극적인 목적은 그러한 검토를 통해서 신경향파 소설 더욱 좁혀서는 '최서해적 경향'의 정체를 밝히는 데 있다. 선험적인 재단의 위험을 피하기 위해서 작품 세계에 대한 실사를 먼저 행하겠다는 것이다.

이미 지적했듯이 서해의 작품은 양적으로 무척 많다. 이런 상황에서 우리는 그가 처음으로 묶은 소설집 『혈흔(血痕)』(1926.2)에 실린 열 편의 작품을 집중적으로 검토하고자 한다. 먼저 이 소설집 소재 작품들이 보이는 경향들을 살피고 그 갈래에 맞춰 같은 유형의 미수록 작품들까지 고려하면서, 서해의 작품 세계 및 신경향파적인 특성을 고찰하고자 한다.

---

36) 정호웅, 「경향소설의 변모 과정」, 앞의 글, 35면.

이 작품집은 작가적 고백이라 할 수 있는 「혈흔(血痕, 創作集序)」을 머리에 두고, 신경향파적인 작품에 국한되지 않는 폭넓은 작품들을 수록하고 있다. 살인·방화 등 극단적이고 충동적인 반항을 보인 작품으로는 「박돌(朴乭)의 죽음」(『朝鮮文壇』, 1925.5)과 「기아(飢餓)와 살육(殺戮)」(『朝鮮文壇』, 1925.6) 두 편이 실렸을 뿐이다. 이와 더불어 신경향파 작품으로 묶일 수 있는 것이, 극도의 궁핍상 속에서의 울분을 기저로 하고 있는 「탈출기(脫出記)」(『朝鮮文壇』, 1925.3)이다. 폭을 넓혀서 경제적인 문제를 다루는 그 외의 작품을 거론하자면 「향수(鄕愁)」(『東亞日報』, 1925.4.6~13)와 「기아(棄兒)」(『黎明』, 1925.9), 「십삼원(拾參圓)」(『朝鮮文壇』, 1925.2)의 세 편을 보탤 수 있다. 그밖의 네 작품은 사회·경제적인 맥락이 매우 약하거나 거의 없는 작품들이다. 「보석반지(寶石半指)」(『時代日報』, 1925.7)는 소설계의 변화 과정상 추상적 근대성을 풍자하는 작품 계열에 포함될 만한 것이고, 「고국(故國)」(『朝鮮文壇』, 1924.10)은 사실상 표랑을 주제로 한 소품에 불과하며, 「매월(梅月)」과 「미치광이」(둘 다 『血痕』 소재)는 근대소설이라기보다는 이야기[37]에 가까운 작품이다. 따라서 이 둘은 어떤 의미에서도 신경향파 소설이라고 할 수 없다.

이와 같이 작품집 『혈흔(血痕)』에는 크게 보아 세 유형, 작게는 네 유형의 작품들이 포괄되어 있다. <신경향파 문학 담론>과 기존 연구사의 규정에 대한 앞의 논의에 비추어, 이들 작품의 유형을 결론적으로 나누어 보면 다음과 같다. ① 별 무리없이 신경향파로 구분할 만한 작품이 세 편이고(「脫出記」·「飢餓와 殺戮」·「朴乭의 죽음」), ② 부르주아 자연주의에 귀속될 만한 것이 세 편이다(「拾參圓」·「鄕愁」·「棄兒」). ③ 나머지 네 편은 경제적 궁핍

---

37) 근대소설과 구별되는 것으로서 '이야기'라는 서사체의 역사상 위치와 특성을 지적한 논자로는 벤야민을 들 수 있다. 그에 따르면, 이야기는 소설의 부상과 더불어서 퇴조해 간 것으로서, 소설이 '같은 표준으로 비교할 수 없는 것들을 극단적으로 쫓아가'며 삶을 표현하는 반면, 이야기는 서로가 공유할 수 있는 경험을 담음으로써 '경험의 공유 능력'을 확인시켜 주는 것이다(「스토리 텔러」, 앞의 글, 특히 104~5면). 이야기[민담]가 집단 경험 즉 공통된 경험의 공유를 보장하는 형식을 갖추고 있음을 기술적(記述的)으로 밝힌 논의로는 장덕순 외, 『口碑文學 槪論』, 일조각, 1971, 60~70면 참조.

상과는 거리가 있는 것들로서 ③~ⓐ 낭만적 정조가 강한 것이 두 편이고(「寶石半指」·「故國」), ③~ⓑ 이야기에 가까운 작품이 나머지 둘이다(「梅月」,「미치광이」). 여기서 「보석반지(寶石半指)」는 1920년대 초기의 경향을 뒤집고 있다는 점에서 부르주아 자연주의의 경계에 가까이 있다고 판단된다. 「고국(故國)」은 작은 소품이어서 본격적으로 문제삼기 곤란한 듯싶다.[38]

여기서 먼저 지적할 것은 근대소설 미달형에 해당될 「매월(梅月)」과 「미치광이」 두 편은 기존에 발표된 적이 없던 것을 창작집을 묶으면서 처음 선보였다는 사실이다. 그럼으로써 신경향파 혹은 자연주의적인 작품과 그렇지 않은 작품의 비중을 거의 반반씩으로 한 것도 주목을 요한다. 이러한 편집은 무엇보다도 서해 스스로 자신의 작품 세계를 폭넓게 만들고자 의도한 결과로 보인다. 다시 말하자면 간도 체험을 바탕으로 해서 궁핍한 하층민의 삶을 드러내는 이른바 신경향파의 대표적인 작가로 편협되게 규정되는 것을 꺼리는 심정의 발로라고 해석할 수 있는 것이다.[39] 작품집을 발간할 당시 작가 최서해의 지향을 잘 드러내고 있는 「혈흔(血痕, 創作集序)」을 먼저 살펴보자.

전체 20절로 된 「혈흔(血痕, 創作集序)」은 작가의 상념을 자유롭게 분출하고 있는 수상(隨想)이다. 작품집 서문이지만 수록 작품의 일반적 경향 등에 대한 언급은 전혀 없다. 잘 주목되지는 않았지만, 이 글은, 자신의 내부에서 끓고 있는 정열을 좇아 무엇에도 속박되지 않고 반역하며 그것을 표출하겠다는 의지의 표명으로 가득 차 있다. 이는 궁핍한 현실을 의식하였기에 비장감까지 띠는 점만 제외하자면, 참된 예술, 참된 인생을 열렬

---

38) 이들을 포함한 서해 작품의 최종적인 유형 분류에 대해서는 부록의 「도표: 서해 최학송 소설의 폭과 다양성」 참조.

39) 이러한 태도 역시 신경향파 비평의 담론적 성격을 확인하는 데 한 가지 방증 자료가 된다. 문단 조직 차원에서 보다 명확한 자료로는 카프 가입 문제를 들 수 있다. 회월의 회상에 따르면, 자신의 강청에 의해 카프에 입회는 하였으나 서해는 '그저 그럭저럭 원만히 하자'는 식으로 '당파적인 데 대한 부드러운 항의'를 보냈었다고 한다(「草創期의 文壇側面史」, 앞의 글, 374면).

히 동경하던 1920년대 초기 작가들의 자세와 유사하다. 즉, 궁핍한 식민지 현실의 비참함을 폭로, 타개하겠다는 식의 '신경향파적' 의지는 사실상 없는 것이다. 이 글의 핵심에 해당되는 다음과 같은 구절이야말로 이러한 점을 잘 보여 준다.

> 나는 이 세상 사람과 같이 그렇게 미적지근한 자극 속에서 살고 싶지 않다. 쓰라리면 오장이 찢기도록, 기꺼우면 삼백 육십 사 절골이 막 녹듯이 강렬한 자극 속에서 살고 싶다.
> 내 앞에는 두 길밖에 '없다. 혁명(革命)이냐? 연애(戀愛)냐? 이것 뿐이다. 극도의 반역이 아니면 극도의 열애 속에 묻히고 싶다. 그러나 내게는 연애가 없다. 아니 있기는 하나 그것은 사야만 된다. 나는 연애를 사려고 하지 않는다. 그러니 내게는 반역 뿐이다.[40]

내면의 열정을 최대한 분출시키고자 하는 이러한 극단주의는 지극히 낭만적인 속성을 띤다. 이런 심정적 주체를 붙잡는 것은, 궁핍한 경제적 현실이라기보다는 이상을 펼 여지가 없는 폐색된 현실일 뿐이다. 환경과 물질의 열악함이 '자유'를 구속하는 것으로 파악되는 13절이나, 신경향파적인 소위 살인·방화 소설에서 보이는 주된 모티프의 원형이라 할 만한 다음과 같은 구절 역시 같은 맥락에서 읽힌다.

> 시퍼런 칼을 이 심장에 콱 박고 시뻘건 피를 확확 뿜으면서 진고개나 종로 네거리를 이리 뛰고 저리 뛰어서 온 거리를 이 피로 물들였으면 나는 퍽 통쾌하겠다. 나는 미칠 듯이 통쾌하겠다. / 그러나 아직도 내 한편에서 인습의 탈을 못 벗은 무엇이 나를 잡아당겨서 나는 그것을 못 한다. / 나는 그것을 슬퍼한다. (12~3면)

작가 최서해의 지향 혹은 이상의 발목을 잡고 있는 현실은 이처럼 '인습'에 얽매여 자유를 펼 여지가 없는 폐색된 공간인 것이다. 다시 말해 '폐색된 현실과 그것을 벗어나려는 강렬한 열정'의 갈등·대립이 서해 문학

---

40) 최서해, 「血痕(創作集序)」, 『崔曙海 全集』 상권, 문학과지성사, 13면.

일반의 핵심적인 축이라 하겠다. 이러한 강조가 다소 일면적일 수 있고, 사실상 그의 작품 세계상 중요하게 평가된 소설들 특히 '최서해적 경향'으로 지칭되는 신경향파 소설과 관련해서는 적절한 해석의 바탕이 될 수 없음도 사실이다. 그러나 앞서 지적했듯이 일단 서해 문학의 폭에 걸맞는 작품 이해를 도모하는 데 있어서는, 소설사적 감각을 바탕으로 한 이러한 해석이야말로 가장 적절한 것이라고 판단된다. 신경향파에서 카프로 '이어지는' 좌파 문학의 계선적 구도를 앞세우지 않고 서해의 여러 작품들을 그 자체로 존중해서 검토할 수 있는 바탕이 되는 까닭이다. 더욱이 갈등·대립을 해소하고자 하는 구체적인 양상이 바로 위의 인용에서 보이는 바 광기에 휩싸인 듯한 살인 충동이라는 점은 작품의 모티프와 관련하여 주목할 만하다.

『혈흔(血痕)』에 실린 열 작품 모두가 그의 말대로 '세련이 없고 미숙하며', '현란이 없고 난삽하며', '푸른 하늘 밝은 달 같은 맛이 없고 흐린 못 진흙같이 틉틉'하면서도 자신의 '가슴에 서리서리 엉킨 정열을 쏟'은 결과로 자신의 '고통을 말하여 주는 것'(14면)이라 할 때, 그의 '아들[創作]'이 '최서해적 경향'으로 지칭된 신경향파 작품일 수만은 없는 것이다. 작품을 살핌과 동시에 신경향파 소설의 내포와 외연을 마련해 보려는 본고의 문제 의식에 비추어볼 때에도 검토 대상의 전면화는 특히 필요하다.

(2) 극단적 행동의 심층

물론 신경향파적인 작품들이야말로 최서해 소설 중 적자(嫡子)에 해당될 터이다. 최소한 문학사적으로 의미 있는 작품들임에 틀림없다. 임화가 말했듯이 농촌이라는 '새로운 현실'을 소설계에 도입한 것만으로도 문학사적인 자리를 배당받을 수 있는 까닭이다. 『혈흔(血痕)』에 실린 신경향파적인 작품은 앞서 말했듯 「탈출기(脫出記)」·「기아(飢餓)와 살육(殺戮)」·「박돌(朴乭)의 죽음」의 세 편이다.

이들 작품의 특성으로 먼저 들어야 할 것은, 세 편 모두 생존이 위협받는 궁핍한 현실 속에서 빚어지는 극단적인 행동을 보여 준다는 점이다. 현상적으로 볼 때 이른바 '살인·방화 소설'이라는 지적에 걸맞는 면모를 보이는 것이다. 식구에 대한 애착을 짙게 갖고 있는 주인공이, 산후풍을 앓는 아내에게 변변한 치료조차 해 주지 못한 데다가 모친까지 심한 고역을 치르게 된 극한적 상황에서 광기에 휩쓸려 식구들을 모두 죽이고 거리로 뛰쳐 나가 죽음을 맞이한다는 「기아(飢餓)와 살육(殺戮)」이 대표적인 경우가 된다. 12세 된 아들을 급작스레 잃고 실성하게 된 어미가 왕진을 거부한 의사를 찾아가 그 목을 물어뜯는다는 내용의 「박돌(朴乭)의 죽음」역시 행동의 극단성이 눈에 띈다. 「탈출기(脫出記)」도 현실의 윤리적인 맥락에서 볼 때 극단적인 선택을 보여 준다. 극도로 궁핍한 상황을 벗어나고자 몸부림치다 실패한 후에 '나는 나부터 살려고 한다'는 '생의 충동이며 확충'(23면)[41]으로 탈가(脫家)하여 '××단'[독립단 : 필자]에 가입한 주인공 박군이, 가족을 생각하라는 친구 김군에게 답신을 보내는 편지 형식으로 된 이 작품의 경우, 경제적인 맥락에서 가족을 사지(死地)로 몰아넣는다는 점에서 위와 동일한 행동 유형을 보이는 것이다.

물론 '작품 내 세계' 및 인물이나 갈등의 구성에 있어서 신경향파 작품으로 묶기 어려운 작품들에서도 극단적인 행동이 자주 설정됨을 볼 수 있다. 「매월(梅月)」이나 「기아(棄兒)」·「폭군(暴君)」(『開闢』, 1926.1), 「그믐밤」(『新民』, 1926.5) 등이 그 예가 된다. 따라서 작품 속에 설정된 행동의 극단성 혹은 갈등 자체가 신경향파 작품의 고유한 특질은 못 됨을 새삼 명기할 필요가 있다.[42] 여기서 행동의 극단성과 관련해서 논의를 좀더 심화할

---

41) 최서해, 「脫出記」, 『崔曙海 全集』 상권, 앞의 책, 23면. 이하 작품집 『血痕』에서의 인용은 본문에 괄호를 열어 전집의 면 수만 밝힘. 기타 작품의 경우는 괄호 속에 전집의 권 수와 면 수를 밝힘.

42) 이하의 논의에서 확인되겠지만, 신경향파 소설을 검토하는 과정에 있어서 '갈등'은, 신경향파 소설의 특성을 적출해 낼 수 있게 해 주는 분석의 도구 혹은 방법론적인 수단이 아니라, 단지 신경향파 소설의 특성을 기술하는 지표일 뿐이다. 작품의 실상을

필요가 있다. 작품의도의 차원에서 극단적인 행동의 설정이 갖는 효과가 어떤 것인지를 살펴보아야 하는 것이다. 그 전단계로 행동의 극단성이 구현되는 양상을 갈라서 살펴보겠다.

첫째 양상은 「기아(飢餓)와 살육(殺戮)」·「박돌(朴乭)의 죽음」에서처럼 '환상'이라는 무의식적 장치를 통하는 것이다. 「박돌(朴乭)의 죽음」에서 박돌의 어미는 아들의 시신 앞에서 가슴을 쥐어뜯다 토혈하게 되고 끝내는 실신하고 만다. 그 상태에서 아이의 소리를 환청으로 듣고 나아가 '아들을 잡아 채 가는 살이 피둥피둥하고 얼굴이 검붉은 자'를 환영으로 보게 되는 것이다. 박돌 어미가 '김 병원 진찰소'까지 가는 것은 그 환영을 따라서이다. 환영 속의 인물이 김 초시에게 들씌워지면서 그녀가 낯을 물어뜯는 행위는 나름대로 개연성을 갖게 된다. 환상 속에서의 리얼리티를 마련하고 있는 것이다.

「기아(飢餓)와 살육(殺戮)」의 경우는 환상이 좀더 빈번하게 설정된다. 주인공 경수는 중학 과정까지 마친 인물로서, 자신의 학업 때문에 궁핍해진 살림을 가장인 자신이 추스르지 못하는 데 대해 죄의식을 갖고 있다. 여기에 더해서 인류를 위한 운동에 투신코자 하는 이상도 갖고 있다. 이 두 가지가 항시 착종되어 있기에 그의 의식 상태는 전혀 안정된 것이 아니다. 이런 상황에서, 산후풍으로 앓고 있는 아내에게 약 한 첩 지어다 주지 못하고 거짓말을 하게 되면서 '아내와 자신의 피를 빨아먹고 딸애를 깨물어 먹는 괴물의 환상'을 보게 된다(36면). 거기에 더해서 이번에는 어머니가 좁쌀을 구하러 나갔다가 개들에게 심하게 물려 실신한 상태로 업혀 들어오자, 다시 '악마들이 가족을 죽이려 드는 환상'을 본다(39면). 이런 상태에서 "그 괴로와하는 삶[生]을 어서 면케 하고 싶었다"(39면)는 심정에 식칼로 세 식구를 찔러 죽이고, 길로 뛰쳐나와 닥치는 대로 부수고 죽이

파악하는 데 부정적으로 작용하는 일체의 선험적인 규정을 피하고자 하는 본고의 문제 의식은 '갈등'에서도 적용된다. 신경향파 소설 고유의 특성과 관련한 '갈등'의 구체적인 의미는 뒤에서 확정된다(제3장 2절 1항~2항).

는 것이다. 여기서 환상은, 평소의 심리적 상태와 어머니의 행방에 대한 근심, 의사 및 약사와의 대화에 대한 사실적 묘사 등과 더불어, 무의식적인 광기의 분출에 설득력을 부여해 주는 장치이다.

「기아(飢餓)와 살육(殺戮)」의 작품의도를 구축하는 데 있어 환상의 역할은, 스토리상에서 매우 유사하여 이 작품의 원형이라 할 수 있는 「토혈(吐血)」(『東亞日報』, 1924.1.24, 2.4)과 비교해 볼 때 두드러진다. 전체적으로 보아 「토혈(吐血)」을 좀더 확장한 이 작품은, 의원 및 약사와의 대화 부분을 많이 압축함으로써 자연주의적인 묘사의 세밀성은 줄인 대신, 주인공의 환상이 갖는 비중을 증대시키고 개에 물린 어머니의 비참한 모습에 대한 묘사를 삽입하고 있다.[43] 이러한 설정은 극단적 행동에 의해 결말을 이끌어내고자 하는 작품의도상의 변화라 할 수 있다. 그 결과 두 작품의 종결 양상을 보면, 단순한 토혈 행위로 되어 있던 것이, 또 한 차례의 격심한 환상에 이어서 가족을 몰살하고 거리로 나가 무차별 살인을 저지르는 광기로 변화하게 된다. 이러한 변화가 '충격'을 가하려는 의도의 소산이라 할 때, '환상'은 극단적인 행동을 자유롭게 형상화할 수 있게 하는 중요한 작품 요소라고 할 수 있다.

행동의 극단성은 의식적으로 행해지기도 한다. 「탈출기(脫出記)」의 경우가 그러하다. 「탈출기(脫出記)」는 주인공 서술자가 자신의 출가 행위를 적극적으로 해명할 수 있도록, 작품의도상 서사 구성에 있어서 편지라는 장치를 통한 고백체 형식을 취하고 있다. 전체 6절 중 4·5절을 통해서 간도 생활의 궁핍함을 핍진하게 묘사하고도 있지만, 이 작품의 기본적인 발화 전략은 김군으로 설정된 작품 내 청자를 직접적으로 설득코자 하는 것이다. 경제적으로 어려운 현실 속에서 주인공의 생각이 점차 변화하는 과정이 마련되어 있는 까닭에 이러한 설득은 어느 정도의 호소력을 갖는

---

43) '플롯의 합리성과 개연성'의 측면에서 「飢餓와 殺戮」이 보다 소설적임을 밝힌 분석으로, 김태순, 「최서해 편」(강인숙 편저, 『한국 근대소설 정착과정 연구』, 박이정, 1999, 404~6면 참조)을 들 수 있다.

다.

먼저 주인공은, 사랑하는 가족에 대한 애달픔과 자괴감이 강한 만큼 '부지런한 자에게 복이 온다'는 식의 일반적인 관념을 의심, 부인하게 된다(19면). 이후 귤 껍질 에피소드와 두부 장사, 나무 도둑질 등의 어려운 일상사 속에서, 기한이 심해질수록 주인공의 번민도 깊어 가는 것으로 설정된다. 그런 과정을 겪은 위에서, 세상이 자기네들을 속인 것이며 그때까지의 삶이 제도의 희생자로서 살아온 것에 지나지 않음을 깨닫는다(22면). 극단적인 행동이라 할 탈가의 변이 여기서 마련된다. 다소 길지만 그대로 옮겨 본다.

> 김군! 나는 사람들을 원망치 않는다. 그러나 마주(魔酒)에 취하여 자기의 피를 짜 바치면서도 깨지 못하는 사람을 그저 볼 수 없다. 허위와 요사와 표독과 게으른 자를 옹호하고 용납하는 이 제도는 더욱 그저 둘 수 없다. (…중략…)
>
> 김군! 나는 더 참을 수 없었다. 나는 나부터 살려고 한다. 이때까지는 최면술에 걸린 송장이었다. 제가 죽은 송장으로 남(식구)들을 어찌 살리랴. 그러려면 나는 나에게 최면술을 걸려는 무리를, 험악한 이 공기의 원류를 처부수어야 하는 것이다.
>
> 나는 이것을 인간의 생의 충동이며 확충이라고 본다. 나는 여기서 무상의 법열을 느끼려고 한다. 아니 벌써부터 느낀다. 이 사상이 나로 하여금 집을 탈출케 하였으며, ××단에 가입케 하였으며, 비바람 밤낮을 헤아리지 않고 벼랑 끝보다 더 험한 선에 서게 한 것이다. (23면)

이 부분의 특징은 무엇보다도 그 내용이 매우 관념적·추상적이라는데 있다. 사회 제도가 문제되는 것은 '허위와 요사와 표독의 게으른 자를 옹호, 용납'하는 비윤리적 성격에 있으며, 본인을 포함하여 개개인의 경우는 주체적인 자각을 이루지 못한 채 허수아비 같은 생활에 매몰되어 있다는 데 있다. 그러한 까닭에 인용문 셋째 문단의 내용은 매우 추상적이게 되었다. 그러나 그러한 만큼 의식의 치열성도 강렬해진다. 뒤에서 주인공이 가족의 안위에 대한 걱정을 완전히 떨쳐 버린 것이 아님을 밝히고 자신의 행위를 '이 시대, 이 민중의 의무'(같은 곳)로 규정함으로써,

이러한 관념적 성격과 의식의 열도 둘 모두 한층 더 강화된다. 경제적 능력이 없어 언제 죽을지도 모르는 식구들을 버리고 '나부터 살려고' 탈가하는 극단적인 행동은 이렇게 의식적으로 행해진다.

지금까지 살펴본 대로 신경향파적인 서해 소설들에 있어서 행위의 극단성은 크게 두 가지 방법으로 작품에 포함된다. 무의식적인 환상을 통해서 이끌어지는 경우와, 의식적으로 나름의 근거를 가지고 행해지는 경우가 그것이다. 어느 경우이거나 극단적인 행위의 기반은 생존이 불가능할 정도로 극심한 경제적인 어려움에 놓여 있다는 점에서 공통점을 보인다. 이 위에서 경제적인 계층·계급간의 갈등의 한 양상으로 극단적인 행위가 마련됨으로써 서사가 종결되는 것이다.

이러한 사정은 비신경향파적인 작품에서 취해지는 극단적인 행동과는 차이를 보인다. 예컨대 「폭군(暴君)」의 경우 주인공 춘삼이가 아내를 죽이는 것은 술에 취한 상태에서 우발적으로 이루어진다. 이 소설에서는, 평소부터 술주정뱅이에다 상습적으로 아내를 구타하는 인물로 춘삼이가 그려진 까닭에, 사회·경제적인 의미 맥락과는 무관한 개인적 심성만이 문제가 된다. 후반부로 가면서 일종의 괴기 소설적 구도를 취하고 있는 「그믐밤」의 경우 김 좌수 집안의 몰락은 억울하게 죽은 삼돌의 원귀에 홀려 벌어진다. 「매월(梅月)」에서 주인공 매월의 자살은 봉건적인 정조관에 바탕을 둔 것으로 아름답게 그려져 있다. 이처럼 이들 작품은 살인 및 자살, 방화라는 모티프를 보이기는 하지만 궁핍함 등 사회·경제적인 맥락과는 거리를 띄우고 있다. 개인적인 성정이나 원귀, 봉건 시대의 추상적인 유교 이념 등에 따른 것이다. 궁핍함이 바탕이 되어 있는 「기아(棄兒)」의 경우도 계층간의 대립이 마련되어 있지는 않다는 데서 신경향파적인 작품들과 차이를 보인다.

이제 이러한 극단적인 행동의 설정이 작품의도상 갖는 효과에 대해서 정리해 둘 필요가 있다. 신경향파적인 서해 작품들에서 극단적인 행위들이 갖는 효과는, 그 행위의 대상이 뚜렷하게 상정되고 있다는 점에서 찾아진다. 「탈출기(脫出記)」가 가장 모호한 경우라 할 것인데, 여기서는 주인공이 몸을 담게 되는 '××단'의 대립 관계를 통해서 간접적으로 처리되어 있다. 그 외 「기아(飢餓)와 살육(殺戮)」, 「박돌(朴乭)의 죽음」의 경우는, 경제적 하층민들의 억눌린 삶과 부유한 자들의 비도덕성 양자의 대비를 통해서 사회 양대 계층의 대립을 폭로하고 있다. 이를 통해 이 작품들은, 환상을 통해서든 의식적인 사고에 의해서든 기득권층 혹은 유산자들을 대상으로 한 공격 심리를 극대화, 정당화하고 있는 것이다. 이 위에서 '살인·방화라는 극단적인 행동'을 결행하는 것으로 그림으로써 직접적·개인적인 차원에서 소망을 충족시키고 있다. 이는 두 가지의 의미를 띤다.

먼저, 극단적 행위의 대상을 사회·경제적인 맥락에서 명확히 설정함으로써 이들 작품은 사회·경제적인 구조가 잘못되어 있음을 폭로하는 효과를 얻게 된다. 더 나아가서, 살인·방화를 통해 소망을 충족시킴으로써 정관적인 태도를 넘어서는 성과를 보인다고 하겠다. '개인 차원의 행위'에 불과하다고 하여 이 부분은 지금껏 과소평가되어 왔었다. 그러나 당대 감각을 갖춰 전시대 즉 1920년대 초기와 비교해 본다면, 사회 상황을 고정된 것으로 보지 않는다는 사실의 형상화야말로 주목할 만한 진전이다. 사회 상황의 문제를 폭로하는 데서 나아가, 그에 항거할 수 있음까지를 보임으로써 '현 사회 체제 뒤의 것'에 대한 직접적인 갈망을 보인 것이다. 본고는 이를 두고 사회주의 지향성이 좀더 강화된 것으로 보고자 한다. 과학적 사회주의와 거리가 먼 것은 분명하다는 점을 고려하면, <'공상적 사회주의' 지향성>이 '직접적으로' 형상화된 것이라 함이 적절하겠다. 기존 사회를 비판하는 강도에 있어서 이 작품들은 예컨대 회월의 알레고리적인 소설들보다 훨씬 더 절박하게 다가온다. 관념의 표백이 아니라, 현실성을 띠는 구체적인 '작품 내 세계'에서 서사적으로 '사회 비판'이 형상화되는 까닭이다. 즉 작품 요소들의 총합에 의해 작품의도로 표출되고 있기 때문이다.

여기까지 왔을 때, 극단적인 행동이라는 작품 요소를 활용하여 계급간의 갈등 나아가 사회주의 지향성을 함축적이나마 드러내는 방식으로 작품의도를 설정하는 것이 신경향파 소설의 핵심적인 정체가 된다고 할 수 있겠다. '극단적인 행동 모티프'가 하나의 작품 요소라면, 계급갈등 및 사회주의 지향성은 비록 모호하나마 전체적인 작품의도 차원에서 신경향파 소설의 본질에 해당한다고 할 수 있다. 본고에서 이들을 신경향파로 구획코자 하는 것은 이 때문이다.

(3) 서해 신경향파 소설의 경계

이상으로 우리는 『혈흔(血痕)』 소재의 세 작품 즉 「탈출기(脫出記)」·「박돌(朴乭)의 죽음」·「기아(飢餓)와 살육(殺戮)」을 다른 작품들을 염두에 두고 검토한 결과 신경향파 소설이라고 구획하여 보았다. 『혈흔(血痕)』 이후 신경향파 시기에 쓰여진 같은 부류의 작품으로는 「큰물진 뒤」(『開闢』, 1925.12)와 「의사(醫師)」(『文藝運動』, 1926.2), 「홍염(紅焰)」(『朝鮮文壇』, 1927.1), 「서막(序幕)」(『東亞日報』, 1927.1.11~15)이 있다. 「서막(序幕)」을 제외하면[44] 극단적인 행위로 서사를 종결짓는다는 데서는 위 작품들과 차이가 없다. 일견 보아 신경향파 소설이라고 하기에 무리가 없는 작품들이지만, 이 중에서 「큰물진 뒤」와 「홍염(紅焰)」은 신경향파 소설 일반에 비해 그 성과가 뛰어나다는 점에서 또한 문제적이다. 신경향파의 상위 경계를 가늠해 볼 수 있게 하는 것이다. 이에 덧붙여서 알레고리적인 양상을 보이는 신경향파 소설로 「누가 망하나?」(『新民』, 1926.7)를 검토해 볼 만하다.

「큰물진 뒤」는 하나의 단편으로 쓰기에는 스토리 선이 다소 많은 편이다. 내용을 잠시 간추려 보면 다음과 같다. 아내가 해산하던 날 제방이 터져서 온 마을이 물난리를 겪는다. 그 와중에 아이는 죽고 아내는 산후병으로 위독한 상황에 처한다(1~3절). 세상에 순종하며 살아왔지만 모든 것

---

44) 후술하겠지만 「序幕」의 경우는 종결부 뿐 아니라 전체 사건이 극단적으로 설정되어 있다는 점에서 차이를 보인다.

을 잃고 이제 남은 것은 오직 풀막 한 채 뿐인 상황에서, 흙질꾼 일도 떨어지자 주인공 윤호에게는 자신의 인생과 세상사가 다르게 생각된다(4절). 그 결과 많은 심적 갈등(5절) 끝에 생존을 위한 강도질을 하게 된다(6절)는 내용이다.

여타 작품들의 경우에서라면 3절 뒤에 6절을 붙이거나 광기에 휩싸여 보다 극단적인 행동을 하는 설정을 보임으로써 끝을 맺었을 법도 하다. 그런데 그렇게 하지 않고 서사의 호흡을 늘리면서 비약을 방지했다는 데에 이 작품의 장점이 있다. 초점화가 미진하다는 점에서 단편 미학상으로는 다소 아쉽지만, 신경향파 소설의 주제를 그대로 살리면서 이질적인 작품 요소에 의한 단절성을 줄였다는 점에서 「큰물진 뒤」는 목적의식기 이후의 경향소설들과 나란히 놓일 만한 성과를 얻었다. 시기적으로 보아서는 신경향파 소설에 속하되 실질적인 면모에서는 그 단계를 지양한 경향소설에 귀속될 수 있다 하겠다. 신경향파 소설의 최고 수준을 보인 작품 중의 하나라 할 만하다.

이러한 면모는 중요 모티프에서 유사한 이영변의 단편 「도적질」(『朝鮮文壇』 2호, 1924.11 입선 소설)과 비교해 볼 때 어렵지 않게 확인된다. 「도적질」은 생계를 유지하기가 막막하게 된 주인공이 방앗간의 쌀을 도적질하는 과정을 초점으로 하여 이루어진 작품이다. 이 작품은 신경향파와 부르주아 자연주의 소설의 경계에 해당된다고 볼 수 있다. 도덕과 양심을 뛰어넘는 절박한 심정과 살아야겠다는 욕망이 '도적질'을 정당화한다는 점에서는 신경향파적이라고 하겠지만, 궁핍하고 힘든 상황이 그려지지도 않고 그 원인이 내용은 밝혀지지 않은 채 주인공 개인의 탓으로 설정되었다는 점에서는 거리가 있다. 서술시의 대부분이 도적질을 앞둔 순간의 심리 묘사에 치중함으로써 심정적 리얼리티를 확보하고 있는 것은, 자연주의 미학상으로는 장점이지만 사회·경제적인 맥락을 거의 띠지 않은 채 개인적 심리에 집중되어 있다는 데서 신경향파와는 거리를 보인다.

「의사(醫師)」는, 싸르트르 식으로 표현하자면, 지식 전문가에 해당하던

344   한국 근대문학의 형성과 신경향파

김 의사가 진정한 의미의 지식인으로 거듭나는 이야기를 담고 있다.[45] 유
력한 재산가의 첩과 생선짐을 나르는 청년 노동자를 잇달아 진찰하게 되
면서, 자신의 의술이 있는 사람을 위한 것이었음을 깨닫게 되어, 김 의사
스스로 병원을 불태우고 모스크바로 향한다는 내용이다. 3절의 짧은 소품
인 만큼 스토리의 전개도 매우 급박하다. 한 달여 동안 고민했다고 했지
만 병원을 없애고 봉천행 기차를 탄다는 것은 거의 현실성이 없다. 결국
이 소설의 작품의도는 의술이 가치중립적인 것일 수는 없다는 점을 인식
적인 측면에서 밝히려는 데 있다 할 것이다. 충격적인 주제를 제시하기
위해서 극단적인 행동을 설정한다는 것은 신경향파 소설들 일반의 성격
에 부합하는 것이라 하겠다.

    최서해의 대표작 중 하나로 꼽히는 「홍염(紅焰)」은, 작가의 언어를 빌리
게 마련인 의식적인 각성이나 빈번한 환상 모두를 피하고 있으면서도 극
단적인 행동으로 서사를 종결짓고 있다. 행위는 극단적이지만 서사 구성
상 비약이라고 하기는 힘들다는 것이다. 이는 작가의 거리두기가 이루어
져 있는 데 그 까닭이 있다고 하겠다. 이런 상태에서 가족간의 어쩔 수
없는 인륜이 극단적인 행동을 추동하고 있다. 부모와 자식 간의 기본적인
유대마저 허용되지 않는 상황 즉 억지로 빼앗긴 딸의 얼굴조차 볼 수 없
는 억울한 상황이, 방화에 이은 살인이라는 극단적인 행동을 이끌어 내는
것이다. 원수이자 사위인 중국인 인가에 대한 주인공 문 서방의 이러한
행위는, 딸의 얼굴을 한 번 보는 소원을 풀지 못하고 원통하게 죽은 아내
의 넋을 달래는 것이기도 하다는 점에서 좀더 개연성을 획득한다.

    「홍염(紅焰)」은 신경향파를 포괄하는 자연주의 소설의 한계 내에 있으
면서도 단편소설로서의 미적 질을 잘 갖추고 있다는 데서 주목을 요한다.
무엇보다도 초점화가 잘 이루어졌다. 작품 전체가 이질적인 요소 없이,
방화와 살인으로 표출되는 문 서방의 복수 행위로 집약되어 있는 것이다.

---

45) '지식 전문가'와 '지식인'의 차이에 대해서는, 싸르트르, 조영훈 옮김, 『지식인을 위
   한 변명』 개정판, 한마당, 1994, 43~4면 참조.

극단적인 행위가 있고 빈부의 대립이 설정되어 있지만, 지주인 인가의 행위가 기본적으로 젊은 처녀인 용례에 대한 욕망에 의해 추동된다는 점에서, 사회경제적인 맥락이 중요한 역할을 한다고 보기도 어렵다. 문 서방의 복수가 혈육에 대한 정으로 시종일관하는 것도 마찬가지이다.

이 작품을 신경향파 소설로 볼 수 있게 하는 직접적인 근거는 작품 말미에 나타나는 '작가의 언어' 뿐이다. 복수를 행한 뒤의 문 서방이 느끼는 기쁨을 두고서, "그 기쁨은 딸을 안은 기쁨만이 아니었다. 적다고 믿었던 자기의 힘이 철통 같은 성벽을 무너뜨리고 자기의 요구를 채울 때 사람은 무한한 기쁨과 충동을 받는다"(하권, 26면)고 하여 정관적 현실 인식을 명시적으로 부정·극복해 내는 것이다. 그러나 사회주의 지향성을 이끌어 내는 이질적인 작품 요소도 사회·경제적 갈등도 부재하다는 점을 고려하면 이것만으로 이 작품을 신경향파로 규정짓는 것은 다소 무리다. 따라서 <신경향파 문학 담론>과의 관련[46]을 떠난다면, 이 작품을 신경향파 소설이라고 보기는 힘들다고 할 수 있다. 예컨대 아내를 빼앗기고 억울하게 옥살이를 하게 된 분풀이로 살인을 하는 「물레방아」와 다를 바가 없는 까닭이다. 희미하나마 사회주의를 지향한다거나 그럼으로써 사회에 충격을 주고자 하는 등의 면모도 없다.

이상을 염두에 두면 작품 미학상으로 볼 때 「홍염(紅焰)」은 신경향파 소설의 외연 바깥에 있는 작품이라 할 수도 있겠다. 그렇지만 이는 매우 문제적인 규정이 되어 버린다. 당대 <신경향파 문학 담론>은 물론 이후 연구사가 취해 온 논의 맥락과 완전히 상치되는 까닭이다. '신경향파 소

---

46) 당대의 언급으로는, '경향'론을 주장하던 팔봉의 다음과 같은 극찬을 꼽을 수 있다. 그는 종결부를 인용한 뒤에, "이 一篇은 示唆的이요, 暗示的이요, 在來의 同一의 作品보다도 一層 뛰어난다"(「文藝時評」, 『朝鮮之光』, 1927.2, 97면)라고 쓰고 있다. 방향 전환론과 맞물린 이러한 평가는 이 작품이 신경향파의 한계를 넘어선 것이라는 의미를 짙게 띠고 있다. '내용·형식 논쟁'기까지가 신경향파 문학의 시기라고 보는 본고의 입장에서는 이러한 평가까지도 넓은 의미의 <신경향파 문학 담론>에 귀속되는 것이 된다(제2장 1절 4항 참조).

설'이 <신경향파 문학 담론>과의 관계에서만 가능해지는 비미학적인 개념이라는 본고의 문제 의식은 이 작품에서 잘 확인된다. 이에 대한 세밀한 논의는 뒤에서 이루어진다(제3장 2절 1항).

×잡지사의 기자 세 명이 주간과 회계 그리고 사장을 위협하여 두 달치나 밀린 월급을 받아낸다는 이야기를 보여 주는 「서막(序幕)」은, 요약적 소개나 편집자적 논평 등이 거의 배제된 채 직접적인 장면 제시로 극적인 효과를 노린 작품이다. 전체 5절 중 1절을 제외하고는 격앙된 인물들에 의해서 시종일관 첨예한 대립이 이루어지고 있다. 김과 최, 강으로 설정된 세 기자들의 행동은, 사장을 찾아가서 "모가지를 분질러 버려야지……"(347면) 하는 데서 확인되듯이 뒤를 생각하지 않는다는 특징을 보인다. 잡지사가 망하든 자신들이 실직을 당하든 개의치 않고 밀린 두 달치 월급만 당장 받으면 그만이라는 태도를 보이는 것이다. 가족의 생계를 담당하는 가장들이라고 보기 힘들 정도다. 주간과 사장의 심복인 회계 두 사람의 경우 선불로 봉급을 다 받았다는 것이나(351면), 기자들에게 멱살을 잡히고 깔리고 하던 사장이 그 자리에서 곧장 소절수를 끊어주는 것(355면)도 현실성이 약하다. 이러한 점은, 신문사의 체불 문제라는 비슷한 제재를 다룬 염상섭의 「윤전기(輪轉機)」(『朝鮮文壇』, 1925.10)가 보여 주는 리얼리티와 비교할 때 확연히 드러난다. 체불 임금을 받아내는 것과 생업의 유지라는 양자 사이에 마련된 팽팽한 긴장 관계 위에서 행동하는 「윤전기(輪轉機)」의 직원들과 비교할 때, 세 기자의 행동은 지나치게 극단적이다.

이러한 사실은 이 작품이 경영자와 노동자 간의 대립·갈등이라는 점만을 부각시키는 데 치중한 결과라고 할 수 있겠다. 사장과 주간, 회계 등의 속셈을 애당초부터 기자들 월급을 줄 생각이 없었던 것으로 설정(354면)한 데서 보이듯, 부르주아 및 그에 기생하는 부류를 위악적으로 형상화한 것도 그러한 의도의 결과이다. '작품 내 세계'의 현실성을 무시하면서까지 계급 대립이라는 추상적 주제를 강조한 것이다. 이는, 사회에 충격을 가하고자 하는 신경향파적인 조급성의 발로라고 할 수 있겠다.

「누가 망하나?」는 좀 특이한 작품이다. 전체 3절로 되어 있는데 각각은 독립된 에피소드에 가깝다. 그 내용은 순사에게까지 마음껏 덤비는 거지의 이야기이다. 경제적인 차이에 전혀 구애받지 않고 자신을 모함하거나 업신여기는 상황에 대해 의연히 대항하는 거지가 등장하는 것이다. 서술자에 의해 '범할 수 없는 기상'(264면)이 있다고까지 기술되는 이 거지의 내력은 3절에서 밝혀진다. 가난 때문에 학업을 포기하고 양친과 아내까지 잃고는 자살을 결심했다가 마음을 돌린 그는, "없어서 배고파서 먹는단 말을 하고 그 사람 보는데 먹는 것이 무슨 도적이며 못 할 짓입니까?"라고 항변하며, "세상이 망하나 내가 망하나? 누가 망하나? 나는 보고야 말겠읍니다"(268면) 하는 심정으로 생활해 나간다. 한 개인이 자신의 존재로써 세상의 부당함을 증거하고자 하는 것이다.

구체적인 에피소드들을 볼 때 이 거지 박 서방의 행위는 사실 개연성이 별로 없다. 이는 「누가 망하나?」가 자연주의의 규율 너머에서 쓰여지고 있음을 의미한다. 말미에 항을 달리하여 부기된 서술자의 진술 "나는 어디서든지 거지를 보면 박 서방 생각이 나서 유심히 보게 되고 동시에 알 수 없는 공포를 느낀다"(같은 곳)라는 언급은, 작중 인물인 서술자 개인 차원을 넘어 유산자 또는 조금이라도 생계의 위협으로부터 자유로울 수 있는 사람들 일반이 가질 법한 심정을 드러내고 있는데, 이럼으로써 거지 박 서방 역시 특이한 한 개인을 넘어서 상징적인 의미를 띠게 된다. 경제적·사회적 차별을 그냥 감내하지 않고 자신의 존재를 당당히 내세워 사회에 책임을 물을 수 있는 존재가 그것이다. 이는 현재는 억눌려 있는 기층 민중들이 가질 수 있는 한 가지 가능태에 해당하는 것으로서, 사회 상황을 고정된 것으로 보지 않는다는 점 즉 정관적인 현실 인식을 넘어서 있다는 점에서 의미를 갖는다. 이럼으로써 「누가 망하나?」의 경우 알레고리적인 성격을 획득하고 있다. 정리하자면, 내용상 사회주의적 이념을 명시적으로 지향하는 것은 아니지만 기능상으로는 회월의 알레고리적인 소설들과 마찬가지로, 작품 말미에 부가된 이질적인 작품 요소에 의해서 전체의 의미가 예표적으로 읽히게 되는 것이다.

이상으로 우리는 『혈흔(血痕)』에 실린 「탈출기(脫出記)」와 「박돌(朴乭)의 죽음」·「기아(飢餓)와 살육(殺戮)」 세 편에 덧붙여서, 「큰물진 뒤」와 「의사(醫師)」·「홍염(紅焰)」·「서막(序幕)」·「누가 망하나?」의 다섯 편을 신경향파 소설로 구획해 보았다. 처음 이들을 대상으로 할 때에는 물론 <신경향파 문학 담론>의 규정이 암묵적인 전제로 작용하고 있었다. 여기서·이들 작품의 공통적인 특징으로 극단적인 행동의 설정을 들고, 그 효과가 경제적 상층 계층 혹은 계급에 대한 반항이라는 데서 여타 살인·방화 소설과는 구별되는 고유한 특질을 보인다고 정리하였다. 사회·경제적인 맥락에서 극단적인 행위의 대상을 설정함으로써 얻어진 이러한 효과가 넓게 보아 새로운 사회 체제에 대한 지향을 드러내는 것임도 확인했다. 이렇게 작품의도를 파악해 봄으로써 기존의 논의들에서 신경향파라고 규정했던 작품들 중에 그 정체가 모호한 소설들을 추릴 수 있었다. 「탈출기(脫出記)」와 「큰물진 뒤」·「홍염(紅焰)」이 그것이다. 「탈출기(脫出記)」의 경우 앞서 지적한 특징이 다소 약하다고 판단되었으며, 「큰물진 뒤」나 「홍염(紅焰)」은 동시대의 자연주의 소설로 보기에는 부적절해도 신경향파 소설의 한계를 어느 정도 넘어서는 모습을 보인다는 판단에서, 방향 전환기 이후의 경향소설과 비견할 만한 작품이라고 보았다. 그러나 신경향파 소설이 <신경향파 문학 담론>과 긴밀한 관련을 맺고 있다는 점, 달리 말하자면 <신경향파 문학 담론>에 의해 대표되는 문학사적 단위로서의 신경향파 문학의 경계 내에 있는 이상, 이들 작품을 신경향파 이후라고 보기는 어렵다는 점을 고려하여 일단은 신경향파 소설로 구획해 보았다(이에 대한 상세한 논의는 제3장 2절 참조).

(4) 사회적 문제의 사사화(私事化)

서해 소설의 대부분은 그야말로 1920년대 중기 소설계의 일반형에 해당하는 모습을 보여 준다. 자연주의적인 면모가 그것이다. 본고가 검토 대상으로 한 37편의 작품 중 16편이 이에 해당하며 기타로 분류한 작품 중 다수도 굳이 따지자면 자연주의적인 작품으로 유별된다(도표 참조). 『혈흔(血痕)』에 실려 있는 이 부류의 작품은 「십삼원(拾參圓)」·「향수(鄕愁)」·「보석반지(寶石半指)」·「기아(棄兒)」의 네 편이다.

이 중 「십삼원(拾參圓)」과 「향수(鄕愁)」는 매우 짤막한 소품이어서 본격적인 단편소설이라고 하기는 힘들다. 「십삼원(拾參圓)」은 모친과 처자를 떠나 홀로 노동자 생활을 하는 주인공 유원의 심정을 묘사하고 있다. 돈을 부쳐 달라는 모친의 편지를 받고서, 노동조 회계인 K에게 부탁하는 과정의 심정을 세세히 그리고 있다. 앞에서 살핀 「서막(序幕)」과 달리 K와 유원 사이에는 아무런 갈등도 없다. 계층간의 위화감이 없는 상황에서 경제적 압박을 받는 주인공의 내면 심리를 묘사하는 것이다. 문제적인 상황을 그리되 그 외적 원인을 구하지 않은(혹은 못한) 상태에서 개인의 심리로 문제의 영역을 좁히는 자세는, 자연주의 소설의 특징을 고스란히 보여 주는 것이라 하겠다.

「향수(鄕愁)」는 내용상 「탈출기(脫出記)」에 이어지는 것이라 할 만하다. 경제적 사회적 고난을 헤쳐나가고자 탈가를 했다가 가족이 모두 죽도록 돌아오지 못한 김우영의 역정이 서술되고 있다. 소품임에도 불구하고 서사의 지절들은 충분하게 갖추고 있어, 보다 큰 작품을 위한 밑그림의 성격을 띤다. 이러한 상태에서 작품의 모양새를 갖추기 위한 장치가, 서술자의 회상 형식이다. 이를 통해, 김우영의 유리표박하는 삶 혹은 사회주의 단체에서의 활동 등을 구체적으로 묘사하지 않아도 좋게 된 것이다. 이에 덧붙여 문제 상황 자체를 애수, 향수의 시각에서만 조명함으로써 작품의 도가 어디를 지향하는지 확실해진다. '천리에 방랑하는 두 혼의 가슴에 타는 애수'(28면)를 드러내는 것이다. 이렇게, 문제적인 사회 상황을 개개인의 심정 차원으로 치환하는 것은 부르주아 자연주의의 중요한 특징에 해당한다.

전체 9절로 이루어진 「보석반지(寶石半指)」는 앞서 지적했듯이 1920년대 소설계 지형 변화의 한 양상인 풍자적 계열에 속하는 작품이다. 가정 교사인 주인공 김경호가 주인의 여동생 혜경에게 품는 감정이 형상화의 초점이다. 차분하고 꼼꼼한 심리 묘사를 통해서, 청년의 애틋한 연정 및 순간순간의 감흥과 동시에 보잘 것 없는 자신의 처지로 인한 무력감·굴욕감 등을 형상화하고 있다. 서술 의도가 이렇게 양가적인 심리 상태에 맞춰짐으로써 이전 소설들의 낭만성은 존재할 여지가 없다. "거치른 환경에서 거치른 바람에 꽉꽉 응결되어서 인간의 달콤한 정열을 못 느낀 내 마음은 공교롭게 만난 이성의 냄새와 빛에 봄눈같이 풀렸다. 동시에 기구한 내 신세가 더욱 슬펐다"(47면) 등에서 확인되듯 김경호는 기본적으로 현실성을 인식하고 있다. 그럼으로써 「보석반지(寶石半指)」의 작품의도는, 실제 연애를 그림으로써 그것을 고양하거나 방해물로서의 현실을 부정하는 것이 아니라, 연애를 그리워하는 심정을 곡진하게 제시하는 데로 향하게 된다. 주인공이 갈망하는 것은, 살아온 인생 역정의 황폐함에 비춰 그립기 마련인 따뜻함, 달콤함의 원천으로서의 연애일 뿐이다. 이는 곧 단란한 가정을 꿈꾸는 소망으로 통하게 된다(48면). 그러나 현실은 주관적 소망이 어쩌지 못하는 것이다. 주인공의 보잘 것 없는 처지를 일깨우는 혜경의 보석 반지는 그런 냉혹한 현실의 힘을 상징적으로 웅변한다. 이런 상황에서, "날이 가고 달이 갈수록 혜경이와 보석 반지는 내 가슴속에서 서로 얼크러져 싸우는 때가 많았다"(54면)라는 종결부는, 현실과 소망의 이러한 병치에 대한 정관적인 묘사가 이 작품의 주제임을 확인시켜 주는 것이라 하겠다.

「기아(棄兒)」는 경제적인 곤란으로 훼손된 가족 관계 속에서 급기야는 네 살 된 아이를 버리게 되는 일탈적인 행동을 그리고 있다. 앞서 살핀 신경향파적인 작품들과 달리, 「기아(棄兒)」의 경우는 극단적인 행동을 내리는 의식의 과정이 다소 우발적이다. 지게꾼인 주인공 철호의 식구는 세 네 끼를 굶은 탓에 정신이 매우 예민해져 있다. 밥을 달라고 우는 자식도 귀찮기만 한 것이다. 이렇게 극도의 가난 때문에 부모 자식이나 부부간의 인륜적인 정조차도 남아 있지 않은 상태(70~3면 참조)에서, 지게꾼인 주인공 철호는 굶겨 죽이느니 후생에나 잘살게 하자는 생각으로 한강에 빠뜨리고자 아이를 업고 나선다. 그러나 막상 아이를 죽이자니 온갖 상념이 다 생기고 양심의 가책을 느껴 주저하게 된다. 그러한 상황에서 그가 선택한 것이 기아(棄兒)이다. 열렬한 인도주의자로 유명한 최순호의 집 대문에 네 살박이를 버리고 도망하는 것이다. 철호의 심리적 동요와 죄책감이 곡진하게 기술됨으로써, 잘못임을 빤히 알면서도 그렇게 할 수밖에 없는 상황의 궁핍함이 부각된다. 이러한 측면은 부유한 최순호네 집안의 모습이 대비적으로 제시되면서 한층 또렷해진다. 그러나 양쪽의 관련이 실질적으로는 전무한 데서 알 수 있듯, 사회·경제적인 맥락이 계급간의 대립으로 작품 내에 틈입된 것은 아니어서 신경향파 소설로 보기는 힘들다. 천륜을 어길 수밖에 없는 기막힌 사정과 더불어서 쁘띠 부르주아의 허위성을 폭로하는 것이 「기아(棄兒)」의 작품의도에 해당한다.

자연주의 계열로 묶어 볼 수 있는 그 외의 작품은 11편이 된다. 「보석반지(寶石半指)」와 동류라 할 수 있는 「동대문(東大門)」을 제외한 나머지 작품들은, 넓은 의미에서 당대 사회의 힘든 삶을 폭로적으로 형상화하고 있다. 먼저[A] 경제적인 맥락에 초점을 맞추고 있는 작품들로는 「토혈(吐血)」·「설날 밤」과 「오원칠십오전(五圓七十五錢)」·「팔개월(八個月)」을 들 수 있다. 앞의 두 작품[A-1]은 경제적인 갈등이 고조되어 표면상으로 보자면 신경향파 소설과 유사하며, 나머지 둘[A-2]은 사회성을 띠는 갈등은 부재한 상태에서 돈의 문제를 다루고 있다. 이 외의 여섯 작품[B]은, 포괄적인 의미에서 볼 때 시대 상황 속에서의 힘든 삶을 그린다는 공통점을 지니고 있다. 이를 다시 인물의 측면에서 갈라 보면, 첫째[B-1] 노동자나 하인 등 기층민의 불행한 삶을 그린 「그믐밤」과 「무서운 인상(印象)」을 한 단위로 나눌 수 있으며, 둘째[B-2] 남성의 폭력에 목숨까지 잃게 되는 불행한 여성의 삶을 폭로하는 작품으로 「폭군(暴君)」과 「이역원혼(異域冤魂)」을 들 수 있고, 끝으로[B-3] 진정한 삶을 추구하는 인물의 고난의 행적을 주제로 한 소설로 「해돋이」·「전아사(錢迓辭)」를 묶을 수 있다.

경제적인 대립·갈등을 서사의 축으로 삼고 있는 첫째 경우[A-1]의 작품들은 신경향파 소설과 자연주의의 경계에 놓여 있다고 할 만하다. 「토혈(吐血)」은 앞서 지적했듯 「기아(飢餓)와 살육(殺戮)」의 원형이라 할 작품이다. 극단적인 행위가 부재하고 비현실적인 환상이 미약한 반면에, '가족을 부양해야 한다는 질곡 의식'과 '휴머니즘에 근간을 둔 심정'을 양극으로 하는 길항관계의 양상을 보이는 주인공 '나'의 복잡한 심정을 세밀하게 묘사하고(111~3면) 의원 및 약국 주인과의 대화 장면을 거리를 두고 극적으로 제시하여(114~6면) 자연주의적인 면모를 짙게 띤다. 비록 현상적인 차원에서지만 문제 상황의 폭로가 핍진성을 얻고 있는 것이다. 「설날 밤」은 '명망과 위세와 재산으로 유명한' 한남윤의 만찬회에서 벌어진 강도 사건을 다루고 있다. 폭력에 의한 재물 강탈은 개인적 차원에서 생각할 수 있는 가장 첨예한 경제적 대립·갈등의 사례라 하겠지만, 이 작품이 초점으로 잡는 것은 그러한 대립 자체가 아니라 그런 상황에서 드러나는 유한 계층의 비루함이다. 만찬 장면 곳곳에서 그들의 부도덕함을 지적하는 것이나(161~3면) 강도의 위협 앞에서 한 사장 내외가 용변을 지린다는 다소 과장된 설정(170~1면) 등에서 이러한 점이 확연해진다. 이들의 위엄과 세련됨 등이 표면적인 것인 반면에, 강도는 줏대 있고 강건한 인물로 대조적으로 묘사되는 것(2절) 역시 「설날 밤」의 작품의도를 잘 보여 준다. 이렇게 경제적인 대립·갈등을 재제로 삼으면서도 형상화의 초점이 개개인의 심리 등에 맞춰짐으로써 이들은 부르주아 자연주의 소설의 권내로 편입된다 하겠다.

이러한 사정은 사회적 갈등이 부재한 채로 돈의 문제를 다루는 작품들[A-2]에서 더욱 뚜렷해진다. 「오원칠십오전(五圓七十五錢)」은, 하숙집 방에 들어 있으면서 넉 달이나 세를 밀린 문필가 주인공이, 전기가 끊겼으니 전기세를 변통해 달라는 집주인과의 실강이 끝에 단 돈 오 원을 변통해서 갚고 서로 화해한다는 이야기를 담고 있다. 이 작품은 유사한 설정을 보였던 회월의 「철야(徹夜)」보다도 훨씬 더 순화되어 있다. 주인공 '나'나 집주인 모두 선량한 사람으로 그려져, 경제적인 궁핍이 문제가 되는 상황이지만 그로 인한 인물들간의 갈등은 없다. 하숙비를 둘러싼 실갱이 자체가 예의를 차리며 서로의 눈치를 보는 양상으로 전개될 뿐이어서, 경제적 계층 관계는 애초에 틈입할 여지가 없다. 반면에 일상적인 삶의 한 단면이 밀도 있게 제시되어 있다. 선한 사람들이 돈 때문에 쪼들리는 상황과 그 속에서의 불편한 심정을 적절히 형상화한 작품이라 할 수 있다. 이러한 점은 「팔개월(八個月)」도 마찬가지이다. 위병을 앓는 주인공이 어려운 살림을 걱정하여 제대로 병원 진료를 받지 않는다는 내용을 담고 있는 이 작품은, 따뜻한 부부애를 바탕으로 하고 있어서 심정적인 감동을 주고 있다. 그에 반비례하여 사회 현실의 역관계에 대한 냉철한 파악은 방기되고 당대 현실은 문사인 주인공의 정관적인 상념을 통해서 '고르지 못한 세상'(275면)으로 고착된다. 이런 까닭에, 그와 대조적으로 설정되어, 경제적인 사정을 고려하지 않는 의사도 주인공의 씁쓸한 심사를 구체화하는 방편으로만 쓰이게 된다. 그러나 이런 대가를 치른 덕분에, "두부 한 모와 솔가지 한 묶음을 생각하고 전차를 못 타는 형세에 요양지를 찾아 멀리는 고사하고 파고다 공원에 가서 앉았재도 첫째 배가 고파서 못 할 것"(277면)이라는 설득력 있는 리얼리티를 확보할 수 있게 된다. 달리 말하자면 사회 차원의 통찰을 무리하게 외삽하는 대신에 가정 생활을 주 무대로 삼음으로써 묘사의 핍진성을 얻고 있는 것이다.

사회·경제적인 문제가 개인이나 가정의 차원으로 축소됨으로써, 그러한 문제의 현실적인 무게는 잃는 반면 꼼꼼하고 충분한 묘사에 힘입어 세부의 정확성과 심정적인 깊이를 얻게 된 것이 이들 작품들의 자연주의적 특성에 해당된다. 좁혀진 작품 세계는 그 자체로 현실에 대한 정관적인 인식을 반영하지만, 핍진한 묘사가 남기는 각인은 매우 선명한 것이다. '비참한 상황의 폭로'란 이런 경우에 매우 적절한 지적이다. 이러한 점은 시대 상황 속의 삶의 모습을 다양한 각도에서 그리고 있는 여타 작품들[B]에서도 마찬가지이다.

노동자나 하인 등 기층민의 불행한 삶을 그리고 있는 「그믐밤」과 「무서운 인상(印象)」이나, 끔찍한 폭력 아래서 결국 죽음을 맞게 되는 여성의 불행한 삶을 그린 「폭군(暴君)」과 「이역원혼(異域冤魂)」의 경우[B-1, 2], 이러한 점이 잘 드러난다. 원귀가 등장하여 다소 괴기스러운 분위기를 자아내는 「그믐밤」은 매우 추상적인 차원에서 '불행한 인생'을 그리고 있다. 뱀을 찾아 다니는 삼돌의 심정과 자연 묘사(2절), 연주창 치료책으로 주인 아들 만득의 손을 뱀이 물도록 하는 과정(4절) 등은 세밀하게 잘 되었지만, 이러한 작품 요소들의 지향이 뚜렷하게 초점화되는 것은 아니다. 하인이라는 존재가 얼마나 보잘 것 없는 대접을 받는가 하는 점만이 드러나 있을 뿐이다. 이에 비한다면 「무서운 인상(印象)」은 보다 시대적인 의미를 띤다. ××역 노동판에서 삶을 마감하는 봉준네 가족의 비극을 그리고 있는 것이다. 그러나 이 작품의 경우 정거장 노동을 하는 서술자 '나'의 시선에 의해 사건을 간접적으로 제시하는 방법을 취함으로써, 봉준네 가족의 비극이 사회·경제적인 의미망에서 해석되지는 않는다. 제목 그대로 '인상' 차원에서 회상될 뿐이다. 아버지에 이어 봉준도 죽게 된 소식을 알고 서술자가 보이는 반응은, '하루바삐 그 위태로운 노동의 굴레를 벗어버리고 싶지만 밥이라는 시퍼런 위협 때문에 어쩔 수 없다'는 것 뿐이다(308면). 봉준 모친의 죽음을 직접 보게 되면서는 러다이트적인 발상까지 취하게 되지만, 어쨌든 개인적 심정 차원으로 문제를 치환한다는 점에서는 변함이 없다. 이상 살핀 작품들은 제재나 사건이 근대 사회의 본질적인 문제에 닿아 있으면서도 정작 개개인의 내면 심리 차원에 초점을 맞추는 까닭에 사회·경제적 문제를 사사화(私事化)했다는 한계가 우선 눈에 띤다.

이들과는 약간 다르게, 「폭군(暴君)」과 「이역원혼(異域冤魂)」은 넓게 보면 여성 문제를 다룸으로 인하여 새삼스런 주목을 요한다. 앞서 지적했듯 「폭군(暴君)」은 주인공 춘삼의 개인적인 결점에 의한 행악이 급기야는 아내를 죽이게까지 된다는 내용을 보여 준다. 대단한 주벽이라는 개인적인 결함이 전면화되어 학범 어미의 삶이 담고 있는 경제적인 의미는 설 자리가 없다. 사회적 문제를 파악하는 위계적인 틀이 부재한 데서 생겨나는 이러한 작품이야말로 자연주의 소설의 한 측면을 잘 드러낸다고 할 수도 있겠다. 개인적인 성정이나 특성이 사건의 핵심적인 추동력이 된다는 점에서 「이역원혼(異域冤魂)」의 경우도 동일한 성격을 보인다. 이 작품은 중국인 지주 유가의 음험한 위협에 시달리던 젊은 과부가 위급한 상황에서 반항하다 끝내 목숨까지 잃는다는 다소 극단적인 설정을 보여 주고 있다. 여기서 유가는 지주라는 사회적 지위와는 별 관계 없이 홀아비로서 여자를 탐하는 존재 즉 동물적인 욕망의 화신으로 그려져 있을 뿐이다. 본능적인 욕망이 사건을 추동한다는 점에서 동인의 「감자」와 유사한 계열에 속한다고 하겠다.

끝으로, 진정한 삶을 추구하는 인물들의 고난의 행적을 서사적으로 제시하고 있는 작품들[B-3]을 보자. 「해돋이」는 3·1 운동을 겪으면서 민족적 자각을 얻은 청년이 간도로 간 후 독립군 생활을 하다 수감되고, 남은 모친이 손녀를 데리고 다시 고향에 돌아온다는 내용을 담고 있다. 내용상 다른 작품들에서도 보이던 모티프들이 망라되어 있어, 자전적인 측면을 보임과 동시에 장편 소설적 구도가 축약된 것이라는 인상을 준다. 사회·역사적으로 의미 있는 행적을 보이는 주인공 만수의 이야기(3~7절)를 그 모친 김 소사의 행적과 심정을 보여 주는 부분(1~2, 8절)이 액자인 양 감싸고 있다. 만수 부분은 각기 사실적으로 묘사된 개별적인 장면이나 심정들이 병치된 모습을 보이며, 김 소사의 부분은 인정 세태와 상황의 변화가 주관적 심정에 투영되는 방식으로 제시되고 있다. 그 결과 전체적으로 볼 때 주관적 감회의 맥락이 작품의 최종적인 효과를 지배한다. "오오 만수야! 내 아우야! 너는 선도자다!"라고 속으로 외치면서 석양빛을 보고는 "아아 조선의 해돋이[日出]여!"(223면) 하는 식으로 미래를 기약하는 한 등장 인물의 생각으로 이루어진 종결 처리 역시 동일한 효과를 낳는다. 요약하여 이 작품은, 서사적인 인과 관계를 통해서 인물과 세계의 대결이 극적인 긴장감을 낳는 방식이 아니라, 서사의 각 지절들이 세세하게 병치되면서 궁극적으로는 주관 차원에서 상징적으로만 종합된다는 점에서 자연주의 소설의 일반형에 해당한다고 하겠다.[47)

「전아사(錢迓辭)」는 '어머니의 망령 아래서 어머니만 생각하던'(330면) 주인공이 시대적 인물이 되겠다는 생각으로 홀로 서울에 올라와 문사 생활을 하다가 모친의 흉음을 듣게 되고, 종내는 갖바치 생활을 하면서 삶의 의미를 찾게 되었다는 내용을 담고 있다. 이 작품 역시 서로 병치되는 화소들로 이루어져 있다. "어머니는 나의 큰 은인인 동시에 큰 적이다"(332면)라는 선언을 핵으로 하는 부분은 서해의 소설들을 특징지어 왔던 가족이라는 틀을 작가 스스로 대상화하고 있음을 보여 주는 것이며, 주인공이 잡지사에 다니며 소설을 쓰는 부분은 자전적인 요소를 짙게 띠고 있다. 실패한 연애의 경험이나 ××주의에 대한 공명 등등도 모자이크 식으로 구성된 서사의 요소들이다. 이렇게 각기 독립된 장면들이 병치되는 양상으로 구성된 까닭에 작품의 전체적인 주제가 모호하게 되었다. 특히 끝 장면은 문제적이다. 갖바치 생활을 하면서 "이 목숨이 하루라도 더 붙어 있으면 그만큼 이 두 눈은 이 세상이 되어 가는 꼴을 똑똑히 볼 것이요, 이 팔과 다리는 하루라도 더 싸워 줄 것입니다"(343면)라고 되어 있는 종결부는 주인공이 지향하는 '내 길'(328면)이 무엇인지 한층 더 모호하게 할 뿐이다. 구성의 파탄이라고 할 이러한 면모는 자연주의적 한계를 보이는 것이라 하겠다.

이상 살펴본 서해의 자연주의 소설들은 크게 보아 신경향파 미달형과

---

47) 이러한 판단에 대해서는, 우연성을 지양하여 사건의 지절들을 소설의 전체 속으로 통합하는 서사적 방법과, 개별 장면들이 우연적인 관계로만 얽혀 있는 묘사의 방법을 대조적으로 검토하고 있는 G. Lukács, *Erzählen oder beschreiben?*, "*Probleme des Rearlismus 1*", Werke Bd.4, Luchterhand, 1971, SS.197~99 참조.

그 외의 작품들로 나눠 볼 수 있다. 「토혈(吐血)」・「기아(棄兒)」의 두 편이 신경향파 소설의 경계에 위치하는 것으로 보이며, 「이역원혼(異域冤魂)」・「무서운 인상(印象)」은 제재의 설정이나 사건의 전개에 있어서 신경향파에 가깝지만 전체적인 작품의도의 구축에 있어서 자연주의로 구획될 만한 작품이라 하겠다. 이 외의 작품들은 무난히 부르주아 자연주의 소설로 묶일 수 있다. 작품의 초점이 현격하게 개인 차원에 맞춰져 있는 까닭이다. 사회・경제적인 맥락의 사건이 서술 혹은 전개될 때에도 그러한 의미는 사상된 채 인물들의 심정 등에 서술의 초점이 맞춰지는 것이다. 사회적 문제의 사사화(私事化)라고 할 이러한 특징은, 현실을 고정된 것으로 보는 정관적 태도의 소산이지만, 사회적 삶의 여러 측면을 핍진하게 형상화해 냈다는 점에서는 나름의 의의를 지니는 것이다.

(5) 다양성과 체험

이상 검토한 서해의 소설들은 크게 보아서 1920년대 중기 자연주의 소설계의 지형 내에 속하는 작품들이다. 그렇지만 사조적인 규정이 한 시대의 모든 작품 세계를 총괄하는 것일 수 없음이 당연하듯이, 서해의 이 시기 작품들 역시 자연주의의 경계 내에 모두 포괄되지는 않는다. 그가 놀라운 다작의 작가였던 만큼 이러한 사정은 더욱 부각된다. 사회・역사적인 맥락이 완전히 배제된 「매월(梅月)」과 「미치광이」(이상 『血痕』 소재) 같은 낭만주의적 순수 소설이 한 편에 있으며, 자전적인 내용을 짙게 담고 있는 「백금(白琴)」(『新民』, 1926.2)과 체험적 에피소드에 가까운 「담요」(『朝鮮文壇』, 1926.5), 「만두」(『時代日報』, 1926.7.12)가 또 한 자리를 차지한다. 그 외 작품들 즉 「고국(故國)」(『朝鮮文壇』, 1924.10)과 「방황(彷徨)」(『時代日報』, 1924. 6.29), 「금붕어」(『朝鮮文壇』, 1926.6)), 「돌아가는 날」(『新社會』, 1926.12), 「아내의 자는 얼굴」(『朝鮮之光』, ?), 「쥐 죽인 뒤」(『每日申報』, 1926.1.1), 「낙백불우(落魄不遇)」(『文藝時代』, 1926.1.20) 등은 매우 짤막한 소품이다. 200자 원고지 15~20매 정도 분량으로, 콩트에 가깝다고 할 수 있다.

『혈흔(血痕)』 소재 「매월(梅月)」은 100여 년 전의 이야기이다. 현 시점의 서술자가 박생과 매월의 이야기를 독자에게 건네는 담화체로 짜여진 것인데, 아무런 현실적 맥락도 인간적 처절함도 없이 매끈한 옛날 이야기의 분위기를 풍긴다. 친근감 있게 '습니다' 체로 일관하는 데서부터 이 작품의 발화 전략이 확인된다. 서시에 비길 만한 미인인 박생의 가비(家婢) 매월의 고민은 그 내용뿐 아니라 형식에 있어서도 철저히 봉건적이어서 전혀 현재성을 띠지 않는다. 상사병까지 얻게 된 주인이 어떻게든 자신을 범하려는 다급한 상황에서도, "자기가 박생의 눈앞에 있고야 그 위험에 협박을 받지 않을 수 없으며 자기의 반항이 굳세면 굳셀수록 상전의 심려는 깊어 갈 것이다, 그렇게 되면 내 몸도 괴로우려니와 은혜 진 상전의 병이 더하면 어쩌누? 아아 어쩌면 좋으랴? 천지는 넓으나 이 몸을 용납할 곳은 없구나"(87면)와 같이 마음속으로만 애를 태우다 급기야는 자살을 택하는 것이다. 그것도 '침착하고 조용한 태도로 낭랑하게' 시를 한 수 읊고는 꽃처럼 물에 빠지는 것으로 되어 있다. 상황은 극단적이지만, 이 작품은 충격이 아니라 애잔한 아름다움에서 비롯되는 감동을 준다. 서술자의 거리 두기가 전혀 없이 작품 요소 일체가 봉건적인 틀 속에 안주하고 있는 까닭이다. 「미치광이」는 "돈도 계집도 모르고 천애 이역에 표박 유리하여 태연자약하는"(97면) 조 생원이라는 인물의 이야기이다. 이 작품 역시 현실의 맥락을 완전히 넘어선 인물의 삽화를 그리고 있다. 미치광이의 입장에서는 우리가 미쳐 보이지는 않을까 하는 서술자의 호접지몽(胡蝶之夢)적인 발상(96면)에서도 확인되듯이 「미치광이」는 자연주의 소설들과는 정반대 자리에 놓여 있다. 시대 상황과의 관련으로부터 완전히 자유로운 것이다.

그 외의 작품들은 설령 본격적인 최서해론을 의도한다 하더라도 따로 논의할 만한 것이 못 된다. 소품들의 경우 대체적으로 작가와 구별되지 않는 서술자의 담화 형식으로 간단한 에피소드를 담고 있거나 다른 작품을 위한 특정 스토리의 구상 차원에 그쳐 있다. 자전적인 작품들은 여타 텍스트들에서도 확인되는 사건들을 반복, 변주한 것에 지나지 않는다. 앞서 살핀 「전아사(錢迓辭)」의 주인공이 반성했던 바 매문(賣文)의 증거에 가깝다고도 할 만하다.

「매월(梅月)」 이하 이들 작품은, 1920년대 중기 최서해의 소설들이 그 양과 다양성에 있어서 얼마나 큰 편차를 보이는지 잘 확인시켜 준다. 문학사적인 맥락에서 그의 자리를 마련하고 그 의의와 한계를 따지는 데 있어서 그의 작품 세계가 갖고 있는 이러한 폭은 중요한 것이 아닐 수 있다. 그러나 이른바 '최서해적 경향'이라는 식으로 그의 소설 세계 전체를 규정하는 것이 부적절한 이상, 당대 소설계의 풍성함을 조명하고 그에 비추어 신경향파 소설의 외연을 확정하는 데 있어서 이러한 지적은 그 의의를 갖는다.

(6) 신경향파 소설과 갈등

지금껏 살펴보았듯이 전체적인 양상으로 볼 때 서해의 소설들은 매우 폭넓은 양상을 보여주고 있다. 그러나 자연주의 소설계의 권역 밖에 있는 작품들의 대다수가 소품이라는 점을 고려하면, 서해 문학의 본령이 1920년대 중기 자연주의에 있음은 자명하다.

서해의 자연주의 작품들이 보이는 가장 뚜렷한 특징은, 사회·경제적으로 매우 열악하고 개인적으로 감내할 수 없을 정도로 불합리한 현실을 폭로하는 작품의도에서 찾아진다. 여기서 특기할 것은, 작품의도를 이렇게 구축하는 데 있어서 서술자의 직접적인 개입은 좀처럼 찾아보기 어렵다는 점이다. 이 점에서 서해는 회월과 확연히 갈라진다. 알레고리적인 독법을 요구하는 작품이 거의 없는 것도 같은 맥락에서 이해할 수 있다. 서해의 소설에서는, 사건 및 상황에 대한 편집자적 논평이나 요약적 소개 대신에, 시공간적 배경에 대한 세세한 묘사와 사건의 극적 제시가 중요한 작품 요소로 기능한다. 인물들의 심정과 그들을 둘러싼 환경이 대비적으로 그려짐으로써 상황을 효과적으로 부각시킨다.

이렇게 극적인 구성을 통해 불합리한 현실을 폭로하는 효과를 낳는 데 있어 가장 핵심적인 요소는, 인물 관계의 설정 및 개별 인물의 구현에 있어서 가족 관계를 중시하는 방식이다. 이는 서해의 자연주의 소설들이 보이는 현실의 폭로라는 작품 효과의 공과(功過) 모두에 긴밀히 관련되는 것이어서 주목을 요한다. 간단히 말해 서해 소설을 이해하는 데 있어서 관건이 된다고 하겠다.

서해 소설의 중심 인물들은 거의 언제나 가족 혹은 가정의 맥락에 놓여 있다.[48] 두세 세대의 가족으로 맺어지는 인물 구성을 보이는 작품들이 대표적인 예이다. 대체로 이 작품들은 가족 구성원 모두가 끼니를 걱정할 정도의 생활고에 시달리는 동시에 한두 식구는 병에 걸려 있다는 설정을 보여 준다. 이러한 외적 상황 속에서도 인물들의 심정은 끈끈한 가족애를 바탕으로 하고 있다. 그 결과 대부분 가장(家長)인 주인공들은 처음부터 극심한 고통을 떠안게 된다. 이와는 달리 홀로 생활하는 인물을 그린 작품들에서도, 주인공은 떨어져 있는 식구들과 경제적, 인륜적으로 관계되어 있거나, 동경 혹은 성취의 대상으로 가정을 꿈구고 있다(「脫出記」나 「鄕愁」·「寶石半指」·「拾參圓」·「錢迓辭」 등이 대표적인 예가 된다). 이렇게 보면, 앞의 작품들이 보이는 가정의 해체 뿐만 아니라 뒤의 경우에 해당하는 가족 또는 가정의 부재 및 결여 역시 인물들에게 고통을 준다고 할 수 있다. 요약하여, 서해 소설의 대부분은 인물 구성상 가족 관계를 설정하고

---

48) 그 동안의 연구에서 이러한 특징은 별반 강조되지 않은 듯싶다. 이에 대한 주목의 예로 조진기의 다음과 같은 지적을 들 수 있다. "서해의 작품에 있어서 가장 현저한 특징의 하나는 모든 작품이 母, 妻子의 등장으로 하여 가족의 생사(빈곤) 문제가 중심을 이루고 있다는 점이다. 이처럼 가족을 단위로 할 때 그것은 사회주의적인 경향문학과는 이질적인 면을 파악하게 된다"(『한국 현대소설 연구』, 학문사, 1990, 164면). 본고의 경우, 앞의 파악에는 동의하지만 뒤의 주장에 대해서는 비판적 입장을 취하고자 한다. 가족이라는 틀의 설정은 신경향파 소설의 특징을 드러내는 데 있어서도 중요한 역할을 한다고 보는 것이다.

있으며 내용 면에서는 경제적 궁핍과 가족애가 팽팽하게 맞서 있다고 하겠다.[49]

서해 소설에서 즐겨 취하는 가족이라는 인물 구성은 당시로서는 사실 낯선 것이라고 할 수 있다. 1920년대 초기 소설의 주인공들은 대체로 가족이 없거나 집을 나와 있으며 그렇지 않은 경우라도 가족 구성원 내의 문제적인 인물이어서 심정적으로는 고독한 존재들이다. 이러한 설정은 당대 현실에 비춰보자면 매우 비현실적이다. 현진건의 경우가 약간 예외이지만 그도 배우자 두 명 뿐인 가정을 주로 설정하여 가족이라는 사회 단위의 현실성과는 거리를 두고 있었다.[50] 회월 소설들에서 가족 관계가 소홀히 취급되고 있음은 앞에서 보았다. 이러한 상황에서 유독 서해 소설만이 여러 세대가 함께 생계 문제에 대처하는 가족의 모습을 보인 것은, 무엇보다도 그가 인물 구성에 있어서 당대의 실상을 존중했음을 의미한다. 더 나아가 가족 구성원들 중에서 누군가가 병들었거나 다치게 된다는 것 역시 당시의 보건 복지 수준을 감안하면 설득력이 있다.

이러한 인물 관계는 열악한 현실에 대한 주인공의 반응을 절실한 것으로 만드는 데 크게 기여한다. 현실 속에서 비참하게 버려져 있는 존재가, 예컨대 이순영의 「일요일(日曜日)」(『朝鮮文壇』, 1924.12)이나 원소(元素)의 「아즈매의 사(死)」(같은 곳)에서처럼 서술자 또는 주인공이 모르는 타인이 아니라, 자신의 혈육이기에 관찰자적·방관적 태도는 애초부터 불가능해진다. 서해 소설에서 흔히 보이는 살인이나 방화·절도 같은 극단적인 행동의 바탕에는 가족을 단위로 하는 인물 구성 방식이라는 작품 요소가 놓여

49) 본고에서 검토하는 36편의 작품 중에서 「五圓七十五錢」과 「梅月」·「醫師」·「序幕」·「彷徨」·「만두」·「돌아가는 날」만이 가족을 설정하지 않은 경우에 속한다. 그 외 「설날 밤」과 「그믐밤」은 유한 계층의 가족을 부정적으로 그리고 있고, 「금붕어」는 드물게 단란한 부부를 설정하여 현재 논의의 예외에 해당한다. 그러나 이들 열 편 중 네 편이 짤막한 소품임을 고려하면(도표 참조), 신경향파기 서해 소설의 대부분이 인물 구성상 가족 관계를 취하고 있다는 지적은 충분히 강조할 만하다고 하겠다.
50) 이에 대해서는 졸고, 「1920년대 초기 소설 연구」, 앞의 글, Ⅲ-3 참조

있는 것이다. 즉 이러한 인물 구성이, 사회에 충격을 주는 작품의 효과에 상당한 역할을 하고 있다.

일상적인 삶의 구체적인 단위를 형상화하는 데 있어서 현실성을 확보하고 있으며 그럼으로써 기층민들의 궁핍상이 도를 지나쳐 버렸음을 충격적으로 폭로, 반영해 냈다는 데서, 이러한 작품 요소의 자연주의적 성과를 찾을 수 있다. 그러나 궁핍함에 치이는 끈끈한 가족 관계의 설정은 동시에 서해 소설의 한계를 낳는 데도 커다란 요인이 된다. 무엇보다도 작품의 형성 계기 차원에서 현실 항목이, 사회·경제적인 현실 전반의 폭을 유지하지 못하고 한 가족의 경계 내로 좁혀지게 되었다. 현실적 고통의 체험 단위가 가정이라는 작은 틀에 갇혀 버린 것이다. 그럼으로써, 경제적 고통 혹은 사회적 수모 등이 혈육의 문제가 되면서 보다 절실하게 작품화됨과 동시에, 사회 일반의 역관계를 담아내기에는 역부족일 수밖에 없는 한계를 보이게 되었다. 궁핍의 상황을 실감 차원에서 핍진하게 묘파할 수는 있었지만, 궁핍의 원인이나 해결책을 작품화할 여지가 거의 없어져 버린 데에, 바로 가족이라는 인물 구성 방식이 원인으로 놓여 있는 것이다. 이런 사정에는, 사실 서해 소설의 가족이라는 것이 확대된 개인의 한 가지 현상 형식에 불과하다는 점도 중요하게 작용한다. 극단적인 행위의 주체들 중에서 자신의 가족을 죽이거나 하는 설정이 적지 않은 것이 그 증거이다. 이상을 좀더 일반화해서 정리하자면, 확대된 개인으로서의 가족 수준으로 사회·경제적인 문제들이 축소 왜곡됨으로써, 문제의 심각성 및 문제에 대한 심도 있는 통찰을 작품화할 가능성이 미리 차단된 것이라고 하겠다. 서해 소설의 경우, 사회적 문제의 사사화(私事化)라는 자연주의적 한계의 근저에 가족 관계라는 인물 설정이 자리하고 있는 것이다.

이러한 사정은 신경향파 소설들에서 가장 확연히 드러난다. 의사의 진료 거부로 자식을 잃게 된 어미의 광란을 보여 주는 「박돌(朴乭)의 죽음」의 경우나, 앓는 아내를 낫게 해 주지 못하고 모친을 제대로 모시지 못하는 무능력한 남편의 발광을 그리는 「기아(飢餓)와 살육(殺戮)」 등이 그러하다. 이들 작품이 보이는 바, 힘든 상황 속에서도 가족애가 돈독히 마련되어 있는 설정은 뒷부분의 극단적인 행동의 열도를 강화해 주는 장치이다. 그렇게 소중한 가족이 열악한 현실, 비정한 유한 계급들의 외면 속에서 힘없이 스러져가게 됨으로써, 그런 외부에 대한 적대감은 대단한 밀도를 얻게 된다. 그러나 동시에 혈육을 잃는 슬픔과 울분이 주가 됨으로써 외부 현실 자체가 제대로 파악, 형상화되지는 못하게 된다. 현실이 가족의 틀로 좁혀지고 가족 구성원 개인의 문제로 추상화되는 것이다.

앞서 우리는 서해 소설의 인물 구성이 주로 가족으로 되어 있는 까닭에 관찰자적·방관자적 태도가 애초에 불가능해진다고 했다. 살인·방화와 같은 극단적인 행동이 상당한 개연성을 가지고 구체적으로 그려진다는 점이다. 이 점이야말로 서해 신경향파 소설의 또 하나의 중요 특징이다. 여기서 본고가 주목하는 것은 단순한 모티프로서의 살인·방화가 아니다. 사회학적 의미에서의 '갈등'을 표출하는 방식으로서의 살인·방화와 같은 극단적인 행동을 강조하고자 하는 것이다.

먼저 '갈등'의 의미를 분명히 해 둘 필요가 있겠다. 갈등은, 무엇보다도 두 개체 혹은 그 이상간의 사회적 관계이다. 즉 서로가 의식하는 상대방을 포함하며, 그 사이에서 '구체적인 행위가 교환'되는 현상인 것이다. 따라서 분노심, 적대감 같은 심리적 현상과는 구별되어야 한다. 그런 심리적 현상이 갈등의 원인일 수는 있지만 갈등과 동일시될 수는 없는 까닭이다. 또한 갈등은, 한쪽이 상대방으로부터 불평등한 대우를 받는다고 생각하거나 쌍방의 관계가 불공평하다고 인지할 때 발생하는 사회 관계이다. 그러므로 당사자가 부당하다고 느끼지 않을 때는 발생하지 않는다. 이런 의미에서, 사회·경제적인 문제를 개인의 심정적인 문제로 사사화(私事化)하여 무화시키는 부르주아 자연주의 소설에서는 사회적 갈등이 없다고 해야 할 것이다.

따라서 갈등의 규정에서 가장 중요한 것은 무엇이 불공평한가 하는 판단의 기준이 된다. 사회학적으로는 권력의 배분이 근거로 자리잡는다. 즉 권력의 불평등을 토대로 한 사회 관계 간단히 말해서 권력 관계가 갈등의 본질적인 핵이 된다.[51] 이렇게 보면, 구체적인 갈등의 존재는 그 자체로 권력의 정당성에 문제를 제기하는 것이라고 할 수 있다. 현 사회 상황에서 지배력을 행사하고 있는 권력의 정당성을 의심한다는 것은, 넓게 보아서 새로운 사회 상태를 지향하는 것을 의미한다. 암묵적일지라도 그러한 지향성에 기반하고 있는 것이며 동시에 갈등의 전개를 통해서 그러한 지향성을 파생, 강화하는 것이기도 하다.[52]

「박돌(朴乭)의 죽음」과 「기아(飢餓)와 살육(殺戮)」·「큰물진 뒤」·「홍염(紅焰)」·「서막(序幕)」 등의 작품이 이러한 의미에서의 갈등을 형상화하고 있음은 이론의 여지가 없다. 앞의 분석에서 힘주어 강조한 바 '사회·경제적인 맥락에서의 극단적인 행동의 설정'이야말로 사회학적 의미에서의 갈등을 형상화한 것이기 때문이다. 「탈출기(脫出記)」와 「의사(醫師)」가 다소 모호한 경우이다. 앞서도 지적했듯이 「탈출기(脫出記)」의 경우 <신경향파 문학 담론>의 규정에 의해서 신경향파 소설의 경계에 위치하는 작품이므로, '갈등의 형상화'와 관련해서도 그 실체가 확인되지 않는다 해서 이상할 것이 없다. 그러나 이 작품에서 추정되는 주인공의 현재 행적이 기존의 사회 체제를 전복하고자 하는 운동에 복무하고 있는 것임을 고려하면, 「탈출기(脫出記)」야말로 가장 고도의 의미에서 사회학적인 갈등을 설정하고 있는 작품이라고도 할 수 있다(비록 그 과정을 구체적으로 그리지는 않고 있지만 말이다). 「의사(醫師)」가 보이는 바, 의술이 사회·경제적 상류 계층만을 위한 것일 수밖에 없는 현실을 자각하고서 병원을 불태운 뒤 모스크바로 떠나가는 행위는 갈등의 직접적인 제시와는 거리가 있다. 그러나 이 작품도 보다 전면적인 갈등의 표출 즉 체제에 대한 본격적인 저항

---

51) 여기서의 '권력'은 한 인간이 다른 인간에게 미치는 영향력이라는 미시적인 의미로 쓰인다. 따라서 경제적인 불평등 역시 이 개념에 포괄된다.
52) 김동일, 「사회 갈등의 해소와 사회 발전」

을 예비하고 있다는 점에서 '갈등의 형상화'와 미약하나마 관련되어 있다
고 볼 수 있을 듯싶다. 물론 이는 충분히 설득력 있는 것이 못 되지만,
'갈등의 형상화'라는 특성을 형식주의적으로 절대화할 수는 없다는 증좌
로 삼아도 될 것이다.

전체적인 양상을 종합할 때, 서해 신경향파 소설의 특성으로 사회학적
의미에서의 '갈등'이 형상화된다는 점을 드는 것은 별 무리가 없다. 더 나
아가서 이는 사회주의적 자연주의로서의 신경향파 소설들이 보이는 서사
구성상의 일반적인 특성에 해당한다고 할 수 있다. 비록 개인 차원에서
행해지는 것이어서, 사회의 전체적인 틀 자체를 도전·극복의 대상으로
설정하지는 못하는 자연주의적 한계 내에 있는 것이라 해도, 이러한 사실
은 무척 중요하다. 비신경향적인 작품들에서의 극단적인 행동들이 사
회·경제적인 맥락에서 그려지고 있는 것은 아니어서 「'갈등'의 형상화」
는 자연주의 소설계 내에서 신경향파 소설의 경계를 확정하는 데 있어
중요한 지표가 되는 까닭이다.

4) 기타 신경향파 소설의 양상

(1) 신경향파 소설 분석의 잠정적 규준

이상을 통해 우리는 회월 박영희와 서해 최학송의 신경향파 소설 작품
들을 거의 전부 살펴보았다. 그럼으로써 논의 자체가 다소 지리한 감을
띠고 명료성을 상실한 것이 사실이다. 그러나 이는, <신경향파 문학 담론
>이 보이는 '신경향파 소설' 규정을 염두에 두고 작품들의 특성을 검토
함으로써 신경향파 소설의 외연과 내포를 마련해 보려는 기획의 실천을
그대로 드러내려는 방식의 소산이어서 불가피하다고 하겠다. 이러한 방
식은, 모든 분석을 종합한 자리에서 기술해 나가는 것이 간명한 효과를

주는 반면에 어떤 완결된 구도를 전제한 위에서 자료들을 재단했다는 혐의를 받기도 쉽다는 점을 염두에 둔 것이기도 했다. 그러나 이러한 자세가 소극적이기만 한 것은 아닌데, 신경향파 문학을 검토하는 본고의 목적 중 하나가 신경향파 문학을 포함하고 있는 1920년대 중기 문학계의 윤곽을 마련하는 것인 까닭이다.

뒤에서 총괄적으로 명료하게 정리하겠지만, 지금까지 신경향파 소설의 대표적인 두 작가의 작품들을 검토한 결과만으로도 우리는 신경향파 소설의 특성 몇 가지를 얻을 수 있게 되었다. ① 사회·경제적인 맥락의 갈등 관계로 사건을 설정한다는 점, ② 개인 차원의 한계에 갇혀 있기는 하지만 구체적인 행동을 통해서 갈등을 형상화한다는 점, ③ 이런 위에서, 이질적인 작품 요소를 통하여, 구체적으로는 발화 전략에 있어서 주장 형식을 통한 작가의 언어에 의해서거나 살인·방화 등과 같은 극단적인 행동[갈등의 해소, 소망의 충족]을 통해서, 새로운 사회에 대한 지향을 담아 낸다는 점. 이상이 우리가 얻은 신경향파 소설의 내포에 해당한다. 물론 이는 작품만을 검토해도 분명히 확인될 정도로 자명한 것이 아니다. 특히 ③의 새로운 사회에 대한 지향성 즉 사회주의 지향성은 <신경향파 문학 담론>과의 관계를 떠나서는 사실 지적해 내기 어렵다. 또한 ①과 ②가 모두 필요조건인 것도 아니다. 이러한 지적은 특히 알레고리적인 작품들에 적용된다. 정리하자면 ①과 ② 둘 중 적어도 한 가지에 해당하면서 ③으로 해석될 여지가 있을 때 신경향파라고 하겠다.

이러한 규정은 물론 모호한 것이다. 그러나 신경향파 문학 속의 신경향파 소설을 검토할 때 이는 피할 수 있는 것이 아니다. 논의의 명쾌함을 위해서 총체로서의 신경향파 문학 활동을 무시할 수는 없는 까닭이다.

회월과 서해 외에 신경향파로 거론되는 작가들은 10여 명에 이른다. 김기진과 이익상·조명희가 빼놓을 수 없는 인물이고 여기에 김영팔·송영·이기영·이종명·주요섭·최승일·한설야 등(가나다 순)을 들 수 있다. 신경향파 시기의 이들 작품 중 본고가 검토한 것은 50여 편에 달한다. 그러나 앞서도 지적했듯이 이러한 작품들에 대한 검토를 그대로 기술하는 것은 무리스러울 뿐 아니라 이제는 불필요하기도 하다. 팔봉과 성해를 제외한 나머지 작가들의 경우 대체로 1925년 경에 등단한 뒤 1926년에야 신경향파 소설들을 발표하고 있는데, 이 시점은 <신경향파 문학 담론>과의 상호관련을 통해서 이미 신경향파 소설의 정체성이 나름대로 수립된 이후인 까닭이다. 따라서 신경향파 소설의 '정체성을 구명하기 위한 일환으로서' 소설계의 지형을 파악하는 데 있어서 이들 군소작가들의 작품은 긴요한 것이 아니라고 할 수 있다.

신경향파 문학의 수립에 있어서 회월과 더불어 중요한 역할을 한 팔봉 김기진의 몇 안 되는 작품들을 따로 검토한 뒤에, 여타 작가의 작품들에 대해서는 위에서 간략히 정리해 본 신경향파 소설의 특성을 규준으로 해서 신경향파 소설들과 그 경계적인 작품을 추려 보는 것으로도 족할 것이다. 본고의 문제 의식에 비춰 중요하거나 문제적인 작품들에 대해서만 간략히 분석해 보는 데 그치고자 한다. 물론 이 과정에서도 신경향파 소설의 정체성에 가감되는 측면은 살려야 할 것이다.

(2) 작가와 작품의 괴리

낭만주의적 색채가 짙던 1920년대 초기 문학계의 지형을 바꿔 신경향파 문학을 이끄는 데 선구자적인 역할을 한 팔봉 김기진의 소설은 그 명성에 걸맞는 것이 아니다. 간단히 말해서 신경향파 소설의 면모를 찾기 힘든 것이다. 이는 앞서 살핀 대로 그의 '경향'론이 회월의 '신경향'론과 벌인 차이가 작품에서도 확인된 것이라 하겠다. 주지하듯이 일찍 평론으로 방향을 틀어 작품의 수도 많지 않다. 신경향파 소설의 선편으로 꼽히는 「붉은 쥐」(『開闢』, 1924.11)와 더불어 「젊은 이상주의자(理想主義者)의 사(死)」(『開闢』, 1925.6~7), 「Trick」(『開闢』, 1925.11), 「몰락(沒落)」(『開闢』, 1926.1), 「본능(本能)의 복수(復讎)」(『文藝運動』, 1926.1) 등 다섯 편의 단편과 장편 『약혼(約婚)』

(『時代日報』, 1926.1.2~6.28)이 있을 뿐이다. 여기서 본고의 대상이 되는 것은 전문이 삭제된 「Trick」을 제외한 단편소설 네 편이다.

회월이 「신경향파(新傾向派)의 문학(文學)과 그 문단적(文壇的) 지위(地位)」에서 신경향파 소설로 꼽았던 「붉은 쥐」는 지금껏 살펴본 신경향파 소설들의 특성에 비춰볼 때 신경향파적이라고 하기 어렵다. 이 작품의 주인공 박형준은 친구들과 더불어 사회를 개조하는 사업에 대해 궁리하는 인물이다. 그러나 한없는 이야기들 끝에 그들이 내리는 결론은 "우리에게 아모 일도 안 된다. 우리들은 아모 일도 못 할 백성들이다"(135면)라는 자괴감의 표백일 뿐이다. 이후 2, 3절의 거의 대부분은 형준의 상념을 직서하고 있다. 작가의 언어가 그대로 표출된 것이라고도 할 수 있을 이 부분의 내용 역시 사회주의 지향성으로 해석할 여지는 거의 없다.

기득권층을 '행세하고 다니는 신수 좋은 도적놈'(137면)이라고 하거나 '단 하루 동안을 참고 보지 못할 더러운 현실'을 '자본주의 문명'으로 파악(139~40면)하는 데서 전 시기 소설계에 비춰 새로운 면모가 드러나기는 하지만, 문제를 제기하는 방식 자체가 지극히 관념적이다. "인생 문제의 해결은, 오로지 본능 생활로 도라가는 길에 잇섯다. 그러나, 거긔에는 크나큰 절대(絶大)의 란관(難關)이 잇섯다, 즉, 말하자면 문명이라 하는 것이다"(139면. 강조는 원래 윗점)와 같은 예가 그러하다. 주인공이 세계의 협착성을 날카롭게 의식(137~8면)하는 것 역시 관념적인 발상에 해당한다. 전체 작품의 틀이 주인공의 관념적인 사색에 의해 이루어짐을 염두에 두면, 현실 문제에 대한 이와 같은 파악은 이 작품의 성격을 구명하는 데 있어서 관건이 된다. 붉은 쥐를 보고서 행하는 의식 즉 '산다는 것은 나의 권리'이며 그러한 까닭에 "현실이라는 너를 짓밟고서 그 우에 서겟다"(142면)는 결심, 달리 말하자면 "생명을 위해서는, 도로혀 생명을 내놋코서까지 활동을 하지 안이치 못한다"(144면)는 결의 역시 생존 경쟁에서 지지 않겠다는 의지의 표명 이상이 되지 못한다. 사회·경제적인 맥락에서의 문제를 넘어 새로운 사회를 지향하겠다는 의식을 함축했다고 보기는 어려운 것이다.

사정이 이러하기 때문에, 이러한 관념의 직서 뒤에 일어나는 극단적인 사건은 사회주의 지향성의 예표적인 서사와는 거리가 멀다. 식료품 상회와 귀금속 파는 집을 털어 도망치고 난데 없이 피스톨을 뽑아 추격자들을 위협하다가 차에 치여 죽는 설정은, '별안간 배가 고프다는 것을 느끼고 그 순간 이상스러운 흥분을 깨달은'(145면) 뒤에 나온 행동일 뿐이어서 단순 절도의 수준을 넘는 것이 전혀 아니다.

이는 이익상의 「광란(狂亂)」(『開闢』, 1925.3)에서, '섣부른 양심을 버리고 한번 놀아보자'(40면)는 발상으로 회사 돈을 훔쳐 질탕하게 호사를 부리는 주인공 영순의 행동과 사실상 동궤의 것이라 할 만하다. 두 작품 모두 신경향파 소설로 흔히 언급되어 왔지만, 「광란(狂亂)」은 신경향파는커녕 자연주의에도 못 미치는 태작일 뿐이며,[53] 「붉은 쥐」 역시 앞서 살핀 신경향파 소설들과는 큰 차이를 보인다. 물론 이 작품은 시기적으로 일찍 발표된 것이어서 작품 말미의 극단적인 행동만으로도 <신경향파 문학 담론>이 강조했던 바 사회에 충격을 주기에는 충분했으리라고 볼 수도 있겠다.[54] 그러나 그러한 '충격' 혹은 '효과'라는 것은 말 그대로 너무 막연한 것이어서 함부로 추단할 수 없다. 더욱이 신경향파 소설의 정체성을 마련해 보고자 하는 지금까지의 논의에 비춰보자면 '증명할 길 없는 충격적 효과'를 정체성의 한 요소로 말하기는 힘든 것이다. 사정이 이러한 까닭에, <신경향파 문학 담론>이 이 작품의 실제적인 면모를 돌보지 않은 채로 신경향파 소설의 효시로 위치지웠다고 보는 것이 온당한 판단일 것이다. 사실 이 작품은 소설사의 전개상 이전 단계의 작품들과 적지 않은

---

53) 이 작품에 대해 월탄은 "小說인지 漫談인지 그대로 한 作亂으로 써 버린 戱筆인지 도시 그 正體를 알 수가 업다"면서 "小說이라고 볼 수는 업다"라고 규정한 바 있다(박종화, 「三月 創作評」, 『開闢』, 1925.4, 20면).

54) 후에 회월은 이 작품을 두고 "旣成文壇에 대한 示威며 宣言이며 爆彈이었다"고 지적하고 있다. 박영희, 「現代朝鮮文學史」, 『思想界』, 1958.4~1959.3; 『박영희 전집』 II, 앞의 책, 464면에서 재인용.

유사성을 갖는다. 1절에서의 자괴감은 염상섭의 「암야(闇夜)」에 드러난 상황 인식과 대차를 보이는 것이 아니며, 2, 3절을 채우고 있는 상념 역시 1920년대 초기 소설의 고백체 형식에 닿아 있는 것이라 하겠다. 이런 위에서 궁핍한 현실의 심각성 및 위험성을 폭로하고 있음을 고려하면 소설계의 변화를 이루어 낸 부르주아 자연주의의 한 작품으로 보는 것이 무난하다.

「젊은 이상주의자(理想主義者)의 사(死)」와 「몰락(沒落)」 역시 신경향파와는 무관한 자연주의 작품일 뿐이다. 「젊은 이상주의자(理想主義者)의 사(死)」는 제목이 드러내는 대로 최덕호라는 이상주의적인 청년의 자살을 내용으로 하고 있다. 주인공의 생각을 담은 일기를 내화(內話)로 하고 그것을 세상에 공개하는 서술자의 생각을 액자로 한 액자구성을 취하고 있다. 최덕호의 꿈이자 그가 스스로 정한 사명은 다음과 같다.

> 그 使命은 進化學으로써 保證바든 人類의 進化를 促成하는 崇高한 理想의 世界를 地上에 建設하도록 活動하는 것이다. 現代社會의 不正은, 現代人類의 未開로 말미암아 잇게 된 것이다, 그럼으로 사람이 어느 째에든지 結局 完成品이 된 째에는 世界는 樂園이 될 것이다. (…중략…) 우리들의 使命은 이것에 이르기까지, 全人類를 分擔하야 促進케 하는 일뿐이다. (『開闢』, 1925.7, 40면)

이것이야말로 대단히 이상주의적·관념적인 발상이다. 생계를 위해 어렵게 얻은 '植民地의 下級 官廳의 雇員' 노릇까지 그만두면서 '番犬을 免'했다고 기뻐하는 데서 그 성격이 잘 드러난다. 그러나 이렇게 관념 속에서만 상정되는 완전한 해결책을 지향하지만, 그것이 실현될 수 없음을 스스로도 잘 알기에 좌절하고 만다. 급기야는 "人生에 對한 情熱도, 眞理에 對한 感激도, 지금은 업다"(45면)는 상태에서 자살을 선택하고 마는 것이다.

이 작품은 한 인간의 내면을 깊이 있게 천착하고 사회의 문제를 어느 정도 설득력 있게 묘파해 냈다는 점에서 자연주의 소설의 한 자리를 차지한다. 그렇지만 사회주의적 자연주의로서의 신경향파와는 거리가 있다. 작품 속에서 큰 비중을 차지하는 내용이 주인공 최덕호의 실연인 데서 이 점이 확인되며, 직접적으로는 작중 인물인 동인(洞仁)의 주장을 통해 공산주의가 명백하게 부정된다는 점으로도 증명이 된다. 무엇보다도 사회주의 지향성이 없다는 것이다. 그 위에 사회·경제적인 맥락에서 갈등 관계가 설정된 것이 아님을 들 수 있다.

「몰락(沒落)」은 급격한 근대화의 소용돌이 속에서 혼란 상태를 겪는 부인의 시점을 통해 세대간의 단절을 주제화한 작품이다. 시골에서 첩살림을 하는 남편과 일본 유학 후 돌아와 아내를 쫓아내고 '무슨 주의'에 빠져 나돌아다니는 아들, 그런 까닭에 자신이 돌보아야 할 어린 손녀 모두 그녀의 삶의 시름을 가중시키는 존재이다. 이런 상황에서, 병으로 사오일 앓는 부인이 '좋았던' 옛날을 회상하고, 자식에게 푸념하는 내용이 주를 이루고 있다. 봉건적 의식의 한계와 구세대의 필연적인 몰락, 부모 자식 세대간의 피할 수 없는 몰이해·배리를 드러내는 데 작품의도가 있는 것이다. 다음 구절에서 이 점이 확연해진다.

> "아─하! 이 불생한 인생 망해가는 계급의 불상한 인생 영원이 다시 살아나지 못할 이 가련한 인생을 엇더케하면 조흔가? 가티 합할 수 잇느냐? 도저히 되지 못한다. 그러면 내가 나를 버리고 어머니에게 합하여 들어갈 수는 잇느냐? 도저히 되지 못한다. 그러면 내버려 두자 이것이 녁사가 질머지워 노은 운명이다!" 성칠이는 란조(亂調)로 발전하고 잇는 어머니의 심정을 생각하면서 입속으로 이러케 혼자ㅅ말 하얏다. (38면)

이는, 시운을 잃은 부모 세대, 몰락할 수밖에 없는 봉건적 의식의 소유 계층에 대한 조상(弔喪)에 해당한다. 따라서 이 작품을 두고 계급 관계를 중심으로 사건이 설정되어 있다는 식의 평을 내리는 데는 전혀 동의할 수 없다. 자본주의 근대화 과정에서 생기는 계층·계급간의 갈등 문제와는 거리가 먼 것이다.[55]

이상 살펴보았듯이 팔봉의 작품들은 사실 신경향파 소설과는 거리가 멀다. 전문이 삭제된 「Trick」이나 뒷 부분이 생략된 「본능(本能)의 복수(復讐)」만이 신경향파적이 아닐까 추론할 수 있을 뿐이다. 「본능(本能)의 복수(復讎)」는, 고용을 살던 변호사 집의 딸을 겁탈하려다 쫓겨나 연돌(煙突) 소제부(掃除夫)가 된 채 앙심을 품고 있던 주인공 준길이 우연히 그 여자를 다시 만나는 데서 그쳐 있다. 변호사 집 사람들의 윤리적 타락상과 봄에 의해 소생된 생명의 본능을 대조시키는 데서 서사의 귀결을 짐작할 수 있지만, 어떤 경우이든 이미 정당성을 확보할 수 없는 개인적인 충동을 바탕으로 한 것일 뿐이다.

(3) 여타 신경향파 소설들과 능동적 주인공

여기서는 기타 작가들의 신경향파 소설들을 개괄해 보고자 한다. 후에 카프 경향문학의 대표적인 소설가로 군림하게 되는 이기영과 한설야를 위시하여 신경향파 문학 시기의 중요 작가로 자주 거론되었던 이익상, 그 외 송영과 조명희, 최승일, 이종명, 김영팔 등의 이 시기 소설들이 검토의 대상이 된다. 먼저 지적해 두어야 할 점은 이익상을 제외하고 나머지 작가들의 경우 1920년대 중기를 기준으로 할 때 한낱 군소작가들에 불과하다는 점이다. 이들이 방향 전환 이전에 발표한 작품들은 대체로 신경향파에도 못 미치는 자연주의 소설의 수준을 보이고 있다.[56] 목적의식기를 거치면서야 작가로서도 의미가 있고 경향문학 더 넓혀서는 리얼리즘 문학

---

55) 동일한 맥락에서 현진건은 이 작품이 "思想的으로 零이라 해도 過言이 아닐 것"(100면)이라면서, "이 作者의 平日의 主義主張과 이 作品과는 霄壤之判으로 달른 싸닭이다. 思想과 感情의 矛盾 理論과 實地의 撞着! 이 쪼한 深刻한 悲劇이다."(101면)라고 지적한 바 있다(현진건, 「新春 小說 漫評」, 앞의 글).

56) 특히 한설야가 그러하다. 1925년에 발표된 그의 초기작들(「그날 밤」·「憧憬」)은 1920년대 초기 소설이 보였던 낭만주의적 속성에 침윤되어 있다. 이후 1927년 초까지 발표된 작품들(「平凡」·「주림」·「그릇된 憧憬」)에서야 자연주의적인 면모가 드러날 뿐이다. 신경향파 작가로서의 한설야는 없다고 할 수 있다.

의 발전에 있어 중요한 작품들을 선보이는 것이다. 그러나 이들 작품은 신경향파 문학을 다루는 본고의 대상이 아니다.[57] 따라서 양이 적다 해도 신경향파 소설의 본질을 확정하기 위한 발판으로 그 경계를 엄밀히 잡아 보는 데 충실을 기하고자 한다.

이들 중 신경향파 소설의 경계를 확정하는 데 있어서 가장 문제적인 작가는 성해 이익상이며 가장 주목할 작가는 이기영이다. 이익상이 문제적이라는 것은 신경향파 소설의 권역 내에 그의 작품들이 무반성적으로 포괄되어 왔기 때문이며, 이기영의 경우는 이미 이 시기에 신경향파의 중요한 성과에 해당하는 작품들을 발표한 까닭이다. 이 두 작가에 대해 간략히 살펴본 후에 작품들을 분석한 결과를 개괄해 보고자 한다.

이익상의 경우 신경향파 문학의 대표적인 작가로 거론되기도 해 왔다. 특히 「광란(狂亂)」(『開闢』, 1925.3)의 경우는 신경향파 소설의 한 전범에 해당된다고 평가된 바 있다.[58] 그러나 앞서 지적했듯이 「광란(狂亂)」은 자연주의 소설계 일반에도 미치지 못하는 태작일 뿐이다. 사실적인 사건 설정 위에서 현실의 암흑면을 현상 차원에서 폭로하는 것이 자연주의의 특성이라 할 때, 이 작품은 자연주의적인 면모를 전혀 보여 주지 않는다. 주인공의 행위는 어떤 사회적인 의미도 띠지 않는다. 다니던 회사의 돈을 훔쳐내는 것이 예컨대 가진 자 곧 유산 계층에 대한 반항이 아님은, 그 돈으로 친구들을 불러내 질탕하게 술을 마시는 외에는 그가 하는 일이 전

---

57) 시기적인 한정이 필요하다. 신경향파 문학 일반을 기준으로 하면 1923년에서 1927년 2월까지가 되지만, 신경향파 소설을 대상으로 하자면 실질적으로 1924년부터 시작된다.

58) 백철은 이익상에 대해 다음처럼 극찬한 바 있다. "그 全體的인 主題性 卽 돈이 萬能인 그 矛盾과 俗된 社會를 諷刺하기 위하여 돈을 料亭에서 뿌리고 길거리에서 뿌려 보는 것은 이 時代에선 新鮮한 着想인 同時에 新傾向文學의 主題性으로 봐서 가장 適切한 一典型이라고 볼 수 있다. 이 作家의 「쫓겨가는 사람들」도 이 時代 作品으로 小說다운 小說이다"(『朝鮮新文學思潮史』, 앞의 책, 58면). 그러나 이는 동의하기 어렵다. 본고가 보기에 이 논의의 가장 큰 문제는, 1920년대 중기 자연주의 소설계 일반의 성과를 돌보지 않았다는 데 있다.

혀 없는 데서 확인된다. 전반부를 장식하는 청계천 물의 흐름에 대한 단
상 역시 "絶大의 큰 것 압헤는 善도 惡도 업다!"(45면)와 같이 추상적·몰
역사적인 데로 집약되고 있어서, 작품의 전체적인 의미 구성을 추론해 볼
때 사회·경제적인 맥락으로 해석할 여지가 거의 없다. 당대의 맥락을 존
중하고 작품을 바라본다 해도, 그 외의 작품들 대부분 역시 주목할 만한
것도 신경향파 소설도 아니라고 할 수 있다.[59] 가난의 문제를 다루는 경
우에도 「망령(亡靈)의 난무(亂舞)」(『開闢』, 1926.5)나 「그믐날」(『別乾坤』, 1927.1)
등에서 보듯, 가난이 당대 현실에서 필연적으로 촉발된 것으로서가 아니
라 개인적인 소비·방탕에 의해 유발된 것으로 설정함으로써 자연주의
소설의 경계에도 들지 못하는 경우가 많다.

　이익상의 작품 중에서는 「쫓기어 가는 이들」(『開闢』, 1926.1)과 「위협(威
脅)의 채찍」(『문예운동 1』, 1926.1)만이 신경향파 소설에 해당된다고 하겠
다.[60] 「쫓기어 가는 이들」의 경우는 사실 신경향파 소설로서 미진한 면
모가 적지 않다. 다른 작품들에서 보이던 바 개인의 사사로운 특성 및
한계가 작품 세계의 현실성을 삭감하는 경향이 여기서도 없지 않은 까닭
이다. 그러나 주인공 득춘의 개인 차원의 특성 및 한계에도 불구하고, 그
들 부부가 경제적인 문제로 야반도주를 감행하게 되는 것은 당대 현실에
비춰 공감의 여지가 적지 않다. 이러한 도피가 "이 전북평야(全北平野) 디
방에는 비교덕 만흔 것"(44면)이라 하여 현실 맥락을 끌어들이는 것도 이
에 기여한다. 물론 술집을 차린 뒤에 아내를 희롱하는 '부잣댁 서방님'을
두들겨 패는 것이 사회적 의미의 계급갈등을 그 자체로 형상화한 것은

---

59) 김철의 「성해 이익상론」(『잠 없는 시대의 꿈』, 문학과지성사, 1989)이, 작품들에 대한
　구체적인 분석을 바탕으로 해서 이러한 사정을 확실하게 보여 준다. 「쫓기어 가는 이
　들」에 대한 결론적인 판단을 제외하면 본고의 파악은 그와 동일하다.
60) 본고의 경우, 『文藝運動』을 구해 보지 못한 관계로 「威脅의 채찍」은 검토할 수 없었
　다. 그러나 김철이 소개한 내용 요약(「성해 이익상론」, 앞의 글, 90면)에 따르면 신경향
　파 소설로 무난히 포괄할 수 있을 듯하다. 김철의 경우 이 작품만 신경향파 소설로 인
　정하고 있다.

아니다. 그러나 그의 행위가 사회 계층간의 위화감에서 비롯된 것 역시 부정할 수 없다. 객관적인 문제를 주관적으로 드러내는 한 가지 양상인 것이다. 거기에 신경향파 소설 일반의 특징인 이질적인 작품 요소의 삽입 형태로서, '복수할 째의 깃븜'으로 인해 "악은 악으로 갑흘 터이다"(58면)라고 다짐하게 하는 것은, 실상 메가폰적 인물을 통한 작가의 언어를 통해서 작품의 의미 방향을 설정해 주는 방식의 일환인 것이다.61)

후에 카프 진영 최고의 소설가로 부상하는 이기영은 신경향파 소설의 한 축을 형성하고 있다. 초기작 「가난한 사람들」(『開闢』, 1925.5)은 성호의 생활상을 묘사하는 데서는 「짱 속으로」와 방불하고, 그의 절규를 그린 종결부에서는 최서해나 박영희의 대표적인 작품들과 유사한 극적 효과를 얻고 있다. 이렇게 「가난한 사람들」이 기본적으로 보통 신경향파 소설인 반면, 「농부(農夫) 정도룡(鄭道龍)」(『開闢』, 1926.1~2)과 「쥐 이야기」(『文藝運動』, 1926.1)는 신경향파 작가로서의 이기영의 독자성이 잘 드러나는 작품들이다.62) 이기영 식 신경향파 소설에 해당된다고 할 이들 작품의 가장 큰 특징은, '주동적인 하층 인물형의 제시'에서 찾을 수 있다.63) '정도룡'이나

---

61) 김철의 경우는, 앞의 글에서 이 작품 역시도 신경향파가 아니라고 단정하고 있다. 그가 내세우는 핵심적인 근거는, 이 작품이 '개인적인 윤리나 도덕의 문제'에 기반하고 있다는 데 있다. 그 결과 「쫓기어 가는 이들」의 경우 "한 개인을 억압하는 사회 구조로서의 지주나 마름과 같은 계층의 성격을 전혀 드러내지 못한다. 주인공의 몰락이 최소한도의 사회적 의미를 가지려면 그러한 계층과의 대립이나 갈등, 혹은 그러한 계층으로부터 받은 핍박이 제시되어야 할 것이다"라고 지적하고 있다(86~7면). 그러나 이러한 비판은 사실 그 척도가 대단히 높은 것이다. 최소한 '사회주의적 경향성'의 직접적인 작품화가 기준이 되어 있는 것인데, 이렇게 파악하자면 신경향파 문학 시기의 신경향파 소설들은 사실상 거의 없게 되어 버린다. 이는 당대 문학의 실제를 지나치게 무시한 것이 된다.

62) 정호웅의 경우(「1920~30年代 韓國傾向小說의 變貌過程 硏究─人物類型과 展望의 樣相을 中心으로」, 앞의 글), 「農夫 鄭道龍」을 두고서, 문제적 인물의 등장 및 전망의 제시로 해서 초기 경향소설 즉 신경향파 소설과 구별되는 분수령적 작품이 된다고 파악한 바 있다(46~7면). 그러나 '문제적 인물'이라 하기에는 그 기능의 측면이 부족하고, '전망의 제시'와 관련해서는 실제 현실의 경향을 읽어 내는 의미에서의 경향성에도 미치지 못하는 주관적 의지의 표출에 불과한 것이 아닌가 하는 판단에서 동의하기 어렵다.

'곽쥐'는 현실의 문제에 대해서 나름대로 확실한 판단을 가지고 있으며
더 중요하게는 그것을 능동적으로 또 성공적으로 실행해 내는 면모를 보
인다. 부당한 상황에 부딪쳐 자신의 뜻대로 해결해 나가는 존재인 것이
다. 이 같은 등장인물(character)은 여타 신경향파 소설에서는 찾아볼 수 없
는 것으로서 그야말로 '영웅'적인 유형이다. 이렇게 주동적인 하층 인물
형을 제시하여 유산자에게 당당히 맞서는 면모를 창출함으로써, 이기영
은 갈등의 '해소'가 아니라 '해결'을 그릴 수 있게 되었다.[64] 이러한 속성
은, '작품 내 세계'의 형상화에 있어서 현실성이 확보되어 있음과 결합해
서 신경향파 소설계의 독특한 갈래를 이룬다. 이 작품들의 경우 개연성은
다소 떨어지나 극단적인 행동보다는 현실성이 있다고도 할 수 있다.[65]

　　그 외의 신경향파 소설로는 「실진(失眞)」(『東光』, 1927.1)과 「아사(餓死)」(『朝
鮮之光』, 1927.2)를 꼽을 수 있다.[66] 이것들은 스토리 설정이나 인물 구성에
서 다소 특이한 면모를 보이지만(그 결과가 '극단적인 행동 후의 갈등'이나 '하층
민들간의 의식의 분화 및 대립'의 주된 형상화이다), 궁핍한 상황 속에서의 불행

---

63) 이기영 소설을 총괄적으로 검토하고 있는 이상경(「이기영 소설의 변모과정 연구」,
　　서울대 박사, 1992)은 「가난한 사람들」과 「農夫 鄭道龍」, 「쥐 이야기」 등을 총괄해서
　　'궁핍한 현실에 대한 사실적 묘사와 주관적 해결 방식'이라는 시각의 동일성을 지적하
　　고 이를 신경향파 소설 일반의 특성과 동일한 것이라고 파악한 바 있다(38~9면). 그러
　　나 앞의 검토(3.1)에서 보았듯이 이렇게 일의적으로 규정하는 데는 동의하기 어렵다.
64) 이 진술에서 주목하는 것은 이러한 능동적 인물형을 창출하는 작가의 의도가 형성
　　계기로서 작품에 미치는 효과이다. 이러한 관련 즉 「農夫 鄭道龍」의 주인공 '정도룡'
　　이 작가의 언어를 대변하는 인물형이라는 지적으로는, 정호웅, 『우리 소설이 걸어온
　　길』, 솔, 1994, 166면 참조.
65) 여기서, 「쥐 이야기」의 경우 '곽쥐'가 보이는 능동적인 행동[지주의 돈을 물어다 수
　　돌이네에게 갖다 주는 것]이 인간과 관계됨으로써, 여타 알레고리적 신경향파 소설들
　　과는 또 다른 점을 갖게 되었음을 덧붙일 필요가 있다. 예표적인 층위와 실제 층위가
　　함께 작품화된 것인데, 이는 작가의 언어를 마음껏 분출하면서도 '작품 내 세계'에서
　　의 성공적인 사건 해결을 드러내려는 욕망(혹은 욕심)의 소산이라 하겠다.
66) 이기영 초기 소설의 대표작이라고 꼽히는 「民村」의 경우는, 창작 일자가 1925. 12.13
　　일로 명기되어 있기는 하지만, 그것이 수록된 『民村』의 발간 시기(1927.4)를 중시해 신
　　경향파 문학 이후의 작품으로 본다. 여기에는, 이 작품이 여러 가지 측면에서 신경향
　　파 소설 일반의 수준을 넘고 있음도 중요한 판단 근거로 작용했다.

한 종결을 그린다는 점에서는 여타 신경향파 소설들과 대차가 없다.

기타 작가들의 신경향파 소설로, 송영의 「느러가는 무리」(『開闢』, 1925.7)와 「용광로(鎔鑛爐)」(『開闢』, 1926.6), 「석공조합대표(石工組合代表)」(『文藝時代』, 1927.1), 조명희의 「농촌(農村) 사람들」(『現代評論』, 1927.1), 최승일의 「바둑이」(『開闢』, 1926.2) 등을 들 수 있다.

이들 작품에서 주목할 점은 그 배경이 공장으로 설정되었다는 등의 외적인 지표가 아니라, 이기영의 「농부(農夫) 정도룡(鄭道龍)」과 「쥐 이야기」가 그러하듯, 대체로 적극적인 주인공을 내세웠다는 점이다. 노동 강도의 강화를 통한 실질적인 임금 삭감에 대해서 비일상적인 인물인 김상덕이 동료 노동자들을 선동하며 항의를 제출했다가 경찰에 잡혀간다(58~61면)는 내용을 보이는 「용광로(鎔鑛爐)」가 그러하고, 가족 모두가 노동자인 박창호 일가의 주인에 대한 항의(15면)가 돋보이는 「석공조합대표(石工組合代表)」 역시 동일한 양상을 보인다. 이는, 「느러가는 무리」에서 확인되는 바, 노동 계급에 대한 작가의 신뢰에 기인하는 것이라 하겠다. 「농촌(農村) 사람들」의 경우도 주인공의 적극성이 돋보인다. "묵은 인습적 도덕과 량심이란 것을 잊어버리는 동시에 원시적 생활력의 굳센 힘을 다시 회복"한 원보의 복수 행위[67]가 중심을 이루고 있다. 알레고리에 속하는 「바둑이」 역시 바둑이의 적극성이 두드러져 있다. 인정 없는 지주 집의 개였던 바둑이가, 자식들의 방탕과 사업 실패로 주인이 망하게 되서 급기야는 자기를 팔려고까지 하자, 친구 센둥이와 의기 투합하여 "우리를 희생식히려는 행동에 대한 지당(至當)한 반녁의 행동"(39면)으로 주인을 물어 죽이기까지에 이르는 것이다.

이기영까지 포함하여 군소 작가들의 작품에서 이렇게 적극적이고 능동적인 주인공이 설정되는 것은, 신경향파 소설의 전개 과정 내에서 발전적인 면모를 보인 것이라고 할 수 있다. 회월이나 서해의 작품들은 극단적

---

67) 소련 과학원 동방도서출판사, 『조명희 선집』, 1959, 204면.

인 행동을 취할 때조차 대부분 환상 등 무의식적인 상태에 바탕을 둠으로써 주체의 계기가 약화되어 있었다. 이와 비교하면 지금 검토한 작품들은 피압박 계급인 프롤레타리아의 능동성을 그림으로써 신경향파 소설의 새 경지를 열어 보인 것이라 할 수 있다. 이러한 변모는 신경향파 문학의 종언을 고하는 지표 역할을 한 회월의 「『신경향파(新傾向派)』 문학(文學)과 『무산파(無産派)』의 문학(文學)」(『朝鮮之光』 64호, 1927.2)보다 앞서는 것이어서 더 소중하다.

물론 대개의 경우 주인물의 죽음이나 패배로 서사가 종결되지만, 이는 당연히도 긍정적인 자질이라고 할 것이다. 현실성을 무시한 가상적인 해결을 회피하는 리얼리즘의 정신에 입각한 것이기 때문이다. 조금 단순화해서 말하자면, 바로 이러한 점 때문에, 무산 계급 패배의 형상화를 회피하는 이후의 경향소설들보다 신경향파 소설이 더 리얼리즘적이라고도 볼 수 있겠다.

군소작가들의 작품에서도 신경향파 소설의 경계에 해당하는 것들을 지적해 두어야 한다. 송영의 「선동자(煽動者)」(『開闢』, 1926.3)와 박길수의 「쌍파먹는 사람들」(『開闢』, 1925.8), 주요섭의 「개밥」(『東光』, 1927.1) 등이 이에 속한다.

여기서는 주요섭의 「개밥」에 대해서만 잠시 언급하기로 한다.[68] 이 소설은 스토리의 설정상 가장 극단적인 행위가 드러난 신경향파 작품이라 할 만하다.[69] 행랑살이하는 단성 어멈이 주인집의 사냥개를 물어 죽

---

68) 「煽動者」와 「쌍 파먹는 사람들」에 대해서는 본고 377~8면에서 구체적으로 검토한다.
69) 「개밥」에 대해서는 이러한 스토리 설정을 주요 근거로 하여 염상섭이 '一種의 푸로 文學 中毒者의 好標本'으로서 "人生의 本然의 形姿 앞에서는 눈을 감고, 自意로 人生을 模造濫作하는 것"(79면)이라고 타매(唾罵)한 바 있다(「文壇時評」, 『新民』, 1927.2). 이 기영의 「失眞」도 동일한 비판 대상으로 설정되어 있다. 한 가지 지적할 것은 이때 염상섭은 작가의 의도에 의한 작품의 효과를 전혀 돌보고자 하지 않는다는 점이다. 이 지적은, 주변에서 푸로 작가니 하고 추켜 주는 바람에 최서해의 소설이 정체되었다고 비판한다거나(77면), 「콩나물 죽과 小說」을 발표한 최승일의 경우 푸로 문학에 중독되지 말라고 당부(80면)하는 데서 확인되듯이, 이 글이 기본적으로 푸로 문학 진영에 대

이고 개밥을 뺏어서 앓는 딸에게 먹이려 하나 아이는 이미 죽어 있어 급기야 미쳐 버린다는 내용을 담고 있다. 내용에서도 짐작되듯 계급적 자각이나 계급간의 대립상이 설정된 것은 아니지만, 날로 커가고 기름이 반지르르 흐르게 되는 사냥개와 일간 차차 몸이 더 쇠약해 가는 단성이의 대조,[70] 병원비로 요구한 가불을 거절하고, 사리를 따진 것이기는 하나 아이에게 흰밥 주기를 거부한 주인 아씨의 행동 및 사후의 냉정한 처리 등을 그림으로써, 있는 자와 없는 자 사이의 극명한 대립을 부각시켰다는 점에서 신경향파 소설로 볼 수 있다. 갈등이 내재적으로 설정의 경우라 하겠다.

<신경향파 문학 담론>의 규정에도 불구하고 신경향파 소설의 경계에서 벗어나는 작품으로는 최승일의 「두 젊은 사람」(『開闢』, 1925.8), 이익상의 「광란(狂亂)」, 조명희의 「땅 속으로」(『開闢』, 1925.2~3), 주요섭의 「살인(殺人)」(『開闢』, 1925.6) 등을 들 수 있다. 이 작품들은 모두 회월에 의해서 신경향파 소설이라고 지칭되었던 것이다.[71]

「땅 속으로」는 '無反省하고도 淺薄한 人道主義者-理想主義者'(3월 17면)였던 주인공이 처자를 거느린 가장의 역할을 하게 되면서 몸으로 겪게 되는 경제적 궁핍상으로 인해, '無産軍의 苦痛'을 알게 되고 "우로 말고 알에로 파드러가자"(3월 18면)는 '사상 생활의 전환'을 이루게 됨을 보여 준다. 그러나 이것이 어떤 식으로든 행동화되지는 않는다. 끝 부분의 꿈 속 강도질을 빼자면, 경제적인 상층에 대한 극단적인 행동도 사회의 모순에 대한 인식도 보이지 않는 것이다. 어떤 면에서도 사회적 의미의 갈등을 담지는 않은 채 1920년대 초기 문학적 이상의 폐기와 현실의 궁핍함을 보여 줌으로써, 신경향파가 아니라 부르주아 자연주의에 귀속된다.

한 염상섭의 비판적 기획을 내비친 것임을 염두에 둔 것이다.

70) 김성수 편, 『카프 대표 소설선 I 』, 사계절, 1988, 182~3면.

71) 「新傾向派의 文學과 그 文壇的 地位」, 『開闢』 64호, 1925.12.

최승일의 「두 젊은 사람」역시 자연주의 소설계 내에 들어가는 작품이다. 이 작품은, 하기 방학을 맞아 계획한 강연회의 자금을 모집하러 고향에 갔다가 실패하게 되는 두 젊은이의 이야기를 줄거리로 하고 있다. 그과정에서 만수나 박 선생을 통해 봉건적인 사고의 존속을 문제시하고, 사람들과의 대화를 통해 공산주의에 대한 간략한 설명 등을 곁들이지만, 두청년과 김 진사 사이에 본격적인 갈등이랄 것이 없고 김 진사의 계급성이 그려지지도 않고 있다. 두 청년과 그의 관계가 '지주─소작농'처럼 경제적인 차원에 놓인 것이 아닌 까닭에 이는 자연스럽다. 전체적으로 보아풍속을 그린 것에 불과하다고 할 것이다.

주요섭의 「살인(殺人)」은, 작품을 이끌어나가는 갈등이 사회·경제적 관계라기보다는 '사랑'으로 요약되는 추상적인 심정 차원에서 설정되는 까닭에 신경향파라고 보기 어렵다. 신경향파 소설의 핵심으로서 '사회·경제적 맥락의 갈등'을 설정하는 데 있어 반증의 예가 되는 작품이다.72)

이상 살핀 작품들 외에, 단순히 제재나 인물 설정만으로 신경향파를 구획할 수는 없다는 증거에 해당하는 작품으로 최독견의 「푸로 수기(手記)」(『新民』, 1926.8)와 「고구마」(『新民』, 1927.2) 등을 들 수 있다. 「푸로 수기(手記)」는, 하루의 허기를 면하고자 애쓰는 인물의 이야기를 담고 있다. 돈을 좀꾸어 보려고 계속 계획을 세우나 네 차례 모두 실패로 돌아갔다는 것이다. 문제는, 주인공이나 대부분의 인물들이 굳이 프로 운동가일 필요는전혀 없다는 사실에 있다. 이 점을 고려하면 사실상 좌파 진영에 대한 비판적 의도가 있는 셈이라고도 볼 수 있다. 부르주아 자연주의 계열로 볼작품이다. 기껏해야 재치 있는 트릭을 소설화한 꽁트에 해당할 「고구마」역시 신경향파에 대한 희화화에 해당한다.

---

72) 상세한 논의는 본고 381면 참조.

5) 신경향파 소설의 지형도

(1) 문제와 해결 방안의 반성적 검토

신경향파 소설에 대한 이상의 검토를 정리함으로써, 애초에 제기된 문제의 해답을 마련해 볼 여지와 새롭게 제기되는 문제를 명확히 할 필요가 있다. 지금까지의 논의를 통해서 확인된 바는 다음과 같다. 첫째[①]로는 문제 의식을 사실로서 확인하게 된 것인데, 신경향파 소설의 특질이 미적인 측면에서 명료한 것이 아니라는 것이다. 신경향파 소설은 크게 보아 자연주의적인 유형과 알레고리적인 것으로 양분되며, 1920년대 중기 자연주의 소설계를 이루는 여타 작품들 즉 부르주아 자연주의로 구획될 수 있는 작품들 중의 몇몇과 명확한 차이를 보이지는 않는다는 점을 알 수 있었다. 둘째[②]로는, 그러함에도 불구하고 해석 과정에서 발견할 수 있는 신경향파 소설의 특질이 있다는 것이다. 이들 작품에는 새로운 사회를 바라는 지향, 보다 소극적으로는 현재의 상황이 문제적이라는 판단과 그 너머를 동경하는 유토피아적 소망이 공통적으로 확인된다. 자연주의와 알레고리로 나뉘는 미학적인 차이 또는 작가들의 개성에 따라 그 양상은 달라지지만, 당대의 상황을 사회·경제적인 면에서 문제시하면서 새로운 사회를 염원한다는 점은 공통된다. 셋째[③]로는, 이상 두 가지가 종합될 때 얻어지는 것인데, 부르주아 자연주의 소설과 명확한 차이를 낳지 못하면서도 새로운 사회에 대한 소망을 담은 것으로 간주될 수 있는 작품들 즉 신경향파의 경계에 놓이는 작품들의 경우, 바로 <신경향파 문학 담론>의 규정에 의해서 신경향파 소설이 된다는 점이다(「地獄 巡禮」, 「脫出記」, 「쌍 파먹는 사람들」 등이 그 예가 된다). 이러한 관련에 의거하여 작품들의 소망이 사회주의 지향성으로 해석될 수 있음도 우리 논의의 잠정적인 결론이다. 넷째[④]로는, 신경향파 소설의 구체적인 양상에 관련된 것이다. 무엇보다 강조할 것은, 이들 작품에서는 사회·경제적인 맥락에서의 구

체적인 갈등이 설정·형상화된다는 점이다.[73] 문제 해결에 있어서 개인
차원을 넘어서지 못한다는 한계를 보이기는 하지만, 신경향파 소설들에
서는 사회·경제적인 문제가 개별 인간의 내적·심정적인 문제로 치환되
지 않고 원래의 맥락을 유지하는 것이다. 이러한 점이 가장 잘 드러나는
경우가 바로 최서해의 신경향파 소설들에서이다. 박영희 소설의 경우 갈
등은 때로 구체적인 형상화를 받지 못하기는 해도 대체로 명확히 '설정'
되고 있다. 끝으로[⑤] 신경향파 소설들에서는 작품을 이루는 요소들 중
이질적인 것이 작품의도의 구축에 있어서 중요한 역할을 한다는 점을 들
수 있다. <신경향파 문학 담론>이나 기존 연구사에서 이미 강조된 바
'살인·방화'와 같이 주로 서사의 종결 방식으로 설정되는 극단적인 행위
가 잘 알려진 예가 되며, 회월에게서 부각되는 바 작가의 언어를 통한 의
미의 부여 역시 이질적인 작품 요소에 해당한다.

  이상이 신경향파 소설을 검토하기 전에 본고가 품었던 문제 의식의 성
과라 하면, 여기서 새롭게 등장하는 문제들도 있음을 간과할 수 없다. 무
엇보다도 위에서 정리한 ①과 ②를 함께 고려할 때 생기는 문제를 들 수
있다. <신경향파 문학 담론>이나 연구사를 통해 얻을 수 있는 신경향파
소설의 범주가 사실 명확한 것이 아니면서도, 신경향파 소설이라고 확인
할 수 있게 하는 지표는 없지 않다는 것이 두 가지 정리의 내용이다. 이
두 명제가 표면상으로는 배치될 수밖에 없다는 것이 새롭게 설정되는 문
제이다.

  이들 지적이 양립할 수 있기 위해서 본고는 신경향파 소설의 외연을
좁히고자 한다. 앞서 언급했고 실제 분석을 통해서 증명했듯이, 사실 신
경향파 소설의 외연은 <신경향파 문학 담론>이 갖는 문단 정치적인 의

---

73) 신경향파 소설의 특질을 밝히는 데 있어서 '갈등'에 주목한 예로 한기형(「임화의 문
   학사 서술에 대한 관점의 몇 가지 문제; 신경향파 소설 평가를 중심으로」, 앞의 글)을
   들 수 있다. 그는 '비극적 상황과 갈등'을 "신경향파 소설의 미적 특질을 구성하는 주
   요한 기반"(327면)으로 지적한 바 있다.

도에 의해서 과장된 것이다. 신경향파 비평의 담론성이 작품의 실제를
가리면서 가상적 실체를 창출해 낸 것인데, 이러한 과장된 규정은 이후
연구들에서도 전면적으로 문제시되지 못했다. 그러한 가상적 성격이, 신
경향파 소설 일반을 대상으로 하여 그 내포의 확정 및 외연의 설정이라
는 맥락에서 반성적으로 고찰되지 못한 것이다. 따라서 우리는 <신경향
파 문학 담론>이나 연구사에서 부분적으로 확인되는 것보다 신경향파
소설의 외연을 좁혀야 한다. 예컨대 회월이 「신경향파(新傾向派)의 문학(文
學)과 그 문단적(文壇的) 지위(地位)」을 통해 신경향파 소설의 존재를 예증
하는 작품으로 거론한 것 중에서 「광란(狂亂)」·「붉은 쥐」·「땅 속으로」
·「살인(殺人)」·「두 젊은 사람」 등은 누락시켜야 한다. 「광란(狂亂)」은 아
예 1920년대 중기 자연주의 소설계의 권역을 벗어나 있으며, 「붉은 쥐」
나 「땅 속으로」는 부르주아적 자연주의에 속한다.[74)]

　이는, 문학사적 실체로서의 신경향파 문학 일체에 견주어 볼 때 신경
향파 소설의 비중을 줄인 것이 된다. 이러한 판단은 중요하다. 신경향파
비평의 담론적 성격을 인식하지 못한 채 그 규정을 그대로 받아들일 경
우, 신경향파 소설의 특성이 잡힐 수 없는 까닭이다. 그러나 비평의 과장
을 의식한다 해서 신경향파 소설의 미학적 정체성[②]만을 중시하다 보면
역으로 그 외연이 심히 좁아지는 문제가 생긴다. 대표적인 예로 사회주의
적 자연주의와 알레고리 둘조차도 양립할 수 없게 된다. 위의 맥락에서
말하자면, 신경향파 소설의 특질로 정리된 두 가지 속성들[④, ⑤]이 '동시
에' 갖춰져야 한다는 식의 규정을 세우기만 해도 문학사적 실체로서의 신
경향파 소설의 위상과 의의에 걸맞는 외연을 설정하는 것조차 어려워지
게 된다. 따라서 신경향파 소설의 미학적 정체성을 고정적으로 확정하려
는 것은, 문학사라는 종합적인 차원에서 신경향파 문학의 실재성 및 그로
인한 신경향파 소설의 실재성을 염두에 둘 때 바람직한 시도라고 할 수

---

74) 앞서 검토하지 않은 작품들에 대해서는 다음 절에서 분석을 행한다.

없게 된다.

이 지점에서 <신경향파 문학 담론>의 규정성[③]이 중요해진다. 신경향파 문학의 중요한 한 가지 특질에 해당되는 담론적 성격은, 신경향파 문학을 이루는 하위 단위로서 비평과 작품 양자가 맺는 관계 즉 실제적으로는 일치하지 않으면서도 끊임없이 연관되는 관계에서 생겨난다. 이는 신경향파 문학의 담론성이라는 것이 단순히 비평 영역 하나의 차원에서 고려될 수 있는 것은 아님을 의미한다. 그것은 문학사적 단위로서의 신경향파를 이루는 요소들[장르들] 상호간의 관계에서 발생하는 것이다. 따라서 신경향파 소설의 미학적 정체성을 고정화하고자 하는 시도는, 이러한 상관성을 몰각할 수밖에 없다는 점에서도 문제적이다. 신경향파 문학을 신경향파답게 만드는 바 비평과 작품 양자 간의 관련성을 보지 못하게 하는 것이다. 또한 그러한 시도는, 신경향파 소설의 한 특징으로 지적할 수 있는 사회주의 지향성을 완전히 가리거나 특정 작품들에 대한 추정적 판단 항목에 불과하게 만들게 된다.

정리하자면 우리의 문제는 다음과 같다. 신경향파 소설의 특성을 제대로 규명해 내기 위해서는 그 외연을 줄일 필요가 생기는데 단일한 미학적 척도를 내세워 그 정도가 지나치게 할 경우 신경향파 문학 자체가 손상을 입는다는 것이다. 따라서 신경향파를 구획해 줄 경계를 어느 정도의 폭으로 설정해야 하는가가 여기서의 문제가 된다. 신경향파와 비신경향파의 경계에 해당하는 작품들을 대상으로 해서 이 문제를 구체적으로 논해 보고자 한다.

(2) 신경향파 소설과 신경향적인 것

신경향파 소설의 경계에 해당하는 작품들은 크게 두 종류로 나눠 볼 수 있다. 앞서의 논의를 통해서 확인된 신경향파 소설의 특성과는 차이를 보이지만, 당대의 <신경향파 문학 담론>에 의해서 혹은 후대의 문학사적인 정리 등을 통해서 신경향파 소설로 (잠정적으로나마) 구획된 작품들이 첫째 경우에 해당한다. 다음으로는, 작품의 현상적인 측면에서 신경향파 소설과 유사한 면모를 보이지만 문단 역관계상 명백히 비좌파 작가의 작품이어서 간명히 신경향파의 경계 바깥으로 귀속된 경우이다.

전자로는 김기진의 「붉은 쥐」・박길수의 「땅 파먹는 사람들」・박영희의 「철야(徹夜)」와 「지옥순례(地獄巡禮)」・송영의 「선동자(煽動者)」・이익상의 「광란(狂亂)」・조명희의 「땅 속으로」・주요섭의 「살인(殺人)」・최서해의 「탈출기(脫出記)」・최승일의 「두 젊은 사람」 등을 들 수 있다. 물론 앞의 검토를 통해 신경향파 소설의 외연 바깥에 놓인다고 이미 평가된 작품들은 이 비교에서 의미가 없다. 따라서 뒤에 마련될 기준에 의거하여 신경향파로 포괄되는 작품들만이 향후 논의의 대상이 된다. 후자에는 김동인의 「감자」와 나도향의 「물레방아」・방인근의 「살인(殺人)」・이영변의 「도적질」・현진건의 「불」과 「사립정신병원장(私立精神病院長)」 등을 들 수 있다.

물론 이들을 단순 비교하는 것은 어려운 일이다. 비교의 척도로서 어떠한 기준을 마련하는 것 좀더 좁혀서는 특정한 공통 요소들을 추출해 내는 것부터가 난망한 까닭이다. 따라서 어떤 의미에서는 앞서 확인된 신경향파 소설의 대표적인 작품에 비추어 두 유형의 소설들 각각의 차이를 지적하는 것으로 족하다고 할 수 있겠다. 신경향파 소설들로 보아 별다른 이의가 있을 수 없는 전형적인 신경향파 작품들의 특성이 전자에 어떻게 관련되고 후자와는 얼마나 거리를 띄우는지만을 살피는 것으로 충분한 것이다. 그러나 이에 그친다면 논의의 추상성을 넘어서기 어렵고, 대상에 대해 미리 편 가르기를 행했다는 혐의를 벗기도 곤란하다. 이를 해결함과 동시에 신경향파 소설의 특징을 보다 명확히 마련해 보려는 본고의 목적에 충실을 기하기 위해서, 비교 분석의 중심을 한 가지 잡아 볼 필요가 있겠다. 여기에서는 신경향파 소설의 가장 구체적인 특징이라 할 수 있는 '사회적 의미의 갈등의 설정 및 형상화'를 기준으로 삼고자 한다. '갈등'

을 중심으로 하고, 주로 '극단적인 행위'로 표출되는 이질적인 작품 요소의 존재 및 기능, 사회주의 지향성 등을 보족적인 검토 사항으로 하여 신경향파 소설의 경계를 마련해 보고자 한다.

앞서 우리는 신경향파 소설의 중요한 특징으로 '갈등'이 작품 요소로 끌어들여지는 사실을 들었다. 무엇보다도 먼저 다시 한 번 강조해야 할 것은, 본고가 작품 분석의 한 요소로 사용하는 '갈등'의 의미이다. '갈등'은 그 어휘 자체가 일상 용어에 속하는 것인 만큼, 그 개념에 관한 논의 역시 매우 복잡한 갈래를 보인다. 문학 작품 특히 소설과 관련하여 고려될 수 있는 개념의 폭도 매우 넓다.[75] 앞서 언급했듯이 본고에서는 신경향파 소설의 특징을 나타내는 작품 요소로서의 갈등을, 사회학적 의미 좀더 정확하게는 '권력의 불평등에서 기인하여 구체적인 행위가 교차되는, 두 개체 혹은 그 이상간의 사회적 관계'로 설정해 보았다.

여기서 본고가 주목하는 갈등에 대해 좀더 명확히 정리해 둘 필요가 있겠다.[76] 갈등은 사회 영역 내에서 의미를 갖는 것이며, 비타협적인 이해 혹은 욕구가 대립·충돌하면서 성립된다. 이러한 갈등은 세 가지 층위에서 즉 전체 사회 계급간에서 혹은 개인간에서, 그리고 심지어는 한 개인 내에서 발생할 수 있다. 이 중 본고가 중시하는 것은 그 본질상 전체 사회 계급 사이에서 발생하는 갈등이다. 사회 계급들간의 갈등은 그들의 계급적 이해관계의 대립에 즉 적대적 모순에 근거한다. 계급 사회의 적대적 모순은 필연적으로 갈등을 수반하며 이 갈등은 어느 한 계급의 승리와 다른 한 계급의 몰락으로 결말이 난다. 이런 적대적 모순에 기초한 갈등은 객관적 성격을 담고 있다. 또 그러한 갈등은 그것이 개인적 갈등으로 나타나도 어디까지나 '객관적 모순의 주관적 표현'이다.

75) 이에 대해서는 조남현의 정리(「葛藤理論의 要諦」, 『한국소설과 갈등』, 문학과비평사, 1990)를 참고할 수 있다. 이 글을 통해서, 갈등론이 크게 심리학과 사회학에 기반한 것으로 나뉘어지며, 논의 혹은 분류의 초점을 어떻게 잡는가에 따라서 폭넓은 유형 분류가 가능해진다는 사실을 알 수 있다.
76) 한국철학연구회 편, 『철학대사전』, 동녘, 1989. '갈등' 항목 참조.

신경향파 소설을 검토할 때 강조해야 할 사항이 바로 마지막의 지적이다. 한국 근대문학의 전개 자체가 갈등론으로 해명될 수 있을 만큼 우리 소설에서 갈등이 드러나는 양상은 그 폭이 매우 넓다.[77] 궁핍한 현실을 폭로하는 데 치중했던 1920년대 중기 자연주의 소설계의 경우는 갈등으로 해석할 여지가 더욱 많은 것이 사실이다. 이러한 상황에서 부르주아적 자연주의 작품들과의 차이를 말해 줄 수 있는 신경향파 소설의 특질로 지적되는 갈등은 엄밀하게 규정되지 않을 수 없다. 대체적으로 '개인적 갈등'의 모습으로 현상하지만 실제로는 '적대적 모순에 기초한 사회 계급 간의 갈등'에 해당하는 갈등 즉 위의 정리에 입각해서 말하자면 <'객관적 모순의 주관적 표현'으로서의 갈등>이야말로 바로 신경향파 소설의 정체성을 마련해 주는 핵심적인 요소에 해당된다.

본고가 강조하고 싶은 것은, 위에 지적한 갈등 개념이 외재적으로 끌어들여진 것이 아니라는 점이다. 자연주의 소설계 내에서 신경향파 소설의 미적 특질을 귀납적으로 검토해 온 앞 절의 성과에 걸맞는 것이 바로 이 의미에서의 갈등일 뿐이다. 달리 말하자면 여기서 '갈등'은 분석의 수단일 뿐이지 대상을 선정하고 분류하는 선험적인 지표는 아니라고 할 수 있다. 신경향파 소설들에서 보이는 갈등의 양상 및 귀결[해소] 방식이 개인 차원에 갇혀 있음은 주지의 사실이다. 그러나 이른바 '살인·방화'로 요약되는 개인의 반항 형식을 벗어나지 못했다고 해서, 부르주아 자연주의 작품에서 보이는 갈등과 차이가 없다고는 하기 힘들다. 신경향파 소설의 경우, 갈등 발생의 원인에 있어서 개인의 심리 차원을 벗어난 것은 물론이거니와, 갈등의 발생 원인에 덧붙여 전개 및 해소 방식에 있어서 '대체로' 사회의 계급적 역관계에 기반하고 있다. 그럼으로써, 정관적 현실 인식을 떨치지 못한 채로 문제를 사사화(私事化)하거나, 윤리적 혹은 심정적인 데 원인을 두고서 우발적으로 갈등의 폭발을 그리는 부르주아 자연

77) 조남현, 「葛藤理論의 要諦」, 앞의 글, 14~5면.

주의와는 본질적인 차이를 보인다. 이러한 지적은 '살인·방화' 식의 극단적인 행동의 유사성 너머에 있는 차이 즉 이질적인 작품 요소의 존재를 지칭하는 것이기도 하다. 자체로는 동일하다고 할 수 있을 모티프가 두 부류의 작품들 내에서 행하는 기능은 현저히 다르다는 것이다.

위에서 '대체로'라 한 것은 신경향파의 경계에 해당하는 작품들을 염두에 둔 표현이다. 여기서 논의의 명확성을 취하는 길은 원리적으로 두 가지가 있다. '적대적 모순에 기초한, 사회 영역에서의 갈등'이라는 규정을 엄밀하게 적용하여 신경향파 소설의 외연을 좀더 좁히는 것이 하나의 방법이 된다. 달리는, 이보다는 넓게 외연을 잡으면서 '갈등' 개념을 보다 유연하게 사용하는 것이 될 터이다. 그러나 사실상 후자는 고려 대상에서 제외된다. '사회 계급 관계상의 적대적 모순'이라는 규정을 포기하게 되면 문학사적 실체로 존재했던 신경향파가 자연주의 소설계 내에서 지녔던 실제적인 차이를 미적인 측면에서 직접적으로 규명할 길이 거의 없어지는 까닭이다. 첫 번째의 경우 역시 바람직한 것은 아닌데, 그러한 태도야말로 일의적 규정으로 작품들을 유형화하는 형식주의적인 오류에 빠지는 것이며, 더 중요하게는 <신경향파 문학 담론>의 규정성을 몰각하는 것이기 때문이다.

이 문제에 대하여 본고는 형식논리적인 명확성을 포기하는 방침을 취하고자 한다. 대신 경계적인 작품들을 신경향파적인 비신경향파 소설들과 함께 놓고서 갈등의 양상을 비교·대조해 봄으로써, 신경향파 소설의 특징적 요소로서 본질상 <적대적 모순에 기초한, 사회 영역에서의 갈등>이자 현상 형식상 <객관적 모순의 주관적 표현으로서의 갈등>이라는 내용성을 풍부히 해 보고자 한다.

'갈등'의 양상을 중심으로 신경향파와 그 외의 작품들을 비교·대조하는 데 있어서 직접적인 대상 작품은, 양 진영의 접경에 위치한 소설들이 된다. 앞서 언급했듯 신경향파의 경계에 걸친 소설과 현상적으로는 신경향파와 유사한 작품 들이 이에 해당한다. 신경향파 소설의 경우 가장 덜

신경향적인 작품들과 비좌파적인 작품 가운데서 가장 신경향파적인 소설
들이 그것이다. 후자의 예로는 '살인·방화' 모티프를 특징으로 하여 갈
등 관계를 보여 주는 작품들이 적절할 듯싶다. 현진건의 「불」(『開闢』, 1925.1)
과 김동인의 「감자」(『朝鮮文壇』, 1925.1)·방인근의 「살인(殺人)」(『開闢』, 1924.
12~1925.3)·주요섭의 「살인(殺人)」(『開闢』, 1925.6)·나도향의 「물레방아」(『開闢』,
1925.9) 등이 지금 논의의 대상[A]이다. 앞서 우리는 신경향파의 경계에 위
치하는 작품들로 「지옥순례(地獄巡禮)」와 「탈출기(脫出記)」·「선동자(煽動者)」
·「쌍 파먹는 사람들」 등을 들었다. 이 중에서 「지옥순례(地獄巡禮)」는 사회
적 모순에 의한 갈등을 보이는 것은 아님에도 <신경향파 문학 담론>의
규정력에 의해서 그에 귀속된 것이므로 제외하면[78] 나머지 세 작품[B]이
이 논의의 직접적인 대상이 된다. 전자가 비신경향 작품들 중에서 갈등이
가장 뚜렷하게 드러난 것이라면, 후자는 신경향파 소설들 속에서 사회·
경제적 갈등이 가장 약하게 표출된 경우라고 할 수 있다.

　「탈출기(脫出記)」와 「선동자(煽動者)」, 「쌍 파먹는 사람들」의 세 작품은
미적 기준을 단순화해서 따진다면 신경향파의 핵심에 해당하는 작품들과
적지 않은 차이를 보인다. '살인·방화' 모티프가 쓰인 것도 아니며, 이질
적인 작품 요소에 의한 작품의도의 구축이 두드러지는 것도 아니다. 그렇
지만 이들은 사회적 의미의 갈등을 담고 있다는 데서 A와 갈라지며 그
결과 신경향파 소설로 분류된다. 「탈출기(脫出記)」의 경우 주인공의 의식
적인 탈가의 변이나 탈가 이후의 행적을 통해서 지배 민족과 피지배 민
족 혹은 계급의 상황을 전복하려는 의지가 쉽사리 확인된다. 사회 전체

78) 제3장 1절 2항의 논의에 덧붙이자면, <신경향파 문학 담론>이 「地獄巡禮」를 신경
　향파로 규정한 한 근거로, 당시 카프 문인들에게는 말미의 복자 부분이 생기기 이전의
　형태로 이 작품이 회람되었으리라는 추정을 보탤 수 있다. 이 작품에 대한 평가가 카
　프 진영의 초미의 관심사가 된 이른바 '내용·형식 논쟁'의 핵심에 해당하고 그 논쟁
　의 핵심적인 논점이 조직의 논리에 따라 종결되었음을 고려하면, 이러한 추정은 그다
　지 무리스러운 것이 아니다. 복자 부분이 작가의 언어에 의한 계급의식의 고취로 채워
　져 있었으리라는 추정 또한 그 직전의 작품들에 비춰보면 자연스러운 것이다.

차원의 적대적 모순 위에서 서사가 마련되어 있는 것이다.79)

송영의 「선동자(煽動者)」(『開闢』, 1926.3)는 현상적인 차원에서 실상 '선동'
도 '선동자'도 없으며 '계급·계층간의 직접적인 대립'이랄 것도 없다. 군
중 심리에 휩싸여 극단의 폭력에 취한 학생들의 난동만이 보일 뿐이다.
그러나 그러한 난동 자체가 Y학원 재주(財主) 및 주임선생 등의 교묘한 사
주에 의한 것이고, 이는 그들의 의식 속에 박힌 사회주의자 주인공에 대
한 적개심의 발로라는 점에서 보자면 사정이 달라진다. 여기에, 여학생들
이 학교의 소유주에 반항하여 동맹휴학을 결행하는 사건의 설정을 더해
서 보면, 이 작품의 서사 구성상 토대가 사회 계급간의 갈등에 놓여 있음
을 알 수 있다. 선생의 이취임에도 계급적인 이해가 깔려 있다고 판단된
다(8면).

박길수의 「쌍 파먹는 사람들」(『開闢』, 1925.8)은 자연주의 소설계 내에서
돋보이는 작품이다. '놈아'의 집을 통해서 농촌 사람들의 생활을 다각도
로 조명하고 있다. 소작료 인상에 따른 문제 및 농사일의 고단함과 즐거
움, 도일 노동자의 아내가 품는 그리움, 가부장제하에서의 부부 관계와
고부 관계 등이 각기 현실감 있게 형상화되어 있다. 이를 통해 알 수 있
듯 신경향파적인 주제 의식이 취약하기는 하지만 이것이 이 소설의 약점
일 수는 없다.80) 그 자체로 보아 초점화가 다소 부족하다고 할 수 있을
뿐이다. 여기서는 소작료를 둘러싼 갈등이 '작품 내 세계'의 기본 조건을
마련한다. 소작료 인상을 주장하는 회사의 경제 논리(58~9면)와 열두 살
난 소년 놈아의 입을 빌려 개진되는 농촌 공동체적인 방식(60면)이 선명하

---

79) 여기에 덧붙여서, 주인공 박군이 '이 시대, 민중의 의무'와 '가족의 안위에 대한 죄의
식' 사이에서 보이는 심리적인 갈등까지 더하면 「脫出記」야말로 가장 뚜렷하게 갈등
을 형상화한 작품들 중의 하나라고 할 만하다.

80) 현상 문예에서 이 작품을 2등으로 뽑은 회월의 다음과 같은 지적 즉 "小作人들과 地
主 새에 일어나는 鬪爭에 對해서 激憤한 爭鬪의 場面이나 或은 悲哀와 慘酷한 場面
의 印象이 不足한 것이 매우 앗가운 것에 한아이다"(「選後言」, 『開闢』, 1925.8, 92면)라
는 불만은 사실 <신경향파 문학 담론>의 조급성을 증명할 뿐이다. 회월 스스로도 이
작품이 지향하는 바가 투쟁의 고취는 아님을 부정하지 않는 까닭이다.

게 대비됨으로써, 자본주의적인 토지 경영의 비인간적인 면모를 효과적으로 드러내 준다. 당대의 전형적인 사회 공간이라 할 농촌의 본질적인 모순 관계 즉 지소갈등을 적확하게 포착하고 그 위에서 농촌의 일상적 삶을 제시했다는 점에서 사회학적 의미의 갈등을 설정한 작품으로 볼 수 있다. 이를 근거로 해서 <신경향파 문학 담론>의 적극적인 포섭도 가능해진 것이라 하겠다.

이들 작품은 이렇게, 구성의 차원 곧 인물들의 설정이나 서사 구성의 토대로서 '작품 내 세계'를 마련하는 데 있어서 사회적 의미의 갈등에 기초하고 있다. 서사의 전개에까지 영향을 미치지는 않는다 해도 이러한 구도는 작품의도에 일정한 영향을 끼치는 것이어서 무시할 수 없다.

반면 '살인·방화'를 모티프로 하여 갈등 관계를 보이는 비좌파 작가들의 작품들[A]은 현상적인 유사성에도 불구하고 기본적으로 다른 자리에 놓여 있다. 이 소설들은 모두 살인 혹은 방화라는 극단적인 행동을 보인다. 그러나 그러한 행동을 이끄는 추동력이 사회적 갈등에 기초한 것은 아니다. 잘 알려진 대로 「불」의 경우 신체적 고통에 기반한 심리적 갈등이 주가 되어 있다. 의도적인 방화라고 해도 이 작품에서 사회적 갈등을 찾는다는 것은 무리다. 가사 노동의 고됨과 조혼의 생리학적인 폐해가 설정되었다 해도, 주인공 순이가 고작 열다섯의 무지한 존재로서 별다른 자각 없이 무지의 상태에서 벌인 행동이기 때문이다. 형상화의 초점 설정에 있어서 농촌의 사회경제적인 맥락은 완전히 배제되어 있다. 조혼의 폐해를 형상화했다고 해도, 발화전략 나아가 작품의도 전반의 측면에서 그것이 사회적 문제로 설정되었다고 볼 수 있는 근거는 전혀 없다. 이런 점에서는 평양 칠성문 밖 빈민굴을 배경으로 한 「감자」도 예외가 아니다. 무엇보다도 이 작품은 비일상적인 인물 설정이라는 요소에 의해 그 특징이 잡혀 있다. 도덕·윤리 의식이 희박한 주인공 복녀보다도 그 남편이 이면에서 더 독특하다. 그는 '극도로 게우른 사람'(18면)이며, 끝내는 아내의 시신을 두고 흥정을 통해 돈을 챙기는 존재이다. 서사의 귀결에 있어서는 살인을 설정했지만, 그 동기 더 나아가서 사건 전체의 성격에 있어서 사회경제적인 맥락이 심히 미약하다. 그렇다고 왕 서방의 신방에 낫을 들고 찾아가는 복녀의 심정이 리얼하게 제시된 것도 아니다. "복녀, 강짜 하갓구만"이라는 주변 사람들의 말에 코웃음을 쳤다고 하면서도 "그의 마음에 생기는 검은 그림자는 엇지할 수가 업섯다"(25면)는 서술자의 진술은 별반 설득력이 없다. 왕 서방에게서 받은 돈을 두고 부부가 마주 앉아 이야기를 하면서 웃던 것(24면)을 생각하면, 복녀의 행동을 이끈 것이 질투 때문인지 수입원이 끊어져서인지도 파악하기 힘든 까닭이다. 분명 갈등은 있지만 그것이 적대적인 모순에 기초한 사회적인 갈등과 거리가 먼 것은 확실하다.

　이 둘에 비해 방인근의 「살인(殺人)」과 주요섭의 「살인(殺人)」, 나도향의 「물레방아」는 '살인'이라는 극단적인 행동이 의도적·의식적으로 행해진다는 차이를 보인다. 갈등의 귀결로 벌어지는 살인의 동기 및 추동력이 명확하게 잡힌다는 것이다. 그런 점에서 신경향파 소설과의 차이는 더 잘 확인된다. 방인근 작 「살인(殺人)」의 경우는 전형적인 살인·방화형 종말을 보여 주고 있지만 어느 의미에서도 신경향파적인 작품은 아니다. 속내는 음흉하지만 외양은 참하고 번지르르 해서 열이면 아홉이 속아넘어갈 만한 악한으로 남자 주인공 최석찬을 설정한 것까지는 그렇다 해도, 주인공 숙희가 그에게 유린당하게 되는 서사에 있어서 그녀의 공상에 지나치게 의존한 것은 현실성이 별로 없다. 공상을 통해서 숙희와 최석찬 사이의 관계를 위한 준비 즉 석찬에 대한 숙희의 사랑을 만들어 두고 있는 까닭이다. 순정을 배신당한 뒤 석찬을 찾아가 살인을 행하고 시체를 유린하는 끝장면은 그야말로 광적이지만, 이러한 서사의 어느 곳에도 사회적인 갈등 관계가 마련되어 있지는 않다. 계층상 상위한 경자를 대하는 숙희의 심정에서도 선망과 질투 외에 계층적·계급적 대타 의식은 찾을 수 없다. 서해 소설들의 선례에 해당한다고 할 수 있을 설정 즉, 칼을 품고 가는 도중의 숙희의 심리가 꿈속에나 있는 것처럼 몽롱한 것 등이 극단적인 행동의 원인일 뿐이다. 결론적으로 이 소설은 사실 '참사랑'이라는 추상적 근대성을 풍자·부정하는 맥락에 있는 작품이라고 할 수 있다.

나도향의 「물레방아」에서 주목할 만한 사실은 방원의 아내의 인물형이다. 그녀는 전남편을 버리고 방원을 쫓아 온 이력이 있는 인물이어서 재산을 앞세운 신치규의 유혹에 별다른 저항감 없이 쉽게 동의한다. 따라서 이 작품의 갈등은 사실 방원과 그의 아내 사이에 마련된다. 주인과 방원 간의 갈등보다도 이것이 보다 근원적인 것인데, 그 바탕은 당연히도 개인의 성정 차원에서 마련된다. 아내를 빼앗긴 방원이 옛 주인을 두들겨 패는 장면 역시, 주인 신치규의 성적 탐욕과 아내의 물적 욕망으로 해서 막실 살이도 떨어진 데다가 아내마저 잃게 된 사내의 울분이 표출된 것일 뿐이다. 과격한 흐름을 보이는 서사적 사건 어느 것도 적대적 모순에 기초한 사회적 갈등과는 거리가 먼 것이다.[81]

주요섭의 「살인(殺人)」은 회월이 신경향파로 거론한 작품이지만, '갈등'과 '이질적인 작품 요소'에 의한 '사회주의 지향성'을 규준으로 삼아 살필 때는 부르주아적 자연주의로 구획된다. 상해 갈보의 생활을 금전적인 면에서 상세히 소개(4면)함으로써 자연주의적 정확성을 보이기도 하지만 무엇보다도 중요한 것은, 주인공 우씨(牛氏)의 자각과 상황 파악 및 살인이라는 극단적 행동의 수행 등 서사의 중요 지절들이 모두 '사랑'의 힘으로 이루어진다는 설정에 있다. 여기서 사랑은 우연한 기회를 만나 생겨나기만 하면 금방 열매를 맺어 세상 모든 무력을 압도하고 부숴 없애는 것으로 설정된다(5면). 그렇게 '우연히' 찾아오는 사랑에 의해서, 정화된 마음으로 자신에 대한 자각을 이루고(7면), 자신의 상황을 파악하게 되며(8면), 끝내 자신을 착취해 온 존재를 살해하게까지 된다(8면).[82] 이렇게, 갈등이 사

---

81) 「물레방아」는 신경향파 소설과 비교되기에 좋은 작품이다. 본고가 신경향파 문학의 종결을 알리는 것으로 규정한 회월의 「『新傾向派』文學과『無産派』의 文學」(『朝鮮之光』, 1927.2) 이후 발표된 최독견의 작품 「조그만 심판」(27.4)과 「물레방아」를 적실하게 비교함으로써 신경향파 소설의 특징을 설명한 연구로, 김철의 「한국 리얼리즘 소설의 대두와 형성」(앞의 글, 123면)을 들 수 있다.

회·경제적 관계라기보다는 추상적인 심정 차원에 설정됨으로써, 신경향
파라고 보기 어렵다.

(3) 신경향파 소설계의 지형도

지금까지 우리는 연구사를 통해서 신경향파로 인정된 중요 작가들의
작품 일반을 살피고, 표면상 그와 유사하지만 신경향파 규정과 관련해서
그 위상이 제대로 밝혀지지는 않은 작품들을 검토해 보았다. 본 장의 허
두에서도 밝힌 것이지만, 신경향파 작가의 작품이 모두 신경향파 소설이
라고 하기는 힘들다는 것이 지금까지 논의의 일차적인 성과이다. 문단 정
치적인 기획을 바탕으로 한 <신경향파 문학 담론>의 담론성 즉 과장된
규정성을 벗겨 본 것이다. 그와 더불어서 사회주의적 자연주의로서의 신
경향파와 부르주아 자연주의 소설의 경계에 놓이는 작품들을 비교 검토
해 보았다. 그 결과 사회적 의미의 적대적인 갈등을 작품 요소로 하는가
여부를 핵심으로 해서 작품 내 이질 요소들의 존재 및 사회주의 지향성
여부에 의해서 양자가 구별될 수 있음을 알 수 있었다.

그러나 이상의 분석은 신경향파의 외연을 확정하는 데 충분한 것이 되
지는 못한다. 신경향파 소설의 필요충분조건을 마련해 낸 것은 아니라는
것이다. 이는 신경향파의 경계에 놓인 작품들을 구획하는 것이 작품들의
미적인 특성에 국한해서 이루어질 수는 없는 까닭이다. 앞서도 지적했듯
이 신경향파 소설이란 기본적으로 <신경향파 문학 담론>과 밀접한 관계
에 놓임으로써 성립되는 것이다. 이런 점에서 작품 내 부재 요소의 존재
라는 새로운 규정이 도입되었다. 이는 작품의 형성 계기를 분석하는 자리
에서 마련된 것이어서 각 소설 작품들 자체의 특징은 아니다. 신경향파

---

82) 해당 부분의 핵심 구절들을 보이면 다음과 같다. "사랑은 사람을 깨끗케 한다. (…중
략…) <더러운 년! 더러운 몸! 더러운 피!……>"(7면), "사랑은 사람을 깨게 한다. 무식
이 사랑 압헤서 스러진다."(8면), "사랑은 사람을 용감하게 한다."(8면)

소설을 포괄하는 신경향파 문학 일반을 대상으로 했을 때에야 밝혀지는 특성인 것이다. 이럼으로써 앞서의 미학적 규정에서는 신경향파 소설로 구획되기 힘들다고 파악된 작품들 중 일부가 신경향파 소설의 권역 내로 다시 편입될 수 있게 된다.

이 작업은 신경향파에 대한 당대적 감각 및 연구사의 공통된 성과를 이어받을 수 있다는 장점을 가져다주면서, 동시에 신경향파 소설의 내포적 특성의 명확성을 상실하는 단점을 낳는다. 또한 <신경향파 문학 담론>의 규정성을 어느 정도로 할 것인가 즉 미적인 특질과 담론의 규정성을 어느 수준에서 종합할 것인가 하는 문제를 낳는다. 이는 차후의 연구를 통해서 좀더 정교하게 다듬어 볼 문제이다.

이러한 성과를 종합하여 보다 일목요연하게 신경향파 소설의 경계를 잡아 보면 다음과 같다.

먼저 사회주의적 자연주의로서의 신경향파 소설들은 다음과 같다. 박영희의 「사건(事件!」; 최서해의 「박돌(朴乭)의 죽음」과 「기아(飢餓)와 살육(殺戮)」, 「큰물진 뒤」, 「의사(醫師)」, 「홍염(紅焰)」, 「서막(序幕)」; 이기영의 「가난한 사람들」과 「민촌(民村)」, 「농부(農夫) 정도룡(鄭道龍)」; 이익상의 「쫓기어 가는 이들」, 송영의 「느러가는 무리」 등.

다음으로 알레고리적인 면모를 보이는 신경향파 소설들로는 다음을 들 수 있다 : 박영희의 「전투(戰鬪)」와 「산양개」 및 「피의 무대(舞臺)」, 최서해의 「누가 망하나?」, 이기영의 「쥐 이야기」, 최승일의 「바둑이」 등.

끝으로 미학적으로 신경향파의 경계에 해당하거나, 신경향파라고 쉽게 규정하기 힘들지만 <신경향파 문학 담론>의 규정력에 의해서 포괄되는 다음 작품들이다 : 박영희의 「지옥순례(地獄巡禮)」·최서해의 「탈출기(脫出記)」·주요섭의 「개밥」·송영의 「선동자(煽動者)」·박길수의 「쌍 파먹는 사람들」 등.

2. 사회적 갈등의 작품화와 사회주의 지향성

1) 사회주의적 자연주의와 알레고리

(1) 갈등의 두 양상

앞의 논의를 통해서 우리는 <적대적 모순에 기초한, 사회 영역에서의 갈등>이야말로 신경향파 소설의 '경계를 확정'하는 데 있어서 중요한 직접적인 특질에 해당한다고 하였다. 그러나, 갈등을 작품 요소로 하는 양상이 여일하지는 않다. 신경향파 소설에서 갈등은 크게 두 가지 방식으로 작품화된다. 갈등 관계가 작품 내재적으로 설정되기만 하는 경우와, 핵심적인 서사 구성의 원리가 되어 폭로적으로 형상화되는 경우가 그것이다. 갈등의 '내재적 설정과 폭로적 형상화'라고 할 이 두 경향의 효과와 의미를 살피는 것으로 시작해서 신경향파 소설의 특성을 구명하고 그에 기반하여 문학사적인 의의를 추론해 보는 것이 이 절의 목적이다.[83]

먼저 <적대적 모순에 기초한, 사회 영역에서의 갈등>이라는 작품 요소가 신경향파의 경계를 확정하는 데 있어 중요한 기능을 하는 데 그치지 않고, 그 미적 특질을 마련하는 데서도 핵심적인 요소가 된다는 점을 밝힐 필요가 있다.

갈등이라는 요소는 무엇보다도 신경향파 소설 일반에 대해서 포괄적인 규정력을 갖고 있다. 이 점을 입증하는 것은, 다소 역설적으로 들리겠지만, 위에서 언급한 바 갈등이 작품화되는 두 가지 방식이라는 것이 명쾌하게 나뉘는 것은 아니라는 점에서 시작된다. 형식주의적인 위험을 감수하지 않는 양분법은 있을 수 없는 법인데, 갈등의 작품화에 있어서도 경

---

83) 두 갈래의 미학적 우열을 가리는 것은 본고의 관심이 아니다. 신경향파 소설이 모두 양 경향에 포괄되는 것도 아니고 각각 공과(功過)가 다른 까닭에 이들을 대상으로 하여 일의적인 평가를 내리는 것은 의미있는 작업이 되기 어렵다는 판단에서이다.

계적인 작품들 더 나아가서 '현상적으로는' 갈등을 읽어내기가 곤란한 작품들이 존재하는 것이다. 이미 신경향파 소설이라고 구획한 작품들 중에 문제적인 경우로는 「지옥순례(地獄巡禮)」와 「탈출기(脫出記)」를 들 수 있다. 이 외에 단편적으로 언급했지만 <신경향파 문학 담론>의 지적에도 불구하고 배제된 작품들의 대다수가 이 경우에 속한다. 이 두 가지 경우는 갈라서 검토해야 하는데, 먼저 후자를 대상으로 논의를 전개해 보고자 한다.

우리에게는, 이들 작품 즉 갈등을 기준으로 한 판단에 의해 비신경향적이라고 배제된 작품들이 기타 요소로 보아도 신경향파이기 어렵다는 점의 충분한 분석이 필요하다. 이 분석이 설득력을 얻을 때, 신경향파 소설의 특징적인 요소들이 (논리상) 필연적으로 갈등과 관련될 수밖에 없다는 점을 이끌어 낼 수 있을 것이다. 이 위에서 「탈출기(脫出記)」와 「지옥순례(地獄巡禮)」의 문제를 해명할 수 있다면, 갈등이야말로 신경향파 소설 일반을 현상적으로 규정하는 포괄적인 요소라고 할 수 있게 된다.

일반적인 판단 특히 <신경향파 문학 담론>과 달리 본고가 신경향파의 경계 밖으로 배제한 작품들은 회월의 「철야(徹夜)」, 팔봉의 「붉은 쥐」와 「젊은 이상주의자(理想主義者)의 사(死)」, 조명희의 「땅 속으로」, 이익상의 「광란(狂亂)」, 주요섭의 「살인(殺人)」, 최승일의 「두 젊은 사람」 등이다. 앞서의 논의를 종합하자면 이 작품들에는 '적대적 모순에 기초한, 사회 영역에서의 갈등'이, 형상화되지 않았을 뿐더러 인물 구성이나 편집자적 논평 등을 통해서 설정·제시되지도 않았다.

그런데 이들 작품에서는, 신경향파의 현상적 특징으로 거론되는 바 이질적인 작품 요소의 존재 즉 극단적인 행동의 설정도 그 효과 면에서 볼 때 사회주의 지향성으로 읽히는 것과는 거리가 멀다. 정반대로 자연주의 소설계 일반에 비춰볼 때 유치한 느낌을 주는 결함으로 작용할 뿐인데, 무엇보다도 이는 작품 요소들간의 중층결정 관계가 제대로 이루어지지 않아 작품의 현실성이 극도로 약화되어 버린 때문이다. 달리 말하자면,

작품 요소들에 의한 작품의 효과가 단일하게 마련되지 못했다는 것 즉 작품의도가 불분명하게 되었다고 할 수 있다.

작품의도의 모호성 및 독해 차원에서의 효과의 비단일성은 기본적으로 개개 인물의 설정 및 인물 관계의 구성이 현실성을 띠지 못한 데 기인한다. 위의 작품들이 보이는 가장 큰 공통점은 바로 주인공의 행동이 대상을 명확히 설정하지 않고[못하고] 있는 사실이다. 대상이 명확하지 못한 까닭에 행동의 지향과 의미가 모호해지며, 그 결과로 사건과 궁극적으로는 서사 전체의 지향과 의미도 불분명해지는 것이다. 이는 '작품 내 세계'의 요소들간의 관계가 제대로 마련, 포착되지 않음을 의미하는데, 현실성을 사실들의 내적 관련으로 이해하자면, 이것이야말로 구성상의 비현실성을 증명해 주는 것이라 하겠다. 그 결과 이들 작품은 자연주의 소설계의 권역에서 벗어나기까지 하는 것이다.

이상을 바탕으로 하여, '적대적인 모순에 기초한 갈등'이 신경향파 소설의 핵심 규정에 해당한다는 점을 추론해 볼 수 있다. 신경향파 소설들에 있어서 작품의 효과를 나타내는 중층결정 기제의 핵심[최종심급]은 계급 역관계이다. 이는 작품 내적 요소로 설정되기도 하지만 <신경향파 문학 담론>에 의해서 형성 계기로 작용하기도 한다. 그러나 어떤 방식이든 이 요소가 배제될 수는 없다. 명백한 사회주의 지향성이 아니더라도 최소한 기존 사회에 대한 비판적인 인식이 가능해지기 위해서는 사회를 모순된 것으로 파악해야만 하기 때문이다. 그 현상 형식이 '갈등'임은 췌언의 여지가 없지만, 이러한 파악이 작품의 효과로 드러나는 것이, 갈등이 서사 구성에 실재하거나 발화 전략 측면에서 뚜렷이 설정될 때만은 아님을 환기할 필요가 있다. 신경향파 소설의 효과 자체가 항상 <신경향파 문학 담론>과의 관련 속에서 마련되는 것인 까닭이다. 따라서 구체적인 형상화 혹은 내재적인 설정을 통해 작품 내에서 갈등이 존재하지 않아도 작품의 '효과'로서 갈등을 읽어 낼 수 있는 작품들이 존재하게 된다. 작품 내 부재 요소의 자리에 사회적 의미의 갈등이 자리하는 경우

이다. 「탈출기(脫出記)」와 「지옥순례(地獄巡禮)」가 신경향파 소설일 수 있는
것은 바로 이 맥락에서이다.

　신경향파 소설의 경계에 걸치는 작품들에 대한 앞의 논의에 덧붙여서
이 점까지 염두에 둔다면, 적대적인 모순 관계에 기초한 사회 영역에서의
갈등을 다루거나 효과로서 드러내는 것이야말로 신경향파 소설의 경계를
확정해 줄 뿐만 아니라 미학적인 측면에서 기본적인 특성에 해당하는 것
이라고 할 수 있다. 이제 한 걸음 더 나아가, 신경향파 소설에서 갈등이
작품화되는 두 가지 대표적인 방식 즉 '내재적 설정과 폭로적 형상화'의
양상을 살피고 그 의미를 따져 볼 필요가 있다.

　갈등이 내재적으로 설정되는 작품들[A]로는 「전투(戰鬪)」・「산양개」・「
지옥순례(地獄巡禮)」・「의사(醫師)」・「누가　망하나?」・「탈출기(脫出記)」・「느
러가는 무리」・「쌍 파먹는 사람들」・「사건(事件)!」・「가난한 사람들」・「농
부(農夫) 정도룡(鄭道龍)」・「쥐 이야기」 등을 들 수 있다. 다음으로 자본주
의 사회의 적대적인 계급・계층간의 모순 관계에서 비롯하는 구체적인
갈등을 폭로적으로 형상화한 작품[B]으로는, 「박돌(朴乭)의 죽음」・「기아
(飢餓)와 살육(殺戮)」・「서막(序幕)」・「홍염(紅焰)」・「쫓기어 가는 이들」・「민
촌(民村)」・「바둑이」 등을 꼽을 수 있다. 이 두 가지 경우는 작품의도의 효
과로 갈등이 두드러지는 양상을 보인다. 반면 작품의도와는 방향을 달리
한 채 갈등이 하나의 요소로 확인되는 작품들[C]을 지적할 수 있다. 「선
동자(煽動者)」・「피의 무대(舞臺)」・「큰물진 뒤」 등이 그것이다. 이 소설들
은 신경향파 소설에 있어서 갈등이 갖는 포괄적인 규정력을 확인해 준다.

　갈등의 작품화 양상을 검토하는 데 있어서 무엇보다도 먼저 강조해야
할 것은 예컨대 내재적으로 설정된 경우가 폭로적으로 형상화된 경우보
다 미적으로 저열하다거나 하는 식으로 단선적인 평가를 내려서는 안 된
다는 점이다. 이른바 보여주기(showing)가 말하기(telling)보다 소설적으로 우
월한 방식이라는 인식이 적지 않게 퍼져 있는 것이 사실이지만, 설령 그
렇다 해도 이는 작품의도를 이루는 한 가지 측면 즉 발화전략상의 기법

에 불과한 것이다. 작품 전체의 질을 운위하는 결정적인 근거라고 하기는
힘들다. 여기에 사회에 충격을 주고자 하는 신경향파 문학의 목적과 실제
기획을 염두에 두면, 사정은 한결 복잡해진다. 본고의 기준은 <신경향파
문학 담론>이 기획하는 바 좌파 문학적인 진정성의 구축에 있어서 갈등
의 작품화 양상들이 발하는 효과 및 행하는 기능에 두어진다.

적대적인 모순에 기초한 갈등이 '내재적으로 설정'되었다는 것은, 인물
구성이나 발화 전략상 서술자의 태도에서 갈등 관계가 전제되어 있음을
의미한다. 이들 작품의 경우, 대체로 인물 구성의 차원에서 갈등 관계가
마련될 뿐 그것이 직접적으로 사건을 지배하는 데까지 나아가지는 않는
다. 이때 갈등은 인물의 지향성이나 심정을 조건지으며 나아가서 인물 및
그의 행동이 갖게 되는 상징적인 맥락을 풍부하게 한다. 여기서는 작가의
언어와 갈등이 복합적으로 작용하는 경우가 흔하다.

이들 작품[A]은 갈등의 사회적 원인을 명확하게 제시한다는 점에서 효
과를 발한다. 갈등이 빚어질 수 있는 사회·경제적인 맥락을 마련한 데서
그쳐 있는 까닭에, 서사의 전개를 통해서 갈등을 발전적으로 형상화하는
것은 원천적으로 봉쇄되어 있지만 그 반면에, 시대적인 한계로 신경향파
에 들씌워져 있는 바, 개인 차원의 극단적인 행동을 통해서 갈등의 사회
적 성격이 훼손되는 일도 적다. 이런 까닭에 내재적으로 설정된 경우가
오히려 갈등의 사회적인 의미를 제시하는 데 있어서는 더욱 명료하게 되
었다고 할 수 있다. 이에 덧붙여서, 갈등 관계 및 그 담지자의 의미 맥락
이 '작가의 언어'를 빌린 관념의 표백일 때가 더 많은 점도 지적할 수 있
겠다.

반면에 사회에 충격을 준다는 <신경향파 문학 담론>의 기획에 비춰
보자면 기능상 부족한 것도 사실이다. 이러한 기획은 진정한 문학을 수립
해 나가는 과정에서 일체의 부르주아적인 문학을 지양하고 좌파 문학을
확립코자 하는 것이기 때문에, 최소한 카프에 가입한 작가들의 경우라면,
예컨대 작품 외적인 것이라고 쉽게 무시할 수 있는 것이 아니다. 신경향

파 작품들 자체가 이미 이데올로기적·정치적인 장 안에서 존재하는 까닭이다. 더욱이 충격의 미미함을 보상하는 방편으로 취해지는 바 갈등 관계에서 주인공에게 우위를 부여하는 것[적극적, 능동적 주인공의 설정]은 현실성의 측면에서 문제가 있다. 「농부(農夫) 정도룡(鄭道龍)」과 「누가 망하나?」가 대표적인 경우인데, '전망'이라는 형성 계기상의 적극적인 해석 기제를 동원84)하지 않는 한 이는 현실의 반영이라는 점에서 바람직하지 않은 것이다. 형성 계기상 '전망'을 설정하는 것도 1920년대 중기 소설계의 맥락에서 보면 적실성을 재고해야 할 듯싶다. 이러한 점은 두 작품 외에도 문제가 된다. 「의사(醫師)」나 「탈출기(脫出記)」 등이 그러한 면모를 짙게 띠며, 그 외의 작품들도 알레고리적인 거리두기나 갈등의 부분 요소화를 통해서 갈등의 실제적인 역관계를 약화시키는 측면을 담고 있다.

한편 갈등을 폭로적으로 형상화한다는 것은, 사회·경제적인 맥락의 갈등이 전체 서사의 구성 원리로 기능하게끔 작품화되었음을 의미한다. 즉 사건의 원인과 전개, 귀결 양상이 갈등 관계에 의해서 결정되며, 대체로 이러한 단계들이 모두 그려지는 특징을 보인다. 갈등을 이루는 역관계가 서사의 추동력이 되어 사회·경제적인 갈등 상황 및 원인에서부터 전개, 해소 단계에까지 자신을 전개해 나가는 것이다.

무엇보다도 이들 작품에서는 상황을 부당하다고 느끼는 주인공의 심정이 사실적으로 잘 나타나는 등에 의해서 갈등의 심각성이 실감나게 다가온다. 작가의 언어 등에 의한 추상적인 논평보다도 그 기능에 있어서 훨씬 효과적이라고 할 수 있다. 그러나 대체로 갈등의 심화에 있어서 주인공의 심리적인 측면이 바탕이 되고, 해소 방식이 주관적으로 현상함으로써, 갈등 상황의 사회·경제적인 의미가 손상되는 경우가 흔하다. 단편의 한계 때문이기도 하겠지만 심정적인 차원에서 갈등이 심화·전개됨으로써, 갈등의 객관적 성격이 약화되는 것이다. 게다가 폭로적으로 형상화된

---

84) 서경석, 「1920~30年代 韓國傾向小說 研究」, 앞의 글이 대표적인 예이다.

극단적인 갈등 해소 방식은, 알레고리적으로 기능하지 않는 한, 문제의
본질 즉 실제 시대·현실의 문제를 통찰하게 하는 효과는 원리적으로 적
을 수밖에 없다는 점이 이러한 결점을 강화한다. 사회·경제적, 계급적인
맥락이 불명확해지는 것이다.

그러나 개인 차원의 극단적인 행동을 통해서 이루어지는 갈등의 해소
는, 일방적인 굴복이나 순응, 좌절보다는 순간적이나마 승리를 맛보게 한
다는 점에서 나름의 의의를 지닌다. 이는 시대적인 한계 속에서의 의의라
할 것인데, 그러한 가상적 해결이야말로 1920년대 초기 소설이 함축했던
이데올로기적인 소망 표현의 계기를 '작품 내에서 현실화'했다는 점에서
진보적인 의미를 지닌다.

신경향파 소설과 관련된 지금까지의 논의는 신경향파 소설의 경계를
확정해 내는 데로 초점을 모아 왔다. 신경향파 문학의 하위 갈래들이 부
정합적으로 상호 관련된 까닭에 신경향파 소설의 외연 및 내포가 불명확
하다는 문제 상황을 해결하기 위해서, 작품들의 실제적인 분석에 있어서
나 신경향파 소설 일반의 특성을 살피는 데 있어서 신경향파 소설의 경
계를 다듬으며 외연을 확정함과 동시에 그 내포를 마련하는 데 주력해
왔다. 미학적인 특질과 귀속된 위치가 괴리된 작품들을 솎아 내거나 부
르주아 자연주의와의 경계에 걸쳐 있는 작품들을 포괄 혹은 배제의 형식
으로 정리한 것이다. 이 작업은 일차적으로 미적인 특질의 구명에서 행
해졌지만, 최종적으로는 <신경향파 문학 담론>의 규정력이 작용하는
것이었다.

이렇게 마련된 신경향파 소설의 지형도 위에서 본고는, 가장 직접적으
로 확인되는 신경향파 소설의 작품 요소인 '적대적 모순에 기초한 사회적
갈등'을 통해 신경향파의 경계를 최종적으로 다시 점검하고, 신경향파 소
설이 갈등을 작품화하는 두 방식을 검토해 보았다. 우리의 검토는 1920년
대 중기 소설계와의 비교를 수행함으로써 신경향파 소설의 특징을 밝힘

과 동시에 신경향파 소설의 내적인 분화 양상까지 구명할 수 있다는 장점을 가진 것이었다. 그 결과 '갈등의 내재적 설정과 폭로적 형상화'라는 두 갈래를 확인할 수 있었다. 그러나 여기서도 둘 중 어느 경우에도 속하지 않으면서 <신경향파 문학 담론>의 규정력에 의해서 신경향파로 존재하는 작품들이 확인되었는데, 이러한 상황은 어떤 단일한 요소로 신경향파의 내적인 특징 및 분화를 설명해 내는 것이 사실상 불가능에 가깝다는 것을 의미한다. 사정이 이러한 까닭에 보다 생산적인 것은 미학의 경계를 넘어서서 신경향파 소설의 공통 특징을 추구해 보는 일이라 여겨진다. 신경향파 소설 자체가 <신경향파 문학 담론>과의 관계를 떠나서는 고려되기 힘든 이상, 바로 그 관계 속에서 특징을 구명하는 것이 원리적으로도 적절한 방식일 것이다.

(2) 미학적 복합성과 단일성

앞에서 제시한 대로 이 절에서는 신경향파 소설의 공통 특징을 구명하고자 한다. 지금까지의 검토 결과 신경향파 소설은 크게 세 부류 즉 사회주의적 자연주의에 속하는 작품들과 알레고리적인 작품들 그리고 미학적으로는 정체가 불분명하지만 <신경향파 문학 담론>에 의해 귀속된 작품들로 구성되어 있음을 알 수 있었다. 이는, 흔히 지칭되어 온 바 두 가지 조류 혹은 경향과는 다른 결론에 다다른 것이다. <신경향파 문학 담론> 및 연구사의 성과들과 비교되는 이러한 정리는, 신경향파 소설이 단일한 미학적 척도로는 제대로 유별되지 않음을 확인한 결과이다. 극단적인 행동이라는 모티프도, 사회적 맥락의 갈등이라는 작품 요소도 신경향파의 외연을 확정해 주면서 그 내적인 분화를 설명하는 궁극적이고도 단일한 척도가 되지는 못했다.

본고의 문제 의식에서 보면 이른바 '신경향파 소설 내의 두 조류'라는 규정은, '박영희적 경향/최서해적 경향'처럼 작가를 지칭하는 것 뿐 아니라 '전망의 과장 / 전망의 부재'처럼 작품의 특질과 좀더 관련될 때에도 작품들의 실제적 갈래를 구명하기에는 부족한 분류법이라 할 수 있다. 일차적으로 이것들은 1920년대 소설계의 공통 지형인 자연주의의 폭을 무시하는 것이다. 여기에 덧붙여서 전자는 작가를 앞세운 명명이기에 해당 작가의 복합적인 문학 세계를 단순화하여 그 실체를 호도하는 부작용까지 안고 있으며, 후자는 사실 작품의 내적인 특질에 대한 규정이 아니다. 물론 끝의 지적은 그 자체로 문제되는 것이 아니다. 바로 위에서 정리했듯이 실상 신경향파 소설의 공통 특성을 찾기 위해서는 작품 내적인 한계를 달리 말하자면 순수 미학적인 한계를 넘어서야 하기 때문이다. '전망의 과장 / 부재'론이 문제가 되는 것은, <신경향파 문학 담론>의 규정성을 반성적으로 통찰하지 못한 까닭에 그 자체 역시 작품들의 실제에는 맹목일 수밖에 없다는 데 있을 뿐이다.[85]

따라서 우리에게 주어진 길은 다음과 같다. <신경향파 문학 담론>과의 관계 속에서 신경향파 소설들의 공통 특징을 찾아 나가는 것, 순수 미학적인 한계를 벗어나서 문학 운동의 맥락에서 기능의 측면이 작품에 남긴 흔적을 추적하는 것, 달리 말하자면 '작가[비평가]'와 '텍스트[<신경향파 문학 담론>]' 항목의 형성 계기를 통해서 신경향파 소설의 작품의도 구축 방식을 탐구하는 것이다.

이를 본격화하기 전에, 신경향파 소설의 경계를 설정하기 위해서 분류 및 배제의 방식으로만 행해졌던 지금까지의 검토를 통합의 측면에서 다시 정리해 둘 필요가 있다. 부르주아 자연주의와 구별되는 사회주의적 자연주의의 양상이 그것이다.

신경향파 작품들의 경우, 주로 극도의 궁핍상 속에서 기득권층 혹은

---

85) 신경향파 문학의 연구에 있어서 널리 퍼져 있는, '전망'을 기준으로 한 이분법에 대한 다른 각도의 비판으로 이상경의 지적(「이기영 소설의 변모과정 연구」, 앞의 글, 39면 주) 5 참조)를 들 수 있다. 이 글에서는 서구 및 소련의 문학사 전개에 바탕을 두고 '전망의 부재' 혹은 '전망의 과장'의 의미를 정리하면서 그 개념과 신경향파 소설의 실제 양상 사이의 낙차를 문제시한다.

유산 계층·계급에 의해 냉대와 멸시를 받는다는 설정을 통해서 기존의
사회를 부정적인 것으로 포착하는 면모를 보인다. 즉 그러한 비인간적 상
황의 원인을 사회·경제적인 차원에 돌리는 것이다. 이는 의식 있는 인물
(메가폰적인 인물도 포함)을 통해서 추상적이나마 명료하게 (작품상으로는 다
소 이질적이더라도) 표명되는 경우와, 현실의 질곡 속에서 순응하며 살아
오던 자신의 삶을 돌이켜 보면서 의식의 변화를 보이는 경우로 형상화된
다. 이때 후자는, 체험에 바탕한 것이기에 진정성이 있는 반면, 체험 공간
에 갇힌 것이기에 그만큼 문제의 본질―사회·경제적인 맥락―을 포착하
지는 못하게 된다. 이렇게 사회 제도 자체를 문제시하는 경우 뿐 아니라
개인적인 원한 관계를 마련하는 경우도 역시 기존의 사회 상태가 바람직
하지 않다는 인식을 보여 준다. 이러한 인식소의 설정은, 이념적인 기치
를 보다 선명히 드러내는 <신경향파 문학 담론>과의 관련을 염두에 두
자면 특히, 현재 사회 상태 너머의 것 즉 사회주의에 대한 지향을 보이는
것이라고 할 수 있다.

　반면 부르주아 자연주의로 묶이게 되는 작품들의 경우, 기층민들의 궁
핍한 상황을 그릴 때나, 더 나아가 가진 자들에 의한 수모·냉대·박해
등을 그릴 경우에도 사회적 맥락에서는 결코 '적'을 만들지 않는다. 사회
체제 자체를 문제시하지는 않는 것이다. 문제의 본질 혹은 구조적 원인을
파악하지 못했기 때문이라고만 하기는 어려운 것이, 문제의 원인을 타인
(지주든, 부르주아든)으로 돌리는 경우도 흔치 않기 때문이다. 기본적으로 인
물 구성에 있어서 사회적, 계층적 맥락의 대립 구도가 잘 마련되지 않는
다. 대부분의 문제가 자신의 탓으로 돌려지거나 심정적인 것으로 설정되
는 까닭에 외적인 갈등을 낳는 것도 드문 편이다. 이는 사회 차원의 문제
를 사사화(私事化)하는 것에 해당한다.

　물론 이러한 규정은 지나치게 추상적이고 그물눈이 큰 것이어서 이를
뒤집는다고 해도 신경향파 소설의 정체성을 마련하는 데는 부족하다. 기
본적으로, 사회주의적 자연주의로서의 신경향파 소설에서도 완전히 배제

할 수는 없는 '자연주의 일반의 한계'에 해당하기 때문이다.

사정이 이러한 까닭에, 신경향파 소설의 좀더 엄밀한 규정을 위해서는 자연주의적인 작품이나 알레고리적인 작품을 막론하고 작품의 효과 면에서 공통되는 '사회주의 지향성'의 실체를 지적해야 한다. 즉 앞서 말한 바 새로운 사회 혹은 현재의 사회 상태를 넘어서는 어떤 체제[세상]에 대한 지향 혹은 열망을 작품의 효과로 발하는 작품 요소가 마련되어야 하는 것이다. 작품의 효과가 있는 이상 그 효과를 낳는 작품의 원인이 있어야 할 것은 자명하다.

사회주의 지향성을 읽어낼 수 있게 하는 양상으로는 크게 두 가지가 이미 확인되었다. 첫째, 경제적 상층 계층의 인물을 적대시하는 것, 둘째, 좀더 나아가서 그런 존재들이 장악하고 있는 세상 자체가 문제적이라는 의식이 그것이다. 작품 내에 '갈등'을 마련해 주는 이 두 가지가 직접 혹은 해석 과정에서 확인되는 것이 신경향파 소설이라 할 때, 비교적 쉽게 확인할 수 있는 직접적인 원인으로 우리는 '외삽적으로 제시되는 작가의 언어'와 '살인, 방화와 같은 극단적인 행동의 설정'을 적출한 바 있다. '작가의 언어'와 '극단적인 행동'이 사회주의 지향성의 원인에 해당하는 작품 요소가 되는 것이다.

그러나 이 요소들의 지적으로, 신경향파 소설 일반 특히 사회주의적 자연주의 소설에 대한 엄밀한 규정이 이루어지는 것은 아니다. 이들 요소의 존재 여부에 대한 판단이 명확히 서지 않는 경계적인 작품들(「地獄巡禮」, 「脫出記」의 경우 등)이 존재하는 까닭이다. 이들 작품의 존재는 신경향파 소설의 공통 특성이라 할 사회주의 지향성이라는 효과의 원인이 작품 내에 존재하는 것만은 아님을 강력히 환기시켜 준다. '적대적 모순에 기초한 사회적 의미의 갈등'의 경우에도 이들 작품은 형성 계기상 텍스트 항목에 속하는 <신경향파 문학 담론>과의 관계에 의해서만 여타 신경향파 소설과 동류의 것으로 묶일 수 있었던 까닭이다. 따라서 지금 문제에 대한 우리의 논의 역시 작품 미학을 넘어선 지평에서 작품 내 요소를 적출할 필요가 있다. 신경향파 문학 활동 전체의 장에서, 좁혀서는 <신경향파 문학 담론>과의 관계 속에서 작품에 마련되는 요소를 추적해야 하는 것이다. 실상 '사회주의 지향성'이라는 효과 자체가 해석 과정에서야 확인되는 것임을 염두에 두면 이러한 발상은 자연스러운 것이다.

여기서 본고는 구조적 인과성론86)을 원용하여, 이렇게 작품 밖에서, 정확히는 작품의 효과를 이루는 한 가지 차원인 형성 계기에서 작동하는 원인을, '작품의 부재 요소' 혹은 '부재하는 작품 요소', 간단히는 '부재 요소'로 명명하고자 한다. 사회주의 지향성 자체가, 작품과 담론의 상관관계 속에서 작품의 효과로 드러나듯이, 이 부재 요소 또한 그 간격에서 마련된다. 달리 말하자면 신경향파 소설과 그것을 경계짓는 형성 계기의 한 항목인 <신경향파 문학 담론> 사이의 거리가, 바로 부재 요소로서 신경향파 소설의 내적인 특질에 해당하는 것이다. 그 주된 현상 형식은 '이질적인 작품 요소'이지만, 여기까지 오면 '이질적인 작품 요소'의 형식주의적인 실체는 중요한 것이 아닐 뿐더러 그것을 강조하는 것 자체가 문제적임을 알 수 있다. 신경향파 소설을 신경향파 문학이라는 구조의 구성 요소로 보지 못하고 하나의 독립된 장르로 사고하게 함으로써 결과적으로 그 정체성을 다시 흐리기 때문이다.

이상의 논의를 요약해 말하자면, 신경향파 소설은 '결여된 것 혹은 부재하는 것'의 존재를 자체 내의 중요한 요소로 하는 작품이다.87) 여기서 결여 혹은 부재 요소가, <신경향파 문학 담론>과의 관계에서 담론의 요구 수준에 미달한다는 형식을 통해서만 확인된다는 점을 고려하면, '<신경향파 문

---

86) F. Jameson, op., cit., pp.35~6. 간단히 정리하자면 다음과 같다 : 구조화된 전체에 있어서, '구조'라는 효과는, 그 구조를 이루는 구성 요소들 중 어느것도 자신의 원인으로 갖지 않는다. 실상 그 효과는 구성 요소들 모두와 구조 자체까지 포함하는 전체의 중층결정에 의한 것이다. 따라서 구조라는 효과의 원인은, 존재하기는 하지만 구조 '내' 에서는 '부재하는 것'이 된다. 이를 두고, 구조 자체가 '구조라는 효과'의 '부재 원인 (absent cause)'이라 한다.

87) '자체 내'라고 했지만 실은 작품의 경계에서 흔적으로 확인되는 '<신경향파 문학 담론>이라는 형성 계기'를 관련 요소로 포함하는 것이다.

학 담론>과 무관한 신경향파 소설은 없다'고 할 수 있다. <신경향파 문학 담론>과 관련되었을 때, 곧 그 자장 안에서 1920년대 중반의 문학계에 놓여 있을 때에만 신경향파 소설들은 비로소 신경향파 소설이 된다. 따라서 신경향파 소설은 미적 단일성의 맥락을 따질 수 없는, 기본적으로 문학사상의 단위인 것이다. 간단히 말하자면, 신경향파 소설은 <신경향파 문학 담론>과의 '거리'에서 확인되는 '부재 요소'[작품 '내'에서는 결여된 젓]를 원인으로 하여, '사회주의 지향성'을 효과로 발하는 특징을 보이는 작품이다.

신경향파 소설이라는 단일한 범주를 가능케 하는 '결여된 것의 존재'는 크게 두 가지 양상으로 확인된다. 신경향파 소설의 핵심이 미학적으로 사회주의적 자연주의에 속하며 그 전체적인 양상에 있어서 자연주의적인 계열과 알레고리적인 계열로 이분된다고 할 때, '결여 혹은 부재의 존재' 역시 그에 따라 조금 달리 확인된다.

알레고리적인 작품의 경우, 알레고리를 성립시키는 작품의도상의 요소가 다른 요소들과 빚는 낙차가 곧 '결여'를 나타낸다. 알레고리론의 맥락으로 옮겨 보면, 초월[보편성]에 해당하는 형성 계기상의 외삽물과 현상[특수성]에 해당하는 여타 (서사에 충당되는) 작품 요소들 사이의 낙차에 의해서 '결여된 요소'가 추정된다고 하겠다. 달리 말하자면, 알레고리적인 독법에 의해 산출되는 작품 세계가 그러한 독법이 필요치 않게끔 자연주의적으로 (혹은 더 나아가 리얼리즘적으로) 작품화되었을 때의 양상과 실제 작품 양상 사이의 거리에서 '작품 내 부재 공간'의 존재가 확인된다.

한편 자연주의 계열 작품의 경우는, 자연주의적인 한계를 이루는 (대체로) 구성상의 결여 요소들을 찾아볼 수 있다. 서사를 종결짓는[이른바 살인·방화 소설의 경우, 주서사를 파괴해 버리는] 살인·방화·광기 등등의 사건이 구성상 자연스럽게 등장할 수 있기 위해서 있어야 할 특정 요소들의 부재가 어렵지 않게 확인된다. '급작스런 살인·방화'의 급작성을 해소하기 위해 필요한 무엇인가가 부재하는 것이다. 달리 말하자면, '주인공의 심리나 행동을 해명·설명하는 작가의 언어'가 서사화될 경우 필요한 요소들이 결여되어 있다.

이렇게 작품 내의 부재 요소는 미학적 경향에 구애되지 않고 공통적으로 확인된다. 이는 신경향파를 신경향파로 묶어 주는 사회주의 지향성이라는 효과의 원인인 까닭에 신경향파 소설의 경계 내에 편재하는 것이다. 비유적으로 말하자면 사회주의 지향성의 그림자로서 존재하는 것이다. 사회주의 지향성 자체가 작품과 담론의 상관 관계 속에서 마련되듯, 이 부재 요소 또한 그 간격에서 마련된다. 달리 말하자면 신경향파 소설과 그것을 경계짓는 형성 계기의 한 항목인 <신경향파 문학 담론> 사이의 거리가 바로 부재 요소로서 신경향파 소설의 내적인 특질에 해당하는 것이다. 그 현상 형식은 앞서 말했듯이 이질적인 작품 요소이다. 여기까지 오면 '이질적인 작품 요소'의 형식주의적 실체는 중요한 것이 아니게 된다.

이러한 부재 요인을 두고서 (예컨대 리얼리즘의 규준에 서서) 작품상의 결함을 강조하는 데 그치고 마는 것은 별로 적절치 못하다. 현재적 입장에서의 재단에 불과하여, 문학사의 실체로서 존재하고 있는 신경향파 소설 나아가 신경향파 문학을 제대로 이해하는 것과는 거리가 먼 까닭이다. 그와는 달리 본고에서는 당대의 감각을 중시해 보고자 한다. 동시대 여타 작가들의 작품과 견주어보자면, 사실 신경향파 소설을 가능케 하는 '부재 요인들의 존재' 즉 '결여 항목'은 결함이 아니라 정반대로 장점일 수도 있다. 무엇보다도 '그러한 부재 요소가 존재할 수밖에 없는 작품-내-세계를 구축한다는 사실' 자체가 신경향파 소설의 일반적인 특징으로서 중요하다. 당대 혹은 그 직후의 좌파 문인들의 감각에서는 이러한 사실이야말로 신경향파 소설이 동시대의 여타 소설들보다 우월할 수 있는 지점이었던 까닭이다.[88]

---

88) 신경향파에 대한 임화의 문학사적 규정(「朝鮮新文學史論序說-李人稙으로부터 崔曙海까지」, 「小說文學의 二十年」)이 대표적인 예가 된다. 정확히 말하자면 미적으로나 사상적으로 신경향파의 문학사적 의의를 다대하게 파악하는 그의 논의가 과장된 사실 자체가 적실한 예가 된다고 하겠다.

이상의 논의에 의거할 때 신경향파 소설은 다음과 같이 설정된다. 신경향파 소설은 무엇보다도 신경향파 비평의 담론성을 보장해 주는 작품이다. '비평과의 긴장'의 소지를 갖춘 작품인 것이다. 달리 말하자면 <신경향파 문학 담론>의 추동 결과, 사회주의적 자연주의라는 기대치를 구비하게 된 작품들이 신경향파 소설의 외연에 포괄된다. '기대치'를 갖게 되었다는 것은, 이들 작품을 사회주의적 자연주의로 읽게 만드는 작품의도상의 요소들이 있다는 의미이다. 동시에 그것이 기대치에 그쳐 있다는 점이 중요한데, 이는 앞서 말한 작품의도상의 요소들이 완비된 것은 아니라는 의미이다. 즉 작품의도상에 있어서 부르주아적인 작품들과 변별할 만한 요소들이 있되, 그 요소들이 다른 요소들과 더불어서 완미한 전체를 이루지는 못함으로써 부재 공간을 남겨 놓은 작품들이 바로 신경향파 소설이다. 보다 간명하게 (다소 실정화되는 위험을 무릅쓰고) 실체를 두고서 말해 보자면, 「부재 요소를 스스로 드러내는 '작품 내 세계'의 구성」이 신경향파 소설의 고유한 특질에 해당한다. 문학 운동의 측면에서 볼 때, 이러한 구성 방식의 바탕에는 기존의 형식을 부르주아적인 것으로 역사화, 상대화하려는 전복적인 구도가 깔려 있다. 그러한 구도가 실현된 결과 미학적으로 볼 때, 현상적으로는 사회적 갈등의 작품화가, 최종적으로는 '사회주의 지향성'이라는 효과의 획득이 신경향파 소설의 특징을 이룬다. 이는 사회주의적 자연주의와 알레고리라는 두 하위 유형에 공통되는 것이다.

2) 직접적 소망 충족과 현실성의 증대

(1) 사회적 갈등의 작품화 방식들의 소설사적 의의

1920년대 초기 소설이 말하지 않는 방식으로 사회 현실에 대한 인식을 담고 있었다면, 신경향파 소설은 현실의 문제를 단순히 폭로하는 데서 더 나아가 그 해결을 마련해 낸다는 점에서 차이를 보인다. 의미상 두 단계를 더 나아간 것인데, 신경향파 문학을 국초 이래 한국 문학의 전면적 종합적 계승자라 칭했던 임화가 염두에 두었던 것이 바로 이런 맥락이다. 자연주의 소설계 일반이 공통 특성으로 보이는 현실 폭로적인 성격에 덧붙여서, 개인 차원이나마 신경향파 소설은 '갈등의 해소'에까지 나아가는 것이다. 신경향파 소설의 현상적인 특징으로 언급되곤 하는 바 '살인·방화'라는 작품 요소는 바로 이 의미에서 해석될 필요가 있다.

물론 이 과정에서, 사회적으로 설정된 문제 즉 사회·경제적인 맥락을 띠고 있던 문제가 개인 차원으로 축소되어 해소된다는 점이 한계로 드러난다.89) 그러나 이러한 한계까지 포함해서, '사회적인 맥락의 갈등을 설정하고 개인 차원에서 해소하는 것' 달리 말하자면 '객관적 현실에 바탕을 둔 사회적 갈등의 주관적·개인적 해소' 자체가 신경향파 소설의 특성이라고 하는 것이 온당할 것이다. 물론 갈등이 해소된다고 해서 반드시 갈등의 기초인 모순도 해결되는 것은 아니다. 모순과 갈등의 관계는 일의적이지 않기 때문이다. 그럼에도 불구하고 대부분의 신경향파 소설은 어쨌든 개인적 차원의 복수 행위를 통해서 갈등 관계를 종식시키고 있다. 이러한 설정이 갖는 의미는 무엇인가. 개인 차원이나마 소망을 충족시키고자 하는 것이라 할 수 있다. 눈앞의 갈등을 직접적으로 해소하고자 하는 것이다. 따라서 갈등의 개인적 해소는, 개개 작품 내에서 소망을 충족시키고자 하는 조급한 욕망의 발로라고 일차적으로 지적해 둘 수 있다.

이 점은 현상적으로 보아 신경향파 소설의 한계를 나타내는 것으로 해석할 수 있다. 객관적인 현실의 경향을 파악하지 못한 채 추상적으로 파악된 문제를 작가가 주관적으로 처리한 것이기 때문이다. 유산 계층에 대

---

89) 이러한 평가는 신경향파 소설에 대한 연구사에서 쉽게 찾아볼 수 있다. 임화나 백철 등으로 대표되는 식민지 시대의 좌파 문인들을 제외할 경우 거의 공통된 것이라 할 터인데, 1980년대 후반에 왕성해진 연구들의 경우, 카프 문학의 전개 과정이라는 통시적인 연속성 위에서 초기 단계로 신경향파 소설을 대하는 기본 시각에 연유했다고 할 수 있다.

한 복수 차원의 갈등 해소나 극심한 궁핍함에 대한 인간적 반역을 그리
는 것은 작가 의식의 차원에서 볼 때 사실 윤리적, 휴머니즘적인 색채를
짙게 띠는 것이다. 신경향파가 지향했던 좌파 미학의 입장에서 볼 때 관
념적·주관주의적인 성격을 드러내는 이러한 경향은 분명 문제적이다.
"인간의 활동, 즉 실천이 그것의 현실적·객관적 형태 또는 물질적 생산
및 사회의 변화를 지향하는 형태 속에서 파악되지 않고 왜곡되고 전도된
이데올로기적 반영 속에서 ('도덕'으로서) 파악"된 것이기 때문이다.[90]

그러나 '사회적인 문제를 개인 차원으로 해결하려 한다는 점' 자체를
이렇게 떼어놓고 '후대의 입장에서' 평가하는 것은 바람직하지 못하다.
문학사상의 의미를 온당하게 파악할 수 있는 평가란 당대적인 관점을 충
분히 고려한 것이어야 하는 까닭이다. 따라서 1920년대 중기 자연주의 소
설계 속에서 이러한 설정이 갖는 의미를 파악하는 것이 중요하다.

이렇게 볼 때, 개인 차원의 극단적인 행동을 통해서 이루어지는 갈등
의 해소가, 문제를 심정적인 차원으로 돌리는 부르주아 자연주의 소설
들[91]과는 분명한 차이를 보이는 것임을 명기해 둘 필요가 있다. 덧붙여
서, 신경향파 소설들이 설정 혹은 형상화하는 갈등의 의미를 다시 환기해
보아야 한다. 부르주아 자연주의와의 차이를 낳는 궁극적인 항목의 하나
인 갈등은, 비록 주관적인 표현 형식을 통해 드러났다고 해도, 근본적으
로 '적대적 모순에 기초한 사회 영역에서의 갈등'이다. 이렇게 객관적인
모순에 기초한 것이기에, 갈등의 작품 요소화 자체가 한국 근대소설의 전
개 과정에서 갖는 의미는 결코 작은 것이 아니게 된다.

이상을 바탕으로 소설사적인 맥락에서 적극적으로 평가해 볼 때, '갈등
의 개인적 해소'라는 처리는 상황에 대한 일방적인 굴복이나 순응, 좌절
보다는 순간적이나마 승리를 맛보게 한다는 점에서 나름의 의의를 지닌
다. 무엇보다도 작품의 효과 측면에서 볼 때, 부르주아 자연주의 소설이

90) 루카치, 「경향성이냐 당파성이냐」, 『루카치 문학이론』, 앞의 책, 30면.
91) 대표적인 예로 현진건의 「同情」(『朝鮮의 얼굴』, 1926.3)과 같은 작품을 들 수 있다.

보이는 '현실 폭로의 비애'와는 전혀 다른 충격을 줄 수 있다는 점을 고려해야 한다. 따라서 '소망 충족의 직접성'이라 할 이러한 처리는 시대적인 한계 속에서의 의의를 갖는 것이다. 그러한 가상적 해결이야말로 1920년대 초기 소설이 함축했던 이데올로기적인 소망 표현의 계기를, 비록 상징적인 수준에 갇힌 것이라 해도, 작품 내에서 현실화했다는 점에서 한 걸음 나아간 의미를 지니게 된다.

갈등의 개인적인 해소를 형식으로 하는 직접적인 소망 충족의 의의는, 신경향파 소설의 전개 과정 혹은 전체 양상 내에서 고찰될 때 더욱 분명해진다. 전대 문학과의 비교에 의한 의의 외에 신경향파 소설 일반 속에서 지니게 되는 의미 및 의의까지 부가되는 까닭이다.

먼저 '사회적 갈등의 개인적 해소' 양상이, 신경향파 소설이 갈등을 담아 내는 두 유형 중 '갈등의 내재적 설정'의 경우에서보다 '갈등의 폭로적 형상화'를 특징으로 하는 작품들에서 더 두드러짐을 지적할 필요가 있다. 이는 후자의 경우, '작품 내 세계'의 구축에 있어서 구체성·현실성을 획득하는 대가로 1920년대 중기의 시대적 한계에 보다 직접적으로 제한을 받게 되어, 문제의 사회적 본질을 서사적인 해결에 반영할 수 없게 되기 때문으로 보인다. '작품 내 세계'가 전자에 비해서 상대적으로 강하게 현실 사회의 위력을 담아내게 되어, 사회적인 차원에서의 실제적인 해결은 어려워지는 것이다. 따라서 이 상황에서는 '소망'의 계기가 취해질 수밖에 없다. 일종의 상징적인 해결만이 가능해지는 것이다. 반면 갈등을 내재적으로 설정할 뿐 구체적으로 형상화하지는 않는 경우, '작가의 언어' 혹은 메가폰적 인물의 상념이나 발화를 통해서 문제 상황에 대한 추상적인 해결책·해법이 제시·주장되는 까닭에 갈등의 직접적인 해소가 들어설 여지가 적은 것이라고 하겠다.

이 두 양상에 대한 평가는 미묘한 것이다. 앞서 지적했듯 '갈등의 직접적 해소'는 비록 개인 차원에서 행해진다 하더라도 문학사적인 맥락에서 일정하게 진전된 것이라는 의미를 부여받지만, 신경향파 소설 내에서 갈등을 다루는 또 하나의 방식과 비교했을 때의 효과 차이는 가늠하기 어렵다. 그러나 이 문제의 파악은 신경향파 소설이라는 복합체의 소설사적 위상을 보다 역동적으로 또 정치하게 구명하는 데 있어 중요하다.

앞서 검토했듯이 '갈등의 개인적 해소'는 그 양상에 있어서 대체로 직접적인 폭로적 형상화의 모습으로 이루어지는데, 이 경우, 그 직접성 때문에 이데올로기적인 소망의 측면은 원칙적으로 약화된다. 좁혀진 현실 내에서의 개인 차원의 소망이 전면화됨으로써 사회 전체 차원의 소망은 가려지게 되는 것이다. 이는 신경향파 비평과의 관련은 축소되고 '작품 내 세계'가 상대적으로 독립성을 띠게 됨을 의미한다. 현실 전반의 문제보다는 '작품 내 세계'로 좁혀진, 혹은 개인이나 가족 단위로 좁혀진 문제가 전면화되는 것이다. 원리적으로 볼 때 이는 분명 문제적이기도 하다. 이데올로기의 봉쇄 전략[92]에 갇혀 있는 까닭이다. 본래부터 이데올로기란 특정한 것을 볼 수 있게 함으로써 다른 것들은 시야에서 사라지게 하는 기능을 하는데, 「'작품 내 세계'에서의 갈등의 해소」역시 실제 세계의 근본적인 문제를 정시하지 못하게 하는 부정적인 효과를 낳는 것이다.

앞서 지적한 소설사적 의의와 관련하여 정리하자면, '갈등의 개인적 해소'를 직접적으로 형상화하는 작품들은, 객관적인 문제 혹은 모순에 대한 인식을 약화시키는 (최소한, 증대시키지 못하는) 것을 대가로 하여, 주관적·관념적인 차원에서나마 부르주아적인 정관적 세계관을 깨는 효과를 얻은 것이라고 할 수 있다.

실제적인 고통을 주는 문제적인 세계가 고정된 것이 아니라 변화·개혁될 수 있다는 의식 혹은 가상의 제공은 매우 의미심장한 것임에 틀림없다. 그러나 상술했듯이 이는 일정한 대가를 지불한 것이며, 그 한계도 자명한 것이다. 세계에 대한 객관적이고도 합리적인 인식으로 스스로 나아가지 못할 경우, 나중에는 가상적 해결에 의해서 오히려 실제 문제를

외면하게 할 수도 있는 까닭이다. 이는, 회월 등이 (바로 이 맥락으로 의
식하지는 못했다 하더라도, 계급의식의 고조를 목적으로 하는 평론 활동
에 의해서 자동적으로) 갈등의 폭로적 묘사를 피한 궁극적인 이유에 해당
한다. 그의 경우에는 좌파적인 시각에서 파악되는 바, 근대 자본주의 사
회의 근본적인 문제에 대한 이해를 높이는 것이 우선적인 과제로 설정된
것이기 때문이다.[93)]

이렇게 본다면 사회적인 의미의 갈등을 작품화하는 두 방식은 신경향
파 소설이라는 전체 내에서 원리상 상보적인 것이라 할 만하다. '갈등의
폭로적 형상화'를 통해서 부르주아적인 정관적 태도를 파기한 위에서야
자본주의 현실에 대한 인식이 보다 공고해질 수 있는 까닭이다. 여기까지
와서 보면 이 두 양상의 지양은, 1926년경에 군소 작가들에 의해 산출된
신경향파 소설들 즉 적극적·능동적인 주인공에 의해서 갈등의 계급적
성격을 뚜렷이 하면서도 주관적인 가상은 피하고 있는 작품들(특히, 「農村
사람들」이나 「石工組合代表」 등)에 의해 이루어진다고 하겠다.

이상으로 우리는 신경향파 소설이 한국 근대소설사의 전개 과정상에
서 갖는 첫 번째 의의로, 객관적인 사회 모순을 개인적 차원에서나마 해
소함으로써 정관적인 현실 인식을 넘어서게 함과 동시에 근대 자본주의
사회의 근본적인 문제에 대한 인식을 높였다는 것, 더 나아가서는 이 둘
을 지양해 냄으로써 갈등의 계급적 성격을 공고히 해 나갔다는 것을 살
펴보았다.

(2) 리얼리티의 증대

신경향파 소설이 한국 근대소설사의 전개 과정에서 갖는 또 하나의 위
상은, 신경향파 소설이야말로 당대의 여타 작품들보다, '오히려' 더 리얼

---

93) 이 '지적'은 실상 '판단'일 수도 있다.

하다는 데서 마련된다. 한낱 '사실' 차원에 그치지 않고 '현실성'94)의 포착에 가까이 가 있다는 것이다.

무엇보다도 이는 '작품 내 세계'를 설정하는 데서 확인된다. 적대적인 모순에 기초한 사회적 갈등을 작품화하는 것은, 그러한 파악 자체의 실제적인 적실성을 떠난다면, 정합적인 현실상을 제시하는 것이다. 이때의 갈등은 사회의 제반 현상을 궁극적으로 결정짓는 중심에 해당하기 때문이다. 근대소설이 현실에 대한 전면적, 종합적인 파악을 지향하는 리얼리즘 소설을 본령으로 한다 할 때, 사회적 갈등을 통한 현실성의 획득은 그 본질에 다가선 것이다.

이와 더불어서 신경향파 소설의 경우, 인물들의 현실적인 대립을 형상화함으로써 소설의 언어가 단성적인 데서 보다 다성적인 데로 전개되고, 스타일의 혼합(아우얼바하)이 좀더 현실적인 맥락에서 폭을 넓히며 이루어졌음을 강조할 필요가 있다. 소설 언어의 다성성은 현실을 잘 담아내는 방식에 해당되며,95) 스타일의 혼합은 중세적 서사로부터 거리를 띄우는 증좌가 된다.96)

물론 일반적으로 볼 때 신경향파 소설들에서 유산계층과 하층민이 서로 대등하게 자기 목소리를 내는 것은 아니며 지배 계층이 적절하게 그

---

94) '현실성' 개념에 대해서는, 본고 168면 각주 12) 참조.

95) 소설의 특징을 '언어적 다양성(heteroglossia)'으로 보고 그들 사이의 대화적 관계를 중시하는 바흐찐에 따르면, 작품의 언어는 작가의 언어, 작중 화자의 언어, 삽입된 장르들 및 등장인물의 언어 사이의 상호작용으로 구성되어 있다고 한다. 이들은 작가의 의도를 굴절시켜 표현하는 수단으로서 작가의 말에 언어 분화 내지는 언어적 다양성을 도입시켜 줌으로써 위계질서적 거리가 파괴된 현실의 면모를 담아낸다(「소설 속의 담론」, 앞의 글, 41,69,127~30면 참조).

96) 아우얼바하(김우창·유종호 역, 『미메시스―근대편』, 민음사, 1979)는 "숭고한 것과 저속한 것, 비극적인 것과 희극적인 것을 무한히 풍부한 비율로 혼합"(17면)하는 세익스피어를 분석하면서 그것이 "수많은 굴절과 혼합 속에 가장 하찮고 비근한 것을 포함한 현세의 현실을 포용"(29면)하고 있음을 밝힌다. 그에 따르면 세익스피어는 보카치오나 라블레와 마찬가지로 중세와의 결별을 작품의 특질 면에서 보여 주는 작가이다(18~25면 참조).

려진 것도 아니라고 할 수 있다. 그러나 작품들의 실제는 위와 같은 파악역시 일의적으로 내려질 경우 부적절함을 보여 준다. 따라서 넓게 보자면한국 근대문학의 전개 과정에 있어서 사회 기층민들이 새롭게 소설 속에들어옴으로써, 근대 사회의 실제에 걸맞는 작품 언어의 다성성 및 스타일의 혼합이 이루어질 기반이 신경향파 소설들에서야 마련됐다는 점을 지적할 수 있다. 신경향파 소설을 통해서 지식인 혹은 유산층 외에 하층민들의 존재 공간이 현실성을 띠며 작품 세계에 마련된 것이다. 좁혀서는,사회·경제적 대립 및 긴장이 고조되는 장면들에 있어서 기득권층의 논리가 다소 극단화되어 현실성이 떨어지는 경우는 있어도 세력 관계상의현실적인 우위에 기반하여 매우 강하게 자기 목소리를 내고, 그 앞에서는움츠러들었던 하층민들의 정서 및 감정 역시 작품 내에서 자신의 목소리를 강하게 드러냄으로써, 진정한 의미의 다성성 및 스타일 혼합이 이루어졌다고 할 수 있다.

이러한 사실 역시 당대의 감각과 문학사적인 맥락을 고려할 때만 간취되는 것이다. 먼저 동시대의 부르주아 자연주의 작품들의 경우, 실상 지배 논리에 '대항하는' 하층민들 고유의 논리[목소리]는 찾기 어렵다. 사회적인 문제를 사사화(私事化)하는 한계는 언어의 다성성과 근본에서 어긋나는 것이다. 사회 차원의 문제를 자기 자신의 내적인 문제로 치환하는 사사화 과정은 언어적인 측면에서 보자면 소외된 자, 억눌린 자가 지배자의목소리를 그대로 따르고 있음을 의미한다. 지배 이데올로기에 완전히 침윤되어 지배 이데올로기가 제공하는 방식으로만 자신의 문제를 바라보기때문에, 이들의 언어는 피압박자의 그것이라고 할 수 없게 된다. 인물 구성상 사회의 상하위 계층이 등장한다고 해도, 실상 작중 인물의 언어는단성적인 양상을 띠는 것이다.

신경향파의 뒤를 잇는 1920년대 후반의 경향소설의 경우는 정반대 맥락에서 스타일의 혼합 및 언어의 다성성이 배제된다. 형성 계기상 작가의목적의식이 작품 세계를 지배하게 됨으로써 사회주의자 혹은 피압박 계층의 목소리만이 전면화되어 그에 맞서는 (기실 현실에서는 더욱 세력이 강한) 지배 계층의 목소리는 찾아보기 어려운 것이다. 오히려 이 시기에는 염상섭의 장편소설이 스타일의 혼합 및 언어의 다성성을 가장 잘 구현해 내고 있다. 좌파 문학의 경우는 『고향(故鄕)』(1934)을 낳는 1930년대의 지형에 이르러서야 이러한 면모가 본격적으로 성취되기 시작할 뿐이다.

이렇게 볼 때 신경향파 소설의 양상은 소중한 것이 된다. 근대문학이라는 것이 넓은 의미에서의 리얼리즘 문학을 기반으로 하며,[97] 그 구체적인 양상으로 작품 언어의 다성적인 성격과 스타일의 혼합을 지적할 수 있다 할 때, 1920년대 소설의 전개 과정에서 신경향파 소설은 처음으로 이러한 두 속성을 현실성에 기반하여 체현한 것이 된다. 넓게 보아 한국 근대소설의 완미한 형성에 중요한 기여를 한 것이다.

---

97) 조남현, 「1920년대 소설」, 앞의 글, 436면; 강인숙, 「노벨의 장르적 특성」, 『한국 근대 소설 정착 과정 연구』, 박이정, 1999 참조.

제4장 신경향파 문학의 특성과 의의

1. 소설과 비평의 관련에 의한 역동적 중층성

이상의 논의를 통해서 우리는 <신경향파 문학 담론>의 주도에 의해서 신경향파 문학이 형성, 전개되고 끝내는 역사화되는 방식으로 폐기되는 전체 과정을 살펴보았다(제2장 1절). 통시적인 흐름과 더불어서, 비평과 소설 양 층위에서의 구체적인 양상도 검토해 보았다(제2장 2절~제3장 2절). 이러한 검토 결과를 바탕으로 신경향파 문학의 특성을 종합하고 그 문학사적인 의의를 구명하는 것이 본 장의 과제이다.

여기서 먼저 확인, 강조해 두어야 할 것은, '신경향파 문학'이라는 개념의 외연과 정체성 문제, 그리고 그 구성 요소인 신경향파 비평과 신경향파 소설이 보이는 복합적인 면모 및 역동적인 성격이다. 이 절에서는 후자를 살펴보기로 한다.

신경향파 문학이라는 범주에는 당연히 '신경향파'를 관자(冠字)로 하는 소설, 비평, 시 등이 포함된다. 따라서 신경향파 문학은 다양한 하위 장르들을 포괄하는 총체를 지칭한다고 할 수 있다. 그리고 이 총체는 지금껏 살펴보았듯이 1920년대 중기(1923~1927년) 문학계를 양분하는 한 갈래이자 역사적인 전개라는 측면에서 볼 때 주도적인 역할을 한, 엄연한 문학사적 단위라고 할 수 있다. 연구사에 있어서, 하위 장르들 중 특정한 것만을 중시·강조하거나, 혹은 그 역으로 그 각각(예컨대, '신경향파 소설')의 정체성을 회의하는 경우에도, 이 사실이 무시된 적은 없다. 달리 보자면, 하위 장르들에 대한 강조점 설정상의 변화와 차이는 있어도, 신경향파 문학 전체의 문학사적 자리는 이후 연구사를 통해 지속적으로 인정되어 온 것이다.

그러나 신경향파 문학의 문학사적 지위가 사실로서 부정될 수 없는 것이라 해도 그러한 파악이 막바로 신경향파 문학의 정체성을 보장해 주는 것은 아니다. 신경향파 문학 자체의 특성 때문에 '신경향파 문학'이라는 개념의 성격 문제 혹은 신경향파 문학의 정체성 문제가 불거져 나온다. 앞 장들의 논의를 통해서 확인되었듯이, 문학사의 단위로서 신경향파 문학이 보이는 고유한 특징은, 신경향파 문학의 하위 장르들이 정합적인 관련 양상을 보이지 않는다는 점에 있다. 즉 신경향파 문학은 어떤 의미에서도 단일한 실체가 아니라는 것이다. 정리하자면, 신경향파 문학으로 포괄되는 장르들간의 부정합성 즉 신경향파 문학의 비단일성이 신경향파 문학의 정체성 문제 혹은 '신경향파 문학'이라는 개념의 적실성 문제를 낳고 있다.

신경향파 문학의 비단일성은 두 가지 층위에서 확인된다. 첫째는 막 지적했듯이 신경향파 문학을 이루는 하위 장르들 상호간의 관계 차원이다. 단순히 하위 단위로서 비평과 시, 소설 등이 갖는 장르적 속성상의 차이를 넘어서, 신경향파 문학의 경우에는 신경향파 비평과 신경향파 소설의 관계가 정합적이지 않다는 특징을 보인다. '비평 일반의 선도성'[1]과는

---

1) 임화, 「批評의 高度」, 앞의 책(서음출판사, 1989. 412~3면 참조). 여기서 임화는 비평의 일반적 특성으로 '현실에 대한 비평의 고도의 가장 단적인 표현'으로서 '작품에 대

다른 이러한 관련 양상의 결과를 우리는 신경향파 비평의 담론성으로 강조해 보았다(제2장 1절 3항~4항).

좀더 세밀하게 나아가서 신경향파 문학의 비단일성은 그 하위 장르들 자체가 보이는 분화와 역동성에 의해서도 확인된다. 신경향파 문학을 수립하고 끝내는 폐기해 내는 신경향파 비평의 경우, 그 논의의 성격에 따라서 크게 세 가지 유형으로 세분해 볼 수 있다. 좌파 이데올로기를 담은 새로운 이론을 수입, 소개함으로써 자신도 이론의 영역에 들게 되는 평문들이 하나이고, 월평이나 총평, 문단 개관 등 실제 작품들을 대상으로 하여 신경향파 작품에 대한 미학적 편상(片想)들을 담고 있는 작품 비평들이 다른 하나이며, 아직 존재하지 않는 것을 지향하여 작품들을 추동해 내는 실천적 성격의 평문들 즉 문단 정치적 성격을 짙게 띠는 <신경향파 문학 담론>이 셋째 유형이다. 이상의 세 유형은 시기적인 변화 양상의 한 단계씩을 대표하면서 신경향파 비평에 계기적인 역동성을 부여한다. 좌파 이론의 수입·소개에 중점을 두는 시기가 1단계라 한다면, 막 등장한 작품들과 더불어 왕성해진 실제 비평과 작품들을 적극적으로 추동하며 문단의 재편을 꾀하는 <신경향파 문학 담론>들이 2단계를 이루고, 일종의 매너리즘에 빠져 정체 상태를 보이는 작품들을 재차 추동해 내기 위해 신경향파 자체를 스스로 폐기함으로써 담론적 성격을 공고히 하는 평문들 즉 이른바 '내용·형식 논쟁'의 글이나 방향 전환론의 초기 평문 일부가 3단계를 장식한다. 따라서 단일한 의미체로서의 신경향파 비평은 사실 없다고 해도 좋다. 복합적인 갈래들이 계기적인 역동성을 보이는 것이다.

신경향파 소설의 경우는, 엄밀한 의미에서 사회주의 지향성을 담고 있는 작품들로 그 외연을 잡는다면 그다지 복합적인 면모를 보이는 것은

한 비평의 高度'를 지적하고 있다. 이와 같라서, '과거의 傾向文學論의 결정적 약점'으로 "작품에 대한 비평의 고도가 작품과 비평과의 遊離의 표현"(413면)이었음을 들고 있다. 경향문학 전체를 대상으로 한 개괄적인 언급인데, 그러한 '유리'가 극대화되어 비평의 담론성이 가장 두드러진 것이 신경향파 비평이라고 할 수 있다.

아니라고도 할 수 있다. 이들은 전체적인 작품의도에 따라 효과가 드러나는 방식에 따라서 크게 사회주의적 자연주의와 알레고리적인 작품들로 이대별된다. 그 속의 작품들 각각이 보이는 여러 양상 즉, 주장과 서술, 묘사의 차원들이 사회주의적 자연주의로서의 신경향파 소설이 보이는 비단일성을 드러내 줄 뿐이다.[2] 그러나 실상 이러한 차이는 어떤 경향, 유파의 작품군에서도 마찬가지로 확인되는 것일 터이다. 신경향파 소설의 복합성은 신경향파 소설 자체의 경계를 넘어서면서 발생한다. 달리 말하자면 신경향파 문학을 이루는 하나의 요소로서 신경향파 소설을 고려할 때 단순명쾌함이 사라진다는 것이다. 이 경우 신경향파 소설의 외연은 확장되지 않을 수 없다. 좁게는 신경향파 비평 넓게는 문단 정치적 역관계와 관련하여, 미학적으로는 다소 이질적인 작품들(역으로 말하자면, 부르주아 자연주의 등속과의 차이를 보이지 않는 작품들)까지도 신경향파 소설의 경계 내로 포함되는 까닭이다. 이는 신경향파 소설을 자연주의 소설계의 중심으로 설정하려던 당대 좌파 이론가들의 기획이 문학사의 실제에 깊은 영향을 미칠 정도로 성공한 데 기인한다. 정리하자면 문학사적인 실체인 신경향파 문학의 한 요소로 파악될 때 특히 <신경향파 문학 담론>과의 관계가 설정될 때, 신경향파 소설은 사회주의적 자연주의라는 미학적 고유성을 잃고 외연이 확장됨으로써, 복합적이고도 모호한 면모를 띠게 된다는 것이다.

다음으로, 각기 복합적 실체인 신경향파 소설과 비평 양자가 상호 관련되면서 신경향파 문학 일반의 비단일성이 강화된다. 여기에 파스큘라

---

2) 3장 1절의 작품 검토를 통해서 확인했듯이 '최서해적 경향'과 '박영희적 경향'이라는 소위 두 조류는, 신경향파 소설의 비단일성을 확인시켜 주기보다는 오히려 반대 작용을 한다. 신경향파 소설의 정체를 구명하는 데 부정적으로 작용한다는 것이다. 넓은 의미에서 자연주의 소설계 일반의 양상을 파악하는 데 악영향을 주며, 좁게는 사회주의적 자연주의로서의 신경향파 소설과 알레고리적인 작품을 미학적으로 갈라 보는 데도 장애물이 된다. 이러한 현상은 무엇보다도 그러한 개념들 자체가 미학적인 것이 아니며, 작품들의 실제적 갈래를 구명하기에는 부족한 분류법인 데 연유한다. 작가를 앞세운 명명이기에, 회월이나 서해 작품 세계의 다양한 양상을 단순화하는 부작용도 있다.

나 카프를 조직하는 등의 조직 운동도 하나의 요소로 가세한다. 이들을 구성 요소로 하는 구조로서의 전체가 바로 신경향파 문학이다. 따라서 신경향파 문학은 작품과 비평(특히 <신경향파 문학 담론>), 조직 운동 상호간의 중층결정에 따른 효과로서만 그 정체성이 마련된다. 이들 요소 중 어느하나도 독립된 것이 아니며 다른 요소 및 전체의 규정으로부터 자유롭지 않다. 지금까지 논의한 내용을 상기해서 풀어 말하자면, <신경향파 문학 담론>과 관련되지 않은 신경향파 소설이나, 작품들의 경향 및 문단의 동향과 상호작용을 주고받지 않는 신경향파 비평, 담론적 실천과 유리된 문단 정치적 기획 및 행위는 존재하지 않는 것이다.[3] 이러한 상태는 하나의 요소 또는 신경향파 문학이라는 구조적 전체를 독립적으로 또 고정된 것으로 사유할 수 없게 한다. 또한 비평과 작품 사이의 시간적 격차가 신경향파 문학에 근원적인 역동성을 부여한다. 신경향파 문학의 역동적 중층성은 바로 이러한 상태를 지칭하는 것이다.

2. '신경향파 (문학)' 개념의 재구성

'신경향파 (문학)'이라는 개념의 외연과 내포를 확정하는 문제는 단순히 명명법의 적실성을 따지는 문제가 아니다. 바로 앞에서 살폈듯이 신경향파 문학 자체가 복합적이고도 역동적인 면모를 보이는 까닭에, '신경향파 (문학)' 개념의 규정은 막바로 신경향파 문학의 정체성을 구명하는 작업과 연관된다. 본고에서는, 후자를 기반으로 해서야 제대로 이루어질 수

---

3) 지금까지 본고의 논의가 복잡다단하고도 힘들게 전개되어 온 것은 이러한 중층결정 상태를 형식논리적으로 단순화하지 않기 위한 방편으로, 사유의 전개 과정에 가까운 방식으로 기술 방법을 마련한 까닭이다. 보다 간명한 정리는 5장 결론 참조.

있는 작업이라는 시각을 견지한다.

이러한 시각 위에서의 결론적인 주장을 개진하기 전에 '신경향파'에 대한 개념 규정적인 접근 혹은 용례들을 일별할 필요가 있다. 이는 크게 세 가지 측면에서 고찰될 수 있다. 첫째 문학사적인 실체로서의 신경향파 문학 일반을 지칭하는 개념으로 사용되는 경우, 둘째 신경향파 소설이나 신경향파 비평 등 개별 장르 수준에서 쓰이는 경우, 끝으로 보편적 개념에 속한다고 할 '경향문학' 혹은 '경향성'과의 비교 맥락에서 고찰되는 경우가 그것이다. 각각에 대해서 살펴보기로 하자.

첫째 독자성을 인정하든 과도기로 규정하든, '신경향파'를 1920년대 중기에 존재했던 문학사의 단위를 지칭하는 개념으로 사용하는 경우이다. 이러한 방식의 개념 사용은 외관상 비교적 안정적인 것으로 보인다. 문학 사상의 한 시기를 대표하며 실재했던 문학을 지시체로 하는 것이기 때문이다.

이러한 용례를 보인 초기의 대표적인 경우로 김남천의 견해를 찾아볼 수 있다. 그는 『모던 문예사전(文藝辭典)』[4]의 「신경향파문학(新傾向派文學)」 항목을 통해서, '신경향파 문학'은 "朝鮮新文學史上의 一時期를 占한, 年代로 치면 二十三年代로부터 二十五六年代까지에 이르는 主流的인 文學"이라고 정의한다(115면). 이러한 정의는 실재에 굳게 뿌리를 둔 것이다. '社會思想史와 相應하는 諸社會條件' 밑에서(116면), 이전 문학 경향의 "否定과 正當한 史的 繼承에 依하여 新傾向派는 擡頭"(115면)되었다는 발생론적 파악에서도 이 점이 확인된다. 임화[5]가 그랬듯이 김남천 역시 한국 근대문학의 전개 과정상 한 단계에 해당하는 특정 문학 시기를 '신경향파'로 지칭하는 것이다.[6]

---

4) 『人文評論』, 1940.1.
5) 「朝鮮新文學史論序說─李人稙으로부터 崔曙海까지」, 앞의 글; 「小說文學의 二十年」, 앞의 글.
6) 이 시기에 이르러서까지도 '경향성'에 대한 명확한 인식은 마련되지 않은 듯싶다. 김남천의 경우 같은 글의 「傾向文學」 항목에서, '경향문학'이라는 용어의 혼란상을 지적

신경향파 문학이라는 실체의 존재를 인정하는 이상 이러한 명명법은 자연스럽고도 명확한 것처럼 보인다. 그러나 이렇게 규정, 사용되는 '신경향파 문학'이라는 개념의 내포 및 외연은 사실 전혀 명확하지 못하다. 애초에 명명 자체가 단순히 기술(記述)적으로 즉 실재하는 것[지시체]을 대상화한 술어로서 사용된 것이기에, 주어에 해당하는 문학사적 실체를 구명하기 전에는 아무런 확실성도 갖지 않는 것이다. 칸트 식으로 말하자면 '신경향파 문학'에 대한 이러한 정의는 어떤 의미에서도 분석적 판단이 아니다. 우연적, 경험적인 데 의존하는 후천적 종합 판단에 불과할 뿐이다.7) 따라서 '신경향파 문학'이라는 개념에 대해서는 사실 직접적으로 말해 주는 것이 없는 것이다.

사정이 이러하기 때문에 임화나 김남천의 규정은, 다음과 같은 박영희의 후기 규정과 본질적인 차이를 갖지 못하게 된다. 회월의 용법을 살펴보자.

> 당시 이러한 경향의 작품들을 總稱하여 「新傾向派 文學」이라고 이름을 지었던 것이었다. 이것이 얼마 아니 가서 「푸로레타리아 文學」이라고 부르게 된 것이니 즉 無産階級 文學이라는 뜻이었다. 이 조선의 無産階級 文學은 노동자나 농민의 생활을 주제로 한 것 뿐 아니라 조선적 현실에서 민족해방을 위한 鬪爭 意識이 표현된 작품의 總稱이기도 하였다.
>
> 이 新傾向派 文學의 발전 과정에는, 貧寒과 苦惱의 생활 상태를 그대로 자연주의적 수법에 따라 묘사되는 것과 그 貧寒한 상태에서 투쟁적 반항의식으로 煽動하며 誘導하는 것을 이르는 것이 있으니, 前者를 가리켜 自然生長的이라 하고 後者를 目

(114면)하고, 그 표현을 쓰지 말자는 주장을 하고 있는 것이다("이런 模糊하기 짝이 없는 用語는 便宜的으로래도 使用치 않음이 좋을 것이다", 115면).

7) <분석적 판단>은 '술어가 주어의 개념 속에 포함되어 있는 판단'이며, <종합적 판단>은 '주어에 대해 주어의 개념 속에 포함되어 있지 않은 술어를 긍정하거나 부정하는 판단'이다. <종합적 판단>은 다시, 주어와 술어의 연결이 '순수히 사실적이며 우연적일 때 즉 경험 속에서 그리고 경험을 통해서만 주어지는' <후천적 종합 판단>과 그 연결이 필연적이며 보편타당하게 이루어지는 <선천적 종합 판단>으로 나뉜다(코풀스톤, 임재진 옮김, 『칸트』, 중원문화, 1986, 63~5면 참조).

的意識的이라고 불렀던 것이었다. 新傾向派의 初期의 작품은 물론 自然生成期의 작품일 것이다.8) (강조는 인용자)

위 인용에서 강조 부분들을 통해 확인할 수 있는 것은 '신경향파 문학'이라는 개념이 1920년대 중기 이후에 발흥, 전개된 좌파 문학 일반을 지칭하고 있다는 사실이다.9) 이때 '신경향파 문학'이라는 개념은 '프로레타리아 문학', 더 나아가 '무산 계급문학'과 동일한 범주를 갖는 것으로 확장된다. 같은 개념으로 쓰인 것이다.

물론 우리는 이러한 용법을 비판, 부정할 만한 자료를 이미 충분히 검토해 보았다. 따라서 이러한 개념 사용이 당대에 회월 자신이 행했던 문제 의식과도 거리가 있음을 쉽게 확인할 수 있다. 무엇보다도 이러한 용법은, 신경향파 문학을 주창할 때 뿐 아니라 그 지양을 주장할 때의 평문들이 보였던 개념 구사 방식과 상위된다. 더 나아가 문학사적인 안목에서도 그의 이러한 개념 구사는 받아들일 수 없다. '신경향파 문학'이 '프로레타리아 문학'과 같은 개념이라면, '신경향파 문학'의 시기가 사실상 카프의 해체에까지 이어져야 할 뿐 아니라, 식민지 조선이라는 한계를 넘어서 보편적인 번역어로 쓰일 수 있어야 하는데, 이는 불가한 것이다.

여기서 문제되는 것은 회월이 문학사를 기술하면서 보인 '신경향파 문학' 개념의 적용이 잘못되었다는 사실 자체가 아니다. 회월의 용법은 그 본질상 임화나 김남천의 용법과 동일하기 때문이다. 이들은 모두 문학사상의 실제를 대상으로 하여 종합적인 판단을 내리고 있다. 따라서 '신경향파 문학'이라는 개념을 규정하는 그들의 공통된 방식 자체가 문제라고 할 수 있다. 이 맥락에서 보면, 그들의 개념 규정이 이렇게 현격한 차이를 보이는 것은, 개념 규정의 본질상 종합적 판단에 내재할 수 있는 문제가

8) 박영희, 「現代朝鮮文學史」, 앞의 글, 466면.
9) 이러한 용법은 일찍이 신남철(「最近 朝鮮 文學思潮의 變遷－「新傾向派」의 擡頭와 그 內面的 關聯에 對한 한 개의 素描」, 앞의 글) 등에게서도 확인되는 것이다.

드러난 것으로서, 실재했던 지시체를 어떻게 파악하는가 하는 경험 차원에 기인하는 이상 예방할 수 없는 것이라고 하겠다.

이러한 문제는 '신경향파'에 대한 두 번째의 용법 즉 '신경향파 소설'이나 '신경향파 비평' 등 개별 장르 수준에서 개념을 구사하는 경우에서도 동일하게 확인된다. 문학 일반에서 소설이나 비평 등으로 범주가 좁혀졌을 뿐 실재했던 대상을 지시체로 하는 종합 판단의 형식은 동일하기 때문이다. 여기에 덧붙여서, 이 경우 엄밀한 장르(種) 개념 차원에서 안정성을 갖춰야 함에도 불구하고 앞서 살폈듯(제2장 1절 3항~4항과 제3장 1절) 이것이 사실상 불가능하다는 데서 이러한 용법의 문제가 증폭된다. 신경향파 문학의 실체를 파악하는 데 있어서 본고의 논의가 전제했고 또 증명했듯이 신경향파의 개별 장르들이 독립적인 실체로서는 존재하지 않는 까닭에, '신경향파 문학'과 '신경향파 비평', '신경향파 소설'의 개념상 연관성이 필연적으로 요청되는 까닭이다.

'신경향파 소설'을 예로 이 상황을 다시 정리해 보면 문제의 심각성이 잘 드러난다. 일찍이 임화가 지적했듯이 그리고 본고의 파악에서도 분명해졌듯이, '신경향파 소설'은 사조나 양식상으로 단일한 것이 아니다. 미적으로 보아 사회주의적 자연주의에 해당하는 것과 알레고리적인 것으로 양분되어 있다. 따라서 '신경향파 소설'을 '하나의' 소설 유형으로 취급할 수는 없다. 그러나 그렇다고 해서 단일한 미적 척도를 내세워 '신경향파 소설'이라는 개념을 폐기하는 것은, 그 소설사적 지위에 비춰볼 때 부적절하다. 정리하자면 '신경향파 소설'은 미적 개념의 장에 놓이지도 못하며, 기술적(記述的)으로도 안정된 것이 아니다. 본고가 3장의 논의를 통해서 보인 바, '신경향파 비평' 특히 '<신경향파 문학 담론>'과 '신경향파 문학 운동' 등 다른 요소들 및 신경향파 문학 일반과의 중층결정 관계에 의해서 그 정체를 구명한 것 역시 '신경향파 소설'이라는 개념의 문제에까지 해결책을 준 것은 아니다. 궁극적으로 이러한 파악 역시 경험 차원에 연원하는 것이어서 개념 판단에 있어서의 필연성을 확보하지는 못하

428   한국 근대문학의 형성과 신경향파

는 까닭이다.

'신경향파 (문학)'이라는 개념에 관련된 이상의 두 가지 방법에 내재된 문제를 해결하는 것은 일견 간단해 보인다. 위의 문제가 궁극적으로는 종합 판단의 형식에 고유한 문제인 이상, 분석 판단을 도입함으로서 해결될 수 있으리라 여겨지는 것이다. '신경향파 (문학)' 개념의 세 번째 용례가 바로 이러한 방식을 취하고 있다. 좌파 문예학의 핵심 개념 중 하나이자 어느 정도 보편적인 생명력을 획득했다고 할 수 있는 '경향성(tendency)'과 비교하여 '신경향파' 개념을 사고하는 것이다. 이 방식은 두 개념이 적절히 연관될 경우, 앞의 두 가지 개념 구사 방식이 지녔던 문제를 해결할 수 있게 된다. '신경향파' 개념의 내포에 마련되는 '경향(성)' 개념이 술어의 내용에 견고한 규정력으로 작용하여 판단에 확실성을 부여해 줄 수 있는 것이다.

그러나 이러한 접근을 보인 연구 성과를 살펴볼 때 이 문제가 아직은 적절히 해결되지 못했음을 알 수 있다. 조남현 교수의 「'傾向'과 '新傾向派'의 거리」와 유문선 교수의 「신경향파 문학비평 연구」가 이에 해당하는데, 여러 가지 상이점들[10]에도 불구하고 두 글 모두 궁극적으로는 '경향성' 개념을 고정된 것으로 설정함으로써,[11] 신경향파 문학이 경향성을

---

10) 대표적이고도 중요한 차이는 신경향파 시기의 비평에서 '사회주의적 혹은 진보적인' '경향성(tendency)'을 읽어 낼 수 있는가 여부이다. 조남현이 긍정적인 반면 유문선은 부정적인 입장을 취한다.
11) 두 글 모두, 여러 논자들의 개념 규정·설명을 소개함으로써 '경향성' 개념이 얼마나 광범위한 의미 영역을 지니는지를 수차 밝히고 있다. 그럼에도 불구하고 '신경향파'와 관련된 궁극적인 판단 과정에서는 '경향성'을 고정된 것으로 보고 있다.
　　조남현의 경우, 경향성의 개념을 동적인 것이라 정리한 뒤(「'傾向'과 '新傾向派'의 거리」, 앞의 글, 145면), "신경향파문학이란 용어는 새로운 문학적 유파라는 뜻과 傾向性의 의미를 교묘하게 합성해 놓은 것이었다"(149면)고 파악한다. 그는 김제관, 임정재 등에서부터 '경향성의 原義'에 대한 인식의 단초가 보이며(130면), 회월과 팔봉의 경우 "신경향파는 新思潮라는 뜻과 傾向性이라는 의미가 겹쳐진 것"(132~3면) 즉 "'新傾向派'에 들어있는 '傾向'은 단순히 성향, 조류, 징후 등의 유사어로만 쓰인 것이 아님을 알 수 있게 된다. '傾向性'에 대한 인식이 반영되어 있는 것이라 보아도 좋을 것이다"(134면)라고 주장한다. 한편 임화나 김남천의 경우 '경향문학'과 구별하여 '신경향

담고 있다면 굳이 '신경향파'라고 하지 말고 '경향문학'의 개념으로 포괄
하면 되고, 그 반대로 경향성과는 거리가 멀다면 명칭이 주는 오해를 불
식시키기 위해서도 '신경향파'라는 표현은 피하는 것이 좋다는 논지를 취
한다.12) 어떤 경우이든 '신경향파'라는 개념은 적어도 논리적으로 볼 때

파 문학'을 독립적인 것으로 보고자 했다고 파악한다(138~48면). 이 위에서, "林和나
金南天처럼 경향문학과 신경향파문학을 완전히 갈라놓고 볼 수 있다면 굳이 경향이라
는 말을 집어넣어 신경향파와 같은 표현을 할 필요가 있을지 의문이다. 또 朴英熙의
해석을 그대로 받아들여 신경향파문학을 프로문학을 예비하는 과도기적 현상으로만
이해할 경우, 신경향파문학은 가령 경향문학 제1기와 같은 표현으로 대치시킬 수 있을
것이다"(149~50면)라고 결론적인 주장을 내린다. 전자는 경향성을 당파성으로 연결지
어 경향문학의 범위를 좁게 설정한 경우이고, 후자는 반대로 경향문학의 범위를 한껏
넓혀 본 경우로 파악한 것인데, 전자의 경우, 표현상의 유사성에 의한 오해 가능성을
염두에 둔 것이다. 이는 궁극적으로 '경향성'이라는 개념을 보편인 것, 문학사적 실
체를 규명하는 데 있어 타당한 기준[고정된 틀]이 될 수 있는 것으로 상정하여, 신경
향파는 '경향성'과는 거리가 있으므로 그 명칭에서도 '경향'을 빼야 한다는 발상이다.
    유문선의 경우도 논지 구성의 핵심을 마련하는 데 있어서 '경향성'을 보편적, 고정
적인 것으로 본다는 점에서 동일하다. '경향성'에 대한 고찰 외에 그는, 우리 문학에서
'경향문학'이라는 용어가 악화되는 객관적 정세 속에서 '프롤레타리아 문학'의 대체어
로서 정착된 것임을 밝히고 있다(「신경향파 문학비평 연구」, 앞의 글, 5~6면.) 이 위에
서 그는 "'신경향파'라는 말은, 그 어휘 발생과 보존의 근거가 되는 '신+경향' 또는
'경향문학'과의 어휘적 유사성 어느 면에 비추어 본다 할지라도, 논리적으로 적절한 명
칭이라 하기는 어렵다"(7면. 강조는 원저자)고 판단한다. 이 지적이 의미하는 것은 무
엇인가? '신경향파'를 이해하는 데 있어서, 그 개념의 용례 및 그와 유사하면서도 보편
적인 개념이라고 할 수 있는 '경향문학'의 용례를 살펴볼 때, '신경향파'가 좌파 문예
학의 보편적인 개념인 '경향성'과 관련될 소지는 별로 없다는 의미이다. 즉 보편 개념
차원에서의 접근이 실상에 부합되지 않는다는 지적인 것이다. 따라서 그는 '초기 프롤
레타리아 문학'이라는 명칭이 가장 적확한 것이라고 '논리적으로' 판단을 내린다. 보
편 개념인 '경향성'과 관련되는 바가 없으므로 '경향'이라는 표현을 갖는 '신경향파'는
부적절하다는 이러한 논리 전개는, 당연히도 '경향성'이라는 개념의 기의를 고정된 척
도로 보는 발상에서 유래된 것이다.
    결국 두 연구자의 논의는 '경향성' 개념의 다의성을 누차 지적할 만큼 잘 인식하고
있으면서도, '신경향파'라는 개념의 적실성을 따지는 자리에서는 '경향성'을 형식논리
학적으로 고정시키고 있다. 최소한 '신경향파'라는 개념이 적실하지 못하다는 판단의
논리적인 근거를 마련하는 경우에서만큼은 그러한 인식을 보여 준다.
12) 「'傾向'과 '新傾向派'의 거리」에서는 '신경향파(문학)'이라는 개념을 '경향(문학)'으
로 바꾸는 문제에 있어서 유보적인 태도를 취하고 있던 조남현의 경우, 최근에 와서는
'신경향파소설' 개념을 폐기하자는 입장을 보인 바 있다. "이 말은 당시의 문단 용어일
뿐 문학용어로는 부적합한 것으로, 세계적으로 보편화된 「傾向小說」이라는 말이 타당

부적절하다는 것이다.13)

그러나 본고의 입장은 다르다. 무엇보다도, 소설이나 비평 등 개별 장르 차원에서는 물론이고 총체적인 문학사의 전개에서도 그 실체를 부정할 수 없는 신경향파 문학을 두고서 관념적으로 고정된 '경향성' 개념에 기반하여 '신경향파'라는 개념을 부정하는 것은 받아들이기 어렵다. 개념이 지식 대상에 속하는 것이라 한다면 우리 앞에 놓여진 텍스트들이 입증하는 것은 실재 대상으로서의 신경향파 문학이다. 따라서 지식 대상에 대한 실재 대상의 궁극적인 우위14)를 부정하지 않는다면, '신경향파' 개념의 폐기가 단순히 추상적인 명명 차원의 문제일 수 없다는 데 동의하게 된다. '신경향파' 개념이 부정된다는 것은 그것이 가리키는 실재 대상의 고유성이 부정되는 것이다. 그러므로 신경향파 문학의 실재성, 대상성을 인정하는 한 '신경향파' 개념의 폐기는 있을 수 없다. 이 절의 처음에서 지적했듯이 '신경향파' 개념의 내포 및 외연의 규명 작업은 어느 의미에서도 단순한 명명법 차원에 그치는 것이 아니기 때문이다.15)

정리하자면, '신경향파 (문학)' 개념의 내포 및 외연을 규명하는 데 있

하다"는 것이다(『한국 현대소설 유형론 연구』, 앞의 책, 103면). 그러나 "신경향파소설이란 유형은 성립되기도 어렵지만, 성립된다고 하여도 역사적 소설유형에 속한다"(109면)고 하여 문학사적 단위로서 신경향파 문학이 갖는 실체는 무시하지 않고 있다.

13) 사정이 이러하기 때문에, '신경향파'라는 용어를 쓰고자 하는 유문선의 경우는 자신이 전개한 논리와는 상반되는 즉 비논리적인 이유를 들면서 개념 사용의 변을 마련할 수밖에 없게 된다(「신경향파 문학비평 연구」, 앞의 글, 7~8면). 그가 내세운 세 가지 이유는 궁극적으로 보자면, 신경향파 문학의 실체를 부정할 수는 없다는 데로 귀착된다. 본고의 입장에서 볼 때 이는 그릇된 사유에 침해되지 않은 실체의 힘이 인정된 것으로 생각되는데, 바로 이 사실로부터 새롭게 논리가 전개되어야 할 듯싶다.

14) '인식론적 단절' 개념을 통해 상식 및 이데올로기와 이론의 경계를 강조하는 알뛰세르의 경우도, '이론적 실천의 장'에서 이론이 다루고 산출하는 '지식 대상'이라는 것이, 궁극적으로는 항상, 지식에 외재적인 '실재 대상'에 대한 지식임을 부정하지 않고 있다(알뛰세르, 『아미엥에서의 주장』, 앞의 책, 160~1면 참조).

15) 이러한 강조는 필요하다. 조남현과 유문선의 경우가 각기 보이듯이, '신경향파' 개념의 논리적인 적실성은 부정하면서도, '역사적 소설 유형' 식으로 부분적으로 유효성을 인정한다거나 그 명칭을 그대로 사용하는 것은 오히려 혼란을 부추길 뿐이기 때문이다.

어서 두 가지가 강조되어야 한다. 첫째로 신경향파 문학 및 그 구성 요소
로서의 신경향파 소설·비평·문학운동이 문학사상의 실체임을 부정해
서는 안 된다는 것, 따라서 이러한 실체를 기술하는 종합 판단 형식의
'신경향파' 정의는 그 내포 및 외연의 불명료성에도 불구하고 일단은 견
지되어야 한다는 것이다. 둘째로 그러한 불명료성을 극복하는 방식은,
'경향'이라는 표현과 관련하여, 분석 판단 식의 자질을 주어(主語)인 '신경
향파'에 부여해 주는 것이지만, 이때 보편화된 개념인 '경향성'의 기의를
고정된 것으로 보아서는 안 된다는 것이다.

 '경향성'은 말 그대로 그 의미가 한 가지로 고정될 수는 없는 개념이
다. 루카치가 지적하듯 원리적으로 '상대적'인 것인데, 근대 자본주의 사
회에 있어서 지배적인 방향 즉 부르주아적인 방향에 대해 "계급적 토대
와 계급적 목표가—계급적으로—적대적인 저작을 '경향적'이라고 주장한
다."[16] 근대 자본주의 사회 체제에 대해 비판적인 입장을 견지한 일체 혹
은 순수 예술에 반하는 일체를 경향적이라고 할 수 있는 것이다.[17] 더 넓
게 보자면 경향성은 '예술 창작의 사회적인 목적 지향성' 일반을 의미한
다. "여러 사회적 정치적 입장의 목적지향적인 옹호"로서, 시기적으로 근
대에 국한되지도 않는 것이다.[18] 민나 카우츠키에게 보내는 잘 알려진 서
한에서 엥겔스는 아이스퀼루스나 아리스토파네스·단테·세르반테스 등
으로부터 쉴러 및 당대의 러시아와 노르웨이의 작가들을 경향작가라고
지칭한 바 있다.[19]

16) 루카치, 「경향성이냐 당파성이냐?」, 『루카치 문학 이론』, 앞의 책, 27면.
17) 마르크스주의 미학을 정초하고자 하는 루카치가 경향성을 당파성으로 대체하고자
  하는 의도 역시 이처럼 막연한 경향성이 갖는 '관념적인 위험성'을 피하기 위함이다.
  그의 논의에서는, 칸트 미학에서 연원하는 바 몰락해 가는 시민계급의 '순수예술/경
  향성' 테제의 전제 자체를 비판하지 않을 경우, 경향성 지지자들이 취하게 되는 한 가
  지 길이 곧 절충주의라는 것 즉 궁극적으로는 체제에 대한 '대항'일 수 없다는 사실이
  중요한 문제였다(「경향성이냐 당파성이냐?」, 앞의 글, 30~1면 참조).
18) 소련 콤과학아카데미 편, 신승엽 외 옮김, 『마르크스 레닌주의 미학의 기초이론 II』,
  일월서각, 1988, 43면 참조.

사정이 이렇다면 '신경향파 (문학)'의 개념을 규정하는 데 있어서 '경향성' 개념의 고정된 내포를 상정하고 그것을 명명의 기준으로 삼아야 할 이유는 거의 없다고 할 수 있다. 1920년대 중기 문학의 실체로 존재하는 신경향파 문학 일체의 핵심 규정에 해당할 경향성 개념 즉 한국 근대문학의 경향성 개념을, 보편 개념을 통해서 읽어내기만 하면 되는 까닭이다. 본고의 파악에 의할 때 그것은 **사회주의 지향성이다.**[20] 이는 근대 자본주의 사회 속에서 '경향성' 개념이 갖는 가장 핵심적인 의미에 해당되는데, 신경향파 문학의 경우 사회주의 지향성은 공상적·이상적인 수준으로 표명되기도 하고, 이데올로기적으로 은폐된 형식을 통해 드러나기도 하며, 궁극적으로는 신경향파 문학을 이루는 요소들 및 전체간의 중층결정에 의해서 확인된다. 따라서 사회주의 지향성이야말로 '신경향파 (문학)' 개념에 대한 분석적 판단의 속성이라고 할 수 있다. '경향성' 개념의 핵심에 해당하기 때문이다.

'신경향파 문학'이라는 개념은, 따라서 1920년대 중기[1923~1927년], 엄밀히는 1924년에서 26년에 이르는 시기에, 하위 요소들의 중층결정 관계

---

19) 마르크스·엥겔스, 김영기 옮김,『마르크스 엥겔스의 문학예술론』, 논장, 1989, 86면. 물론 엥겔스는 '리얼리즘의 승리'로 유명한 마가렛 하크니스에게 보내는 편지에서 "우리 독일인들이 칭하는 바의 '경향소설(Tendenzroman)', 즉 진짜배기 사회주의적 소설"(89면)이라고 하여 '경향'의 개념을 좁게 쓰는 인상을 주기도 하지만, 이는 실상 "현실적 조건의 충실한 묘사를 통해 그 조건에 대한 지배적인 인습적 환상을 일소하거나 부르조아 세계의 낙관주의를 뒤흔들어 버린다면, 직접적인 해결책을 제공함이 없이도, 심지어는 자신이 직접적으로 당파를 명료하게 따르지 않고서도, 그 소명을 완전하게 충족시킬 것"인 '사회주의 경향소설'(86~7면) 즉 '사회주의'라는 관자가 붙은 경향소설을 의미하는 것이라 하겠다. '경향(성)' 및 '경향소설'의 폭넓은 용례가 무시되지는 않는 것이다.

20) 신경향파 문학에 대한 분석적 논의가 종결된 자리에서 그 개념을 규명하는 본고의 체재는, '신경향파 (문학)' 개념의 규정은 신경향파 문학 일체에 대한 파악 위에서만 가능한 것이라는 판단에 의한 것이었다. 이렇게 함으로써만, 신경향파 문학의 실체를 부정하지 않으면서도 그 핵심적인 특성을 '경향성'의 의미 맥락에 연관지음으로써, '신경향파 (문학)' 개념의 기술적(記述的) 한계를 넘어서는 것이 가능해진다. 달리 말하자면 신경향파 소설의 분석에서 보였던 바 '대상성의 확정과 검토의 병행'이, 신경향파 문학 일반에 대해서도 마찬가지로 적용된 것이다.

에 의해서만 사회주의 지향성의 포지가 확인되는 문학 장르들간의 총체로 규정된다. 이때 '신경향파 문학'의 구성 요소에 해당하는 '신경향파 비평'이나 '신경향파 소설' 등의 개념 역시, 구조로서의 '신경향파 문학'을 떠나서는 그 개념이 설정되지 않음을 강조할 필요가 있다. 즉 신경향파 문학의 구성 요소로서의 신경향파 비평 혹은 신경향파 소설만이 개념화가 가능한 것이다. 이는 '신경향파' 및 '신경향파 문학' 그리고 '신경향파 비평'이나 '신경향파 소설' 등의 개념이 철저히 한국 근대 문학사상의 개념임을 의미하는 것이기도 하다.

3. 구조화된 전체로서의 문학사적 지위

　앞서 우리는 신경향파 문학이 1920년대 중기의 엄연한 문학사적 단위로 인정되고 있으며, 각 장르 내에서 그리고 그것들이 구조화된 전체 차원에서 중층성과 역동성을 특징으로 한다고 지적했다. 여기서는 문학사적 단위로서의 신경향파 문학의 특성을 밝히고자 한다. 이를 위해서는 먼저 '문학사적 단위' 자체의 성격을 살펴 둘 필요가 있다. 결과로서 주어지는 바 문학사라는 흐름의 한 지절은 어떻게 구획될 수 있는 것인지, 그러한 구획의 결과로서 설정된 하나의 사적인 단위가 앞뒤의 단위들과 달리 고유하게 갖고 있는 것 즉 차이는 무엇인지, 차이의 위상은 어떠하며 그 의미는 무엇인지 등이 이 절의 우선적인 관심사이다.

　문학사의 구획은 어떻게 이루어지는가. 약간씩의 차이는 있을 수 있겠지만, 전체적인 문학적 활동 및 성과의 양상에 있어서 이전 시대와 본질적인 차이를 보일 때 문학사적인 구획이 이루어진다는 점에 대해서는 큰 이견이 없다(무엇보다 요체는 문학사의 시대 구분이 일반사의 그것 등에 의해 타율적

434 한국 근대문학의 형성과 신경향파

으로 이루어질 수는 없다는 것이다). 그러나 문학 활동 전체의 본질적인 변화라는 규정 역시 다소 모호한 것이 사실이다. 어느 시대에나 문학 활동은 매우 복잡한 양상을 띠고 전개된다. 한 장르 내에서도 이전 시대 혹은 시기를 더 거슬러 올라가야 하는 옛 유형이 잔존하기 마련이다. 즉 다양한 유형들의 혼재가 문학 활동의 실제인 것이다. 이러한 까닭에 하나의 시기를 질적으로 구획하기 위해서는, 여러 유형 혹은 층위들을 위계화하는 것이 필요하다. 이 위계화의 기준이 무엇으로 설정되는가에 따라 서로 상이한 문학사가 등장할 것이다.

원리상으로 보자면 위계화의 결과 가장 의미 있는 것으로 꼽히는 것은 당연히 그 시기에 새롭게 등장한 것이게 된다. 새롭다고 모두 가치 있는 것일 수는 없지만 가치 있는 것 중에서 새로운 것이 없다면 새로운 시기의 구획이 애초에 가능하지 않은 까닭이다. 위계화의 기준이 문제되는 것은 이 시점에서이다. 위계화의 기준은 첫째 새롭게 등장한 것이 기존의 것보다 더 가치 있는 것이라고 판단할 근거이며, 둘째로 새로운 것 중에서 무엇이 가장 가치 있는 것인가를 규정할 근거라고 할 수 있다.

앞 맥락에서는 문학사가의 궁극적 관심 혹은 가치가 개입되기 마련인데, 본고의 경우는 근대문학사의 완미한 수립, 발전이라는 맥락에서 개별 시기의 문학적 총체가 행한 역할을 기준으로 설정하고자 한다. 문학의 근대성에 대한 기여가 위계화의 기준이 되는 것이다. 둘째 맥락에서의 위계화의 기준은 사실 밖에서 도입될 성질의 것이 아니다. 달리 말해서 뒤의 맥락은 문학사가의 현재적인 개입이 없이도 확정할 수 있다. 새로운 것들 간의 경쟁에서 승리한 것, 즉 문학사의 결과적인 전개 양상에 있어서 이전 시기와는 변별되는 새로운 양상을 이끈 단초에 해당되는 것이 문학사적인 가치를 갖게 마련인 까닭이다. 이렇게, 문학사의 실제적인 전개를 무조건적으로 진보라고 보는 것은 아니라는 점을 전제로 한다면, 문학사의 특정 시기를 구획할 수 있게 하는 위계화의 기준은 그 생존 능력에서 찾아지게 된다.

이상의 논의는 문학사를 구획하는 입장 즉 지나간 문학 활동을 대상으로 하여 역사적인 지절들을 창출해 내는 문학사가의 입장에서 행해진 것이다. 시각을 바꾸어 대상으로서의 전체 문학 활동의 맥락에서 보자면, 문학사의 시대 혹은 시기의 변화란 전체로서의 문학 활동을 이루는 층위들의 위계화 양상이 바뀌는 것 엄밀히는 새롭고 가치 있는 것을 정점으로 하는 층위의 변화라고 할 수 있다.

물론 정점의 자리를 넘겨 준 층위가 순식간에 소멸하는 것이 아닌 이상, 이렇게 설정된 새로운 시기는 이전의 것과 차이 뿐 아니라 연계성도 지니게 마련이다. 그러나 새로운 것이 보이는 '차이'는 궁극적으로 연계성 자체를 파괴한다. 새로운 것의 등장 혹은 승리가 기존의 것에 단순히 무언가를 덧붙이는 것이 아니라 전체 체계의 변화를 이끌어내는 것인 까닭이다. 일단 변화가 이루어진 뒤에는 모든 층위의 의미도 변화되고 그에 따라 양상 역시 변화될 수밖에 없다 할 것이다. 작품 세계 전체가 변화하는 것이다. 주제나 사상 등 내용 차원에서만이 아니라 형식에서도 급격한 변화가 나타나게 되면서 새로운 시기가 전면화되는 것이다.[21] 이 맥락에서 보자면 대개의 경우 새로운 것은 동일한 개념을 취하더라도 내용상 기존의 것에 대한 반명제가 된다. 개념 체계가 바뀌는 것이다. 따라서 이렇게 변화하는 맥락을 탐구하는 것이야말로 문학사 연구에서 중요한 한 과제가 된다.[22]

전체 문학 활동의 층위들이 보이는 위계화의 변화에 따른 문학사적 시기의 새로운 구획이 내용상 이전 시대의 지배적인 층위에 대한 반명제의

---

21) 위계화의 변화가 전체를 이루는 구성 요소 중 가장 중요한 것의 변화를 중심으로 이루어질 때 이를 두고 체계의 변화라고 할 수 있다. 체계의 변화가 체계 구성 요소 모두의 변화를 의미한다는 점에 대해서는, 쿤, 趙馨 역, 『과학혁명의 구조』, 이화여자대학교 출판부, 1980, 134~9면 참조.

22) 동일한 맥락에서 제임슨은, 문학사 기술의 새로운 과제를, 상정된 대상의 생생하게 성취된 상(simulacrum)을 정교하게 하는 것이라기보다는 오히려 그 '개념'을 '산출하는 (produce)' 것으로 보고 있다(F. Jameson, op., cit., p.12).

436 한국 근대문학의 형성과 신경향파

승리라는 이상의 논의는, 하나의 문학사적 단위는 곧 새로운 문학의 건설 혹은 최소한 시도·기획 차원에서 변별적인 고유성을 획득함을 의미한다. 추상적 이론 차원에서의 보편화 가능성은 논의의 여지가 있겠지만, 이러한 판단은 한국 근대문학사의 초창기를 두고 보자면 사실에 기인하는 것이다. 이광수가 구래의 문학을 일축하고 문학 개념을 (실상은 소개라 해도, 실제에 있어서는) 정립해 가면서 문학사의 새 시대를 연 것이나, 김동인이 이광수의 문학에 대한 반기를 선명히 들면서 새로운 문학관을 주장한 것이 극명한 예가 된다. 이렇게 지형이 변화될 때 문학에 관한 일련의 개념들 역시 심한 변화를 겪는다.

새로운 문학의 건설 혹은 최소한 그 기획으로서의 문학사의 시기 변화는, 자연 과학사에서의 그것에 못지 않게 혁명적이다. 앞서도 잠시 예거했듯이, 문학이라는 것을 소개, 수립하고 문단을 형성해 내며, 올바른 문학성을 구현하고자 의식적으로 노력했고 또 그럴 수밖에 없었던 한국 근대문학 형성 과정의 초창기에서는 더욱 그러하다. 1920년대 전반기에 이르는 이러한 상황 즉 '진정한 문학'을 수립하기 위한 부단한 각축 상황을 두고 우리는 '문학적 패러다임의 새로운 구축 및 기존 패러다임의 대체'로 파악해 볼 수 있겠다.23) 계기적으로 등장하는 새로운 문학관들 모두, 문학적 대상의 설정 기준과 그렇게 설정된 대상의 작품화 방식, 궁극적으로는 문학 작품의 가치 평가나 해석의 방식 등 문학에 관계된 일체에 있어서의 급격한 단절적 변화를 기획하는 까닭이다.

개신유학자들에 의한 애국계몽기의 국문소설 개혁론24)에서부터 춘원의 계몽주의적 입론, 동인의 예술지상주의적 문학론 등은 모두 새롭고 진정한 문학을 창출하고자 하는 욕망의 발로라고 이해될 수 있다. 이러한 성격은 신경향파를 주장한 문인들의 경우에도 그대로 적용된다. 앞서 살펴보았듯이 신경향파 논자들이 사실상 기존의 문학 일체를 부르주아 문

---

23) 패러다임의 기능 및 그 변화의 양상에 대해서는 쿤, 앞의 책, 5~9장 참조
24) 이에 대한 자세한 논의로는 권영민, 『한국 민족문학론 연구』, 앞의 책, 1부 2~3장 참조

학이라고 매도하며 전복의 대상으로 삼았을 때, 구체적으로는 회월이 기존 문학의 자연주의적 묘사법 등을 철저히 배격코자 할 때, 그리고 팔봉 등이 문학관의 상대성을 주장해 낼 때, 이러한 모든 활동은, 기존의 문학을 대체할 새로운 '진정한 문학'을 건설하고자 하는 계속된 노력이 갱신된 것이다. 창작방법론, 리얼리즘론으로 수행된 카프의 논쟁적 비평 행위들 역시 이러한 맥락에서, 새로운 패러다임을 구축하고 그것을 통해 문학의 질적인 변화를 꾀했던 것으로 이해해 볼 수 있다.

이 부분에서의 핵심은 신경향파 역시 '새로운' 문학의 한 모델을 제시한 것이라는 점이다. 이 사실은 아무리 강조해도 지나치지 않다.

그러나 앞 장들의 논의에서 확인된 것은, 문학사적 단위로서의 신경향파 문학이 제시한 모델이라는 것이 그 구성 요소에 해당하는 하위 장르들에서 명확한 실체로 존재하는 것은 아니라는 사실이었다. 문학사적인 단위로서 신경향파 문학 일반의 실재는 부정할 수 없는 것이고 한국 근대문학의 전개 과정에서 그것이 꾀한 혁명적인 변화 역시 쉽게 감지되는 반면에, 신경향파 비평이나 신경향파 소설의 경우로 좁혀서 보면 그러한 변화의 본질적인 성격이 제대로 간파되지 않는 것이다. 신경향파 비평이나 소설이 기존 비평계·소설계의 상황을 흔들고 나아가서는 그 지형을 근본적으로 변화시킨 사실은 확인되는 반면, 그러한 불연속적인 대체를 이루어 낸 실체 즉 새롭게 등장한 비평 혹은 소설의 정체는 모호한 것이다.

앞에서(제2장 1절 3항~4항) 살펴보았듯이 이러한 사정은 무엇보다도 신경향파 비평의 담론적 성격에 기인하는 것이다. 신경향파 비평은 새로운 작가들 및 작품에 대한 추동력을 계속적으로 확보해 내는 방편으로 자기 자신의 정체성 구현을 의식적으로 미루었다. 항시 문단의 현재 상황보다 한 걸음 앞에 서고자 한 것이다. 신경향파가 매너리즘에 빠지듯이 고정되는 것을 꺼린 이러한 행동은, 그 결과로서, 자기 정체성을 확립하지 못하는 상황을 낳는다. 이는 무엇을 의미하는가. '<신경향파 문학 담론>이

신경향파 문학의 전체적인 효과를 낳는 최종심급에 해당한다'는 앞서의
파악을 지금 맥락에 맞게 '<신경향파 문학 담론>이야말로 신경향파 문
학을 실체로 구축하는 패러다임에 해당하는 것'이라고 바꾼 위에서 말하
자면, 위의 지적은, 신경향파의 패러다임 자체가 끊임없이 유보되는 방식
으로 자기 정체성을 마련하지 않았음을 의미하는 것이다. 신경향파가 다
른 패러다임에 의해서 대체당한 것이 아니라 좌파 문학 내에서 발전적으
로 해소되었다는 사실과, 신경향파를 역사화함으로써 담론적 성격을 더
욱 굳히는 후대의 평론들까지 고려한다면, 신경향파 비평 스스로 신경향
파 패러다임을 구축코자 하지 않았음이 더욱 확실해진다.

요약하여 정리하자면, 신경향파 문학이라는 새로운 실체가 확실히 존
재하며 이러한 대체를 통해서 문학에 관한 일체가 심대한 변화를 맞이하
기 시작한다는 점에서 신경향파 패러다임의 '기능'이 확인되는 반면에 그
'정체'는 제대로 확인되지 않는다는 것이, 문학사적 단위로서의 신경향파
문학의 특성을 파악하는 데서 생기는 어려움이라고 하겠다.

그러나 엄밀히 말할 때 신경향파 패러다임이 부재한다고는 할 수 없다.
1920년대 중기 문학계의 중추로 인정되든, 문단을 양분하는 하나의 축으
로 인정되든 혹은 좁혀서 프로문학의 예비적인 단계로 인정되든 간에 어
쨌든 신경향파 문학의 문학사적인 자리가 확인되는 이상 그것을 가능케
하는 패러다임의 존재는 충분히 감지되기 때문이다. 따라서 신경향파 문
학의 경우, 그 패러다임은 존재하되 실정화되지는 않았다고 말할 수 있
다. 이 경우 역시, 앞서 신경향파 소설의 대상성을 구축할 때와 동일한 사
고를 통해서만 간단하지는 않더라도 명확히 정리된다.

실정화되지 않은 신경향파 패러다임이 주로 <신경향파 문학 담론>의
영역에서 기능한다고 할 때, 그 기능의 양상은 <신경향파 문학 담론>의
메카니즘과 유사한 것이라고 볼 수 있다. <신경향파 문학 담론>의 메카
니즘을 다시 정리해 보자. 그것은, 현재의 문학에서는 부재하는 것을 작
가와 작품에 요구하는 방식으로 실현해 내고자 한다. 여기서 창작방법론

적인 기능 측면에 초점을 맞춰 이야기하자면, 당대의 작품들에는 부재하는 것을 투영시킨 타자를 '진정한 것'으로 즉 따라야 할 이상적인 것으로 제시함으로써 요구를 가시적인 것으로 만든다. 그 후 원래는 부재했던 것이 작품화되고 문단에서 성취될 때, <신경향파 문학 담론>은 스스로를 갱신하면서 또 다른 부재를 스스로 창출해 내는 것이다. 이 과정은 신경향파가 스스로 해소될 때까지 즉 질적인 비약을 이루어 낼 때까지 계속된다.

신경향파 문학을 실체로 존재하게 하는 신경향파 패러다임 역시 동일한 방식으로 기능한다고 할 수 있다. 따라서 자신의 정체성은 계속적으로 부재하는 것이 된다. 신경향파 소설이나 문단 상황 등에서 그러한 부재가 실현되는 순간 즉 실재화하는 순간 새로운 부재가 그 자리를 다시 차지하면서 신경향파 패러다임을 갱신하는 까닭이다. 이렇게 보면, 신경향파 비평이나 작품 어느 하나에서가 아니라 신경향파 문학 및 그 구성요소들 일체의 관계에서 확인되는 <신경향파 문학 담론>의 담론성이 곧 신경향파 문학의 위계화를 이루어 내는 신경향파 패러다임이라고 할 수 있겠다.

이상에서 신경향파 문학의 문학사적 단위로서의 특성이 생겨난다. 기존의 문학을 전면적으로 부정하면서 새로운 문학관을 주창하고 작품들을 추동했지만, 나름의 비평적·소설적 정체성을 구현해 내지는 못한 채로 스스로를 폐기함으로써, 문단 전체 차원에 있어서는 획시기적인 면모를 보이며 실재했지만, 문학 활동을 이루는 여러 층위들의 실제적인 면모에 있어서는 장르사의 한 시대로 자임할 만한 특성을 명확하게 갖추지 않은 / 못한 것이다. 이를 두고 우리는, 실상 문단을 바탕으로 한 이데올로기 차원의 개념 구성에 그쳐 버린 것이 신경향파의 문학사적 단위로서의 특성이라고 할 수 있겠다. 여기서 '문단을 바탕으로 한다'는 한정이 갖는 의미는, 실제적인 성과가 확인되는 층위라고 흔히 주목되는 작품 혹은 비평이라는 단선적인 맥락이 아니라, 넓은 의미의 문학 활동이 이루어지는 공간인 문단 정치적 층위에서만 신경향파 문학의 문학사적 자리가 마련됨을

뜻한다. 지금까지의 연구사에서 신경향파의 문학사적 자리가 인정되어
왔다는 것 역시 정확히 이 의미에서이다.25)

4. 현실성의 강화와 근대 문학의 확충

앞서 우리는, 1920년대를 대상으로 하여 문학사의 지절을 나누어 갈 때
그 기준은 바로 근대문학의 완미한 수립에 있어 각 단위가 행한 역할에
두어진다고 하였다. 여기서 개별 문학형들이 가지는 사적인 의미가 발생
한다. 신경향파 문학의 경우도 마찬가지이다.

1920년대의 문학이 한국 근대문학의 완미한 수립을 이루어 냈다는 점
에 대해서는 폭넓은 합의가 마련되어 있다. 근대문학의 시점 혹은 기원을
문제시하는 연구들이, 개화기에서부터 시작하여 아무리 늦게 잡아도 1920
년대 초기에는 근대문학이 시작되었다는 데 대체로 동의하고 있다. 따라
서 1920년대 문학의 전개 과정은 당연히 한국 근대문학이 터를 잡아가는
과정으로 해석된다. 이 위에서 1920년대 단편소설들의 근대소설적인 완
성도 등에 대한 지적이 강조된 바 있으며,26) 한 걸음 더 나아가서는 리얼
리즘 정신의 강화에 의한 근대소설로의 발전에 대해서도 어느 정도 공감

---

25) 이 말을 뒤집으면, 소설이나 비평 등 개별 장르에 대한 연구에 있어서는 신경향파
   문학의 실체가 사실상 인정되지 않았음을 의미한다.
26) 작품의 완성도는 1920년대 문학이 갖는 의의를 파악하는 데 있어 하나의 상수처럼
   꼽혀지고 있다. 대표적인 예로 이재선(『한국문학의 해석』, 새문사, 1981)은 1920년대가
   갖는 의미를 다음과 같이 정리한 바 있다. 첫째로 교훈주의적 관념 편중성이 지닌 소
   설로서의 미숙성이 어느 정도 극복되었다는 것, 둘째로 서구문예사조의 본격적인 이
   입에 의해서 창작방법의 재구(再構)라는 현저한 변화를 가져왔다는 점, 셋째로 단편소
   설의 형태가 이 시기에 와서 비로소 틀이 잡히게 되었다는 점이 그것이다(68면). 이러
   한 파악은 앞의 두 가지가 바탕이 되어서 단편소설의 완성도가 높아졌다는 사실을 강
   조하는 것이다.

대가 형성되어 있다. 다음과 같은 지적이 좋은 예가 된다.

> 현대소설이 로망스에서 노벨에로의 이행 과정에다 기점을 두고 있고 또 노벨은
> 리얼리즘을 바탕으로 한 서사적 양식이라고 해도 좋은 만큼, 리얼리즘의 확대 및
> 상승은 소설의 근대화의 가장 큰 근거가 된다. 한국 소설에 있어서 바로 이 1920년
> 대는 리얼리즘의 태도와 기법을 제대로 드러내기 시작한 시기가 된다. 염상섭이 리
> 얼리즘을 작가 의식의 면에서 확실하게 끌어올린 것이라면 현진건은 기법의 면에
> 서 리얼리즘의 지평을 타개한 경우라고 할 수 있고, 최서해는 제재의 면에서 리얼
> 리즘의 외곽을 한껏 넓혔다고 할 수 있다.[27]

이러한 정리는, 1920년대 문학의 전개야말로 리얼리즘이 보편화되면서
진정으로 근대문학다운 면모가 한국 문단에 확립된 시기임을 밝히고 있
다. 1920년대 중기 자연주의 소설의 면모에 대한 본고의 파악(제2장 1절 1
항) 역시 이와 동일한 것이다. 그러나 이러한 구도의 안정성은, 이 시기에
새롭게 등장한 좌파 문학 즉 신경향파와 그 연장선상에 놓이는 '프로문
학'을 대상으로 포괄할 때 심하게 흔들린다. 한국 근대문학 좁혀서는 근
대소설의 발전 과정에 있어서 좌파 문학이 수행한 역할에 대한 평가는
논자들마다 적지 않은 차이를 보이는 것이다.[28] 엄밀히 말하자면, 신경향
파나 프로문학을 근대소설의 발전이나 확립의 맥락에서 진지하게 검토한
사례가 별로 없다고 해야 할 것이다.

---

27) 조남현, 「한국현대소설사 · 6; 1920년대 소설」, 앞의 글, 436~7면.
28) 위에 인용한 논자의 경우, 바로 이어지는 대목에서 "그런가 하면 김팔봉과 박영희는
   이데올로기의 추상성과 도식성에 고착되어 리얼리즘의 한 강령인 「현실의 구체적 제
   시」에는 실패한 결과가 되고 말았다. 김팔봉과 박영희가 지닌 관념이 당시 현실의 핵
   심을 찌르고 있기는 하지만, 소설화 과정에서는 관념이 과도하게 인물과 삶을 통제하
   게 됨으로써 결국 현실을 과장하거나 왜곡했다는 비판을 받게 되었다."(436~7면)라고
   하여 이 문제에 관한 한 다소 부정적인 입장을 취하고 있다.
     본고의 입장은 이와 다른데, 김팔봉과 박영희의 경우, 문제 의식의 면에서 리얼리즘
   의 깊이를 마련한 것이라고 그 역할을 달리 해석하고자 한다. '기법'이나 '제재'와는
   층위를 달리하여, '작가 의식'과 더불어서, 당대 사회에 대한 총체적인 현실상을 모색
   함으로써 본격적인 장편 리얼리즘 소설이 등장할 수 있는 기반을 닦기 시작한 것이라
   고 보는 까닭이다.

이러한 점을 염두에 둔 위에서, 1920년대 문학의 전개 과정에서 하나의 실체로 엄연히 존재하는 신경향파 문학의 의미와 위상은, 크게 세 가지 방향에서 조명될 수 있다. 처음 두 가지는 통시적인 맥락의 것인데, ① 1920년대 초기 문학과의 대비가 하나이며, ② 본격적인 프로문학과의 관계가 다른 하나이다. 나머지 하나는 ③ 1920년대 중기 문학 전반과의 관련이다. 신경향파 문학의 특성을 살피는 데 있어서 현재적 관점으로 부당하게 재단하는 것을 피하는 가장 좋은 방법은 이렇게 문학사의 전개 과정상에서 그것이 지녔던 의미를 살피는 것이다.

먼저 ①과 ③의 맥락에서 접근해 볼 때, 앞서 지적했듯이, 신경향파 문학은 1920년대 초기의 낭만주의적 문학을 단절적으로 지양하고 등장한 자연주의 문학계의 극단에 해당한다. 현실성의 외면·배제를 특징으로 했던 초기 문학의 경향과 불연속적인 면모를 보이는 자연주의 문학 특히 소설계에 있어서, 신경향파 소설은 식민지 치하의 궁핍한 현실을 단순히 폭로하는 데 그치지 않고, 그러한 현실 너머를 소망한다는 점에서 부르주아 자연주의와 구별된다. 현상 차원을 넘어 현실성을 획득하고자 한 시도인 까닭이다.

여기서 이러한 '구별'이라는 것이 보다 큰 공통성에 기반한 것임을 명기할 필요가 있다. 이때 신경향파가 자연주의의 '극단'이라는 것은, 1920년대 중기 자연주의 문학이 전대와 구별될 때 그 지표로 확인되는 발전 방향 즉 '현실 폭로'의 최종 형식이 바로 '당대 현실 너머의 구현에 대한 소망'이라는 의미에서이다. 이렇게 양자를 연속성 위에서의 차이로 파악하는 것은, 신경향파가 표방했던 바 부르주아 문학의 전복이라는 구호에 갇히지 않고, 리얼리즘[29]의 확산 및 공고화라는 근대소설 일반의 흐름 속

---

29) 여기서의 '리얼리즘'은 1920년대 한국 근대문학을 추동시킨 인식 태도이며 창작 방법을 의미한다. 이에 대해서는 정호웅의 다음 정리를 참조할 수 있다. "그것은 무엇보다도 인간의 삶과 사회현실을 주관적·추상적 관점에서 인식하고 현실화하는 아이디얼리즘에 대립하여 객관적 현실을 구체적 형상화를 통해, 환언하면 현상을 통해 본질을 드러내고 본질로써 현상을 개괄하는 변증법적 과정에서 인식하고 형상화하고자 하

에서 개별 작품들을 고찰할 때 무리스럽지 않은 것이다. 부르주아 자연주의 소설들이 보이는 현실 형상화는 신경향파 소설들에도 공통되는 것이며, 그 핍진성을 따질 때 신경향파 소설이 대체로 우위에 있음은 3장 1절에서도 밝혔듯이 사실 차원에 속하는 것이어서 이론의 여지가 별로 없다.[30]

정리하자면, 신경향파 문학은 1923년경을 기점으로 변화하는 문학 상황의 최종적인 발전 형식의 하나로서, 당대 현실의 본질적인 상황을 작품화하고자 한 것이라고 할 수 있다. 그 기반은 자연주의 문학 일반과 공유하는 것이지만, 그 위에서 한 걸음 더 나아가, 사회주의 지향성이라고 할 기획의 구체적인 실현으로 당대 현실을 형상화하고자 한 것 즉 현실성을 구현하고자 한 것이다. 넓은 의미의 소박한 사실주의(寫實主義)로 리얼리즘의 의미를 흐리지 않는 한, 신경향파의 이러한 발전 방향은 리얼리즘 문학의 발전에 있어서 중요한 일보를 내디딘 것이라고 할 수 있다. 여기에서 ②의 맥락을 자연스럽게 덧붙일 수 있게 된다. 좌파 문학을 이끌어 내고 리얼리즘의 한 축을 가능케 한 것이라는 의미가 그것이다.

이제 공시적인 맥락에서 신경향파 문학의 각 층위에 초점을 맞춰 그 의의를 고찰함으로써 신경향파 문학의 사적인 의의를 총괄해 보도록 한다. 앞서 우리가 신경향파 비평의 의의로 정리한 사항들(제2장 2절 2항)이 그대로 신경향파 비평의 문학사적인 의의에도 해당된다. 그 핵심은 바로 문학관에서의 질적인 변화를 꾀했다는 데 있다. 이에 덧붙여서 신경향파

는 인식태도이며 창작방법이다. 나아가 그것은 객관적 현실을 정적이 아니라 동적으로, 부분적 파편이 아니라 인간 삶과 사회현실의 제관련 속에서, 말하자면 전체성에서 인식하고 형상화하고자 하는 인식태도이며 창작방법이다."(「한국문학에서의 리얼리즘」, 앞의 글, 11면)

30) 신경향파 소설의 결함에 해당하는, 상황에 대한 과도한 의미 부여 및 인물의 극단적인 반응의 형상화는, 엄밀히 볼 때, 맥락이 다소 다른 것이다. 이러한 요소들이 현실의 구체적인 형상화가 완전히 배제된 상태에서 작품화되는 것은 아니기 때문이다(우리는, 회월의 소설에서도 리얼리티가 배제된 것은 아니라는 점을 이미 확인해 보았다. 제3장 1절 2항).

비평이, 한국 근대문학사상 처음으로 본격적인 비평의 면모를 보인 것이
라는 점을 강조할 수 있다. 비평적 글쓰기가 이때에 이르러 활발해졌으며
그 중심에 <신경향파 문학 담론>이 놓여 있음은 자료들을 일별해 보기
만 하면 쉽게 확인된다. 따라서 김남천의 다음과 같은 지적은 결코 자화
자찬이 아니다.

> (신경향파의 : 인용자) 가장 重要한 活動은 啓蒙的인 批評活動으로 朝鮮에 批評이
> 樹立된 것은 이 時期에 비롯한다. 그러나 他方 다른 領域의 功績도 相當하여, 새로
> 운 樣式에 依한 寫實主義文學의 綜合的인 發展도 刮目할 만한 것이 있었다."31)

신경향파 소설이 갖는 의미에 대해서는 이미 앞에서(제3장 2절 2항), 정관
적 현실 인식을 타파함으로써 근대 자본주의 사회의 근본적인 문제에 대
한 인식을 높이고 궁극적으로는 사회적 갈등의 계급적 성격을 명확히 해
냈다는 점과, 단순한 묘사의 차원이 아니라 작품 언어의 다성성을 강화하
고 스타일의 혼합 양상을 보임으로써 리얼리티를 증대시켰다는 점의 두
가지로 살펴본 바 있다.

이에 더하여 신경향파 소설이야말로 식민지 치하의 궁핍한 현실에 처
한 민족 전체 속에서 잠재적인 프롤레타리아 계급을 대변코자 한 것임을
지적해 둘 필요가 있다. 그 형식이 바로 사회적 갈등을 개인 차원에서 해
소함으로써 소망을 충족시키는 '반항적 인간'의 설정이다. 이는 소설의
내적 형식으로서의 인물형에 대한 지적에 그치는 것이 아니다. 이러한 인
물형의 제시는, 근대 사회의 내부에서 그것을 초극하려 한 비판적 기획의
단초라는 위상을 신경향파 문학에 부여해 줄 수 있게 하는 근거에 해당
한다. 식민지 치하의 궁핍한 현실을 자연주의적으로 폭로함과 동시에, 그
너머 즉 지금 이곳의 식민지 자본주의 현실과는 다른 상태를 꿈꾼다는
점에서, 그것은 근대적이면서 근대 초월적인 맹아를 포지한 것이다. 물론

---

31) 김남천, 『모던 文藝辭典』 중 「新傾向派文學」 항목. 『人文評論』, 1941.1, 116면.

이러한 인물 설정이 작품 내에서 이질적으로 고립되어 있다면 어떠한 긍정적인 효과도 기대하기 어렵다. 앞서 지적했듯이 신경향파 소설이 보이는 리얼리티의 증대야말로 반항적 인간의 형상화에 이러한 의미를 부가해 주는 기반이 된다.

이상을 바탕으로 해서 신경향파 문학 일반의 문학사적인 의의를 정리해 볼 수 있겠다. 이것은, 신경향파 문학이 문학관에서의 질적인 변화를 꾀하며 새로운 문학을 정초해 냈다는 사실로 집약된다. 소박한 토대─상부구조론을 적용하여 신경향파 비평을 통해서 끊임없이 주창된 '생활이 예술을 창조한다'는 주장은, 문학의 자율성 개념을 정면으로 부정하는 것이다. 이러한 거부는, 독립적으로 사고될 수 없는 신경향파 문학의 갈래들을 문단에 현실화해 내는 방식으로, 기존의 문학이 전제했던 '문학'이라는 자율적 장을 실질적으로 폐기하기에 이른다.

'문학관의 변화 및 새로운 문학의 정초'는 세 가지 사실에 기반해서 성취된다. 첫째는 신경향파 비평이 선창하고 작품이 따라가는 양상을 통해 실행된 바, 구체적인 현실의 총체상에 충실을 기하려는 노력이다. 다음으로는 위에서 지적했듯이, 기층민중 보다 엄밀히는 (당시 맥락에서의) 프롤레타리아의 대변자가 되려는 또는 되어야 한다는 문제 의식이다. 그리고 셋째로 작가와 작품, 문단을 포괄하고 나아가 사회와의 연계를 시도하는 총체적인 문학운동의 구축을 들 수 있다. 이상 세 가지가 바탕이 되어, 기존의 문학을 부정하고 문단 및 문학계의 새로운 지형도를 마련해 내기에 이른 것이다.

이상에 대해 좀더 부연함으로써 그 의의를 보다 명확히 해 볼 수 있겠다. 첫째로 구체적인 현실의 총체상에 충실을 기했다 함은, 유물변증법적 세계관에 기반하여 근대 자본주의 사회의 일반적인 상(像)을 마련하고자 했다는 것이다. 여기서 본고의 관심은 그러한 근대상이 옳은 것인가 아닌가 하는 데 있지 않다. 세계상 및 그 전망이란 어느 때든지 전범화될 수 있는 것이 아니며, 더 중요하게는 어느 한 가지만이 옳다고 진리 주장을

할 수 있는 것도 아니다. 따라서 의미 있는 것은, 신경향파 문인들이 그러
한 상을 추구하면서 당시의 사회를 총체로서 보고자 했다는 사실 자체이
다.32) 이러한 의미 부여는, 신경향파가 관념적·추상적인 이념형에 그치
지 않고 문단 현실의 한 축이 되는 결과를 낳은 생존력, 경쟁력을 갖췄다
는 데서 가능해진다. 신경향파가 추구했던 현실상이 나름의 형체를 갖추
며 작품화되었을 때 『고향(故鄕)』으로 대표되는 '총체적 리얼리즘'이 수립
되었다고 하겠다. 이러한 파악은, 신경향파가 총체성에 기반한 리얼리즘
의 발달에 기여함으로써 궁극적으로는 근대문학의 완미한 수립에도 공헌
하게 되었음을 뜻한다.33) "근대문학사는 계급문학 등장에서 비롯한다"는
주장34)은 이러한 맥락을 선언적으로 표현한 것이다. 좀더 차분히 풀어서
정리한 것으로는 다음과 같은 지적을 찾아볼 수 있다.

　　1920년대에 보였던 카프의 결성과 활동 그리고 내분은 리얼리즘의 실천이라고
할 수 있는 한국 소설의 근대화에 결정적인 영향을 주었다. (…중략…) 개화기 소설
과 이광수의 『무정』을 비롯한 1910년대 소설들이 미진한 대로 「시대」를 만나려고

---

32) 물론 신경향파가 추구한 세계상의 질을 문제시하지 않아도 좋은 것은 아니다. 추상
　　적인 이론 차원에서든 당대 현실과 관련해서든 그 내용의 적실성도 문제가 되겠지만
　　보다 본질적인 것은, 그러한 상(像)의 구체성이야말로 작품의 공과와 긴밀히 관련되는
　　까닭이다. 그렇지만 여기서도 세밀한 논의가 필요하다. 신경향파 소설이 보이는 어떤
　　결함이 세계상[작가 의식]에서 유래한 것으로 분석될 때도, 세계상의 문제로 모든 것
　　이 환원되어서는 곤란하다(세계상을 마련코자 했다는 사실 자체가 매도되어서는 안
　　된다). 이는 궁극적으로 시대적인 한계에서 비롯된 것이기 때문이다(따라서, 동일한 시
　　대 상황 속에서 세계에 대한 종합적이고 정합적인 상을 마련하려는 시도 자체는 소중
　　한 것이다). 여기서, 특정 계급의 정치적, 문학적 대변자와 그들이 대변하는 계급 사이
　　의 관계는, 후자가 현실에서 갖고 있는 한계를 전자는 자신의 의식 속에서 갖게 마련
　　임(F. Jameson, op., cit., p.52)을 환기할 필요가 있겠다.
33) 동일한 맥락에서 김철은 다음처럼 신경향파 문학의 문학사적 의의를 평가한 바 있
　　다 : "신경향파의 문학이란 구체적 현실로의 천착, 우리 소설사의 관점에서 본다면 식
　　민지 현실에 대한 구체적이고 전체적인 인식으로의 일보 접근, 일상적 삶의 표현이라
　　는 근대소설적 조건으로의 진전이었던 것이다. 오히려 어떤 점에서는 신경향파의 소
　　설들이 도식적이고 경직된 프롤레타리아 문학보다 훨씬 더 생동감이 있고 진지한 것
　　으로도 생각된다."(『잠 없는 시대의 꿈』, 앞의 책, 92면)
34) 김윤식, 「우리 비평의 근대적 성격」, 앞의 글, 231~3면 참조

했다면 1920년대 소설은 「사회」를 알게 된 것이라고 할 수 있다.³⁵⁾

물론 이러한 파악과는 상위한 견해도 간과할 수 없다. 그러나 적어도 신경향파 문학으로 좁혀서 볼 때 즉 1920년대 후반에 카프 문학이 취했던 공식주의적인 경직성으로 환원하지 않고 볼 때, 이러한 견해는 신경향파 문학에 대한 부정확한 파악에 근거하는 경우가 많다.³⁶⁾

'문학관의 변화 및 새로운 문학의 정초'에 바탕이 되는 또 하나의 사실 즉 총체적인 문학 운동의 구축은, 넓게 보아서 현실에 대한 비판의 중요 세력이자 근거지로 문학의 위상을 정초한 것이다. 이는 1930년대 중반까지 계속적으로 이어져서 이후 해방공간 및 197,80년대에 다시 계승되는 것인데, 문학의 존재 방식에 대한 새로운 모델을 실험한 것이며, '근대 사회 내에서 그것을 넘어서고자 하는 시도'로 문학의 기능을 전면적으로 바꾼 것에 해당한다.

이상을 총괄하여, 신경향파 문학이 문학사에서 지니는 의미를 다음처럼 정리해 볼 수 있다. 신경향파 문학은 기존의 문학 일체를 부르주아적인 것으로 규정하고 문학을 문학 이외의 사회적 삶의 영역과 긴밀하게

---

35) 조남현, 「한국현대소설사 · 6 – 1920년대 소설」, 앞의 글, 434면.

36) 대표적인 경우로 서경석의 입론(「일제하 민족문학 개념의 문학사적 검토」, 『한국 근대 리얼리즘 문학사 연구』, 태학사, 1998)을 들 수 있다. 그는, 초기 카프의 문학을 '감정의 조직의 매개로서의 문학'이라고 하여, "'현실'은 이들의 문학론에 개입할 틈이 없었다. 말하자면 그들에게 문학이란 객관적 현실 인식과는 무관한 '주체'의 문제였기 때문에 그들은 시대적 현실과는 별도로 계급문학을 논의케 되는 것이다."(24면)라고 주장한다. 그러나 이는 엄밀히 말하자면 1차 방향 전환 이후에 해당되는 진술이다. '작품의 성과보다는 작가의 실천을 중시했다'는 것은 신경향파 시기부터의 흐름으로서 사실에 해당한다고 할 터인데, 이때 중요한 것은, 이러한 특성을 (미래와 관련지어서) 결락 사항으로 보기보다는 (과거 및 당대와의 관계에서) '새로운' 문학관을 만들어 내고자 하는 기획에 있어서의 진전으로 파악하는 것이, 문학계의 실상을 파악하는 데 더 도움이 된다는 사실이다. 이 글의 경우, 식민지 시대의 문학을 전근대적인 것을 넘어서려는 시도로서의 근대적인 문학으로 규정함으로써, 좌파 문학 자체가 갖게 마련인 자본주의 비판 부분[근대를 넘어서고자 하는 근대적 기획]을 간과하고 있다. 달리 말하자면 식민지적 특수성을 매개로 해서, 좌파의 비판 대상이 실상은 반봉건이라고 주장하는 것이다.

관련시킴으로써 문학 예술에 대한 인식 일체를 전복시키고자 한 것이다. 사회주의 지향성을 부과하는 방식으로 자연주의의 한 극단을 보임으로써, 자신을 자연주의로부터 분리하고 끝내는 프로문학으로 견인해 내었으며, 문학이라는 제도의 자율성을 정면으로 부정함으로써 '근대 사회를 내부로부터 지양코자 하는 근대적인 문학 운동'을 열어 보인 것이다. 이러한 노력의 직접적인 성과는 근대적 의미의 비평을 본격화했다는 점과 근대 소설의 면모를 일층 강화했다는 점으로 요약된다. 간단히 말해서 문학관에서의 질적인 변화를 꾀하고 어느 정도는 이룩했다는 것이 바로 신경향파 문학의 본질적인 의의에 해당한다.

제5장 결론

한국 근대문학의 전개 과정에 있어서 신경향파 문학은 자신의 고유한 지위를 가지고 있다. 근대문학의 가장 보편적인 특징이 일상 현실의 구체적인 삶을 실제적으로 형상화하는 데 있다고 할 때, 이러한 사실을 기본 조건으로 받아들인 위에서 리얼리즘으로 향하는 한 가지 통로를 열어보인 것이 바로 신경향파 문학이다. 물론 일상 현실의 작품화는, 1920년대 초기 소설계의 낭만주의적 성향에 대한 반발로 마련된 자연주의 소설계 일반의 특징이자 성과이다. 그러나 이 속에서, 근대 자본주의 사회의 본질적인 모순을 폭로, 해결한다는 사회주의 지향성을 띠며 총체적인 현실관을 작품화하기 시작한 것은 신경향파 고유의 몫이다. 이 역할을 앞장서서 수행한 것은 신경향파 비평 특히 <신경향파 문학 담론>이다. 신경향파 소설의 경우, 자연주의 소설계의 한 극단을 보임으로써 이후 한국 리얼리즘 문학의 중요한 한 축1)의 기반을 마련해 주었다.

---

1) 이기영의 『故鄕』으로 대표되는 총체적인 리얼리즘을 의미한다. 이 옆에는 염상섭의 『三代』가 대표하는 전체적인 리얼리즘이 놓여 있다. 이것이 사회 계층이나 삶의 영역

신경향파 문학이 보이는 가장 큰 특징은, 작품과 비평, 문학 운동 그리고 전체로서의 신경향파 문학 일반, 이 넷 사이의 상호 관계가 각각의 양상에 절대적인 영향을 끼친다는 점이다. 따라서 신경향파 소설이 신경향파 소설로서의 특징을 갖는 것은 이러한 관계 속에서 뿐이며, 신경향파 비평의 본질적인 면모 역시 작품이나 문단 현실과 긴밀히 관련된 경우에서 가장 잘 드러난다고 할 수 있다. 앞서 지적한 신경향파 비평 및 소설의 의의 역시 이러한 맥락에서만 제대로 확인된다. 기능적인 측면에서도 이러한 상관성이 잘 확인된다. 신경향파 소설이 부르주아 자연주의와는 달리 집단적인 양상으로 자기 발전을 계속할 수 있었던 데에는 신경향파 비평 넓게는 프로 비평의 역할이 지대하다.2) 역으로 신경향파 비평은 신경향파 소설로 지칭되는 작품들을 대상으로 하여 자신의 운동성을 끊임없이 갱신하고 있다. 신경향파 비평과 작품 양자가, 1920년대 중기 문학계 내에 좌파 문학을 수립하려는 문단 정치적인 기획의 소산이라는 사실역시 이러한 상관성을 알려 준다.

이러한 상호관련성을 본고에서는, 신경향파 문학이라는 구조화된 전체를 이루는 구성 요소들의 중층결정 관계로 파악하였다. 여기서 최종심급에 해당하는 것은 신경향파 비평, 그 중에서도 작품과 문단 현실을 대상으로 하여 자신의 기획을 실천해 내고자 하는 평문들이다. 좁은 의미에서의 <신경향파 문학 담론>이라고 할 수 있는 이들 비평이, 신경향파 문학이라는 전체 구조의 특색을 규정하는 데 있어서 핵심적인 역할을 수

에서 일상적인 감각 및 사상을 총괄적으로 그림으로써 사회의 전체적인 양상을 작품화한다면, 전자는 사회를 총체로 간주하여 현상들을 궁극적으로 규정하는 가장 본질적인 모순의 형상화에 주력한다. 이러한 파악은 신경향파 이후의 리얼리즘적인 전개에 관한 본고의 암묵적인 구도에 의한 것이다.

2) 부르주아 자연주의 소설의 경우, 작가를 중심으로 이야기하자면, 염상섭 한 명을 빼고는 그 명맥을 잇지 못한 것이라 할 수 있다. 조서(早逝)한 나도향을 제외하더라도 1920년대 후기로 가면, 현진건이나 김동인·전영택·박종화 등 1920년대 중기까지 문단의 한 축을 형성했던 작가들 대부분이 창작에서 손을 떼거나 더 이상 유의미한 작품 활동을 보여 주지 못하고 있다.

행한다.

<신경향파 문학 담론>은 기존의 문학 일체를 부르주아적인 것으로 배척하면서, 좌파 이데올로기에 기반한 '진정한 근대문학'을 새롭게 수립하고자 했다는 데서 근본적인 특징을 갖는다. 자연주의 소설계 내에서 부르주아 자연주의와의 친연성을 떨쳐 버리지 못하고 있는 작가 및 작품들을 추동하여 신경향파 소설을 창출해 내고, 더 나아가서는 문단의 중추세력으로 신경향파 문학을 일궈 낸 것이 직접적인 성과이다. 이러한 성과는, <신경향파 문학 담론>이 일종의 창작방법론으로 기능하여 작가들을 강제하는 동시에, 작품의 해석에 있어서도 이데올로기적인 측면을 부각시키는 독서 지침의 역할을 십분 수행하는 등 담론성을 강하게 발휘한 결과이다. 이데올로기적인 투쟁의 장에서 기능하는 <신경향파 문학 담론>의 이러한 운동성은, 보다 과학적이고 조직적, 실천적인 문학(운동) 이론으로 끝내 자신을 지양하는 데까지 이르게 된다. 이로써 신경향파 비평뿐만 아니라 신경향파 문학 전체가 발전적으로 해소되는 것이다.

좀더 넓혀 신경향파 비평 일반을 정리할 필요가 있다. 총괄적으로 볼 때 신경향파 비평은, 새로운 사회를 지향하고 그에 걸맞게 문학의 새로운 존재 및 기능 방식을 모색하고 널리 알림으로써, 문학관에서의 질적인 변화를 꾀하고 어느 정도는 이룩했다는 데서 의의를 갖는다. 근대적인 비평을 본격적으로 수립했다는 점 역시 빼놓을 수 없다. 이러한 성과는 신경향파 비평의 하위 갈래들에 의해 종합적으로 이루어진다. 기존의 문학을 부정하고 새롭고도 진정한 것으로서 좌파 문학을 소개하는 평문들[유사 과학적 신경향파 담론]과, 당대 현실에 비춰 새로운 문학을 소망하거나 예견하고 나아가 문단의 변화를 확인함으로써 공고히 하는 글들[<신경향파 문학 담론>], 좌파 작품들을 고평하고 부르주아적인 작품들을 비판해 내는 데 치중하는 비평들[신경향파 비평 담론]이 전체로서의 신경향파 비평을 이루는 하위 갈래들이다. 이상의 세 갈래는 신경향파 비평의 전개 과정상에서 한 단계씩을 대표하면서 신경향파 문학에 계기적인 역동성을 부여한다.

신경향파 소설은 개념 자체가 모호한 만큼 실제의 면모도 불분명하다. 이러한 상황은 <신경향파 문학 담론>의 규정력이 너무 강한 데 기인한다. 1920년대 중기의 경우 담론에 의해서 '신경향파 소설'의 존재가 주장되었는데, 이렇게 제시된 상은, 작품의 실제적인 양상과는 적지 않은 거리가 있는 가상(假像)에 해당한다. 따라서 신경향파 소설에 대한 본고의 검토는 신경향파 소설의 대상성을 확정하는 데서부터 시작되었다.

신경향파 소설은, 궁극적으로는 신경향파 문학 전체 속에서 좁혀서는 <신경향파 문학 담론>과의 관계 속에서만 제대로 규정될 수 있다. 이렇게 볼 때 신경향파 소설을 구획해 주는 것은, 명시적이든 은폐되어 있든, 작품의 효과로서 확인되는 '사회주의 지향성'이다. 이러한 효과의 원인이 작품 자체에서는 찾아지지 않을 때 즉 <신경향파 문학 담론>과 작품의 사이에 존재할 때, 우리는 이를 '부재 요소'라 지칭한 바 있다. 신경향파 소설의 보다 현상적인 특징은, '적대적인 모순에 기초한 사회적 갈등'을 작품화하는 데서 찾을 수 있다. 여기에 서사 구성상 이질적인 작품 요소의 역할이 크다는 점도 덧붙일 수 있겠다.

이렇게 규정되는 신경향파 소설은 복잡한 양상을 띤다. 미학적으로 볼 때 사회주의적 자연주의에 속하는 작품들과 알레고리적인 작품들로 대별되지만, <신경향파 문학 담론>의 규정력에 의해서만 신경향파로 귀속되는 경계적인 작품들도 존재한다. 또한 짧은 시기지만 통시적으로도 변화의 양상을 감지할 수 있다. 1926,7년에 발표되는 군소작가들의 작품은 적극적·능동적인 주인공을 내세움으로써 초기의 작품들과 구별되는 면모를 보인다. 따라서 단일한 기준에 의한 신경향파 소설의 간명한 유별화는 적절치 않다. 신경향파 소설에 관한 전형적인 파악 즉 '박영희적 경향'(혹은 '전망의 과장')과 '최서해적 경향'(및 '전망의 부재')이라는 구도는 사실 신경향파 소설의 실제를 가리는 가상(假像)에 해당된다. 이 역시 넓은 의미에서의 <신경향파 문학 담론>이 낳은 효과 중의 하나일 뿐이다.

신경향파 소설은 '현실성의 외면에서 수용으로의 변화'를 보인 1920년

대 중기 자연주의 소설계의 한 극점에 해당한다. 바로 이 맥락에서 신경
향파 소설의 의의가 마련된다. 여타의 소설들이 이데올로기적인 가상의
형식으로 담아내던 당대 사회의 문제를 작품 내에서 구체적으로 현실화
함으로써, 근대소설의 면모를 보다 공고히 한 것이 바로 신경향파 소설이
다.[3] 이렇게 보면, 신경향파 소설이 지나치게 주관적·관념적이어서 세부
현실을 무시했다는 식의 통념은 사실이 아니다. 작품 내 세계의 설정이나
서사 및 인물 구성의 방식에 있어서 보자면 당시로서는 현실성을 가장
잘 갖춘 것이 신경향파 소설이라고 할 수 있다. 이에 덧붙여서, 부재 요소
에 주목해서 볼 때, 신경향파 '문학'이라는 전체의 층위에서 뒤의 KAPF
경향문학을 이끌어낸 것도 신경향파 소설의 의의로 지적할 필요가 있다.
그 결과 한국 근대 리얼리즘 소설의 중요한 한 축이 가능해진 것이다. 이
점과 관련하여 사상사적인 맥락에서 보면, 근대 사회의 내부에서 그것을
초극하려 한 비판적 기획의 단초라는 위상도 부여해 줄 수 있다. 식민지
치하의 궁핍한 현실을 자연주의적으로 폭로함과 동시에, 그 너머 즉 지금
이곳의 식민지 자본주의 현실과는 다른 상태를 꿈꾼다는 점에서, 근대적
이면서 근대 초월적 맹아를 포지한 것이다.

　이상의 검토 결과는, 신경향파 문학이 단순한 과도기나 프로문학의 예
비적 단계에 불과한 것이 아니라, 한국 근대문학의 전개 과정에 있어서
자신의 자리를 지니고 있는 실체임을 알려 준다. 무엇보다도, 신경향파
문학에 의해서 근대적 의미의 비평이 본격화되고 근대소설의 면모가 한
층 강화된 사실 자체가 그 근거가 된다. 그러나 신경향파 문학의 정체성

---

　3) 이에는 <신경향파 문학 담론>의 규정력이 가장 큰 역할을 한 것이 사실이지만, 그
　　외에도 '예술가들의 본원적인 유물론'(루카치, 「예술과 객관적 진리」, 이춘길 편역, 『리
　　얼리즘 미학의 기초 이론』, 한길사, 1985)이 바탕이 되었음을 지적할 필요가 있다. 루
　　카치는, '존재적인 전제들과 조건들을 분명하게 형상화한다는 사실'에서 작가의 '어중
　　간한 혹은 철저한 관념론적 세계관과 상관없는' 본원적인 유물론을 읽어낸 바 있는데
　　(53면), 한국 근대문학의 전개 과정상에서 볼 때 이러한 지적은 바로 신경향파 작가들
　　에게 가장 잘 적용되는 것이다(그 외의 중요한 예는 염상섭이 될 것이다).

이 그 구성 요소에 해당하는 작품과 비평 및 문단 차원의 조직 운동 상호
간의 중층결정에 따른 효과로서만 확정되는 까닭에, 신경향파 문학 일반
이 지니는 문학사적인 지위가, 그 구성 요소에 해당하는 신경향파 비평이
나 신경향파 소설 자체의 독립적인 정체성을 보장해 주는 것은 아니다.
따라서 구체적인 문학 활동에 해당하는 이들 층위의 실제적인 면모[신경
향파 비평, 신경향파 소설, 신경향파 문학 운동]는 장르사[비평사, 소설사(문학 운동
사)]상의 확고한 지위를 획득하지 못하고 있다. 이러한 사정은 개념의 층
위에서도 명확히 확인된다. 이들 상호간의 중층결정 관계를 떠나서는 '신
경향파 비평' 혹은 '신경향파 소설'이라는 개념이 확정되기 곤란한 것이
다. 오직 '신경향파 문학' 개념만이 문단을 바탕으로 한 이데올로기 차원
에서 내포와 외연을 명확히 가질 수 있다. 신경향파 문학은 총괄적인 의
미에서의 문단을 바탕으로 해서만 그 실체가 확인되는 문학사적인 단위
인 것이다.

도표

<서해 최학송 소설의 폭과 다양성>

자연주의			비자연주의	
bg 자연주의 소설	신경향파 소설		낭만주의적 순수 소설	
「吐血」 「拾參圓」 「鄕愁」 「寶石半指」 「棄兒」 「暴君」 「五圓七十五錢」 「설날 밤」 「해돋이」 「그믐밤」 「八個月」 「異域冤魂」 「東大門」 「무서운 印象」 「錢迓辭」 15편	사회주의적 자연주의 소설 「脫出記」 「朴乭의 죽음」 「飢餓와 殺戮」 「큰물진 뒤」 「醫師」 「紅焰」 「序幕」 7편	알레고리적 소설 「누가 망하나?」 1편	「梅月」, 「미치광이」 2편	
			기타	경향소설
			「故國」 「彷徨」 「白琴」 「담요」 「금붕어」 「만두」 「돌아가는 날」 「아내의 자는 얼굴」 「쥐 죽인 뒤」 「落魄不遇」 10편	(「큰물진 뒤」 「紅焰」)

* 곽근, 『최서해 전집』(문학과지성사, 1987)의 「작품 연보」를 기준으로 함.
* 1924년부터 1927년까지의 43편을 대상으로 함. 단, 게재 금지되었거나(「살려는 사람들」, 「農村夜話」, 「二重」), 미완인 경우(「그 刹那」, 「가난한 아내」), 또는 다른 작가들과의 공동 작업(「紅恨綠愁」)인 총 6작품과 전집에 누락된 「笑殺」은 제외함.
* 기타로 분류한 작품들 중 「故國」 등은 매우 짧은 소품으로서 단편소설로 보기 어려운 경우이며, 「白琴」 등은 자전적인 내용을 소설적 구성에 구애받지 않고 쓴 것이다.
* 고딕체 강조: 소설집 『血痕』 소재의 10작품
* 경향소설 항목의 괄호 안에 있는 두 작품은, 미적인 측면에서만 보자면 이후의 경향소설에 버금가는 작품들이다. 단, '신경향파 소설'이라는 것이 <신경향파 문학 담론>과의 관계에서 설정되는 것이라는 본고의 논의 구도에 비춰 사회주의적 자연주의로서의 신경향파 소설로 분류하였다.

참고문헌

Ⅰ. 자료

〈기본 자료〉

1) 잡지, 신문류

『創造』, 『廢墟』, 『白潮』, 『開闢』, 『朝鮮文壇』, 『新民』, 『別乾坤』, 『東光』, 『朝鮮之光』 등.

『東亞日報』, 『朝鮮日報』, 『每日申報』, 『朝鮮中央日報』, 『時代日報』, 『中外日報』 등.

2) 사전류

권영민, 『韓國近代文人大事典』, 아세아문화사, 1990.

한국철학사상연구회 편, 『철학대사전』, 동녘, 1989.

3) 전집 · 자료집류

『金東仁全集』, 조선일보사, 1988.

『金八峰文學全集』(홍정선 편), 문학과지성사, 1989.

『박영희 전집』(이동희 · 노상래 편), 영남대학교 출판부, 1997.

『新韓國文學全集』, 어문각, 1982.

『廉想涉全集』(권영민 편), 민음사, 1987.

『崔曙海全集』(곽근 편), 문학과지성사, 1987.

『카프 대표 소설선』 Ⅰ~Ⅱ(김성수 편), 사계절, 1988.

『카프 비평 자료 총서』 Ⅰ~Ⅳ(임규찬 · 한기형 편), 태학사, 1989.

『포석 조명희 선집』(황동민 편), 소련과학원 동방도서출판사, 1959.

『韓國近代短篇小說大系』, 태학사.

『韓國現代小說理論資料集』, 한국학진흥원, 1985.

〈검토 자료〉

* 본고에서 논의한 자료들의 목록이다. 필자명은 발표된 대로 본명과 호를 그대로 두되, 이름을 기준으로 하여 한 곳으로 몰았다.

開闢 六月號에 掲載된 朝鮮文壇『合評會』所感에 對하야,『朝鮮文壇』, 1925.7.

<階級文學是非論>,『開闢』, 1925.2.

<明年度 文壇에 對한 希望과 豫想>,『매일신보』, 1924.11.30・12.7,14.

<朝鮮文壇「合評會」에 對한 所感>,『開闢』, 1925.6.

權九玄,「無産階級의 審美感」,『시대일보』, 1926.5.1~3.

_____,「文壇寸言－新年을 마즈며」,『중외일보』, 1926.12.27~9.

_____,「階級文學과 그 批判的 要素」,『東光』, 1927.2.

金炅元,「現今의 푸로 文學을 論함」,『동아일보』, 1926.10.16.

金璟載,「오즉 新興氣分에 充滿된 勞農 露西亞의 藝術」,『開闢』, 1924.2.

金基鎭,「Promeneade Sentimental」,『開闢』, 1923.7.

_____,「클라르테 運動의 世界化」,『開闢』, 1923.9.

_____,「쏘 다시「클라레트」에 대해서－쌔르쌤스 研究의 一片」,『開闢』, 1923.11.

_____,「反資本 非愛國的인－戰後의 佛蘭西 文學」,『開闢』, 1924.2.

_____[八峰山人],「今日의 文學・明日의 文學」,『開闢』, 1924.2.

_____[八峰山人],「利害 우에서」,『조선일보』, 1924.10.20.

_____,「當來의 朝鮮文學」,『매일신보』, 1924.11.16.

_____,「「本質」에 關하야」,『每日申報』, 1924.11.24.

_____,「知識階級의 任務와 新興文學의 使命」,『매일신보』, 1924.12.14.

_____,「一月 創作界 總評」,『開闢』, 1925.2.

_____,「피투성이 된 푸로 魂의 表白」,『開闢』, 1925.2.

_____[여덟뫼],「新春文壇總觀」,『開闢』, 1925.5.

_____,「文壇 最近의 一傾向－六月의 創作을 보고서」,『開闢』, 1925.7.

_____[八峰山人],「五月의 創作評－『朝文』의 當選作 其他」,『시대일보』, 1926.5.16.

_____[八峰],「四月의 創作欄」,『朝鮮文壇』, 1926.5.

_____[八峰],「丙寅歲暮文壇總觀」,『중외일보』, 1926.12.11~2, 14~22,25.

_____,「文藝時評」,『朝鮮之光』, 1926.12.

_____, 「無産文藝作品과 無産文藝批評」, 『朝鮮文壇』, 1927.2.

_____, 「內容과 表現」, 『朝鮮文壇』, 1927.3(文藝時評).

_____, 「文藝時評-認識 不具者의 迷妄」, 『朝鮮之光』, 1927.10.

_____, 「十年間 朝鮮文藝 變遷過程」, 『조선일보』, 1929.1.1~2.2.

金東仁, 「小說에 對한 朝鮮 사람의 思想을……」, 『學之光』 18호, 1919.8.

_____[琴童人], 「글 동산의 거둠」, 『創造』 5호, 1920.3.

_____, 「霽月氏의 評者的 價値 -「自然의 自覺」에 대한 評을 보고」, 『創造』 6호, 1920.5.

_____, 「自己의 創造한 世界-톨스토이와 써스터예쯔스키 -를 比較하여」, 『創造』 7호, 1920.7.

_____[시어딤], 「사람의 사른 참 模樣」, 『創造』 8호, 1921.1.

金復鎭, 「파스큐라」, 『조선일보』, 1926.7.1~2.

金尙昊, 「文士의 作品과 行動」, 『시대일보』, 1926.6.28.

金石松, 「文學과 實生活의 關係를 論하야 朝鮮新文學 建設의 急務를 提唱함」, 『동아일보』, 1920.4.20~4.

_____ 역, 「現代藝術의 墮落」, 『生長』 1925.1.

_____, 「民主文藝小論」, 『生長』 1925.5.

金岸曙, 「藝術 對 人生 問題」, 『동아일보』, 1925.5.10~25.

金祐鎭, 「我觀 「階級文學」과 批評家」, 1925.4(김윤식 편, 『한국 근대리얼리즘비평 선집』, 서울대학교 출판부, 1988에서 재인).

金昌述, 「乙丑文壇槪觀」, 『조선일보』, 1925.12.16~9.

文袁泰, 「새 時代와 文藝」, 『조선일보』, 1926.3.7~9.

_____, 「新興藝術에 對하야」, 『조선일보』, 1926.4.3~7.

朴英熙, 「自然主義에서 新理想主義에-기우러지려는 朝鮮文壇의 最近 傾向」, 『開闢』, 1924.2.

_____[懷月], 「七月에 回想되는 海外 文人」, 『開闢』, 1924.7.

_____, 「文學上으로 본 李光洙」, 『開闢』, 1925.1.

_____, 「創作批評과 評者-形式娛樂과 情神解剖」, 『開闢』, 1925.1.

_____, 「文壇을 너머선 文藝」, 『開闢』, 1925.2.

_____, 「二月 創作 總評」, 『開闢』, 1925.3.

_____, 「文藝批評論」, 『조선일보』, 1925.6.14~8.

_____[懷月], 「苦悶文學의 必然性－問題에 對한 發端만을 論함」, 『開闢』,
        1925.7.

_____, 「選後言」, 『開闢』, 1925.7.

_____, 「文壇의 鬪爭的 價値」, 『조선일보』, 1925.8.1~3.

_____, 「新傾向派의 文學과 그 文壇的 地位」, 『開闢』 64호, 1925.12.

_____, 「新興文藝의 內容」, 『시대일보』, 1926.1.4.

_____[懷月], 「'文藝瑣談'을 읽고서－所謂 朝鮮人의 亡國根性을 憂慮하는
        春園 李光洙君에게」, 『開闢』, 1926.1.

_____, 「푸로 文藝의 初期」, 『開闢』, 1926.1.

_____, 「新興藝術의 理論的 根據를 論하야 廉想涉君의 無知를 駁함」, 『조선
        일보』, 1926.2.3~19.

_____ 譯, 루나찰스키, 實證美學의 基礎(一)－生命과 觀念에 對하야, 『開闢』
        1926.4,5,7,8.

_____, 「鬪爭期에 잇는 文藝批評家의 態度」, 『朝鮮之光』, 1927.1.

_____, 「『新傾向派』 文學과 『無産派』의 文學」, 『朝鮮之光』 64호, 1927.2.

_____, 「文藝批評의 形式派와 맑스主義」, 『朝鮮文壇』, 1927.3.

_____, 「最近 文藝理論의 新展開와 그 傾向－社會史的 及 文學史的 考察」,
        『동아일보』, 1934.1.2~4,6~11.

_____, 「草創期文壇側面史」, 이동희·노상래 편, 『朴英熙전집』 II, 영남대학교
        출판부, 1997.

_____, 「現代朝鮮文學史」, 이동희·노상래 편, 『朴英熙전집』 II, 영남대학교
        출판부, 1997.

朴 鏞 譯, 루나챠－ㄹ스끼, 「露文學의 運命」, 『開闢』, 1926.8.

朴鍾和, 「嗚呼 我文壇」, 『白潮』 2호, 1922.5.

_____[朴月灘], 「文壇의 一年을 追憶하야－現狀과 作品을 槪評하노라」, 『開
        闢』, 1923.1.

_____, 「아즉 알 수가 업는 日本文壇의 最近傾向」, 『開闢』, 1924.2.

_____[朴月灘], 「甲子文壇縱橫觀」, 『開闢』, 1924.12.

_____[朴月灘], 「三月 創作評」, 『開闢』, 1925.4.

_____[朴月灘], 「漫評一束」, 『朝鮮文壇』, 1925.11.

_____[朴月灘], 「朝鮮과 新興文藝」, 『조선일보』, 1926.1.2.

方元龍, 「文藝雜感 －藝術의 內容과 表現方式」, 『조선일보』, 1925.10.21~3.

方仁根, 「甲子年 小說界 一瞥」, 『朝鮮文壇』, 1925.1.

白 華, 「錯誤된 批評의 記者」, 『시대일보』, 1925.6.15.

北旅東谷, 「現中國의 舊思想, 舊文藝의 改革으로부터 新東洋文化의 樹立에 他 山의 石으로 現中國의 新文學 建設 運動을 이약이함」, 『開闢』, 1922.12.

憑 虛, 「朝鮮文壇과 나」, 『朝鮮文壇』, 1925.7.

_____, 「新秋文壇小說評」, 『朝鮮文壇』, 1925.10.

_____, 「朝鮮魂과 現代情神의 把握」, 『開闢』, 1926.1.

_____, 「新春小說漫評」, 『開闢』, 1926.2.

尙 火, 「無産作家와 無産作品」, 『開闢』, 1926.1.

尙火 抄, 「世界 三視野 －無産作家와 無産作品의 終稿」, 『開闢』, 1926.4.

星 兒, 「精神分析學을 基礎로 한 階級文學의 批判」, 『동아일보』, 1926.11.22~4.

_____, 「無産階級을 主題로 한 世界的 作家와 作品」, 『조선일보』, 1926.12.4.

_____, 「無産階級 文化의 將來와 文藝作家의 行程 －行動·宣傳·其他」, 『조선일보』, 1926.12.27~8.

宋根雨, 「階級文學의 成立과 新興文藝의 表現方式」, 『조선일보』, 1926.3.12~14.

申采浩, 「浪客의 新年漫筆」, 『동아일보』, 1925.1.2.

梁 明, 「民衆本位의 新藝術觀」, 『동아일보』, 1925.3.2.

_____, 「文學의 階級性과 中間派의 沒落」, 『開闢』, 1926.3.

梁柱東, 「正誤 二三」, 『朝鮮文壇』, 1925.10.

_____, 「文壇雜說」, 『新民』, 1926.9.

吳相淳, 「時代苦와 그 犧牲」, 『廢墟』 창간호, 1920.7

廉想涉[霽月], 「廢墟에 서서」, 『廢墟』 1호, 1920.7.

_____[想涉], 「樗樹下에서」, 『廢墟』 2호, 1921.1.

_____[廉尙涉], 「文人會 組織에 關하야」, 『동아일보』, 1923.1.1.

_____, 「白岳氏의 自然의 自覺을 보고서」, 『現代』 2호, 1920.3

_____[廉尙燮], 「自己虐待에서 自己解放에 －生活의 省察」, 『동아일보』, 1920.4.6~9

_____, 「勞動運動의 傾向과 勞動의 眞意」, 『동아일보』, 1920.4.20~26

_____[想涉], 「個性과 藝術」, 『開闢』, 1922.4

_____[廉尙燮],「至上善을 爲하야」,『新生活』7호, 1922.7.

_____,「處女作 懷古談을 다시 쓸 째까지」,『朝鮮文壇』, 1925.3

_____,「朝鮮文壇 및 그 合評會와 나」,『朝鮮文壇』, 1925.7.

_____,「階級文學을 論하야 所謂 新傾向派에 與함」,『조선일보』, 1926.1.22~2.2.

_____,「푸로레타리아 文學에 對한「피」氏의 言」,『朝鮮文壇』, 1926.5.

_____[廉尙涉],「文壇時評」,『新民』, 1927.2.

_____,「文藝와 生活」,『朝鮮文壇』, 1927.3.

梧 影,「曙海에게 進言」,『중외일보』, 1926.12.8.

_____,「回顧와 希望」,『중외일보』, 1926.12.29~30.

柳 絮,「프로 文士와 唯物史觀」,『新民』, 1926.12.4~6,8,11~19,22~4.

李光洙,「文學의「부르」와「프로」」,『朝鮮文壇』, 1926.3.

李德浩,「文壇散策 ―朴英熙氏에게」,『동아일보』, 1925.2.16.

李丙燾,「朝鮮의 古代藝術과 吾人의 文化的 使命」,『廢墟』창간호, 1920.7.

李 亮,「文藝市場論에 對한 片言」,『開闢』, 1926.5.

李玫漢,「民衆藝術의 槪念」,『시대일보』, 1926.6.14,16.

李相和,「文壇側面觀 ―創作意義 缺乏에 對한 考察과 期待」,『開闢』, 1925.4.

李晟煥,「新年文壇을 向하야 農民文學을 이르키라」,『朝鮮文壇』, 1925.1.

李益相[星海],「建設 途中에 잇는 우리 文壇을 爲하야」,『매일신보』, 1923.7.
       17~9.

_____,「思想文藝에 對한 片想」,『開闢』1925.1.

_____,「文壇散話」,『시대일보』, 1925.6.4.

_____,「錯誤된 批評」,『조선일보』, 1925.6.8~12.

_____,「藝術的 良心이 缺如한 우리 文壇」,『開闢』, 1921.5.

_____,「現實生活을 붓잡은 뒤에」,『開闢』, 1926.1.

李宗基,「社會主義와 藝術을 말하신 林蘆月氏에게 뭇고저」,『開闢』, 1923.8.

林蘆月,「社會主義와 藝術 ―新個人主義의 建設을 唱함」,『開闢』, 1923.7.

林房雄,「科學과 藝術」,『開闢』, 1926.7.

林元根,「朝鮮 文士諸君에게」,『동아일보』, 1924.12.29.

任鼎宰,「文士諸君에게 與하는 一文」,『開闢』, 1923.7.

長谷川萬次郎,「藝術的에서 生活的에」,『시대일보』, 1924.11.31.

張赤波,「文化運動과 無産者運動」,『조선일보』, 1923.8.2~3,5~10.

張鎭植,「文壇의 어구에서−마음을 딸아 붓대 가는 대로」,『學生界』, 1924.6.

赤　駒,「現實에 對한 反逆−春園의 所謂 新理想主義文學 解剖」,『시대일보』,
　　　　1925.12.7.

鄭利景,「불쇠비즘의 藝術」,『新社會』, 1926.2.

鄭順貞,「旣成文壇의 破裂」,『매일신보』, 1926.2.14.

_____,「文藝와 現勢─루나찰스키─의 觀點으로부터」,『조선일보』, 1926. 12.31.

丁榮泰,「文藝雜談」,『開闢』, 1923.2.

朝鮮總督府學務科,「內地勉學朝鮮學生의 歸還後의 狀況」,『朝鮮』79호, 1924.4.

趙龍基,「우리 文壇에 對한 不滿」,『동아일보』, 1924.11.17.

趙重滾,「盧子泳君을 駁함」,『조선일보』, 1926.8.22~5.

주요한[요한],「五月의 文壇」,『동아일보』, 1926.5.5,7,9,12,14,19,26,29.

_____,「取材의 傾向과 第三層 文藝運動」,『朝鮮文壇』, 1927.2.

崔曙海,「呻吟聲 −病床日記에서」,『동아일보』, 1926.7.10,13,17.

鷲　公,「文學革命의 機運 −「푸로」와 愛國文學」,『동아일보』, 1924.10.20.

卞榮魯,「主我的 生活」,『學之光』20호, 1920.7.

韓雪野,「프로 藝術의 宣言」,『동아일보』, 1926.11.6.

玄相允,「生活에 接觸하고 修養에 努力하라」,『동아일보』, 1922.1.1.

彗星生,「享樂文藝와 戰鬪文藝」,『조선일보』, 1924.10.6.

曉峯山人,「新興文壇과 農民文學」,『조선일보』, 1924.12.1,8.

曉鍾 역,「露西亞 小說의 古今」,『開闢』1925.6.

ASC,「漫畫子가 본 文人」6,『시대일보』, 1925.6.15.

ST,「朝鮮 文藝運動의 傾向」,『조선일보』, 1925.1.1.

T. W. 힛취,「朝鮮文學의 現勢」,『동아일보』, 1926.6.8,12.

WW生,「文壇의 暗面」,『開闢』, 25.2.

「社會 發展의 階段 −文學 革新, 産業革命」,『동아일보』, 1921.

「革新 文壇의 建設 −社會改造의 原動力은 革新 文學이다」,『동아일보』, 1921.
　　　　6.7.

「佛蘭西의 革命과 文學의 革新」,『동아일보』, 1921.9.1~10.29.

「文士는 何在오 −革新鼓를 鳴하라」,『동아일보』, 1922.1.6.

「中國의 思想革命과 文學革命」,『동아일보』, 1922.8.22~9.4.

「文化建設의 核心的 思想 ─民族感情과 生活意識」, 『동아일보』, 1922.10.4.

「團體 方面으로 본 京城」, 『開闢』, 1924.6.

「選後感」, 『시대일보』, 1926.1.6.

「朝鮮文士에게」, 『동아일보』, 1926.2.9~10.

「農民文學」, 『동아일보』, 1926.5.2.

II. 국내 논저

〈연구서〉

강인숙, 『자연주의 문학론』 I · II, 고려원, 1987 · 1991.

구인환, 『韓國近代小說研究』, 삼영사, 1977.

권영민, 『한국 민족문학론 연구』, 민음사, 1988.

김영민, 『한국 문학비평 논쟁사』, 한길사, 1992.

김용직, 『韓國近代詩史』 하권, 학연사, 1986.

김우종, 『韓國現代小說史』, 성문각, 1982.

김우창, 『궁핍한 시대의 시인』, 민음사, 1977.

김윤식, 『韓國近代文學의 理解』, 일지사, 1973.

_____, 『韓國近代小說史研究』, 을유문화사, 1986.

_____, 『한국문학의 근대성과 이데올로기 비판』, 서울대학교 출판부, 1987.

_____, 『韓國現代小說批判』, 일지사, 1981.

_____, 『박영희 연구』, 열음사, 1989.

_____, 『염상섭 연구』, 서울대학교 출판부, 1987.

_____, 『韓國近代文藝批評史研究』, 일지사, 1976.

김윤식 · 김현, 『韓國文學史』, 민음사, 1973.

김윤식 · 정호웅, 『韓國小說史』, 예하, 1993.

김　종, 『전환기의 한국 현대 문학사 ─'1925년'을 중심으로』, 수필과비평사, 1994.

김　철, 『잠 없는 시대의 꿈』, 문학과지성사, 1989.

김태준, 『조선소설사』, 1933(예문 판, 1989).

나병철, 『근대성과 근대문학 ─리얼리즘 · 모더니즘 · 포스트모더니즘』, 문예출판사, 1995.

백 철, 『朝鮮新文學思潮史』, 백양당, 1948.

_____, 『新文學思潮史』(개정증보판), 민중서관, 1955.

사회과학원 역사연구소 編, 『조선 근대 혁명운동사』, 한마당, 1988.

서울사회과학연구소 경제분과, 『한국에서의 자본주의 발전』, 새길, 1991.

손해일, 『朴英熙 文學 硏究』, 시문학사, 1994.

신용하, 『朝鮮土地調査事業硏究』, 지식산업사, 1982.

신현하, 『日本文學史』, 학문사, 1987.

염무웅, 『민중 시대의 문학』, 창작과비평사, 1979.

윤명구, 『金東仁小說硏究』, 인하대학교 출판부, 1990.

윤병노, 『現代作家論』, 선명문화사, 1974.

윤흥노, 『韓國近代小說硏究』, 일조각, 1980.

이재선, 『韓國短篇小說硏究』, 일조각, 1975.

_____, 『한국현대소설사』, 홍성사, 1979.

이재선, 『韓國文學의 解釋』, 새문사, 1981.

임 화, 『文學의 論理』, 학예사, 1941.

장남준, 『독일 낭만주의 연구』, 나남, 1989.

장덕순 외, 『口碑文學 槪論』, 일조각, 1971.

정호웅, 『우리 소설이 걸어온 길』, 솔, 1994.

조남현, 『韓國現代小說硏究』, 민음사, 1987.

_____, 『한국소설과 갈등』, 문학과비평사, 1990.

_____, 『한국 현대소설 유형론 연구』, 집문당, 1999.

조동일, 『한국문학통사』 2판, 지식산업사, 1989.

조연현, 『韓國現代文學史(제1부)』, 현대문학사, 1956.

조진기, 『한국 현대소설 연구』, 학문사, 1990.

채 훈, 『1920年代韓國作家硏究』, 일지사, 1976.

천이두, 『韓國現代小說論』, 형설출판사, 1983.

최원식, 『民族文學의 論理』, 창작과비평사, 1982.

한계전, 『韓國現代詩論硏究』, 일지사, 1983.

〈연구논문〉

강인숙, 「노벨의 장르적 특성」, 『한국 근대소설 정착 과정 연구』, 박이정, 1999.

곽 근, 「1920年代 作家들의 文學認識」, 『日帝下의 韓國文學 硏究』, 집문당, 1986.

권성우, 「1930년대 한국 모더니즘 소설 연구」, 서울대 석사, 1989.

권순긍, 「1910년대 古小說의 부흥과 그 통속적 경향」, 『민족사의 전개와 그 문화 ─벽사 이우성 교수 정년퇴직 기념 논총』, 창작과비평사, 1989.

김기림, 「모더니즘의 歷史的 位置」, 『人文評論』, 1939.10.

김남천, 「傾向文學·新傾向派文學」, 「모던 文藝辭典」, 『人文評論』, 1940.1.

김동인, 「한국 근대소설고」, 『김동인 문학전집』 12권, 대중서관, 1983.

김동일, 「사회 갈등의 해소와 사회 발전」.

김동환, 「신경향파 비평에 나타난 문학유산관(文學遺産觀)」, 『한국 소설의 내적 형식』, 태학사, 1996.

김상태, 「金東仁의 短篇小說考」, 『국어국문학』 46호, 1969.12.

김송현, 「천치냐, 천재냐의 원천 탐색」, 『현대문학』, 1963.4.

김영모, 「日帝下의 社會階層의 形成과 變動에 관한 硏究」, 조기준 외, 『日帝下의 民族生活史』, 玄音社, 1982.

김영민, 「어두운 시대상과 사회의식의 심화 ─현진건론」, 김용성·우한용 共編, 『韓國近代作家硏究』, 삼지원, 1985.

김윤식, 「反歷史主義 指向의 過誤」, 『문학사상』, 1972.11.

_____, 「임화 연구」, 『韓國近代文藝批評史硏究』, 일지사, 1976.

_____, 「염상섭의 소설 구조」, 김윤식 編, 『염상섭』, 문학과지성사, 1977.

_____, 「우리 비평의 근대적 성격」, 김윤식·김우종 외, 『한국 현대문학사』 증보판, 현대문학, 1994.

김중하, 「현진건 문학에의 비판적 접근」, 『玄鎭健硏究』, 새문사, 1981.

김 철, 「신경향파 소설 연구」, 연세대 박사, 1984.

김태순, 「최서해 편」, 강인숙 편저, 『한국 근대소설 정착과정 연구』, 박이정, 1999.

김홍규, 「황폐한 삶과 영웅주의」, 『문학과 지성』, 1977 봄.

류청하, 「3·1운동의 역사적 성격」, 안병직 外, 『한국 근대 민족운동사』, 돌베개, 1980.

박상준, 「1920년대 초기 소설 연구」, 서울대 석사, 1993.

_____, 「조선자연주의 소설 시론」, 『韓國學報』 74집, 1994 여름.

_____, 「'너희들은 무엇을 어덧느냐'론 ─작품의 내적 특질과 소설사적 의의를 중심으로」, 『새국어교육』 51호, 한국국어교육학회, 1995.7.

_____, 「한국 근대소설 연구 방법론 시고」, 『韓國學報』 87집, 1997 겨울.

_____, 「지속과 변화의 변증법 ─『萬歲前』론」, 『冠嶽語文硏究』 22집, 1997.12.

_____, 「'신경향파 담론'의 형성 과정 논고」, 『韓國學報』 93집, 1998 겨울.

_____, 「회월 朴英熙론」, 『한국문학과 계몽 담론』, 새미, 1999.

朴英熙, 「現代朝鮮文學史」, 『思想界』, 1958.4~1959.3(이동희·노상래 편, 『박영희 전집』 II, 영남대학교 출판부, 1997).

백낙청, 「시민문학론」, 『창작과 비평』, 1969 여름.

서경석, 「1920~30年代 韓國傾向小說 硏究」, 서울대 석사, 1987.

_____, 「일제하 민족문학 개념의 문학사적 검토」, 『한국 근대리얼리즘 문학사 연구』, 태학사, 1998.

서영채, 「『무정』 연구」, 서울대 석사, 1992.

손영옥, 「崔曙海 硏究」, 서울대 석사, 1977.

송하춘, 「전영택 소설의 인물」, 서종택·장덕준 엮음, 『韓國現代小說硏究』, 새문사, 1990.

申南澈, 「最近 朝鮮 文學思潮의 變遷 ─'新傾向派'의 擡頭와 그 內面的 關聯에 對한 한 개의 素描」, 『新東亞』, 1935.9.

신동욱, 「<標本室의 靑개고리>와 憂鬱美」, 김열규·신동욱 편, 『廉想涉硏究』, 새문사, 1982.

신승엽, 「이식과 창조의 변증법 ─임화의 '이식문학론'의 정당한 이해를 위하여」, 『창작과 비평』, 1991 가을.

유문선, 「신경향파 문학비평 연구」, 서울대 박사, 1995.

_____, 「신경향파 시론」, 한계전 외, 『한국 현대시론사 연구』, 문학과지성사, 1998.

유정완, 「바흐찐의 담론이론과 소설이론」, 경희대 석사, 1989.

윤명구, 「懷月 朴英熙의 傾向小說에 대하여 ─『開闢』誌 發表分을 中心으로」, 『仁荷』 15집, 1978.

이동하, 「自尊과 時代苦」, 김용성·우한용 共編, 『韓國近代作家硏究』, 삼지원, 1985.

이상경, 「이기영 소설의 변모과정 연구」, 서울대 박사, 1992.

임진영, 「가치중립·유토피아·리얼리즘」, 『실천문학』, 1991 가을.

임 화, 「朝鮮新文學史論序說 ─李人稙으로부터 崔曙海까지」, 『조선중앙일보』, 1935.10.9~11.13.

_____, 「槪說新文學史」, 『조선일보』·『人文評論』, 1939~40.

_____, 「小說文學의 二十年」, 『동아일보』, 1940.4.12~20.

장수익, 「염상섭 초기 소설과 계몽주의」, 문학사와비평연구회 편, 『한국문학과 계몽 담론』, 새미, 1999.

정재찬, 「1920~30年代 韓國 傾向詩의 敍事志向性 硏究 ─短篇敍事詩를 中心으로」, 서울대 박사.

정호웅, 「1920~30年代 韓國 傾向小說의 變貌過程 硏究 ─物類型과 展望의 樣相을 中心으로」, 서울대 석사, 1983.

_____, 「경향소설의 변모 과정」, 김윤식·정호웅 편, 『한국 리얼리즘소설 연구』, 문학과비평사, 1987.

_____, 「한국문학에서의 리얼리즘」, 김윤식·정호웅 엮음, 『한국문학의 리얼리즘과 모더니즘』, 한울, 1989.

조남현, 「1920年代 韓國 傾向小說 硏究」, 서울대 석사, 1974.

_____, 「'傾向'과 '新傾向派'의 거리」, 『한국 현대문학사상 연구』, 서울대학교 출판부, 1994.

_____, 「1920년대 소설」, 『소설과 사상』, 고려원, 1996 봄.

조정환, 「식민지시대 프로레타리아 문학운동의 역사적 추진 과정」, 『민주주의 민족문학론과 자기 비판』, 연구사, 1989.

차원현, 「한국 경향소설 연구」, 서울대 석사, 1987.

한기형, 「新傾向派小說의 現實主義的 性格」, 성균관대 석사, 1989.

_____, 「임화의 문학사 서술에 대한 관점의 몇 가지 문제」, 『한국 근대소설사의 시각』, 소명출판, 1999.

한점돌, 「총체적 식민지 현실의 형상화」, 김용성·우한용 共編, 『韓國近代作家硏究』, 삼지원, 1985.

홍정선, 「신경향파 비평에 나타난 '생활문학'의 변천 과정」, 서울대 석사, 1981.

_____, 「카프와 사회주의 운동 단체와의 관계」, 『世界의 文學』, 1986 봄.

·

Ⅲ. 국외 논저

Althusser, L, trans. by B. Brewster, *For Marx*, NLB, 1977.

Jameson, F, *The Political Unconscious —Narrative as a Socially Symbolic Act*, Methuen, 1981.

Kosik, K, *Dialectics of the Concrete*, D. Reidel Publishing Company, 1976.

Lukács, G, *Die Theorie des Romans*, 1914 / 5, Luchterhand, 1974.

＿＿＿＿, "Erzählen oder beschreiben?", *Probleme des Realismus 1*, Werke Bd.4, Luchterhand, 1971.

Man, Paul de, *Blindness and Insight*, Methuen & Co. Ltd., 1983.

Pêcheux, Michel, trans. by Harbans Nagpal, *Language, semantics and ideology*, THE MACMILLAN PRESS LTD, 1982.

Smith, S. B, *Reading Althusser*, Cornell University Press, 1984.

Suzuki, Tomi, *Narrating the Self —Fictions of Japanese Modernity*, Stanford University Press, 1996.

White, Heyden, *The Content of the Form*, The Johns Hopkins Univ. Press, 1987.

골드만, 송기형·정과리 옮김, 『숨은 神』, 연구사, 1986.

＿＿＿＿, 조경숙 역, 『小說社會學을 위하여』, 청하, 1982.

宮嶋博史, 「조선 토지조사사업 연구 서설」, 梶村秀樹 外, 사계절 편집부 편, 『韓國近代經濟史硏究』, 사계절, 1983.

＿＿＿＿＿, 「토지조사사업의 역사적 전제 조건의 형성」, 梶村秀樹 外, 사계절 편집부 편, 『韓國近代經濟史硏究』, 사계절, 1983.

두으스, 피터, 김용덕 譯, 『日本近代史』, 지식산업사, 1983.

루카치, 「예술과 객관적 진리」, 이춘길 편역, 『리얼리즘 미학의 기초 이론』, 한길사, 1985.

＿＿＿＿, 김혜원 편역, 『루카치 문학이론』, 세계, 1990.

＿＿＿＿, 반성완 역, 『소설의 이론』, 심설당, 1985.

＿＿＿＿, 문학예술연구회 역, 『우리 시대의 리얼리즘』, 인간사, 1986.

＿＿＿＿, 박정호·조만영 옮김, 『역사와 계급의식』, 거름, 1986.

＿＿, 반성완·임홍배 역, 『독일문학사』, 심설당, 1987.

마르크스·엥겔스, 김영기 옮김, 『마르크스 엥겔스의 문학예술론』, 논장, 1989.

맥도넬, 임상훈 옮김, 『담론이란 무엇인가』, 한울, 1992.

바흐찐, 전승희 외역, 『장편소설과 민중언어』, 창작과비평사, 1988.

벤야민, 이태동 역, 「스토리 텔러」,『文藝批評과 理論』, 문예출판사, 1987.

키랄리활비, 벨라, 김태경 역, 『루카치 미학 연구』, 이론과실천, 1984.

柄谷行人, 박유하 옮김, 『일본 근대문학의 기원』, 민음사, 1997.

뷔르거, 최성만 역,『前衛藝術의 새로운 이해』, 심설당, 1986.

소련 과학아카데미 편, 신승엽 외 옮김, 『마르크스 레닌주의 미학의 기초이론
        Ⅱ』, 일월서각, 1988.

코올, 스테판, 여균동 역, 『리얼리즘의 역사와 이론』, 한밭출판사, 1982.

채트먼, 시모어, 김경수 옮김, 『영화와 소설의 서사구조－이야기와 담화』, 민
        음사, 1990.

싸르트르, 조영훈 옮김, 『지식인을 위한 변명』 개정판, 한마당, 1994.

하우저, 아놀드, 백낙청·염무웅 공역, 『文學과 藝術의 社會史－現代篇』, 창작
        과비평사, 1974.

_____, 염무웅·반성완 공역, 『文學과 藝術의 社會史－近世篇 下』,
        창작과비평사, 1981.

살스비, 재크린, 박찬길 譯 『낭만적 사랑과 사회』, 민음사, 1985.

샤프, 아담, 김영숙 역, 『마르크스주의와 개인』, 중원문화, 1984.

스쫀디, 페터, 여균동·윤미애 譯 「헤겔의 문학 이론－헤겔 미학 서설」, 『헤겔
        미학 입문』, 종로서적, 1983.

아우얼바하, 김우창·유종호 역, 『미메시스－근대편』, 민음사, 1979.

알뛰세르, 김동수 역, 『아미엥에서의 주장』, 솔, 1991.

_____, 김진엽 역, 『자본론을 읽자』, 두레, 1991.

유노비치, 소련 콤 아카데미 문학부 편, 신승엽 譯 「단편소설」, 『소설의 본질
        과 역사』, 예문, 1988.

투렌, 알랭, 정수복·이기현 옮김, 『현대성 비판』, 1995.

이한화 엮음, 『러시아 프로문학 운동론 Ⅰ』, 화다, 1988.

맥퀸, 존(MacQueen, John), 송낙헌 역, 『알레고리』, 서울대학교 출판부, 1980.

코풀스톤, 임재진 옮김, 『칸트』, 중원문화, 1986.

쿤, 趙馨 역, 『과학혁명의 구조』, 이화여자대학교 출판부, 1980.

토도로프, 최현무 역, 『바흐찐 : 문학사회학과 대화이론』, 까치, 1987.

_____, 신동욱 옮김, 『산문의 시학』, 문예출판사, 1992.

메춰, 토마스 「헤겔과 예술 사회학을 위한 철학적 정초」, 여균동·윤미애 역, 『헤겔 미학 입문』, 종로서적, 1983.

편집부 편, 『변증법 입문』, 이삭, 1983(中埜肇, 『辨證法』, 중앙공론사, 1982가 주 대본).

푸코, 이정우 역·해설, 『담론의 질서』, 새길, 1993.

포스터, 이성호 譯, 『소설의 이해』, 문예출판사, 1975.

프리드먼, 신동욱 옮김, 『抒情小說論』, 현대문학, 1989.

마슈레, 피에르, 배영달 역, 『문학 생산이론을 위하여』, 백의, 1994.

호르크하이머·아도르노, 김유동·주경식·이상훈 역, 『계몽의 변증법』, 문예출판사, 1995.

丸山眞男, 박준황 譯, 『日本의 現代思想』, 종로서적, 1981.

찾아보기

작품

인명

사항